U0133462

满族口头遗产传统说部丛书

东海沉冤录
（下）

富育光 讲述

于敏 记录整理

吉林人民出版社

娟娟看罢，突发奇想开了："我干吗在底下站着呢，何不爬到树上观察一番？如果骑在树枝干上，不就似飞鸟一样能俯瞰金山大寨么？这样的巧夺天工，真得感谢上苍，高大的松树是特意为我娟娟准备的一个极好的登高工具呀！"于是，她拼着力气，铆足了劲儿，又往馒头山顶儿的松树上爬。爬呀爬，终于艰难地爬了上去，快到树尖儿时，早已满头大汗了。然而，由于山风不停地呜呜吹着，娟娟顿时感到了凉意，哪还顾得了这些？在树上瞅过来、看过去地选择着停身的最佳位置，上下左右地比较、琢磨，最后挑中了一根直冲金山大寨丞相府方向的细树干，便大胆地爬了过去，骑在树枝上。这根枝杈不但在树的最高处，而且是馒头山之巅的巅峰。树干不是长些松枝儿嘛，松枝儿上还长些松叶儿呢，枝繁叶茂啊！人骑在天上飘摇的树干上，有枝叶保护，便于隐蔽。如不细看，很难发现松枝儿上有人。不过树枝颤颤悠悠的，往下瞅，是几十丈深的横陈乱石的山根儿。周围又没什么可保护的，骑在上面实在是很危险，像只飞鸟盘旋在空中。倘若抓不住树枝，一不小心掉下去，将直接坠入山下，必然会摔得粉身碎骨。可娟娟此刻想的不是这些，觉得选的地点太好了，居高临下，有松枝儿遮挡，是观察金山大墙内丞相府最直接、最靠近、最容易看得清的位置。虽然远一些，但凭借着非一日之功而练就的眼力，整个丞相府在她面前是一览无余。她不仅看到了大墙内的来往行人、兵卒等，连牛、马、狗都看得真真切切，还能分辨出哪个是丞相府的议事大厅，哪个是马厩以及曾进去过的都布多尔济住的房子。可把娟娟乐坏了，心想："真是佛祖保佑我呀，做梦没想到会在馒头山找到如此理想的瞭望哨！"

娟娟聚精会神地寻找着坐落在大丞相府内的月牙楼。她毕竟没进去过呀，不知道究竟在哪里、是个什么样儿，心想："既然叫月牙楼，其中的什么结构一定是仿照月牙的形状设计的，找起来应该不难。"想着想着，竟脱口而出："哪座是月牙楼呢？"话音刚落，便听耳边有人粗声憨气地接了茬儿："那个靠东头儿刷白粉的小尖楼就是！"在高山上的旷野里，冷不丁听到有男子的声音答话，岂不吓人吗？惊得娟娟的心一下子提到了嗓子眼儿，随之忙问："谁？"循声望去，左瞅右瞧地看了半天，也没找到，觉得很是奇怪："怎么会有人跟踪而来，却不见他影儿，是谁呢？看来，此人的武功必在我之上，估计是隐蔽在树上。不然的话，怎么连一点儿声音都未听到、丝毫没有察觉呢？"又想："我在攀登馒头山、爬上高树的时候，除了见到飞鸟，根本没看到任何人。这可怪了，怎么回事儿呢？他是什么时候、从啥地方来的呢？"娟娟本能地用左手握住松枝儿，身子紧靠树干，右手摁在腰间，准备随时抽出阴宗双鹤剑，以防不测。她心中有数，即使是纳哈出的人跟来，也不用当回事儿。真的厮打到一块儿，凭自己的轻功，用大鹏展翅腾空术和腾空落地术，便可以从高高的树干上纵于半空，再以鹞子翻身接斛斗蹲身着地，啥危险没有。

这里，说书人要向各位阿哥交代几句。什么是大鹏展翅腾空术和腾空落地术呢？大鹏展翅腾空术乃武术中特有的一种轻功，是按照雄鹰从空中向下俯冲捕捉蟒蛇、野兔、小鹿时的形态演化而来的。人头冲下，嗖地纵下来的动作，就是模仿雄鹰俯冲的形态。雄鹰是用双翅和尾部保持平衡和方向的，而人无翅膀，不可能以此来调整平衡、缓和冲力，只能在纵到离地不远时，以鹞子翻身接斛斗，把俯冲力缓和下来。否则可不得了，直接坠到地面，即使落到泥土上，也会摔伤，必须掌握好分寸。接着运用腾空落地术，即是在缓冲力量之后，选好地面急转身，翻两个斛斗蹲伏着地，再就势接几个滚翻，便可安然无恙地站在地上了。腾空落地术全仗自测要准，挑选不太坚硬、踏而不陷的泥土地下落，草木丛地为佳。落地时蹲身或就地连续滚翻，既能避免落地时重力大、直身晃动，又能双脚站稳，减少下坠力，不受伤害。只有这样，才能顺势站起，进攻、防御或施展新招术。

娟娟在做好大鹏展翅腾空术准备的同时，又往四周扫了扫，那人藏得还挺严实，仍未见影儿，心中暗想："光听声音，见不到人，证明人家在暗处，我在明处，很容易遭到突然袭击，这可是武林中之大忌。明枪易躲，暗箭难防啊，不能再等了，得赶紧离开危险之地！"她刚一动，那人又开口了："休要慌张，我不会伤害你，尽可坐稳。咱们都是佛门弟子，自家人，放心吧。请抬头上看，我在你对面那棵松树的迎风枝干上，看到没？"娟娟在那人说话的同时，本能地按照他的指点，侧过头来，朝对面松树粗枝上观瞧。果然见到在浓密枝叶的掩映之中，有一个穿着山羊皮破褂子的人，蓬头散发，满脸污垢，胡子又黑又乱，眼角儿还挂着黄澄澄的眼屎。只有在说话时，才能露出两排白牙来，哎呀，那个脏劲儿就别提了。此人真怪，尽管山风呜呜地吹，树枝在摇动，却不用双手把着枝干，只是坐在颤颤悠悠的树杈儿上，如同盘坐在家里的热炕头儿上一样舒服，似乎平时经常活动在树上，对一切已经习惯了。要知道，一旦蹲不好、坐不实，便会前仰或后合，甚至跌入几十丈深的山下。可他全然不在乎，简直像粘在了树上，纹丝不动，泰然自若，实在是太厉害了。

娟娟可是头一次上这么高的树，两手紧把着树干还生怕掉下来呢，因此，很替对面的人捏了把汗。只听那陌生人接着说："愚僧等候有时了，堂堂女儿身，为何扮男装？若是没说错的话，你该是在金山送走了三条人命的妙善居士、秉仁公主吧？阿弥陀佛，久仰，久仰！"仅仅几句话，把个娟娟听得一愣一愣的，吃惊不小，立刻警惕起来，暗暗思忖："他怎么对我的情况摸得这么清楚？像是每天在给记账一样，都干过些啥，完全掌握呀！甚至比纳哈出的人了解得详细，不但知我女儿身，而且知我佛号和大明朝的册封。册封为公主的事儿，在金山从未露过呀，他却得知了，难道是从京师来的野和尚？我杀过纳木扎勒台吉不假，那是许多人亲眼所见的。可杀都布多尔济和那个淫妇，任何人未看到，连纳哈出都云里雾里呢，他怎么会知道？这人是揭我的老底儿呀，究竟是敌手还是歹人，或者像他所讲是自家人呢？听口气不像是敌对的，倒挺像朋友，没看出有丝毫作对之意。到底是谁？为什么声称在此等我好长时间了呢？得好好儿问个明白，不能含糊。"想到这儿，马上反诘道："敢问大师是哪位呀？仙乡何地？缘何知道我的名字？想必不会是为揭我的老底儿才来的吧？更不该玷污了佛号！烦请快快报上姓名来，为哪个宗派之人？是不是纳哈出派来的？还盯我好长时间了，做人应光明磊落，为什么跟踪窥视？言说等候多时有何用意？能否见告？"说罢，两眼紧盯着对方。

陌生人听了娟娟这一连串儿不太友好的问话，仰脖儿哈哈大笑起来，然后说道："多虑了不是？妙善居士，我的确盯你多时了，在你没上山、往这儿走的时候，便已经注意了。开始没看出是谁，后来见寻找攀山之路，对周围又那么生疏，才知道肯定不是此地人，对馒头山也不熟。等你上了山，并发现那两只眼睛只看一个方向，一直盯着大丞相府，就猜到恐怕是为金山大寨的什么事儿而来，或许是专为月牙楼而至。从那时起，越发紧盯不放松了。妙善居士，不是我说你，把啥事儿看得过于简单了。俗话讲得好：'人间风云叵测，处处暗藏杀机。'这句话难道忘了？看来阅历太浅了，做事难免粗枝大叶。在你攀缘而上时，我早坐在树上等着了，还特意抖抖山羊皮褂子，意思是引起你的注意，告之在上山来之前，树上已经有人了。可你只顾找高处，根本没看对面这棵树，当然发现不了枝枚儿上有人，岂不是很大的漏洞？尤其是目不转睛地只盯着丞相府看，不是不打自招吗？太危险了。只身入虎穴，没有随从保护，让人一看便知，此人不是为游山，也不是为观看风光前来，而是另有目的。要知道，山前、山后处处是金山大寨的人，有多少只眼睛在盯着你。假如今天的行踪被他们看到了，能允许这么做吗？即使长出十张嘴，又怎能说得清？朋友，我要是纳哈出的人，仔细想想，能有你的现在嘛？还能去破月牙楼吗？恐怕是月牙楼里又增加了一个新的客人，那儿就是葬身之地了！愚兄说多了，罪过，罪过，望祈见谅。"说完，伸出右手施一揖礼。

娟娟听了陌生人的一番话，心想："这个僧人可能真是自家人，讲得挺在理，而且苦口婆心，又都是掏心窝子的话。当时，我确实是一心想着找个高处看看月牙楼，忘了注意周围的环境了，没防备有否盯梢的人。他讲得很对，只身一人处于危险的境地，应十分谨慎、小心才是。而我却处处疏忽、时时麻痹，以为到了荒郊野外没人注意。压根儿没想到可能会有敌对之人，正躲在暗处虎视眈眈地窥察，更忘了师太多次嘱咐的'处处留心皆学问'的话了。如此粗心大意，怎能办成大事呢？说我想事儿太简单、阅历浅，没错，事实正是这样。倘若陌生人是我的对手，后果不堪设想。即使不实施抓捕，随便甩出一件暗器就把我击倒了，哪里跑得了？何况是一个人上山，周围又没人保护，的确很险哪！今天真是挺幸运，碰到贵人、一位好心的师父。俗话讲：'强中自有强中手，还有强人在后头。'别看此人外表像个乞丐，然而从其言谈可知，内在的修养很不一般，在外云游的经验非常丰富，应该虚心向人家学。"想到这儿，内心很是感激，忙抱拳施礼道："大师，诚谢您对我的教诲和提醒。不知大师是何方人士？为何关心我？是怎么知道我对月牙楼感兴趣的？请再赐教。"娟娟这会儿的话可是变了口气了，谦虚、恳切地向对方求教。陌生人说："容后再相告，来日方长，先说说眼下最关心的事儿。在你待的树干上，只能看到丞相府的轮廓，想观瞧月牙楼，方向不对。只有坐到对面的松树上，才能看清在丞相府东南角儿的那座白色的小尖木楼，那便是月牙楼。唯有在我这个位置上，才能瞅得更真切、更仔细。你坐的那块儿倒是也可以，但下边的活动，因有其他房子挡着，看不清。请你过来吧，一看就知道是不是那么回事儿了。"说着，右手抓住一根粗松枝儿，全身用力往上一拔，随之站了起来。娟娟一看，大吃一惊啊，原来眼前的和尚竟是位身残之人！不但左臂已经断掉，那只羊皮袖筒儿是空的，而且看样子左脚也有毛病，在左胳肢窝处，绑着一根铁拐杖，用以支撑身体。虽然树干挺粗，但他站在那上面，只能用右手把着松枝儿往边上走，仿佛在高空走钢丝一样，够吓人的。常人两手把着树枝走都不易，左摇右晃的，何况一个残疾人？可他走得却是那样轻松、自在，动作十分灵敏。左胳肢窝下的铁杖挥动自如，真像原来长在身上一样，只几步便挪到了树干的另一侧并坐了下来。看起来，此人是树上的常客，哪块儿能坐，哪块儿能走，哪块儿可以作为歇息之处，皆了如指掌。

咱们刚才说了，娟娟是第一次爬这么高的树，不用说踩着树枝站着，就是坐在那儿，也不那么稳当。当听了陌生人的介绍，又见真的为自己腾出了地方，觉得应该过去看看。可她走不过去，没那个能耐，咋办呢？只好骑在粗枝上，用双手支撑着身体，一点儿一点儿地挪。先挪到主干上，然后慢慢骑到了对过那棵平行生长的松树干上，再挪到原来陌生人坐过的枝杈上。娟娟坐在那儿，两手把住树枝，按僧人指的方位望过去。果不其然，此处正好避开了遮挡的房舍和帐篷，大丞相府里的整个景象一览无余，白色的小木楼也映现在眼前，地上有些巡逻之人走来走去的。见月牙楼共有三层，第二层的四面都有窗，为圆形的，楼顶儿是尖形的。娟娟正仔细看时，那个师父介绍道："它之所以叫月牙楼，是因为楼上面的那个小尖塔是由八个雕刻出来的月牙板拼成的，楼顶尖儿就像月牙的牙尖儿一样，结构独特，式样美观。在树上瞧月牙楼，唯有你现在坐的位置是最好的，别的地方也能看到，但不清楚。不过妙善居士，光在上面看不行，所见到的全是浮光掠影，水中月、镜中花。只能知其外表，里边的细情没法儿掌握，知标不知本，无济于事。要想详细了解月牙楼，还得动动脑筋，想想其他办法。不如随我来，请到寒舍坐一坐，可否赏光？"娟娟心想："同此人萍水相逢，原来根本不认识，人家却十分热心，不但指点你怎么观察月牙楼，而且告知了月牙楼顶部的结构和名字的来源，想必对此楼挺熟悉。开始以为没人能接触到月牙楼，后来萨家奴给介绍了'老太平'，可惜老人家出了事儿，没见着。正犯愁呢，要不说吉人天相呢，让我碰到了一位师父，还真知道不少事儿，此乃天救我也。他方才说了，只看不行，那是知标不知本。紧接着便邀我到寒舍一坐，莫不还有更多的情况告之？这可是求之不得啊！不过自己是个女儿家，突然去一个陌生所在好不好？别有什么意外呀！"转念又琢磨："此人肯定不是纳哈出的帮凶，尽管身份不清，至少是个热心肠儿。不入虎穴，焉得虎子，为了解月牙楼，不妨随他走走，何惧之有？"于是，爽快地答应道："当然可以，谢谢大师！如果方便，愿随您前往，请！"

陌生人一听娟娟同意去了，边说："那好，咱们走"，边用左胳肢窝夹住大铁杖，右手抓住高处的松枝站了起来，而后麻利地下得树来，双腿一跃一纵地从这块大石头蹿到那块大石头，连环弹跳着，铁杖悠动着，啪啪啪碰撞着山石，像只奔兔般从山巅下到了山间的那块平地。娟娟虽然速度没有人家快，但毕竟武功不错，紧跟在后面跳跃追随，很快也赶到了。从下山的情况看，僧人对馒头山的一草一木再熟悉不过了，甚至踩哪块石头都像事先设计好了似的，准确无误，动作迅速。此刻娟娟才看清，眼前体貌十分丑陋的伤残和尚，左眼失明，身上穿的山羊皮褂子和山羊皮翻毛裤全破碎得不成样子了，快成皮条儿了。左臂从腋下全无，右手臂和双腿肚子裸露着，只剩一只右脚，脚上穿着狍皮爪子的栖克密①。左脚已经没有了，是在腿骨下的脚腕处，包着一个大布球子当脚。浑身被寒风一吹，皮肉冻得红红的，红里透紫。就是这样一个单目、单臂、单足的怪僧，却能轻松地攀上高枝，灵巧如猿猴；下山时，如履平地，行走如飞，不太神了吗？不能不令人瞠目、感动，甚而敬佩得五体投地！

陌生僧人在前边一颠一拐一瘸地晃荡着走，娟娟紧随其后，转过几道弯儿，便在一个大石头缝儿前停下了。僧人回头说道："委屈你从石缝儿进去，跟我来。"石头缝儿不算宽，好在娟娟长得苗条，能勉强紧贴石壁一点点儿往里走。走着走着，里边宽敞了。原来石缝儿不是直的，而是拐了弯儿的，只有进到里面，才见有个大石洞，外面一点儿看不见。石洞中搭张床，上面铺着行李卷儿和獾子皮、狍子皮等。床头儿那边的地上摆放着碗、筷、盆和桶，桶里面有水，可能是饮水做饭用的。在石洞一角落处，有个小木架，上面放着一块木板儿，板儿上有几本佛经，还供奉着如来佛、观音的铜像。有香炉，里面插着香，香烟缭绕。地上铺些木板子，两只新打的山鸡挂在钉于石缝儿中的木橛子上。洞中虽暗些，但不潮湿，显然这就是大师的住处了。

因为有客人来，所以僧人特意端过两只兰花儿碗，放到了娟娟面前，说道："请妙善居士尝尝鲜，都是馒头山的东西。"又指着其中的一只说："这些榛子和葡萄全是我采的，吃吧。噢，对了，那个碗里装的没见过吧？是油炸黑球子。"娟娟一听，犯寻思了，什么是油炸黑球子呀？看了半天，也没看出个子午卯西来，转过脸愣愣地瞅着陌生僧人。僧人笑着说："你还别看不起眼儿，这可是大有补养的好东西，乃馒头山中的拳

---

① 满语：矮勒儿靴子。

头蛛，由于蜘蛛长得像拳头那么大而得名。把它抓回来之后，用油一炸，嘿！稀酥咔吧脆，越嚼越香，而且解大毒。若常吃，住在山洞里不招蛇，也不怕毒蛇咬，还不生毒疮疖子，可驱百病呢！"说完，拿起一只油炸黑球子就放进了嘴里。

娟娟看了看碗里那黑不溜秋的东西，没敢动。可僧人一再让她尝尝鲜，盛情难却呀，只好伸手，拿了一粒儿葡萄放进嘴里，边吃边问道："大师，您怎么住在这儿？原来家在哪儿？何以对我知道得那么清楚，能否告之？"僧人说："既然问，我也不客气了，叫你妙善吧。金山大寨是我的家，又是扬名和败落之地，身世说起来话长了，是悲愤交加呀！我是真不想讲，一讲便勾起了对旧事的回忆，十天八天吃不下饭、睡不好觉，像闹了场大病一样。全仗一位大师相救，予以疗伤和抚慰，才逐渐淡忘了往日的冤仇。我住在这儿已有年头儿了，是金山大寨的人，参与了月牙楼的建筑，对此楼的构造再清楚不过了，很多建楼的材料都是由我一手帮助操办的。月牙楼建成以后，纳哈出怕将来参与建楼的人吐露出内情，就把他们一个个地分批裁走了，我自然也在其中，并遭到了不测。今天你来了，咱们还是唠正事儿，我的那些经历会有攀谈之日的。"娟娟不愿勉为其难，点点头，没再说什么。

僧人见娟娟不发问了，打了个咳声，接着言道："说来，我住进山洞已经三年多了，除了师祖，别人谁都不知道。可以说，你是进我住处的第一人，也是唯一知晓此山洞的人。在这里，每天的作业、功课除了读佛经之外，便是练功。从山下到山上，需往返百次，主要练攀山功。因馒头山的山巅系我的练功之地，所以对此山渐渐地特别熟了。别看腿脚不好，缺胳膊、少足的，眼睛还瞎一只，却行走自如，闭着眼睛能知道该登哪块儿石头上山。尽管是一个身残之人，然身残心不残，我有仇家、我有恨啊！妙善哪，非常感谢你的仗义助人之举，挥刀杀死了作恶多端的都布多尔济，还有那个小淫妇，他们是自食其果呀！我高兴，太高兴了，除了心头之恨啊！"娟娟听后，茫然不解，问道："难道大师父认识都布多尔济和无情无义、抛弃郎格泰的女人？"僧人没出声儿，似乎强忍着什么，反身走到了洞口。当转过身来时，娟娟猛然看到他的右眼含泪，眼中直冒火！停了停，僧人遮掩道："噢，噢，我不认识他们。只是无意间听到人们的议论，才知道了这件事儿，再说那郎格泰已经是死了的人了，咱不提他。别看我不下山，却十分清楚，真正和金山势不两立的，是大明朝的英雄好汉，便无时无刻不在盼着朱元璋的人马快些打进来。只要他们来，我会帮忙的，相信早早晚晚大明一定能攻取金山、打败纳哈出。要破金山，必破月牙楼，因为那里对纳哈出是至关重要之处。至于多么重要，眼下说不好，只听说楼里藏有元顺帝的不少遗宝，是金山大寨的心脏。因此，我天天在馒头山等你们，企盼大明天子派人来。我虽帮不上大忙，但起码能指给他们一个唯一方便窥视月牙楼的地方，就是今天告诉你的那个位置。可不是很容易选的，而是一棵树一棵树地攀缘，精心对比、琢磨，才挑选出来的最佳观测点。还好，总算没白等，按照师祖的指点，果不然今天等来了妙善居士！"说完，又走回到娟娟跟前。

听了僧人的话，娟娟既惊诧又激动，猜想他的身上肯定有一段儿鲜为人知的故事。庆幸这样一个仗义之人偏偏被自己碰到了，真是来得早不如赶得巧，老天不负有心人哪！便笑着问道："大师父，能否讲一讲馒头山？"看似语出漫不经心，实则有意将话头儿拉了回来。僧人说："好，既然想听，那我讲讲。馒头山的故事很多，有的特别生动，有的使人增强信心、鼓舞斗志，也有的令人凄恻，其中就有一曲英雄的悲歌。说的是一位叱咤风云的大将军，征战疆场多年，有万夫不当之勇。其箭法，在大漠草原数百里之内，没人能与之相比，可以说盖世无双。后来，在一次剑法比赛中，得了一草原美女。这下可给他招来了大祸，做梦没想到从此被恶人无端地忌妒和欺压。大将军哪里咽得下横草呀？一气之下不想活了，遂以一死了却残生。也是命不该绝，在他被抛至馒头山下的乱尸岗子后，恰让一路过此地的游僧看见了，伸手试了试鼻息，感到还有一丝气儿，马上抱进了馒头山的一座山洞，施以治疗。经过以慈悲为怀的高僧的及时抢救，最后保住了大英雄一目、一臂、一足，并活了下来。"僧人讲此话时，显现出一脸的凝重神态。

娟娟听后，心中为之一震："眼前这位大师父不就是一目、一臂、一足嘛，难道是在说他自己的故事？"僧人停了停，继续讲道："当大将军体伤痊愈后，那高僧向他传授了大力神功法，使其练就成单臂推石石动、单拳凿石石碎的力大无穷的勇士。高僧还告诉他：'要有勇气生存下去，来日方长，大英雄报仇十年不晚。只要下定决心，肯于吃苦，认认真真练功，将来必会有用。'大将军听了高僧的话，从此振作精神，终日练功不辍。高僧不单单传授了武功，又将他领入了佛门，内心真是感激万分。那么，这位高僧是谁呢？就是著名的师祖菩提僧人。还一再嘱咐道：'尔在馒头山修炼佛心，日日不辍，即可进入佛门。一定要世俗皆空，忘却昨天的一切，静心修佛，静心练功，永世无忧。只有这样，才能真正成为一位未来的大力神功将军。今后，馒头山山洞是你的住处。要记住，馒头山是福地，也是你的再造之地。'佛家兆语说：'馒头为丘，有德得寿，无德得枢。你看着吧，日后必有人应此兆语。噢，还未告之，尔与我菩提僧人有缘，叫师祖就行了。不日将有人登馒头山，目的是来探月牙楼，尔要竭诚助之。纳哈出已折腾得差不多了，怕是好景不长、终期不远了，尔仇可伸也。还要记住师祖给你的二十字偈语，即箴言：'馒头是尔家，习功勿惰懒，吟经乐哉事，静待明月来。'菩提师祖留下偈语之后，便离他而去，再无踪影。从此，大将军就住在馒头山了，天天修炼，等待探山之人，也不知等到了没有。"讲到这儿，抬眼看了看娟娟，紧接着话题一转："我今天见到了妙善居士，真是前世有缘哪！"

娟娟越听僧人讲的馒头山的故事，越觉得咋这么熟呢？心里犯起了嘀咕："其中有好多事儿我好像听说过呀！比如故事里提到的那个叱咤风云的大将军，剑法高超，曾在大漠中比箭得妻的情节，不正是郎格泰的事儿嘛，眼前的僧人莫不是郎格泰？难道他没死，被高僧救下了？不行，我必须得问问清楚。"于是便单刀直入道："大师父认识郎格泰吧，那个人是否就是您？如若真是可太好了，我正要找郎格泰将军呢！"哪知僧人避而不正面回答，不知何意，只是重复前面的话："不，不，我不是郎格泰，他已经死了。只是听别人讲过这个故事，今天才又讲给了你，那个将军怎么会是我呢？世上早没有郎格泰这个人了。"人家不愿说，娟娟也不好深问硬道，心想："既然不是郎格泰，为什么如此关心探月牙楼之事呢？所提到的师祖菩提僧人又是谁？从故事里看，菩提僧人肯定是位佛家本派的高人了。可是师太从未说过呀，今天还是头一次听到，看来还得再问问。"遂问道："敢问大师父，菩提僧人是何方得道高僧？住在什么地方，能否赐教？"僧人说："我方才只是给你讲了个故事，至于那个菩提僧人究竟在哪里，我怎么会知道呀！"此话等于没说。娟娟心想："那就只有等见到师太后，再弄清菩提僧人的来龙去脉了。僧人在讲故事时，提过一句话，说是菩提僧人讲的，即'静待明月来'。是啥意思呢？'明月'指的是什么？是天上皎洁的明月，还是一个人，是不是等明月长老来呀？"她这么一想，立刻高兴了，大有豁然开朗之感，刚想发问，僧人却直摆手，连连道："不要再问了，别问了，我什么都不知道。"显然是就此封口了。

面对眼前这位陌生僧人的举动，聪明的娟娟又琢磨开了："他所说的

'明月'，很清楚，一定是指师太。由此可以证明，大师父的师祖菩提僧人必为明月长老的前辈师父。既然是本派宗师来到辽东，同样应是我的师祖。可惜师太没在跟前，许多事儿还是个谜，难以破解。不过可以肯定，在馒头山遇到的僧人是好人、大师，绝不是纳哈出的同党。或许有什么不便明说的原因，又不好解释，不得不闪烁其词。但大师所讲的一目、一臂、一足的英雄，确实同他眼下的状况一模一样、毫无二致。大师不说，我也别急，慢慢会了解清楚的。至少在没弄清真相之前，凭感觉，完全可以信任他。人家对我这么好，选了恰到好处的位置，让仔细观瞧月牙楼。而且从所讲的故事中，可以听出他是自家人，说不定是同道好友呢！因此，大可不必有戒心和隔阂，应当帮助他才对。大师多苦啊，当年，菩提僧人救了他，并留下了二十字的佛家偈语。后来菩提僧人走了，他仍按师祖的二十个字去做，可见多么忠心、赤诚！不仅练功不止，还天天死心塌地地等待来探山之人。对这样一位值得尊敬的师父，眼见如今有苦处，能不帮吗？"想至此，便诚心诚意地劝道："大师呀，别住山洞了，条件太差了。不如随我到金山去，那儿有我的师太、师兄，有自己的独门独院儿，平时只我们三个人住，很清静。房间又多，可以单给你腾出一间宽敞的屋子，不论是练功啊、念经啊，还是拜佛呀，都有地方，生活会舒适些。请千万不要客气，随我去吧，好吗？"僧人断然谢绝，执意不肯，固执地说："妙善，谢谢你的一片诚心。我是受师祖之命在山上苦练功夫，一直在练大力神功法，天天用手掌击打或推滚石头。师祖说，只有勤练，才能增强神力。另外，师祖让我等明月来。这'明月'是啥意思我尽管不懂，也不知道指的是人还是什么，但是要等。再说了，在山洞里住惯了，已经离不开馒头山和每株苍翠的古松了。它那些树木像我的师兄、师弟一样，天天要攀缘，不断地接触、说话，一天不去想得很呢！妙善，馒头山是我的家，不能走啊！"娟娟听僧人这么一说，更加相信所讲的故事与他本人有关，就不再劝了，觉得必须尊重他，别强求，又问道："请问大师什么法号，以后怎么称呼呢？"僧人说："咳，我没个名字。师祖称我'苦僧人'，你也这么叫吧。"

方才说书人所讲的，就是娟娟那天见到陌生人的情况。她的收获很大，不仅在馒头山上看到了月牙楼，还认识了一位特别奇怪的僧人，目前单等明月长老回来以后，再请苦僧人帮助破月牙楼。

又过几日，娟娟带了些银两、衣被和吃的东西，挑着担儿，直接去馒头山拜访了苦僧师父。苦僧只留下了衣被和吃的东西，银两分文未取，再三表示感谢，并说："我是个僧人，吃、住都在馒头山，用不着银两。"然后，站起身来，向前走了两步，回过头来道："妙善，到了该看我的古松、拍我的巨石的时候了，改日咱们再唠吧。有事儿需要帮忙时来找我，不要客气。"说完，他又用胳肢窝挂着拐杖出了石洞，双脚如飞地攀上了巨石。他单臂的力量甚大，上山时，只见用如熊掌大的右拳啪啪啪地狠拍身边的一块巨石。巨石晃动了几下，发出了轰隆隆的响声，传出很远。娟娟惊诧过后，再看苦僧人，早已攀上了巅顶儿，隐入卧云松之中。站在山下，虽然看不到山上之人了，但那铁拐触石发出的当当声，仍然依稀可闻。

各位阿哥，说书人暂且放下娟娟在馒头山新结识苦僧人、窥探月牙楼不表，回头说说众位已经急不可待要知道的叶旺、卜家奴被救出之后，同接应他俩的明月长老、李佑脱离险境与否以及究竟到哪里去了。

娟娟、李佑师兄妹将叶旺将军、卜家奴从金山大寨丞相府的地牢救出后，牵出了纳哈出自用的四匹战马，乘一片混乱之机，打马逃出了戒备森严的丞相府，与在外等候的明月长老会合。娟娟看追兵来得既快又猛，将马给了明月长老，让他们赶紧离去。于是，由明月长老开路，李佑殿后，四人催马向南疾行。你还别说，纳哈出那四匹坐骑，真是堪称千里驹。被叶旺他们制伏后，四蹄刨开，像飞的一般，相当快，把追兵甩出老远。兵将们是同时从几个方向跑来的，由于情急，一时未通信息，结果却相互间追逐起来，大喊大叫地追了一大阵子，好不容易赶上一看，全是自己的兵马。就在这时，恭格拉、乌迪什突然接到传报，说在罗锅哨发现了凶手，二人商量了一下，决定带百多人去罗锅哨，其余的兵马返回金山待命。

叶旺等四人又跑了一段路程，见没有了追兵的踪影，便按卜家奴所指的道儿继续向前走。因为他是当地人，对山岳、道路、林莽都熟。为把握起见，彻底躲开兵卒的追赶，卜家奴就让大家拉荒穿林直行，没走当年开辟出的铁车旱道，先向南又向东直行，奔往伊通河、饮马河、粟末水一带，远远离开了金山。这时，天近晌午，前边出现了一个大集镇。经打听，才知镇子离金山数百里。大家对能在如此短的时间内跑出那么长的路程而感到吃惊，四匹座下的神行太保真是太神速了，眨眼工夫便进入了安全地带，离开了纳哈出的控制区。

镇子看上去很繁华，住户不少。集市上有赶车的、步行的、骑马的，也有挑挑儿的、担担儿的、卖山货的，还有赶着牛、羊、猪群的，有男有女，有老有少，十分热闹。人们拿着自家的东西以物易物，用我的皮张换你的土产，用我的狍肉干儿换你的靴子，用我的布帛换你的饰物，或互换日用百货，个个乐此不疲。李佑上前向一个男孩儿打听此为何处？告知是榆木河子。道边儿一位卖山羊皮货的老者还介绍说："镇子是因靠近榆木河而得名。这条河是粟末水上游的一条支流，河水来源于长白山的东沟顶子。由于近年来猎户、农户不断增多，便在小镇附近形成了三个寨子，一个叫卢家寨，一个叫马家营子，另一个叫乌蛇岭，皆位于榆树河岸边，像'品'字形。其中，乌蛇岭最大，那里有纳哈出设立的一个站赤，兵丁日夜驻守。今天正好榆木河子有集市，因此，三个寨子的人全聚在这里。榆木河子的位置挺好，离那三个寨子均八九里地远，也有一些人家住，叫榆木河子寨。时间一长，这个小寨反而发展起来，人丁兴旺，成为中心之地，远远超过了乌蛇岭。乌蛇岭地势险要，是个交通要道，可谓咽喉之地，进入东海窝稽部必经于此。所以就显得极为重要，然而住户不如榆木河子寨多。现如今卢家寨的人、马家营子的人，还有乌蛇岭的人，到一定时候都凑到榆木河子赶集。"大家听了老汉的介绍，再看看眼前的集市，还真是人山人海，嘈杂震耳。在当时荒凉的辽东来说，算是很少见到的景象了。

这些年来，元朝亡败，明朝初兴，辽东世面儿很乱，不少城寨成了几不管之地，被土豪占据了，就由土豪占山为王；被匪盗占据了，就由匪盗占山为王；纳哈出派兵驻守的地方，就由纳哈出管，也有归高家奴部下管着的。总之，谁的势力强，便由谁管。明朝尽管已兴起，然而在辽东的势力还不强大，即使是纳哈出想全管起来，同样是鞭长莫及。榆木河子寨正是属于这样的地方，几不管又几都管。原来因逃兵役、逃苛捐杂税而进入深山老林的各族住户，过了几年便乘着混乱，又络绎不绝地走出了荒山沟儿，在榆木河子搭仓子、盖棚子。因为此地交通便利，买卖东西方便，比深山老林见不到人烟好多了。所以，人越聚越多，于是榆木河子寨逐渐畸形发展起来了，并出现了榆木河子大集。看着集市上人来车往络绎不绝的，卜家奴兴奋地说："在早我来过这儿，没见到有这么多人。集市也是近两三年才有的，要我看哪，比金山大寨还热闹呢！"

叶旺望着喧闹的集市，又向周围看了看，越瞅越感到奇怪，像突然想起了什么似的，回头问卜家奴："哎，卜家奴，我怎么觉得这儿咋看咋面熟呢，咱们是不是来过？"卜家奴说："是呀，你我正是在小河边儿，半夜突然被乌蛇岭的一伙儿人抓住的。你看，集市东边儿不就是咱们待过的那条小河吗？"叶旺顺着卜家奴手指的方向望去，见确有一条河，心想："卜家奴说得对呀，肯定来过榆木河子。"为了看个仔细，他牵着马，穿过集市，按照走过的路重又返了回去。其他人虽不解其意，但也没多问，只是紧随其后。叶旺是什么意思呢？他要亲自到实地看一看，再回忆一下前些天的一个晚上是不是真的在此地发生了那件事情，还有自己和卜家奴究竟是怎么被抓的。

当四人重返到小河边儿时，一看周围的树林、小河、沙滩，叶旺证实了："没错，那天正是在这块儿，达家奴提出要到乌蛇岭去看一下。待他从乌蛇岭回来后，由于当时天太晚了，大家就在河边儿歇息了。半夜，便发生了我和卜家奴被绑的事儿。"至于到底咋那么巧被逮个正着，他一时未想明白。

从金山逃出来的一路上，明月长老精心地护送着叶旺将军。老人家想事儿很细，又有丰富的经验，总是不停地叮咛李佑要提防追兵，心里还一直记挂着爱徒娟娟。为了救叶旺他们，娟娟宁肯把马舍出来，自己却留在了纳哈出掌管的金山。明月长老并不担心娟娟会有什么闪失，深知徒儿有勇有谋、有闯劲儿，即使被一群兵将包围，也不是她的个儿。那么，为什么时时放心不下呢？是因为娟娟第一次来辽东，人生地不熟的，大家分散开了，互相不能保持联络。这里的土地面积又那么大，茫茫四野，再认差了道儿，容易走失了。一旦丢了娟娟，可上哪儿找去，回去怎能向刘伯温老军师说得清？更没法儿向皇上和马皇后交代。李佑倒是几次跟明月长老说："师太呀，咱们是不是等等我师妹，慢慢走？或者是我勒马按原路回去找，你们继续往前走。怕是走得越远，越难于同娟娟会合，时间一长，有可能真的走丢了。"看来，李佑是打心眼儿里惦念师妹。他哀求了好几次，然而明月长老为了保护叶旺以最快的速度逃出纳哈出的追兵马队，始终没答应，令李佑暂时不要去找娟娟，护送叶将军要紧。眼下他们已脱离了险境，追兵不见影儿了，李佑便又一次提醒明月长老："师太，你们先走吧，我回去找找娟娟。不然越离越远，娟娟找不到咱们，那不两下着急吗？"明月长老仍没同意，叶旺也表示反对，说道："李佑，千万别胡来，对辽东的路你同样不熟。你找娟娟，说不定娟娟没找到，我们回头儿还得找你，别丢了一个再赔上一个。我看咱们不妨先找个地方，歇歇气儿，吃点儿东西，然后合计合计下一步该怎么个行动法儿。"听叶旺一讲，李佑觉得说得也是，这才不吱声儿了。

走了这么远的路，大家的确是饿了。天没亮就从金山逃出来了，马不停蹄地一直走到现在，哪能不累、不乏？于是，他们在热闹的集市里，选了一个既临街又稍偏僻的小饭馆儿下了马。店家见有人来，满面笑容地早早出来迎接，把四位的坐骑牵到院子里，拴在马桩子上，又随便抱些干草放在马槽子里。叶旺疼爱马呀，知道人累马更累，怎能让马吃些脏乱的草呢？弄不好再病了，那可麻烦了！便吩咐李佑陪着明月长老先进饭馆儿喝茶歇息，回头叫上卜家奴，一起去集市买了些新鲜的干草和马料。回来后他自己亲自喂，让马吃好、喝足水，喂完了，才进入小饭馆儿，来到明月长老身旁坐下。尽管大家肚子很饿，但由于心里有事儿，一有火又吃不下，因此只简单要了点儿饭菜胡乱吃了，然后让店家算账，交了银子，走出饭馆儿，继续上路了。

走了一会儿，出现在四人面前的是个三岔口。卜家奴边用手指点着边介绍道："你们看那三条路，一条是回返金山大寨的，一条向西奔辽阳方向的，另一条往东奔乌苏里江方向的。"明月长老侧过头来，冲叶旺问道："叶将军，你们曾走过哪条路？此地熟不熟，来过没有？"叶旺回道："师太，自从咱们分手，您与娟娟去了金山，我们原本要走的就是这条向东的路，准备去窝稽排子看看女真的朋友们。达家奴却告诉说，从榆木河子走近，可抄近道儿。我和卜家奴听了他的话，选了方才走过的路，并在小河边儿夜宿。正是当天半夜出事儿了，真是莫名其妙，太蹊跷了！而且直到现在未弄明白到底是怎么回事儿，更不知达家奴的去向。我与卜家奴这次同师太过来，是有意从金山骑马南逃，再往东边曾来过的方向奔，而没往西去辽阳，就是想弄清当时是因为什么被纳哈出派兵活捉的；另外，也是为了找达家奴，不能把他丢了呀！可惜不知道他藏匿在哪儿，或许被纳哈出抓去了都是说不定的事儿。"看得出来，叶旺仍是一脸的茫然。

明月长老听了叶旺的话后，想了想，然后缓慢地说："叶将军哪，我看你的想法对，刚才不是说了要合计一下吗？这样吧，现在就到林子里找个地方坐下，大家商量商量。咱们总不能像野狍子似的遭猎人追赶，只顾乱跑一气，疲于躲避；另外，是得琢磨琢磨上次是怎么吃了这个亏，好好儿总结总结，然后再行动。"明月长老讲的正合叶旺的心意，便道："成，按师太说的办。"于是，四人走进了密林，放开了缰绳，让马吃草，选了个空地儿坐下，一块儿商议起来。

明月长老环视了一下眼前的三个人，首先开口道："叶将军、卜将军，我们已经远离金山大寨，相对比较安全了。眼下最令人挂心的自然是娟娟，对这孩子的情况一点儿不知道。不过，我相信凭她的机灵和武功，暂时不会有什么亏吃。可是互相断了信息，时间长了也不行，还是得想办法联系上。路上我始终在寻思一件事儿，就是叶将军为什么会暴露，纳哈出的兵将是怎么知道小河边儿留宿地点的？难道是由于一时不慎，露了马脚？我知道叶将军办事一向很细，想得特别周到，不会是这样的。那么，是有人说出了此次行动的底细？倘若没说，我跟娟娟到了金山，从未提过你们的事儿，怎么会让敌手知道了？咋就把你个大明朝辽东都指挥使司同知不费吹灰之力、顺利地抓住了？这是多么严重的事情，要是朝廷知道了，可怎么交代？"叶旺听后，脸一红，低下头，没吱声儿。

明月长老看了看叶旺，停了一下，接着又道："仔细想想，这事儿很值得深思呀！而且你们是三个人，又始终在一起，后来你和卜将军被擒了，而达家奴却安然无恙。那么，达家奴是如何脱身的？当时他在哪儿？叶将军讲得对，既然达家奴是咱们一伙儿的，当然要弄清其下落，不能不管不问地一走了之。退一步讲，即使达家奴不是同伙儿、不是朋友，还算是武林中人，总不能咱们先回辽阳而把他扔了吧？再说，金山的不少事儿并没弄明白呀，有很多站赤目前尚未争取过来，将来必须得收复。如果没完成差事便走，怎么能把东海窝稽的女真人笼络过来？所以，在老尼没跟你们分手去找娟娟之前，得先把一些重要的事儿商量一下。有了结果了，我立马同李佑回去寻娟娟，不能耽搁了。咱们仔细分析一下，找出对策，之后再想下一步的行动。"叶旺抬起头来，看着明月长老，诚恳地说："师太说得对，从被抓到现在，我脑子里一直有些疑问，也在反思这件事。都是我的错儿，身为辽东都指挥使司同知却没有尽到责任，不仅自己遭难，还连累了卜家奴兄弟，偏偏又给扔到纳哈出手里了，受到了不小的损失。全仗师太、娟娟和李佑兄弟把我俩救了出来，真得谢谢大家。应该是吃一堑，长一智，不能再上二次当，理当好好儿总结一下教训。至于我的过错，定会奏报朝廷，心甘情愿接受处置。师太，您老帮我们拿拿主意吧，然后赶紧去找娟娟。况且大家都惦着娟娟那边的情况，剩她一个人，怎能不让人担心呢？"明月长老听后，赞同地点了点头。

各位阿哥，说书人多次讲过，辽东的大片土地，在大元灭亡、大明尚不能完全控制的情况下，各处异常混乱，群雄割据，相互争斗不已。其中，纳哈出的力量最强，拥兵自立，以金山为基地，不断向外扩张。然而内部并不是铁板一块，其部下如高家奴等，都各有自己的势力范围。尤其在纳哈出鞭长莫及之地，又有女真吐蕃诸部落新兴力量的崛起，战事更是硝烟不散。辽东东海窝稽部的面积不小，大致分成五大片儿：北有萨哈连部，中有窝多岭部，东有虎尔哈部，东南有恤品部，还有靠着东海、在恤品部东南和东北一带的东海部，是由元朝那些为逃避朝廷盘剥和徭役而逃到此地的诸族百姓扩建而成的。东海部所居地带物产丰富，林高山陡，易于割据，便于自守，利于生存。开始时，纳哈出想把这部分力量笼络过来，主要是凭借原女真兵和高家奴等女真后裔来进行控制。当时进入东海窝稽部的通道有三条：一条是从北边的兴格定东进至伊曼河，入东海；另一条是从南边通过瑚布图河进入绥芬河，再到乌苏里江上游一带的恤品部；还有一条是从图们江北上，然后东进，也可进入东海。那里的不少地方，明月长老曾分别去采过药，结识了当地的一些土民。

　　这回按照分工，由叶旺、卜家奴、达家奴三人进入东海窝稽部，同当地的土著居民女真人交朋友，建立基地，为大明统一辽东奠定基础。他们去的时候，先是走南路，准备进入东海后，接触赫思痕妈妈部落。如果那块儿有纳哈出的兵力控制着，进不去，则继续北上，走兴格定，一路去接触萨勒痕妈妈部落。于是，三人马不停蹄地走南路，到了瑚布图河。达家奴对那一带很熟，还没来得及歇息一下，便去找人了解情况，回来后，对叶旺说："我找了几个朋友，秘密了解了一下，看来此处不行。他们说这里已让纳哈出的元兵封锁，把守甚严，根本进不去。咱们还是北上到兴格定吧，那里也有朋友。"既然达家奴这么说了，他们就奔属兴格定地域的虎尔哈部而去。半道儿经过榆木河河口时，达家奴又说了："乌蛇岭有我的朋友，可先到那儿去一趟。"叶旺说："好啊，不妨一起去见见你的朋友，相互认识一下也应该，多个朋友多条路嘛！"话音刚落，达家奴突然像想起了什么似的，马上改口道："叶将军，要不这样吧。不知朋友眼下是否方便，再说他一向胆小怕事，不愿见外人，不如仍由我一个人先去联系一下。如果行，咱们再一块儿过去，到那时把他介绍给你们也不迟。"叶旺一看达家奴面有难色，答应道："好吧，你先过去看看，我们在原地等着。"于是，达家奴自己去了乌蛇岭，时间并不长，很快返回来了，对叶旺、卜家奴说："我打听了，此路可行，肯定能过去，刚才已经同他们联系妥了。"叶旺听达家奴这么一说，觉得反正能过去，用不着太急了。何况大家走了很长的路，又困又乏的，总该歇歇脚，遂决定在榆木河子的河边儿搭个地仓子宿营。三人生起了火，自己带有干粮，达家奴还从河里网了点儿鱼，烤了用以下酒，吃后便各自歇息了。

哪里会想到，到了半夜，正睡得迷迷糊糊的时候，叶旺突然感觉好像来了不少人，刚一睁眼，没等完全清醒过来呢，就稀里糊涂地被一些兵勇五花大绑地紧紧捆住了，头上还给套上了一个用皮子做的水桶，憋得气儿都喘不上来，那是有眼看不见、有话说不出、想动动不了。当时究竟哪个被抓、哪个没被抓，因互相谁也看不见谁，当然不清楚。叶旺以为三人全没跑了，在押解的木笼中，才知道只有自己与卜家奴被抓，想必达家奴已经逃脱了。心中暗暗庆幸：好在逃出了一个人，没连窝儿端。

就这样，叶旺与卜家奴被不明不白地绑了几个昼夜，连拉屎、撒尿都由兵勇架着，看管得相当严，后来便被囚禁在牢房。他们因为头始终蒙着，也分辨不出东南西北及究竟到了一个什么所在，更不知被哪些人关进了哪里的囚牢。直到娟娟和李佑将他们救出，才知道是被带到了金山，囚在了纳哈出府内的水牢里。

叶旺对卜家奴是信任的，在去东海的一路上，卜家奴跟叶旺联系比较多，也愿意听从调遣，关系处得挺好。有一天，三人在去往虎尔哈部的半道儿上，于林中搭一柳条棚子夜宿。叶旺觉得有点儿累，倒头先睡了，半夜醒来时，一摸旁边地上是空的，当即心中一惊！急忙坐了起来，这时就听窝棚外头有人说话。他再细听，正是达家奴和卜家奴二人的声音，似乎在林子里争论着什么，声儿还不小，心想："他们为什么事儿呢？"便披上衣服，起身走出了窝棚。当他来到两人跟前时，卜家奴、达家奴一看惊动了叶将军，马上闭嘴了。

开始时，叶旺没在意，以为是睡不着觉在那儿闲扯，一来二去地说僵了，后来一琢磨，觉得不对劲儿："他们肯定是在谈一件重要的事儿。不然，三个人本来是一块儿行动的，有什么不可以公开，为啥偏偏背着我单独谈？"从此叶旺悄悄儿注意起来，并发现达家奴这个人话语不多，行动挺鬼祟的，每当与自己面对时，表情总是怪怪的，很不自在，卜家奴倒是照常那么亲近。

说起来，还是叶旺没有经验，有些麻痹。卜家奴在北去的路上曾几次对他讲："叶将军，我看得多长个心眼儿好，小心无大错。咱们是不是先不去兴格定了，回头找明月长老吧，让他们前往东海成不成？"叶旺听后，生气地申斥道："卜家奴，说哪儿去了？不是分工了嘛，明月长老和妙善是到金山大寨去，咱们的差事才是去东海窝稽部。到那里主要是与当地土著人交朋友，了解情况，尽量把女真人笼络过来，使他们不再成为纳哈出的帮凶或被欺骗、利用，怎么能说不去就不去而让明月长老他们去呢？"卜家奴一听这话，便不好再说什么了。

此时的叶旺看了看明月长老和李佑，又瞅了瞅卜家奴，把发生的事儿前前后后联系起来仔细一想，感觉到这里肯定有问题，认为卜家奴和达家奴欺瞒了自己，便厉声儿问道："卜家奴，你与达家奴究竟干了哪些对不起我们的勾当？从实说，那天夜里你俩背地里唠了些啥？另外，为啥几次让我小心点儿，还要换明月长老他们去东海？到底发现什么了？没想到我那么信任你，反过来却居心叵测、暗里藏刀。要是不讲实话，可别怪本将军不客气，必杀无疑！"说着"刷"的一声拔出了宝剑。卜家奴慌忙解释道："叶将军，请放心，我的心是向着大明的。要想背叛朝廷，等不到现在，早溜了。我之所以提醒你，是因为当时达家奴有不少事儿令人生疑。不仅劝我与他一起离开，还说不要真心相帮，什么事儿都是此一时彼一时。我说人不能没良心，既然决心弃暗投明，就要跟着大明的人走到底。他不同意我说的，为此我俩争得面红耳赤，这样的口角已经有好几次了。那夜正是为此又吵了起来，后来见你来了，才停止了。我同达家奴都是女真人，又是当地人，所以不愿把他的事儿说出去，觉得那样太不够哥们儿了。"叶旺问："这些话为何早不告诉我？"明月长老赶忙接过话茬儿，批评叶旺："叶将军，这事儿不是卜家奴兄弟的责任，不能怪他。是你经验不足，太疏忽大意了，头脑少根弦儿，结果上当吃了亏。当时不是没有发现蛛丝马迹，怎么就不注意呢？还责怪卜家奴事先没有告之，是你没有把事做到家，考虑得不细。"此时，一直没吭声儿的李佑插嘴道："现在看来，已经很清楚了，达家奴肯定叛变了！他降明是假，根本没有真心，实则暗通纳哈出。你们当时被元兵捉拿，他却啥事儿没有，毫无疑问，就是达家奴报的案！"说完忽地站了起来，不禁面带愠色。

明月长老越琢磨、越分析，越觉得事情正是像李佑说的，没错！便斩钉截铁地冲叶旺说："你和卜将军被抓之事，板儿上钉钉儿是达家奴所为，这个人太可恨了！叶将军，必须马上行动，直接去乌蛇岭，那里必有与达家奴接头的内线。咱们设法先找到此人的地址并抓到他，然后通过内线去找达家奴，想来不难。"卜家奴接过了话茬儿："长老所言极是。

达家奴曾跟我说过，他有一个朋友住在乌蛇岭，好像还是纳哈出和高家奴手下的一个站赤官呢！"明月长老说："你们看，这不越说越对嘛！别的先不用顾，去乌蛇岭寻到与达家奴接头人的地址后，再秘密打探达家奴的行踪下落，估计眼下仍在那儿。因为从你们二人被抓到现在的时间并不长，解救出来的消息不会那么快传到乌蛇岭。而我们是骑快马从金山而来，行动极为迅速，这一点他们比不了。再说了，乌蛇岭既然不知道消息，就不会有防备。趁此机会，咱们突然而至，非常有可能抓住达家奴。擒住后，经过审问，事情的真相便会大白了。只有弄清细情，知表知里，我们才能掌握主动。"叶旺、卜家奴和李佑皆认为此想法好得很，于是，四人四马即刻动身，驰奔乌蛇岭。虽然叶旺和卜家奴没到过那儿，但周围一带总还去过。于是，由二人在头前领路，明月长老和李佑跟随其后，沿密林中的悬崖小路疾速穿行。

话要简说。叶旺等四人飞马赶往乌蛇岭，待到了村头儿，已近亥时。山村一片寂静，只听阵阵的寒风发出呜呜的声响，人们早已进入了梦乡。明月长老用暗号儿把三人聚到自己身边，询问道："叶将军、卜将军，你俩再回忆一下，那天达家奴找他的联系人时，走的是哪条路，说没说到什么地方去找朋友？"叶旺想了想，随即一拍脑门儿道："对呀，恍惚听达家奴叨咕了一嘴，说是要到乌蛇岭西大马架子去，有个朋友住在那儿。还声称他们之间的关系挺好，走动挺勤。"卜家奴说："达家奴和我也唠过，说他对乌蛇岭特别熟，认识的朋友是老两口儿，带着两个闺女。没错，是住在西大马架子！"明月长老说："这就好办了，咱们去找那个地方。既然叫西大马架子，应当是在乌蛇岭的西边，走，往西去！"四人分别换上了夜行黑衣、紧身小打扮，利落、灵巧地直奔屯子的西头儿。

其实，乌蛇岭的住房稀稀拉拉、零零散散的，找户人家并不难。叶旺他们顺利地在村子的最西边林子头儿那块儿，找到了既有上房又有厢房的西大马架子。这是一处半地窨子式的长房子，少半截儿在地上，大半截在地下，便于防寒，难怪叫马架子；上房朝阳，是一大趟儿，下房分立正房左右；东下屋看上去还行，西下屋是个半地窨子式的小马架子，又脏又破。叶旺观察了一会儿，然后小声儿说："肯定是这家。你们看，上房的结构和长度同两边的房子不一样，很显眼，估计是主人的住处。东下屋自然是两个闺女的闺房了，西边的那个小厢房，大概是用人或管家、看院子人住的。"明月长老听罢，靠近了大马架子，见房子周围是用木条子夹了一圈儿板障子，便跷起脚尖儿由外向里仔细观瞧。此时，尽管月亮隐入了云层，乌蛇岭一片漆黑，不过别忘了，那明月长老可是武林高手啊，眼睛尖得很，在黑夜中照样能把院子里的一切看得清清楚楚。她看什么呢？看院子里有否巡逻之人，尤其是有没有狗。狗的耳朵极其灵敏，若是有的话，你一动，哪怕是发出一丁点儿声音，它都会叫，那不添乱吗？老人家瞅了瞅，然后悄声儿对围上来的叶旺、卜家奴、李佑说："这家有狗，千万不要乱动，在院子两头儿找暗处给我监视着。不许有外人进院儿，进来一个抓一个。也不许有人从院子里出去，只要出来，必须死死地摁住，还不能让他喊出声儿。你们精神着点儿，只要听到我的咳嗽声，立即过来。"叶旺、卜家奴遵命，转身躲到暗处，监守着西大马架子院儿。这时，只见明月长老从腰中抽出一把短刀拿在手里，侧过身在李佑的耳边嘱咐了几句。李佑点点头表示明白了，抬头看看天，试试风向，噢，是北风，于是，脚步轻轻地顶风绕到北面上房头儿处。原来是明月长老让他学狗叫，以便把院子里的两条狗引过去。

李佑很有经验，他知道，在夜间学狗叫的声音不能太大。倘若大了，屯子里家家户户的狗都会跟着叫的，能把全屯的人招呼醒了，那不糟了吗？所以，只能小声儿叫，借着风力让院子里的狗听见就行了。他紧贴着木障子，瞪大眼睛寻找着，终于发现有一处板障子出了个窟窿。板障子本来夹得挺紧的，可能是因为猪哇、牛呀、狗啊什么的老是从那儿钻来钻去的，时间长了，硬是给挤出了一个洞。李佑蹲在那儿，用手捂着嘴，学开了狗叫。还不是一般的狗叫，而是学狗互相之间说话、交流感情的叫法："汪，汪汪，汪汪！"真是太像啦！这叫声是什么意思呢？代表一条野狗闲来无事，为找野食而来到了此处，好像在说："我要进你们院儿找点儿吃的！"向里边通告着。动物与动物之间有它们特有的联络方式，通告了，可能相安无事；不通告，双方立马会打起来，绝不客气，那可是往死里咬哇！

李佑这么一叫，把那两条黑底白花儿的大狗给吵醒了。两条狗正趴在院子里，眼睛一会儿睁开、一会儿闭上，似睡非睡的，虽然听见外头的"野狗"向它们打招呼了，但仍趴在那儿没动，带搭不理的，只是声音不太大的回叫了几声，听起来很傲慢，似乎在说："不行，不行，快走吧！你进来，我家主人不答应。去别的地方找食吧，不要到我们院子来！"可那"野狗"不答应，又叫两声，表示我一定要进去。这样一来，里边的两条大狗生气了，忽地站了起来，一条从障子上方蹿出去了，另一条顺着声音从障子窟窿眼儿处冲了出来。两条狗站在障子外头，冲"野狗"传来声音的方向，汪汪地大叫着、轰撵着，意思是你咋这么不识趣儿呢？赶紧离开这儿，快滚！要不咋说狗仗人势呢，西大马架子是它们的家呀，属于它们管辖的一亩三分地，当然很仗义，心想："在我的地方竟敢不听话？叫走还不走，看怎么收拾你！"于是噌地冲了过去，想要撕咬那只"野狗"。

　　狗的眼睛可尖了，不管在多黑的地方，只要有东西便能看见。两条狗一听，立即辨别出声音来自障子窟窿旁边的黑影儿，就往跟前凑，再细看黑影儿时，觉得既像同类，又有点儿不像，于是也没管那些，一边叫着，一边向前冲。李佑趴在那儿，抬着头，两手捂着嘴，冲大花狗继续叫。两条狗觉得奇怪了，听出叫的声儿与同类不一样，心想："这是哪路货呢？"遂张着大嘴，呼哧呼哧地喘着粗气，伸着红红的长舌头，往李佑那边看。过了一会儿，两条狗终于明白了，哪是什么同类呀？分明是人！慌张得刚要大叫，想告诉主人："不好了，来贼啦！"可还没等叫出声儿来呢，说时迟，那时快，只见原本全身趴着、头紧贴在地面的李佑，突然一个腾身跳将起来，把早已掐在手中的两支可以让狗昏睡过去的小毒箭嗖嗖射了出去。也是真准哪，支支正中狗的前嘴巴子上，两条狗顿时瘫倒在地。李佑一个箭步蹿过去，两只手分别扯着狗的前腿，拽到墙角儿下方一片小树林的深沟旁，顺势一用劲儿，扔进了沟，心里话："你们暂时不用替主人看家了，在里面儿好好儿给我睡一觉吧！"做完这一切后，又学夜老鸹嘎、嘎、嘎地叫了三声。

　　明月长老听到李佑发出的暗号儿，知道狗已被解决，一纵身跳进了板障子，疾步来到右侧的小马架子跟前，拨开门闩进了屋。屋里挺黑，朦胧中，只见一个老头儿光着脊梁睡在土炕上。明月长老两步冲到炕边儿，把刀横在他的胸膛上，压低声音说："老人家，醒醒！我是过路客，请告知，上屋住有什么人？胆敢欺瞒，先让你见阎王！"老头儿打着呼噜睡得正香，冷丁听到有人说话，吓得一激灵就醒了，刚想动，便觉得身上瓦凉瓦凉的。你想啊，那是单刀哇，刚从外面拿到屋里，放在睡得热乎乎的肉皮上，能不凉吗？再一听说话的声音，知道不好，是有贼进来啦！老头儿又觉出刀正横在自己的胸口儿上，也挺鬼，没敢动，心想："黑灯瞎火的，谁知外头有多少人马呀？本来是天下大乱的年头儿，来的那些人不是强盗就是贼兵，还顾什么？保命要紧哪！"想至此，这才哆哆嗦嗦地回道："哎呀，饶命，饶命啊！听声音，您是位奶奶吧？不瞒您说，上屋是我们主子老两口儿，东下屋是主子的两个千金。"明月长老又问："说实话，你的主子是哪个族的，屋里还有别人没？快说，不说宰了你！"老头儿哀求道："不瞒太奶奶，千万别杀呀，我是好人哪！谁欠你的债找谁算去，他们可是通辽阳官府的人啊！"明月长老说："少废话，我咋问你咋回答，别扯没用的！""禀告太奶奶，主子是汉人，叫巫顺，到乌蛇岭四五十年了，眼下没在家。倒是有个外人，前些天来的，说是主子的朋友。这个人很厉害，认识当地的女真兵，就是他让我们主子出去办事儿去了，到现在还没回返。今夜上屋只有老夫人住着，那个外人……"老头儿说到这儿，似乎有些害怕，突然停住了。明月长老有意将手中的刀动了一下，催促道："接着讲，那外人怎么了，住哪间屋？"老头儿哪敢隐瞒，只好说："住在东下屋，我家的两个千金都被他霸占了，天天睡在一起。听说天一亮，他要赶早上金山。"明月长老听罢，把刀从老头儿身上拿了下来，缓和了语气，小声儿交代说："我来的事儿，不准对任何人讲，权当不知道。谁要问起，可说没进过你的屋。否则，你也会被官府抓去，记住没有？"老头儿连连点头答应道："太奶奶，小的记住了，记住了。"明月长老怕他乱动，随手点了穴，老头儿立马昏睡过去。一切全弄明白了，明月长老出了屋，到西墙边儿咳嗽了一声。

此时，等在外面的叶旺、卜家奴、李佑一听明月长老发出的信号儿，立即围了过来。明月长老命李佑、卜家奴仍在外守候，监视上屋的动静，随后与叶旺来到两位千金住的东下屋。一推房门，没开，里面扣着门闩呢！乡野的土墙、土房，如何能挡住明月长老？遂将夜行匕首插进门缝儿，轻轻一拨，门便打开了。俩人摸黑儿进了外屋，见里间的房门并未关，人睡得正香。他们做梦都想不到会有人在天没亮时，神不知、鬼不觉地闯进来！

明月长老来到炕头儿，摸到了柜子上放着的火油灯，用火镰打出火星儿，呼啦一下点着了。油灯一着，屋里顿时亮堂了，二人看得分明，炕上确实睡着三个人。屋子突然一亮，睡在炕里边的那个闺女扑棱一声坐了起来，叶旺早用刀指向了她的鼻子，示意不许出声儿；另一个听见动静也醒了，刚爬起半身，明月长老见她一丝不挂，立即用刀摁住，使了个眼色，令她不准动！闺女见此，赶忙又缩回被窝儿里。此时，夹在中间的男人仍在酣睡，鼾声如雷。叶旺凑到近前一看，不是别人，正是那个败类达家奴！当时简直气炸了肺，也不管明月长老就在身边，不顾一切地窜了过去，两只大手狠狠掐住了达家奴的脖子，掐了一会儿，使劲儿一拽，便把他从被窝儿里拉了出来，随即啪嚓一声扔到了地上。达家奴全身精光，被掐得又憋闷又难受，差点儿一口气儿没上来，不是好声儿地叫唤着："哎哟，我的脖子呀，疼死人啦！"边叫边满地打滚儿。

刚开始时，达家奴是丈二和尚摸不着头脑，懵懵懂懂的，过了一会儿，才仰脖儿上看，一瞅不要紧，当即吓傻了，原来是叶旺将军和明月长老站在自己的面前！他忙一翻身，反贴大饼子似的来了个蛤蟆扑地，屁股朝上头啃地，连声儿说："小人该死，小人该杀！师父啊、叶将军哪，看在一时糊涂的份儿上，你们宽大为怀，饶了小的狗命吧，必当牛做马报答不杀之恩哪！"炕上的两个闺女见达家奴吓得这般惨状，早慌神儿了，呜呜嗬嗬地大哭起来。明月长老命令道："丫头，赶紧闭嘴，没你们的事儿。不要出声儿，快把衣服穿上，躺在那儿别动！"然后转过脸来，瞅着地上的无耻之徒，喝道："大胆达家奴，竟敢反叛大明朝，该当何罪？我们本已不念旧恶，收降于你，并以诚相待。你却放着正道儿不走，人在曹营心在汉，助纣为虐！痛快儿招来，是谁让你这么干的？又是谁命你抓走了叶将军和卜将军？说！"达家奴在地上唉声叹气地回道："咳，是我的主意，全是我的主意。"明月长老气愤地吼道："胡说！纳哈出的兵将是怎么知道叶将军他们行踪的？为啥给抓到了金山？快讲是如何与纳哈出勾搭连环的，不许欺瞒！若说不清，别怪老尼不客气，只好点天灯了，让你干遭罪，慢慢地、一点点儿地烧死你。若说清楚了，还可饶你不死！"话音刚落，随之就听"刷"的一声，叶旺早已不耐烦了，将刀抽了出来。

达家奴听了明月长老的一番话，又看到怒气冲冲的叶旺双目圆睁，眼珠子都气红了，心想："看来熬是熬不过去了，已经到了这份儿田地，只好求生了。"便哀告道："师父、叶将军，给我一件衣裳遮遮体吧，都说了还不行吗？"叶旺从炕上扯过一件皮袍子，甩到他身上，厌恶地说："你还知道羞耻？听好喽，不许乱动，就在地上趴着！啥时候讲清楚，啥时候让你起来。"达家奴只好和盘托出："说老实话，我的一切行动听高家奴的，去榆木河子抓叶将军也是他的坏点子，同纳哈出没有直接联系。至于高家奴、曾家奴他们具体怎么与金山联络，我真的不知道。"接着，又一五一十地交代了与高家奴的关系。

明月长老、叶旺听后，不但知道了不少新情况，而且不禁大吃一惊啊！特别是身为辽东都指挥使司同知的叶旺，把辽东的平抚之事看得太简单、太容易了，没有深入领会刘伯温老军师嘱咐的要稳步前进、稳扎稳打的策略，甚至把元朝的降将想象得过于单纯了，以为只要降过来，便会跟大明一条心。现在看，高家奴一伙儿所谓的投降，是一个地地道道的骗局，明降暗不降！由于叶旺对他们放松了警惕，结果才捅出了这么大的娄子，被高家奴牵着鼻子走，吃亏不小。一切全清楚了，达家奴原本就是高家奴的人，为防御明军进入辽东，高家奴才把这个心腹派到辽东半岛镇守盖州的。达家奴为此次的高升，能不感激高家奴的器重吗？当然跟他一个鼻孔出气了。高家奴降明后，暗中嘱告达家奴："咱们降明是假，反明是真。要多长几个心眼儿，留心各方诸事，随时听我调遣。"马云、叶旺让高家奴去大宁做曾家奴的工作，顺路到北平拜见徐达大将军，没承想恰好给高家奴与曾家奴的勾结创造了条件。高家奴到了大宁以后，根本没去北平府拜见徐达大将军，而是一直住在曾家奴处，共商反明大计，发誓一起跟大丞相干一番惊天动地的大事业。高家奴总是忘不了与纳哈出的密切关系，也想到儿子、家产在金山，于辽东一带惨淡经营了多年，各地皆有自己的心腹和力量，干吗真心降明呀？如果降明，好不容易获得的一切不就半途而废、前功尽弃了吗？再说了，他对反明之后的未来始终充满着幻想和野心，甚至认为，将来的辽东说不准是纳哈出能称王还是我高某人能称王呢！很显然，他投降时，对叶旺等明朝将领所说的都是假话。他要不折不扣地依照与曾家奴商定的计划，组织辽东元朝的残余势力，为复元大干一场。在去大宁时，高家奴已经知道了叶旺与卜家奴、达家奴要去东海，便找来达家奴秘密商议，设法将叶旺引到榆木河子，然后，再通过一手提拔起来的亲信巫顺进行联络，以便抓住叶旺。由此可见，达家奴所干的一切，毫无疑问是高家奴事先安排好的。

　　各位阿哥，说起巫顺，需要详细介绍一下。他原本为高家奴手下的军需统管，是其心腹将领，还兼着乌蛇岭镇守军的头领。所谓的镇守军，乃纳哈出率领的元朝金山大寨兵力的一部分。也就是说，巫顺既是镇抚地方的将领，又是乌蛇岭一带的军需统领，差事是为纳哈出的金山大寨征调、购买辽东皮货。表面上是为军需购物，实际是强行征调，低价搜刮北方女真各部的皮革，到手之后，一部分献给纳哈出和高家奴，另一部分秘密押运到关内，通过各路商家高价出售，从中获利敛财、中饱私囊。

　　巫顺为河北乐亭人士，从小在皮货店当学徒，是从学熟皮子的徒工一点儿一点儿熬起来的。他非常识货，能准确地鉴别北方诸种上中下乘之皮革，可以说是比千金店活计还一本万利的营生，时间一长，名声日高，成为无人不知、无人不晓的"神眼睛"，皆称他"神爷"。一张雪狐子，只要经他的手刷洗修饰，立即可值百金、千金，在皮行中炙手可热。纳哈出、高家奴看中了他，并收买过来，封以官职，成为身边半商半军的双料货。巫顺所开的大宁"祥"字皮货商行，远近闻名，不仅在辽东有分号，于青海、宁夏也有分号。纳哈出规定，辽东和青海等地的皮货必须到巫顺手里，由他统一分配、管理。如果哪里管制得不严，被流散客商套购走了上乘皮货，当地的土著部落酋长必遭到重罚。这样一来，巫顺便想当然成了谁也惹不起的人物。目前，他在辽东东部地区颇有地位和影响，是纳哈出和高家奴窃据辽东的一个得力助手。此次隐藏达家奴及捕捉叶旺将军，也没少了他，而且是他一手操办的。巫顺先是收到了高家奴派人送来的秘密指令，让他务必协助达家奴，抓捕叶旺和卜家奴。就在他正要去寻找达家奴时，达家奴刚巧找上门来了，两人顺利地接上了头。

其实，巫顺早就认识达家奴。因为达家奴本是高家奴手下的将领，巫顺又是高家奴的心腹，他们过去常在一起，自然相互熟悉。俩人相聚后，达家奴告诉他，已将明朝的一位辽东都指挥使司同知、那里的最高首领叶旺以及叛逆卜家奴带到了榆树河子。巫顺说："好，一定要稳住他们，千万别让叶旺觉出什么。你回去以后，可说已经联系妥了，由我的朋友巫顺带咱们进入东海各部落去。"二人秘密商议完毕，达家奴没敢耽搁，马上返回了榆树河子。叶旺却一直蒙在鼓里，对那些勾搭连环之事全然不知，还傻乎乎地认为达家奴是替明朝办事儿，前去找熟悉的朋友去了。

那么，抓捕叶旺前，巫顺和达家奴是怎么商量的呢？巫顺首先向达家奴传达了在大宁府高家奴同曾家奴一起会商的情况以及对反明的部署，还告诉他："高家奴大人的意思是，让我帮助你合力逮叶旺。那不是一般人，是位将军，抓住他，在辽东的影响可就大了，你也算立了一大功啊！至于卜家奴，一向胆小、不可靠，不但丝毫不能透露，而且要严加防范，同叶旺一起囚禁起来，迅速押解到金山大寨。其余事项，包括下一步该怎么办，不用我们管。待高家奴、曾家奴二位平章大人抵金山后，再与大丞相纳哈出一起议定，把复元之事合力办好。到那时，以大明将领叶旺的首级祭旗，然后发强兵，把被他们夺去的辽阳重地重新夺回来。此计划，天机不可泄露，务守口如瓶。眼下最要紧的是，咱俩必须合伙儿全力摁住叶旺，绝不能让他跑了。"巫顺说这话时，两眼始终紧盯着达家奴。

巫顺添油加醋地向达家奴做了传达后，生怕他三心二意，又强调道："此事非同小可。要是办成了，将来所得职位不会一般，定大有可为，前途无量啊！"达家奴听了巫顺之言，跃跃欲试，信心十足，似乎身价一下子提高不少，煞有介事地说："我干脆把叶旺骗到你这儿，在你家将他擒住算了！"巫顺鬼着呢，是个人尖子，当时反对道："绝对不行，那样很容易露出去，对我也不利。你还是设法把他稳在榆木河子，我秘密将兵马派到那儿，就地抓。"二人商量好后，达家奴回到榆木河子，装模作样地对叶旺说："一切全办好了，明天一早动身，由我的朋友带咱们去东海。今天太晚了，再说都累了，咱们在河边儿住一宿吧。"叶旺完全相信了，以为第二天便可前往东海，去找女真部的萨勒痕妈妈，很是高兴，哪承想，睡到半夜却被抓了。

面对眼前的一切，叶旺这才恍然大悟，闹了半天，全是达家奴捣的鬼，没想到这狗崽子以怨报德、两面三刀、人面兽心！他恨自己的头脑竟如此简单，一条道儿跑到黑不转弯儿不说，还那么轻易地相信别人，结果耽误了大事儿。这要是让徐达大将军知道了，非得气坏了不可，大骂一通儿是轻的！他越想越来气，越发咬牙切齿地憎恶达家奴，随之喝问道："达家奴，巫顺到哪儿去了？说！"达家奴支支吾吾了半天，就是不吐实情。叶旺站在那儿直喘粗气，眼睛都红了，恨不得一刀宰了他！还是明月长老有办法，先安慰了那两个闺女，又到上屋看望了巫顺的夫人。从她们的口中得知，巫顺为了达家奴，到军营搬兵去了。

为什么去搬兵呢？因为达家奴怕露馅儿呀，特别害怕，便想出了这么一个馊招儿。当他们把叶旺推入囚车押走以后，由于达家奴的心中有鬼呀，整天忐忑不安，站也不是、坐也不是的，想躲起来吧，又不知该躲到哪儿好，如同热锅上的蚂蚁。巫顺见此，劝他道："不要紧，完全不必担心，就在我家待着，没事儿。过两天咱们一块儿到金山，去见高家奴、曾家奴两位平章大人。"达家奴只好留了下来，尽管巫顺一再地给壮胆打气，可他仍然心神不宁、担惊受怕的。唯恐一旦被辽阳的马云知道了信儿，定将兴兵前来讨伐，替叶旺报仇。那样的话，自己可遭了殃了，肯定没活路了，遂苦苦哀求、缠磨巫顺，让去把正在站赤带兵的巫顺的弟弟巫利找来，在家门口儿日夜巡逻，以防不测。达家奴还叮嘱说："你快去吧，我可熬不下去呀，吓得天天晚上都睡不着觉哇！"巫顺被磨得没法儿了，只能答应，心想："行啊，算不上啥大事儿，反正乌蛇岭站赤的兵归我弟弟管。再说了，我的家及周围正属乌蛇岭之地，站赤的兵丁到此巡逻也是应该的，不过就是每天多跑点儿道儿、兵卒们多挨些累罢了。"

巫顺去找弟弟，说来心中还有一个更秘密、不便讲出的想法。什么想法呢？巫顺也挺恨达家奴，对他十分有气，认为此人太轻佻、太不像话了，对不起我这个老朋友。为什么会是这样呢？因达家奴一向为人高傲，长期以来，始终是高家奴平章大人身边最信任的人，并被授以镇守辽东要地盖州的重任。一般人是得不到这个掌管最富的地方之差使的，是个肥差，在那儿起码能搜刮不少银子呢！达家奴不仅傲慢无理，还好自吹自擂，到哪儿眼皮儿往上挑。除了自己的上司，别人在他眼仁儿里是一点儿没装进去，对谁全看不上眼。至于对巫顺，除承认所开的皮货商行的确是个美差、比干金子的活儿挣钱外，其他方面丝毫不佩服。他觉得你巫顺往哪儿摆呀？武功差远去了，提都提不起来！不但根本没瞧得起，而且认为巫顺家里的人，理应侍候他达家奴才是。每当他一喝起酒来，在巫顺面前是三吹六哨哇，不厌其烦地一遍遍讲自己以往过五关、斩六将之功。而巫顺呢，也是个骄傲得任谁不放在眼皮底下、在人面前总是神聊海哨之人，本来只是个小皮匠出身，后来对皮子的性能、辨识技巧及熟皮方法掌握得很精到，被人们视为一绝，称"神眼师傅"。一说此乃巫大人看好的皮子，又是巫大人经营的，皮子立刻不得了啦，价码就抬起来了。这份儿能耐，朝里朝外的人没有不知道的，连金山纳哈出那块儿的所有名匠也都佩服他。因此，巫顺便觉得自己的能耐任何人不具备，我的手、我的眼、我的嘴，那就是财神爷。你说这张皮子值百金，谁信呀？不可能把你的话当回事儿。只有我巫顺上下嘴皮儿一碰，说值多少钱，就值多少钱。一来二去的，时间长了，他感到自己很了不起啦，是天生我才必有用，甚而看不上别人，目空一切。你说一个盛气凌人的巫顺与傲慢的达家奴碰到一起，能不针尖对麦芒嘛！达家奴整天吆五喝六地抖威风，巫顺哪能愿意看呢？那是打心眼儿里既膈应又烦哪，心想："穷装什么呀？在我面前你也敢吹，还耍奸卖快的？"说实在的，巫顺半拉儿眼没瞧上达家奴，只因有高家奴的指令，不得不接待而已。

尤其使巫顺生气的是，他领着达家奴到自己家来的时候，上下屋全住着人。东屋是他和夫人，东下屋是自己的两个闺女，把达家奴安排到哪个屋都不合适。巫顺想来想去，只好让他到西下屋，就是那个看院子的马倌儿老头儿住的小马架子，并好心对达家奴说："你先委屈一下，将就着点儿吧。这屋挺暖和，烧上炕，一会儿就热乎。再说住不了几天，很快便去金山了。"达家奴可倒好，在小马架子只住了一宿，也不知怎么弄的，第二天却钻进了巫顺的两个闺女房里去了，做得未免太说不过去了吧？老夫人惊诧得忙偷着对丈夫说："可了不得啦，你那个朋友是啥人哪？竟睡进了东下屋，把咱们的两个闺女白白给霸占了！天底下哪有这么便宜的事儿呀？"说着那张脸早已气成了猪肝色。

说书人要向各位阿哥多讲几句。在辽东的老山坳里，很早以来有个旧习，即女人家可以找"拉帮套的"。啥叫"拉帮套"呢？就是女人在自己的丈夫之外，再找一个男人住在家里。那男人可以和女人同睡，但必须得给干活儿，什么挑水、扫院子、打猪草、劈桦子等，啥活儿都干。天天没早没晚地劳作，哪怕是到外面干活儿，挣的银子回来也得交给女家，像本家的长工一样。那时，一个女人能找一两个这样的男人，是有能耐。闺女没出阁，也可以往家找"拉帮套的"，跟自己住在一起，帮助干活儿或给挣钱。倘若干得不好，闺女不满意，长辈又看不上，便毫不客气地撵走。要是生了孩子怎么办？孩子归男方，允许带走。如果时间长了，男女双方处出感情来了，过得还挺好，那就拜堂成亲，成为真正的夫妻，从此"拉帮套的"成了主人家的姑爷。此种情况，在东荒片子的山区里并不少见。

巫顺家的两个闺女便是善于招徕外客的能手，也有这份儿能耐，在当地还小有名气呢！不过此次姐儿俩跟了达家奴，巫顺却很不满，心想："你达家奴都多大岁数了？四十大多的人了，怎能白占巫家的便宜？再说总不能空手搭上我的两个黄花闺女呀！同他吵架吧，现在不是时候，何况是自己留人家暂时住在这儿的，还有一件事儿没办呢。另外，他是高家奴的亲信、身边的贴心人，又帮助金山抓住了大明朝派来的第一任高官——辽东都指挥使司同知，在纳哈出的金山将来肯定得赫赫有名、鹤立鸡群，说不定官升几级、很快红起来呢！到那时，我的两个闺女跟着达家奴金衣美食、过好日子也未可知。"转念又想："达家奴这小子谁不知道哇，从来就是个寻花问柳之人，以后怎能真心待两个闺女？再说了，夫人对他一点儿没看上眼，根本不同意呀！"想至此，他是又气又急、左右为难。

那么，巫顺为什么那么听达家奴的话，乖乖地去找巫利搬兵呢？一个是达家奴求他去的，希望巫利能派兵保护；另一个是想借刀杀人。通过他弟弟，再找一个远方管兵的朋友，带着兵马突然把达家奴抓走，随便捆到哪个山沟儿里去，就地抹了。什么叫抹了？即杀了，割掉脑袋。那么，抓叶旺之功，不就都归到巫顺一人身上了吗？他完全可以说达家奴跑了，不知去向了。在当时的大东荒片子，死一两个人或找不到全尸之事，司空见惯，高家奴也无法怪罪于他。看来，巫顺答应去找巫利，是下了狠茬子的。人与人之间就是这样，互相倾轧，尔虞我诈。达家奴根本不知道巫顺的打算，仍乐颠颠地闷在葫芦里，以为同时睡了两个黄花闺女是多么美的事儿呢！

咱们回头再说达家奴于巫家受审的情况。在叶旺的一再追问下，达家奴觉得巫顺这阵子对自己挺好，开始不愿说实情，后来被逼得没招儿了，这才说："请将军稍等，巫顺很快就能回来。"其实，明月长老早从老夫人和两个闺女口中得知，巫顺是去搬兵了，人马一会儿便到。于是，叶旺在严密看守达家奴的同时，还注意监视着屋外的动静，专等巫顺归来，就地擒拿。

单讲巫顺到了站赤，找到了弟弟巫利，如此这般地合计完后，又匆匆从营地奔自己家来。这小子眼睛尖哪，还特别贼，生怕出点儿啥事儿，那是走一路小心一路。当他快到离家板障子没多远时，往四下一瞅，突然发现小树林的深沟中，躺着自家的两只大花狗。他顿感大事不好，肯定有人来了，那狗是让人给毒死了，脑门儿当即滴滴答答地淌下了汗珠子。他没敢直接进院儿，而是绕到障子后头，顺障子缝儿往里窥探。这一看不要紧，可是吓了一大跳，见卜家奴正在院子里晃荡呢！心想："哎呀？怪了，他不是被我抓到的其中一人么，怎么会在这儿？不好，出事儿啦！"反身撒丫子拼命往兵营跑。

巫顺一跑，自然有噼里啪啦的脚步声。卜家奴一愣，忙回身，一眼看到了向前猛跑的巫顺，便大喊叶将军。叶旺闻讯，吩咐卜家奴、李佑看管好达家奴，然后同明月长老两步蹿出了大门，疾速追赶。明月长老和叶旺皆为武林高人，都会轻功，巫顺哪是对手呀？没跑出多远，早被叶旺踩在脚下，疼得嗷嗷直叫，像杀猪似的，动弹不得。由于此处离乌蛇岭站赤的营地不远，巫顺一叫唤，马上被巡逻的营兵听到了，遂报给了在营中的副将巫利。巫利立即带领站赤的全部人马扑了过来，想拼死救兄长巫顺。明月长老眼见一些不要命的营兵往身边冲来，就同叶旺合计："叶将军，一定得说服这帮巫顺的走卒，万不可滥杀无辜，应以德服人。咱们初到辽东，任重道远，必须在当地女真人和兵丁中留下好印象。可不能像大元朝，更不能像纳哈出那样致使黎民百姓怨声载道，要尽量争取、感化之。"叶旺一时有点儿着急了，忙道："师太，您看他们那个凶劲儿，要是不服管，如何是好？"明月长老说："没别的招儿，只能凭你的武功镇之，容后再以道理加之。"二人一边说着，一边用刀和剑招架如狼似虎的营兵，东挡挡、西闪闪地捉开了迷藏，并不与之对打。

巫顺、巫利兄弟的兵丁们使出了吃奶的力气拼命冲杀，见眼前的一老一小动作轻如猿猴、捷如飞鸟，怎么都抓不着、打不着，愈加气急败坏，恨不得一下子擒住二人，便东一榔头、西一棒子地猛砍。无奈明月长老和叶旺躲闪疾快，兵卒之间反而因避让不及而碰得头破血流，心里还在琢磨："大明朝武将的功夫是怎么练就的？如神人一般，真是太厉害了！"这时，只听巫利声嘶力竭地大喊："弟兄们，要活捉大明的人；抓住有赏！快快给我拿下……"还没等他喊完，只见叶旺噌地一个腾身飞旋连环脚，啪啪啪一扫，立刻躺倒了一大片，并顺势将巫利点了穴，当即人事不省，余者溃逃。

明月长老和叶旺押着巫顺、拖着巫利刚回到西大马架子，李佑便慌慌张张地从屋里跑出来，禀告道："叶将军，大事不好，达家奴自刎了！虽将匕首抢下，使他没死成，但胸间鲜血如注，要是不尽快止血，恐怕挺不多长时间了。"边说边朝身后一指。明月长老忙从腰间解下布袋，拿出止血药，与叶旺一块儿走进屋去，给达家奴敷上。叶旺气得大声儿吼道："达家奴，就你这种人，死有余辜！听好了，给我放老实点儿，要不讲清内情，白天、黑夜地折腾你，叫你活不起、死不成！"回头又叫李佑把巫利拽进屋里，将巫顺用绳子绑好，以防跑掉。正在这时，忽听外面闹哄哄的，传来一片嘈杂之声。出门一看，院子里黑压压的不少人，已围得水泄不通。明月长老、叶旺他们挺纳闷儿，这些人没有纳哈出兵卒号坎儿的印记，是从哪儿来的呢？是女真兵吗？可也没有女真兵的号坎儿呀，到底是些什么人呢？再仔细看看，噢，明白了，原来是当地土著民族各部落的兵马。

前书说过，大元衰败以后，辽东的女真各部为了保护自己，不断地扩大力量，各自皆拥有兵马。今天来的正是这些人，剽悍、凶狠、野蛮，有拿刀的，有持钢叉、长矛的，或操大铁棍、大砍刀、鬼头刀的，也有举着火把的，还有拿着大网的，大喊大叫着从四面八方围了过来，异口同声地冲明月长老和叶旺他们喊："快抓强盗！""放还巫将！""为神爷报仇！""神爷"指的是谁呀？就是巫顺，"巫将"自然是指巫利了。不用问，肯定是那些被惊散逃跑的巫利手下的人，把近处女真部落的兵马给招呼来了。他们不明真相，口口声声说抓强盗，都想拯救巫顺兄弟俩。从装束来看，穿的是各种各样的皮袍儿、皮坎肩儿，脚蹬靰鞡或温得[1]，头上戴着兽头帽，显然是东海女真野人部落的人。个个跃跃欲试、横眉竖目、满脸杀气，只是语言不同。有些人是叽叽喳喳地说，有些人则比比画画地尖声喊叫着说，不知究竟在说些什么。其中，也有会汉话的，不停地在那儿嚷嚷："你们的胆儿不小哇，告诉你们，不许抓巫老爷！""我们的巫将在哪儿？快放出来！""大明朝的人别在这儿待，赶紧滚出去！"

　　叶旺见此，不顾女真人的刀枪正指着自己的鼻子，挺身而出，先抱拳施礼，然后大声儿说道："诸位兄弟，我们是当今大明辽阳都指挥使司派出的兵将，前来擒拿反明的为元朝卖命的奸细，与尔等各部无关，请千万不要听信谗言！朝廷为了维护社会治安、安抚各部落的生活，也为了大家不再受纳哈出的欺压，才先行派几个人到乌蛇岭来。请各位后退，都住手，咱们本是兄弟！"可是，那些人根本不听，仍高一声儿、低一声儿地叫喊着。有些人听不懂汉话，拿枪、拿棍蜂拥着冲了进来，大门被踹开了，进了一院子人，动手厮打叶旺。叶旺只是用利剑或挡或躲。还有一些人为了抢走已经被绑了的巫顺，粗暴地推搡着用身体护着巫顺的李佑和卜家奴，口中高喊道："放人，快放人！"并操起棍棒猛抢，将他俩的头上、身上打得青一块、红一块、紫一块的。二人顾不了这些了，也没还手，只是极力地护着巫顺，不致被抢走，更不能让他乘机跑了。若真跑了，那可麻烦了，许多事儿会很不好办。其中，有个人像突然发现新大陆似的，指着叶旺狂呼："快抓呀，他就是那个被咱们抓到的明朝将领！"边喊边从人群中冲出来，举剑欲砍叶旺，被叶旺只三两下就给挡住了。

　　此时的明月长老异常冷静，一看情况越来越不妙，觉得不能硬拼，急忙反身进屋，脱下了短身小打扮，收起了宝剑，换了一身儿尼姑袍，从屋内走了出来，往那儿一站，高唱佛号："善哉，善哉，阿弥陀佛。"然后挂着大禅杖，疾步向前，来到正在拼死打斗的一帮女真人中间。师太见他们仍拿刀、拿枪地冲自己和叶旺不停地比画着，便将八十多斤重的

---

　　① 满语：长筒靴。

禅杖往地上一拄，手退至禅杖下端握住，向前一悠，把正在动武的女真人压了下去。这时，李佑再也按捺不住了，气坏了！随即跳将起来，举起手中的利剑就要砍。明月长老见状，急忙制止道："李佑，不得无礼！眼前的众位都是各部落来的朋友，不许伤害他们，快退下！"对师太的申斥，李佑当然得听，没敢出声儿，忙收剑后退。那伙儿人哪里肯罢休？声嘶力竭地狂喊让叶旺快放人。明月长老毫无惧色，扫视了一圈儿，又缓步向女真人中走了走。由于她穿着尼姑袍，十分显眼，女真野人全在打量着打扮不一般的老尼姑。可能有些人对明月长老并不陌生，已经认出她来了，一窝蜂的人群渐渐静了下来。

正在这个节骨眼儿上，突然从人群的后头，走出一位骑高头大马的女人。她高昂着头，神情自若，旁边有不少卫士护拥着。一看便知，是一位非凡的人物，肯定是女真人的头领来了。此人装束不一般，头上用长长的头发编挽成朵云高冠，乌黑发亮，像顶着座黑云塔一般；朵云高冠上，戴一顶貂绒小帽，下飘两条由四只貂尾续接而成的长貂带垂过了两肩；外披貂绒大彩穗儿的披衫，配着公鸡翎的彩羽披肩；内穿鹿皮百绘服，下身儿着豹皮花点儿战裙；身后背着一柄镶黄金彩珠穗儿的英雄剑，剑囊系银花蟒皮和东珠一起镶嵌而成，价值万金！北方女真人佩带的这种宝剑，不是当作兵刃，而是一种传承权力的象征。她眉清目秀、端庄肃穆，在众东海女真野人的簇拥下，来到院子里，吩咐卫士搀扶下马。她下得马来，回过头用女真语喝令族众让路，并命不准再动手打叶旺等人。

在元朝时，北方辽东一带的民族混杂区里，各部落的头领都需学会汉、蒙、女真等几个民族的语言才行。女首领一声令下还真灵，院内、院外顿时鸦雀无声，只能听到那位高贵的女人身上铃佩的哗哗响声。当她转过头来见到明月长老时，双目吃惊地盯着看，打量着长老的面庞，并以双手分开众人，用不很流利的汉语连连说："大家退下，快往后退！真是阿布卡恩都力降来吉祥如意了，怎么在这里碰上了大恩人？如果没认错的话，您是不是我们天天想念的比牙妈妈？"边说边跑过来，张开双臂，一把将明月长老给抱住了！面对突如其来的举动，当即全场震惊！方才还在厮打、刀枪对峙、指手画脚不断喊叫着的女真人，目光一下子集中到了女首领和明月长老身上，野蛮的围攻霎时变成了姊妹重逢！明月长老激动得一只手握着女首领的手，另一只手把她头上的大貂绒帽子往后脑勺儿轻轻一推，仔细端详着，随即笑了，高兴地说："哎呀，善哉，善哉。老尼找你们可找得好苦哟！去东海之路有纳哈出的封锁，又有巫顺等一些坏人把守，正犯愁如何能到那里去呢！没想到吉人天相，佛爷把你引到了老尼的面前啦。阿弥陀佛！"明月长老说完，亲了亲女首领，女首领也紧紧搂着明月长老。之后，只见明月长老一扬手，招呼道："叶旺，你们几个快过来，我介绍一下！"叶旺、李佑、卜家奴急忙走上前。明月长老笑呵呵地指着女首领说："这位就是很早以前向诸位讲过的、几次来辽东采药结识的女真朋友、东海南洞一带的总首领、女罕赫思痕妈妈。"卜家奴原本是认识她的，赶忙上前几步跪地，按女真人给女罕问安的大礼叩头致意。叶旺、李佑也不敢怠慢，亦随之施礼问安，过去虽未见过总首领，但久闻其名，今得一见，果不枉称。更令他俩十分惊诧的是，已年届花甲的赫思痕妈妈，竟然不老，倒像三四十岁的人，仍花容月貌、妖媚动人！

那么，为什么此地的老人竟年轻得像中年人呢？据说东海女真人自古生活在海滨与林莽之中，男女皆喜食海龟血、海龟肉、海龟蛋和鹿阳草，这些东西都是长生长寿的补品。尤其是鹿阳草，功能如鹿鞭，男食壮阳，女食补阴，可增强生育活力。长年食之，男子年过七十仍有欲望，女子六十尚可孕。故东海老年男女多如壮年，青春永驻，精力充沛。赫思痕妈妈不仅显得很年轻，也的确能为部落生育儿女。而且由于东海女真野人还处于母权制的发展期，女人说话算数，凡事以女王为核心。所以，她作为总首领，有很大的威力、权力和号召力，能把女真人凝聚在自己的麾下，是一位了不起的女罕。东海女真野人原始部落中，在女王妈妈的统属下，部落的所有人全是她的子女。组织严密，井然有序，纪律严明，大家共同生活、共同劳动、平均分配，谁也不许欺压谁。男儿长大以后，由妈妈与外部联络，与其女子通婚。专有婚嫁的特殊礼仪，并成为规范，违者遭活埋或焚烧。一切听女王妈妈的号令，说一不二，享有至高无上的权力。

叶旺拜见过赫思痕妈妈之后，趁大家的注意力都集中在明月长老与赫思痕妈妈身上、形势开始发生变化的时候，忙命李佑和卜家奴，将刚才在部落野人的保护、争夺下尚未押出去的巫顺带到另外一处地方。在押解巫顺走过人群时，还有个别人看不下眼，想动手，但回头看了一下女罕，见她对此并不理睬，便没敢乱动。于是，李佑、卜家奴在众目睽睽之下，顺利地将巫顺带走了。女罕和族众见随老尼姑来的叶旺表现不俗，很有气魄，不禁对他肃然起敬。不过直到此时，明月长老因看形势还不清晰，怕生误解，所以始终未介绍叶旺的身份。可女罕不答应，冲明月长老直截了当地问道："大师父，您每次来只是一个人，这回为什么带了好几个人？看身份，很像是大明的人。请问他们在朝廷是做什么的？到乌蛇岭干什么来了？"说实在的，女罕哪里了解当时明朝的情况啊？以为又是派来逼苛捐杂税的。明月长老心想："看来，辽东女真野人很正直、讲义气，有话全说到当面儿。只要跟他们讲清道理、摆出事实，相信会通情达理的。这样也好，何必瞒着？不如干脆端出来吧。"想罢说道："赫思痕妈妈，既然问我，那就告诉你吧。这位是大明朝钦命辽东都指挥使司同知叶旺将军，而今特意随老尼前来，拜望一下东海女真首领和族众。方才出去的那两位，一位是卜家奴，你们早已认识；另一位是我的弟子，名叫李佑，专来辽东照顾老尼的。从现在起，你们不用再受纳哈出的管辖和欺压了，各部自己可以做主啦！"朗朗的话语，掷地有声。

事实上，女真各部多年来在元朝的压榨下，族人吃了不少苦、遭了不少罪；元亡以后，继续受纳哈出的血腥盘剥，征兵、赋税、苛政尤甚于元朝，又得罪不起他，只能忍气吞声，更加苦不堪言。所以，当赫思痕妈妈听了明月长老的一番介绍之后，不仅没有因带来了明朝的将领反感，反而很高兴，还信任地点了点头，接着激动地说："大师父，谢谢您，今天带来的是我们的恩人。您真是高照女真人的吉星啊，欢迎，欢迎！"明月长老乘机忙问："赫思痕妈妈，老尼倒有一事不明，你为何带这么多人来数百里之外帮助纳哈出呢？难道连真假好坏都不分了吗？"女罕解释道："哎呀，比牙妈妈是不知道哇，我们哪愿意呀？这一两年部落全由乌蛇岭的巫顺兄弟管辖，什么出兵力、贡赋税、服徭役、征兵源等，哪样儿都得听他们的。您看那山顶上不是有棵高树吗？像此样的树，从乌蛇岭至我们部落，每隔二十里左右的高山上就有一棵，全由我的族人在那里日夜驻守。看守人可怜哪，冷饿没人问，被兽蟒咬死没人管。只要是乌蛇岭挂出各色旗帜，发出信号儿，必须迅速传递。误传者将遭重罚或关押，甚至永生没有了自由，最后囚死狱中。若信号儿传到我们那儿，不按号令行事，同样得遭殃。这不，刚才突然接到紧急红色旗号，传报有血难，要求倾巢出动，齐援乌蛇岭。因此，我不敢怠慢，只好带队赶来。次次是这样，紧急到来，按令行事，从不问是何缘由。只盼早点儿完了差使，尽快返回寨子去，忙自己的事儿。可万没想到的是，这次竟是为了大恩人而来呀，真是有所得罪了。得罪了天朝，罪该万死呀！"说着，赫思痕妈妈带头按女真人的大礼跪了下来。她一跪，所有在场的女真人扑通、扑通全跪下了。总首领的举动，让明月长老、叶旺太感意外了，随之急忙给女罕跪了下来。明月长老紧紧抱着赫思痕妈妈，满怀深情地说："孩子，我的好女罕，你们可遭老罪了，活得不易呀！老尼一直惦念着大家，看不到就想啊！"赫思痕妈妈听了比牙妈妈动情的话语，不禁像孩子一样，扑到明月长老的怀里痛哭起来。听着这声声号啕，在场的所有人皆受不了啦，没有不掉泪的。哭了一阵儿，明月长老和叶旺首先站了起来，亲自把女罕和众位东海女真野人一个个扶了起来，替他们擦去脸上的泪水。此刻，唯独赫思痕妈妈依然热泪不止地抽泣，怎么擦也擦不净。说来，明月长老已是第二次见到她如此悲切地哭了，不由得触景生情，想起了一次到辽东来时，听到的赫思痕妈妈那痛彻肺腑的哭声。

还是大明王朝初创的洪武元年，即大元至正二十八年的四月间，明月长老来辽东云游采药，说来已是第三次北上了。当年的这里，正赶上气候反常，阴雨连绵。东海起伏的山林里，常降冬雪，飘飘洒洒地覆盖在大地上。四月的天气能见到下雪，在锡霍特山中是稀有之事，叹为奇观。此时，女真各部落，包括赫思痕妈妈的部落闹起了瘟疫。山谷林莽之中，天天可见送葬的人，哭声此起彼伏。各部落的萨满日日把神鼓敲得咚咚响，以驱邪、逐鬼、赶瘟灾，可死人之事不仅没被制止，反而越来越多。有的小部落住在沟谷里，与山为伴，大人、小孩儿相当活跃。早晨还听到他们在一起打猎、吃烤肉的欢声笑语呢，到了晚上，却鸦雀无声了，满地横陈着令人悲怜的尸体。在赫思痕妈妈属下部落居住的各个山谷、山洞、林莽中，天空都显得昏暗，到处被人死后火葬的烟尘笼罩着。面对瘟灾，赫思痕妈妈的儿女们没有任何办法，不得不骑着马、赶着车，远远逃离给人以灾难的地方。赫思痕妈妈部落的人口一天天减少，昨天还欢蹦乱跳的儿女，今天竟一个个死去了，心里能不焦虑、不难过吗？那是挖肝揪心般的痛啊，悲恸欲绝呀！明月长老从未听到过那么绝望的哭声，她震撼了，仿佛天马上要塌下来。就在赫思痕部落的人眼看着被全部收走的时候，明月长老不顾已染上痢疾的重症，仍然挣扎着上山采药，回来后熬制。熬好后，自己先喝，看管用不管用；管用了，再给部落的人喝，兼用火针针灸。没几天，奇迹出现了，瘟灾止住了，病人渐渐康复了，使得这个即将垂亡的部落存活了下来。赫思痕妈妈和部落的人真是感激万分哪，把明月长老比作黑暗中的月亮，说是她给大家送来了生命和光明，并称其为比牙妈妈。全部落的人纷纷来感激明月长老，还举行了谢天大典、萨满祭天。他们杀海鲸，杀麋鹿、山羊，感谢天神赐福，感谢明月长老的医道神术。当时赫思痕妈妈激动得眼泪顺着脸颊滴滴答答地往下掉哇，失声痛哭道："比牙妈妈，您是东海女真的大恩人哪，我们子子孙孙永世不能忘记这大恩大德呀，是您救活了我们啊！"从此，明月长老便常来常往，与东海的女真野人建立了深厚的情谊。

明月长老回忆过去，备感眼前这位俊美、威武的女罕的刚毅、坚强、乐观和好客。赫思痕妈妈又兴奋地向明月长老说："尊敬的比牙妈妈，告诉您一桩喜事儿，阿布卡赫赫[①]和东海女神德里刻奥木妈妈为我们部落的吉祥兴旺，送来了一位英明的女罕，那就是现在赫思痕部的安巴[②]赫思痕妈妈。我是她的阿济格嫩[③]，为阿济格[④]赫思痕妈妈，按照东海女真人的规矩，代表她来到此地。头上戴的这顶貂绒小冠，也是她头冠的一部分。戴着它，便代表着安巴赫思痕妈妈亲自莅临到此远征、议事。"明月长老不禁惊奇地问："噢，是怎么回事儿？"于是，阿济格赫思痕妈妈讲述了赫思痕部两年前出现的一件传奇之事。

那是个秋分时节，辽东遍地洪水，江河泛滥，东海窝稽部居住地的大小沟谷溢满了水。乌苏里江江面宽得像一片望不到边的汪洋，白茫茫的，兴格定亦变成了小海。由于江水浩荡，致使庄稼被毁，野兽大多被淹死，人们既没有粮食吃，又不能打猎。部落与部落间被洪水阻隔，无法联系，难以通达信息。乌蛇岭一带比其他地方遭灾尤甚，更加空寂、凄凉。洪水吞没了一个个小山包，有如像十几座小岛互相隔绝着，被困的族众只能用歌声表达心意。秋末，大水退下去了，族人却染上了山达哈[⑤]，整个东海人死亡不计其数。那时是天天在死人，有的岛子几乎全部死光了，尸骨臭气熏天。灾难同样也降临到了赫思痕部，为了生存，阿济格赫思痕妈妈，即小赫思痕妈妈只好率领仅剩的百十号人，沿绥芬河上游往西逃，一路仍不断地有人倒下。到了喜扎河口索玻克山和鄂利哈山交界处时，由于谷深林密，参天的大树像擎天的柱子一般遮天蔽日，致使族人迷失了方向，转来转去，怎么都无法走出密林。本来就是带病的躯体，再加上无水、无粮，奄奄一息的人们叫天天不应、唤地地不答，

---

① 满语：天母。
② 满语：大。
③ 满语：妹妹。
④ 满语：小。
⑤ 满语：天花。

眼看兴旺的赫思痕部将要灭绝在这片阴森无情的原始森林之中了。无奈之下，小赫思痕妈妈便同最后剩下的八十三人，拼着仅有的力气唱起了东海女真人古老的猎歌：

> 苦难的儿孙们呵，
> 放开喉咙唱吧，
> 拼着劲儿唱吧。
> 唱唱古歌——
> 能唱出无尽的气力；
> 唱唱古歌——
> 能驱散死亡魔鬼的纠缠。

如此一唱，这些苦难的、生命垂危的人，不知是怎么弄的，感到突然来了力气，越唱越有劲儿，越唱情绪越高。大家继续唱道：

> 苦难的儿孙们呵，
> 放开喉咙唱吧，
> 拼着劲儿唱吧。
> 唱给赫思痕的祖先们听——
> 告诉他们儿女有难；
> 唱给阿布卡赫赫听——
> 告诉她快伸出拯救生命之手。
> 来挽救我们，
> 来帮助我们，
> 逃出死亡的魔窟——
> 耶鲁里①地下的棺椁。
> 我们会重生，
> 因为是东海女真人，
> 我们有不屈的意志，
> 永恒的生命力！

---

① 满语：豺狼。

可能是歌声和意志、感动了上天、感动了大地，只见地上有了一些花草，还有不知从哪儿爬过来的蚂蚁、小花蛇、毛毛虫等。饥饿得实在无法忍受的族人，纷纷滚爬在地，疯狂地啃咬着花草，大口大口地吞下那些爬过来的小动物，真是又解渴又解饿，之后，渐渐感到身上有劲儿了，活力增强了，真乃阿布卡赫赫的赐福啊！大家正在感谢天神之时，突然从一棵十抱粗的古松树上，传来了女人的歌声，优美动听，就是听不出唱的究竟是什么。由此引发了族众的兴趣，谁都没想到濒临死亡的时候，还能听到如此美妙的歌声，赶忙挣扎着爬了起来，相互依偎着坐在地上，仰着头往高树上望，找那唱歌的女人。找啊，找啊，终于找到啦！原来在一棵古树上面，有个用树枝和干草搭成的十分粗陋、四面透风的小搭坦①。搭坦里坐着一个女人，那满头的长发乌黑发亮，从树上一直垂到地上；全身红棕色，上身赤裸着；下身儿穿着一条黑色的长裤，被树枝刮扯得一条儿一条儿的；两只大脚丫子光着，看样子是经常赤脚在林中奔跑和生活。再仔细一看，她正拎着个大皮囊口袋，上下不停地抖搂着给树下的人们倒着东西呢！原来刚才吃下的花草、蚂蚁、毛毛虫、小花蛇、蚰蜒、蛤蟆、蝼蛄、蚂蚱、螳螂、蝈蝈、蝴蝶等，全是这位长发女人恩赐的。她望着地上的病弱之人，大声儿地喊着、唱着，忽然大伙儿听明白了几句。那正是东海的原始古歌：

> 呀呀依——鄂林特依哥，
> 呀呀依——母尼特依哥，
> 呀呀依——哄浑特依哥。
> 特哥，特哥，特依哥——
> 生命特依哥，
> 是阿布卡赫赫的天雨；
> 精力特依哥，
> 是巴那吉额姆的地泉；
> 意志特依哥，
> 是百折不挠的拼搏；
> 无敌特依哥，
> 是惊退鬼怪邪魔的火炬。

_____

① 满语：窝棚。

接下来，便听不出她唱的是什么了。这歌声，使原已丧失信心的人受到了鼓动，使不想活下去的人产生了无穷的力量。小赫思痕妈妈当时觉得浑身有了力气了，能站起来了，赶忙朝向那长发女人跪下。族人见此，也随之跪了下来，感谢她在危难之时赐给的食物，感谢为之咏唱的沁人心脾的女真原始古歌。大家心里都在想，眼前的长发女人是谁呢？她能激发人的意志，鼓舞生存的勇气，不用问，一定是阿布卡赫赫的化身，是天母降福投下的照耀人们生存之曙光。

阿济格赫思痕妈妈率众子女跪地叩头、感谢上苍的眷佑，刚刚抬起头来时，树上的长发女人忽地从高处纵下，赤脚踏地，铮铮有声。只见她手里拿着两个磨得光光的大石球，唱起了萨满歌，跳起了萨满舞。小赫思痕妈妈不由得站起身来，也随着节拍跳起来、唱起来。所有逃生的儿女们，全都跟着跳啊、唱啊，出了一身透汗。然后，大家坐在地上，与那"神母"一起吃着她带来的蘑菇、木耳、黄花、百合根等。"神母"又抓来五只僧固①，剥下皮，开了膛，叫每人喝一口僧固血，接着用手里拿着的两个白石球打出火花，点燃了篝火，把僧固烧焦，让每人吃了一块儿黑焦炭似的肉。"神母"还把一块儿烧焦的、发出香味儿的僧固肉放到了柳树洞的洞口儿，当即引出不少的毒蛸蛇来。那些毒蛸蛇一尺来长，穴居，蜷曲在树洞里。一个洞中往往能有上百条，条条有剧毒。"神母"把蛇眼抠去，放在泉水里一连气冲了三遍。再一条条抓在手上，摔死之后，用石刀切割成八十三块儿。"八十三"这个数字，正是全部落的八百多人去了死的和逃的所剩下的人数。"神母"让每人吃一块儿毒蛸蛇肉，连同蛇骨嚼烂吞下，再喝一口毒蛸蛇的鲜血。大家照此做过后，又吩咐折些柳枝，选一处空旷的草地，把枝叶铺在地上，睡下，责令必须得睡着。

众人按"神母"的要求，睡了一个多时辰，突然，皆因肚子疼得受不了而醒了过来，纷纷捂着肚子急忙往树林子里跑。众人进到林子以后，开始上吐下泻，吐、泻的均为红水，使得整个林莽臭气熏天。就这样，每人接连大吐大泻了五六遍，一直折腾到第二天晚上。众人吐泻过后，突觉异常畅爽，头轻眼明，肚子饿得要命。也不知"神母"是在啥时候、用的什么办法套来了三只大马鹿，并早已剥完皮、卸好了肉，在十几堆篝火上烤着呢！"神母"让大家趁热快吃，众人便大口大口地嚼起鹿肉

---

① 满语：刺猬。

第二章 东海疯魔

来。她还从河里抓了几只河鳖，让每人喝了几口鳖血。经过这么一番调理，阿济格赫思痕妈妈及族人惊奇地发现，自己似乎变成了另外一个人，感到浑身有使不完的劲儿，身子骨儿比没得山达哈前更加壮实。从此，山达哈瘟灾没了，八十三人全好了，难道不是太神奇了吗？小赫思痕妈妈率领着部落儿女又一次跪下给"神母"叩头，异口同声地称她为达①妈妈，即首领妈妈、大女罕，赞颂她是阿布卡赫赫派来拯救危难部落的神人，使部落起死回生，乃比天高、比地厚的再造恩人。小赫思痕妈妈向儿女们提议，奉她为新生部落之女罕，尊称安巴赫思痕妈妈，自己退居第二位，为达妈妈的妹妹——阿济格赫思痕妈妈。对此提议，部落的人都认可，也正合大家的心意。于是，赫思痕部重生了，在达妈妈的率领下，不再住赫思痕山洞了，而是转移到了达妈妈找到的现在的居址——乌苏里江上游尼哈尔山的古洞中。那里宽敞、温暖，有水、有吃的，大伙儿住进后非常高兴。一晃两年多了，部落逐渐壮大起来，达妈妈领着众人找回了不少丢失的儿女，救回了很多逃散的女真野人，眼下的赫思痕部已有三百多口人了。

达妈妈有最美的头发，乌黑发亮，约半里地长。她特别喜爱自己的头发，从不舍得剪掉一根发丝，总是让它长啊长，结果是越长越黑、越长越长，像乌云，像乌黑的土地，更像东海的木土一样。每当达妈妈在前头走时，后头必由三个女奴捧着她的长发随行。到了晚上，需要有几个人才能将她的头发梳理好，卷得像小山一样，然后摞在身旁。她不怕寒冷，总是光着上身，下身仅围一豹皮短裙。即使气温极低，她照样裸露着双臂，赤着双脚，全身像火炭儿一样灼热，能融化严冬之冰雪。她平时喜食生蛇、生蛙、生鳖、生鱼等，牙齿十分锋利，两眼炯炯有神，夜晚闪光。其威望不仅受到赫思痕部族众的尊崇，东海人也都敬重地称她为"东海女罕"，还有的部落野人称之为"长发女魔"。她力大无穷，疯疯癫癫，然耳聪目明，头脑清醒，能眼观山外百里，知晓发生在那里的新奇之事；能卜测冬雪，卜测狂涛，卜测地动，卜测山颓地陷，卜测猎场；还能用东海百草为人疗治各种杂疾。达妈妈喜欢唱歌，喜欢跳舞。那歌儿唱啊唱，百夜唱不尽；那舞跳啊跳，百夜跳不完。她是天降之神，是神秘的东海萨满女神。部落今日的兴旺、未来的发达，全仗这位天赐的"神母"！

---

① 满语：首领。

　　当阿济格赫思痕妈妈讲完东海女神对他们的一次非凡恩赐后，又向明月长老和叶旺深情地说："直到现在，我们仍不知达妈妈的故乡在哪儿、出生地在哪儿，也不知是从什么地方到东海来的。只知道她是天神赐给女真人的心肠最好、最聪慧的人，都特别尊敬她。我们对神圣的'神母'所讲的一些话，常常听不懂也听不清发出的语调，每每气得达妈妈是声嘶气哑、涕泪满面。她有无数的心声、无尽的情怀和东海般的激情，她要宣泄，要迸发。可能由于族众尚缺虔诚或天生的愚顽，暂且领略不了'神母'所表达之意，真是让人心急如焚哪！大恩人呀，比牙妈妈，倘若有可能的话，最好能帮帮我们，看看达妈妈，也许能让族人听懂'神母'更多的训诲呢！"明月长老听了这段儿传奇之后，很想去山寨拜见女真野人们喜欢的安巴达妈妈，觉得那是位很特别的人，但考虑目前还有重要的事情要做，不便马上前去，于是说道："放心吧，阿济格赫思痕妈妈，将来有时间，老尼一定会去看望的。"

　　东海女真野人豪爽粗犷、开朗热情，善于把所要说的话，全部用歌声表达出来。当知道站在他们面前的，是从京师南京来的天朝之人，而且又是那样的和蔼可亲，就觉得有依靠了，从此不再受纳哈出的气啦！他们高兴得大笑着，围着明月长老和叶旺，拍着手纵情地唱起来、跳起来，将所有的语言变成了美妙的歌声。唱的大意是：你们是大恩人呀，我们渴望您——比牙妈妈有机会时，能光临山间的洞寨。去见见大家喜欢的安巴赫思痕妈妈，倾听她的述说，您会比族众更能彻悟她的心声。达妈妈善良美丽，会用双臂拥抱你们、款待你们，族人将日夜等待各位到新的山寨做客。小寨的清泉在欢迎你们，小寨的山花在歌唱你们，天上的明月将为客人的光临而百倍的光耀！

　　赫思痕部的族众正在载歌载舞、表达着亲如手足的衷情时，突然，从远处跑来一个骑马传报信息的人。到了近前，翻身从马上跳下，用女真话向阿济格赫思痕妈妈讲了些好像是十分紧急的事情。看他那慌张劲儿，似有大难发生。只见小赫思痕妈妈的脸色立刻变了，怒目横眉，急切地命令众随从和儿女们："快，快上马，蚰蜒洞可恶的'老那辛'[①]又来闹了！过去他圈咱们的人、勒索海物的账还没算，今天又来催要皮货，走，跟他讲理去！"说完骗腿儿就要上马。叶旺、明月长老忙拦住问道："怎么了，出啥大事儿了？"周围的人七嘴八舌地请求道："尊敬的天朝上

────────────

　　① 女真语：马熊。

差，帮忙赶走强盗吧，我们可受老气了!""'老马熊'又阴又损，坏事儿做尽，干脆除掉他算了!"阿济格赫思痕妈妈说："咳，大师父，你们哪里知道哇，乌蛇岭是个小哨卡、小站赤，由巫顺、巫利他们哥儿俩管。下边有卢家寨、马家营子、榆木河子等几个地方，上边有大站赤、大哨卡管着它。头领就是外号儿叫'老马熊'的孟括帖木儿。此人长得五大三粗、黑不溜秋的，凶狠无比，杀人不眨眼。原是纳哈出身边的部将，现在被派来管蚰蜒洞站赤。这个站赤挺大，兵不少，受上边一个更大的哨卡罗锅哨总站赤来管。那些大小站赤，像纳哈出伸到各处的触觉，也像是悬在各族族众头上的一把刀，还像是布下的一张张蜘蛛网，把苦难的人们全罩在里面，从上到下，没一个能逃出去的。而且对各地的搜刮与盘剥及必交的各种赋税，比元朝时更多、更厉害。逼迫我们去捕鹰、抓海豹，缴纳各种皮货、野兽和山果等，使得族人一年三百六十五天没一日能闲着。所有的贡物，必须按时、按质先交到乌蛇岭，验过一遍后，送到蚰蜒洞，经过再一次的验收，才可归入纳哈出在那儿设立的一个大库里。"明月长老插问道："贡物要是交不上去呢?"阿济格赫思痕妈妈回道："如果不按站赤的规定逾期缴纳，或缴纳的贡品不合质量要求，那是说罚就罚、说囚就囚、说杀就杀、说砍就砍呀! 真是有苦无处诉啊，有时觉得实在无法活下去了。逼急眼的时候，族人便自动组织起来，拿起刀棍，与他们硬拼。可是人家兵强马壮的，咱人少，也打不过呀，最后死的死、伤的伤，受苦遭罪的还是我们。蚰蜒洞里专有圈女真野人的监牢，我有四十多个儿女被关在那儿。不仅仅是我们部落的人，别的部落被抓的也不少，有的部落头领现在还圈着呢! 这不，蚰蜒洞那个'老那辛'、老坏蛋孟括帖木儿听说我受命带人来了乌蛇岭，随后紧跟着追来了，不是明摆着找上门儿欺负人吗?"边说边气得咬牙切齿，不禁泪流满面。

叶旺听了阿济格赫思痕妈妈的介绍后，火冒三丈，为女真野人所遭受的苦难愤愤不平，怒发冲冠! 但他很快冷静了下来，想了想，劝道："阿济格赫思痕妈妈，请不必生气，我看今天不用劳烦您大驾了。那'老马熊'不是追来了吗? 大家在原地静等，看他能怎么样。要敢乍毛，由我来收拾他! 此为都指挥使司同知的职责，乃分内之事，正愁没机会去找他呢，反倒自己送上门儿来了。巫顺、巫利管的站赤不是已被掐在大明朝手里了嘛，纳哈出再不能在这儿作威作福啦! '老马熊'来了好哇，正好也把他一并收下，就在此处接管站赤! 众位女真兄弟，你们等着看，看我怎么治他，替大家出出心中的恶气。"叶旺这么一说，阿济格赫思痕妈妈和众女真野人听后，脸上绽开了笑容，此乃天降吉祥呀！明月长老很赞同叶旺的做法，说道："对，接管蚰蜒洞，是送给赫思痕妈妈最好的见面礼。不仅要打掉'老马熊'的嚣张气焰，还须让他们知道，大明朝的人已经到了辽东，女真人从此有了主心骨儿啦！"一时群情激奋，高兴异常。

　　叶旺、明月长老正做着准备时，蚰蜒洞站赤的大将、达鲁不花孟括帖木儿率领人马真的到了，把整个乌蛇岭包围起来。只见那黑脸大汉瞪着一双牛眼睛，凶狠地冲阿济格赫思痕妈妈吼道："赫思痕，刚才我去你那儿的半路上，闻听已受命带着人马来了乌蛇岭，就又转道儿赶到这里。知道吧？你们所交的各种皮货不但数量均少、质量不好，而且尚欠二百多张小鼠皮子。可听好了，必须赶快交上，等着用呢！"所谓的小鼠皮，即包括花鼠子、五道眉子、三道梁子、白鼠子等。他接着又说："另外，仍欠一百张质量上好的狼皮、熊皮、獾子皮。已经送来的皮张都不合格，七窟窿八眼的，能行吗？除此，还缺五十副马鹿鞭、豹子鞭、虎鞭，现有的条条不够长，又让虫子嗑了，吃了能有劲儿吗？不是成心唬我嘛，快快补上！否则可别怪我不客气，先把你们这些人，包括你阿济格赫思痕妈妈全押起来，再送到更远的地方，给大丞相摊徭役去！我再说一遍，皮货等贡赋近日赶紧奉上，听清了没有？"边说边挥舞着手中的马鞭。

　　此时的孟括帖木儿在马上那是耀武扬威、目空一切，扯着嗓门儿使劲儿喊了一大通儿，根本没注意到在阿济格赫思痕妈妈率领的女真野人堆里多出几个外来人。还没等阿济格赫思痕妈妈说话呢，身穿短打扮，即武侠夜行服的叶旺从人堆里走了出来。孟括帖木儿见后一愣，心想："哎呀？这是从哪儿来的？看穿着打扮，可不是老山坳的女真野人，那是干什么的呢？"正感奇怪，又见来人大大方方往前走了几步，抱拳施礼道："不知大人驾到，有失远迎。敢问到乌蛇岭来收取皮货，是谁给的差使，我怎么不知道？"孟括帖木儿听叶旺一问，气不打一处来，大怒道："你要造反哪，连我这大元朝的赫赫大将都不认识了？告诉你，摊徭役，拿赋税，乃多少年来大元朝的金刚律条，谁敢违抗？你小子竟敢口出狂言，不要命了是不是？是疯子还是两眼瞎了，胆敢与本将为难？今天看在在此办差的份儿上，先饶了你，要再胡闹下去，小心脑袋搬家，快滚开！巫顺、巫利在哪儿？立即给我放出来！"叶旺笑了笑，坦言道："巫顺、巫利你是叫不来了，早已被我们拿下啦！孟括帖木儿，告诉你吧，可听好喽，我是当今大明朝辽东都指挥使司派来的，专门抓你的，快快下马受降！"边说边两眼直逼着对方。

孟括帖木儿那也是一员虎将啊，仰仗着纳哈出的势力号令惯了，压根儿就不相信辽东地界会有大明朝的人，心想："什么？在我的一亩三分地儿，敢妄说你是大明朝的人？这不是笑话儿嘛！"转念又想："眼前发话的人所言所为，一定是女真野人耍的什么把戏，纯粹是在唬我。好哇，竟敢骗到老子头上了，好大的胆子！"于是，他不仅没在乎，反倒仰头冲天哈哈大笑起来，轻蔑地说："赫思痕，你们唬我唬到什么程度了，以为用大明朝能吓住我？做梦！难道大明朝的人长三头六臂，能飞过山海关？说此话简直就是疯子，大白天瞪眼胡咧咧！"随即脸一变，命周围的众兵将："快，给我拿下，捆了狂妄之徒，必治他的罪！"气焰十分嚣张。

孟括帖木儿的命令一下，兵将们当然听主子的，马上冲过来了。此刻，谁也没注意是在什么时候，看守达家奴、巫顺、巫利的李佑早已悄悄儿站到了孟括帖木儿身后。他的话音刚落，便见李佑从身后嗖地跳上了孟括帖木儿骑的高头大马，站在了他的背后，然后抬起单脚，冲其腰眼儿猛劲儿一踢道："快给我下去吧，在这儿装什么蒜！"孟括帖木儿光顾在马上逞凶大叫了，哪里能想到会有人在背后狠踹一脚，况且又是冷不防，事先没准备，只见他一个狗抢屎，从马头处脑袋朝下栽了下来，摔得相当狠。也是真寸，他的那匹坐骑刚才突然身上被李佑跳上时重重地砸了一下，立刻竖起了前蹄。当孟括帖木儿落下时，那马蹄不前不后、不左不右、正正好好踏在了已经倒地的主人的脑瓜蛋子上。只听扑哧一声，像踩碎了个倭瓜似的，顿时脑浆迸裂，小命当即玩儿完了，算是向纳哈出彻底交了差啦！他的坐骑低头一看，主人被踩死，惊恐得噌地蹿了起来，尥开四蹄，咴儿咴儿怪叫着跑走了。众兵卒中有不怕死的，见老将的命没了，遂举刀相拼，早被叶旺手起剑落，干净利落地杀死了。有些兵卒挺聪明，观此势头，知道肯定招架不住，没有丝毫抵抗，放下刀棍乖乖跪地求饶了。

乌蛇岭站赤解决后，叶旺想要趁热打铁，请熟悉女真各部、在女真野人中极有威望的明月长老陪行，彻底拿下蚰蜒洞站赤。明月长老心里自然清楚，在女真野人部中，不管自己说什么还是做什么，都好办，那些人全听她的，便答应了叶旺的请求。随后，叶旺命李佑仍在乌蛇岭，同卜家奴一起看守巫顺兄弟和达家奴。一切准备就绪，正要出发，阿济格赫思痕妈妈和众族人因为早就盼着去蚰蜒洞搭救被圈的儿女及兄弟姐妹们，故而纷纷翻身上马，主动为之带路前往。

叶旺、明月长老带领众人一路奔波，很快到了五十里开外的蚰蜒洞，以迅雷不及掩耳之势，降服了留守的兵卒，打开了监牢，放出了二十名各部落首领和百余名女真猎民，还开启了仓库，收缴皮货一千余张、鹿鞭七百余副、虎骨二百多斤、东珠百斛。从此，蚰蜒洞站赤真正归属到大明的手中，受辽阳都指挥使司所辖，不再是纳哈出的附庸之地了，所派之赋税一律免除。

诸事顺遂，大家喜气洋洋。阿济格赫思痕妈妈和附近二百四十七名大小女真部落的头领皆来叩谢天朝隆恩。叶旺对他们说："我们很快就会派人前来，统管这里的事情。在未到之前，暂请各位代为行事，我信着你们了！"各部头领听罢，纷纷表示请叶将军放心，会把一切管好的。叶旺此次蚰蜒洞之行，不仅顺利收管了蚰蜒洞站赤，还结识了东海窝稽许多女真部落的头领，心里别提有多痛快了。由于尚有不少急务要办，叶旺同明月长老商量后，决定即刻返回乌蛇岭。

当叶旺、明月长老要离开蚰蜒洞站赤时，女真各部的头领都哭了，依依不舍地前来送行。二人一一话别，真是难舍难分哪，请他们各自回到自己的部落。由于阿济格赫思痕妈妈的人回本部落必要经过乌蛇岭，遂与叶旺、明月长老同行。路上，阿济格赫思痕妈妈除了一遍遍说着感激的话外，还盛情邀请明月长老和叶旺能去他们的部落小歇，哪怕是住一宿再走也行。叶旺婉言谢绝道："真对不起呀，阿济格赫思痕妈妈，我和明月长老何尝不想到你们部落去看看哪。一个是想拜见那位最尊贵的安巴赫思痕妈妈，再就是想去东海女真各部，看望一下山中野民，送去朝廷对他们的祈福和问候。可现在实在是去不了哇，请原谅我们重任在身，相信以后会有机会的，谢谢你们！"阿济格赫思痕妈妈听叶将军这么一解释，只好放弃请求了，十分悲伤地说："我理解大师父和叶将军身肩重任，吉祥的风要吹遍大地，我们咋能光顾自己的恩享呢？恩人们呀，分别是痛苦的，族人会时时想念你们。分别前，愿将原来要贡奉给纳哈出的皮袍子送给各位，天寒地冻的，穿在身上很暖和。北方的皮裘是家常物，算不上什么，只是略表土民的寸心吧，权当咱们这次相聚的纪念啦！你们每人一份儿，穿上它，就会想到我们的赫思痕部。请问比牙妈妈，天朝来了几位大人？"明月长老极力推辞道："万万使不得呀！东海的女真人苦得很哪，还是自己留着穿吧……"可无论明月长老怎么拒绝，阿济格赫思痕妈妈愣是不肯，非让说出几个人不可。于是，二人来来去去地推让了半天，最后明月长老实在没招儿了，不得不告诉她："有马云大人、叶旺大人、秉仁公主，还有我的弟子李佑，另外便是卜家奴了。"阿济格赫思痕妈妈说："噢，卜家奴是我们的孩子，又住在北方，不给他了。除他之外，送给每人一领上等头排的金狐大皮裘，从此让温暖跟随着你们吧！"说罢，回头命下人将五领大皮裘装入皮囊袋内抬过来。

尽管叶旺、明月长老一再谢绝，可女罕从来是说一不二，只要话一出口，百匹马的力气也无法使她收回。二人只好诚谢了，接了过来，将大皮囊袋绑在马背上。阿济格赫思痕妈妈又从自己的头冠上摘下两颗像龟蛋大小的龙凤彩珠，交给叶旺道："这是东海深水巨蚌身上百年不遇的龙凤珠，每得一对儿，一红一黄，夜可照明，寒可发暖，天下奇珍。诚愿将此珠奉献给天朝大皇帝、大皇后，东海女真人祝皇帝、皇后万寿无疆！"叶旺跪地，收下了这对儿龙凤珠。随后，女罕问明月长老："比牙妈妈，我还有一事相求，不知可否？"明月长老说："请讲来。"女罕言道："您有所不知，这些年来，我们部落太受气了。为了能敌得过纳哈出的兵将，不受欺压，大家都想学点儿武术。后来请来个武师，是位有名的女侠，教授我的儿女们武功已有三载了。她现在很想家，要回去看看，却又举目无亲，便想投师门。辽东一片黑暗，鱼龙混杂，到处是纳哈出的人，她既信不着，又怕走差了道儿、投错了门。人家是个正经八百的女孩儿家，特别注意自身的贞操和名节，当然须十分小心才是。因此一再求我，让给寻找一位德高望重的高僧，拜为恩师。比牙妈妈，我看您就是可信赖的高人，能不能收她为弟子？"说罢，一脸诚恳地看着明月长老。

大家知道，明月长老无论走到哪儿，皆受到女真人的敬仰，很多事儿都愿找她帮忙，很多话都愿向她倾诉。她又是位慈祥、善良的世外高人，普度众生，从来是愿意帮助人家做好事儿。你想啊，这样一位老者，当听了阿济格赫思痕妈妈的请求以后，怎么可能拒绝呢？再说了，明月长老也在想："女罕让办的事儿，应尽量帮忙，对今后大明朝在辽东站住脚跟是有益处的。何况多认识一个人，就能够多联络一个人，多增加一份力量，这是好事儿嘛！"想至此，欣然答应道："好吧，我看成！老尼一向喜欢结交天下豪杰，但不知人家愿意不愿意？待日后相会时再说吧，你看行不？"阿济格赫思痕妈妈听了明月长老的话，认为说得在理，心想："太好了，大师父能答应下来，可是了却了我的一块心病啊，小龙花总算有了依托啦！"遂一再表示感谢道："比牙妈妈，咱可说定了，真得好好儿谢谢您呀！回去便告诉我们的龙花女侠，让她找您就是了。她听了，不定怎么高兴呢，准保会乐得睡不着觉哇！"说完，自己不禁先笑了起来。

　　大家一路边唠边走，很快到了该分手的地方了。明月长老望着要离去的赫思痕部落的队伍，由于有新救出来的四十多人参加，显得又壮大了不少。他们有的俩人骑一匹马，有的仨人骑一匹马，个个喜笑颜开、精精神神的，不停地唱呀、说呀，热闹得很。东海女真人所表现出的直率、热情、爽朗的性格，深深地感染着老人家。她喜欢这些孩子们，舍不得同他们分手，多想再相处一段时间，脚下便不自觉地继续跟着众人向前走着。叶旺尽管是头一次与东海女真野人打交道，却建立了深厚的感情，同样不忍离去，双脚也是不知不觉地随着人群一步不停地向前迈着。说不清究竟走过了多少座山冈、跨过了多少条河流，最后进入了东大荒子。这里山岭绵绵、群峰陡峭，根本没有路。人们只能在野鹿走的道上，循着山两旁和树通子里早有的一些符号、印记拉荒而走，进出深山老林。否则，必将迷路，或出不来、进不去。叶旺、明月长老一直把他们送出了五十余里。阿济格赫思痕妈妈不得不阻止道："大师父、叶将军，不要再往前走了，请回吧。我知道你们是忙人，还有很多事儿等着办呢！"明月长老恋恋不舍地说："好吧，听你的，送到此为止了，咱们后会有期！"互相拜别后，女罕带着队伍，进入了群山野谷。瞬即，只能听到里边的欢声笑语，却不见了人影儿。叶旺、明月长老这才勒马回返，疾速奔向了乌蛇岭。

　　回头咱们再说李佑、卜家奴留在乌蛇岭看管着巫顺、巫利、达家奴仨人的事儿。自叶旺与明月长老离开后，李佑为防万一，不时地提醒卜家奴："兄弟，精神点儿，不能打盹儿，千万别出啥事儿呀！"卜家奴听了此话，没在乎，说道："不要紧，不会有啥事儿，咱俩看住就行了，保准跑不了。再说，蚰蜒洞离此地并不远，叶将军、明月长老用不了多大工夫就会回来的。"李佑是个心细的人，又很精明，他想："对乌蛇岭，咱们人生地不熟，上次叶将军、卜家奴不正是在这块儿出的事儿吗？尤其值得注意的是，绝对不能让到手的巫顺跑了，那是乌蛇岭一带的地头蛇，包括他的兄弟巫利。哥儿俩对我们了解和掌握乌蛇岭站赤的情况，可是至关重要的人物，还得从他们嘴里掏出口供呢，不能出半点儿差错。"又想："巫顺是乌蛇岭的老户，人称'神爷'，谁都知道他。而我们是外地人，由于对此地不熟，很容易被人家钻空子。那么，究竟把巫顺他们圈哪块儿安全呢？大马架子肯定不行，东西厢房也不可靠。塞到狗窝里？地方太小了。对了，必须将他们圈到不易被人想到的地儿。这样，一旦有事儿，我与卜家奴完全可以应付。"想至此，他开始四处寻摸，前院儿后院儿、东边儿西边儿地到处找，结果在后园子找到了一个地窖。把盖儿搁开一看，窖挺深，四壁砌得十分牢靠，盖儿也很结实，还真不易被发现或想到。于是，他转身先回到上屋，对巫顺的夫人与两个闺女说："听着，我可先打招呼，必须放聪明点儿！不管外边出了啥事儿，用不着你们管，老老实实地在屋待着。更不准大喊大叫，给我装哑巴，听见没有？如果不照此办，那就不客气了，别说宰了你们！"母女三人吓得大气儿不敢出，哆哆嗦嗦地蹲在墙角儿，瞪着惊恐的眼睛，傻瞅着李佑。他训斥完娘儿仨之后，反身出来，走到卜家奴跟前，说："你的差事是看着上屋，盯紧点儿，无论如何不能让她们出来。也不用知道我干啥，打听多了没用，去看着就是了。"卜家奴答应了一声，随后去了上屋。

李佑将上屋的事儿安排完之后，便来到了西厢房。屋里的炕上躺着自刎未遂、受了重伤的达家奴，由于出血过多，仍昏迷不醒；地上捆着两个人，一个是巫顺，另一个是他弟弟巫利，眼睛全用布蒙着。李佑走过去，把哥儿俩牵了出来，吩咐道："动作快点儿，跟我走！"二人愣愣的，啥都没说，乖乖地跟在他身后，一蹦一蹦地走着。为什么这么走呢？原来巫顺、巫利不仅胳膊被反绑着，腿也用腿绊子绊上了，即用布条儿把两条腿缠到了一起，使之只能迈小步，不能迈大步，蹦跳着走还行，跑是跑不了。

李佑将他们兄弟俩从前院儿牵到了后院儿地窖那儿，又紧走几步，上前把盖儿搁开了，先逼巫顺往前走。巫顺对自己家里的内外环境再熟悉不过了，一听搁盖儿的声儿，便知道是什么所在，心想："哼，原来是要把我放到窖里去呀，这小子真够狠的！"于是，慢慢地一步一步往前蹭，蹭到了地窖跟前。李佑扶着他，让坐在窖口儿，脚蹬着顺到窖底下的梯子，然后厉声儿命道："背靠着梯子往里下，快点儿！"巫顺没招儿啊，又反抗不了，只好乖乖地下了窖。巫利可没那么听话，站在那儿穷磨蹭，干脆没动，心想："凭什么让我下到窖里去？那里挺潮的，是人待的地方吗？"李佑等不了哇，再说他哪有那耐性？上前连踢带端地将巫利弄到了窖口儿，硬是往下摁着头，逼得他不坐也得坐。尽管如此，巫利还是不动，就是不给你下。李佑气坏了，上去照屁股咣唧一脚："你给我下去吧！"随之就听噼里扑隆咕咚一声，巫利顺着梯子折了个跟头滚下去了，李佑顺手把窖门的盖儿一放，没忘上了锁，想想还不放心，又搬来两块压缸的石头，压在了盖儿上。他看看没啥漏洞了，这才返回到西厢房的外头，与卜家奴站在一个角落里，让外人看来，好像巫顺哥儿俩仍然押在西边的小马架子里。此时，卜家奴只顾看管娘儿仨了，并不知道李佑把那兄弟俩关到什么地方去了，刚想开口问，又一想，还是别问了，跟李佑一块儿好好儿看着吧。于是，二人边守护着，边耐心地等待着叶旺、明月长老的归来。

说来，李佑已从清晨一直折腾到下半晌了。等了一气儿，他抬头看看天，见太阳开始偏西了，心里不免有点儿着急了，琢磨着："叶将军他们怎么还不回来呢？也差不多了，不会有啥事儿吧？"正这时，忽然听到远处传来了脚步声，听起来走得还挺急，以为是叶旺和明月长老回来了。可李佑仔细一听，不对，不是他俩的走路声儿，心想："坏了，肯定有贼人来了！"又暗暗庆幸："得亏把巫顺那俩小子藏起来了，看来我李佑不白给，脑袋够用，做对了！咋样，照我的话来了吧？麻烦不请自到。"这么想着的时候，那脚步声越来越近了，便赶紧告诉卜家奴："情况不妙，有人来了，小心点儿！"两人会意地互看了一眼，然后迅速分开，几步蹿到了大门口儿，分别隐在门后两侧。

二人刚刚落定，只见从外面嗖、嗖、嗖、嗖纵进四个手握单刀的蒙面人，一看便知道是来救巫顺、巫利和达家奴的。李佑心想："死等不得，必须得盯上去，哪能让他们瞎闹腾？"于是从门后纵身跳将出来，冲四人高喊："哪里来的不要命的贼子，想干什么？爷爷在这儿呢，休要妄动！"来人还听他的话不成？话都没答，上手就与李佑对打起来。卜家奴见状，忽地持兵刃冲了上去，费力地左挡右砍着。正打着呢，四人中的一个吹了声口哨儿，紧接着又从门外跳进了五六个人。这些人一进来，立即把李佑、卜家奴包围了，挥舞着兵刃，一心想制服他俩。其中一人大喊："快，三个对一个，其余的跟我去找巫大哥他们去！"话音刚落，马上过来三人与李佑打拼起来，另三个人对付卜家奴，其余的人跳将出来，抽身救巫顺哥儿俩去了。

李佑是明月长老的弟子呀，剑法还算高超，五六个人根本靠不了前。可卜家奴不行啊，能耐差远了，哪是三个人的对手？打了一会儿，破绽百出，很快就被人家看出来了。于是，只留一个人对付他，腾出两个人继续围攻李佑。

那些去寻找巫顺、巫利的人，手拿棍子各处翻腾着，上屋下屋、床上床下、院里院外、旮儿胡同，甚至连鸡鸭架、狗窝都不放过，翻了个底朝上也没找着。又不甘心，两个大活人怎么会不翼而飞呢？心急火燎地继续寻摸着。

咱们再说此时的李佑。他凭借着练就的剑术，不单单要对付与自己直接对阵的人，眼睛还要盯着寻找巫顺的那伙儿人，心里急得了不得。他想："不能让这帮人一个劲儿地找哇，早晚不得翻到呀！再说了，还不知道叶旺将军他们什么时候回来呢！看来，不能总是一般地招架了，该拿出看家本领来了，好使他们不至于稳稳当当地找人。"想到这儿，手中的剑走得更快了，刷、刷、刷连续刺伤了三人。随后，又见四个人冲了上来，也有被他刺伤的。如此一来，找巫顺哥儿俩的那些人便不再像方才那样从容了，不得不两头儿兼顾，既想找人，又得防备着李佑的剑，因为已看出李佑的剑法忒厉害，须十分小心才是。

李佑这位公子哥儿此刻可是派上用场了，不仅要打乱与他对拼之人的阵脚，使其倒不出空儿到处翻找，还要不时地照看着卜家奴，怕由于功夫不到家而受到伤害。他嗖、嗖、嗖地在院子里飞来飞去地追着这个、撵着那个，真个忙坏了，累得满身大汗，一边打拼，一边想："叶旺大哥咋还不快回来呢？时间长了，怕我也招架不住哇。倘若抵挡不过就糟了，贼人一旦到后院儿的地窖那儿，马上便会发现破绽，巫顺哥儿俩不被他们救走了吗？"心里一着急，使出了浑身解数，跳来蹿去，以一当十，玩儿上命了。他东挡西杀了一阵子后，已经是眼花缭乱、筋疲力尽、眼前直冒金星儿了，心想："完了，没承想我李佑还没来得及看心爱的娟娟呢，眼看白白死在乌蛇岭了。不行！无论如何不能给师太和娟娟丢脸，一定要坚持住。"这么想着，不知怎么了，觉得全身陡增了使不完的力气，索性拼上了，直打得十几个贼人呼哧带喘地满院子乱跑，最后全都累得几乎快趴下了，彻底没了力气了。尽管如此，李佑仍不敢疏忽，知道眼前的贼人是很难对付的，自己虽胜过他们几筹，若一时措手不及，出个什么差子，后果不堪设想啊！

李佑正着急之时，突然从院外嗖地蹿进一个人来，对打的双方不禁大吃一惊！只见来人身材苗条、轻功甚好、步法轻盈，落地一点儿声音没有，而且用起剑来，技法纯熟，相当精到。李佑马上觉得那步法、那身形及剑招儿咋这么熟悉呢，莫非是……正琢磨着，眼见来人把剑闪了几下，随即大声儿喊道："李佑师兄，我来也！你歇着，让师妹来结果贼人的狗命！"一声高叫，真像天上霹雷一般，把贼人们吓得一下子全傻了。李佑也愣了，在危急时刻，听到那么亲切、那么甜美的声音，心里不禁一阵悸动："哎呀，我的天哪，这不是想的盼的日夜思念的娟娟嘛，她怎么到乌蛇岭来了？"高兴得忙几步跨到师妹跟前，随即马上侧过身，警惕地环顾着前后左右，边用剑保护着娟娟，边说："我的好妹子，你可想死师兄了。快，快，先斩杀这些强盗再说！"李佑一乐不要紧，劲头儿立马上来了，同娟娟一起舞起了手中的利剑。顿时，两把剑变成了十把剑、百把剑、千把剑，剑光将十几个贼人团团围住，无法脱身。已有三个人被娟娟的阴宗双鹤剑削掉了双臂，躺在地上直哼哼，其他人很难说能否保住自己的双臂和双腿呢！

话说就在娟娟和李佑想把那伙儿贼人斩尽杀绝的时候，从院子外头的两个方向同时传来了喊声。只听这边喊："大胆的庞老大、庞老三，还不快住手！竟敢跟金山的总寨主对打，不要命了？"又听那边喊："李佑、卜家奴，师太来了，你俩快快退下，让我来收拾他们！"这后一个分明是叶旺的声音。喊声刚落，随之两边的人几乎同时蹿了进来。那几个没受伤的贼人一看，麻爪儿了，干脆不敢动了，扑通通地跪在地上，咣、咣、咣一个劲儿地磕头求饶。娟娟和李佑见此，立即跳出了圈儿外，各自把利剑收入剑囊之中。叶旺、明月长老落地后，也将早已亮出的宝剑收了回去。

娟娟一见到明月长老，真是喜出望外呀！兴奋得一下子扑了过去，双手扣着师太的脖子，不停地亲啊亲，如同吊在长老的身上似的。那副连蹦带跳的小样儿，就像孙女见到久别的奶奶一般！李佑、叶旺虽是大男人，但同样抑制不住内心的激动，二人张开双臂跑了过去，把娟娟、明月长老紧紧抱住了。大家开怀地笑着、喊着，互相拍打着，一时话都说不出来了。谁能想到，日夜挂念、朝思暮想的亲人，竟能在荒蛮的白山阔野之中的乌蛇岭相聚？娟娟高兴得落泪不止。明月长老亦老泪纵横，边给娟娟擦眼泪边，说："哎呀，孩子，我的小娟娟、小宝贝呀，可想坏师太啦，离开师太遭老罪了吧？我天天没有一个时辰不惦记你呀。噢，对了，是怎么赶来的？阿弥陀佛，善哉，善哉。这是佛祖的庇佑、佛祖的指点哪！"叶旺和李佑面对此情此景，那夺眶而出的泪水更是抹也抹不净。

此刻，娟娟只顾乐了，一听明月长老问她是怎么到此地的，这才想起了一块儿来的田田弟弟及好友岳索图大将军，忙一回头，见两人就站在自己的身后，正仰慕地笑望着明月长老呢！与此同时，明月长老也注意到了，在娟娟的后面，还有田田大将军和一位陌生人。老人家非常高兴，擦了擦满脸的泪水，走过去拍了拍田田多尔济的肩膀，说："田田哪，你怎么也来了？不会是特意送娟娟的吧？好哇，谢谢，太谢谢啦！"娟娟上前拉过叶旺道："叶大哥，来，我给你介绍一下。"边说，边手指着田田："这位是金山大寨帐前掌印大将军、纳哈出的义子田田多尔济，我和师太往金山大寨去时，有幸认识的第一个人就是他。后来才知道，田田与我同母所生，小我几岁。弟弟生在江苏秦淮河的一户渔家，母亲为怀念我，用金田的'田'字给他起了这个名字。"话没说完，已是一阵泪水。她停了一会儿，继续道："此次总算没白去，也是太巧了，做梦都想不到能巧遇从未谋面的一母同胞弟弟，我与师太和李佑师兄在金山大寨得以站住脚，全仗田田的相助啊！尤其可喜的是，他现在已是大明的人了，跟咱们一条心。"叶旺忙上前一步，紧紧握住田田的手说："田田多尔济，你好啊！我已从明月长老处得知将军的大名。十分感激所做过的一切，谢谢啦！衷心祝贺将军找到了姐姐。以后我们大家将永远在一起了，相处的日子长着呢，还需得到你更多的支持呀！"田田笑着说："一定，放心吧，会尽我所能的。"娟娟又拉过弟弟身边的岳索图将军，准备引见给叶旺和明月长老。

叶旺见眼前的大将军身高八尺、虎背熊腰、健壮魁梧，并且满面红光、长髯飘逸，浑身透着一股英气，很是喜欢，目不转睛地看着对方。这时，娟娟引见道："叶大哥、师太，这位乃金山大寨罗锅哨站赤的达鲁不花、平章大将军岳索图，是田田弟弟的知己，现如今也是我的好友。为人仗义，对纳哈出早就心怀不满，因纳哈出待人很不公平。这些天来，岳将军与我相处得十分融洽，并为咱们做了不少事儿，给了我不少的帮助，是一位值得尊敬和信赖的朋友。"叶旺听后，似乎早已等不及了，一步跨上前去，同岳索图搂抱在一起，明月长老则站在那儿笑望着他俩。岳索图虽与叶旺初次见面，但早已从娟娟的口中得知，叶旺年轻有为，是大明朝赫赫有名的、了不起的将领，徐达大将军的得意高徒，也是在与元兵的征杀中屡建奇功的大英雄，现任辽阳都指挥使司同知。今得一见，果然气宇不凡，钦佩不已，岳索图便满怀敬仰地叩拜道："拜见都指挥使司同知大人，此次有幸见面，真是万分荣幸。"叶旺忙扶住岳索图，说："请不必拘礼，千万不要客气。听娟娟说您给了她不少的帮助，毫无疑问，那就是自己人了。我们还须感谢大将军才是呀！"岳索图不好意思地说："哪里，哪里，应该的。"

大家互相热情地寒暄、问候之后，叶旺一看，总在院子里站着唠也不是那么回事儿呀，忙让李佑带路，请田田、岳索图进屋说话。早在叶旺、明月长老没回来之前，东下屋原本单独关着巫顺的两个闺女，李佑因怕一时照顾不到再出啥事儿，遂把她俩送到了上屋，与她们的娘待在一起。而西厢房里有达家奴关在那儿，因此，便将明月长老、娟娟、田田让进了已经空出来的东下屋。屋内挺宽绰，摆设不多，还算干净。大家进去后，有的坐在椅子上，有的坐在炕上，兴致勃勃地聊了起来。

叶旺与岳索图没进屋，一起把仍蹲在院子里来救巫顺的庞老大、庞老三等一伙儿贼人，其中还有几个受了伤的，都送到了马棚里，让他们暂时在那儿待着，不许乱动。随后，岳将军冲贼人堆里喊道："齐小小！"立刻有个人应声儿道："小人在。"齐小小是谁呢？原来是罗锅哨的铺兵头领，被岳索图大人作为眼线打入了庞老大一伙儿贼人之中。正是由于齐小小摸准了他们要救巫顺兄弟的信息，并即刻跑回了罗锅哨，将此信儿禀报给了岳将军，岳索图才领着娟娟和田田赶到了巫顺家。刚才没进院儿前制止庞老大的喊声，正是岳索图发出的。齐小小应该是为剿灭这伙儿贼子立功之人。岳索图将军故意对齐小小摆出一副很威风的样子，命令道："你出来，给我严加看管这些人，哪个都不许私逃！谁要敢跑，抓回来一律问斩，听清了没有？"齐小小连声儿诺诺称是，装作十分害怕的样子，回道："听清了，听清了。大人，请放心，小的一定听令。"岳索图又假模假式地吓唬他，狠狠地说："齐小小，你可听好了，要是敢在这儿犯上作乱，必罪加一等！"装得还真挺像。齐小小忙道："小人不敢，弟兄们也不敢。"旁边的群贼一看岳大人气势汹汹的，全蔫茄子了，只好老老实实地待着。

岳索图交代完了，转身刚要走，又见那帮人中，有的龇牙咧嘴直叫唤，知道这是身上有伤啊，遂向叶旺说："叶将军，能否想办法讨点儿药来，给他们治治伤？倘若伤口溃烂了，时间一长就不好治了。"叶旺觉得此话讲得在理，马上去了东下屋，如此这般地悄悄儿对明月长老一说。明月长老点点头，立即从背囊里拿出一些红伤药来，嘱咐他务将那些人的伤口包扎好，别冻着。叶旺从屋里出来，把药交给了岳索图，他俩一块儿进了马棚，给贼人中断胳膊的、身上被剑划出口子的涂上了红伤药。此药既止疼又止血，很有效。不大一会儿，伤者就不那么疼了，也不叫了，渐渐地安静下来。叶旺对他们说："你们放规矩点儿，都给我躺着，不许乱动，听候处理。"群贼一声儿没敢出。从马棚出来后，叶旺叫来卜家奴和西下屋的老马倌儿，让二人赶紧收拾院子。为什么呢？因为刚才由于双方一番激烈的格斗，满院儿除了草，就是棍子呀、板子呀、斧子呀什么的，扔得到处都是，乱七八糟的，地上还有一摊摊的血迹。更由于贼人们为寻找巫顺哥儿俩，一顿翻腾，箱箱柜柜被弄得横倒竖歪的。卜家奴和老马倌儿便按照叶旺的吩咐，屋里院外地归拢起来。

　　叶旺和岳索图见一切都安顿好了，便一起进了东下屋，打算同明月长老和娟娟唠一会儿。二人刚坐下，叶旺像冷丁想起什么似的，抬起身子抻着脖儿向外张望。想起什么了呢？原来他突然意识到大伙儿好长时间没吃东西了，肚子肯定饿得叽里咕噜地造反了，需赶快安排人做饭，可柴米油盐从哪儿来？总得有人去张罗。这事儿找谁好呢？他想来想去，觉得还是得让李佑那个机灵鬼想想办法。

　　那么，各位阿哥可能会问，已经过了好一会儿了，怎么不见李佑呢？原来他是不放心关着的巫顺、巫利哥儿俩，到后园子去了。来到地窖周围看了看，没发现什么异常，窖盖儿仍锁得好好儿的，这才反身低头往回走。已经好多天了，他心里甚为想念师妹，非常想听听这会儿在讲些什么。当他刚走进屋、欲坐到娟娟身边时，叶旺却把他叫住了："李佑！"李佑马上问："什么事儿？"叶旺说："大伙儿又乏又累的，饿得不行，你可能也饥肠辘辘了吧？拼打了那么半天，哪能不饿呢……"李佑拍拍肚皮抢话道："哎呀，经大哥一提，还真觉得有些空落落的。"叶旺说："是呀，那就得赶紧做晚饭，让大家先填饱肚子。至于粮食怎么解决，你去想辙吧。"李佑一听又来事儿了，挺不情愿，心想："咋啥事儿全让我办呢？忙活了好一阵子了，难道在娟娟妹妹身边待一会儿都不成？"但此话说不出口哇，遂推辞道："叶大哥，这可难住我了，上哪儿弄粮食呀？哪有什么辙哟！再说咱跟乌蛇岭的人也不熟，找谁家张口啊？"叶旺开始激将了，说道："相信你会有办法的，我跟师太不在的时候，还不是全仗你把巫顺哥儿俩藏起来了？当初要是没动这个脑筋，人早就给抢走了。此乃大功一件哪，将来一定向朝廷为你请赏，还真行，我佩服！这么着吧，去找巫顺，跟他借些粮食。得多借点儿，光咱们的人就不少，还有抓到的那十几个贼人呢，也得叫他们吃饭不是？"叶旺的几句话，把个李佑说得心花怒放，几乎找不着北了！他特别爱听别人的夸赞之词，尤其叶将军还不是一般人，能得到都指挥使司同知的表扬可不易，于是爽快地答应道："行，包在我身上了，马上去办。"说完，站起身便出屋了。

李佑琢磨来琢磨去，觉得要想弄到粮食，只能像叶大哥说的，找这家的主人巫顺。他又到了后园子，搬开压在窖盖儿上的两块大石头，开了锁，捅开盖儿，从窖口儿顺着梯子下去了。下到窖底一看，巫顺哥儿俩正在那儿不声不吭地坐着呢！窖里倒是不怎么冷，还有些发暖，可是又黑又闷哪，留置的时间长了肯定不好受。二人在里面已经待了两个时辰了，当然是盼着早点儿出去。开始进来时，哥儿俩心里便琢磨："得把我们关到啥时候为止呀？咳，没招儿哇，摊上了，等着吧。"时间不算长，就听外边噼里啪啦地正经响了一阵子，还有吵吵巴火的声音。过了一会儿又没声儿了，也弄不清到底是怎么回事儿。那次响过一个多时辰，俩人正着急什么时候能出去呢，抬头往上一看，窖盖儿掀开了，惊喜得扑棱一下坐了起来，别提心里多高兴了！巫顺想："看来有门儿，终于等到了，可能是放我们哥儿俩出去的。不管怎样，能离开就好，总不能在地窖里憋死吧，那股烂菜味儿实在受不了。"当一看是李佑来了，更觉有希望了，想求他快点儿放他们出去。可还没等开口呢，李佑先说了："巫顺哪，我来是有点儿事儿，你得帮忙。"巫顺此刻乐不得有人求，寻思着只要能放自己和弟弟出去，饶兄弟俩一命，办啥事儿都行，赶忙讨好儿道："大人，有什么事儿尽管说。只要我能办到的，绝不含糊，一定尽力。"李佑说："没啥大事儿，就是眼下还没吃饭呢，你们哥儿俩也不能总饿肚子吧？再说你夫人和两个千金哪能扛得住哇！因此得烧火做饭，然后大家一起吃，吃完了，银两由我来算。不过，我手中无粮、无菜，只好借了。因是在你家，你又是一家之主，只能由主人想办法。说吧，家里有些什么吃的？"巫顺此时哪还有心思顾及吃不吃饭的事儿呀？只想自己那么多的罪，准保会被杀头的，得怎么做才能保住哥儿俩的小命。至于李佑提到的鸡毛蒜皮的饱腹之事，他连想都没想过，根本听不进去。可即使是小事儿，已到这个份儿上了，也得认真办哪，不能得罪李佑呀，便说："大人，您说哪儿去了，我巫顺的命都掐在你们手里，吃点儿粮食算什么？愿意怎么办全行，想怎么做就怎么做，这个家交给大人了。还是命要紧哪，请饶了我们兄弟吧，小人将感激不尽！"李佑制止道："先甭说别的，那是以后的事儿。现在咱单说借粮食的事儿，是眼下的当务之急，你看得咋办？"巫顺说："这么的吧，请大人找我夫人，叫她办。总之，咋的都行，小的毫无怨言。"李佑说："那好，委屈你们了，仍在窖里待着。还是那句话：不许乱动！"说完，蹬着梯子从窖里出来了，然后把盖儿放下，咔嚓一声锁上，再压上大石头。巫顺和巫利二人一看，完了，又给锁在里头了，不知得圈到猴年马月呢！

李佑从窖里出来，便去上屋找巫顺的夫人和那两个闺女商量。你说老太太和孩子有啥说的？只是一句话："求求天朝大人放出本家的老主人吧，让我们干啥都行。"然后，十分痛快地告诉了粮、肉、酒、菜放在了什么地方。巫顺的夫人身子骨儿还挺好，就是腿脚有点儿不灵便，走路一拐一拐的，看起来像有瘸疾。她拉着两个闺女的手，对李佑说："大人哪，用多少粮食尽管拿，没说的。我们跟大人一块儿做饭，我淘米，俩闺女生火、洗菜。"于是，李佑便领着她们娘儿仨找粮、找菜又担水的，边干边寻思："看来想躲也躲不了啦，这个火头军我是当定了。咳，做就做吧，有啥法儿？师妹呀，师兄暂时听不到你唠嗑儿了，只好割爱了。没招儿哇，大家全等着吃饭呢，填饱肚子要紧哪！娟娟，你可是大老远来的，一定早饿了，就算是师兄专为师妹而做了。我若不去办，别人还真不知如何张罗呢！"他怕人手不够，又把卜家奴拉来，五个人一起忙活开了。

你别说，巫顺家吃的东西真不少，院墙上挂着不少鱼干儿、肉条子、干菜什么的，库房里还放着个"狍子座子"。什么叫"狍子座子"？即狍子的后屁股。那是肉最多的地方，又是北方最上讲的一道菜，你是炖着吃、烤着吃、炒着吃，怎么吃都行。再看看，酒缸也不空，里面装着不少酒。李佑做主，把这些吃的东西全搬进了伙房。大家开始点火做饭了。

此刻，东下屋里的人唠得正欢，大家像众星捧月般围着娟娟，听她津津有味地讲述来乌蛇岭的缘由和经过。原来，娟娟在金山大寨自打巧遇馒头山的那位苦僧人之后，两人相处得挺好，很是谈得来。在陌生的金山，娟娟除了田田之外，又有了一位知音，自然特别高兴。隔三岔五地去看望苦僧人，对他的孤苦非常同情，对他的毅力极为钦佩。双方在接触中，天南海北地无所不谈，也涉及了不少关于月牙楼的情况。由于娟娟急于想了解其中的奥秘，不仅自己去，还把弟弟引了去。并且一再要求田田，选择一个不太好的天儿，能赶上风雪连绵最好，陪她一块儿夜探月牙楼。苦僧人不同意草率行事，一再相劝："妙善，不要急于探楼，眼下时机不成熟，应从长计议才是。不管什么事儿，解铃还须系铃人，咱得先想方设法找到那建楼之人。当然，我们并不知道此人如今在何地，只要找到他，破月牙楼便易如反掌。"田田也劝姐姐不能轻举妄动，认为月牙楼是纳哈出多年经营的心腹重地，建筑十分缜密，可能会有不少暗道机关。况且对楼的内情没摸清，盲目地进入，将有百害而无一利，甚至会有杀身之祸，千万要慎重。可娟娟性急，恨不得立马探明月牙楼，知其真相，但又无奈两个人坚决挡着，便没敢操之过急，只能看一看再说。

就在娟娟万分焦急之时，忽然有一天晚上，罗锅哨的达鲁不花岳索图来找帐前大将军田田多尔济，如此这般地悄悄儿咬了一阵耳朵。田田听后，觉得岳索图所说之事非同小可，需告知娟娟，便把他领到了姐姐的住处。娟娟此时没住在拨给他们的金山大寨城内那个小院儿。因明月长老不在跟前，她不想一个人住，与弟弟商量后，就住在田田府里了。他觉得在亲人身边，一旦有什么事儿，随时可以找到，十分方便。

田田引岳索图进屋后，让他把所知道的情况重新向娟娟讲一遍。岳索图说道："在离虎尔哈不远的山区里，有个乌蛇岭哨口，是由我管辖的一个比较小的站赤。地方虽不大，但很出名，非常重要。因为它紧挨着东海窝稽部，是与东海女真野人联系最直接、最密切的地方。最近有人密报，在那个哨口，发现有大明的兵将，不仅劫走了站赤的人，头领也被抓起来了。跑出来的人传报，让罗锅哨赶紧派铺兵增援，速速擒拿，一个都不能放跑。还说如果去晚了，恐怕明朝的人将继续到别的地方为害。"娟娟听完了岳索图的一番话，不禁喊了一声，高兴极了，乐得直蹦高儿！她断定，辽东这块儿没有大明朝的其他什么人，除了自己在金山，还有明月长老、叶旺大哥和李佑、卜家奴，不过现在并不知道他们在什么地方，再有就是辽阳的马云大哥了。说乌蛇岭有明朝的人，那肯定是指叶旺大哥、明月长老和李佑。正愁找不到呢，却有人送信儿来了，如此巧的事儿，怎能不让我刘娟娟乐呀？这下好了，许多事情可以禀告给师太了，比如在金山发现的月牙楼和新结识的岳索图其人等情况，还有苦僧人以及一位叫菩提僧人的师祖，不知师太是否认识，也需打听一下。

于是，娟娟提议，她与田田随岳索图大人以"平乱"之名速去乌蛇岭，以便和大明的人接上头。田田一百个同意，二话没说，表示愿意随行。就这样，当夜由熟悉路的岳将军带领，骑马动身。三人日夜兼程、马不停蹄，很快赶到了乌蛇岭，刚到那儿，气儿还没喘匀呢，便听巫顺家的院子里传出一片喊杀厮斗之声。娟娟先行一步，急忙跑过去一看，只见师兄李佑满院子窜来窜去的，正与十几个贼人对打呢！后面的事儿大家都知道了，娟娟就不讲了。

岳索图平章看了看在座的人，接着介绍道："与李佑对阵的贼人首领乃庞老大、庞老三，是兄弟俩。从哪儿来的呢？他们原来是高家奴在辽阳平顶山老鸦山寨镇守时的得力干将。后来，马云和叶旺将军率兵破了老鸦山寨，高家奴不得不降明。庞老大、庞老三一看首领全被抓了，没路可走了，只好躲入深山之中，占山为王。俗话说得好：鱼找鱼、虾找虾呀，同气相求，臭味一致。二人在山里时，从未放弃过寻找主子的行踪，经常派人出来打听高家奴的情况。你别说，他们还真从曾家奴处得知了高家奴眼下的住地，于是，哥儿俩又跟主子联系上了。这不，前儿天他们接待了一个高家奴派来送密信的人，令他俩速到乌蛇岭，说是大明朝辽阳都指挥使司同知叶旺带达家奴、卜家奴正在那里，还告诉二人，达家奴是表面上降明，暗地里仍同元朝一条心，可以利用，务于乌蛇岭配合巫顺、巫利，同达家奴里应外合，抓捕叶旺。倘若抓住了，立刻将他送至金山大寨，可谓大功一件。庞老大、庞老三得到密报后，兴奋异常，觉得总算有报效老主人的机会了，马上悄悄儿带领一哨人马奔乌蛇岭而来。中途到了盘肠沟，也是一个重要的站赤。管哨口的达鲁不花为奥钦帖木儿，其堂弟即蚰蜒洞驿站的达鲁不花孟括帖木儿，皆同庞老大、庞老三有来往，也都是高家奴的心腹、莫逆之交。二人到那儿时，正赶上奥钦帖木儿办婚事，便把他们留下了。庞老大、庞老三嗜酒如命，在盘肠沟喝了两天喜酒，喝得酩酊大醉，酒醒后，才想起还有急事儿没办呢，遂打马拼命往乌蛇岭赶。可是太晚了，还没等到地儿呢，大概是在榆木河子一带，就听到了一个让人丧气的信儿。说是乌蛇岭已被大明朝占去了，蚰蜒洞站赤的达鲁不花孟括帖木儿也让马给刨死了，还说乌蛇岭的首领巫顺兄弟被抓后下落不明。他俩一听这些情况，立马蒙圈了，吓得不行。怕什么呢？怕高家奴知道以后，绝饶不了，非治他们兄弟俩的罪不可！本来老主人传信儿让早去，结果因半道儿喝酒，耽误了大事儿，你说他俩能不急吗？一想眼下没别的招儿了，只能赶紧想办法把巫顺、巫利救出来，也好将功赎罪呀！于是，他俩当即带着心腹匆匆忙忙地向乌蛇岭赶，同时派小校去罗锅哨口找我报信儿。其实，他俩当然清楚大明的人不好惹，但巫顺毕竟是他们的拜把子兄弟，又同是高家奴身边的心腹，况且知道那'神眼睛'很有名气，早就极力想巴结，所以才舍命赶来乌蛇岭施救的。结果不仅没救成，打了一场乱仗，伤了好几个兄弟，自己也身陷罗网、束手就擒。"在场的人听到这儿，不禁笑了起来。

岳索图介绍完后，接下来娟娟万分难过地告诉大家一个非常痛心的消息，说道："豁鼻马将军前不久，为救叶旺大哥和卜家奴，将罪独揽一身，舌战纳哈出，最后壮烈牺牲于罗锅哨。我们已将他就地安葬，只等奏报朝廷后，另加封赏。豁将军真乃正义之人，自降明后，兢兢业业，忠于职守。本来劫牢救人之事，从长远考虑，不准备让他参与其中。哪知在关键时刻，他竟把杀人大罪一口承担，并为此做了十分缜密的准备，使纳哈出找不出任何破绽。豁将军的慷慨就义，惊天地、泣鬼神，连纳哈出及属下的将领都很佩服。我刘娟娟长这么大，还是头一次见到如此死得其所的大丈夫！"说到这儿，眼泪再也止不住了。明月长老、叶将军听罢，顿时如五雷轰顶。尤其是叶旺悲痛至极，泪水顺脸往下淌，无不感慨地说："豁将军是我的好友，仗义、大度，曾为我和马云担了不少事儿。想当年，就是他护送我们到了辽东，劝降了刘益，建立了辽东第一个指挥使司衙门。这些年，豁大哥为了大明朝的创建，默默无闻地竭尽了全力，功不可没，当之无愧！没想到，最后却是为我而死的呀，怎不令老弟痛心疾首、肃然起敬！他家还有老母和妻子，将来一定去向大娘、大嫂叩拜。我深知豁大哥之诚，正如娟娟妹妹所说，此事必当奏报皇上，降旨颂其功德。豁将军的赫赫声名会名垂千古的！"在场的岳索图、田田边听、边不住地点头，屋里的所有人一下子沉默下来，心情十分沉重。

过了一阵子，叶旺突然啪地拍了一下后脑勺儿，忙道："哎呀，兄弟们，咱们光顾唠了，竟忘了巫顺哥儿俩仍锁在地窖里，马棚里还蹲着十几个贼人呢！得赶紧处理好，对那些人该怎么办，就怎么办；该治什么罪，就治什么罪。各位全去参加，大家一块儿商量着来，好不好？"恰在此时，顽皮的李佑身上扎着一条花围裙走了进来，故意装作一本正经地说："启奏叶大哥，火头军李佑奉大将军之命，已将饭菜备办完毕，只待诸位受用了。娟娟妹妹可能早饿了……"一说到这儿，娟娟有点儿不好意思了，脸腾地红了，心里话："师兄啊，说话咋这么不注意呢？屋里好几个人，光我一个饿呀？"还没等娟娟言语呢，明月长老接过了话茬儿："我看大家的肠子、肚子都打仗了，不妨先吃饭，然后再三堂会审也不迟。"叶旺笑着说："好吧，李佑兄弟，你是火头军，我们听你的，火头军大人让咋办，咱就咋办。不过依我看，还是先把巫顺哥儿俩请出来，别再困在地窖里了。你住人家屋、吃人家饭，却把人家主人锁起来，成何体统？可真是够新鲜的，天下什么牢皆有，李佑兄弟又多加了一个菜窖牢！"叶旺的一番话，逗得大伙儿哈哈大笑起来。李佑也乐了，赶紧解下围裙，说："那我先到后院儿，把兄弟俩请出来再说。"回头叫上卜家奴，匆匆往房后去了。

二人到了地窖跟前，把压在盖儿上的石头搬到一边，打开锁。李佑把盖儿搁开，头伸进窖里一看，见巫顺、巫利正侧身躺在那儿呢，便冲里面喊："你们听到我说话了吗？出来吧！"可那哥儿俩的手、脚都被绑着呢，干着急动弹不得，出不来。李佑只好下到窖里，为他们解开了捆绑的绳子。可能是捆的时间过久，绑得又紧，二人的腿全麻了，不仅站不起来，更无法行走，仍然瘫在地上。李佑想了想，自言自语道："哎，有办法了。"随后仰脖儿冲上面的卜家奴喊道："你快去马圈，把那几个没受伤的贼人给我叫来！"卜家奴答应一声跑走了。

不一会儿，卜家奴从马圈将庞老大、庞老三，还有四个没受伤的一起带到了菜窖前。李佑命庞老大、庞老三领着那几个兄弟下到菜窖里，把巫顺、巫利背上来，并说："你们不是来救他们哥儿俩的吗？正好，机会来了，下去吧！"庞老大心里话："大明朝的人是真有办法，竟把人藏到这个难找的地方，弄得我们哥儿几个一阵苦打。没找到要救的两位大爷不说，结果连自己也被抓了。"庞老三还偷偷地看了一眼李佑，不服气地想："算啥呀？我要是知道把人藏到菜窖里，当初让三五个人与你周旋，剩下的人不早就把巫顺大哥、巫利副将抢走了吗？"心里这个悔呀！

不管庞老大他们怎么懊恼，反正现在也晚了，只能按照李佑的吩咐，下到地窖将巫顺、巫利哥儿俩背了出来。接着，李佑把这几个人领到前院儿上房门前，让卜家奴看着，然后反身进了屋，同巫顺的夫人和那两个闺女一块儿摆好了桌子，一样儿一样儿端上了饭菜。摆在大屋子里的算是第一桌，拐把子炕上算是第二桌，再加上里间的内暖阁共摆了三大桌。李佑是火头军呀，指手画脚地安排着："师太，您上第一桌。娟娟、田田跟着师太去，也上头一桌，姐弟俩坐一块儿。叶大哥，你坐第二桌上席……"叶旺本想坐在娟娟身边，可听李佑这么一分，又不好说什么，一切得听火头军的嘛，只好按指挥去了第二桌。紧接着，李佑请岳索图将军上桌，也在叶旺身边，说道："我与卜家奴随着岳将军，也在叶大哥这桌。其他的人，咱们以德服之，不分谁是官员、谁是贼子，大家坐在一块儿吃吧。"大伙儿听了直笑，幽默的李佑却绷着脸，一点儿笑模样没有，冲外喊道："卜将军，快把巫顺、巫利两位家主带进来！"喊了一声不见动静，遂亲自出去看。见二人的胳膊仍被绑着，站在那儿一动不动，正低头寻思啥呢。巫顺哥儿俩想："我们是有罪之人呀，说不定今天便是终期，该命丧黄泉啦！不知到什么时辰，脖子一抹，算是蹬腿儿、瞪眼儿玩儿完哪！到那时，死也就死了，可孩子、老婆咋办？"兄弟俩只顾想心事，哪承想还会有人唤他们进屋吃饭呀！李佑又叫一声，他俩还没动弹。这时，叶旺从屋里出来了，李佑向他使了个眼色。叶旺上前给巫顺、巫利解开了绳子。哥儿俩傻立在那儿，一声儿不出。李佑说："绑也松了，愣着干啥呀？早已到了用膳的时候了，还需人提醒吗？饭菜已经做好了，叫你们进屋吃，听到没有？"尽管如此，巫顺仍不敢动，只是张着大嘴，低着头，瞪着眼睛瞅着地，心想："他跟谁说话呢？难道是让我吃饭吗？耳朵没出毛病吧？"李佑一看，咋说不动地儿，终于不耐烦了，大声儿吼道："我说话你们没听见呀？吃饭，吃饭去！"叶旺见状，上前一手拉着巫顺，一手拉着巫利，说："走，现在先吃饭，别的事儿别想。不管怎么样，喂饱肚子再说。另外，我还要感谢二位和家人，把能吃的都拿出来了，实在是叨扰了。走吧，快进屋去！"巫顺、巫利这才相信了让吃饭是真的。于是，前头是叶旺拉着巫顺哥儿俩，后头是李佑和卜家奴推着，硬是推进了屋，让他们分别坐在了叶将军的左右。

请巫顺哥儿俩同大家一起吃饭的事儿，让田田和岳索图吃惊不小，根本没想到会有这样的举动。尤其是岳索图更为不解，心想："大明朝的将领心胸太宽阔、太能海涵人了。原以为名震辽东的巫顺这回不死也得剥层皮，没想到还能让他和巫利分别坐在都指挥使司同知的左右吃饭，不是在做梦吧？"就在他们惊讶之时，卜家奴又去叫老马倌儿。他开始不敢来，愣是被卜家奴给拉了进来，安置在第二桌。叶旺对老马倌儿说："我们给你添了不少麻烦，非常感谢，快坐下吃吧。"老马倌儿这么多年来，从未跟主人在一块儿吃过饭，此次还是头一遭，又见叶旺对自己很是客气，一时不知该说啥好了，眼圈儿立马就红了。在厨房里站着的巫顺的夫人和两个闺女看着这一切，感动极了，脸朝墙板呜呜地哭了起来。李佑见此，赶紧到第一桌，附在明月长老和娟娟的耳边低声儿说了几句什么。二人听罢，下了地，走进厨房，将巫顺的夫人和两个闺女拉到了第一桌。娟娟让两个闺女分别坐在自己的两边，又把巫顺的夫人扶坐在师太身旁。巫顺的夫人开始说啥也不吃。明月长老说："不吃饭哪行？我是佛家人，看出来了，你也信佛。既然是同道人，还是听老尼的吧，不要分你我。来，咱们姊妹一块儿吃。"就这样，头一桌是明月长老、娟娟、田田、巫顺的夫人和两个闺女；第二桌为叶旺、李佑、岳索图、巫顺、巫利、老马倌儿，还有卜家奴；第三桌是留给庞老大、庞老三那伙儿人的。

那庞氏兄弟过去可是江湖之人，根本不在乎这些，让吃我就吃，哪有啥客气可讲？不让吃，只要我饿了，好，刀往胳膊上一插，你得给我吃！他们是大摇大摆地进了屋，刚上了桌子便叫道："饿了，我们全饿了，早该吃饭了！"叶旺和众人见此，谁都没出声儿。只见庞老大、庞老三已等不得了，端起饭碗大口大口地吃了起来，左一碗、右一碗连扒拉带搂的，没一会儿就已饱饱的了。撂下碗筷后，李佑吩咐庞老大、庞老三他们喂那几个断胳膊的、伤重的人吃饭，并交代道："你们只要侍候好了那些受伤的人，就是有功，可将功赎罪。"你还别说，庞老大、庞老三听李佑这么一讲，还真是很顺从地重又端起碗，盛上饭，拿着筷子去马圈里喂重伤号了！这顿饭，大家觉得特别香，吃得痛快。巫顺、巫利二人嘴里嚼的可不全是饭，那是连鼻涕、带眼泪一块儿咽下去的呀！

话要简说，众人用罢晚饭后，巫顺的夫人和两个闺女、老马倌儿、李佑捡下了桌子上的碗筷，很快便收拾完了，叶旺他们则回到了西马架子东下屋。李佑对巫顺兄弟说："你俩在这儿老实待着，不许动，一会儿要叫你们的。"他又让庞老大、庞老三一伙儿仍回到马棚里等着，叮嘱卜家奴在门外严加看守，不得疏忽。

明月长老、叶旺、娟娟、田田、岳索图来到东下屋。叶旺说："咱们现在就一起审问巫顺、巫利、庞老大、庞老三和达家奴他们，好早点儿把几个包袱卸下来。先琢磨一下，看先审谁？"大家考虑了一下，一致的意见是，第一个该审达家奴这个败类、叛徒。一提起达家奴，明月长老就气不打一处来，娟娟更是恨得牙根儿痒痒的。想当初刚到辽东的时候，达家奴是那么海誓山盟地决心弃暗投明，后来却把叶旺将军给出卖了，你说她们能不切齿痛恨吗？

达家奴一直被囚在老马倌儿住的那个西下屋、小厢房里，由于自刎的伤势还很重，早晨给他喝了水、喂了点儿粥，别的没吃下什么。知道他没法儿逃跑，因此既没绑，门也没锁，始终在炕上躺着。马上要提审他了，便先让马倌儿进屋看看。马倌儿前脚儿刚进去，立马抽身出来了，慌忙禀告道："达家奴伤势深入左肋内，伤及脏腑，已经咽气了！"在场的人听后，感到既可惜又高兴，可惜的是没能从他的口中，得到高家奴的情况；高兴的是达家奴纯属自作自受，人世间少了一害。卜家奴想，不管怎样，达家奴也是女真人，不能让他就这么走了，于是拿出银两，让巫顺的夫人找了几块大木板，由马倌儿请了木匠，打造了一口棺椁。一切停当后，将达家奴成殓，叶旺命人备车，拉到西树通子埋了。

在埋葬达家奴时，叶旺偶然碰了一下自己的外衣口袋，忽然想起了达家奴在伤重时，曾交出来一封信。这是怎么回事儿呢？那天，达家奴从昏睡中醒来，见李佑在身旁，便指着内衣口袋，断断续续地说："李兄长，这……这里有一封高家奴给我的密函，愿呈给……大明朝廷，不知是否有用。我……死有余辜，算是最后赎罪的一点儿诚意吧。"说完又昏睡过去了。李佑听后，把手伸进他的内衣口袋，拿出了一封信，面交了叶旺。叶旺看了看密函，一是由于高家奴是用文言写的，未解其意；二是因信中说的事儿他不知道，又没弄明白，所以当时没太在意，只收了起来。此刻，他赶紧从外衣口袋里拿出了那封信，顺手递给了娟娟，并讲了信的由来。不要小瞧高家奴，他尽管是女真人，一介武夫，却懂汉学，读了不少书，还会写文言文。此封给达家奴的密函就是以文言用汉文楷书体书就的，而且字迹很工整。娟娟是在刘伯温家里长大的，安夫人的古文挺好，在二老的调教下，她对古文不仅学得很上心，掌握得也不错，因此，文言文的信函她能够读得懂。密函是这样写的：

> 吾弟如面：
> 余遁曾邸，日以棋弈自聊耳。辽乡诸好，代兄周旋，余亦系念忘寝矣。
> 潜龙在池，当有腾云之期焉。
> 月牙秘构，丞相在簪中也。华翁誓得，余则敏求之。
> 皮板盛集赏花灯，其乐无穷。
> 名时不赘。

信的下头未署名，亦未署年月日。一定因是密函，故不愿露名时。

那么，既然未署名，达家奴为什么一见信，便知道是高家奴写给他的呢？因为他是高家奴身边的爱将、心腹，对主子的字，作为亲信肯定是认识的。可以说，此信文辞闪烁不可解，若不是身边的人，或不是心腹，很难理解写的是什么意思，也就难怪叶旺不明其意、未予重视了。从达家奴能把信珍藏在内衣里，可看得出，他十分敬重这位上司。由此足以证明，密函必为高家奴亲笔无疑了。

娟娟在读信时，一遍又一遍地仔细推敲，反复斟酌，又将近日在金山大寨密查月牙楼、于馒头山认识苦僧人等联系起来看，琢磨来琢磨去，顿开茅塞、豁然开朗，彻底明白了其中的意思。她知道此信非同小可，里面提到的一些事儿，正是自己想了解的绝对机密。达家奴能在临死前交出来，说明他尚有点儿女真人的良心，还是有功的。娟娟把密函的内容详细地告诉了叶旺和明月长老，并断言："信中提到的'月牙秘构'，肯定是指纳哈出金山大寨之月牙楼的机密构造，看来此非金山的一般所在。'丞相在瞽中也'一句，'丞相'即指纳哈出。因元顺帝在世时，曾封其为丞相、太尉。元亡前，纳哈出在臣僚中，为最高职位之人。'丞相在瞽中'这句话是什么意思呢？就是说，连纳哈出也不知道月牙楼建筑的结构之秘密。我原来以为，既然此楼建在金山大寨，必是纳哈出让建的，他应该什么都清楚。现在看不然，一定是另有建楼人，纳哈出并未掌握它建筑上的特点。真要打开了月牙楼，可能便会了解元朝历史的更多鲜为人知的奥秘。至于纳哈出对楼中的囚牢为什么控制得那么严、除他本人外任何人不得染指，甚至连自己的亲子都不可以过问，楼中究竟有什么暗道机关以及我的生母楚绣绣是否在楼中等等，这一切全是谜，需要弄清。"

听娟娟一讲，侦破月牙楼之事，愈加引起了叶旺、明月长老的重视。娟娟接着向众位讲起了金山大寨几天来发生的一些事，田田也在一边帮着补充。在介绍馒头山之行时，娟娟说："我最近去馒头山探月牙楼的时候，遇到住在山洞里的一位苦僧人。据他讲，自己是被菩提僧人救活并传经文又领入佛门的。菩提僧人还向苦僧人说了二十个字儿的佛家偈语，即'馒头是尔家，习功勿惰懒。吟经乐哉事，静待明月来'。菩提僧人告诉苦僧人，以后就称其为师祖，并言馒头山非寻常之地：'馒头为丘，有德得寿，无德得柩。'意思是说，馒头山不是一般的地方，有德的人在这块儿可以增寿，没德的人早晚必得一口棺材。他还预言，日久定有应兆之人。他叮嘱苦僧人，认真在馒头山上修炼佛心，待日后有来登山探月牙楼者，要竭诚助之。"

说书人暗中交代，那应兆之人会是谁呢？纳哈出后来确实死在馒头山那块儿了，大概是应了兆吧？此为后话。大家听完娟娟的奇遇，皆甚感惊奇。明月长老说："那位菩提僧人，我倒是听师姐月禅禅师说过。他是月禅禅师的师祖，当然也是我们的师祖了。难道是师祖重游辽东，借苦僧人之口，嘱告大家应行佛祖之训，去破月牙楼？按此层含义来观之，月牙楼内不仅仅是囚一两位什么人的事儿，很可能涉及更重大的奥秘。师祖在这里还告诉我们，要想破月牙楼，则需寻找建楼之人。那么，是谁呢？从高家奴的密函中看出，纳哈出对楼的构建并不清楚，证明建楼之人不是他。根据传闻，楼中藏有一些元朝的宝物，建楼者会不会是与元顺帝有宗亲的皇族中的人？高家奴的密函又说'华翁誓得'，'华翁'

为何人，莫不就是楼体筑就者？如此看来，寻找'华翁'，便成了破月牙楼的关键所在。"听明月长老一分析，娟娟越发觉得达家奴死前交出的密信非常及时了，不但提供了破月牙楼的重要线索，而且对下一步探查月牙楼的行动指明了目标。大家认为，既然是这样，就不能操之过急，为弄清楚一些关键问题，必须广泛接触八方人士，加紧秘密访查，找到筑楼人，只有下大力气，脚踏实地地做了，才能逐渐解开月牙楼之迷津。

如何破月牙楼之事表过，咱们再向各位阿哥交代一下是怎么处理巫顺哥儿俩的。当大家议论到这儿的时候，叶旺首先看了看岳索图，然后热情、诚恳地请金山大寨罗锅哨总站赤的平章先讲讲，一再说："岳将军，你对下头各驿站的情况很熟悉，对巫顺的为人怎样亦会了如指掌，不妨说说该怎么对待好。现在咱们都是自家兄弟，请不要客气，尽管直说。"岳索图本不想讲，觉得此次不过是陪着田田、娟娟一块儿来的，能够借机认识一下大明朝的众位英雄已经很难得了，哪有自己说话的份儿？可没想到，叶将军竟首先想听听他对巫顺的看法，又那么真诚，感到实在不好推辞，想了想，说道："既然叶将军点到头上了，就讲几句吧，供朝廷参考。说起巫顺，我当然了解，是位很有名气的人。实在话，对他真没什么反感，觉得还算比较正派。我这么讲，不等于是站在高家奴一边，而是谈巫顺的为人。从他的一些行为来看，毫无疑问，肯定是有罪的，而且与高家奴的关系十分密切，已有几年的联系和交往了。平时处处替高家奴撑口袋，遇事总是一个鼻孔出气，经常帮助办一些难办之事，豁出命来干，是他的帮凶。金山大寨的上上下下，人人皆知，那是秃头的虱子明摆着的。拿叶将军和卜家奴被抓到金山大寨来说吧，可以确定，是达家奴从中间搭桥办成的。但是，光靠他不行，无论是能力还是头脑，哪点都赶不上巫顺。说到家，抓叶将军的真正罪魁祸首乃巫顺，别人没这个能耐。单此一条，巫顺理当受到重罚。不过依我看，不能这么办，应从更宽、更远的方面去考虑。我是个大老粗，拿刀使枪的人说话好直来直去，心里怎么想的就怎么说。我琢磨着要是从轻发落了巫顺，会越发得人心，也能使他心悦诚服地降过来，为大明办事儿。而且不单单是拉过巫顺一个，还能因他而带来一大片人，对朝廷在辽东的威望和影响会是大有益处的。叶将军，话是说了，可不知对不对？"叶旺笑着说："岳大人，大胆点儿，没关系。咱们都是一个心眼儿为大明朝在辽东得到最后胜利而出力的人，目标一致，希望听你直言不讳地谈出内心的真正想法。我们远道而来，不仅情况掌握得不够，对这些人也不了解，多听听金山大寨的朋友们是怎么讲的，只有好处，没有坏处。还是请岳大人继续说。"态度非常诚恳。

　　经叶旺这么一鼓励，岳索图彻底放下了包袱，心落了地了，没什么可顾虑的了，伸手端起杯，喝了一口茶，接着谈道："我想再说几点。第一，巫顺既不像蚰蜒洞站赤的孟括帖木儿，也不像盘肠沟站赤的奥钦帖木儿，尤其是'老那辛'已被你们制裁，好得很！那纯粹是一个专横暴戾的狂徒，害死了不少人，很多人特别恨他，又没法儿治。还是纳哈出身边的红人，飞扬跋扈，谁能奈其何？那些人荒淫贪婪、抢男霸女、嗜杀成性，黎民百姓恨不得一口口地将他们咬死都感到不解恨。可巫顺却不同，同样是站赤的首领，但有人缘，没人恨，也恨不起来。第二，巫顺的确是纳哈出、高家奴十分信任的半官半商的双料儿名将，可谓官商双肩挑，给他俩卖了不少力气。然而要仔细琢磨一下，巫顺究竟是怎么成为双肩挑或双料儿的呢？他并不是仰仗什么军事上的力量以武压人，而是靠自己的本事，凭着多年磨炼出来的、能够验看各种各样大小皮货的独到技术出名的。不管是名贵的皮张也好，一般的皮料也罢，只要从他眼前一过、用手一摸，就能说出好在哪儿、坏在哪儿，说得头头是道，谁都得服，可称得上了不得的绝技呀！在大元朝，皮张是像黄金一样金贵的东西，代代皆有识货之人。巫顺便是有此本事的名人，眼下真正有能耐的实在少哇！所以，他是个名副其实的宝贝，受到大家的尊敬，现在为大宁'祥'字皮货商行辽东分号的经办人、第一把交椅。纳哈出、高家奴及不少人之所以捧他、用他，主要因为他识皮货，是这方面的能家。我再说一句，请叶将军别怪罪，连大明朝廷的要臣和江南、江北不少经营北方皮货有名的货商老板，都照样与巫顺有各种来往，有的甚至还想方设法地巴结他，他们的名字且不说了。巫顺与纳哈出、高家奴的密切交往，我刚才讲了，有罪无疑，可你能说他与明廷要臣或客商交往也是有罪的吗？实际上，巫顺只是凭本事吃饭。当然，什么吃贿赂、吃酬头，仗着主管皮货哄抬物价，或对名贵皮张压等、压价，从中牟取暴利之事肯定是有的。第三，乌蛇岭是个小地方，周围全是山，没多少人家。但在我们所管辖的几百个大大小小的驿站中，唯独这个站赤有点儿名气，谁都不敢小瞧。为什么呢？因为此地正好是通往东海窝稽各个部落的交通要道，又是皮张的集散地。更重要的是，乌蛇岭有懂得皮货优劣的大腕儿，有鉴定皮货技艺的最高名匠。也可以说，是由于巫顺响当当的名字，才把乌蛇岭站赤给抬起来了。以上全照实说的，该怎么处理、怎么治罪，那是朝廷的事儿。我就谈这么多。"说完，长长地吐了一口气。

岳索图直率地把巫顺的好坏一五一十、一条不落地摆出来了，谈得具体、清楚。大家听后，对巫顺有了新的认识，包括刚到此地的娟娟，还有早到几天的明月长老、李佑莫不如是。李佑感慨地说："哎呀，这个人原来挺有两下子，还真是了不起。想想我刚才对他的做法，看来不太妥当，狠了点儿。"田田补充道："岳将军说得对，讲得在理，我同意。皮活儿技术不一般，不是有眼便能看出来、有手便能摸出来的，那可是一套经过多少年才能磨炼出来的把式。大元朝时，有皮活儿生意；到了大明朝，皮活儿生意照做，哪朝都离不开此技艺。像巫顺这样的人是有用的，他能得'神眼睛''神爷'的名号，也是来之不易呀！连纳哈出、高家奴、曾家奴都在极力地巴结他、恭维他，想办法要到自己身边，难道大明朝就不需要把他争取过来吗？我看未必。"娟娟接着说："对巫顺的为人，我不熟悉。至于如何处置他，当然有自己的看法，不过还是想听听叶旺大哥的。今天刚到此地，对一些事情也不怎么知晓。说句心里话，此次来，主要是盼着接师太快点儿回金山，好帮着破月牙楼啊！"听娟娟这么一说，大伙儿全笑了。娟娟心直口快呀，有话是憋不住的，又道："我见了巫顺之后，觉得他挺好，不让人反感。特别是听了岳将军的介绍，倒觉得李佑师兄方才说的那句话没错，做得确实有点儿过。我认为，田田弟弟讲得好，过去纳哈出、高家奴捧巫顺，现在叶旺大哥、马云大哥也该用巫顺。有了他，大明便掌握了在北方皮货的控制权，占有了可靠的北方皮货基地。要我说呀，还是放了吧，官复原职！"讲得非常干脆，直截了当。

叶旺听罢，笑了笑，没吱声儿。他是位谦逊的人，很注意听大家的意见，尤其是娟娟的看法。因为他知道，娟娟不一般，看问题比较尖锐，让人佩服，何况又是皇封的秉仁公主、钦命的武威安抚使，参赞东征军务，是奉旨而来，怀中揣着朱元璋的御批。表面看，叶旺和马云是朝廷派来的辽东最高的官员，说话算数，但也得听钦命的。谁呀？当然是武威安抚使秉仁公主。从这个意义上说，那便是圣命，须绝对服从。明月长老说："叶旺啊，按理说，这是你们都指挥使的公事，一个出家之人不便多言。不过，既然是跟你一同来到了此地，又参与其中，多少说一点儿想法吧。巫顺是做了不少坏事，可他身为元将，只能当一天和尚撞一天钟，身不由己呀！为了家口和生路，谁能逃脱得了世俗的羁绊呢？依老尼愚见，巫顺是个有特技之人，对皮张的验看尤为擅长，为世上商贾军旅所承认和崇敬，还是纳哈出等人的搂钱耙子，实为难得。若留下此人，未尝不可，对本朝肯定是有用的。刚才各位讲得都在理，老尼首肯了。保不准谁身上就有一本烂账，别计较那些了，饶他吧，给个活路。大明真要重用他，相信巫顺会感激涕零的，亦会全心全意替朝廷卖命的。善哉，善哉，阿弥陀佛。"听了明月长老的一席话，在座的人皆点头称是，也正中叶旺下怀，他同样是这么个想法。如何处置巫顺，大家的意见基本一致，便就此定下来了。于是，叶旺令李佑、卜家奴把巫顺押进来。

巫顺进来后，叶旺拉过一把椅子，客气地让他就座，并将大明朝的秉仁公主娟娟予以引见。巫顺一听，马上站了起来，慌忙叩头下拜。叶旺上前将他扶起来，拉回到座位上，说道："巫顺，你作恶多端，本将军该依法治罪。但考虑平时的为人和自身的专长，决定饶你不死，并请就任本朝乌蛇岭驿站的驿丞。任职后，要为朝廷管理好赋税和贡物诸事，必须得洗心革面。如果发现仍有暴敛、中饱私囊之事，将与前罪合办。你弟弟巫利也留在驿站，军职如旧，照样做铺兵。"什么是"驿丞"呢？这是明朝官员的职名，即驿站的最高首领，相当于元朝达鲁不花的官职。

叶旺说完，巫顺当即懵了，一下子愣在那儿了，做梦都没想到会是这样一个结局！本以为彻底完了，活到头了，必死无疑。单单与达家奴合谋把大明朝辽东都指挥使司同知、辽东的军事行政最高长官叶旺给抓到了金山大寨，就该杀。那是越想越害怕呀，除了等死，没别的招儿了。刚刚一听叶将军宣布的决定，不仅没被杀，还任了官职，你说怎能不使他惊喜万分呢？他能不深深感谢明廷的宽宏大量嘛！一想到自己的弟弟更是个败家子，好事不做，坏事做尽。一个罪恶深重之人，竟也受到如此宽大，巫顺激动得说不出话来，扑通一声跪下了，匍匐在地，眼泪像断了线的珠子，噼里啪啦地往下掉哇！叶旺、李佑又一次把他搀扶起来，掏出手帕拭去了他脸上的泪水，然后让他去上屋，看看夫人和两个闺女。

东上屋里，在妻子正担心着丈夫、女儿正盼着父亲快些回来时，巫顺进屋了。夫妻、父女重又见面，相抱一起，不禁号啕大哭哇！老夫人边流泪边说："这下好了，你有救了，咱们得好好儿感谢大明朝廷啊，再不能做对不起人家的事儿了。要是那样，连祖宗都不会答应，可就不是人啦！"巫顺感慨地说："是呀，夫人说得对，以后将功补过吧。"叶旺在巫顺走后，遂将巫利叫了进来，告知了对他的安排。巫利听罢，眼泪也止不住了，直劲儿地用衣袖儿擦着夺眶而出的泪水，跪在地上咣、咣、咣地磕头，随后起身去了上屋，一边劝慰着兄嫂和两个侄女，一边自言自语地连连说着感谢大明朝廷的话。

处理完了巫顺哥儿俩的事儿，岳索图便把齐小小的情况说给了娟娟。娟娟又讲给了叶旺，并商定了如何使用他。前书我们介绍过，此人在消灭庞老大那伙儿贼人中是立了功的，虽然还未暴露身份，但已经不宜再被派到元匪之中卧底了。叶旺命人将齐小小找了来，单独密谈了一阵儿，如此这般地交代了一番，然后，又把卜家奴叫到跟前，对他们二人说："今后，你俩分别在乌蛇岭、蚰蜒洞两地负责管理驿站和铺兵。我看这样吧，卜家奴留在乌蛇岭，帮助巫顺做事，齐小小在蚰蜒洞承担驿站的全部事务。待我回到辽阳与马云将军议定后，再正式下发令牌，要有啥变动的话，会通知你们的。"卜家奴点头答应着，齐小小自然是非常感激叶将军对自己的信任和重用，在场的田田、岳索图亦十分满意。岳索图提醒叶旺道："叶将军，庞老大、庞老三哥儿俩是高家奴的心腹、居心险恶的奸细，不可放走，更不能麻痹大意，必须小心、警惕才是。我建议，不妨把他们放在罗锅哨，由我来管。"叶旺觉得岳将军的想法很好，起码能够做到万无一失，马上表示同意。叶旺又征求了在场众位的意见，决定将匪徒中的其他人均送到蚰蜒洞，充当驿站的铺兵，由齐小小严控。至于那些受了伤的，则申请辽阳拨来一笔款项，为其疗治，待痊愈以后，皆留在蚰蜒洞，以便于监督改邪归正。叶旺令齐小小就地选木料，打造一辆木笼大囚车，将庞老大、庞老三装进去，由兵勇看守，送到罗锅哨岳索图管辖的监牢中关押。之后，叶旺叮嘱大家说："对那些人的安排都是暂时的，以后发现有哪些不合适或者使用不当的，等与马云将军共同商议后，再随时分拨调动，请各位先这么做吧。"巫顺又一次由衷地感谢秉仁公主和叶将军对自己的重用，并表明了心志："今后一定对得起大明朝廷，鞠躬尽瘁，至死不移！"其他人对叶旺与娟娟、明月长老、田田、岳索图等人共同商定而做出的决定，认为十分周到、适当，卜家奴、齐小小、巫利更是高兴万分。是呀，大势所趋嘛，哪个不想好好儿活着，谁不想走光明大道呀？大家的劲头儿全被调动起来了，个个摩拳擦掌，决心要大干一场。特别是乌蛇岭和蚰蜒洞两处站赤，成为大明进入辽东以后，首先夺得的重要立足之所，使朝廷在辽东有了向东海发展的基地。

由于娟娟等大明的人来到了乌蛇岭，给此地带来了生气，西大马架子这下可热闹啦，欢声笑语不断！巫顺为使尊贵的客人住得更舒适、做事更方便，便主动搬到了乌蛇岭驿站，同弟弟巫利居于一处，田田、叶旺、岳索图也随巫顺兄弟去了。明月长老同巫顺的夫人住西大马架子的上屋，东下屋仍由两个闺女住。那么，娟娟住哪儿呢？她是一会儿都不愿离开师太。说实在的，从南京出发到辽东，娟娟一直同明月长老在一起，像个孩子似的围在身前、身后转，亲近师太。只要离开几天，如同分别几年一样，觉得时间过得太慢。明月长老也离不开娟娟，一时看不见就想得要命，总感到身边少了点儿什么。因此，娟娟当然同师太她们一起住了。

闲聊中，巫顺老夫人讲，她的两个闺女整天无事可做，只好在家闲待，原本也会一些武功，是跟她们的父亲和叔叔学的，可已经好长时间不练了。娟娟听罢，若有所思，边点头边说："噢，是这样。那好，明天一早，我让她俩演练几招儿看看。"第二日，天刚蒙蒙亮，娟娟便出外打拳了，并叫上两姊妹，还让她俩做了几个武术动作。看后，觉得基本功还行，就是不熟练。在一旁观瞧的巫顺老夫人对女儿说："你俩做的可比娟娟大姐差远了，要是有福气拜为师，那该多好呀！"娟娟听老夫人这么一说，根本没打奔儿，爽快地答应收为徒。觉得姊妹俩不仅长得好看，也很精神，又聪明伶俐。虽然年龄大了点儿，学软功、轻功肯定不赶趟了，但学一些枪、棒、刀等方面的技艺还是可以的。自己早想在辽东开创一个女儿营，把她们锤炼成巾帼英雄，使其成为未来保卫辽东的力量。像眼前的两个闺女，如果调教好了，作为女儿营的兵勇是没有问题的。再说了，孩子的好与坏并不是天生的，全靠有人带。山沟里的女孩儿无人管，除了做家务，没有其他营生。加上社会动荡，征杀不断，民不聊生，找"拉帮套的"或被拐卖的悲惨之事不断发生，当然不奇怪了。如果把她们组织起来，教习武功，传授本领，每人都学有一技之长，到那时，不是可以壮大大明在辽东的有生力量吗？何不先从这姐儿俩做起，走到哪儿就带起几个，逐渐地便能把辽东的年轻女人全部调动起来。她想过之后，又一招一式地认真教授了一阵子棒功，直到喊吃早饭了，才一同收功回房。巫顺过来时，听夫人说娟娟教女儿练功的事儿后，也特别高兴，心想："能拜大明朝的秉仁公主为师，那名气可不小哇，是多大的殊荣啊，全是看得起我巫顺哪！"于是，对娟娟的印象越发好起来，倍加崇敬。

前书说到巫顺的夫人走道一拐一拐的，确实是腿有痼疾，近几天愈加重些，走路十分困难。明月长老见此，已从昨晚起，给她以针灸治疗，第二天早晨，又到西边树林子里采来一些草药，亲自煎制。这样，本想早些离开乌蛇岭的打算，由于巫顺老夫人的腿病而耽搁了。明月长老对娟娟说："巫夫人的腿病不轻，肿得挺粗，走路费劲儿。咱们再住几天，给她治一治，起码能活动才行。"娟娟一向听师太的，自然不会有什么意见，便推迟了行期。于是，师太每天采药、煎药，又给配制些丸、散、膏等。所有这一切，能不让巫顺老夫妻感动万分吗？话再说回来，明月长老治病可是真神啦，一针下去，立马见效。仅仅四五日，就把巫顺老夫人的腿疾疗治得差不多了，不但消肿了，而且走起路来灵便多了，老夫人乐得跪在地上咣、咣、咣地直磕头。巫顺对明月长老更是感激不尽，佩服得五体投地。前几天老夫人还天天憋在屋里，什么活儿也干不了呢，甚至到外面去站一会儿都不行，心里是又着急又难受的。没承想却碰上了大恩人，明月长老的神针、草药、膏药皆灵效无比。只几天的工夫，便使夫人不仅走道利索了，还能到院子里喂个鸡、鸭、猪什么的，你说师太不是神人么！

　　留下的几天里，娟娟一日不落地教授巫夫人的两个闺女武功，大家也乐此不疲，在一旁助阵、叫好儿。姊妹俩在众人的鼓励下，练得越发来劲儿、认真了，功夫大有长进。可巫顺、巫利却看在眼里，愁在心头。巫顺对站在身边的叶旺说："叶将军，您和秉仁公主他们很快要走了，我闺女学了武功有啥用？派不上用场啊，若能跟着走就好了。"叶旺说："将来本朝的各路驿站都要充实力量，到那时，便可让她俩到站赤去了，并发给饷银。"接着问道："巫顺，乌蛇岭原来的情况怎么样？每个驿站下属站赤的铺兵，都能按时拿到酬劳和饷银吗？"还没等巫顺回答呢，在场的岳索图插嘴道："哪里呀，总驿站还有点儿银两，下边的站赤全是招募来的各地土民和民夫。纳哈出哪来那么多粮饷给他们呀！"巫利气愤地补充道："靠什么？全凭出去抢。兵厉害的，就肥一些；窝囊废的，只能饿肚子，天天混吃等死。"叶旺说："现在你们已经做了本朝驿站的铺兵，今后会按照每年的规定，分发粮饷，这是必须办的。"岳索图高兴地说："那可太好了，要不一些铺兵简直像群强盗一样，成了当地一害了。此种情况若继续下去，只能有利于纳哈出，黎民百姓则视站赤的铺兵为匪呀！"叶旺此次到乌蛇岭来，时间虽短，但得以了解了不少情况。还从元朝办站赤的弊端中，吸取了教训，总结了经验，并决心为大明办好驿站，使之更加充实、完善。后来，经过一番艰苦的努力，确实为明朝驿站的发展开辟了新路。

　　乌蛇岭的欢聚，终有散时。这一天清晨，大家吃过早饭，叶旺准备登程返辽阳，与马云会合。他回去后，正经得忙一阵子，将有许多大事要办，首先，需向朝廷发奏折，禀告此段有关征辽诸方面的情况；其次，整顿辽东各驿站，做到每站所承担之差事明确、具体，以有备无患；还要为防范纳哈出突然南袭辽阳，认真做好细致的防务准备和应急措施。总之，事情很多，担子很重。叶旺之所以着急赶回辽阳，也是考虑到分别日久，马云会因一些必须尽快解决的问题没有具体落实而等得十分焦急。明月长老和李佑则随娟娟、田田、岳索图一道返回金山，每个人肩上的担子都不轻，要办的事儿也不少。首先，务要想方设法在金山站住脚。与此同时，还需多方探访、寻找建楼人，尽早揭开神秘的月牙楼之谜。叶旺、娟娟他们在离开乌蛇岭时，巫顺和卜家奴、齐小小、巫利等人骑马送行，巫顺老夫人带着两个闺女也来了。老夫人忘不了是明月长老为她精心诊治了腿病，而且在临离开前，还上山采集了不少草药，专门炮制了足够半年用的口服药和膏药，真是舍不得恩人走啊！大家送了一程又一程，尽管叶旺、明月长老一再地回头挥手催促说："不要送了，快回去吧，送君千里总有一别啊！"可大家还是不忍离去，一面向前走着，一面泪眼凝望着远去的亲人，殷殷嘱咐着。巫顺只好劝道："到此为止吧，回去各忙各的，由我和巫利代送了，都回吧！"众人这才恋恋不舍地反身往回走。

叶旺和娟娟并辔而行。几天来，俩人都在忙，尽管见面不少，却没有多少时间在一起详谈。马上又要分别了，叶旺关切地叮嘱娟娟，一定要多多珍重、处处小心、注意安全，对解决月牙楼之事不能操之过急，应因势利导、待机而动，遇事多与师太商量。娟娟边听边点头答应着，一一记在心里，并将亲手缝制的两件小羊羔皮的坎肩儿送给了叶旺大哥，告诉他，那另一件是给马云大哥的，请替妹妹带到，一路须慎行，到辽阳后，千万别忘了代向二哥刘璟和嫂嫂美娘问候。

一行人大约走了四里地，来到了前方的一个岔路口儿。真是相见时难别亦难啊，为了明朝的大业，亲人们到此不得不分手了。叶旺在马上向明月长老和众位揖手告别道："望多多保重，咱们后会有期！"然后打马向辽阳方向奔驰而去。

叶旺离去了，巫顺兄弟继续往前送娟娟等人。走了一小会儿，明月长老便阻止道："巫顺哪，不必远送了，赶紧回乌蛇岭吧。你夫人的腿疾，只要按时吃留下的药，会日渐好转的。以后随时捎信儿给老尼，也好再捎些药过来，要多关心老妻哟！"娟娟也插嘴说："巫驿丞，你的两个闺女如果愿意的话，日后可到金山与我同住，还能继续教她们武术。"听了明月长老和娟娟满含深情的话语，巫顺又感动又难过，眼圈儿红了。也不知为什么，无论怎么劝，他就是不停下，仍跟着众人骑马前行，巫利紧随其后。

从巫顺的表情、神态看，像有什么事儿似的，眼睛直勾勾地瞅着前方的地面。明月长老多精啊，觉察出他是有话要讲，便道："巫顺哪，你们兄弟俩留步吧，别再跟我们走了，总有相别之时呀！想啥呢？看你似乎有话要说，能跟老尼讲吗？"话音刚落，谁知巫顺突然跳下了马，明月长老一惊，勒住了马缰绳，其他人也全停下了。只见巫顺跪在地上，边哭边说："明月长老大师父、秉仁公主哇，你们的好心太让人感动了，对我一个身负重罪的元朝败将竟如此亲近，实在是无地自容啊！我有罪呀，还有个重要的情况一直隐瞒没说呀！"大家一听，忙跳下马，围了过来。娟娟着急地问道："巫顺哪，都什么时候了，你怎么还吞吞吐吐的呢？快起来，说吧，什么事儿？"巫顺站起身来，说道："哎呀，各位英雄啊，到了这个地步，真的不能不讲了。我曾接到高家奴的密信，信中说，他们将在两年后的乙卯六月，于一个叫板障子沟的地方开皮板大集会。什么叫'皮板大集会'呢？你们可能不知道，元顺帝在世的时候，每隔两年，就把江南江北、江西江东各地方买卖皮张的人全部集中到大都，即现在的北平府一带，举行集会。去的商家很多，人来车往的，非常热闹。每次皆由皇上亲自宣布皮板大集会开始，然后便是你买我卖地进行交易，这便是皮板大集会。如今，曾家奴、高家奴和扩廓帖木儿共同做出决定，重新恢复此盛举，并想法儿迫使纳哈出能同意参加。明着是为聚敛辽东和大漠一带的皮货，选设一地，公开进行买卖；暗里却是为联合各路力量，重举义旗，共反大明。也就是说，以皮板大集会的名义，把对大明不满的、受过明廷伤害的人，包括元朝的后裔重新笼络在一起，结成反明力量。高家奴为什么写信给我并让我充当总办的角色呢？只因我识皮货，有点儿名气，能聚拢一些人。曾家奴他们认为纳哈出独断刚愎、兴元不利，因此欲罢掉他。通过皮板大集会，采取震西抑东的策略，树老曾家、老高家、老扩家之威信，当然以曾家奴为主，从而夺天下，重振元威。诸位英雄、秉仁公主、明月长老，还有一点值得注意的，月牙楼里不是藏有玉玺吗？因为楼的构造很奇特，目前还没有寻到筑建之人。况且不明了其中的秘构，谁也不敢贸然行事，所以玉玺始终原封未动。到时候，他们定会想法子找到那个筑建人，然后进入月牙楼夺取之。如此看来，届时此地必有一场激烈的纷争。以小的之见，金山地险，秉仁公主、明月长老勿去，田田大将军亦应急防不虞。"

田田听了巫顺的一番话，气坏了，大声儿说道："巫顺哪，巫顺，真有你的！这么大的事儿，为啥不早说呢，还瞒什么？"明月长老、岳索图也气不打一处来，怒斥隐瞒至今的目的，仍是在维护高家奴，为虎作伥！娟娟自然更有气，但转念一想，巫顺可能就是个肉筋筋的人。何况刚投大明，心或许没那么实，有些事儿暂时不敢往外端，还是可以理解的。不管怎样，终归是讲了，总比不讲好。于是，她便对大家说："各位就不要再埋怨巫顺了，指责有何用？此事涉及今后的大计，必须赶紧返回乌蛇岭，再做商议。这样吧，你们先回，我去追赶叶旺大哥。"说着，飞身跨战骑，嗒嗒嗒地向叶旺离去的方向驰奔。李佑见此，随之骗腿儿上马，陪师妹而去了。

娟娟和李佑把叶旺追回来时，众人已在乌蛇岭的村口儿等着了，然后一同去了西大马架子。巫顺老夫人和两个闺女见叶将军他们又返回来了，可乐坏了，急忙出门迎接，高兴地说："哎呀，太好啦，这是老天留贵客呀！"老马倌儿赶紧走上前，把坐骑一匹匹地牵到马棚里，挑选上好的草料喂上了。叶旺在途中，已听娟娟介绍了巫顺方才谈到的情况，感到事态极为严重。认为此番计议，需请马云到场，娟娟表示同意。于是，便派卜家奴、齐小小和巫顺拿着叶将军的手书，速去辽阳，接马将军来乌蛇岭聚首。

卜家奴等三人急速飞奔，日夜兼程，马不停蹄地赶赴辽阳。第三日一早，便跑了个来回，将辽东都指挥使司同知马云将军接到了乌蛇岭。叶旺、马云兄弟见面，当然十分高兴。自打从南京出来、辽阳分手，现已是数月之久，相互甚为挂念。今得一见，怎能不倍感亲切？娟娟更是兴奋不已，拉着马大哥的手问这问那的，乐得嘴都合不上了。马云进屋后，向秉仁公主、明月长老重新见礼。娟娟忙拉住道："马大哥，你是抗元大英雄，小妹得先给英雄施礼才对呀！"她的一句话，倒把马云给说乐了。

在座的阿哥一定会问，娟娟为什么称马云是抗元大英雄呢？各位问得好，这就涉及为什么非把马云接来乌蛇岭不可的缘由。真有此必要吗？有，太有了！因为眼下正是极其关键的时刻，只要是这种时候，皆离不开马云。前书说过，刘伯温曾多次嘱咐叶旺和娟娟："凡遇重要的或不可解的事情，一定要找马云。"其实，马云和叶旺在辽阳的官职顺序是并列的，都是都指挥使司同知，一般大的官。然而，年轻、英俊的叶旺尽管是徐达的大弟子，武功又相当厉害，却一向很敬重马大哥，认为马云年龄比自己大，经验丰富，值得信赖，因此，不论在何时，总是主动地把马云大哥的位置排在前头。

马云也确实不简单，是明朝的重要将领，为人很好，诚恳正直，虚怀若谷。别看他平时寡言少语，干起事儿来则能文能武、有勇有谋。故而，徐达才派他与叶旺一起到刘益手下，承担统一辽东的大业。马云一到战场上，与平时判若两人，完全不是那么蔫不唧的了，而是非常勇猛、干练！骑一匹枣红马，手执一杆亮银枪，像三国将马超一样，英俊神武，在万马营中有万夫不当之勇。说来，纳哈出的体会最深，早已领教过马将军的厉害。那还是在马云二十几岁时，随徐达大将军出征，正巧于永平①和当时的元将、千户长纳哈出率领的众多兵马相遇。两军交战，敌众我寡，在这种情况下，徐达令马云拿下纳哈出。马云领命想法儿接近之，与纳哈出的兵将周旋，连战了三天三夜。纳哈出当时虽是壮年，但由于生活腐败，精力大不如从前。而马云比纳哈出小十几岁，年轻气盛，浑身一股虎劲儿。当第四日二人战于阵前时，没几个回合，马云便将纳哈出干净利落地打于马下。纳哈出一看不好，遂没命地奔逃，躲进一船舱中藏匿。马云急急追赶，在纳哈出手下一名小卒的密告和带领下，追到船舱，双手抓住纳哈出的屁股一用力，硬是薅了出来，生擒了千户长。纳哈出初次降明之前是被谁抓的呢？就是马云，而且大战之际，以少胜多，难道还不是正经八百的抗元英雄么？

徐达大将军特别喜欢马云，欣赏他的为人，并对他年近四十尚未娶妻很是关心。连大明天子朱元璋、军师刘伯温都曾劝过他，让早些找个合适的女子陪伴，已是壮年人了，该有个家口了。可马云就是一句话："不急，待大明天下平定后，再入洞房！"在马云、叶旺从南京出来，刘伯温老先生前去相送时，心里还十分惦念这件事，一再叮嘱叶旺和女儿娟娟，让他们务必在辽东帮助马将军物色一位巾帼。

各位阿哥，娟娟称赞马云为抗元大英雄，还不仅仅是指他的过去。现在马云坐镇辽阳，可不是平安无事，更不是终日闲待，而是指挥着明军十万将士，在辽东半岛的辽阳、沈阳一线，不失时机地抗击着纳哈出兵马的袭扰，也是战事甚急呀！你们想啊，纳哈出本来就是一个穷兵黩

---

① 即今安徽当涂。

武之徒，怎能眼睁睁着马云舒舒服服坐镇辽阳呢？事实上，自从高家奴丢了辽阳，他从未消停过，多次派恭格拉、乌迪什率兵攻取之。马云当仁不让，骑着大红马，像一溜儿红云似的闯阵杀敌、驰骋疆场，一次次让纳哈出尝到了外号儿叫"马疯子"的厉害。那真是杀敌不眨眼哪，没有不怕的，称得上是一位名贯辽东的武将！此前，说书人只不过为了集中讲述娟娟、叶旺深入金山、东海的进展情况，没有在书中细谈马云的作为罢了。这样一位赫赫有名之人，今日到了乌蛇岭，谁能不佩服？田田多尔济、岳索图二人过去只闻其名，未见其人，今日有幸得见，自然是尊崇至极、十分敬重地仰视着马将军啦！

叶旺和马云互致离别之寒暄，大家皆揖手问候，然后同吃了巫顺老夫人给做的早饭，便在西大马架子聚首共议大事了。众人落座后，叶旺首先向马云大哥引见了新结识的英雄好汉——大将军田田多尔济、岳索图平章，还介绍了巫顺、巫利、齐小小等人。明月长老笑着说："马云将军，天下大事，总是分而又合、合而又分哪。此番会集，可是大不一样啊，今非昔比喽！原来在辽东仅仅占有辽阳一隅之地，如今又有了乌蛇岭、蚰蜒洞这样的通往东海的交通要道、发展基地，皇上要是听到了，定会龙心大悦的。尤其开始只是咱们几个从南京而来，后来渐渐地增加了不少新弟兄，多让人高兴啊！马云哪，此次来甚是时候，兄弟早该相聚了。老尼也是天天想你们、盼你们呀，不是想这个就是想那个，都想啊！"说着把身边的娟娟搂在怀里，又道："当然了，最想的还是我的娟娟哪！的确挺有能耐，一个人在虎狼窝里待了那么长时间，办了不少大事儿呢！"马云不禁竖起大拇指，夸赞道："好哇，妹妹真是大有长进啊！"这一夸不要紧，弄得娟娟不好意思地赶忙低下了头。

接着，娟娟、叶旺向马云详细介绍了这些天来所发生的一切。马云听后，那是阵阵惊奇，为之担心又为之兴奋啊，并向田田多尔济、岳索图、巫顺等人表示由衷的感谢！当娟娟问到刘璟的情况时，马云告之："你二哥在辽阳闲待无事，那里比较乱，故而不敢让他们远游。再说，他时刻挂念着刘老先生，我便让刘璟携美娘于数日前返回江南青田了。捎过信儿来说，已顺利地抵达故乡了。"娟娟听后，放心地点点头。马云转过脸来，对大家说："萨家奴曾带着娟娟的信到过辽阳，因此对纳哈出的情况全部知晓，估计他近日返回金山了。从娟娟的信里得知高家奴叛明又与曾家奴联手的情况后，我便惦记着叶旺兄弟、娟娟妹妹，还有师太您老的安危，盼你们能平平安安地早点儿回到辽阳，生怕有个什么闪失。

正在等得心急火燎之时，没想到卜家奴他们来了。来得正好啊，早想见你们了，再说也该在一起聚一聚、唠一唠了。这不，他们三个到那儿一说，我就打马匆匆忙忙赶来了。"边说、边站起来揖手道："众位辛苦了，马云在这里向师太和兄弟们致意啦！"大家报以热烈的掌声。

话说简短。马云到了乌蛇岭，那可是大明朝在辽东的主要精英都聚到一起了，个个异常兴奋，纷纷让马将军介绍一下最近朝廷有什么旨意。马云说："这些日子，皇上甚是关心辽东的情况，让我们五日一小报，十日一大报，还多次下旨，责令务要警惕纳哈出侵犯辽阳，凡事须谨慎，多动脑筋，不能打被动仗。自从派几位到辽东以后，由于有田田大将军、岳索图平章、卜家奴等人的帮助，已经控制了纳哈出，稳定了辽东，成绩是很大的。目前，从巫顺接到的密信来看，眼下的大敌是曾家奴和高家奴。我的意见是以不变应万变，继续采取明亲金山、暗增己力的策略。也就是说，表面上拉纳哈出，帮衬金山。实际上，以金山为立脚点，暗地里壮大自己的实力，开创本朝在辽东之基业。如此一来，既可牵制纳哈出，又可辖制曾家奴和高家奴，进而对皮板大集会的举办造成干扰，不让他们的阴谋得逞。巫顺兄弟，祝贺你归顺了大明，这是聪明、仗义之举。今后，将通过你与他们的接触，从中摸清皮板大集会的内幕，以便掌握主动。为了有的放矢地做好各项准备，我倒有个考虑，大家是不是做一下分工。当然，不是板儿上钉钉儿，可根据形势的发展，随时做些调整和变动，只是暂时先这么分：我与叶旺仍按朝廷的使命，执掌辽阳，控制沈阳和开原。扩充各地驿站实力的事儿，则请岳将军费心，涉及的一些具体问题，由卜家奴兄弟多做一些。要竭尽全力，壮大队伍，增强力量，把纳哈出的一个个站赤变成大明的基地。这样，便会使其兵威和声威慢慢削弱、缩小，徒有虚名而无实，逐渐为我朝所取代。为此，岳索图平章还要继续承担纳哈出的罗锅哨总站赤头领，佯装替他做事。同时，我跟叶旺兄弟将联名上奏皇上，为您请功，授予辽东驿道统领将军之职。"说到这儿，稍许停顿，双眼扫视着诸位。

岳索图听后，那真是受宠若惊啊！忙站起来，抱拳道："末将在所不辞，当必努力，请朝廷及众位英雄放心！"在场的人无不为岳平章高兴。马云继续说道："举办皮板大集会这件事，虽然还有两年多的时间，但要想万无一失，需提前做好破掉此集会方方面面的准备，请秉仁公主、我的娟娟妹妹多操心。从密信中看，皮板大集会的举行，肯定与探月牙楼密切相关。所以，我们需把破月牙楼之奥秘与破皮板大集会连在一起，只能烦请田田大将军和巫顺多帮助了。你们应以金山为基地，联络北平府，想法儿惩治曾家奴、高家奴，打乱他们的阵脚。为此，我和叶将军将向朝廷奏请巫顺有功，授予振东将军衔。"巫顺听后，激动得也站了起来，深深感谢朝廷对他的信任。

经马云一讲，每个人心中都有数了，清楚自己今后该做些什么。田田兴奋地表示："我会一心跟着娟娟姐姐，拼尽全力大干一场的。从身世来讲，毫无疑问，原本就是当朝的人。生为大明之人，死亦大明之鬼，没说的！对究竟该如何去做，我倒是有个想法。如今既然仍任金山纳哈出的掌印大将军，就得负其责，让他继续信任我。曾家奴、高家奴要开的所谓皮板大集会，实际是想树他们个人的权威，而拆大丞相的台，削弱现有的力量。我得把这一点千方百计地透漏给纳哈出，让他知道曾家奴、高家奴的阴谋，进而也反对他俩。如此一来，会对我们更为有利，可借我父王之手，耕种父王之地，办本朝之事了。用'原汤化原食'的策略，顺水推舟，吃混沌水，打混沌仗，唯独咱自己心中有数。既可控制纳哈出，又可制服曾家奴、高家奴。众位将军看如何？"田田确实不简单，谈得很干脆。

马云、叶旺、娟娟边听边不住地点头，全笑了。叶旺高兴地说："讲得好，很有道理，可根据形势进展而随机应变。"明月长老逗趣儿道："好个小田田，跟你父王斗起心眼儿来了？也好，算是保护纳哈出、拉他一把嘛！这个纳哈出呀，连大明的朱天子都经常给他写信，予以苦劝。他与曾家奴不同，虽然目的是一致的，但起码眼下不是要强攻南下，想先保住辽东这块儿地方，暂时做个当地的草头王与明朝对峙，然后再找准机会实现野心。可曾家奴、高家奴、扩廓帖木儿就不一样了，恨不得马上集中力量卷土重来，推翻明朝，复辟大元。在他们看来，纳哈出自保辽东，辽东必失。所以，才要西辽合兵，即西域、塞北和辽东连成一气，占领长江以北，同御南朝，使辽东永固。我们绝不能掉以轻心，不能让此阴谋得逞。老尼觉得方才田田提出的办法不错，下大力气跟纳哈出打场混沌仗，使他心中有我们、我们心中也有他。不过，必须得扯紧手中的风筝线，让纳哈出随咱们转。这样，此风筝才飞不了。叶将军讲得极是，当随机应变，想尽办法把握形势。"众人听后，无不赞同。

接下来，大家针对明月长老和田田所讲，越议论越兴奋，越想办法越多，那是七嘴八舌的话不落地儿呀！过了一会儿，叶旺抬眼看了看马云，随即站起身来，拍了一下手，说："弟兄们，先静一静。咱们已经在一起交谈多日，马大哥今天刚来，我看还是请他多讲几句吧，好给兄弟们出出主意。免得分手后，遇到为难遭窄之事无法排解，怎么样？"大伙儿鼓起掌来，纷纷说："好，好哇！请马将军讲。"叶旺一向尊重马云大哥，在座的各位也都知道那是明朝的小徐达，很有韬略，自然愿意听听他的高见。

马云经叶旺一点将，推辞不过，便把大家的想法在脑子里概括、归纳了一下，然后既简明扼要又条理清晰地谈出了自己的见解。他说："各位英雄，综合以上意见，依我看，从战略上可以采取这样的步骤：第一，就本人与叶将军来说，驻镇辽阳，则等于本朝在辽东有了自己的基地，可直接与纳哈出对峙。两下是针尖儿对麦芒儿，死打硬拼，分毫不让。而且对他决不能手软，更不可疏忽，随时随地做好攻防的准备。只要纳哈出一炝蹶子，立马拍他屁股，敲几杠子，使之很难受，只好老实点儿，不得不听我们的话。诸位呢，特别是秉仁公主、明月长老、李佑兄弟，你们在广大的民众之中，接触面儿广、范围大，什么人都能联系上。各部落的女真人是咱们的亲人，当然需联络；元朝各路的兵马将士，不可避免地要接触；纳哈出手下的人，也不是完全不能做朋友。怎么办？唯有按刘伯温老军师在此次临来辽东之前嘱咐的话去做，即广结土民，建立密切的关系，就地生根，亦张亦弛，审时度势。前一段各位做得很好，要再接再厉，多交各族各姓的女真朋友。坚持做下去，方能一点儿一点儿地把金山掏空，人员渐渐归到大明一边，他纳哈出自然便被悬在空中了。没有了支柱，指不定哪一天，就会扑腾一声掉到地上摔死！"马云的话说得很风趣儿，众人听了，不禁哈哈大笑起来。

马云环视了一下四周，继续说道："第二，大家千万要记住我们下一步的行动，不管是各位也好，我和叶旺兄弟也罢，须随时相互配合、灵活机动、有分有合。我很在意刚才巫顺讲的皮板大集会这个机密，可不是件小事，正是曾家奴、高家奴和西域的扩廓帖木儿的战略安排。现在既然已将情况摸清，争取了主动，那就好办多了。俗话讲得好：知己知彼，百战不殆。大家都知道，破月牙楼和破皮板大集会二者并不矛盾，是一致的。曾家奴他们举行皮板大集会的目的，便是协元灭明，其中要害的关节为月牙楼，这一点十分重要，始终不能忘。我非常钦佩和感谢秉仁公主，一直盯着月牙楼，并为此交了许多朋友，掌握了不少重要的情况，做得很好！目前，月牙楼处在众目睽睽之下，成了举世瞩目之地。不仅明朝的各个将领注意这儿，元朝的残兵败将，包括逃到大漠河林那位所谓的元朝新皇帝，叫什么爱猷识理达腊的也在惦记着，只因楼里藏有元帝的玉玺。当然了，旷世之宝绝不能让那些人得到，月牙楼必须得由咱们先来破。从高家奴给达家奴的密信中，得知月牙楼的建筑人是位姓华的工匠，估计正在多方寻找，因为只有他知道此楼构建的秘密。月牙楼虽建在金山，但纳哈出对建筑的结构并不清楚，所以他破不了，曾家奴、高家奴、扩廓帖木儿同样破不了。咱们务必想尽一切办法，先找到华大工匠，为破月牙楼创造条件。另外，信中还有那么句话：'皮板盛集赏花灯，其乐无穷。'这话什么意思呢？我认为巫顺讲得对，举办皮板大集会，不单单是为卖些皮张、弄点儿银两那么简单，更主要的是借此招兵买马、扩充实力，与本朝决一死战。因此，必须破了皮板大集会，不但不让他们得到什么'其乐无穷'，而且得呜呼哀哉！说起来，徐达大将军曾多次告诫过，要力占辽东，实行燕辽联手，孤立、分化纳哈出。因为他早就看出元残余势力正在集中力量，把已被打散的、在西域青海的、在宁夏塞北的乃至辽东的残部聚合起来，准备与明廷对抗。并交代我们，到辽东以后，头脑里不光想着征服此地，使其归到大明的版图，还要与燕地的明军合力，即同他所统领的百万大军联手，才不至于孤军作战。然而过去由于对大将军的嘱咐考虑得不多、注意得不够，故而没有实行燕辽联合。尽管做了一些，毕竟尚未分化曾家奴和高家奴，人家内部仍很抱团儿。今后，一定要认真对待，千方百计地拆散他们。再有就是在一段时间里，我们过多地相信了高家奴，甚至介绍到北平府去。万万没想到这个败类是笑里藏刀、暗中使坏的人。"说到这儿，看了看叶旺，只见那张脸红红的，惭愧地低下了头。马云咳了一声接着说："不得不承认，我们对不起徐达大将军的一片苦心，有负于给予的厚望和信任，有些事没有照他的意见去做。应该说，我有很大的责任，实在是后悔莫及呀！不过，众位兄弟，亡羊补牢未为晚也。我们应抓紧去燕北与徐达大将军见面，尽快使燕北与辽东联手，包括寻查华姓工匠亦是如此，不能单单拘于金山。我意娟娟在师太的帮助下，尽可能地扩展扇面，可延伸至燕地。只有广结八方同道，才能耳聪目明，有助于破解金山月牙楼之谜。"马云的一席话，如同拨开乌云见太阳，使娟娟、叶旺和所有在场的人顿开茅塞，眼前为之一亮！异口同声地称赞马云讲得好，给人一种柳暗花明又一村之感，进而觉得探求之路更加宽广深邃了。

乌蛇岭群贤聚义之后，田田多尔济、岳索图将军有了双重身份，成为朝廷的重要臂膀。田田明着是大丞相纳哈出的帐前掌印大将军，暗地里却是大明朝秉仁公主、武威安抚使的大帐掌印大将军；岳索图明着是罗锅哨站赤的总头领，暗地里却为大明统领着辽东的各个驿站，乃名副其实的大明驿道统领将军。这样，朱元璋的势力越来越强，纳哈出经营多年的、上下纵横的交通运输联络网，已不显山、不露水地悄悄儿归入大明王朝管辖之中。派往辽东的各路英雄，正鼓雄风、立大志，去赢取新的胜利。这才引出鲍氏姊妹双成亲、翚娟娟遁入空门、华云龙北平献图、诚意伯怪叟遭害、断魂谷"二奴"殒命、胡惟庸谋逆伏诛，请听我朱伯西继续讲唱下章乌勒本。

第三章　星灿燕北

　　各位阿哥，本章开首，我朱伯西先给大家讲段儿故事。相传大元至正末年的一天，元顺帝出外郊游。车骑伞盖，鼓乐动天，大都的臣民百姓皆俯伏相迎。顺帝一时兴起，传旨龙辇就地停下，随后，由众侍臣、太监护拥着走下龙辇，笑盈盈地来到了道旁正跪地叩头的一农夫面前。农夫吓得心惊肉跳，战战兢兢地直打战，哪敢举头上看？旁边跪着的一个七岁顽童，看样子是农夫的小孙儿，也伏在地上不敢抬头。顺帝弯下身来，把祖孙俩扶起，侍臣赶忙抬过一把玉椅，搀陛下就座。顺帝见二人满身是土、傻乎乎地张着嘴巴、瞪着大眼睛看着自己的样儿，觉得怪有意思的，在宫中哪见过这等模样的一老一小呀，随口说道："尔等不必惊惶，能不能给朕说个歌谣听听啊？"祖孙俩紧张得根本没听清皇上说的啥，仍愣愣地瞅着，没吭声儿。旁边的护驾大臣一看，着急了，提醒道："皇上跟你们说话呢，没听见呀？"二人可能吓得耳朵都聋了，完全懵了，还是没答话。护驾大臣见此，只好耐着性子，轻声儿说道："不要害怕，皇上挺慈祥的。快说个歌谣，皇上要听，能不能说呀？我知道你们肯定会说，说一个，说一个吧……"翻过来、覆过去地动员了半天，农夫好像刚刚才缓过神儿来，明白了皇上是让说个歌谣。他侧过头来，瞅瞅身旁的小孙儿，抬眼怯声儿问道："让我孙子说个歌谣行不？"护驾大臣想了想，行啊，小孩儿说，皇上或许更爱听，忙道："好吧，那就让你的孙子说。"小孙儿一听，吓得哆哆嗦嗦的，抱住爷爷直往身后躲，只探出个小脑袋瓜儿偷眼看着护驾大臣。爷爷一个劲儿地捅他，意思是别躲了，快给皇上说一个吧，然后站到了一边。小孙儿在爷爷的一再催促下，逼得没招了，摸摸后脑勺儿，犯愁了，可得说啥呢？寻思了一会儿，仰着小脖儿冲皇帝问："我说个'骨碌玩'中不？"皇上根本不知道啥叫"骨碌玩"，也从未听说过，便道："骨碌玩就骨碌玩吧，行，行啊！"旁边的众臣齐声儿鼓励道："孩子，别怕，没事儿。快好好儿说，说吧！"好歹总算把小孩儿哄得差不多了，也不那么抖了，这才又赶紧回到爷爷身旁。皇上一看，孩子抿了抿嘴、张了张口，要说了，挺高兴，于是，身子往后靠在玉椅上，两手分别放于双膝，微闭着眼睛，静等小顽童说歌谣。

当时在大都，即现在的北平府街巷中，兴起一种"骨碌戏"，纯粹是顽童们的一种玩儿法。就是小孩子们双手抱肩往地上一趴，像个小木骨碌似的往前滚，一边骨碌一边唱，看谁一口气骨碌的时间长，骨碌得远，站起来后目不眩、头不晕，这便为赢。在地上一骨碌，尽管个个都是一身的灰、一身的泥，却仍乐此不疲。此刻，护驾大臣把小孩子们的这种玩儿法告诉了皇帝。皇上听后，很有兴致，笑着说："朕在宫中真没看过什么'骨碌玩'呢，朕爱看、爱听！"小孩儿早不像方才那么怕了，马上伸出双小泥手一抱肩，身子扑腾往下一趴，在皇上面前就地来了个十八滚，边滚边唱：

> 骨碌玩，
> 骨碌玩，
> 骨碌骨碌到南天。
> 南天有个骨碌王，
> 骑飞马，
> 挎飞箭，
> 升个亮星照一片。

皇帝边看边听，觉得新奇得很，拍手大笑着喊了起来："好啊，好啊！"这顺帝可是头一次看小孩子在地上滚，觉得好玩儿极了，乐得什么似的，还说："朕看了，也听了，太好啦，朕非常高兴！"旁边的不少廷臣听了歌谣，倒觉得很不是滋味儿，然而谁也没敢说什么。顺帝又到周围转了转，便传旨起驾回宫了。

皇上在大街看一顽童在地上骨碌并唱儿歌的事儿，在大都很快便传开了，越传越远。有人认为，此儿歌是大元的不祥之兆，"骨碌玩"与"蒙古完"的意思一致，不吉利。歌中唱的"南天有个骨碌王"，不正说明南边将有逼宫之人，而且是飞马飞箭吗？显然是暗喻江山易主之兆，日后必有新星在大都升起。说起来，孩子唱的歌谣正如人们所料，切中当时形势。不久，朱元璋江南起事，统一诸部，元顺帝西逃而亡。大元灭，大明兴，元朝的大都变为了明朝的北平府。后来，北平府被当今大

511

明天子分封给了四儿子朱棣，为燕王之王都，大元朝的宫殿则为燕王府邸，真的就在这里升起了一颗天下最灿烂的亮星而应了那首儿歌的话了。阿哥们，你说巧不巧？朱伯西我刚刚只是讲了一段儿小小的插曲，不过马上要讲到那颗在北平府上空新升起的亮星了，敬请各位耐着性子等待。现在还是书接前章，按照顺序慢慢道来。

话说众英雄在乌蛇岭聚义时，正值洪武五年岁尾、洪武六年岁首交接的当口儿，家家户户忙着杀猪宰羊，辞旧迎新。叶旺等人收复了乌蛇岭、蚰蜒洞两处站赤，又明确了下一步的分工，才依依分手，忙各自的差事去了。马云、叶旺心急如焚，想赶紧返回辽阳，以防御纳哈出随时可能率兵来犯，认为前一段之所以按兵不动，只是没有缓过手来而已，不可大意，更不可小觑，必须认真对待。于是，二人匆匆告别明月长老与众兄弟，又拜别了娟娟妹妹，打马上路了。明月长老、娟娟、田田、岳索图和李佑一行，准备速去金山，再会纳哈出。娟娟尤为性急，没一日不念叨金山的事情，总算成行了，并且还是同师太、李佑同归，自然很高兴，恨不能一步能跨回金山，去馒头山见那位好心的苦僧人，让师太好好儿听听他的介绍，找出破月牙楼的道眼来。巫顺、巫利先是泪眼送别了马云、叶旺，回过身来又恋恋不舍地送明月长老、娟娟他们。路上，明月长老、娟娟一再鼓励兄弟俩，要忠于朝廷，尽心竭力，勿负圣恩。巫顺跪地叩头，诚心诚意地说："小的安敢苟怠？为大明愿效犬马之劳。请长老和秉仁公主放心好了，如果发现新情况，特别是高家奴要是给了我什么信儿，定将马上送过去。二位在哪儿，我就送到哪儿，绝不会误事的。路遥知马力，日久见人心，慢慢品品便知道了。"听了这话，娟娟心里落地了。仅仅是喘口气儿的工夫，巫顺像是忽然想起一件什么事儿来，马上又道："秉仁公主、明月长老并各位大人，你们有所不知，离此地八里之外，高家奴设了一处私人牧场，养良驹千匹。有来自西域的大宛马，也有来自塞北的铁离马，匹匹价值千金，并将养马之事全权交由我兄弟俩经营。他既已叛明，那些马理应归于大明朝廷，不能为纳哈出所获。由于牧场是在密林之中，远离金山，故而目前对大寨所发生的一切尚未知晓，各位临行前何不去选几匹神骥自用？"一旁的巫利笑着说："是呀，大好的机会干吗错过？过了这个村，可就没这个店啦！"

岳索图是最喜欢马的，听巫顺、巫利这么一讲，高兴极了，一拍大腿道："太好了嘛，正盼着有好马骑呢！巫顺哪，没承想你嘴够严的，连我都没告诉过，一直不知道哇！"田田、李佑也爱马，尤其听说有大宛马，当即走不动道儿了，双双劝娟娟和明月长老说："咱们赶紧去吧，看一看，开开眼！"田田想了想，认真地说："要我看哪，是得去一趟，选几匹上好的马带着。"明月长老和娟娟一愣，异口同声地问："为什么？"田田说："我突然离开金山几日，纳哈出必会生疑，若是问起来，还真找不出恰当的理由回答。现在好了，可以选几匹送给他。他不是一般的喜欢马，而是十分看重，更不要说天下良驹了，只要见到了，会把一切事儿全放于脑后的。只冲这一点，娟娟姐姐、师太，你们看是不是该去？"二人听了田田的说辞，觉得有道理，加上岳索图、李佑又很想去，便同意了。其实，明月长老本不喜欢骑马，愿意徒步走。她是得道高僧，凭着一双大脚板儿、一根禅杖走天下，已经习惯了，只是到了辽东，同大家一起走，人家骑马，她不得不跟着骑罢了。

巫顺兄弟见明月长老、娟娟同意了，便头前带路，领着他们几个来到了鹰窝谷。放眼望去，山峦起伏，绿树丛生。再往里走，可见一处群山围绕的平原。就在平原之上，用粗木头圈成了一个大牧场，饲养了上千匹骏马，由四十多名兵丁看守着。一群群黑色的、白色的、棕色的、枣红色的马，在阳光的照耀下，在绿草、松林的映衬下，有如一块块缎子般发亮，又像是在茫茫的田野上，绽开的一大朵一大朵不同颜色的鲜花，耀眼夺目，构成了一幅幅美丽的图案。大家无比兴奋，惊诧地瞧着那些马，喜欢得不得了，恨不得立刻能骑身于上。

岳索图是选马的行家，于是，陪田田进入了马栏之中，开始一匹匹地选。选中的马，不是一牵立刻能跟着走的。为什么呢？要知道，这些皆为烈性生荒子马，从没见过生人，更没被人骑过。你靠近它，它便同你开仗，鬃毛一抖，大嘴一张，叫着咬你、踢你、刨你。要想制伏它，必须拿上套马杆子，将选中的马套住，然后再瞅准机会，跃上马背，用刀子样厉害的鞭子狠抽马肚子底下软毛那块儿。啪啪几鞭子，可将肚皮抽出血，马疼得浑身直哆嗦，只得老老实实站住，不再叫唤了。马的脾气得摸准，软的欺，硬的怕。你越怕，它越刨蹄竖鬃、高声嘶叫。你超过它，压住它，它才能服。

岳索图和田田是在纳哈出元军帐下长大的，又是骑马的能手。无论多么厉害、凶狠的马，到了他们手里，都得服服帖帖的。这不，只要田田看上的马，岳索图根本不用掐什么马耳朵，一概采用往马肚子抽鞭子的方法，很快选出了上乘骏马十匹，交给了田田，以便带回去献给纳哈出。然后，又为每人选出一匹良驹，准备路上换骑。娟娟忙道："岳大哥，我可不敢骑。看架势，生荒子马非把我摔死才肯罢休！"岳索图说："秉仁公主，不要怕，马最势利眼了。你看，我已经把它制伏了，它只好乖乖的。我在跟前，你尽管骑，它不敢动的，肯定不会怎么样。我要是走了，你再骑它，不摔才怪呢！"说得大家全乐了。于是，众英雄各骑千里神骏，精神抖擞地向金山进发，真是别有一番气派！

书讲至此，不由得想起唐朝大诗人杜工部曾赋一首五言诗赞颂胡马。所说的胡马，即泛指西域和北疆的名马。此诗表面上是写马，实际是寄情于物，展现出勇武男儿战胜一切困难的英雄气概，不愧为千古绝唱。诗中写道：

胡马大宛名，
锋棱瘦骨成。
竹批双耳峻，
风入四蹄轻。
所向无空阔，
真堪托死生。
骁腾有如此，
万里可横行。

这首诗将马写到了出神入化的地步，把它的气魄、所向披靡的劲头儿活灵活现地描绘出来了。古人称赞名马，多先夸其耳。"竹批双耳峻"，是说马的耳朵像刀削的竹筒儿一样，竖起来尖尖的，此为良驹的象征。《齐民要术》一书中也讲道："马耳欲得小而锐，状如斩竹筒。""风入四蹄轻"，则是形容马的四蹄奔跑轻快如风，似腾云驾雾、神风托起一般。诗中还称颂骏马"所向无空阔"的气势，叹服不怕路途遥远、吃苦耐劳的精神，告诉人们可放心地托死生于它。即是说临危时，它能驮着主人脱险，敌人想杀你砍不着，遇万难吓不倒。即使在海角天涯，只要有此神骏，大丈夫依然尽显英雄本色，天下横行，如入无人之境，任谁挡不住，写得真是太生动、太美妙了！

书归正传。单说五位老少英雄十分感谢巫顺兄弟的好意，在鹰窝谷与之话别后，便匆匆打马上路了。明月长老由娟娟、田田陪行，走在前面，李佑与岳索图殿后。数日前，明月长老曾由此经过，一道儿心神不宁的，挂念着娟娟。万没想到的是，现如今娟娟竟自己赶来与师太相会，又伴其同行。明月长老很是欣慰，也愿意随娟娟早到金山，见见那位苦僧人，或许能根据线索琢磨出一些攻破月牙楼的妙招儿来呢！他们准备得特别充分，岳索图、李佑二人带了不少水和干粮，以供大家食用。娟娟之意，不在中途住客栈，耽误时间。一路上，尽管马跑得快如飞，娟娟却仍嫌太慢，心急火燎地想早些赶回金山。田田、岳索图还多了个差事，就是需好生照看那十匹快骦，绝对不能让它们累瘦了，那会使纳哈出看了心中不快，因此，白天既要喂马、饮马、赶路，夜里又要随马一起进入林中避寒风，仗剑看守野兽的侵袭，真够累的了。明月长老看在眼里，疼在心里，让李佑过去帮助他们。这样，很自然地形成了两伙儿，一伙儿是明月长老和娟娟，一伙儿是赶马群、护马群的岳索图、田田和李佑。

北疆良驹多是走马，便于乘骑，皆可日行千里，除中间喂草料、饮水外，从早到晚不住闲儿地嗒嗒嗒一溜儿小跑，相当神速，从不站下来休息。在北方，与马为伍的战将、铺兵都习惯于骑马远征。渴了、饿了，就在奔跑的马上饮水、吃干粮；乏了、累了，就拍拍马，意思是告诉坐骑，我要歇一会儿。那马非常懂事儿，知道主人困了，要在自己的背上小睡，立刻放轻蹄腕儿，走得更稳了。即使在它身上放一碗水，也不会溢出来。遇到沟涧时，马总是选择最平坦的路走，从不搅扰主人的安歇。一旦遇到异情，它会咴儿咴儿大叫，以此示警。训练有素的马是最通灵性的，与主人心心相印。它的眼睛、耳朵、嘴唇是表意的地方，动一下也好，吻一下也罢，全是心灵的交流。战将与坐骑相处得跟亲兄弟一般，如果马受伤了或死掉了，主人会痛不欲生的。无怪乎北疆有不少的"马坟""马墓"，此中寄托着主人对心爱的战马的怀念。

五位英雄座下的快骦奔如闪电，加上岳索图是管理站赤的，对路径十分熟悉，所走的皆为站哨往来的秘密羊肠小道儿，是最近的。所以，只半天一夜的工夫，便接近岳索图所在的罗锅哨了。这时，天还没有大亮，远远望去，前边的林中现出了两堆红红的篝火。不用问，必有夜行人！岳索图对此地再熟悉不过了，忙让四人停止前进，轻声儿说："怪呀，是谁在林子里打夜宿？倘若是金山的人，为何不在罗锅哨小歇？那里有宿营的下处呀！很显然，只要越过罗锅哨卡，完全可以证明他们不是金山的人。既然不是，为何能深入我们的腹地？看来这伙儿人不是好货，或许是匪类不成？"李佑和娟娟最好凑热闹了，又喜动武。特别是娟娟，正经有一段时间没有弄刀动枪了，手都直痒痒，忙说："岳大哥，你是本地人，认识你的人多，最好不要动，在此好生照看马匹、侍候师太便行了。由我与师兄代劳，前去察看仔细。要是歹人，必会落在咱手里的，跑不了！"明月长老听后，笑了，说道："岳大人，索性歇一歇好了。他们既然愿意去，那就去吧，咱们也好图个清静。放心吧，没事儿！"于是，岳索图同田田、明月长老轻轻跳下马，赶着马群，悄无声息地隐入道旁一片榆树林子里，略做小憩。

单说娟娟、李佑为行走方便，原本就穿着当地的猎装，便没有另做打扮。各自仔细检查了一下所带的兵刃等物是否齐全，之后，李佑回头对明月长老、岳索图和田田嘱咐道："你们仨可得注意听着，若听到鸟叫，是报平安；若听到孩子哭，是求援；若听我喊出声儿来，定是大水冲了龙王庙，一家人不认一家人了，为熟人相逢！"明月长老逗趣儿道："谁不知道你的口技好？别卖关子了，快去吧，我们听着呢！"惹得岳索图、田田和娟娟捂着嘴乐，脸憋得通红。岳索图还亲切地指着李佑说："你真是个调皮蛋儿！"娟娟和李佑随即向三人抱拳道："我们走也！"话音刚落，两人已从大道上一个奔向东，另一个奔向西，迅速隐了密林中，采取两面包剿之势，从东、西两个方向往正北方有篝火的地方，像把大钳子似的突然夹了过去，令那些人防不胜防、束手就擒。

说时迟，那时快，就在明月长老、田田、岳索图三人拢好马群，田田又在林间找了块儿开阔地请师太坐过去，师太刚刚缓步走过来还没等安身落座的时候，从高处噌地跳下一个人来，腋下挟着个看似不高的小胖子，像个圆球儿似的。到了跟前，将他扔到了三人中间，只听扑通一声，把小胖子摔得大喊大叫起来："哎呀，哎呀，疼死我啦！"此刻正是黎明前，虽然看不清小胖子的脸，但声音听来却很清晰。坐在地上的田田当即一愣，随之跳将起来跑过去，弯下身把小胖子抱在怀里。明月长老也觉得这声音咋那么熟呢，几乎与田田同时到了小胖子身边。岳索图更听出来了，急忙大步蹿了过去，一把将小胖子头上被李佑套上的黑口袋扯了下来。

黑口袋又叫"蒙兜儿"，是专门为捕人预备的遮掩物，只要往头上一套，立马两眼一抹黑成盲人了，看不见方向和捕他之人的举动行为，当然也就不便反抗了。岳索图把蒙兜儿一拉下来，小胖子便大口大口地喘了好一阵子气，看样子闷得够呛，几乎快哭了："哎呀，我的娘啊，憋死我啦！"边喊叫，边瞪着眼睛仔细瞧抱他的人。这一瞅不要紧，马上又笑了，两手勾住田田的脖子，惊喜地说："哥哥，你怎么也在林子里？我搜遍了金山各处，就是找不到你！"随后站了起来，看了看身旁的几个人，脸一变道："哎呀，这不是岳索图么？明月师父也在呀？好哇，你个李佑，太狠心了，怎么连本将军都不认识了？不但把我抓起来，而且给套上了'蔽眼蒙'，你们是要搞窝反哪？回去非禀告父王不可！"说着，又捶田田哥哥又跺脚的，一把鼻涕、一把泪地连哭带号起来。

各位阿哥可能要问，小胖了到底是谁呀？原来正是纳哈出帐前的小统帅、位在田田之后的迎迓礼仪大将军、田田的同胞弟弟扎浑多尔济。别看他还是个孩子，却身居高位，让李佑这么一折腾，能干吗？就像受了多大委屈似的，在那儿连哭带叫、连蹦带跳地没完没了。李佑一看，愣神儿了，弄得哭笑不得，忙过来给扎浑多尔济赔不是，又作揖又施礼的，边笑边说："弟弟，好弟弟，真是对不起，哥哥这厢有礼啦！只怪我没看清，事儿办得太慌、太急了，敬请多多原谅！要不这样吧，我趴下，你使劲儿打，任凭打扁都成。不过话得说回来，可千万给哥留口气儿呀！"说着，真的扑通一声趴到了地上，偷偷在那儿乐。田田也在不停地劝，耐心哄道："消消气儿吧，别哭了，多大个事儿呀？好了好了，已经过去了，没事儿了。"扎浑多尔济边抹眼泪，边斜眼瞅着李佑趴在地上、撅个腚、让自己狠揍的怪样儿，不禁又咧嘴笑了。

这时，明月长老走了过来，边给扎浑多尔济擦脸上的泪珠儿、边搂到怀里，真心疼爱这个不到十岁的孩子。她亲了亲扎浑多尔济，关切地说道："孩子，让你受屈了，别哭了，坐下歇歇。李佑刚才还说'大水冲了龙王庙，自家人不认自家人'呢，他真就不认自家人了，该罚！师太为你出这口窝囊气，行不？"然后，冲着仍趴在地上的李佑说："好了，李佑哇，先起来吧，看我以后怎么收拾你！"说着，偷偷抿嘴笑了笑，忙又收敛了笑容，向扎浑多尔济问道："孩子，师太问你，怎么到林子里来了？"没等扎浑多尔济回话呢，明月长老突然发现没有了娟娟，便抬起头来问李佑："哎，娟娟呢？"李佑说："师妹将另外三个人给制服了，还在那边看管着呢！师太，天太黑，我刚才确实没看清楚。当时，只见一个人左右指挥得挺欢，猜他肯定是头儿，所以就把小头领给抓来了。啊，不不，看我这嘴，又出错儿了，是把扎浑小将军、我的小兄弟给请过来了。"明月长老马上吩咐道："咱们到前边去看看。"于是，岳索图、田田拉着扎浑多尔济在前面走，明月长老、李佑紧随其后，赶着马群，向燃烧篝火的地方走去。

这时，天已大亮，一行人来到篝火旁，见有三个人正脸朝地趴在那儿，娟娟于一旁仗剑看守着。当看到明月长老他们过来了，扎浑多尔济又在其中，娟娟才恍然大悟，一切真相大白了，忙命那三个弟兄："快起来，起来！"扎浑多尔济一见娟娟，重又一肚子委屈、一肚子火儿，忽地跳将过来，根本没叫总寨主，更没问好，瞪着眼睛，双手把腰一叉，大声儿申斥道："你们太飞扬跋扈了，到我们金山来，得欺侮谁就欺侮谁，难道是明朝的奸细不成？竟敢抓我扎浑多尔济，欺侮到迎逻礼仪大将军的头上了，真是胆大包天！我可不像哥哥，如同个棉花团儿似的，谁捏谁扯都行，那绝不成！本将军问你们，到底想干啥？"娟娟赶紧过来给他施礼、赔过儿说："扎浑弟弟，千万别生气，全是我的错儿，姐姐对不起了。"田田看弟弟闹得太不像话了，立马走了过来，喝道："扎浑，快住口，休得无礼！当时天还没亮，你们不住在岳索图大哥的罗锅哨里，反而在林子里瞎晃荡，哪能想得到哇，谁又能看得清？再说了，金山地界除了外地人，本地的干吗秘密笼篝火？误把兄弟当歹人和奸细抓咋的，就是没看准嘛！眼下的事儿够多的了，还胡闹什么？父王千嘱咐万叮咛要多加小心，哪个敢说这里不能混进歹人？你是受了一点儿委屈，大家已再三赔礼了，差不多就行了呗。杀人不过头点地，还想怎么样？再说了，你不是不知道，明月长老、娟娟师父不仅是父王的大恩人，也是咱金山的大恩人，难道胆敢得罪不成？要让父王知道了，能饶恕你吗？糊涂，糊涂呀，竟如此放肆！细想一想，方才发生的事儿起因不是怨你自己吗？"田田讲得头头是道，说得句句在理。

扎浑多尔济听哥哥一说，琢磨了半天，觉得是那么回事儿，心想："对呀，天还没亮，谁敢保证一准就能看得清？离罗锅哨没几步路不去住，却在外笼篝火，谁看见都容易误认为是坏人呀！要是我，也得这么想。是啊，还是头脑太简单了，做错了事儿，才引起了一场误会。此事不能怪人家，的确怨我。"想至此，怒气随之便消了，不再闹腾了。岳索图走过来，说："好了好了，全是自家人，纯粹是个误会，扎浑多尔济会想明白的。大家别说了，外头挺冷的，赶紧请到我们的站赤，喝点儿酒，压压惊，快走吧。"扎浑多尔济没吱声儿，乖乖地跟了去。

当岳索图把众人领进了距此不远的罗锅哨后，忙命德布楞生火、杀鹿造饭，为明月长老等人消除疲劳，给扎浑多尔济兄弟热酒压惊。酒饭中间，扎浑多尔济讲了此行的缘由。原来他是奉父王纳哈出之命，唤田田大将军过府议事，说是有要务相商。扎浑多尔济这回多了个心眼儿，没敢说不知道田田在哪儿，怕父王再训斥他一问三不知，只好带着三个随从出了城。打听来打听去，终未打听到哥哥的去向，估计是与总寨主妙善师父出去办什么事儿了。接着找了两天，仍未见影儿，急得团团转哪！他平时对田田哥哥挺尊敬、挺亲的，小哥儿俩的关系处得不错。此刻，扎浑多尔济既不想马上回去禀报父王，怕对哥哥有气；也不想去罗锅哨住，怕岳索图知道了没找到田田，再暗中报告给父王。当然，他并不知道岳索图与田田的私人之交。因此，他只好白天到各处去找，晚上就傻乎乎地在荒郊野外笼起篝火，打小宿，心想："反正田田大哥要是回来，没别的道儿，必经此路，莫不如在林中等着。只要在靠道边儿的地方笼上火，哥哥从这儿一过，准能看到并告之父王正找他，然后一块儿回去。"说实在的，扎浑多尔济寻田田是咋找都找不到，又不好回去交差，在林中天天受冻、挨饿地干等，也真是难为他了。刚才还让李佑抓住蒙了一阵子，憋得要死，你说心里能不窝火嘛！田田听完扎浑的讲述，自然是万分感激，知道弟弟是为自己才受委屈的，便又好生安慰了一番。

在罗锅哨，大家吃完了早饭，稍歇息了一会儿，岳索图便送别了明月长老、娟娟、田田、李佑和扎浑多尔济。一行人赶着十匹骏马，没再耽搁，急忙挥鞭踹镫，奔向金山。

娟娟等人到了金山后，田田、扎浑多尔济径直去丞相府拜见父王纳哈出。扎浑挺高兴，庆幸自己能交差啦，总算把哥哥找了回来。田田心里却像揣个小兔子似的，嘣嘣直跳，寻思道："见了父王，挨训是肯定的，躲是躲不过去了。要问我上哪儿了，得怎么回答好呢？只能说：'儿听某地有上乘良驹，知道您一向看重宝马，遂到那儿给父王选马去了。'对，就这么讲！"到了丞相府，田田忐忑不安地进了屋，给父王叩拜。纳哈出背靠着太师椅，头上敷一条热毛巾，微闭双目，两边有几个侍女侍候着。看起来不同往常，没精神头儿不说，还憔悴得很。田田心想："大丞相怎么了，难道得啥病了？"便走到跟前，问道："父王，您是不是哪儿不舒服，没找郎中看看吗？"纳哈出像没听见似的，过了半天才问了一句："你还回来了？"田田马上说道："父王，我从外地弄来十匹神骥，请快到院子看看吧。一匹比一匹好，您一定会喜欢得不得了！"哪知纳哈出听了之后，并未因此而兴奋，连眼皮都没挑一下，只是哼哈答应着："噢，是嘛，牵到马圈里养着吧。"纳哈出的反常表现，不禁使站在一旁的田田和扎浑多尔济一愣。扎浑心想："这可不是以往父王的神态呀！在早一听说有好马，况且又是神骥，立刻就来了精神，甚至高兴得跳起来！今天可倒好，不但早日的风采没了，而且根本不想去看，一个酷爱马的人怎么会这样？气色还不好，发呆、发傻，与昔日相比，简直是判若两人哪！"

田田瞅了一眼身旁的弟弟，又偷偷看了看纳哈出，心里也在琢磨："为什么会这样呢？可能是最近发生的一连串事情给折腾的，也真够他呛啊！还算刚强，不然，一般人早顶不住了。你想啊，那事儿是一件连着一件。首先，纳木扎勒台吉反叛，对他的触动不小，事先根本没有料到哇，多亏娟娟姐姐帮助平息了叛乱。接着是爱子都布多尔济被杀。虽然父王心里不太喜欢都布，但总还是自己的亲生儿子，偏偏就死在了丞相府。可以说，对他的精神是极大的刺激，实在难以承受。这且不算，豁鼻马可算得上父王的老朋友了，两人无话不谈、无事不讲，关系十分密切。突然不知为何与都布过不去，审问半天没个结果不说，还越问越揪心，最后人家冷不防自刎而死了。豁鼻马的离去，对父王来说，可谓一次沉重的打击。另外，近些天来，曾家奴、高家奴今天传个信儿、明天报个信儿的，对父王不停地施以威逼，平添压力。再加上辽阳的明将马云厉害得很，父王多次派兵征剿，总是打不过，去一次，失败一次。非常可能是因为这些事儿，使他焦头烂额、精疲力竭，变得异常沉闷，不那么飞扬跋扈了。若是从前，找了我多日未见，早就暴怒了！眼下却像个老太太似的，不愿出声儿了。"田田、扎浑多尔济看着纳哈出那副无精打采的样子，无论怎么说，毕竟是哥儿俩的父王，心里挺不是滋味的。

再说与田田一块儿回到金山的明月长老、娟娟、李佑重又去了城内纳哈出分给的四合院儿，这里已空闲多时了。因明月长老先走了，娟娟虽留在了金山，但后来并未在此居住。他们进了门，见里面的陈设依旧，一点儿没变，只是落了厚厚的一层灰尘。三人简单打扫了一下，接着在各自的住房里盥洗了一番，漱口，更衣。然后，明月长老带着两个弟子于佛堂摆供果，点高烛，焚香、诵经、叩拜，正经有好些日子没时间敬佛了。拜罢，师徒便在一起商量今后该怎么办。明月长老说："咱们这次回来，娟娟再去馒头山看苦僧时，可不是你一个人扮作扫垃圾的营兵就能蒙混过去的。若是三个人一起去，十分惹眼，出出进进肯定不便。何况又住在内城里，容易引人注意。我意还是去住田田府，那是在城外，行动方便些，去馒头山大可不必那么谨慎了。"李佑说："既然师太说了，不如马上收拾东西，趁城门没关，赶紧搬到田田处去住。"经李佑一提醒，明月长老、娟娟想想也对，决定当天晚上不在四合院儿住了。于是，三人将佛堂的香火熄了，各人带上自己的衣物，把院门一锁转身出了城，径直去了田田府。

田田府的门丁都认识明月长老他们，一看师父回来了，立即禀告了田田将军。田田高兴地出门相迎，又命用人赶快打扫干净师父们往日住的房屋中的尘垢，陈设要摆放规整，之后，便请明月长老、娟娟和李佑到各自的房间内放好衣物，自己则跟着去了师太和姐姐的屋子。不一会儿，李佑也过来了，田田说道："师太、姐姐、李佑，告诉你们一件奇怪的事儿。这回我到父王那儿去，可真是破天荒了，竟没有受到责备。开始心里没底，忐忑不安的，怕又要挨一顿申斥。可他没那么做，感觉父王的精神不好，似乎身体还有些毛病。更令人不解的是，他平时特别喜欢马，带回来的十匹良驹却连看的兴趣都没有，更不用说去骑、去试了，只是让用人牵到了马厩里。直到现在，我没弄明白父王的心情为什么不好，琢磨着可能是近些日子连续出事儿，把老头儿折腾得没精气神儿了。"娟娟听了以后，想了想，说："还是把萨家奴找来细问一下吧。他天天在大丞相跟前，一定能摸着点儿须子，看看究竟是咋回事儿。"田田表示同意，遂命心腹速传萨家奴。

萨家奴来了之后，所谈的情况与田田大相径庭。他说："秉仁公主让我送信回到金山后，发现纳哈出正忙着秘密备战。大丞相觉得都布多尔济遭暗害，豁鼻马于罗锅哨自杀，乌蛇岭遇到匪徒掠抢，送押的犯人尚未弄清底细便被劫走，都是辽阳的马云派人所为。他恨透了马将军，视为心腹大患、眼中钉、肉中刺，并决心拔掉大明天子朱元璋插进来的这把钢刀。就为此，金山大寨的把守比以前严多了，出入城门的令牌已全部更换为'纳'字令牌了。"说到这儿，停了一下，看了看在场的人，见娟娟是一副若有所思的神态，明月长老也没吱声儿，接着又道："纳哈出吃了几次亏以后，心慌意乱，有如惊弓之鸟。原来传讲河北大宁的曾家奴等人要来金山，最近听说不打算来了，不知为何，纳哈出也闭口不谈。乌迪什的管家苏巴泰，是岳索图将军的二女婿，我们曾交谈过。苏巴泰告诉我，乌迪什在酒宴上散出风儿来，说金山的事儿只能由金山人来管，不能任什么和尚、姑子指手画脚。这话大有来头儿，他所以能讲出来，很可能是纳哈出说过的。因此，请你们事事谨慎、处处小心为好。如果不行，别硬挺，不妨出去躲一躲。"娟娟吩咐萨家奴，要继续观察纳哈出的动向，随时禀报，然后便让他回去了。

萨家奴走后，娟娟谈了自己的想法。认为田田和萨家奴讲的完全不一样，很不正常，其中一定有问题，值得分析。明月长老赞同道："讲得好！如此看来，这些情况是该重视起来，纳哈出或许是在制造假象蒙人，不能不多加小心。咱们近一阵子忽而露面儿、忽而隐去的，恐怕已经引起了他的怀疑。"田田说："这样吧，我马上进丞相府叩见父王，观察一下再说。"娟娟说："也罢。你先去，详细地了解一下情况，随时告诉我们。"田田转身刚要走，又回头问了一句："姐姐，我见到父王该怎么说你呢，告不告知已回金山了？"娟娟说："为啥不告诉？秃子头上的虱子明摆着的，瞒不得。""好吧。"田田边答应，边出门去了丞相府。

第二天，娟娟仍在琢磨萨家奴讲的那番话，便问明月长老和李佑："我昨晚想了一夜，你们说田田和萨家奴他俩究竟谁讲得准？我相信弟弟不会撒谎，没有理由故意欺骗咱，莫不是萨家奴有些虚张声势？"二人没多说什么，只是讲："不用着急，走着瞧吧，先观察一下再说。"娟娟本是个性格刚强的人，想了想，又道："依我看，不用怕，没啥了不得的。纳哈出这个人我也看透了，软的欺、硬的怕，还特别能装蒜。说不定早对咱们产生怀疑了，不过是不知深浅、不知到底有多大能耐、没有确凿的证据、不敢轻易下手而已。再说他自己已是焦头烂额，弄得不可开交，哪还顾得过来对付咱呀？眼下很可能是麻秆儿打狼两头害怕。反正是福跑不了、是祸躲不过，师太、师兄，用不着太顾及他，越顾及越是事儿，那会连步都迈不开了。"李佑撑腰打气地说："对，咱怕他什么呀？顶多是离开金山呗！"明月长老说："好吧，暂且不去管他，小心点儿就是了。仍按原计划行事，说干就干！"明月长老、娟娟、李佑是越说气越壮，于是，三人大大方方地以游赏冬景为名，走向了去馒头山的路。

去西山的道儿上，仍有不少送垃圾的金山营丁，也有送葬的人。看来馒头山成了不可缺少的地方了，什么都往那里送。明月长老和两个徒弟径直来到了馒头山，娟娟往上望去，青山依旧，翠松高耸，白云飘拂，悠远沉静。对这一切，她已经看惯了，亦十分熟悉，又注意地瞅瞅每棵树，仔细地找啊找，找遍了整个松林，未见苦僧。只见几只寒鸦在山巅盘旋，还有一只雄鹰展翅在高天之上，像钉在那里一样，一动不动地向下瞭望着。此为雄鹰的本能，它能在数百丈高的天际之上，凭着羽翼和尾巴，固定在空中不动，专心致志地搜寻着地上的兔子、鼠类等小动物，一旦看准，便会突然俯冲而下，小兽霎时毙命，化为鹰餐。明月长老和李佑一边走，一边也仰头儿向上看着，脖子都酸了，仍无有结果。李佑要自己上山的高处去寻，不料娟娟却很有把握地说："师兄，不用上去找，苦僧没在那儿。若是在的话，我早就看到了。走，跟我来，他一定在前面的山洞里诵读经文呢，或者正想念咱们呢！"于是，领着明月长老、李佑向前面走去。

娟娟虽说同苦僧接触的时间不长，但对他的印象却特别好，对他感到十分亲切，时常惦念，恨不能立刻能见到。加上她对地势熟悉，心里又急，所以走得相当快。不大工夫，三人来到一处古洞前，娟娟冲里面喊道："师父，师父，真想你呀，我看你来啦！还把师太、你想见到的大师领来了。这回好了，咱们有主心骨儿了。"边喊，边沿着石缝儿侧着身子挤了进去。明月长老、李佑紧随其后。走过竖立着的两块大石头构成的夹缝儿，里边逐渐宽敞了，可见到一侧山边的大石洞，原来这是洞中之洞。石洞有斜向的三角形洞口儿，又低又窄，高个子人得稍稍猫下腰才可以进去。娟娟他们进了洞口儿向里去，立马觉得有一股凉气扑面而来。因是乍到洞中，开始不太习惯，才有些寒冷之感。明月长老对李佑小声儿说："怎能住在这里？时间长了，可是容易做病的。"李佑点头道："是呀，苦僧人够怪的了，住哪儿不好，偏住山洞里。"他俩边说，边不停脚地随着娟娟往里走。娟娟大声儿喊着，震得四周嗡嗡的："师父，师父，我们来了，你在哪儿？"喊声过后，一点儿回音都没有。娟娟开始不安了，心一下子提到了嗓子眼儿，寻思开了："怪了，往日根本不用走多远呀！即使在山下，只要我喊一声，他早出来接了。今天是怎么了，是不是出啥事儿了？"这么想着，赶紧大步蹿了进去。

娟娟站在洞的中间，举目往四下一看，映现在眼前的是一片狼藉。苦僧人住的地方已被火给烧了，睡觉的床以及放东西的木头架子塌了，一堆堆烧焦的木头堆在那里，破碗碎碴儿散了一地。什么佛龛呀、经文呀、衣被呀全不见了，还有不少东西是娟娟一次次从金山给背上来的，也一扫而光，屋里空荡荡的。洞内尚有烟熏的味儿，很显然，不久前是经过了大火的。火为何会在洞中燃起，苦僧又到哪儿去了呢？不得而知。面对此情此景，娟娟预感到师父凶多吉少，急得眼睛都红了。她实在忍不住了，一屁股坐在地上，呜呜地放声儿大哭起来，边哭边说："师父，你在哪儿呀？不是答应在山上等我嘛。我不该走，不该离开你呀！若是有灵的话，赶快告诉我吧。师父，娟娟对不起你，来晚了。你有仇，我替你报；你有冤，我替你申。师父啊，听见我说的话了吗？倒是回答呀，快给娟娟指个明路吧！"娟娟是热泪横流哇，哭得趴在了地上，不论明月长老和李佑怎么拉、怎么劝，就是不起来。二人的心也被娟娟的哭声揪扯得阵阵酸楚，眼泪汪汪的，没想到晚来一步，苦僧竟遭人暗害！

待娟娟哭过了一阵子，明月长老和李佑费了好大的劲儿，才把她连拽带搀又哄地拉到了洞外，找块儿石头让她坐下静静心。娟娟依然泪流不止，伤心得哽咽着说不出话来，恨自己当时怎么就走了，把苦僧一个人扔在山上，孤立无援，结果出事儿了；若是不走，仍留下来，会成为师父的助手，不至于如此。一想到这些，娟娟真是后悔莫及呀！过了好一会儿，明月长老见娟娟哭个没完，便劝道："娟娟，冷静点儿，光哭能顶啥用啊？你好好儿想一想，最后跟苦僧分手时是个什么情况，估计一下洞中燃大火怎么会发生。难道你们哪儿做得不谨慎、露出了破绽，才给可怜的同道惹下了杀身之祸？"娟娟听师太这么一问，眼泪又止不住地滴滴答答往下掉，说道："师太呀，要是像您老人家说的那样，娟娟可就犯下大罪了！或许是因为我常来，注意不够，让耳目盯上了，才下此毒手？不能啊！师太，我每次来都十分小心，从没发现有跟踪之人。记得最后那次来看师父时，他是从山顶儿下来相迎的，我们一同进入洞中。然后告诉他，我马上要去办一件事儿，很快会回来，请师父一定在山上等着。回来时，将把明月长老领来，咱们一块儿合计合计如何破月牙楼。苦僧当时答应说：'放心吧，我不会离开山洞的，你要快去快回。'还叮嘱我，一路要多加小心，千万不可大意，平平安安地回来。"明月长老听后，点了点头，紧蹙着眉头思索着。

李佑这小子遇事机灵，善于动脑筋，道眼多。娟娟哭时，他已经在到处寻摸了，边瞅边说："洞里突然被焚，肯定是有原因的。只要咱们的心不乱，下点儿功夫找一找，必能发现一些蛛丝马迹。这样一来，不就可以破解谜团了吗？"娟娟立马受到了启发，觉得师兄说得对。明月长老也认为李佑的话不无道理。于是，三人开始分头在洞中、洞外、洞前、洞后仔细察看，不放过任何一块儿地方、任何一样东西，哪怕一块儿木头、一块儿石头都要翻翻、看看。找了一阵子，李佑忽然在洞口儿处发现了血迹，忙喊："快来看，有血！"明月长老和娟娟闻声儿围了过去，见血已变黑，不过经过仔细分辨，还是可以看清的。既然有血，说明此处曾经发生过争斗，而且有人受了伤。三人又经过一番寻找，再没发现什么。

此时，已经是下晌了，李佑抬头看看天色，提醒说该往回走了。可娟娟却不想挪步，像没听见似的，并顺势坐在了石洞缝隙出口儿处的一棵老歪脖儿榆树下面。她知道，这棵树是苦僧用来晾晒衣服的，又是自己每次离开时，与师父分手的地方。送她走时，苦僧常坐在树下望着，她亦总是一步一回头地挥手告别。因此，她慢慢地对树有了感情，看着它就像见到师父一样。老歪脖儿树因年深日久，底部的树皮脱落不少，露出了白白的树干，时间一长，磨得光光的。榆树的生命力特别强，尽管如此，照样挺拔地生长着，而且枝叶依然繁茂。娟娟一边看着老榆树，一边想着苦僧的音容笑貌，内心伤感至极。她站了起来，抚摸着树干，摸着摸着，无意间碰到了一块树疤处，正巧那里有个小窟窿。她伸手往里一掏，感觉碰到了一个软团儿，拿出来一看，原来是块包经文的黄绫布！娟娟如获至宝，兴奋得眼睛顿时亮了，忙将黄绫布展开，只见上面写着殷红的血字："迫等君，思情深。共焚火，是真凶。"字虽不多，却是苦僧留给她的最后信息。从十二个字儿的字迹来看，十分潦草，得费力辨认才能悟出那是个什么字儿。显然，写的时候，一定很慌乱。

娟娟手托黄绫布看了一会儿，递给了师太，李佑也凑过来细瞅。明月长老手打合揖道："阿弥陀佛，佛祖保佑。这几个字太重要、太珍贵了，给我们以点拨。娟娟，有了血字就好办了，将它破解后，便可以找到伤害同道的元凶了。可是，其中的'共'字儿做何解释？谁是'共'，莫不指的是那放火人？有些令人费解。"娟娟对黄绫布上的字句之意虽然一时不能解开，但得了此物，已是万分高兴，觉得心里像乌云压顶的天空突然透出了一抹彩霞，亮堂多了，不那么憋屈得难受了，暗想："苦僧师父，放心吧。我即使走到天涯海角，也要找到那个真凶，为你报仇！"这时，李佑担心出来时间长不好，又一次提醒应赶紧下山，既然事情有了头绪了，继续在此处耽搁下去已毫无意义，回去再做打算。于是，三人迅速下了山，很快回到了金山田田府。

丑时刚过，田府用人招呼用膳。明月长老、娟娟、李佑来到饭厅，刚端起碗，田田便进来了。他坐在桌旁，拿起筷子，一边吃一边说："刚才到父王那儿细摸了一下，总的来说，像我第一次回来时介绍的那样，有些变化是真的，然而没有萨家奴讲得那么严重。萨家奴说要注意，必要时出去躲一躲，不知道是啥意思，不会是吓唬你们吧？倒是有几件事需要引起注意：一是据说纳哈出准备外出巡查，至于到什么地方去，他没告诉任何人。不过，我知道前一阵子派乌迪什攻打辽阳，不但没攻下来，而且损失很大。父王十分懊恼，打算增兵再去，近期可能成行。金山诸事务暂由我们兄弟掌管，乌迪什将去何处，尚不知晓。二是纳哈出又新任命了一批将领，把原来的撤换下来不少。由此可以看出，他对前任的某些将领不信任，甚而大加怀疑。这次任命中，乌迪什部很受重用，虎、豹、熊、鹿、鲸五军大都督、达鲁不花大元帅等，几乎全是从他的下头抽上来的，其中不少人连我都不认识。不仅如此，还将原来驻守山海关的几员大将以及站赤中的一些得力将领同时调来金山，可见是要大大充实力量。新加入金山大帐执掌兵权的大将军有：原镇守一秃河站赤的达鲁不花金察大将军、原镇守粟末水站赤的达鲁不花萨都大将军和原镇守辽阳尉达鲁不花佟世泰大将军；现执掌虎头旗的达鲁不花总帅为乌莱大将军，原来的旦曾帖木儿调到察哈尔镇守边关去了；现执掌豹头旗的达鲁不花总帅为庆起大将军，原来的毛木帖木儿调去镇守山海关了；现执掌熊头旗的达鲁不花总帅为危仁大将军；执掌鹿头旗、鲸头旗的达鲁不花大元帅分别为拜柱大将军和旦巴大将军；大丞相府七门总督兵马司大元帅，是恭格拉推荐的吊眼儿狼乃颜扎布。金山大寨分外、中、内三个城。现执掌金山三城总督兵马司的元帅，是蝎子虎仇海牙；执掌金山兵、钱、粮草、马匹总库督管兵马司的大元帅，是五毒蛇乌马儿；我仍为金山大帐掌印大将军；乌迪什升任右丞相、金山大寨大丞相府九门总提辖，或叫总提调，督揽金山司政之职。眼下的乌迪什可了不得了，远在我田田之上，仅次于大丞相。纳哈出赐建右丞相府，府址就设在大丞相府之侧，成了纳哈出第二、金山第二大寨主。三是随着人马的变化，新制定了很多保密措施，如令牌全部变成了'纳'字牌等，这一点萨家奴讲得是对的。之所以采取了如此严密的自卫手段，主要是怕有奸细，防止内乱，也是为了进一步巩固金山的力量。看来纳哈出尽管精神不振，却一刻没闲着，的确在行动。"田田讲到这儿，停了下来，连着扒了几口饭。

娟娟、明月长老、李佑注意地听着田田讲的每一个变化、每一个新情况，边听边认真地思索着。接着，田田又讲了一件令他们意想不到的事儿。原来纳哈出昨天突患昏迷症，竟倒地不醒。虽经府内众郎中精心调治，但并未见轻，丞相府上上下下顿时乱作一团，皆言此病难治，要想医好，还得赶紧请明月长老。大家都知道师太和总寨主已经回来了，正在企盼着快去给大丞相诊治呢！方才萨家奴曾带几个人来请，结果没见到，便返回去了。娟娟、李佑、明月长老心里明白呀，刚才不是去馒头山了嘛，可不就让萨家奴白跑了一趟。田田说："依我看哪，咱们吃完饭以后，不用他们来请，直接去丞相府给纳哈出看病。娟娟姐姐，你不是早想进丞相府摸些月牙楼的情况吗？这可是最好的机会哟！"说着撂下了碗筷。

应该说，田田所讲的对于娟娟和李佑来说，算是个喜讯。他俩本来千方百计地想进大丞相府，苦于一直没有由头，故未成行。哪承想机会今天却自己送上门儿来了，这不是太妙了嘛，正好可以利用给纳哈出瞧病的机会进入丞相府，而且要理直气壮、名正言顺地去！二人兴奋得满脸通红，眼睛都比平日亮！可明月长老想事儿细呀，琢磨了好一会儿，才开口问田田："你能不能把纳哈出的病情给我讲一下？"田田说："我只知道，眼下已把金山的所有郎中全聚到大丞相府里了。那些人显得很忙乱，跑进跑出的，皆言父王是因突然神志恍惚才人事不省。至于为什么会这样，尚未弄清，始终没说出个子午卯酉来。我也觉得奇怪，在此之前，父王还饮了点儿酒，并与属下商议明日出行之事呢！冷不丁变成了另一副模样，谁知道得的是什么病呀？师太，您快去吧，我等不了了，得去府里帮乌迪什右丞相张罗郎中们的用膳以及派车马取药之事，他们已是一夜没有合眼了。我走了，你们别再耽搁了，最好随后就到。到府门那儿一说，肯定会让进的，盼都盼不来呢！"说完，推开门匆匆忙忙地先走了。

吃完了饭，娟娟、李佑便随着明月长老去丞相府。刚走出田田府门，娟娟突然想到一件事儿，忙说："田田刚才讲了，金山这阵子有不少变化，进丞相府门得有'纳'字令牌。我们没有啊，方才又忘了问田田该怎么办了，如何是好？"李佑满不在乎地说："师妹，没关系，甭管那套，到丞相府门直接往里走。要是不让进，还真就不进了，回头便走。今天可是金山主帅主动请咱来的，谁要是胆敢阻拦，日后大丞相有个三长两短，那上下人等不得吃不了兜着走哇？谅他们也不敢！咱们总算扬摆一回，是随活神仙师太来丞相府呀，你听师兄的吧，准没错儿！"明月长老听后，只是笑了笑，没说什么，脚步却没停。

一行三人很快到了丞相府门口儿，刚要往里进，几个门丁走过来，正如所料，立马横刀挡住了。李佑凶巴巴地说："好大胆子！也不睁开眼睛看看谁来了？这是明月长老和金山大寨的妙善总寨主、丞相的大恩人，今天是给他治病来了，你们还敢挡驾，长几个脑袋呀？"守门的兵丁是新调换来的，确实不认识他们，虽然过来阻止不让进，但态度倒蛮好的，又鞠躬又行礼的，温和地说："众位老人家有所不知，令牌已换，小的们没听到七门总督大老爷的吩咐，断不敢让你们进去呀！"李佑见此，索性故意大声儿嚷嚷开了，这下府门口儿可热闹了，招来不少兵丁过来观瞧。

正在这时，突然丞相府正门大开，十几个护军簇拥着一位年近六旬的胖老将走了出来。此人长得特别难看，一张黑脸膛儿，留着"八"字胡，一双往上吊吊着的贼溜溜的大眼睛骨碌碌乱转，鼻下是又扁又大的鸭嘴。只见他一步三晃地从门楼台阶上往下走，眼皮儿不挑，看也没看便大声大气地说："谁在那儿又喊又叫呀？成何体统！混账东西，难道不知道这是丞相府吗，还敢在门口儿吵闹？快给我滚开！"等下了台阶仔细一瞅，才看清来至府门前的是一位身穿尼姑袍、手拄禅杖的老者，旁边还有两个人。一位是短身小打扮的俊秀姑娘，另一位是身着壮士服的年轻男子，看起来像是大师父的徒弟，护卫于左右。他马上明白了，三人可能就是常听人说的明月长老师徒。还没等众兵卒开口禀报呢，忙自我介绍道："本将乃颜扎布，原在八里外巡狩边关，故与你们未曾谋面。不过听人讲过，想必几位是金山的大师父吧？名声如雷贯耳呀，本将亦略有知晓。小的们，看在他们的名分上，赶紧请进去吧！"娟娟一听来气了，心想："哎呀？关于我的职衔竟一嘴不提，纳哈出是啥时候连个招呼都没打就把我给罢掉了？不行，一定得说道说道。再说了，我们可是被请来的，况且我又是金山大寨名正言顺的总寨主，还需你们看什么名分、给什么面子才能进门呀？今天要是认我这个总寨主便罢，否则绝对不行，咱别客气啦，宝剑相见！"

大家知道，娟娟的剑术非常厉害，金山人没有不怕的。称雄一时的纳木扎勒台吉还不是被她的阴宗双鹤剑割下了脑袋？此事早已震动了金山，无人不知，无人不晓。这样一位超群女侠，岂容别人轻看？就在她要发脾气的时候，有人飞马赶来，为首的是乌迪什右丞相，后面紧跟着田田多尔济。乌迪什边走边喊："乃颜大将军，快快恭请三位师父进门，不可阻拦！"乃颜扎布见乌迪什亲自来了，忙上前迎接，说："右丞相，小将没挡，哪里敢怠慢呀，正恭请三位师父进门呢！大师父赫赫有名，那些新调换来的小崽子们可能没见过，我还能不认识嘛！"说完，立即转过身来，冲明月长老他们双手拱揖，笑脸儿奉迎道："三位师父，快请快请，小将得罪了，望海涵。"看来吊眼儿狼还算会办事儿，脑袋反应挺快，嘴也不笨。

明月长老、娟娟、李佑在乌迪什、田田的陪同下，径直进入了大丞相府的后堂。向四周一扫，见里面站满了兵将、用人等。另一厅内，已有十几位老少郎中坐在那儿，七嘴八舌地议论着大丞相的病情。有的摇头摆手，有的唉声叹气，有的议论着、猜测着，莫衷一是。如此看来，均未找到纳哈出的真正病根儿，不知如何用药。众郎中见明月长老他们进来了，忙起身恭迎。其中，有些郎中是认识明月长老的，因她去过金山的各个药铺，自然与之相熟。见过礼后，乌迪什就把三位单独安排在后堂的小花厅内歇息。这里幽静、淡雅，养了不少盆花，什么吊兰、紫竹、牡丹、杜鹃多得是，花香四溢。在养鱼缸内，有不少不同颜色的金鱼，五色斑斓，游姿优美，甚是好看。

三人落座后，用人立即送上洗手水，端来茗茶，乌迪什请他们小歇一阵儿。明月长老站起身来，脱掉了尼姑大袍外罩儿，用人马上接了过去，挂在衣架上。然后，师太弯下身来，伸出双手于水盆中盥洗，洗毕，从早已站在身旁的用人手中接过手巾，边擦边向乌迪什询问纳哈出大丞相的病况。待听完乌迪什的简单介绍，师太便道："不知大丞相此刻病情有否缓解，我这就去看看。"乌迪什客气地说："师父来时走得太急太累，不用忙着去，再歇息一会儿吧。"明月长老说："不了，还是看病要紧，领我去内室吧。"乌迪什遂命丞相府内的奴婢引领老师父进入丞相住的大帐，请娟娟、李佑在外面的小花厅吃茶坐等。

一天多来，金山的郎中们像走马灯似的纷纷为纳哈出瞧病，均未看好。在这种情况下，众将便把救治的希望寄托于明月长老身上。现在活神仙来了，大家能不关心她是怎样给大丞相看病的吗？于是，几位新任的大将军也跟着明月长老往内室走。一块儿去的，还有金山郎中总丞办，即首席大先生。在进屋的路上，首席大先生快走几步，赶到了明月长老身边，谨慎地介绍着大丞相的病象。长老只是默默地听，不时地点头，并不言语。刚踏入内室的门儿，明月长老反身又出来了，吩咐娟娟提着药匣子随她一起去。娟娟随手拿起师太的小药匣儿，相跟着进入了内室，乌迪什、萨家奴、田田随后也进去了。

众人来到大丞相帐内，见五六个侍女手里拿着一应物品肃立两侧恭候，卧榻的白绫大幔已用钩环分别拉向两边。纳哈出上身儿着白缎印花儿盘龙衬衣，没有系扣儿，裸露着胸膛，侧着身，脸冲外，似睡非睡地躺在铺着锦衾的病榻上。明月长老、娟娟上前仔细看了看，见他比以前消瘦多了，长鬓飘散，微闭双目，头发用金簪扎于头顶儿，呼吸微弱。站在明月长老身旁的首席大先生悄声儿向老人家说："大丞相一直这样，已经十几个时辰了，始终没有苏醒过来。"明月长老问："丞相小手没有？"就是撒尿没有。首席大先生回道："尿到床上了，刚收拾完。"又问："尿色啥样儿？""发黄，尿液浓。"看来，首席大先生一点儿不敢疏忽，观察得挺细。

　　明月长老为人诊病四十多年了，积累了丰富的经验，望闻问切，表里虚实，对所谓的四诊八纲、辨证施治之术，已是非常通达。经她之手救治的人不可计数，确有神技。各位阿哥都知道，凡是庸医，诊病之前总先自吹一通儿，接下来就用中医的术语唬人。有些人不懂，一听挺能白话的，便以为医道高。事实上，中医不是"嘴把式"，必须要有真本事。名医多不擅讲，而是全身心地投入。诊病之前，先一言不发，查其病因，求其病理，之后方辨证施治，对症下药，这才能得药到病除之功效。明月长老问过之后，坐在了病榻前的靠椅上，为纳哈出把脉。从脉的走向，体味着全身各处的状态。从上身到下身，从头到脚，无一处遗漏，这叫号全脉。足足把了半个时辰，师太才站起来，俯身看了看纳哈出的眼皮，又让用人将他的嘴慢慢掰开，看了看舌苔，然后缓步走了出来。乌迪什、田田、萨家奴以及新升任到金山的众位将军也随之出来了。大家很关心大丞相的病情，两眼紧盯着明月长老，想听听怎么说。除此，纳哈出的十几位妻妾竟抛开礼节，顾不上那么多了，早从另一暖阁里走了出来，含泪恭候着大师父，想听听怎么讲。众人皆指望着明月长老，企盼着能使大丞相起死回生、转危为安。个个心里在想，大丞相可是金山不可或缺之人哪，有不少事儿等着他去办呢！金山的擎天柱要是倒了，众多的护拥者该如何是好？

　　此时，乌迪什右丞相见明月长老始终没说话，心里这个急呀！又等了一会儿，实在忍不住了，方问道："师父，大丞相病情怎样？请千万想方设法医治好呀！您需要什么，让我们怎么办，尽管吩咐。"明月长老说："我看过大丞相的病候，主要来自肝肾，肾经之病为痼疾。时间已久，其脉形寒肢冷，沉迟无力。由于长期服用参茸等大补之药过多，不但未补，反伤了肾阳。肾阳极虚，阳事不举，欲情所伤，此为病基。又因诸事繁重，肝阳上越，气血充盈于上，引起猝然昏倒，肝风内动所致。"就这么几句话，便把病根儿、病源讲得十分到位。

　　那么，明月长老说的是什么意思呢？就是大丞相的病若从远来讲，平时房事频繁，肾伤得太厉害。人生后天以肾为本，肾有病，则会引起其他脏器诸病，特别是男人更如此。大丞相的根基受损，加上外邪愈厉，肝风再一起，当然控制不住了。随之血便上升，冲至脑海，心血外溢，遂导致昏迷不醒。大家听后，越发着急了，异口同声地问："大师父，那得怎么办呢？"明月长老说："现在不是治肾之事，首要的是治肝风，兼治肾虚。凡病皆如此，须治标，慢慢再治本。先压住肝风，解决昏厥之症，服些药恢复恢复。而后再治肾阳虚之症，让其水火相交、相融。正因为眼下水火相交过于厉害，所以此病难治。不过，凭老尼所施之法，还是可以救活过来的，尔等放心好了。"

明月长老讲了许多病因及治法，那是郎中及懂医道的人才能听得懂的。乌迪什等人听后，自然是似懂非懂，不过"可以救活过来，尔等放心好了"这句话可是听明白了。大家一阵欢笑，已经提到嗓子眼儿的心一下子落了地儿了，七嘴八舌地说："哎呀，太好了，太好了！真是把活神仙给请来了。""这下可好了，大丞相有治了、有望了，可以救活啦！""感谢众神，谢谢腾格里眷佑啊！"众妻妾有跑来给明月长老叩头致谢的，有跑进内室给佛爷、菩萨上香的，也有喜极而泣、抽抽搭搭哭个没完的，还有大声儿起誓发愿向神明表示心迹的。明月长老见此，马上嘱咐乌迪什："右丞相，你看，病室闲杂人等太多，简直成了各路人马的大聚会了，乱哄哄的，这怎么行？众位的心情可以理解，但内室是大丞相的调养、治病之处，要求绝对肃静。如此下去，对缓解病情十分不利。因此，所有人等应全回到各自的屋里去，包括大丞相的妻妾们，不要吵吵嚷嚷、哭哭啼啼的。另外，将军们也请退到室外，或者返回到自己的驻地，静等右丞相把相关情况随时告之就行了，况且又帮不上什么忙。敬请一定向他们解释清楚，予以谅解，为的是医治起来方便些。除此还要说一下，各位同仁、众位郎中连着几宿为大丞相诊病，已经很累了，没必要都陪在这儿，请先回去歇着。如果需要他们，我会吱声儿的，你看好不好？"乌迪什边点头表示同意，边按照明月长老的要求，将方方面面来丞相府的人全部打发走了，金山众郎中同样一个没剩地唤退了，屋子里立刻静了下来。

其实，让众郎中回去，正合这些人的心中之意，很是感激明月长老。他们早就盼着能早些回去闲待一会儿，谁愿意在病榻前陪个没完没了哇？不来肯定不行，谁敢不来呀？可来了却无法诊治，那不是活受罪嘛！所以，当听到乌迪什让退出时，个个无不从心里暗暗庆幸总算解脱了。郎中们快速地离开了丞相府，只有首席大先生留了下来，他要帮助明月长老做些郎中该做的事儿，像个小支使似的。乌迪什把人都放走以后，终不放心，暗中便将乃颜扎布，即大丞相府的七门总督兵马司大元帅留下了，又叫萨家奴带几个人陪着明月长老，随时听从吩咐，取取物件、药品呀，或关照个夜餐什么的。明月长老心里明白，乌迪什之所以这么做，实际上是为了纳哈出的人身安全，也在情理之中，自然不好再强求了。

　　明月长老对纳哈出的昏厥症采用什么方法诊治的呢？那可是与一般郎中完全不同的施治之术，有自己的绝技。即对肝风也用"泻"法，却不是像同道那样以药泻，而是以针泻，用独到的针法，辅以温补肾虚。针泻法治疗昏厥症古代就有，但多数人不敢用，因为相当危险。为啥这么说呢？本来头脑里的血液妄行，血管都走乱了，又有堵塞之处，人已经昏厥过去了。若无有针泻的高招之术，简直等于催命啊！用针不对或扎错了穴位，哪怕偏离一点点儿便可能死掉。那时，尚没有好办法可以诊察哪里的血管不畅通了，全仗郎中把脉来判断，从脉象上去识别是否出了毛病，哪里血流缓慢了，出了事儿了，针要正好扎到那儿。神医是有此能耐的，在千万条经纬线交织的血管中，找到堵塞之处，一针下去，准能打通，使血流立即顺畅起来。

　　明月长老之所以采用针泻法，也不是没有考虑到它的危险性。但若放弃针泻而用药泻的话，像纳哈出这种病和目前的状况，效果肯定不佳，后半生只能在病榻上度过。他是大将，又是统领金山的大帅，金山的人当然希望大丞相健健康康地活着，认为无他不成。经过再三权衡，师太才决定不能用药泻，采用针泻，辅以点穴术和气功遁血祛滞术，然后以独有的秘方加以调治。于是，便在丞相府开出一张用药单子，派人快去取来。草药取来后，明月长老自己炮制、自己煎药，没用用人帮忙。为什么呢？因为此为秘方药，什么时候火要文一些，什么时候火要大一些，到什么时候把哪味药放里，放多少，会出来什么味儿，都是有讲究的，并有秘诀。这样煎出来的药，任何人不知道用的何方以及到底用了什么药。当然，草药是乌迪什派人取回来的，药方子上明明白白地写着是些啥药。可是，明月长老又加进去几味什么药，只有自己知道，其他人无从知晓。

　　各位阿哥，说书人可以告诉你们，后加进去的那几味药，是师太从京师带来的，皆是在东海高山之上采的奇药，就装在娟娟提着的那个小药匣儿里。

　　明月长老为纳哈出针泻、用药，连着忙了两天两夜。第三日清晨，师太才出屋，坐在大堂上，让大家也坐在那儿。众人不明白这是为啥，还不好多问，只能耐心等待。乌迪什估摸着师父可能是累了，从进丞相府一直忙到现在，事无巨细，一切全是她自己办，况且年岁又那么大，哪能吃得消，能不累嘛，也该歇歇了。于是，全都陪坐在侧，屏住呼吸，不敢出声儿。明月长老微闭双目，诵着经文，直到子时正刻，大帐内的纳哈出仍然闭着眼睛昏睡着。

新的一天开始时，奇迹出现了。几天来始终未醒，只能看到呼吸、有口气儿在，连拉屎、撒尿都要用人擦洗，像个死人一样的纳哈出，突然睁开眼睛，仰着脖儿往上看，盯着用各种绢纱做的帷幔屋顶儿，半天不出声儿。听到这个信儿后，正忙着的乌迪什急忙跑过来，见大丞相果然醒了，高兴得跳了起来，不禁连呼真是天大的福佑啊！明月长老手一摆，意思是小声点儿，继续等着、看着。过了一袋烟的工夫，只听纳哈出"哎哟"一声，接下来连着咳了几声，微微抬起头，将一口奇臭的黏痰吐了出来。用人赶忙拿出绢帕给大丞相擦了擦嘴角儿，用小勺儿喂了几口水，又将他轻轻安抚在锦衾之上。少顷，纳哈出再睁眼时，神志已经清醒了，侧过身愣愣地问："我怎么躺下了，咱们不是正在商议南征之事吗？"南征其实是他们的军事秘密，旁边的乌迪什刚想制止，不让讲下去，可是已经来不及了。他看了看周围，没敢言语，心想："大丞相能说话，可太不简单了，那就让他说吧。"众人看着大丞相完全醒过来了，而且能够记忆当时密商军情之事，乐得嘴都闭不上了。纳哈出又问："哎？怪了，我的身子咋躺得这么乏、这么累呢？不是睡了一大觉了吗，咋还困呢？"乌迪什激动得满脸淌泪，忙回道："大丞相，您是睡了一会儿，不是刚刚醒来嘛，一会儿就精神了。谢天谢地呀，是咱们金山之福啊！"田田、扎浑多尔济低头安慰纳哈出："父王，总算醒了。现在好了，没事儿啦！"乃颜扎布等将也围过来，说："丞相啊，丞相，您可把我们吓坏了，这是大难不死、必有后福哇！"还有几个人抱着纳哈出的衾被呜呜地哭了起来。

此刻，纳哈出对自己的一切仍懵然无知，命人搀他坐了起来，向屋内四周仔细看了看。第一眼便看到了常使自己萦绕于怀、端庄秀丽的妙善师父，正一声儿不吭地站在那儿瞅着他呢，纳哈出一眼不眨地盯了好一会儿。其实，他心里早就喜欢娟娟，这点咱们前面没讲。此刻，尽管病刚好，那份儿感情还会流露出来。再往旁边看，多时不见的明月长老也在，很是吃惊，一时不知说什么好，心想："咦，怎么回事儿？啥时候都来了，谁让她俩进入内室的？"

那么，纳哈出对明月长老时进时出、好长时间不在金山怀不怀疑呢？当然怀疑。有没有戒心呢？肯定有。乌迪什见纳哈出看着看着，表情便有点儿不大对劲儿了，像是要发脾气，急忙禀告道："大丞相啊，实话相告吧，您已经昏睡四天四夜了，人事不省。全仗明月长老带着妙善师父亲自赶来诊治，在身边陪了两天两夜，为您诊脉、针灸、炮制草药。经过精心治疗，这才清醒过来，使病情得以好转啊！在此之前，曾请来金山的众郎中，可他们对大丞相的病无能为力，还多亏明月长老妙手回春呢！此乃大丞相的福分，是您的大慈大悲感动了上苍，我们真是万分感谢救命的大恩人哪！"乌迪什凭着三寸不烂之舌，使出浑身解数，把最好听的话都罗列到一起了。他一方面感谢明月长老他们，另一方面是想改变一下纳哈出的情绪，意思是人家救了你的命，就不要再无端发火儿、胡乱猜疑了。纳哈出听乌迪什一说，才如梦方醒，心绪渐渐平稳下来。这时，纳哈出的众妻妾听说大丞相已经明白事儿了，一个个相跟着全来了，围着病榻站了一圈儿，也不管好看不好看了，有的抱着夫君大声儿号啕，有的是又亲又啃，有的索性趴在怀里。她们知道，是明月长老和妙善师父救活了大丞相，纷纷扑通、扑通地跪在地上，给恩人叩头。明月长老和娟娟忙将她们搀扶起来，然后仍退回到太师椅上坐下，闭目养神，她俩实在是太疲劳了。

妻妾们狂喜过后，室内渐渐安静下来。纳哈出欠起身对明月长老说："没承想昏睡了四天四夜，自己竟全然不知。非常感谢大师的救命之恩，你们几次救我于危难之中，此恩、此情将永记不忘。"明月长老忙阻止道："快躺下，请不要过于激动，更不能过早离榻，仍需卧床静养。"然后嘱告乌迪什："大丞相的病情刚刚好转，无关的人尽量不要在此吵嚷，让他稳下心来休息为好。"明月长老的话，不仅乌迪什点头称是，大家也认为说得在理。明月长老站起身来，把煎好的药交给女婢，让按时给大丞相服下，接着又一次叮嘱乌迪什，也是有意当面儿说给纳哈出听："丞相大病微愈，过无恙期，若求机体壮健，必遵老尼所嘱行事。不然，微愈仍可败病，血妄头窍，心血不能守舍，大厦倾覆，神人无力也。一要继续安养，忌怒、忌酒、忌辛、忌淫欲；二是晨昏单房，勿可妻妾陪息。"乌迪什边听边点头，纳哈出亦诺诺应允。明月长老暗中还悄悄儿对乌迪什说："你要派人监护大丞相，这是必需的。倘若有哪个妻妾偷偷来到身边陪宿，必须禁止，否则对身体的恢复不利，此乃关乎丞相生死之大事也。"乌迪什态度十分谦恭，表示一定按大师父盼咐的去做。明月长老将一切交代完毕，刚要离去，只见纳哈出冲乌迪什摆了一下手，乌迪什马上附耳过去，纳哈出小声儿说了几句什么。乌迪什听完，回过头来对明月长老说："为了继续给大丞相治疗，使病体尽快康复，受大丞相之命，请明月长老、妙善、李佑三位师父别再回田田府住了，就住在丞相府，利于随时诊病施治。"之后，令人叫来乃颜扎布将军，命他在大丞相府宅，专门拨出一个院落，请明月长老、妙善师父和李佑居住。三人对此当然是求之不得，一口应承了。

纳哈出丞相府院内幽雅清静，一栋栋的房子宽敞明亮，玉瓦楠木的阁楼参差错落。前些日子，明月长老、娟娟、李佑虽进来过，但来去匆匆，并未容空儿详细观察，只是知道个大概其。说起来，丞相府的整体结构还真是别具一格，在当时的辽东可算是上乘建筑、首屈一指，没有第二家。每栋房子都是用最好的材料建成的，有的是用楠木，有的是用香木，质地细密、坚韧。房顶儿的白瓦更显洁净、恬淡、庄重，光亮好看，完全可以与皇宫大内、王公贵胄的府邸相媲美。咱们姑且不去说这些，单说明月长老、娟娟、李佑由乌迪什陪着，后边跟着乃颜扎布大将军，一起来到专门为三人选出的一处馆舍。此院儿离纳哈出的宅邸很近，在它的侧面，诊病、送药、出进极为方便。夏日，四面有花坛，百蝶翩翩，环境美得很；冬日，亭廊有苍松翠柏，橙绿交映，情调浓得很。三人各居一室，阳光充足，鲜花、游鱼样样儿不缺，漂亮、舒适。田田府与之相比，那就太逊色了，可以说是天壤之别。乌迪什和乃颜扎布将三人安顿完后便离去了，好让他们早些归房歇息。

李佑从到屋里一看，见布置、摆设非同寻常，心想："我长这么大，还没住过如此像样儿的房子呢！"他也不简单哪，那可是大明丞相李善长的侄子、皇上身边之要人李存义的儿子呀！李氏兄弟资财万贯，是当朝富豪之家，连李佑都觉得此建筑自愧不如，你说丞相府的房子该有多好吧！他越看越喜欢，越感到新奇，便想到外面再瞧一瞧，看看房子的朝向是冲南还是冲东、结构是什么样的以及丞相府的整个布局等。于是，他拔腿离屋出门，边走边东瞅瞅、西望望的，为了看得更清楚些，索性爬到长廊顶儿上登高俯瞰。他一看不要紧，却惊喜地发现丞相府的房屋构造十分别致、讲究。不是东一座、西一座挺乱的，而是像一朵花儿的花瓣儿一样摊开来，所有的房子皆以纳哈出住的宅邸为中心。这种建筑风格实在太妙了，很少见到，在金山真称得上是一绝。李佑看得高兴，大呼小叫地跑进娟娟屋里嚷道："师妹，快点儿，赶紧出外看看，咱们的住房可不一般哪！"娟娟问道："师兄，怎么个不一般呀？"李佑说："哎呀，你亲自瞧瞧不就知道了嘛！"说着，也不管娟娟想不想出去，一把便给拉到了屋外。娟娟只好随李佑围着丞相府看了一圈儿，之后，二人去了明月长老的房里。李佑一进屋，迫不及待地告诉明月长老："师太呀，这回可好哇，你猜咱们住到什么地儿来了？是钻到纳哈出的被窝儿里啦！他那套住处所在的位置，居大丞相府的中央，其余房子皆环绕着那座宅子，并且全由走廊连着，互相通气儿。从纳哈出的住处可以到任何一个屋子去，各屋当然是住着他的妻妾们。可以想象，每到晚上，他愿意去哪个屋，就去哪个屋，方便得很。此种独出心裁的设计，师太恐怕没想到吧？我跟师妹瞅了，如果从上面往下看，恰是以丞相府邸为轴心，向四方辐射开来，以长廊相通，美丽、四至、和谐。长廊表面看来是为了防雨雪的，实际主要是为了纳哈出夜里通行更安全、更保暖，即使衣服穿得不多都没关系。哎哟，他可乐坏了，咱们也成了大丞相的妻妾了，夜里想宣召谁，谁立马得去。"明月长老听后，骂道："真是个没正经的，瞎说八道什么？要再嘴无遮拦，我和娟娟可要撵你回南京了！"李佑吓得忙弯腰施礼，请师太息怒，告饶道："徒儿再不敢胡诌了。"

李佑说得没错，纳哈出住的大院落确实很特别，厅房皆有亭廊相连。明月长老对此也十分好奇，时常由娟娟领着出来走走，到各处看看。见冬日的长廊中，竟摆有奇花异木，香飘四溢；室内的窗台上，养着八哥、百灵，更觉有如神仙洞府一般。师太住在丞相府可不是为了享受的，而是每天需细心照料纳哈出，闲暇时还要诵经、打坐。尤其担心纳哈出不能节制淫欲，曾一再嘱咐乌迪什和侍卫们，一定要细心照护大丞相，严行单房，奴婢亦不能与之陪宿。她想，既然让我给纳哈出治疗，为了使他的病体能彻底痊愈，就不能不约法三章。尽管如此，不少爱妾明着表示听话，背地里为奉迎、讨好老丞相，每当半夜三更时分，仍然经过长廊，偷偷与之合欢，而且往往一去就是好几个，都想得到夫君的宠爱，相互争风吃醋。明月长老虽碰到过几次，但也无可奈何，只能暗暗叹气。心想："老尼心意已到，讲得明明白白，听不听是他的事儿，听天由命去吧！"

娟娟、李佑这几天倒是十分高兴、痛快，为什么呢？因为他们总算是真正深入大丞相府，在院内往来如入无人之境，很是自由。不似以前了，还得穿着夜行衣，偷偷地溜进来看一看，马上就得离开，既不好进，又怕有机关暗道，风险很大。如今不用怕了，是纳哈出亲自请进来的，可以随意到处溜达。他们表面是闲逛，实际上是对丞相府进行全面的观察、了解。丞相府的人对娟娟、李佑已不像过去那样防着、看着了，而是刮目相看、尊崇恐之不足。你想啊，谁敢得罪呀？都知道他们是大丞相的救命恩人，现在还每天给看病呢，敢惹吗？个个见面点头哈腰、恭维有礼的，犹如对待"太上皇"一样。诸位大将军，包括全权执掌大丞相府七门总督兵马司的吊眼儿狼乃颜扎布大元帅在内，在娟娟、李佑面前，也只能客客气气的了。

各位阿哥，别人咱不讲，单说乃颜扎布可不一般，是个杀人不眨眼的混世魔王，原来镇守在粟末水，后来到了虎尔哈，是那里的达鲁不花大将军、人统帅。元顺帝朝至正十五年时，虎尔哈部的女真反叛。乃颜扎布率兵镇压，杀死了万名女真兵。大元至正十七年，朱元璋与他血战于常州、宁国、上元，感到是起兵以来第一次遇到的硬仗、恶仗。当时，元朝的大元帅八思尔不花因是元帝的亲戚，故而一向骄纵自满、任意横行，乃颜扎布正是在此人的麾下为将。他再三劝大元帅务要审时度势，不可恣意妄行，并提醒道："朱元璋有勇有谋，兵力很强，身边还有不少谋臣良将。咱不说别人，就说那刘伯温吧，会神机妙算，你能惹得了吗？一定得防着点儿，千万不要上当，只能避实就虚，不能硬拼。眼下元兵的力量越来越弱了，若要存活下来，须想尽办法保存自己的实力。必要时，可以脚板儿抹油，溜之乎也。"八思尔不花哪里听得进他的劝告？啪地一拍桌子，瞪着眼睛大骂道："好哇，乃颜扎布，你吃君禄不识报君恩，倒想像那些胆小鬼开小差溜之乎也？要不是在当前军情紧急之时，非斩了你不可！然后把人头高挂，以儆效尤！"乃颜扎布吓得再不敢出声儿了。于是，八思尔不花便在宁国、上元一带，同朱元璋的大将徐达、胡大海、常遇春等拼死征杀，连战了不少天，元兵节节败退。这时，乃颜扎布一看形势不妙，当即偷偷带领一部分兵马躲进了山谷。八思尔不花由于硬拼，所率之兵被打得落花流水，只好仓皇逃窜，自己的命差点儿没了，而乃颜扎布带走的兵马却保存了下来。八思尔不花从此一蹶不振、忧愁郁闷、气冲头顶，两年后七窍出血而亡。

当朱元璋率领众兵将打败了八思尔不花、认为胜券在握的时候，乃颜扎布突然带兵从山谷中冲了出来，包围了胡大海、常遇春，杀死兵将一千余人，使明军损失甚重。此为朱元璋自起事以来，受到的一次最大的失利、最惨痛的教训。说实在的，他一直是乘胜前进、所向披靡的，没承想却让乃颜扎布从背后捅了一刀，肠子都悔青了。乃颜扎布之名很快为朱元璋义兵所知，其声威盛传北国，远比扩廓帖木儿、纳哈出要高。因为上元一仗，元帝曾赐金鞍马厚赏乃颜扎布，并召至身边护驾，随着到了应昌。后来，元帝腹泻而死，乃颜扎布在元朝的内讧中被排挤出来，拨去镇守察哈尔。名声虽不及以前大了，但所打过的那些大仗无人不知、无人不晓。这不，他又经恭格拉的推荐，被纳哈出召来金山，授以重任，成为与乌迪什并肩的佐臣。

乃颜扎布有远谋，武功高强，明月长老和娟娟都知道。不过看他现在的样子，可没有以前那么威风了。尽管如此，这小子仍很鬼道，表面上，对明月长老、娟娟、李佑听之任之，诺诺称是；暗地里，却派兵丁装扮成府内佣工杂役，在他们身后窥测动向，严加防范。娟娟与李佑合计了半天，认为即便有乃颜扎布的秘密监视，也一定要设法接近东南角儿的月牙楼。因于府内观察此楼，远比在金山城外的馒头山上远眺清楚，亦安全得多。乃颜扎布终究是一位久经沙场的老将，凶狠狡诈、老奸巨猾，为防有人打月牙楼的主意，便在月牙楼周围容易藏身的地方，派了重兵把守，外人根本无法接近，控制得相当严。这下麻烦了，令娟娟和李佑十分犯难，只要往月牙楼那儿一走，总能碰到巡逻的兵丁，曾两次被乃颜扎布在月牙楼附近堵住过。乃颜扎布见到他俩后，既不发火，又不正言厉色，而是主动施礼道："二位师父，想必是劳累过度，来此闲游散心的。如果有雅兴的话，我可命府中歌妓为师父献艺，以解郁闷之心啊！"就这样，硬是把娟娟和李佑送回到他们的住处。乃颜扎布采取的不生气、不动怒、和颜悦色、毕恭毕敬的软招子，还真是让你说不出什么来，一时无法应对。

过了不长时间，纳哈出的病痊愈了，立马振作起来，天天饮酒作乐，谈笑风生。人就是这样，精神一好，所有的怪癖、旧习便容易随之复萌，纳哈出当然不例外。自从康复以后，他每日三餐皆请明月长老、娟娟、李佑作陪。借此机会，明月长老常讲一些佛经故事引导他，纳哈出很爱听，也能接受。如明月长老给他讲，若想长生，则必须少食动物油脂之类荤肴，多食蔬菜等清淡之食。因为蔬菜可润肠醒脑，有延长寿命的功效。纳哈出听了以后，很是信服，真的按照大师说的做了，喜食素斋。看来，这些他不但能做到，而且做得挺好。唯有一事难以忌口，即好美色。凡成大业者，须首扼色关。万恶色中生，万祸色为源，而纳哈出却改不了此恶习。明月长老早已看透其禀性，认为他是权力狂、色欲狂，一向对权色鬼迷心窍，因而成不了大器。论权势，纳哈出仅逊于元朝已亡的顺帝，坐镇金山一隅，像个偏安的小朝廷，只是没有正名的"家天子"而已；就色欲而言，他妻妾成群，天天呼来唤去，云情雨意不断，仍然不满足。最令明月长老鄙视、心中暗笑的是，纳哈出竟癞蛤蟆想吃天鹅肉，在每日进膳的餐桌上，你说怪不怪，那双眼睛根本不盯着饭菜，那盯谁呢？盯起了明月长老的心尖儿宝贝妙善居士！他老是斜眼儿瞄着娟娟，在脸上扫来扫去的，甚至用起了眉目传情的招儿。把李佑看得是万分有气、抓耳挠腮、直蹉地跺脚！并由气而恨，攥着拳头欲狠捶纳哈出几下，让老色狼猛醒过来。只是碍着明月长老一次次地使劲儿瞪他，才不敢造次。

那么，纳哈出的种种表现，娟娟心里明白不？明白。说来，姑娘也不小了，什么不懂啊？早已感到纳哈出对自己有一种特殊的情意。还是在罗锅哨审豁鼻马的时候，纳哈出已经表露出格外的好感，不仅不追究她的过错，还一味奉迎。由于娟娟的袒护，田田亦未被申斥。当时田田便说："娟娟姐姐，我看父王对你有意，以后可要小心点儿。当初他看咱们母亲的眼神儿，同现在看你的眼神儿一模一样。"娟娟当即嗔怒，申斥道："说哪里话？再敢胡猜，看不掌你的嘴！"吓得田田吐了一下舌头，没敢出声儿。即使这样，田田仍忍不住，告诉娟娟："姐姐，父王每次与我共同议事时，没有一次不夸你的。总是挂在心上、流露在嘴上，看起来，他真的挺在意姐姐。"其实，这些娟娟早已看得一清二楚，只是佯装视而不见、充耳不闻，有一定之规就是了。在纳哈出面前，不管你是暗送秋波也好，眉目传情也罢，无论你如何的夸奖、怎样的奉承，娟娟干脆来个不屑一顾，摆出一副严肃、端庄的神态，双目如剑，令纳哈出震慑，不敢说出半点儿失礼之言。

然而，尽管娟娟冷若冰霜，仍阻止不了纳哈出的单相思。这不，由于明月长老给他治好了昏厥症，他便以感谢为名，不仅一日三餐要同明月长老、娟娟、李佑一块儿用，还命女婢送过去两千两白银，分赏给明月长老和李佑，赏赐给娟娟的，则是江南金丝绢缎五十匹、玉镯四对儿、金簪十副。没过三天，纳哈出又命女婢送去三尊和田玉雕，赐明月长老的，是一尊三尺高的和田白玉观音；赐李佑的，是一尊三尺高和田玉雕的善财童子；而赐给娟娟的，则是一尊五尺高的和田西施浣纱玉雕。每次的赏赐，娟娟所得之物，无论是数量还是质地，皆超过明月长老和李佑的。从中可以看出，纳哈出绞尽脑汁讨好娟娟，真称得上是用心良苦哇！大家对此心照不宣。李佑气得实在憋不住了，直想把那善财童子玉雕砸个粉碎，再扔到院子里去！他心里这么寻思着，眼睛却瞅着娟娟喊开了："什么狗屁和田玉雕，不摔了留着干啥？纯粹是黄鼠狼给鸡拜年，没安好心！师妹，不是师兄说你，可要好好儿把握自己，千万别因小失大呀！"娟娟是怎么个态度呢？权当没听到，轻轻抚摸着纳哈出赐给的玉雕和丝绢，表露出一副爱不释手的样子，好像一点儿没理会李佑说的话，气得他快发疯了，天天干搓手、瞪眼、瞎嚷嚷。明月长老对此是有数的，因为娟娟心中的秘密全跟师太说过，只是从未向师兄袒露过而已。你想啊，一个纯真少女怎好把啥都告诉不相干的大男人呀？李佑完全是多此一举，净为娟娟操没用的心。每当他跳老虎神时，明月长老只能劝道："李佑啊，说什么蠢话，干吗毁了那些财宝呢？咱们不要，还可用它救济穷人嘛！"

就娟娟的内心而言，早对纳哈出的无耻行径深恶痛绝了，害母之仇没找他报呢，又对自己有非分之想，岂能忍受？可眼下为了寻找生母的下落，为了东征军务的需要，仍要利用他、靠近他，以便摸清情况。所以，她尽管恨得咬牙切齿，却只能强压怒火，必要时，不得不扮作笑脸儿。应该说，纳哈出为感谢大师的救命之恩也好，还是为了便于继续治疗甚或别有用心也罢，主动将师徒三人留在丞相府内居住，对一直想摸清丞相府邸秘事的娟娟来说，无论如何是一件梦寐以求的好事儿，也是天公作美呀，在探明金山的路上，步步升级、步步得喜。三人先住田田府，不久便进入金山内城，后来又在金山调换管制人员、更改令牌、任用许多新将的情况下，由于纳哈出一场大病，使他们有机会被破例地请到大丞相的睡榻边，顺理成章地住进了金山的心脏之地，逼近纳哈出。此乃何等千载难逢的好机遇啊，连我说书人都禁不住为主人公娟娟万分庆幸！

一天，纳哈出到明月长老和娟娟住处探望。娟娟知道他为什么来，不过是些病情之类的老生常谈，便没搭讪，进到内室去了，只有明月长老接待了他。纳哈出笑着说："大师，我的身体已完全恢复，近日因有要事外出远行，不知可否？"明月长老给他把把脉，又看了看舌苔，对能不能远行未置可否。随来的男仆介绍道："丞相近半月便走平和通畅，尿水不黄不白，夜间没有突然遗精之事。腰不酸痛，走起路来腿脚也较前有劲儿了。"明月长老听后，讲解了还需接着治疗一段时间的原因，并给纳哈出针灸肾盂诸穴。一个时辰后，纳哈出力邀大师与妙善、李佑同他一起赏游新修筑的假山和花庭，再去舞花厅中观赏仕女剑舞。明月长老遂将娟娟、李佑唤了出来，告知了此事。娟娟不想去，李佑也执意不肯，对纳哈出表现得非常冷淡。明月长老暗中向娟娟使了个眼色，娟娟会意，才又同意了。李佑见娟娟要去，马上表示可陪着同去，哪知却被明月长老给挡驾了："李佑，你别去了，留在家里抓紧捣药吧。"李佑听师太一说，当时就像一个泄了气的皮球，瘪了，暗暗唉声叹气，心想："这是怎么了，老老少少全鬼迷心窍了不成？不是明摆着的陷阱嘛，为什么非要把师妹推下去？哎呀，我的天哪！师太怎么能不制止呢，岂不是老糊涂了吗？"

李佑一腔妒意，低头猛力捣药不提。单说纳哈出领着娟娟、明月长老出了住所，向假山花亭处走去。此次出门，娟娟没有着尼姑袍服，而是换上了北极白狐镶边儿的红天鹅血色金丝斗篷，内罩江南少女喜穿的彩绢花条儿坎肩儿，下身儿穿的是粉缎百蝶团角仕女绣裤，头上戴着王昭君彩穗儿风帽。如果不仔细辨认，谁也想象不到竟然是妙善居士！自从到辽东以来，娟娟从未穿过这套衣裳，还是被朱元璋封为秉仁公主时，马皇后赏赐给她的呢！只在授封大典上穿过一次。娟娟特意把衣裳带到辽东，时不时地拿出来看看，以慰藉思念皇娘之心。今日，明月长老再三叮嘱她定要穿上皇后赏的那套衣裳，你说李佑能不有意见、不气恼难耐吗？纳哈出看了打扮起来的娟娟，可高兴坏了，偷偷一眼接一眼地瞅哇，眼珠儿不停地转来转去，几乎快要神魂颠倒啦！认为金山乃至辽东，包括黄河以北诸地，再没有比妙善师父更艳丽的人了，她不就是当代的昭君、貂蝉、金山的西施吗？纳哈出以前没见娟娟穿过漂亮的衣裳，以为不会有什么像样儿的服饰。今天突然一穿起来，显得格外俊秀、高贵、典雅，况且又与他同行，心里就别提有多乐了。那是越看越美、越看越爱，恨不得一下子将娟娟搂在怀里。从娟娟的脸庞看，他似乎见到了一个非常熟悉的美人，心里琢磨着："怪了，她咋这么像某个人呀？到底像谁呢？"冷不丁想起来了："对呀，很像失去多年的楚绣绣！你看那脸形、眉毛、眼睛、鼻子，还有那张小嘴儿，真是太像了，越看越像，似乎是楚绣绣在眼前！"甚至觉得楚绣绣也没娟娟年少艳美、动人魂魄！纳哈出紧跟着娟娟，想法儿靠近她。而娟娟却大步流星地一直走在前面，头都不回一下，内心憎恶死身后的老鬼了，恨他真是色胆包天，竟敢打我秉仁公主的主意，简直让人恶心！若不是为了寻找生母，为大明的军务之需，早就一刀了断老狗的性命了！

娟娟走了一阵儿，越走越来气，心想："我怎么能跟一个色眯眯的仇人相伴呢？凭啥呀，绝不能！分明是仰仗权势，欺人太甚！"一怒之下，竟忘记师太的嘱咐了，突然转过身来，疾步径直往回走。纳哈出当即一愣，想予以阻拦，以便问明缘由，娟娟理都不理。明月长老见此，知道这孩子的拗劲儿又上来了，在路上还不便说什么，只好跟着回来了。娟娟前脚儿刚一迈进屋，便再也忍不住了，把头藏在师太的怀里放声儿哭了起来。而此刻愣被娟娟晾在半道儿的纳哈出咋样了呢？无奈之下，只好讪不搭地一个人回到了自己的住处。纳哈出进了屋，那是气血冲顶啊！拿起茶杯就摔，见到东西就砸，哐啷一脚把桌案踢翻了，将床上的被子全扬了。众奴婢见大丞相大发雷霆，吓得瑟瑟发抖，跪了一地，不知无名之火缘何而起。

单说明月长老、娟娟、李佑所住之处，这些日子田田来过几次。自从与师太、姐姐、李佑分开后，时常想念他们，得空儿便想进丞相府一侧探视。尽管田田是金山大帐掌印大将军，却不是可以随意进出的。萨家奴更不用说，也是无法入内攀谈。为什么会这样呢？因为丞相府现在有七门总督兵马司乃颜扎布大元帅把守。此人做起事来特别认真，派兵丁分班巡查，严令不得有误。娟娟他们虽然住在纳哈出丞相府一侧，进出如入无人之境，但架不住乃颜扎布的巡兵看得紧呀！你刚想去哪儿，兵丁的眼睛立刻跟到哪儿，离不开这些人的视野之内，极为不便，感到像与世隔绝一般。特别是李佑，在屋里待不住，天天都想出去，好顺便了解些情况，然而十分困难。他曾不止一次地发牢骚，吵着说纳哈出的病已经治好了，咱们正好借此赶紧出去，再住下去，还不得把人憋死！他更看不上纳哈出那一双贼眼总盯着师妹，有事儿没事儿地找借口在娟娟面前晃来晃去的，一看就让人气不打一处来。

其实，娟娟和明月长老也不愿在丞相府院儿里住，只因为想要摸一摸丞相府的底细，特别是月牙楼的内情，才不得已而为之。可住进丞相府七天了，虽然掌握了一些情况，但无法进一步弄清月牙楼。明月长老几次单独找娟娟秘密合计过，并没找李佑，不是信不着他，人倒是挺可靠的。不过有时太冒失，脾气不好，不是看不上这个就是瞧不上那个的，天天嚷着要离开。对这样的人，有些话不必讲得那么清楚，让他在迷蒙之中跟着干或许更好。另外，还有个好处，即不易被纳哈出察觉。明月长老在与娟娟的一次商议中，曾暗示徒儿，要利用纳哈出的心思，张开罗网，钓一条大鱼。师太的安排，李佑哪里知道？娟娟聪明得很，明白了师太的用心，便主动与之配合，找机会予以实施，终未成行。下一步该如何办呢？娟娟一时没有想好，内心十分焦躁。尤其是听说纳哈出近日将外巡，目的很清楚，针对辽阳去的。当然，其中更详细的情况，现在还没摸得那么准。再者，纳哈出对月牙楼究竟掌握多少、与曾家奴有什么进一步的密谋，到底想干些啥，都不得而知，你说娟娟能不急吗？

如果能想办法抓到纳哈出的哪怕一点点破绽，从而破解一宗宗迷津，也算没白来一趟丞相府。从时间上看，是没希望了。因为纳哈出的病已经痊愈，继续在此待下去，已毫无意义。何况明月长老后来也想早点儿搬出去，仍回田田那儿住。田田自然会很高兴，早盼着他们回来呢！于是，离开丞相府这件事儿就算定了。

一天，明月长老、李佑由田田陪同，到纳哈出处告别。当听说三人要搬出去，仍回住到田田府，纳哈出感到很意外，无论如何不让走，苦苦挽留道："是不是我的家人照顾不周，或是下人有得罪师父之处？还是本人礼貌待人尚欠，有使各位不满意的地方？既然进了府中，就要安心住着。你们是我的救命恩人，倘若搬出去，再传扬开，有损本丞相的脸面。人们会认为纳哈出是不容人之人，是知恩不报、忘恩负义之人，恳请三位师父务必给个面子。"说着，转过头来，冲田田训斥道："田田多尔济，咋这么不懂事儿呢，惹父王生怒？也不动脑想一想，哪能往你那儿接呢，应劝师父继续留在丞相府才是呀！"弄得田田手足无措、无言以对。还是明月长老反应快，笑了笑，说道："大丞相把话说远了不是？我们尽管不住丞相府了，可并没有走出金山呀，还在你的身边嘛。大丞相是知道的，出家之人，以天下之苦为苦，以天下之乐为乐。我们搬出去，既可为更多的人治病，除除小疾，又可帮着你照看金山的众兵民，使他们安居乐业，难道不好吗？不正是帮助了大丞相排除忧虑、减轻负担嘛！若久住丞相府，由于出入十分不便，不易及时为当地兵民看病。以后大丞相只要有事儿，随时吩咐，我们随叫随到就是了。我相信，大丞相是最明事理之人，当然亦能体谅别人，一定会想到老尼心里去的。"明月长老的一番话，弄得纳哈出一时不知说什么才好，虽然非常不愿意让他们走，但又不好继续留住于此。

说实在话，纳哈出表面上是留众人，其实是舍不得娟娟走，却又说不出口。经明月长老这么一讲，也没办法了，再找不出什么理由不让走，只好答应。然而还是一再相请，希望三位在府中住最后一宿，明日上午让田田来车轿接师父去田府。明月长老、娟娟、李佑三人对纳哈出死乞白赖地挽留很是无奈，非得急着当日搬出吧，显得有些过分，只好耐着性子答应再住一宿。下午，纳哈出决定，设晚宴和夜宴，以答谢明月长老、娟娟和李佑三人，宴席由乌迪什右丞相和相府七门总督兵马司大元帅乃颜扎布主办。

一般来说，在当时，通常是晚宴和夜宴连续进行，从下午的申时开始，到第二天的申时宴毕，这叫对碰宴。也有的是从申时开始，到第二天的卯时或辰时止，叫半对碰宴。宴席的时间挺长，通常情况下，席面儿要上十九道大菜，此次备的则是海鲜牛羊大菜。大宴中间，安排歌舞助兴，边唱边舞，你是吃喝也好、玩儿也好，分外热闹。纳哈出为让娟娟他们尽兴，还令特别能喝酒的乌迪什、乃颜扎布等人相陪。宴会办得很是讲究、气派，可能把大丞相府里最贵重的珍馐、最新鲜的美味全都拿出来了，亮出了看家本事。明月长老年岁已高，又是出家之人，只吃了几样儿素菜和果类，便早早退席，回到寝处去了。纳哈出、乌迪什、乃颜扎布等人见老人家已走，遂蛮有兴致地继续陪着妙善居士和李佑饮宴赏舞。娟娟坐了一会儿，实在看不了纳哈出那副百般献媚、令人作呕的嘴脸，更看不上乌迪什等人处处阿谀奉迎、丑态百出的奴才相，就借故身体不适、偶感风寒而推辞离席，不过临走时，没忘了有意扫了纳哈出一眼。

此时的纳哈出，见自己最心爱、最想陪伴的娟娟离席而去了，感到很是失落，刚才还呼号狂喊、饮酒划拳呢，这会儿马上对一切没了兴趣，想离席却没能立即走开。为什么呢？那李佑愣是瞟着他，一定要同大丞相喝酒。前书咱们多次讲过，李佑是个公子哥儿，享受惯了，好吃好喝的，特别是应酬上很有两下子，能喝酒，谁也比不了，喝到份儿了还异常兴奋。当时他心里话："好小子，今天让本爷爷来对付你们几个。不是想喝吗？那好，咱们比试比试，看谁能喝过谁，最后让你们全趴下。非如此，我就不姓李！"说实在的，纳哈出真是不怎么能喝，只得靠乌迪什、乃颜扎布替他抵挡。李佑心想："纳哈出，看我怎么收拾你。竟敢不知天高地厚地耍我师妹，休想！今天爷爷可抓住你不放了，非喝不结。不是张罗着要比嘛，咱俩一对一地喝、对缝儿咽，你说喝到啥时候，咱他妈就喝到啥时候，今天碰不完明天接着碰。反正我是这边喝下去，那边尿出去，撒完了再喝，没事儿！"之后，李佑便与纳哈出等人没完没了地周旋，连行酒令带划拳的，也不知酒宴何时方休，一杯接一杯地一直喝下去。

再说娟娟回来以后，没进自己的房间，而是先去看望了明月长老，见师太正手持佛珠、闭目诵经呢，遂脚步轻轻地走到身边。明月长老感觉到有人进屋了，睁眼一看，见是娟娟回来了，便拉她坐下，说道："孩子，难为你了。回来得对，只要有佛心，才能俗尘不染。今天答应前去赴宴，我寻思或许能趁在丞相府突然抓住某个意想不到的机会，实施我们的计划，争取主动，遗憾的是时机仍没有来。不过别急，既然回来了，就早些歇息去吧。"也不知为什么，娟娟今天觉得特别孤单，非缠磨着明月长老，说在丞相府的最后一宿不自己睡，想与师太同住。明月长老轻拍了她一下道："这孩子，纯粹是让我给宠坏了，老大不小的了，晚上还要搂着师太睡。将来有一天我圆寂归天了，你还不睡觉了？咳，真拿你没办法。"娟娟撒娇地说："师太，您老人家长生不老，会天天搂着小娟娟睡觉的！"边说，边拉着明月长老的胳膊，笑着拽到自己住的那间幽雅的卧室中去了。

娟娟的卧室布局十分讲究，与纳哈出的住室挨得最近。听用人传言，此屋原是大妃与楚美人住过的，楚美人失宠疯了后，一直空闲着。离纳哈出住室稍远的是明月长老的屋，离得最远的便是李佑的卧房了。李佑对此常发牢骚："纳哈出就是好亲近女色。只因我是个男子汉，对他没用，所以才甩出这么远。娟娟师妹，你可悬乎，要多多当心哪，弄不好会把你当成他的贵妃了。"娟娟狠狠地申斥了李佑一顿，又连续捶了好几下子才算解了恨。不过她心里有数，认为师兄的提醒不无道理，故而早做了防范。

娟娟与师太躺在被窝儿里聊了一阵儿。到了丑时初刻，明月长老说："行了，再过几个钟头天就亮了，睡吧。""噢，那我睡了。"娟娟边答应着，边听话地把身子翻了过去。二人刚刚入睡，突然，挨着纳哈出住室那面的墙壁一侧有"唰唰"的声响，声音微小，一般人不注意是很难听到的。不一会儿，墙出了一道缝隙，缝隙随着"唰唰"声越来越大，竟变成了一扇门！原来这个房间的墙壁有暗设的机关，机关一动，完整的墙便可以自然分合，肯定是丞相府里特设之暗道机关的一部分。随着门开，忽地跳进一个人来，走道趔趔趄趄的，喘气儿粗重，呼出一股酒味儿，向睡榻边慢慢摸了去。看来此人对屋内所有的陈设相当熟悉，尽管夜已深，屋内漆黑一片，又在醉酒之中，却丝毫没有碰到四周摆设的衣柜、桌椅等物。

那么，躺在锦帐帘儿中睡榻上的明月长老和娟娟知不知道屋里进来人了呢？难道真睡得那么死，一点儿没有察觉吗？不是的。明月长老那是久在外地云游之人，又是得道高僧，什么声音能瞒得过她？娟娟的年纪是不大，经历的事儿不多，经验自然没有师太丰富。不过可别忘了，她是明月长老的弟子，对武林方面的知识全都知晓，生活经验还算有一定的积累，何况老人家经常不断地耳提面命呢！另外，他们对金山大寨早就做了探访，加上豁鼻马将军等人介绍过大寨的一些情况，自己也到处打听，间接耳闻不少。娟娟、李佑不是还曾乘黎明时分，闯入丞相府，除掉了都布多尔济、救出了叶旺将军吗？应该说，对丞相府的路径比较熟悉了。再说了，师徒三人好不容易逢良机住进了丞相府，哪能闲着呢？已不失时机地多方注意、处处谨慎小心地做了些秘密探查，掌握了较前更多的情况。如今，三人只是对丞相府较细密的东西了解得还不够，很想找机会能知道得再详细一些。

自打三人有幸住进了丞相府，多次明察暗访了府内的构建特点和诸种设施。特别是对月牙楼的情况，包括从哪条道儿去、周围有何设防、布置了多少兵勇等，一一做了调查，并且听说了丞相府内有不少的暗道机关。平日里，明月长老见李佑只要一待下来，就是一副屋脊六兽、闲饥难忍的样子，索性把摸清暗道机关之任交给他了，叮嘱要佯装闲逛，多做了解。你还别说，李佑真是挺尽心地密查了，天天看起来是无精打采地吹着口哨儿，闲来无事，实际上是这儿走走、那儿看看，遇着墙壁或奇异的角落便东摸摸、西敲敲的。由于李佑到处乱闯，被丞相府的七门总督兵马司大元帅吊眼儿狼乃颜扎布碰到过几次。虽然大元帅没因此发火，客气地将他送回了住处，但明月长老仍有些担心，嘱咐娟娟要好言劝劝师兄，今后多加小心才是。李佑不仅白天逛，夜晚出来的次数也不少，有时出外解完小手，还要四处走一气儿，不少人以为他有夜游症呢！李佑则将错就错，言称早先患有夜游症。明月长老亦顺杆儿爬，说他确有此病，治了好长时间未见好，一再唉声叹气地表示要设法治愈，装得倒挺像。

李佑这些天总算没白跑，真的查出了丞相府的墙壁有暗道机关。怎么查出来的呢？前面讲了，丞相府中有门，有长廊，装饰得很漂亮。可是李佑发现，暗地里纳哈出却很少从这些门与长廊中通过，而是走暗道。暗道可直通他卧房周围各个辐射形的花厅，又可进入各个妻妾的住室。就是说，不论是纳哈出明媒正娶的，还是被骗来和掠来的女子，只要把你安置在辐射形的花厅之内，夜间他便可以神不知、鬼不觉地走进去，对那些女子进行奸淫或是双铺双息。当然，不排除把自己认为不听话的异己引入花厅，暗暗除之，然后再秘密地从暗道中将其弄走，一个大活人竟在光天化日之下，活不见人、死不见尸了，令人不寒而栗呀！明月长老听李佑讲的情况后，暗暗佩服机关暗道的设置可谓上乘之作，连经验丰富的武林高手也未必能察觉，故而嘱咐娟娟要倍加警觉，夜晚不能熟睡，静待中以备不虞。

娟娟本是个机智灵敏、心眼儿又多的女孩儿。她想，既然如此，我们不妨来个引蛇出洞，抓住七寸痛打之。于是，她开始对纳哈出平时见到自己的那副眉飞色舞的丑态，装作视而不见、一概不知、大大咧咧的样子。她尽管内心万分厌恶，表面上却摆出一副十分温柔的姿态，令纳哈出欲罢不能。娟娟心急如焚哪，眼看要搬出丞相府了，可到现在还有好多事儿没弄明白呢！真是坐也不是、站也不是，急得偷着跟明月长老边哭边说："师太，难道咱们就这样白白进了丞相府一回，什么都没闹清楚便离开了？母亲疯走失案还得沉积到何年？月牙楼之谜什么时候才能破解呀？"明月长老抚摸着娟娟的头，轻声儿安慰道："孩子，要有耐心。遇事不要急，心急吃不了热豆腐，放长线钓大鱼嘛，按我的话办就是了。你没注意吗？纳哈出已经上钩了！放心吧，肯定能钓住他。"看来，明月长老倒是蛮有把握的。

娟娟听了师太的话以后，心中顿觉轻松了不少，劲头儿又足了，寻思着："对呀，光着急没有半点儿用。还是应不放过任何机会，想方设法吸引纳哈出这条大鱼，让他抓住钩儿不放。只有这样，才能通过他的嘴，早日解开金山的一切迷津。"正因如此，晚上去赴宴时，明月长老便让娟娟穿上马皇后赏赐的凤冠霞帔，娟娟自然明白其中的含意。她在宴会上那副美丽娇羞、楚楚动人的样子，完全是做戏给纳哈出看的，看得纳哈出是两眼发直、神魂颠倒、摸不着北啦！后来，娟娟谎称身体不适、起身要离席时，不是还故意看了纳哈出一眼吗？目的是让纳哈出想着她、惦着她，甚至马上想亲近她。纳哈出当时就蒙圈了，头也晕了，认为娟娟对他真的有情有义，可转念一想娟娟平时见到他的那种高傲、严肃、冷厉的目光及其秉性，又有点儿心里没底、吃不准了。其实，此举正是明月长老采取的一计，诱纳哈出早日出手，因为已经没有时间与他磨下去了。

纳哈出在晚宴和夜宴上，由于李佑的故意苦劝，便多喝了几杯。也不知是酒催人兴奋，还是人借酒劲儿，反正他是豁出去了，孤注一掷。不然，明宵美女要离府了，今天晚上不动手，还待何时？心中暗想，凭我对妙善的一片痴情，她又是那副柔情似水的样子，弄到手不是没有可能。所以，在娟娟离席时，纳哈出马上就想跟出来。可李佑却死死缠着不放，使得他特别有气，还不能表露出来。尽管人在酒桌上，心却早已离开了夜宴，飞到心中的美人娟娟那儿去了，最终总算以不胜酒力而迷迷瞪瞪地提前溜了出来。

纳哈出回到自己的住处后，急不可待地捻动了暗道机关，闯入了娟娟的卧室。明月长老和娟娟在墙体一动时，立马听到了声音，知道肯定是纳哈出这条毒蛇出洞了！娟娟刚要坐起来，被明月长老轻轻摁住，不让动，示意她半闭眼睛装睡，两耳仔细倾听动静。纳哈出对大妃和楚美人住过的屋子实在是太熟悉了，进来后，再也等不了啦，真是馋涎欲滴呀，径直扑向睡榻，伸手去摸炕上的美人。说时迟，那时快，恰在这个当口儿，一件东西突然从顶棚啪嚓一声落下，刚好将纳哈出罩在里边了。是件什么呢？原来是明月长老早就装好的扣天皮网！皮网一落下，纳哈出当时一惊，心想，不好！赶紧用手去挡。可那网很有意思，你一动，它便收缩。你越不停地扭动，它则随着扭动而越缩越紧、越缩越小。此时的纳哈出正是这样，越着急就越想动，皮网当然越收缩，脑袋只好随之往下缩，双手很快被紧箍起来，接着一个跟头摔倒在地上了。只几秒钟的工夫，皮网已将他裹缠成球儿了。纳哈出在皮网里憋得哎呀哎呀地直哼哼，连忙说："妙善师父，我是大丞相啊！不要怕，不要怕，是特意看你来了。因天天想得实在忍不住，才贸然而来，千万手下留情啊，快放开我吧！"就在此时，室内的油灯呼啦全亮了。纳哈出从网罩里往外一瞥，可吓坏了！你当他瞅着谁？第一眼看到的是李佑！心里好个纳闷儿呀："咦？怪了，怎么会是这小子呢？"

怎么回事儿呢？原来宴会开始前，明月长老已交代李佑注意纳哈出的一言一行、一举一动，并可伺机行事。在夜宴进行过程中，别看李佑表面上咋咋呼呼地喝了不少酒，他可有量啊，暗地里那双眼睛始终盯着纳哈出呢！他见纳哈出一开溜，知道机会来了，立马把酒杯一撂，悄没声儿地跟了出来，把那些与他喝酒的人都晒在餐厅了。李佑走得快呀，一出来，便快速绕到因酒喝得多点儿而晃晃荡荡往回走的纳哈出前面，到了住地，进了娟娟的屋，按明月长老的布置，先行把网张开，等待纳哈出来时就下手。这个大皮扣网，是早在娟娟住进没几天，明月长老让李佑给装好了的，专等抓黑贼，只是在此之前没向李佑明说罢了。今天，纳哈出果然用上了，可谓名副其实的落网啦！

纳哈出一见李佑在，心想："这下完了，一切全完了，我算吃了大亏了。看来他们早有准备，算计好了要设皮扣网抓我呀！"抬头一看，见锦帐大帘儿之内的卧榻上，不仅有娟娟，还有明月长老，而且两人都身着完整，怒目横眉地望着他。李佑则站在地上，手中仗剑，直指他的鼻尖儿，那张脸上分明写着："老鬼呀，等了你多长时间了，今天到底让我给逮着啦！"他懊恼极了，心想："我纳哈出久战大江南北，什么样的英雄没会过？堂堂金山的大丞相、太尉，今天竟栽在这么几个人手里，成了他们的阶下囚，遭了暗算，主动跳进了事先设计好的陷阱之中了，也太窝囊！"越想越生气，在网中低着头，不出声儿。

这时，明月长老下了地，穿上鞋，然后冲纳哈出朗声儿说道："大丞相，我们一向以金山为家，无论对你还是对金山，从没有丝毫的造次之举。大丞相的几次危难，都是老尼及徒儿们舍身相救的，应该说是尽力了。反过来，你却心存不轨，竟想戏弄进而伸手夺我的弟子妙善居士，也太不仗义了吧，到底安的什么心？想没想过，你身为一个父辈之人，可妙善呢，是前不久才过了十六岁生日的孩子！怎么能对她下手？难道利令智昏到如此地步了吗？俗话讲得好，兔子不吃窝边草，你咋做的？已经妻妾成群了，还奢求身边帮助过你的出家之人，这不是丧尽天良吗？纳哈出，当着真人不说假话，老尼早看出你是不可救药之人。不管如何相帮，却始终心存疑虑，从未信任过我们。我和徒儿对此不得不做准备，自从进到丞相府，一直担心被暗算，每晚只好以'一粒丹'相伴，防备你们夜里下迷魂药而被缚。也觉察出府中居室墙中装有暗道机关，故在妙善室内备下了扣天网，任何人只要进入居室，必被擒拿，看来真是设置对了！纳哈出，你是个地地道道的狼心狗肺、男盗女娼之辈。若是正道人家，哪有密设机关暗道之理？我不明白，为何非做见不得世面的匪类巨盗所干之勾当呢？本身为一朝之丞相，雄心勃勃，口口声声要重造大元天下。可此等所作所为能得人心嘛，人心失，尔何得天下？常言道：'得道者多助，失道者寡助。'你就是那失道之徒，已堕落成一个匪类，成为孤家寡人了。老尼看得明明白白的，金山之业不会长久，很快将会寿终正寝，像我们这样的人必须马上远离此地！"站在一旁的李佑厉声儿道："师太，少跟人面兽心的色狼费口舌，他根本不懂人语。干脆一剑结果算了，金山便平息了，他可是自投罗网！"说着，举起手中的剑，做出要砍下去的样子。可把纳哈出吓坏了，当时汗就下来了，带着哭腔儿哀告道："师父，师父，手下留情，手下留情啊！我对妙善居士完全是出自诚心，是真喜欢、爱慕她呀！各位如果愿意，欢迎永住金山，本丞相会给以供奉的。明月长老，请您相信，一定为大师在金山重造佛寺，纳哈出是说话算数的！"

　　明月长老和娟娟听了纳哈出的话后，对视一笑，知道大鱼终于上钩了，近些天来，心里急一阵愁一阵的，总算有个好的结果。但他们十分清楚，这条鱼不是那么好摆弄的，何况又是在他的老巢之内。今晚因为有夜宴，所以大家忙了半宿，酒喝了不少，院内的人多半已睡过去了。外头的护兵一般不进内院儿，巡逻打更的人，也知今日大丞相有夜宴，个个不敢大声儿说话，走路时脚步放得轻轻的，生怕影响了大丞相的美梦。乃颜扎布是负责保护大丞相的，当然不敢疏忽，得特别注意，加上又有三个外来人住在纳哈出一侧，越发小心，生怕出事儿。正是由于明月长老早把一切全考虑到了，故而跟娟娟说："既然已经把鱼钓上来了，则必须速决，不能拖，天亮怕不好办了。"此话讲得太对了，夜长梦多呀！幸好在晚宴上，李佑将乃颜扎布灌得够呛，否则早察觉了。他开始不喝，怕喝多了误事儿，徒增没必要的麻烦，后来见不能喝酒的主帅都在李佑的极力相劝下毫无顾忌地放开量喝，这才放心了，遂多喝了不少，以为不会出啥事儿。他还认为自己是后到丞相府的，三位师父早与大丞相认识，又有深交，不至于怎样，便放松了警惕。尽管如此，明月长老还是向娟娟、李佑使了个眼色，意思是务要抓紧。他们考虑到，纳哈出一向要面子，放不下大丞相、太尉的架子。那么，不妨抓他的短处，对症下药。另外，采取的策略要适度，既不能过硬，又不能过软。如若强逼，把人惹急了，可能什么都得不到；如若太软，他肯定不讲，同样一无所获。因此，只能软硬兼施。纳哈出不是一般的鱼，而是一条非常狡猾的大鱼，很难对付的。想从他的嘴里挤出油水来可没那么容易，必须得动一番脑筋才能达到目的。于是，三人坐在卧榻上，开始研究明月长老早就提出的对付纳哈出的三招儿。

　　第一招儿是"哄"。根据纳哈出的好面子、总摆臭架子的特点，自然是生怕半夜出来偷鸡摸狗的勾当让人知道，得多难堪、多出丑呀！那可是小人做的，哪是我堂堂大丞相应办之事呢？就抓住这一点，既要哄，护他的面子，又要以此相威胁，让其开口。

　　第二招儿是"吓"。明月长老在金山这段时间，对纳哈出已经摸透了，知道他是个胆小惜命、贪图安逸之人，根本不像纳木扎勒台吉那样具有大将风度，叱咤风云，不惧死亡。他在金山过的是酒醉金迷的生活，每天有众多妻妾陪伴，吃香的、喝辣的，金衣美食，做梦都想当皇上。当年镇守长江当涂那块儿的百夫长、千夫长的英雄气概及万马营中的鲜血染红战袍、骁勇顽强的劲头儿早已磨没了，几乎丢得一干二净，一心只想抓紧时间享受。因此，关键时刻，可以抓住他怕死的心态，以杀头吓之，使其就范。

第三招儿是"柔"。即针对纳哈出的心理，必要时，以柔情相引诱。明月长老告诉娟娟："孩子，为使纳哈出俯首帖耳，该装就得装着点儿，不必太露痕迹。"娟娟不解地问道："装啥呀，为什么非得这样？我才不干那事儿呢！"明月长老笑了，启发道："娟娟，你很清楚，现在咱们仍是在打仗，操起宝剑，刀对刀、枪对枪是打仗；拿起软剑，以柔情蜜意杀人，同样是打仗。该哄得哄，该吓得吓，看火候儿送他不同的眼色，有时给点儿软的，也是必要的。尤其对纳哈出这个具体人来说，或许唯如此，我们才能成功。"不管娟娟如何不同意，甚至对此种做法十分反感，明月长老并不急，还是不厌其烦地耐心相劝。后来，娟娟一看师太始终坚持，相信讲的一定有些道理，才勉强同意了。

明月长老出的"哄""吓""柔"三招儿多厉害呀，目的只有一个，即无论如何，也要将纳哈出这条老狗彻底俘虏。三招儿定下来后，决定按此策略，速审纳哈出。具体分工是：由娟娟唱主角，做主审；明月长老做后台，出主意、拿点子；李佑负责护卫，针对审讯的进展情况，时不时地扮演黑脸儿人。李佑可乐坏了，爽快地答应道："好，我就扮作黑脸儿的暴君，太过瘾了。若是那三招儿都不行，说不定就真砍他一刀！"明月长老严肃地说："不行！李佑，我可告诉你，千万不能乱来，务必看我的眼色行事。"

闲话少叙，咱们接着说此时的纳哈出，早已被李佑的皮网给吊起来了。在网里，他双手抱着头，缩个身子，像个球儿似的，伸又伸不直，相当难受，还一声接一声地"哎哟"着，哀求能原谅这一回，快些把他放下来。娟娟没管那套，迅速下了地，搬过一把椅子坐下，仰着脖儿冲纳哈出说："大丞相，你我一向是朋友，要相信我们是通情达理之人。这样吧，问你几件事儿，必须回答。讲清楚了，立刻放人，咱们从此不再提今天晚上的丢脸事儿。如果与我妙善居士要奸猾，胡说八道，存心蒙骗，可以先不杀，明天早上，把你吊在丞相府门前，让金山的所有将士前来看台大戏。大丞相手下的众将恐怕知道我们武功的厉害，任何人不在话下，更清楚我手中的阴宗双鹤剑不是吃素的，因此，谅他们也不敢为救你而自寻死路。我会当着大家的面儿，把你那只有龌龊小人才干的卑鄙勾当好好儿抖搂抖搂，看看堂堂的元朝大丞相、太尉的面子往哪儿搁，还有没有脸活下去！即便厚着脸皮活着，谁还能跟着一个无耻之徒去光复大元呢？你的名声将一败涂地，不少人会立即卷起铺盖卷儿，脚底抹油溜之乎也。纳哈出，告诉你没啥，妙善不是一般人，估计大丞相早已怀疑到了这一点。我有位干爹和干娘，皆是当代有头有脸儿的大人物。要是把他们请来，金山的弹丸之地立即就会崩溃、玩儿完！说吧，想走哪条道儿？任你挑，任你选。依我看哪，还是听妙善的话吧，明智一点儿，做俊杰为好。"说到这儿，有意停了停，借以缓和一下屋内的气氛。然后，她换了一种口气继续道："大丞相，我挺佩服你是个男子汉，办事干脆，从不含糊。若真是识时务，妙善仍愿与你做朋友。论年龄，你是我的父辈，在金山美女如云。妙善已出家为尼，你何以能对一居士有非分之想？我一向敬重你，愿意在身边做帮手，也做了不少事儿。其实不用我说，大丞相是知道的。不过今晚莽撞入室，使妙善怎么都想不明白，大丞相不是这种人哪！后来一琢磨，肯定是因昨晚设宴为我们送行、饮酒过量所致。"说完，抬眼瞅了瞅纳哈出，看他是怎么个反应。

娟娟的伶牙俐齿真是了不得！那一推一拉、一打一捧、一硬一软的话语，把纳哈出的确揉巴够呛，心里是怕一阵儿、恨一阵儿、悔一阵儿、想一阵儿，一时不知如何是好。他是个聪明人，寻思了一会儿，觉得目前没有别的什么好办法，还是就势下台阶为上策，便道："妙善居士，唉呀师父，刚才完全说到我心里去了。实在话，日里、梦里地期盼着身边能有你这样一位年轻貌美、武功高强之人哪！有了你，是金山之幸，又是最好的帮手。不过也知道，凭我个老头子，怎么可能得到天上的太阳呢？纯粹是老糊涂了，利令智昏，做了不该做的事儿，惹你生气，怎么处置都不为过。恳请三位师父息怒，不要因此离开我，真是舍不得你们搬出府衙。酒席宴上，我是多贪了几杯，醉酒了。后来看你和明月长老走了，一想到明天将离开丞相府，心中万分难受，怕再见不着了，便想前去找各位倾吐衷肠。也不知是如何迷迷糊糊离开宴席的，更不知是怎么回到住处的。只是恍惚记得当时大骂着屏退了奴婢，后来竟鬼使神差地闯进了妙善的屋里，酒醉办蠢事。我绝没撒谎，要是说的假话，出门让马嘎嘣踏死。哎呀，肠子早悔青了，酒真是害人之刀哇！"说着，也弄不明白到底是真情还是假意，呜呜地哭了起来。三人你瞅瞅我、我瞅瞅你，还是头一次看到纳哈出这个丑态。明月长老向娟娟和李佑使了个眼色，并指了指纳哈出，意思是行了，别让老头子在网里遭罪了。再说前些日子病挺重的，眼下刚好些，审到半截儿病犯了或死了，仍然是一场空。

应该说，明月长老是对的，想得远，纳哈出要是真的死了，将十分不利。为什么呢？因为曾家奴和扩廓帖木儿都希望他快点儿死，这样，元朝内部就少了一个与之钩心斗角之人。如果形成此种局面，起码目前对大明并不是好事儿，故而还得保住纳哈出。可李佑不愿放他，心想："你个老东西，老眼昏花了吧？找美女也不看看是谁，竟敢打我师妹的主意。找死呀，还是活腻歪了？"那醋劲儿到现在还没消呢，便像没懂师太的意图似的，站在那儿愣不动地儿。娟娟只好亲自上前，放下了皮网并解开，纳哈出赶忙钻了出来。明月长老走了过去，搀他坐在太师椅上。此刻的纳哈出真是羞愧难当、不知所措，刚才差点儿没憋屈死，这会儿总算松快了，很是感激。他长出了一口气，说道："明月长老、妙善、李佑师父，千不看万不看，看在金山大业的份儿上，请饶恕一个蠢人的罪过吧！只要能够严守此夜荒唐之举，为我遮羞，情愿一切听师父们的。可不知要问啥，要我做些什么，是否有能力办。"一面说，一面瞟着气呼呼的李佑。

这时，娟娟搬着椅子凑过来，坐在纳哈出的左侧。李佑依然仗剑在手，站在纳哈出的右侧。娟娟开始审问："大丞相，我问你，楚绣绣在哪里？"此话一出口，只见纳哈出一愣，随即反问道："问她干啥？"娟娟厉声儿说："大丞相，咱们不是说妥了吗，我问什么，你老老实实地回答什么。若冒出半句假话，其后果你是知道的，干吗反过来问我？"纳哈出马上连连点头道："是是，不该问。楚绣绣嘛，说良心话，不知为什么，是她自己跑没了。到底去了啥地方，不只我不知道，谁也说不清楚。若有半句假话，不得好死。"娟娟进一步逼问："是不是你暗害了她？"纳哈出急了，忽地站了起来，极力表白道："妙善师父，根本没那档子事儿！我不但没有杀她的任何居心，反而欠她的情。请你们详查，若是纳哈出干的事儿，怎么办我，都心甘情愿地领，这还不行吗？"娟娟说："我再问你，乌曼、塔拉格现在何处？"纳哈出听罢一惊，显得有些慌张，低头不语。李佑见此，立马提剑闪过身来，把个纳哈出吓得直哆嗦。娟娟的声音略有提高："你倒是说呀！"纳哈出只好无奈地回答："她们在押。""圈在哪儿了？""月……月牙楼。"娟娟进一步探问："楼里是不是也有楚绣绣？"纳哈出忙说："没有，没有，楚绣绣确实是疯了走失的。至于乌曼和塔拉格，是因为不听管，防止她们再跑。怕跑走以后到处张扬，传出去对我不好，不得已才押进月牙楼的。"娟娟像没事儿人似的顺口来了一句："把月牙楼打开，我进去看看。"纳哈出说："什么？你想去走一遭，那可打不开。月牙楼修成之后，我还从未入内看过呢!"娟娟觉得奇怪，接着问:"此话怎讲?"纳哈出回道:"说出来你们可能不相信，我虽然是金山之主，但大寨的事儿，并不是我一个人说了算。"站在一旁的李佑不耐烦了，怒喝道:"纳哈出，放老实点儿! 不是在耍我们吧? 你没权，谁相信哪，若不说真话，小心割掉你的舌头!"纳哈出分辩道:"哎呀，真是长十张嘴也说不清啦! 金山这块地方是我选定的不假，可修月牙楼之事真的不是我干的。元帝应昌驾崩，元帝之子爱猷识理达腊太子嗣位，元帝的玉玺封诰及大元朝文宗皇帝图帖睦尔、宁宗懿璘质班、惠宗妥欢帖睦尔的御影等，皆在嗣帝爱猷识理达腊之手。由于当年战乱，明军攻杀甚紧，大漠无法留存，便与我商议，准备带到金山私藏。为此，他派来现在宁夏的扩廓帖木儿和曾家奴，奉御宝来金山，专请原大都的匠师建楼。当时因我忙于征战，再说他们不让过问此事，所以不仅没多想，也没重视。开工前，他们讲得挺好，说是将来月牙楼建成后，由我来管理。谁知建完了，不理我了咱不说，还将月牙楼的所有图纸，包括暗道机关之秘密绘图全带走了，并再三嘱告，不许踏入楼内一步，更不能到处随便乱摸、乱碰，里边的暗道机关相当多，冒蒙进去会中箭，必死无疑。因此，直到现在，我不但边儿没沾，而且对月牙楼的内情不完全清楚。只知楼分三层，仅地室的钥匙掌握在恭格拉之手，关押乌曼、塔拉格就是由他办的。你们可能不知道，恭格拉之妹，是新皇帝爱猷识理达腊之聪妃。恭格拉由于有这样一个身份，又是扩廓帖木儿之爱将，故而一向趾高气扬的。后来，他被调拨到金山来，看似与我关系近如股肱，实际是爱猷识理达腊和扩廓帖木儿的心腹，谁都得让他三分。我一直想重振金山，要想达到目的，必须借恭格拉之口，联络黄河一带大漠的元人，因此不敢失掉他。以上说的全是实情，原原本本，没有半点儿隐瞒。"娟娟有意点他:"恭格拉眼下已身残，告老回家，哪里还有那么大的号召力? 不要故弄玄虚，拿恭格拉说事儿，遮掩你在金山的实权。"纳哈出说:"妙善师父，倘若不信，咋认为都行，我也没办法。不过恭格拉已安好假肢，名为退隐，实为府中主事，仍在驾驭金山。"

娟娟与纳哈出的一问一答，使一旁的明月长老和李佑很震惊，原来金山的内部还挺复杂，是以前根本没想到的事儿! 娟娟继续问道:"大丞相，恭格拉的脖儿扬得那么高，还不是你给的权力吗?"纳哈出说:"咳，今天既然说了，索性和盘托出吧，这正是我对你们讨好、犹豫不定、一忍再忍的原因。之所以如此，是想给自己留条后路，以求将来得到师父们的帮助，把三位当成我与他们争斗的砝码。外表看，金山很有名，秩序井然，好管理。其实，擎起一个家业相当不容易，我每天不得不拼命挣扎才活着。众目所视，八方受敌，怕的还真不是明朝，而是时刻担心内部有人放暗箭，想杀掉我的人不是没有哇！我真的希望你们留下，为的是能够在身边出出主意、想想对策。为什么不敢得罪恭格拉呢？因为我清楚他一定知道月牙楼的秘密，能帮着打开此楼，得到元朝的玉玺。到那时，便可向南称帝了。不光是我，眼下扩廓帖木儿等人同样在企盼着能得到御宝，全在争夺恭格拉。因此，我只好奉迎他，希望他能够站到自己一边，共谋大事。恭格拉自从被妙善居士砍伤后，简直恨透了，执意要兴兵擒拿你们。而我却犹豫不决，对各位师父一直抱有幻想。恭格拉故此极为不满，认为我脚踩两只船，不可靠。自从都布多尔济死了以后，他更加坚信你们是南朝的人，提醒让处处防着点儿。明说了吧，不是为了讨好儿，听了可别生气，正是在恭格拉的一再催促下，加上为了防范咱们之间的频繁接触，才强行命我换了令牌的。妙善师父的总寨主并不是本人给撤的，他们始终信不着你，为此还认为我老奸巨猾。说什么表面上是为大元争个名分，暗地里却勾结着南朝的人。咳，有很多话不知如何解释才好。另外，他们又新从大漠调来了多位将军，执掌着金山的兵马。连府上的七门总督兵马司大元帅乃颜扎布，我与他都不怎么熟，只是互相认识，也安插进来了。这个人原是扩廓帖木儿的得力大将，后镇守大宁、察哈尔，被恭格拉要到金山后，直接掌管丞相府的兵马。我完全明白恭格拉的用意，主要是为了保护月牙楼，防范御宝被南朝夺去，怕我软弱，不能承担此任。"

　　明月长老、娟娟和李佑边听纳哈出的讲述，边观察他的态度，看出有不少的愁肠、为难和积怨，心情很是复杂，不完全是装的或在说谎。其中或许有虚假的成分，但金山内部确实是钩心斗角、尔虞我诈。在元朝的残余势力中，纳哈出并没占上风，心中一直窝口气，是个受气包。明月长老一行进入金山后，纳哈出这个赫赫有名的漠北大英雄，在他们面前从来都摆出一副威风凛凛、刚愎自用、不可一世的架势。而今天，没承想却见到了他的另一张面孔，竟也会有那么多不痛快的事儿，日子并不好过。对此，三人心中不禁泛起了一丝丝的怜悯和同情，往日的猜测、怀疑、戒备消散了不少。明月长老站起身来，给纳哈出端来一杯热茶，劝他不用急，喝完后再接着讲。

　　纳哈出从三人的眼神儿、态度上，看出对自己不那么敌视了，并有些理解，很是感动，饮了几口茶后，又讲道："师父们，咱们之间已经唠了很多了，没必要再躲躲藏藏了，该露露自己的底细了。恭格拉早就告诉过我，一切应小心才是，声言你们都是朱洪武派来的。妙善居士是金枝玉叶，南朝钦封的秉仁公主、武威安抚使，又是刘伯温老军师之义女；明月长老是南京明月庵的住持，已受皇封。其实，不用他介绍，我比他知道得还早呢！"娟娟一听，十分惊讶，忙问："大丞相，听谁说的？告诉我，为什么没下手？"纳哈出笑了，说："干吗要那么小肚鸡肠呢？我纳哈出对南朝的人向来是网开一面的，想当年朱天子对我不也是如此吗？想想看，既然你们能钻进金山来，难道我们就不能钻进南京去吗？所有这些，皆是由恭格拉掌握并一手操办的。"娟娟试探着问："恭格拉是从什么渠道来的？一定是豁鼻马了？"纳哈出纠正道："豁鼻马是堂堂正正之人，怀疑他可太不应该了。要是讲出来，会吓你们一跳，恐怕得认为我在有意妄说了。""请讲无妨。"纳哈出说："好，那我便告诉你，恭格拉的耳目、金山在南朝的内线，就是萨家奴！"纳哈出讲这话时，看起来十分自然。

此话一出口，三人的心着实咯噔了一下，萨家奴装得可真像啊，竟一点儿没看出来！转念又一想，不会吧，或许是纳哈出另有所虑，从中作梗，故意挑拨？便互相使了个眼色，明月长老还向娟娟努了努嘴，意思是先别谈这件事，换个话题，慢慢再琢磨琢磨他的话是真是假。聪明的娟娟马上领悟了，整张脸上，对萨家奴之事一点儿诧异的表情都没显现，话锋一转，言道："大丞相，我想再打听个事儿。有位身残的僧人，你们为啥不放过？引大火焚烧了人家住的山洞，使之不知去向，何以心狠手辣到如此地步呢！"纳哈出说："对山洞燃火的情况，不瞒你说，我实在不知，可以找恭格拉、萨家奴问问。说真的，我与残僧人无仇无怨，各不相干，没有理由欺侮他。此人挺可怜，原来不是僧人，而是恭格拉的部下。你们可能听说了，他便是郎格泰。据传是受伤以后，被一个神僧给救了，又引入佛门的。说起他，我心里并不好受，从不愿意提起。是那个不成器的败类都布多尔济硬夺了郎格泰的妻子，使他没脸活在人间，才遭到半生的不幸。罪过，罪过呀！"娟娟问道："大丞相，你讲的这些没有欺骗我们吧，全是真的吗？"纳哈出回道："把心放到肚子里吧，没掺半句假。既然讲了，就没想隐瞒，敢负其责。说心里话，我很佩服大明天子朱元璋，为人一向仗义。不仅下旨放了我，给以关照，还多次接到他亲自书写的奉劝降明的密信。我是重情重义之人，朱天子不杀之恩一直记在心里，恐怕也是敬重妙善师父的一个原因。这些年来，我十分感谢朱天子的胸怀，可又不甘心放弃金山的霸业。即使我不占金山，肯定别人也会占，当然不想让任何人得此便宜。故而，小车不倒往前推，走着瞧，事实证明日子很不好过。我派兵出师攻打辽阳，不是大为失利、损失惨重吗？万万没想到马云、叶旺二位将军那么有智谋。"娟娟说："大丞相，人各有志，我们不想多说什么了。不过还是诚心诚意地希望你能采纳我朝皇帝旨意，放下屠刀，多做积德之事。哪天想归降本朝，将依然如故地欢迎你，随时等候佳音！当然，也知道你是一个敢作敢为之人，以后仍可以继续较量。看谁笑到最后、笑得最好，两条路由你选。咱们是不打不相识呀，说是朋友没错吧？要相信我们会在暗中助你清除异己的。非常感谢大丞相的一番恳谈，请放心，一定说话算数，对今夜之事绝不外传。住在金山多日，打扰了。谢谢大丞相的关照，感谢你的儿子田田大将军所做的一切，那是个正派之人，不准欺侮他。好了，很快要离开金山了，咱们后会有期！"纳哈出一边听，一边连连点头。

明月长老、娟娟、李佑三人在对纳哈出的审问中，审时度势，不失时机地进行开导，说得有理有据，使他不仅很受感动，倍感亲切，还庆幸自己总算保全了面子。看似审问，有问有答，实际是一次相互间颇为真诚的交流和心理上的较量。采取的是边打边拉，既不推出去又保持一定距离的策略，使其想恨恨不起来、想亲亲不了、想离又舍不得。通过夜谈，纳哈出深感对三位师父所采取的举措是适中的，恰到好处。不能像恭格拉似的，主张什么一网打尽哪，就地掐死呀，极端得很。那样的话，等于无形中帮助了扩廓帖木儿、曾家奴，对己不利。如今这种做法，便于有进有退，算得上高明。不但在大明朝中有朋友了，而且与扩廓帖木儿的争权中，多了一条生路。应该说，纳哈出的确不白给，老奸巨猾。然而，明月长老早已揣度出了他心里想的是啥，于是，便顺理成章地以软刀子突破，效果不错。接下来纳哈出似乎还要问些什么，娟娟则尽量回避不答了。为什么呢？也怕言多语失呀，毕竟没有钻到对方心里去看啊！待天快亮时，为防不虞之患，及时将他从侧门送了出去。纳哈出终于松了一口气，回到自己的卧室，就此不提。

话说次日一早，娟娟、明月长老、李佑由乃颜扎布陪同，从丞相府到了田田府。见到了田田，免不了一番交流，娟娟又把下一步行动的想法讲了讲。早膳后，由田田引领，马不停蹄地去找萨家奴，想把他究竟是敌是友彻底弄个明白。到了萨家奴的住处附近，田田因有事儿要办，便返回去了。

当娟娟一行突然出现在萨家奴面前时，他当即惊呆了，整个人木了，知道大事不好！为什么会这么想呢？一般来说，只要有什么事儿，都是萨家奴秘密去见娟娟，娟娟从不到他的住处。一看今天很反常，三人板着面孔，破天荒地直接摸到家里来了，肯定是凶多吉少，知道事情败露了！萨家奴见此，刚想抽腿乘机溜走，早被愤怒的娟娟一把抓住，李佑随之上前"啪啪"两个连环脚，使他没有缓冲的时间，当即被踢倒在地。动作何以这么快呢？咱们前书讲过，萨家奴不简单，是个有能耐的人。娟娟来辽东时，半路遇到的那个海盗不就是他吗？也是文武奇才呀！武功特别厉害，在海上行走如飞、如履平地，娟娟他们曾领教过。所以，必须先下手为强，不能让他缓过手来。

这时，娟娟从腰间刷地抽出了阴宗双鹤剑，指向萨家奴的鼻尖儿，喝道："萨家奴，痛快给我说说馒头山的事儿。要是不说，剑不饶你！"萨家奴开始还装糊涂，吞吞吐吐、指东言西，不讲实话。娟娟早已等得不耐烦了，再一看他那个样儿，肺儿几乎快气炸了！将剑一抖，"嗖"的一声削掉了他的左耳，顿时鲜血直流。萨家奴本是个滚刀肉，很有挺头儿，啥都不在乎。不过再有钢条儿，耳朵掉了可是长不上啊，只好哀告道："秉仁公主，手下留情，我说，我说！是恭大人，啊……不，是恭格拉知道你在窥探月牙楼后，才让我多注意的。后来，我发现了那个僧人在帮你，便将此事告之了恭格拉。他听了这个情况后，严令我务必除掉僧人，焚烧山洞。"娟娟问："你是怎么知道我在探查月牙楼的？"萨家奴回道："我受恭格拉之命，一直在暗中监视着。那天看你装扮成运垃圾的兵勇，穿着圾运兵号坎儿，就跟在后边。待到了馒头山，方知原来是去见那个残肢的僧人，而且接连去了几次。不瞒公主，我将此事也告诉了恭格拉。"娟娟又问："你是什么时候知道那儿有个残肢僧人的？"萨家奴回答："不瞒您说，早就知道。他本是恭格拉手下大将郎格泰，自杀未遂，被一个云游僧人所救，我们始终盯着呢。后来发现了他在帮你们了解月牙楼，恭格拉很生气，便下了狠心。在你走后，命我烧毁山洞，一并烧死他，以铲除后患。"娟娟一听，气得手直抖，眯起眼睛，压低声音吼道："萨家奴，我们一向把你看成自己人，当作朋友。你却放着人不做，两面三刀，阳奉阴违，还干了些什么坏事儿，统统老实招来！"萨家奴扑通一声跪在地上，哪里知道娟娟他们究竟掌握自己多少事儿，只好交代道：

"说实在的，你们叮嘱的那些事儿，我也遵照吩咐做了。没办法，为了谋生，两面都不敢得罪，真是不好活呀！现在看来，最有罪的是我，不是人哪，还将各位在南朝的身份告诉了恭格拉，该死呀！"娟娟一听，不但自身的底细被萨家奴和盘托出了，而且不少事儿是他暗中干的。平时装得那么像，如同自家人一样，结果把大家全骗了，真是知人知面不知心哪！一娟娟想到这些，更是恨透了可恶的奸细、败类，脸涨得通红，牙咬得咯咯响，怒不可遏地将剑又一抖，"嗖"的一声削掉了萨家奴的右耳，狠狠地说："快招，还干了什么见不得人的勾当？不说一剑劈了你！"李佑随之向前跨了一步，与师妹配合得很是默契。

此刻，自称天不怕、地不怕的海舅舅萨家奴，双手捂着流血的耳部，疼得浑身一个劲儿地哆嗦。一看秉仁公主是真不客气，说杀就杀、说砍就砍呀，生死掐在人家手里。耳朵掉了能活，可脑袋要是掉了，命不就没了吗？还是先保住小命要紧哪！于是，他马上告饶道："秉仁公主，饶了我，饶了我吧，小人啥都招！我还与……与南朝大丞相胡惟庸有联系。"娟娟等人一听此话，如同天空突然响起一个炸雷，全愣住了！李佑大声儿喝问道："你跟我老岳丈还勾搭连环？到底怎么回事儿，快说！"萨家奴诺诺连声，回道："胡惟庸与元朝不少人有来往，买卖马、办皮货、运售海鲜等。他从中渔利，大元朝的人皆称其为'胡小鬼'。他还经常把南朝的事儿告诉我们，此次叶旺将军和你们一起来辽东，便是他透的信儿。过一阵子要办的皮板大集会，南朝的主要客商，也由胡惟庸亲自派去。"李佑听后，惊诧得圆瞪双目直晃头。

萨家奴的交代，非同小可，引起了娟娟、明月长老的高度重视。万没想到南京出了内奸，而且不是别人，竟是受皇上重用的胡惟庸！如此看来，事不宜迟，必须尽快将这个信息奏报给朝廷。明月长老问道："萨家奴，恭格拉身藏何处？"萨家奴说："他可鬼了，一天换好几个地方。要有事儿的话，就派人传我到临时指定的地方见面，我怎么能知道他究竟藏在哪儿。"说完，偷偷斜眼瞅了瞅明月长老。萨家奴的这一举动，被机灵的娟娟注意到了，随即冷笑一声，说道："萨家奴，可给我听好了，要再敢耍滑，绝对不饶！你在登州海滩已经骗我们一次了，今天休想再骗第二次。能说真话便罢，否则，一块肉一块肉地先卸了再说！"话音刚落，李佑掏出了匕首。萨家奴的耳部钻心般痛，血仍在不停地往下滴，抬起胳膊用袖头儿擦了擦，寻思着："已经到这个份儿上了，骗有何用？想不到今天竟会落到他们手里，都是恭格拉逼的，我干吗非听他的？又是何苦呢，还帮着隐瞒什么？干脆诌出来算啦！"便一咬牙，说道："秉仁公主，请跟我走，现在就领你们找他去。"李佑仍不放松，紧盯道："刚才秉仁公主可说了，想留住命，只能办真事儿，不许哄骗我们。要是活腻歪了，想咋做，自己酌量着办！"边说，边掏出锥子在萨家奴身后威逼着。萨家奴忙道："各位大人，小的不敢再耍滑了。要是信着我，马上跟我走，到那儿一切全清楚了。"娟娟冲李佑摇了摇头，李佑会意，将锥子收了回去。于是，由萨家奴引路，娟娟等人随其出了金山城。

原来，恭格拉正像萨家奴所讲，并没住在自己的府上，而是住进了东山口儿的一个四合院儿里。一行四人来到门前，娟娟冲萨家奴努了努嘴，萨家奴乖乖地上前嘭、嘭、嘭敲门。恭格拉的用人见是萨家奴来了，后面还跟了三个人，也没在意，顺手把门打开了。娟娟、李佑押着萨家奴在前面走，明月长老于后面压阵，进院儿后，回手将大门关上了，直接来到了上屋。恭格拉一看，当即懵了，整个人像呆傻了一样，吓坏了，立在那儿不会动了，做梦想不到妙善等人会突然而至！娟娟飞身跳将过去，猛劲儿薅住恭格拉的脖领子，双手用力往里一收，那张被勒得扭曲的脸立刻涨红了，然后咬牙切齿地说："冤有头，债有主，今天是来找你算账的！老实交代，把郎格泰抓哪儿去了？好久未弄懂郎格泰在黄绢上写给我的'迫等君，思情深。共焚火，是真凶'啥意思，这回明白了，真凶就在我的眼前，是你恭格拉呀！说吧，郎格泰眼下在何处？"恭格拉吓得屁滚尿流、魂出七窍了，浑身筛糠似的抖着，上牙磕着下牙，忙不迭地说："实不相瞒，我是要烧死郎格泰。可还没等烧着他呢，那小子挣脱出去了。当我的兵从石缝儿里追出来后，别说人影儿，连鬼影儿都没见着！对馒头山，我们没他熟，不知究竟钻到什么地方去了。我与萨家奴将金山所有的山洞、石缝儿全搜遍了，仍没寻着，是死是活，谁也说不准。"娟娟说："我知道，关于月牙楼的内幕，你比纳哈出清楚。今天来，是要问问你，月牙楼到底是怎么个情况。必须老老实实地讲来！"边说边狠狠耸了耸恭格拉。

恭格拉本是个多变之人，奸诈得很，刚才还被吓得浑身乱哆嗦呢，此刻听娟娟一问，反倒平静下来了，像冷丁抓住了一棵救命稻草一样，心想："噢，你秉仁公主急不可待地到东山口儿来，原来是想得到有关建月牙楼的秘密呀？想得美，门儿都没有！我被你断腕了，仇还未来得及报呢，凭什么告诉你？好嘛，在没弄清月牙楼真相之前，谅你不会把我怎么样。否则，不就前功尽弃、啥也得不到了吗？咱们接着斗吧，看谁能斗过谁！"于是便摆出一副满不在乎的架势，挺了挺腰板儿，轻蔑地说："秉仁公主，你别忘了，咱们可是敌手相遇。我绝不能像纳哈出那样没有骨气，吃里爬外，恨只恨当时没有早点儿抓住你们！奉劝诸位干脆死心吧，从我这儿休想得到月牙楼的半点儿情况！"说完，还哼了两声。

李佑没承想恭格拉忽然变脸了，心想："好小子，还敢嘴硬，看来是苦头儿吃得少吧？再给点儿更苦的让你嚼嚼，好好儿品品滋味，那张嘴又该变软了吧？"边想着，边走了过去，站在恭格拉的背后，掏出那把细锥子，照其双肩捣蒜般猛刺。疼得恭格拉满头大汗，浑身抽搐，仍咬紧牙关硬挺着，一声儿不吭。李佑看他没当回事儿，遂收回锥子，拿出匕首，一步跳到恭格拉的对面，边斜视着萨家奴，边将拿着匕首的右手伸向恭格拉的胸膛，刷、刷、刷地一块块儿往下割肉。方才还趾高气扬的恭格拉，这下可受不了了，杀猪般嗷嗷地高声儿嚎叫，血像蹿线儿似的顺着胸脯往下淌，用人们吓得赶紧把脸背了过去。李佑冷笑道："怎么样啊？滋味不错吧，到底说不说呀？不说也成，那就看爷爷我怎么割死你！"说此话时，手仍在不停地削。

萨家奴是滚刀肉哇，有点儿钢条儿。可恭格拉那是一个位高权重的大将，多年的安逸生活早已使他变得娇弱了，哪经得住这种野蛮的折磨呀？先是哎呀哎呀地小声儿叫着拼命忍受，后来实在挺不住了，只好服软，交代道："我所做的一切，是受大宁曾家奴之命而为。开启月牙楼的机关十分隐秘，必须按图纸操作，才能打开。若弃图愣开，将万箭穿心、楼阁坍塌，里面的硫黄自引大火，诸御宝神器俱焚。要想破此楼，得先到大都，还需破解'草下寻芳一字间，兄弟二人地坐穿'十四个字儿的含义，方能找到建楼之人。据说，只有建楼人，才能打开月牙楼。这些年来，我只是奉先帝和幼主之命，看守月牙楼。凡敢犯楼者，务除之。"娟娟逼问："你护守月牙楼的目的，是不是专门为了防我们？"恭格拉狰狞地笑了，说："防你们？那有何用，根本不配一防！既不知道月牙楼的底细，也无法近前或捞到什么，防啥呀？实话告诉你们，真正要防之人乃纳哈出。他在本朝和南朝都有朋友和心腹，我们担心他很可能联络幽燕的名匠，破解月牙楼。本身为大丞相，月牙楼又在其府内，表面上还是护楼第一人，最易窃得大宝。尔等不知，大元天子爱猷识理达腊已继位于大漠和林，建立了北元王朝。月牙楼之宝应归回和林，岂能为妄想称帝的不轨之人所获？当必严守之。本将早已想好了，纳哈出若得此宝，将宁可玉碎，不为瓦全！"各位阿哥听到了吧？恭格拉都死到临头了，还摆出一副大英雄的架势。

娟娟强忍着怒火，大声儿说道："恭格拉，要想活命，就快把下一层的钥匙交出来，救出乌曼、塔拉格等人！"恭格拉又摆出一副不屑一顾的样子，说道："不用你们多此一举，也救不了。他们有吃有穿的，生活得很好，勿劳任何人操心！钥匙没有，至于谁那儿有，休想从我口中知道。"这下可把站在一旁的李佑气坏了，挥拳刚要揍恭格拉，娟娟没让，随即喝问道："尔等下一步想做什么？快说！"恭格拉狠狠地瞪了娟娟一眼，头一扭，干脆不理了。娟娟见此，冲李佑把头一甩，李佑上前手脚并用，连踢带打地接连一顿折磨。恭格拉呻吟着，拼出仅剩的一点儿力气喊道："扩廓帖木儿与曾家奴筹办皮板大集会，实为合心议政，汇残元之势以成大业。朱元璋休要得志猖狂，来日天下，尚未定谁来主其沉浮尔！"说完，狂笑不已。他笑了好一阵子，脸都扭曲了，快笑没声儿了，最后竟昏了过去。多么傲慢，多么嚣张！

那么，此刻萨家奴是如何表现的呢？那是尽显其匪性，又像在登州被俘时一样，满地打滚儿，高唱匪调儿："老子没白来世一场，死后二十载，萨家奴我仍来人世。来也走也，走也来也，乐哉悠哉！"边唱边疯了一般嗷嗷地叫着。李佑死死摁住他，一只脚踩在脖子上，不让他喊出声儿来，回头瞅着娟娟，意思是尽快了结算了。明月长老倒想劝徒儿放生，娟娟没答应，向李佑使了个眼色，脸上分明写着："不能再让两个贼子活在世上了，他们恶贯满盈，坏事做尽，死有余辜！"于是，娟娟与李佑横刀挥剑，唰唰几下立斩了萨家奴和恭格拉，然后命四合院儿的奴婢和用人抱来干柴，点火焚烧，两具尸体在熊熊的烈焰中很快化为焦炭。李佑将恭格拉的财产尽数分给众奴婢，并将他们全部遣散，自讨方便，随后放火烧了房子，这座四合院儿和它的主人，从此从金山永远销声匿迹了。

次晨，纳哈出得报，恭格拉和萨家奴因醉酒，引发大火被焚而亡。他心中暗自高兴，如释重负，表面上却脸含伤悲，忙命乌迪什、田田等人备办香帛纸马，全城祭奠，斋戒七日，以祷亡灵。恭格拉一死，形势立马变了，金山总督大权重归于纳哈出一人之手。他首先调离了大宁在这儿安置的一些将领，如将恭格拉的心腹大将、就任不久的丞相府七门总督兵马司大元帅乃颜扎布派去驻守粟末水站赤，丞相府总督应办之事，由自己兼理；将金山大寨三城总督兵马司大帅蝎子虎仇海牙遣往东路的虎尔哈部站赤，充任达鲁不花大将军；将金山大寨三城总督兵马司大帅之职，交给了义子田田大将军兼任。所有的变动，皆是按照妙善师父嘱咐办的，以此向娟娟传出了友好的表示。

过了几日，纳哈出收到了由田田将军转来的娟娟、明月长老、李佑三人的告辞信函，大意是：为云游各地，准备即刻进关，去原大都诸地为民治病却灾。感谢大丞相的知遇之恩及热心关照，并诚祝金山繁荣！

娟娟、明月长老、李佑在与纳哈出夜谈后，收到了预期效果，进而除掉了内奸萨家奴和元帝爱猷识理达腊在金山的忠实干将恭格拉，既帮助纳哈出解下了压在身上的重负，从此可自理金山之事，又便于明朝对金山的控制和争取，以文的方法促使纳哈出受降。即便他继续负隅顽抗，毕竟势单力孤，容易对付。经过一番较量，娟娟和明月长老深切体会到，破月牙楼并非那么简单，其背后与大元残余势力有着千丝万缕的联系。可以说，不灭大元的残部，就难破月牙楼。若想破月牙楼，从恭格拉的供词可知，必先去关内原大都之地，寻访筑建月牙楼之人。否则，鲁莽行事，只会是楼塌宝失。看来，此非一日之功，性急是办不成的，只能从长计议。再说，金山大寨的情况已基本弄清，应尽快转移地点，金山诸事可由田田、岳索图以及巫顺兄弟、卜家奴等人分头进行。娟娟思来想去之后，决定速去北平府。为什么呢？一是按恭格拉的供词，需到大都去找秘语诗中所说的"草下寻芳一字间，兄弟二人地坐穿"的建楼之人。只有找到，此棋才能走活。父亲刘伯温和徐达大将军常讲："辽东之事非只辽东之事，应先扩大辽东为大都一带。大都辽东联手，诸事可破，故应曰北方之事。"结合目前摆在眼前的具体情况，觉得二位长辈讲得很对，有先见之明。二是萨家奴在交代中，说出了胡惟庸与大元的私下联系。这是重要的新发现，必须尽快奏报朝廷，只为此，也应尽快去北平府。

明月长老来辽东已有数月，时间久了，心中不免挂念庵中之事。娟娟、李佑也觉得师太年纪大了，不能再让老人家这么东奔西跑了，该回南京歇歇了。娟娟真是难舍难离呀，只好忍住悲伤，与师太话别，之后，又苦苦哀求道："师太呀，您最好能跟我和师兄同去北平府。自从大都改为北平，您老还没去过呢！既然来了北方，就该顺道儿看看，然后再返回南京也不迟。若能答应的话，徒儿求之不得，保证不会再缠磨您了。师太，跟我们去吧，好吗？"明月长老挨不过娟娟的这一手，考虑去南京有两条道：一条是由海上乘吴祯老将军掌管的船只，走水路回南京；另一条是同娟娟和李佑一块儿过山海关，走北平府同样可以回南京，走哪条都行。于是，便拍拍娟娟的脑袋瓜儿，笑着应允了。娟娟见师太终于答应了，乐得像个小孩儿似的直蹦高！李佑当然愿意单独与娟娟走了，见师太要继续同行，哪里敢露半点儿声色？只有暗中叹息的份儿了。三人离开金山时，田田、扎浑多尔济，还有现赶来的岳索图等人一起前来送行。纳哈出没来，说是请田田代表了。途中，大家不免互相嘱告，道些离别之情，咱们不细说了。

去北平府的一路上，李佑、娟娟、明月长老边走，边琢磨："这'草下寻芳一字间，兄弟二人地坐穿'到底是什么意思呢，是不是个字儿？要是的话，那究竟是个什么字儿呢？是两句一个字儿，还是两句两个字儿？"李佑认真想了想，说道："要我看呀，两句肯定是一个字儿。你想啊，'草下寻芳一字间'怎么拼，也只能是字儿的一部分。哎呀，对了，'草下'一字不就是个半拉儿字儿'业'吗？"娟娟一拍大腿道："师兄，你猜的有门儿！对，'草下寻芳一字间'正是个'业'字头"。说完，右手点着自己的脑门儿，自言自语道："兄弟二人并坐，把地坐穿，什么意思呢？"想了半天没想出个子午卯酉来，索性招呼明月长老和李佑下马，三人便坐在地上画了起来。娟娟是边寻思着，边不停地画着，小木棍儿画折了好几根儿；李佑是嘴里一边叨咕着，手一边画着，听不出都嘟囔些什么；明月长老则一直沉默不语地在地上画来画去的，有时还停下来思索一会儿。

就在三人画了好一阵子、百思不可解的时候，娟娟忽然兴奋地大叫起来："师太、师兄，我猜出来啦！月牙楼绘图人很可能是位姓华的师傅，那个字儿分明是'华'字！"李佑忙问："为何说是'华'字呢？"娟娟手拿木棍儿在地上边画边说："你们看，上半句是'业'，下半句是'坐'，不正是'坐'字下边穿透了吗？"明月长老和李佑往地上仔细一看，见两个半拉儿字儿拼到一块儿，正是"華"，即"华"的繁体字，对，没错儿！娟娟笑道："这下可好了，咱们去北平府，专门查大元时有名的华姓鲁班师傅。如果有，肯定是他无疑！"李佑为难地说："偌大个北平府，怎么打听啊？可真成了地地道道的大海捞针了。再说了，华师傅要是全家搬走了，更要命了，上哪儿找哇？难哪！"娟娟说："师兄，别净说丧气话好不好？有志者事竟成嘛！咱们先在北平府一个人头儿一个人头儿地扒拉着找，不信问不到！反正我是下狠心了，就找华木匠，他毕竟是元大都最有名的大师傅。凡是名师名匠，不光北平府，其他地方也会有很多人认识。细想想，其实并不难，如果绘图人真是我们说的华姓大师，就一定能找到。师兄，你要有信心哟！"明月长老表态道："我看娟娟说得对，天下无难事，只怕有心人嘛。只要下了功夫，没有办不成的事儿！"李佑听完乐了，说："好好好，那咱听师太和师妹的，赶紧走吧！"

明月长老、娟娟、李佑骗腿儿上了坐骑，很快来到了长城脚下，忽然发现不知从哪儿奔过来的一支马队，把前面的路都塞满了。队伍正向关外挺进，卷起漫天的尘埃，浩浩荡荡，一眼望不到边。三人一看，兵卒全部穿着元军的号坎儿、盔甲，知道此为出外征战的元兵。琢磨着这是要到哪里去呢，何处有战事？得想法儿摸清是到什么地方执行军差。从金山出来时，为防万一，田田多给了一匹备用马。一路上，李佑是骑一匹、后链一匹地往前走。他忙向娟娟说："师妹，你和师太躲进林子里等着，待我去查看个究竟，以口哨儿为号。"娟娟点点头，表示同意。李佑便仍骑着一匹马、后链着一匹地冲了过去。

大队人马疾速行进，征骑跑得飞快。不过总会有些掉队的，比如马受伤或者病了，疲劳跑不动了，等等。有个小校可能是坐骑出了毛病，便落在了队伍的后边。恰在小校极力往前追赶、马又跑不动、正着急时，忽然瞥见道边儿有个骑马的人，身后还链着一匹良驹。他高兴了，急忙冲李佑喊："快，把马牵过来，我有用！"李佑大声儿答应道："行，行啊！不过你得告诉我，你们上哪儿去呀？"小校本是个急性子，听李佑一问，不耐烦了，喝道："哪那么多废话？快点儿，把马给我！"说着，朝李佑这边而来。李佑一看，乐了，心想："来了好啊，正没辙呢！"随即挥鞭驱马，跑到了小校的前头。小校哪里肯放？在后面紧追不舍。跑着跑着，李佑将缰绳往旁侧一拽，马一歪身，就钻进明月长老和娟娟藏身的那片林子里了，小校立刻跟了进去。李佑见他过来了，故意放慢了速度，等候着，待到了跟前，突然一纵身，跃到了小校的马背上，顺手一推，没费吹灰之力，小校头冲下跌了下来。李佑随之下马，还没等他喊出声儿来呢，弯腰抓起一块连泥带水的烂布，堵住了小校的嘴，将那匹马也掠了过来，然后吹了声口哨儿。此时，元军大队人马已经呼呼啦啦地走远了。

明月长老和娟娟听到李佑的口哨儿声，立即寻了过来。三人在林中开始审问小校。他交代道："刚才过去的马队是曾家奴率领的两路军中的一路，准备出关与纳哈出的金山兵马会合，之后在辽阳附近，以曾家奴号称的四万兵马和纳哈出的一万兵马形成钳围战术，秘密攻打马云、叶旺据守的辽阳城。此次是用了功夫并下了狠茬子的，发誓将奋力夺之。

方才过去的是曾家奴的前锋赤兵，大队人马还在后头。说是五万，那是吓唬人的数，实实在在说，只有三万。两路军分别走两条道儿，一路由高家奴率领走敖汉旗，另一路由曾家奴率领从山海关出关，走小寺沟奔辽阳。"娟娟、明月长老、李佑听后，根本没在乎，他们心中是有数的。因为在乌蛇岭众英雄聚义时，马云和叶旺早已预见到，辽东与燕州的元兵将会合起来包剿辽阳，企图拔下大明朝插进辽东的这把钢刀。对此，二位将军早有充分的思想准备，并对兵力进行了合理的部署。前些日子，纳哈出率千人仓促出兵试探，果不然，被打得落花流水，还引发了昏厥症，从而说明辽阳不怕他们围剿。元军此番合兵而至，相信马云、叶旺会是胜券在握的！三人没有丝毫的担忧，只是默默地对马云、叶旺说："那咱就各办各的事儿吧，我们还是尽快赶去北平府。"于是，处置了小校，轻松地骑马上路了。

娟娟和李佑从未到过北平府，早就盼望着能来此一游。明月长老曾在大元至正年间，随师姐云游过当年繁华的大都，算来距今已十多年过去了。而大明天下的北平府，却没光顾过，也是初访。三人一路走来，眼看要进城了，内心非常激动。娟娟想："真是太好了！在这里，又能见到大胡子叔叔——叱咤风云、威名远震的明朝右丞相徐达大将军了。"她是多么想念徐叔叔呀，何况有不少事儿，包括从恭格拉嘴里知道的朝廷有内奸那些跟别人不能随便讲的秘密，除了自己的父亲刘伯温外，都想同徐叔叔说呢！于是便放马疾行，恨不得立即跨进北平府。明月长老和李佑紧随其后。

话分两头儿，只能一头儿一头儿地说。各位阿哥，咱们且不讲娟娟、李佑同明月长老如何兴高采烈地向北平府赶来，让我朱伯西先介绍一下幽燕故地、风华盛景的北平府，领略一番此城的风光。前书说过，自从北平由大元手中归于大明之后，徐达大将军便受命领兵镇守，使得这原来的大都市井繁华，郊外的农夫耕耘有序，童子欢笑，五颜六色的风筝飘向天空，呈现出一派平静、祥和的景象。那么，现已时过数年，北平府又有哪些变化呢？听我慢慢道来。

洪武初年时，朱元璋的义子李文忠大将军率兵攻占了元朝京师大都，并改名为北平府，接着，又与徐达联手扫北，使河北、山东、山西不少要地尽收大明之手。在此重压之下，元朝残余势力仓皇逃至大漠以北，进入青海、宁夏、新疆等地，尽管如此，也无济于事，陆续被歼。为了巩固已取得的战果，扼守北平及幽燕之地，大明天子朱元璋采纳了刘伯温的建议。近几年来，不仅派马云、叶旺去辽东镇守，统辖了东海、粟末水的大片土地，使纳哈出困于强大的罗网之中，进退维谷，还派大将军徐达严控北平府，像一把钢刀插入幽燕之地的心脏，令元朝残部四分五裂、首尾难顾。

既然说到徐达奉旨镇守北平，就要讲讲与徐达关系甚密的一位老友。此人姓华，名云龙，定远人氏。其家祖乃大元泰定和天顺年间的大都府城之修缮官员，拥有建筑工艺的家传秘法，不但对大都地方十分熟悉，而且许多楼庭馆舍多由其设计修建。华云龙之父因酒醉污言，冒犯了大元太子爱猷识理达腊，犯下了弥天大罪，虽经人再三说情，死罪得免，但必施以枷杖三百。本来就年高体弱，怎经得起这样的杖刑？竟被活活打死在大堂之上。华云龙对此杀父之仇刻骨铭心，便于元朝末年，聚众居韭山，抗击元廷。朱元璋起兵反元时，华云龙率众来归，从此随其南征北战，先被任为明军千夫长，下集庆路时，生擒元将，得兵万人，后在攻克镇江时，再立大功，遂被委以军中总管之职。

华云龙何时与徐达相识的呢？是在他任豹韬卫指挥使期间，受命跟随徐达大将军攻取高邮，随之进克淮安。之后，华云龙留守淮安，任淮安卫指挥使。过了一段时间，华云龙受命随大军北征，拿下了山东一些郡县，接着率兵与徐达在通州会师，共同攻克元朝都城。二人在多次的共同征战中，感情越处越深，如兄弟一般。徐达深知华云龙不但攻战有勇有谋、屡建奇功，而且善于治政，多次被任指挥使，将留守之地治理得井井有条。

徐达同李文忠合兵夺下大都以后，便以华家久居大都、其祖先做过此地修缮官、谙熟风土人情为由，上奏朱元璋授以华云龙为大都的都督府金事。大都改名北平府，华云龙受命率兵留守北平，出任大将，兼北平行省的参知政事。可以说，整个北平府的军政大权系于华云龙一身。此时，正逢洪武二年秋，即朱元璋分封诸子为王的时候。分封到北平的，是其心爱的四子朱棣，封号为燕王。朱棣当时年纪小，尚不到就藩年龄，不能来北平主事。徐达与朱元璋商量，能否将华云龙擢任为燕王左相，当即得到了准允。这样一来，华云龙不仅掌管北平的军政大权，还是燕王府的总管。燕王府在哪儿？即在刚刚被推翻的元朝的皇宫。也就是说，待朱棣来北平就藩时，便住在皇宫里，行使亲王的权力。燕王左相是干什么的呢？乃燕王之下的亲王府里第一大官，总理燕王府的一切事务，权力不小吧？亲王的冕服车旗仅下皇上一等，王公大臣都要俯首拜谒，不得钩礼，由此可见，王权相当高。而华云龙能成为燕王朱棣身边的亲信、最有权势的管家人，足以证明朱天子是多么重用他。

那么，徐达为啥如此卖力地为华云龙说话呢？因为他俩在战场上的长期合兵征杀中，结下了深厚的友情，可谓生死之交，这是个重要因素。然而，力保华云龙做燕王的第一辅臣，还有一个更深层的缘由，那便是徐达在替朱棣的未来着想，要选一位有才能、为人诚恳、能协助做出一番事业的知根知底的良臣来辅佐，是为燕王打底子呢！而他看华云龙正是这样一个人，勤奋、可靠，还有建筑方面的特殊技能，所以才极力推荐之。

徐达又为什么不遗余力地帮衬朱棣呢？因为在朱元璋未做皇帝之前，老哥儿俩便在一起秘密订下了儿女亲家。朱元璋看中了徐达的大姑娘，觉得不单单长得好，而且举止娴雅、性情温良、聪明好学、诗文底子厚。这些方面都对自己的心思，便对徐达说，我要把你大姑娘娶过来，做朱家的四儿媳。徐达听后，二话没说，高兴地一口应允了。洪武二年四月，朱棣被封为燕王。洪武九年，朱元璋正式册封徐达长女为燕王妃。后来，燕王当了皇帝，徐达长女被立为皇后，就是著名的仁孝皇后。朱棣的儿子叫朱高炽，即承继大宝的仁宗皇帝，此为后话。正因为有了这层关系，徐达对朱棣就藩所涉及的一系列问题，当然会很关心，特别是由谁来辅佐他更得力。朱元璋也希望徐达坐镇北平，以便先期替朱棣料理好燕王府的诸事，一切信着他了。

应该说，徐达让华云龙辅佐燕王，真是选对人了。洪武四年冬，按功劳，华云龙被封为淮安侯，成为侯爷，官职越来越高了。这且不说，他没有辜负皇上的恩宠、提拔和重用，也没有忘记好友对他的信任和希望。为发展祖上的建筑工艺，为燕王的分封之地风光更美，有新的起色和变化，他便在对北平周围进行一番勘查之后，拟出了奏陈北平建筑折。言曰：

　　"北平边塞，东自永平、蓟州，西至灰岭下，隘一百二十一，相去可二千二百里。其王平口至官坐岭、隘口九，相去五百余里。俱要冲，宜设兵。紫荆关及芦花山岭尤要害，宜设千户守御所。"

又言：

　　"前大兵克永平，留故元人翼军士千六百人屯田，人月支粮五斗，所得补偿费，宜入燕山诸卫，补伍操练。"

从此奏折里，可以看出华云龙勘查得十分细致。对隘口有多少、怎么分布的皆了如指掌，对为镇守北平该如何利用，等等，提出了切实可行的建议。朱元璋看后很是欣赏，所提诸项全部予以采纳，并拨出专款，让华云龙组织修筑。

华云龙任北平都督府佥事兼燕王左相期间，几乎没闲着，干了不少事儿。为了北平及燕王府的安宁，他亲率大军，扫荡北平周围的元残余势力。距北平三百里的河北赤峰以北的白河西岸有座云州堡，元朝的平章曾家奴就盘踞在那里，以牙头为营地。高家奴叛明后，也藏于此，成为压在北平府头上的一块巨石。华云龙为搬掉"二奴"，率军直抵云州，趁月黑夜以猛虎下山之势突袭营地牙头，擒得曾家奴、高家奴，尽俘其众。可惜的是，在往回押运俘虏的途中，狡猾的曾家奴、高家奴乘人不备，突然跳涧逃脱了。华云龙又兵发上都大石崖，即后来的锡林郭勒盟达兰旗塔附近之地，攻克了刘学士诸寨，把元朝的大将驴儿国公赶入了漠北。正是由于华云龙的发兵扫荡，北平府再无内犯者。华云龙之名一时威震幽燕之地。

华云龙在任时，另一功劳就是主持修葺了元朝的宫殿，即现在的燕王府邸，增筑了北平府城墙诸设施。北平之修建，最早是从金代完颜亮开始的。不过真正大的建筑，还是在元末明初。华云龙对北平，特别是对燕王府的重新规划、设计及整个工程的实施，功劳甚大。在他的精心筹划之下，燕王府邸的内城和外墙，既坚固又有特点，并设有地下暗道、出入口、甬道等，可防守隐蔽兼用。后虽经多次修竣，并有所发展，但建筑之原设计，皆为华云龙的智慧，出自他的手。这些建筑，为后来燕王于华云龙死后第八年的仲夏，在燕京起兵讨伐惠帝朱允炆时发挥了重要作用，把政权夺了过来，建立了永乐朝，朱棣成为永乐大帝。此变化当然是华云龙事先没有想到的，咱们不去多说。

说书人于这里，再为各位阿哥讲一段儿华云龙的故事。华云龙在元朝京师大都，即现在的北平府一带赫赫有名，故事很多。别的且不讲，咱们单就五月十三的娘娘庙会讲起。当时的元大都，每年在这个日子皆举办娘娘庙会，已有几十年的历史了。庙会异常热闹，不管是大庙、小庙及各个寺院，皆四门洞开，迎接八方香客。从黎明到夜晚，香火不断，钟鼓齐鸣。络绎不绝的善男信女们，有的来迎请观世音菩萨，祈求家宅永世吉宁、福寿安康；有的答谢神灵保佑，来庙还愿；一些小男小妇则来拜谒送子观音，祈请子嗣。不仅庙里，连街头巷尾都挤满了人，像过节一般。

就在娘娘庙会的吉祥日子里，有户人家同庙会一样热闹，屋里聚了不少人，而且全是些大英雄、出名之辈。这户人家居于什么地方呢？在元朝京师的丞相府，也就是历史上有名的高门楼、大宅院、大元朝至正年间威名远震的老丞相脱脱的府邸。细看此座府邸，四周为青砖砌起的高墙，大墙里排列着一座座漂亮的瓦房。院子的大门是五楹排楼，白玉石阶，玉狮子分守两侧，门前还立有白玉的上马石和下马石，好个显赫的人家呀！

脱脱是蒙古人，任元朝中书右丞相时，曾主持编修辽、金、宋三史，主持发行了"至正通宝""至正交钞"，领着人马治理黄河，功绩卓著。可惜寿命不永，四十岁时，被同僚用毒，死得极惨，成为元朝一恨。因为他亡命于自家宅子里，又是屈死的冤魂，所以从此再没人敢踏入这座丞相府邸。此宅早成空楼，内里荒蒿鼠窟，传讲夜有鬼哭之声，甚是阴森恐怖。可世上偏有不信邪之人，不仅不怕，还搬了进去。你道他是谁吗？就是本书所讲的英雄华云龙。

华云龙随徐达、李文忠打进大都之后，住在燕王府外巡哨营的一个很不起眼儿的小房子里。有一天，徐达带李文忠、傅友德等人前去看望他，见所住之处十分狭窄，憋憋屈屈的，又暗又潮。徐达问道："元臣元将逃走后，北平府有不少空闲的庭院，你为什么非选了这么个地儿？"华云龙笑着说："不是挺好嘛，没挑的，能住就行。"徐达是华云龙的好友，又是西线征虏大将军，于是开玩笑地激将开了："你是北平府的管事，应该住得好些。据我所知，有座房舍豪华得很，高墙大院儿的，相当宽敞，人称'鬼府'，一直无人问津。你看怎么样，想不想去试试？"华云龙问："何处？"随军大将李文忠夸张地插嘴道："脱脱府哇，终年四门紧闭，谁都不敢进去住。天天夜闹鬼哭，睡到夜半三更时，会不知不觉地被抬到院子里。很多人知道那个令人心惊肉跳的地方，大将军敢去吗？"大将傅友德也添油加醋地说："脱脱府可是北平府的阎罗殿呀！怎么进去的，就得怎么搬出来，何必呢？我看还是另找一处吧。"说完，眯起眼睛微笑着看华云龙是个什么反应。华云龙原本好信儿，偏不信那个邪，说道："什么地方能吓住我华某人？大元帅，把这个府邸分给我吧，倒很想去会一会阎王爷呢！"徐达慨然应允。于是，第二天华云龙真的住进了脱脱府，屈指算来，已经三年有余了。刚进去时，他每到夜晚便横刀仗剑，呼喊着阎王爷和鬼卒们快快出来！可喊了一些日子，终无声息，而且住得十分安宁。后来，他的妻室儿女们也由江南搬来，一同住进了脱脱府，日日平安无事。市井邻里觉得奇怪，问华云龙可见到鬼魂了吗，小鬼长得什么样？华云龙大笑道："说脱脱府闹鬼，纯粹是流言蜚语。所传之言，全是捕风捉影、自欺欺人而已。"

　　光阴荏苒，一晃到了洪武六年五月十三娘娘庙会的日子。因为华云龙、徐达把北平府治理得挺好，社会安宁，商埠活跃，物资丰富，百姓笑逐颜开。所以，今年的娘娘庙会愈加热闹非凡。北平府的各个寺庙香烟缭绕，人头攒动，百合香、紫檀香、桂花香、龙涎香的香味儿弥漫于大街小巷。还真是巧得很，这天又是华云龙大将军的生日。他是大元宁宗朝至顺三年壬申五月十三日生，到今年的五月十三，正是四十二岁的华诞之日。近几年来，华云龙在北平府过生日，皆是一些老哥们儿齐聚华府，说古论今，杯酒谈心。今年胜于往年，府门里欢声笑语、喜气洋洋，来的人比以前还多，有徐达、冯胜、李文忠、傅友德等将及其同僚。如果说此次是新朋故友前来府中贺寿，还不如说是华云龙请兄弟们来府，以酒茶为他们不久前的西线征房失利表示安慰，让大家在一起换换心思，乐和乐和、泄泄心中的郁闷。

　　近些天来，因为西线征房的失利，大将们愁容满面、垂头丧气的。为什么会是这样呢？前书表过，洪武五年夏秋之间，徐达等人聚在北平府练兵，准备与西线元将扩廓帖木儿决一死战，摧垮元朝西部的残余势力。在刘伯温告老还乡时，朱元璋曾征询军师还有何嘱咐。刘伯温沉思了一会儿，说道："目前国基虽已初定，但陛下对元朝的残兵败将仍不可小觑，要东西兼顾，加紧攻防，不容疏忽。东边是纳哈出，西边是扩廓帖木儿，尤以西敌地域辽远，鞭长莫及。青海、甘肃、新疆面积太大，往北深入大漠数千里，可谓满目风沙之地，我们从未去过。只知那是死亡之谷，不好征讨，辽东还好办些。显而易见，攻防力量的重点要放在西部。"还特别告诫徐达："千万不能轻敌，务须谨慎，切忌仓促进兵。不要以为本朝已奠定国基，元帝败亡，什么事儿都好办了。其实不然，元势未竭，穷寇犹猖，应全力歼之。"正是按照刘老军师之言，朱元璋降旨，命徐达为征房大将军，带领全部兵将在北平镇守、练兵，熟悉北方的水土风情，等待时机西征，务求全胜。徐达便遵圣命，率部在北平附近摸爬滚打地演练起来。

数月后，由于当时求战心切，大家主张应快些西征，皆以为兵卒们经过适应西域水土和大漠生活的训练，不会有什么问题了。徐达也觉得这么长时间的演习，应该是差不离儿了，趁热打铁、及早动手不无好处。于是，在洪武六年春三月，兴师西征。徐达作为西线的征虏大将军、大统帅，率兵出雁门，趣和林。什么叫"趣和林"呢？就是直接迫近和林，进而夺取之。李文忠为左副将军，出居庸，趣应昌。应昌即元帝败死的地方，明朝曾打到并占领了那里，后来又被元兵夺回去了。冯胜为征西将军，出金兰，趣甘肃。三路兵马同时进发，大将军徐达为中路，左副将军李文忠为东路，征西将军冯胜为西路，各领五万骑兵。徐达命身边的大将都督兰玉为先遣，率万人先行。

单说徐达的中路大军追歼扩廓帖木儿至土喇河一带，已接近大漠深处，距京师两千余里。此地源于喀尔喀部鄂诺河西北下游与鄂尔坤河相汇合之处，放眼望去，黄沙铺地，沙涛没马，狂风呼啸，可谓无草、无树、无鸟、无水的死亡荒漠之所在。以前，徐达他们光听人们讲过那里，并不知实际情况，这回算是领教了。开始时，他们抓到了一些扩廓帖木儿的兵将，便以为完全可以与之交战了，就顺着扩廓帖木儿逃跑的路线追。扩廓帖木儿是蒙古人，从小在大漠中生活，深谙大漠之威，知道在这种环境下该如何生存、怎样辨识方向以及用啥招儿躲避。否则，必找不准东西南北，不知往哪儿走，甚至被风沙吞掉。大漠中还没有水，别说走不出去，渴也渴死了。扩廓帖木儿一看明朝来了不少兵马，又知道徐达大将军的厉害，所带几员大将皆很精明，与兰玉、李文忠、冯胜等人都鏖战过，如果一对一地打，肯定抵不过。事实的确如此，他哪有那个实力呀，根本不行。于是，他采取了以佯败、丢盔卸甲诱敌深入的办法，欲将明军引向大漠深处。

徐达等大明兵马不知是计，以为元军正在溃败，也是求胜心切，随后乘胜追击，想就地铲除。觉得多年来与敌交战，总是打一回，他跑一回，等你撤兵了，他又回来了。这次得赶紧像拍跳蚤一样，一下子拍死，彻底歼灭多年未能制服的嚣悍之敌，西征奏凯，西部便可安宁了，然后再挥师辽东，剿灭纳哈出，大功即可告成。他们越是这样想，越是精神抖擞，喊声震天，勇猛地冲向沙漠深处。在歼击中，已有不少马匹陷入沙丘而毙，徐达并未因此停步，仍急令继续追杀。正在他带领兵马急切向前深入的时候，便出事儿了。只见眼目所到之处，皆为黄沙，山丘、沟谷披上了沙衣。没有树，一片绿叶儿也看不到。此时，炎暑如焚，茫茫沙海被太阳一照，就像火盆一样灼热，能将鸡蛋烫熟！将士们的脸被烤得肿起来了，眼睛睁不开了，尽管衣服一件一件地全脱了，还是浑身冒汗。人脚、马腿多被灼伤，不要说走哇，连气儿都喘不过来了，似乎空气中充满了肉眼看不到的火焰。尤其是百里不见水源，掘地七尺，仍为沙丘，滴水皆无，渴死的人马狼藉遍野。兵士们走一走，突然扑通一声倒下了，再也起不来了。实在没法儿办了，只好杀征马，以它的血当水。徐达见势危急，立即传令，命傅友德等人砍杀喝马血的将士，怒曰："谁敢再砍马饮血，斩无赦，宁死不可杀战骑！无马，安可出大漠？必死无疑。人与马同在，或许还有生路！"就在明军万分危难之时，熟悉大漠生活的扩廓帖木儿与同伙儿贺宗哲从东西两路跃出，直接杀向徐达大将军所率之兵马。勇士们此时已是只有喘息之力而无征杀之能了，结果被杀死数万，狼狈败北。

徐达征战数十年，由于指挥有方，几乎百战百胜。此番出兵，却吃了平生最最丢脸面的一次败仗，你说他哪能不上火呢？那火可上大发了！他回到北平府后，一病不起。华云龙闻之，赶紧将徐达接到自己的府中，终日侍奉，耐心劝慰，近日刚好些，但仍为带病之躯。副将李文忠当时也陷入了重围之中，经殊死血战，损失甚重，好不容易返回了北平。唯独冯胜获胜而归，总算出了一口恶气。

三路大军回到北平后，徐达以十分懊悔的心情，将西征败北的战况奏报了京师，请求圣上惩处。朱元璋看了奏折，考虑到徐达大将军功高盖世，不仅对失败之责未予追究，还抚慰徐达及众将要好好儿休养一番，并勉励将士们："胜败乃兵家常事，要认真总结经验、吸取教训，好生练兵。按徐达将军的意见，明年可再度出兵，务求全功。"又叮嘱徐达，要继续多多过问幽燕和辽东诸事，不可疏怠。徐达谨记圣意，今天与众兄弟相聚，不单单是为华云龙祝寿，更是为了振奋士气、凝聚力量，重新组建兵马，以利再战。准备转年开春，西征复仇，与扩廓帖木儿一决雌雄。

说来也巧，今天在华云龙寿诞上的几位老哥们儿皆为同乡。徐达、华云龙、冯胜、傅友德、都督蓝玉乃安徽人，其中，华云龙、冯胜、蓝玉还都是安徽定远人。只有李文忠幼年在江苏，十四岁跟着舅父、后拜为义父的朱元璋到了安徽。他们与徐达一起血战多年，能不亲嘛，那真是生死莫逆的亲兄弟呀！更巧的是，论起年龄来，老哥儿几个又是同庚之人，徐达、冯胜、华云龙、傅友德均属猴。当时，世人没有不知道朱元璋手下有"安徽四猴"的，打仗总在一起，相处得极好，感情深厚。今日聚首华府，共同开怀畅饮，以此为徐达大将军解忧。大家是众口相劝："大将军，对西征的失利，今后吸取教训就是了，以后绝不能吃这样的亏了。""大帅，吃一堑长一智嘛，咱们再不会往大沙坨子里攮元兵了。""下次悄声儿去，在他们没进大沙坨子之前便实行包剿，那不就结了？明年肯定擒拿扩廓帖木儿，跑不了他，大帅放心吧！"徐达边听边点头。

就在大家你一言、我一语唠得正热乎的时候，忽然门军来禀，说秉仁公主、南京明月庵明月长老及弟子李佑在门外等候求见！这一声传报，有如一股温暖的春风，顷刻间将多少天来的愁云全驱散了，真是令众将军万万没有想到的喜事呀！秉仁公主那是无人不知、无人不晓哇，都知道既是刘伯温军师之义女，又是当今天子朱元璋和马皇后的掌上明珠。皇帝钦命她随马云、叶旺东征，为武威安抚使，身上还带着圣上的御旨呢！徐达本来正侧卧于睡榻上同大家兴致勃勃地聊着，一听秉仁公主他们来了，立刻精神了，忙坐了起来。娟娟是大将军最熟悉、最喜欢的小丫头了，也是从小看着长大的。在北去辽东时，徐达曾亲自赶回京师，与朱元璋一起到江岸送行。认为眼下她能至此，说明在辽东诸事顺遂，现在是按刘伯温的嘱咐到北平府来了。再说，娟娟虽然只是个孩子，但名分与身份摆在那儿，不能怠慢。于是，他赶紧起身下了地，率领华云龙、冯胜、李文忠、傅友德、兰玉诸兄弟出了客厅，命侍卫将府门大开，敲锣打鼓，恭迎秉仁公主驾临。不用说，五月十三这天的脱脱府，气氛将更加热烈了。

此刻，在门外等候通报的娟娟、明月长老和李佑忽听鼓乐齐鸣，又见府门洞开，甚感吃惊。惊诧未定之时，就见华云龙等人笑着迎出来了。徐达边走边兴奋地说："诸位辛苦了，今天是喜鹊当头叫啊，有喜事临门哪！"三人高兴极了，娟娟忙跑过去，拉住徐达大将军的手，说："哎呀，徐叔叔，何必有如此隆重的举动呢？"徐达没好直接回答，只是说："我的小娟娟来了，叔叔哪有不接之理呀？快，咱们到屋里好好儿叙叙旧。"娟娟回身拉过明月长老走在前面，大家随其后步入府内正厅。徐达请秉仁公主、明月长老上坐，又按朝廷之礼仪欲行大礼。娟娟哪能答应？急忙阻止，徐达力主不肯，说道："这是军师早已定下的，朝廷要按礼行事，安可违拗？何况你身带圣旨，有如陛下亲临北平，岂有不拜之礼？"娟娟无法，只好将随身携带的装有圣旨的小玉匣儿放在桌案上，然后谦恭地后退一边。徐达、冯胜、华云龙、李文忠、兰玉、傅友德依序给秉仁公主叩头，向明月长老施礼，明月长老则揖首还礼。娟娟又以刘伯温之女的身份向徐达叩拜，给众位叔叔施礼，向兄长李文忠问候。有些人娟娟是初次相识，像华云龙、兰玉、傅友德、冯胜等，李佑也是头一次见到，徐达为他们一一做了介绍。华云龙唤来仆人，令重新摆上酒宴，请秉仁公主、明月长老、李佑用膳。三人一路上也真是饿了，便没客气，坐下端起碗吃了起来。席间，当娟娟、明月长老和李佑得知了大家聚到一起是为了向淮安侯、燕王府的左相华云龙致贺寿礼时，二人又起身一块儿给华云龙拜寿。

话不多说，咱们单讲徐达。他可不是一般人物，现在是太尉、中书右丞相、魏国公、统帅兵马大将军，受朱元璋之命，常驻北平府，除治理北平，还兼理着山西、青海、甘肃、宁夏、新疆、河北、辽东诸省之事。可以说，长江以北的要务都由他掌管，肩负着大明的半壁江山。辽东的马云、叶旺既要渡海与京师密切联络，又要直接听命于徐达。况且二人原来就是其部将，遇事更要不断沟通，随时听从调遣。娟娟等人此次到北平府来，理所当然地也要见大将军，向他禀报辽东军情。他们知道，北平府可不像辽阳，那里与京师联络极为不便，需经海路和陆路，信息传递缓慢；北平与南京常有快马传书，信息相当畅达。你今天在北平府向徐达通禀了，明天便会传到南京，皇上会很快得知辽东的一切，方便快捷得很。

晚上，娟娟、明月长老、李佑向徐达介绍了到辽东之后所了解和掌握的诸方面情况，一宗宗、一件件地讲得极为详细。徐达听罢，对娟娟等人大加赞赏。他说："你们到辽东后的一些情况，我们早知道了。做法不错，很合本将军之心，让人高兴啊！这次到北平府来恰是时候，正好可以共同议一下如何制服曾家奴和高家奴。我想是不是从三个方面入手：第一，目前，应把注意力放在驻守北平府以北之云州的曾家奴、高家奴身上。二人近日因西域扩廓帖木儿得势，在土喇河一带打败了我朝派出的西征大军，就以为自己的力量了不得了，既与本朝抗衡，又与辽东的纳哈出争权。为此，扩廓帖木儿将与曾家奴、高家奴相互勾连。为制止他们狼狈为奸，咱们首先要力破即将举办的皮板大集会，擒拿'二奴'。曾家奴仗着幽燕云州一带山多地阔、易守难攻的优势，同我们不断地进行周旋。前一阵子，华云龙曾率兵前往云州攻伐，曾家奴则采取游兵之术顽抗。我攻他退，我退他攻，久不可解。再说，云州离北平府很近，哪能不担心曾家奴出来骚扰，致使此地遭到破坏呢？这样一来，我们难以拨出兵力援助辽东，只有靠马云、叶旺他们自己去防守了。近日，曾家奴和高家奴发兵三万，长驱直入辽东，与纳哈出共同形成了合围之势，企图夺回由马云、叶旺占领的重地，赶走本朝之力量。为此，我已秘密派人到辽阳，命马云、叶旺全力进击，不可大意，更不能上当吃亏，估计二位将军是有能力战胜曾家奴的。第二，若想破皮板大集会，则需尽快破解月牙楼。我与曾家奴的部将征杀时，从俘虏口中得知了月牙楼的一些情况，同你们掌握的差不多。李文忠在擒拿元嗣帝爱猷识理达腊之后，也从他那里得知，元帝玉玺等珍宝就藏在金山的月牙楼内。如此看来，元朝的各方残余势力，为圆争当皇帝之梦，必然都要去夺玉玺。如果我们能够先破解月牙楼，便扼住了他们复辟大元之梦，削其气焰，北地元势必亡。你们千辛万苦地掌握了破解月牙楼之关键，即是须找到姓'华'的师傅。我敢说，燕王府的华云龙可不是一般人，或许与要找的那位华师傅有关也未可知。因为淮安侯华云龙的祖上擅长建筑工艺，元大都的许多宫廷馆舍，皆出自其祖上之手。华云龙本人亦经此道，燕王府的修缮事宜，全部由他经略。我意不妨同华云龙共议此事，相信必有柳暗花明之效。为此，如果愿意的话，你们可暂住华府，与他交谈起来颇为方便。将这里权当各位的家，多歇息些日子，不要过于着急。娟娟，叔叔知你寻母心切，我同样惦着。但此事只能从长计议，现在务要集中力量，破解月牙楼。如果觉得住不习惯，也可回京待一阵儿，反正两地往来十分便利。"说到这儿，侧过头来，看了看身边的娟娟。

娟娟听徐叔叔这么一讲，执意不肯，忙打断了话头儿："我立誓北上寻母，可目前尚无着落，更无头绪，何颜回京师？不，我就住在北平府，与各位叔叔在一起，做你们的'跟腚虫'。徐叔叔，您一定得管哟！"徐达笑着应允道："好，好哇，那住下吧。"李佑也表示不走，要与娟娟一起留在华府。明月长老因出门日久，很是惦记庵里的事儿，不知了慧、了静二徒管理得怎样。何况经皇家拨款、重修之面目一新的明月庵还未曾见到，心里着急呀，想回去看看，再说衣装也该换换了。娟娟已来北平府，又在大将军身边，完全可以放心了。故此，明月长老便与娟娟、徐达商量，准备回南京，二人准允了。徐达大将军接着说到第三点："关于你们了解到的胡惟庸暗地里的背叛行为，事关重大，必须严守机密、守口如瓶。如不慎泄露出去，恐难抓其把柄，他反倒要更加责怪军师。这件事待我奏报圣上，再请旨定夺。"三人听后，点了点头，表示一定按大将军说的去做。

次日，明月长老见一切安排妥帖，决定不在此耽搁了，即刻取道回京师，二位徒弟出府相送。娟娟嘱咐道："师太，一路多保重。到了青田，替徒儿看看我那日夜思念的父亲，真是惦记他老人家呀！"李佑也叮嘱了一番，让师太注意身子骨儿，千万别累着。明月长老说："放心吧，师太不在身边了，你俩就多照顾自己吧，不要让我担心。"说完，便随同兵马司传报官办事乘坐的车轿，返回南京去了。

话说娟娟、李佑留在了北平府，徐达命华云龙亲自陪同先逛逛这座城。北平是有名的元朝皇宫大内所在的大都，又是当时幽燕第一大埠都，到处可见从漠北、黄河故道来的骆驼队，驼铃声声。街道铺着沙石块儿，有的一色是用西山一带的花岗岩凿成的小碎块儿拼嵌铺成的花饰纹形石头路。轿车、牛车、马队，特别是大铁车在石头路上一走起来，声音特别大，夜深人静之时，铿锵之声可传出几里远。北平府内尽管人多，熙熙攘攘、嘈杂喧闹，小贩儿、挑担儿的叫卖声更大，可也盖不过那石子路上的马蹄声、车轮声，成了北平府的一大特点了。

印象颇深的再一个特点，即北平府内的海子①很大，碧蓝清阔。听华云龙介绍，大面积的积水潭，是由附近的一些河流、小溪堵塞汇流而成，水很深。早在元大都时，便成了当地的一处美景了。百姓沿海子网鱼摸虾，府内卖的鱼虾，其中不少就是从这片水里捕捞来的。积水潭是北平的宝水，也是一大景观，引来不少游人驻足，欣赏渔家网鱼的忙碌景象。

第三个特点尤使娟娟难忘，那就是坐落在北平府的当年元朝皇宫大内的宏伟气势，在集庆，即现在朱洪武坐殿的南京城是绝对看不到的。南京的鸡鸣山等山水风光显现的是江南风景的秀丽，许多宫楼的设计别具匠心，典雅倩美有致。北平府则是北国大埠，不仅人们的衣着、说话口音、一举一动有别于南京，城市建筑也远远超过它。宫阙中的景山、小桥、流水，虽不如南京宫楼中那么多、那么美、那么娇秀、那么小巧玲珑，但其宏伟壮阔却远非南京可比。

元大都的名望，主要来自它独具一格的皇宫楼阁，技艺之精，让人叹绝。后宫的建筑，最早始于金代海陵王完颜亮之时。完颜亮于天德三年，金熙宗天会二十一年，由上京迁移到此建都，如今算来已有

_____

① 即水泡子。

二百二十多年了。宫殿曾屡遭战火，由于年年修缮，仍保留着原有的规模。现在的北平府中，放眼望去，四周几乎全是土香土色的平房，掺杂有市井小木楼。最有气势的，则是元朝廷的楼阁殿堂，金碧辉煌、鹤立鸡群，从十几里外就能看到。黄瓦、红宫墙、鲜艳的彩色花纹十分耀眼，楼顶儿的风铃迎风摇响，萦萦悦耳，清脆好听。古树上鸦群栖枝，不时传来嘎嘎之声，颇有一种"老树昏鸦"的气韵。宫内建筑也很壮观，幽静、深邃，显现一派王者之风。华云龙告诉娟娟和李佑，往昔这些元朝的宫殿已受圣命改为燕王府了，宫城建筑有不少楼阁的设施及宫内地下水道的流系等，均出自他祖上的工艺。他还介绍道："我祖上是燕州一带出名的建筑师傅，有从晋以来保存至今的家传秘法和《墨线神法》十三卷，由华家世祖珍藏。遗憾的是，后来因罪遭贬，《墨线神法》十三卷被焚。"娟娟不懂，忙问道："华叔叔，什么叫'墨线'？"华云龙回道："'墨线'是木匠师傅必用之器，传自鲁班仙师，有千年历史了。不论做什么器物，必先打墨线，然后按线制材。墨线的走法、动法、连法的不同，便可形成世上千奇百怪的宫楼俊阁，其中很有讲究，亦相当有学问。俗话讲：'没有规矩，不成方圆。'没有墨线，安有匠工？"娟娟听了华云龙的一番介绍，才明白了墨线的含义和用场，感慨地说："华叔叔，元朝皇帝老儿太坏了，只凭他焚烧《墨线神法》这一条，就该杀！杜工部有诗云：'安得广厦千万间，大庇天下寒士俱欢颜。'如果《墨线神法》十三卷能流传于世，那该多好啊，将能建筑出多少各有特色的楼台馆舍呀？不仅可以供人安居，还会使昔日的元大都更加漂亮呢！"

娟娟在观赏元宫时，又想起了月牙楼。为什么呢？因为她看到不少的宫廷建筑与金山大丞相府内月牙楼的风格十分相似，只不过月牙楼没有元朝宫城里的楼阁那么挺拔、高峻而已。于是，她便向华云龙请求道："华叔叔，请您讲讲纳哈出的月牙楼好吗？月牙楼与这里的楼型模式差不多，如此看来，造楼匠人肯定是从北平府请去的。据传讲，建造月牙楼的大工匠也姓华，跟叔叔是一家子。您仔细回忆一下，认真想一想，是不是家里的哪位师傅亲自给设计的呀？我不想再去看各个宫殿了，什么也比不上月牙楼让我感兴趣。叔叔，咱们找个地场坐下来，您就讲讲这座楼的事儿，娟娟爱听，行不？"华云龙禁不住秉仁公主的缠磨，只好从命，遂于元宫城，即现在的燕王府中左相府内，选了一处雅静的地儿，命卫士们备好茗茶，让娟娟、李佑先坐下喝点儿茶，歇一歇。

华云龙是这座元宫的大管家，被朱元璋钦封为燕王府左相，具体差事是：一须护卫好当年的元朝宫殿，防止闲杂人等或匪徒袭扰、抢掠、破坏；二要不断地加固，及时地修缮，使之虽旧犹新；三要为燕王府配置好必备的设施，待燕王来此就藩时，诸方面之必需皆已齐备，一应俱全。因此可以说，华云龙目前在北平府官最高、权力最大。徐达大将军等人，只是率军常驻，属于外来客人。傅友德曾逗笑道："华大哥，要我看哪，除了皇上、燕王，你是北平府的老大。为啥呢？不是嘛，连我们的大将军徐达右丞相也不得不听你的喝呀！"此话其实讲得没错，事实真是这样。

趣谈咱且搁下不表，再说说华家的历史。各位阿哥，前书已介绍过华云龙，对其家只讲了个大概，不够详细，有必要再把他的家中情况讲一讲。在大元英宗至治初年，华云龙的祖上被朝廷召去修建遭雷击而倒塌的宫中楼阁。因为工程期限长，既要修筑很多宫墙，又要扩建宫殿，没个三年五载是干不完的。所以，朝廷命他把家从江南迁到大都。当然，被召的不只是他一家，还有十几户工匠也随之而至。从安徽搬来时，华家是父子两人，即华云龙的爷爷和父亲，老家那边还留了不少人。为啥要父子同来呢？一是朝廷有命，需带家眷，当然不能父亲一个人来；二因华云龙的祖父当时是定远一带有名的木匠，外号儿"华大锯"。意思是说使起锯来巧如神、快如风，锯什么，什么成型，小自各种家具、陈设，大至楼堂廊舍，无不令人叹服。其祖父干起活儿来既利索又省料，做得美观、精巧，谁都甭想挑出半点儿毛病。一来二去的，便得了个"华大锯"的美称。更重要的是，他心中有《墨线神法》十三卷的秘诀，神人比不上，要不千百个人里，咋非选中他了呢！可老头儿当年已经七十来岁了，又有肺痨症，朝廷要人，不去还不行，没办法，只好让大儿子跟着一块儿去，寻思反正干一年两载的就回江南定远老家了。到了大都后，没承想由于爷儿俩干得特别好，被留住不放了，有啥招儿哇？只好常住下来。"华大锯"活到大元文宗时代病逝，儿子"华小锯"在宫中做修缮差役，得总库万户的赏识，任"修缮"之职，娶了京畿女为妻，生长子云海，次子云龙。长大以后，二子皆为木匠，其父"华小锯"后被治罪。

华云龙将上述之华家历史介绍过后，端起茶杯，呷了一口茶，接着讲道："我的祖籍虽在安徽，但出生在大都、长在大都，对这里太熟了，像自己的故乡一样。父亲后来怎么被治了罪呢？说来很简单。他自做了'修缮'之官后，需领一些匠艺修缮内宫，便能经常看到一些妃子呀、宫女呀，还有皇太子呀，等等。他是个直性人，在宫中，见太子爱猷识里达腊天天不是抱这个妃子就是搂那个宫女的，十分看不惯，遂对人说，太子过于轻佻了。正是由于冒出了这么句话，可遭了大罪了，立即被五花大绑地抓了起来，打入监牢。父亲本来性情耿正，刚直不阿，不服啊！气得张口痛骂昏君，结果是罪上加罪，全家被抄剿。表面看，似因一句话获罪；实际上，是由于他对宫中房舍太熟了，朝廷为防不测，借此除掉罢了。父亲一入狱，母亲日夜忧伤，溺河而亡，兄长领小妹逃往他乡。我一气之下，也离开了大都，去投奔义军。我徒步走了五十多天，没想入什么刘福通、韩林儿、张世诚那帮儿，而是专寻郭子兴投军。为什么非投他呢？因为当时听到一首歌谣中讲：'找见郭子兴，仇债一身清。'我正是一心想报仇啊，不久还真找着了。我到了郭子兴那儿，结识了朱元璋，从此跟随着朱大哥、当今的大皇帝闯天下，成了生死弟兄。在战场上，天天东打西杀的，没工夫想家。再说了，即使想，也回不去呀！直到与徐达打进了元大都，重回北平府，才得闲想起了我的家。已经有些日子了，我一直在访查哥哥和妹妹的下落，然而一点儿音信都没有。咳，假如能找到他们，或许可以解开月牙楼之谜。月牙楼是否真的与华家有关，我不知晓，兄长要是在的话，肯定能说个清楚。他的建筑才艺，全是由父亲传授的，技艺比我更胜一筹。"娟娟问道："华叔叔，您哥哥如今该有多大岁数了？"华云龙说："兄长比我大差不多一旬。我属猴，今年四十二岁，他该是五十三四了。眼下不知是活在世上，还是已经故去了，更不晓得可怜的嫂子有没有。大元朝可把我们家折腾苦了，那是家破人亡啊！"说着，眼泪不禁扑簌簌地落了下来。娟娟不好再问，怕问多了，愈加刺痛华叔叔的心。

娟娟和李佑仍由华云龙陪着，在燕王府用晚膳。华云龙看出娟娟一脸的惆怅，知道她的问题没全问完，对自己有所保留的回答并不满意，便一边吃，一边笑着安慰道："娟娟，用不着发愁，我是怕全说出来，你又该刨根问底儿地没完没了了。说实在话，我跟徐达大将军早把破月牙楼这桩子事儿放在心上了。关于此楼的建筑风格，过去只是听人说，从未目睹过。如今经你们活灵活现地一讲，还真像亲眼见到一般。依我的分析和判断，月牙楼的结构特点，很像是按我家的祖传建筑之法而造的。可以说，大元朝以来人称的'华家塔''华家楼'及不少佛寺的塔楼等，皆出自华家的工艺，设计十分考究、缜密，工艺相当严格，不可有半个头发丝儿的错谬。建好以后，能禁得起风雨的侵蚀、地震的晃动，千百年不会歪斜塌倒，可谓毫不含糊的大技艺呀！辽东金山的月牙楼始建于大元末年，现在是洪武六年，时间不算长。这期间，肯定能从黄河以北请到建楼的赫赫有名、屈指可数的第一号大工匠。可以料定，在元朝的爱猷识理达腊、扩廓帖木儿、曾家奴、纳哈出等人眼中，只有华家的技艺最高。那么，建月牙楼的人究竟是谁呢？我又做了进一步的推测。若真是华家工匠给建的，毫无疑问，他必是我们家族中德艺双馨的掌门人，其他任何人没这个能耐，也没这个手艺。为啥说呢？因为华家工艺是世代家传的技法，尽管祖上的《墨线神法》十三卷被元顺帝给烧了，其秘技工法却在掌门人的脑子里，是永远抠不出去的。另外，我们家族的祖传技法，世代定的规矩是传长不传幼、传男不传女。我哥哥是当代最高的建筑大工匠，那是活鲁班呀！由此足以说明，除父亲之外，那位华家工匠必是兄长无疑了，进而可以断定他没死，还活着，月牙楼的秘密全由大哥掌握着。我之所以不愿意讲，是因为有个心事。据传言，眼下元朝各方残余势力都急于想找到建月牙楼之人。他们有两个目的，一个是为了打开月牙楼，另一个可能是要杀害造楼人。因为要想独占月牙楼，获取玉玺，成为王位的继承人，则必须想尽办法控制造楼工匠，杀人灭口。这样，月牙楼的秘密当然不会传出去了。在这种情况下，我很担心兄长的安全，怕遭他们暗算。目前，已知纳哈出尚无动静，最急着出手的也是最危险的人物就是曾家奴、高家奴、扩廓帖木儿和在和林坐殿的元朝小皇帝爱猷识理达腊他们几个。我们绝不能麻痹大意，既要抓紧时间去寻，又要做得隐而不露。只要找到大哥华云海，一切便会迎刃而解了。"娟娟和李佑像听传奇故事一样，聚精会神地听着华云龙的分析和讲述，时不时地点头表示赞同。

三人唠到月上梢头、戌时正刻才分手，娟娟、李佑回到了华云龙为他们在燕王府中挑选的下榻之处歇息。旧历六月中浣，明月正是又圆又亮之时，娟娟坐不住、睡不着，往院中望去，四外通明，索性出去散步，又打了几路拳。恰在这时，李佑急匆匆地跑来叫她，让快到议事庭，即正殿侧面原来皇上接待臣子的偏殿，徐达大将军率众将来了，不知有何紧要军情。娟娟忙收住拳脚，随李佑到了前大殿的偏殿，见徐达、冯胜、华云龙、李文忠、傅友德、兰玉等所有的大将全到场了。徐达抬眼看了看，让娟娟和李佑坐在身边已经为他俩留好的两把太师椅上，然后说道："我刚接细作①飞马传来急报，曾家奴和高家奴与纳哈出的三万兵马已会

---

① 满语：送信人。

合，困住了辽阳。由于他们突然而至，使那里甚为吃紧，恐怕此城难保。细作见形势紧急，没敢深入，飞马回来通报此信儿，故而未来得及与马云、叶旺取得联系。弟兄们，看来得赶紧想办法，大家议一议吧。"李文忠、兰玉、傅友德等纷纷建议道："咱们今即发兵，一夜奔袭，便可赶到辽阳，应该能解城下之围。"华云龙、冯胜两位大将听了以后，均晃了晃脑袋。华云龙说："不能这样做，没有十分的把握。要我看，最好的办法是先端掉曾家奴在喀喇沁的老窝，断其后路。他们听到信儿之后，必快速返回，那不就使辽阳脱离困境了吗？"于是，众人就此各抒己见、争执不下，认为两方面提出的办法都不错，但各有利弊。

为啥这么说呢？如按前一种办法，兵马即刻齐发，驰援辽阳，行不行？完全可以率军千里奔袭而去。然而那样做，势必造成人力、畜力消耗甚重，不利征战。就是说，等赶到了辽阳，人马皆已精疲力竭，如果曾家奴反扑过来，明军受到的损失可太大了。若按后一种办法，即去端掉曾家奴在喀喇沁的老巢，当然可以。但驻扎在喀喇沁的元兵太分散，东一窝、西一窝的，究竟端哪个更有利呢？不得而知。何况曾家奴不一定很在乎失去喀喇沁等城池，最关心的恰恰是辽阳。因为得了此城，等于拔掉了明朝插在辽东的一把钢刀，夺不回来，日子便不好过，所以，他们是宁舍漠北的一些小据点，也要冒死攻辽阳。特别是去端喀喇沁元兵老窝的结果，会使曾家奴越发气急败坏，弄不好将增加马云、叶旺战胜元兵围攻的难度。如此看来，确实是各有各的长处、各有各的弊端，一时还真难以决断。

此刻，一直坐在那儿听大伙儿议论的徐达看了看娟娟，对她说："孩子，你向来喜欢跟着我们的军师大哥、你的父亲学习兵法，说说看，这个仗该怎么打好哇？大胆讲！"娟娟不好意思地笑了，说："徐叔叔，您真能逗乐，这么多的叔叔和兄长都是能征善战的大将军，哪能轮到我一个女孩儿家胡乱讲话呀？还是让各位多谈谈吧，我很愿意听呢！"华云龙、冯胜以前虽未见过娟娟，但知道她是军师的爱女，又有秉仁公主的名分，也听说她聪明好学，秉性刚直，办事有韬略，机警果断，而且武功很好，练就了一手阴宗双鹤剑的高超技法，此次去辽东干得相当不错，你说这样的孩子谁不喜欢、谁不疼呀？请将不如激将，于是华云龙像对待自己孩子似的冲娟娟道："丫头，大将军方才讲的是真话，你是皇封的东征武威安抚使，有权就得用啊！说吧，看看咱们怎么做好。此事若是由秉仁公主来办，该如何去解辽阳重围，救你的马云、叶旺大哥呢？

不要怕说错了，没关系，后头不是有大将军、你的徐叔叔兜着吗？"娟娟仍犹豫不决。徐达笑着说："娟娟，叔叔是大将军，今天我可下命令了，把你的想法一股脑儿给我端出来！"娟娟这下有主心骨儿了，正了正身子道："既然一定让晚辈讲，那我就试试。先问一句，曾家奴他们去辽东走的什么路？"听娟娟一问，徐达身边的一位得力参将马上拿过地图，摊在桌案上，指点着介绍道："曾家奴和纳哈出的兵马是从三路分头驰向辽阳的。曾家奴和高家奴带有两路兵马，一路是从喀喇沁走小寺沟，直插义县奔辽阳；另一路是从敖汉旗直奔贝子府，越过望海山，从山沟儿穿过去进入辽阳。第三路为纳哈出关外的兵马，是从开原南下，从东助攻辽阳，大致上形成了一个对辽阳的合围之势。"娟娟一边听，一边微皱眉头思索着。

参将讲完之后，徐达眯起眼睛，一脸微笑地瞅着娟娟，心里话："我们这代老喽，孩子们长起来了。真盼着他们个个生龙活虎，将来叱咤疆场，做大明朝的顶梁柱啊！"娟娟看到徐叔叔那鼓励的眼神，心里较前平静了，觉得有底了，胆儿壮了，这才说道："各位叔叔、各位兄长，依我看，目前的形势没什么了不起，曾家奴、纳哈出多半是虚张声势。拿纳哈出的一路兵马来说吧，讲好的是协攻，实际上不一定真出力。我们已摸透了纳哈出的脾气，他那老奸巨猾的劲儿，不仅不会轻易出兵，还不会实心实意地帮曾家奴。夸口出万余兵马，能出五千都是好的，还得见到曾家奴率军真的攻辽阳城了，才会命自己的兵马上去。所以，对他这路兵马，不必花太多的力量去对付。此次全力要抢辽阳城的，当为西部的曾家奴和高家奴，我们的注意力主要应放在如何对付那两个老贼的身上。我同意华云龙、冯胜两位叔叔的看法，若派兵长趋驰援，人困马乏，鞭长莫及，不一定能发挥及时雨的作用。就曾家奴的出兵路线而言，不管是从喀喇沁出关也好，还是经敖汉旗奔辽阳也罢，哪一路都需千里奔波，远比纳哈出从开原奔辽阳费时、费力。兵法最忌长途奔袭，此经验之谈，各位叔叔、大哥要比我清楚得多。我们能不能抓住曾家奴的这个弱点，采取'扼其后路，断其血源'之策。既然他要从喀喇沁出关，那此地肯定是重要据点，另一路所经敖汉旗则为其属。如果明军做出举兵攻占喀喇沁的样子，扼其后路，断其给养之道，曾家奴必慌忙退缩，不敢在辽阳围城恋战。徐叔叔，我朝不妨以一部分兵马奔袭喀喇沁，造成大将军要倾巢出动夺取喀喇沁的假态；同时以最快的速度，秘密将兵发到喀喇沁至辽阳、敖汉旗至辽阳的半路上，选一有利地形埋伏起来，以逸待劳，中道聚歼返回的曾家奴之敌。这样做，我想定会取得解救之全功！"

在座的众位将军听了娟娟的分析和应采取的策略后，高兴得纷纷竖起大拇指，称赞小丫头挺聪明，不愧是刘伯温军师的后代，讲得不错，想得也细，很对路，是个好主意。徐达自然更高兴，美滋滋地看着娟娟，笑在脸上，甜在心里。大家又七嘴八舌地商量了一阵子，基本上同意了娟娟的意见，认为此议可行。徐达便把娟娟刚才讲的归纳了一下，下达了命令："各位兄弟，这次咱们就按秉仁公主的想法办，用全部兵力扼其退路，半道揎死曾家奴和高家奴，以求全胜。冯胜、傅友德，你们扼住敖汉旗到辽阳中路之兵；李文忠、兰玉，你们扼住喀喇沁到辽阳中路之兵，自选山势隐蔽而战。华云龙领兵驰奔喀喇沁，大造假声势。待冯胜、李文忠两路兵马获胜之后，赶紧返回北平府，不必恋战。我坐镇北平府，指挥和协调三路兵马的攻战事宜。大家记住，一定要利用此机会，狠狠地教训曾家奴和高家奴，雪西征之恨。"将令下达后，各路将士分头准备去了。娟娟一看着急了，不答应了，问道："徐叔叔，您不是说我们也是大将军的部将么，为何不摊派差事？"徐达笑了，说："丫头哇，哪能忘了你呢？你们熟悉马云、叶旺那块儿的事儿，立刻去辽阳，将我的亲笔信函交给他们，主要是抓紧做好破皮板大集会的准备工作。"娟娟听后，这才乐了。

徐达同娟娟正唠着，只见李佑把满头大汗赶来的巫顺领进了屋。巫顺先见过徐达，又见过秉仁公主，回身坐在椅子上。他干什么来了呢？是为禀报曾家奴和高家奴等秘密筹办皮板大集会情况的。巫顺说："小的受纳哈出之命，专程去喀喇沁见了曾家奴，商定了皮板大集会之事。因事关重大，我想还是应先来拜见秉仁公主，尽早禀告才对。"于是，便将曾家奴如何筹办皮板大集会做了详细的介绍，还提醒道："总之，他们的目的，是利用皮板大集会扩充自己的力量，与明朝决一死战。对于这一点，千万要心中有数才是。"徐达对巫顺及时报来消息表示感谢，给以鼓励，并要求他需随时将曾家奴他们的活动情况告之，然后让娟娟同巫顺具体商议。因徐达此时正忙于战事的准备，时间很紧，所以交代完之后便走了。娟娟略微考虑了一下，嘱咐巫顺道："务必按徐大将军的意旨办，注意观察曾家奴、纳哈出的动向，我们将另有对策。不要怕，更用不着担心，依计划行之即可。你马上回辽东，先去金山。如果纳哈出不在，估计已出开原，赶紧带几个人沿路寻找。在半道儿若见到了就告诉他，对攻击辽阳之举还是收敛些为好，不要随帮唱影，以免将来后悔，可以说这是我让你转告的。今天不留你了，速去速回！"巫顺领命，匆忙离去了。

　　曾家奴统率着号称四万人马的大军，一想到将与纳哈出合力一举夺下辽阳，心中很是得意。他认为出的是奇兵，整个运兵过程，徐达根本不可能晓得。待知道后再去支援，无论如何来不及，肯定是晚三秋了，黄瓜菜都凉透了。在此次合围中，即使他纳哈出不怎么出力，单单是自己所带的兵马，两路夹击，也会使辽阳无法抗衡。再说辽阳不会有那么多明兵，仅就现有的兵力，必难于对付我曾家奴所带的蒙古骑兵。骑兵们跑起来，可谓万马奔腾，似排山倒海一般，真要是碰上了铜墙铁壁，仍阻挡不了其锐利之势。可见，曾家奴信心十足，蛮有把握攻下辽阳城。他还想，攻下辽阳后，便设法惩治按兵迟来的纳哈出，或者干脆占据金山，赶走这个白眼儿狼，去掉心中之患，少了个冤家对头，从此辽东不就归入我的手中了吗？势力将会更强。到那时，连扩廓帖木儿也奈何不得。他想得挺美，梦做得挺甜，以为很快可以信手拈来。曾家奴的两路兵马，一路是由大儿子冒帖和高家奴指挥，另一路是由他亲自指挥。由于心中高兴，道上是精神抖擞、跃马扬鞭，率领着大军风驰电掣般扑向辽阳。

　　再说纳哈出这路兵马扬言一万，实际正像娟娟估计的那样，不过五千人。由纳哈出亲自率领，乌迪什、乃颜扎布、乌莱、庆起、拜柱等几位大将军随其后，向辽阳慢慢腾腾而来。纳哈出一再叮咛将士们："大家慢点儿走，不用着急，不必往前抢功。"纳哈出从来是独断专行，原本一直想自己取辽阳，哪肯为曾家奴当垫脚石？所以，他一路上派出许多探马，看曾家奴的兵马到了何地，目的是绝不走在他的前头。即便最后同曾家奴一起攻辽阳，也要等他先冲上去了，眼见明军溃败了，自己所带的一路兵马再去帮着抓俘虏，别的啥事儿不管。一句话，我纳哈出就是个助战的！

　　纳哈出的马队走得很慢，一天三歇，游游逛逛。当到了离辽阳四十里处时，突然看到巫顺了。巫顺慌里慌张地来见纳哈出，说是在北平府见到了妙善师父，让转告大丞相，明朝徐达大将军对辽阳的防御早做了准备，曾家奴前去围攻会吃大亏的，接着，又如此这般、这般如此地警告了一番。纳哈出暗地里对徐达一向十分佩服，认为那是位名副其实的大将军，而且对娟娟的话深信不疑。因此，他听完巫顺的转达，心中更有数了，随即命令乌迪什："你率兵马三千，到辽阳城二十里处扎营，将'纳'字大旗高高竖起，让曾家奴知道我们来了就行了，记住，只在那里摇旗呐喊，不许妄动，听我之命，见机行事。若见曾家奴攻不下辽阳、不得不撤兵时，你就速速掉转马头返回金山，免得被明兵追歼。此乃军令，不可抗拗!"乌迪什当然遵命，点头称是。

咱们回头再说曾家奴，为了赢得奔袭辽阳的全胜，他跃跃欲试，做了非常周密的部署。前书多次讲过，元朝末年，元残部中的曾家奴、高家奴、达家奴是有名的"三奴"。其中，达家奴已被大明除掉了，现在数曾家奴的力量最强，与扩廓帖木儿、纳哈出并称为元末明初的"三大巨魁"。扩廓帖木儿据西域，曾家奴据燕北，纳哈出据辽东，对明朝构成了极大的威胁。前不久，徐达等大将西征，在西域受到了扩廓帖木儿的反击而败北。曾家奴便想扩大战果，继扩廓帖木儿之后，再伸出拳头猛击一掌，撵走大明在辽东的兵马。只是因要与扩廓帖木儿比功，显示自己的实力，奔袭辽阳才下了狠茬子的。为秘密进兵，打明军个措手不及，他采取了严酷的"铁注进兵法"。何谓"铁注进兵法"? 就是命所有参与军事行动的将勇出了山海关之后，全部脱掉元兵号坎儿，偃旗息鼓，乔装改扮而进。每抵一地，就将当地土民集中起来，不准随意流窜。大军过后，还要留下兵马看守村寨，严禁任何人进入，违者格杀勿论。行军途中所遇之人非囚即杀，如同这个地方已被铁水浇注一样，死亡沉寂，一点儿声音不许有。按此之法，一路上他是杀人如麻，血雨腥风刺鼻。到了辽阳形成合围之时，方张旗击鼓，向城中猛袭。

单说辽阳城里的马云和叶旺也没闲着，作了诸多方面的迎击准备，并派出不少细作探听消息。可万万没有想到曾家奴采用的是毒辣的"铁注进兵法"，使之连一点儿进兵的消息都未得悉，只探听到纳哈出率领万余元兵从开原向辽阳杀来。又细探之，扬言一万人马不过是虚张声势，实际上顶多五千人，而且是走走停停、晃晃荡荡的，不像在进兵，倒像是扭大秧歌一样，真不知纳哈出的葫芦里究竟卖的什么药! 叶旺、马云尽管对此感到很奇怪，又觉得十分好笑，但由于猜不透来意，丝毫不敢懈怠。辽阳城内外及平顶山上的万余明兵早已顶盔贯甲，严阵以待，誓歼来犯之敌。他俩唯一没有想到、细作也未探到的是，曾家奴的元兵会从天而降，由西、由北两路偷袭辽阳城。曾家奴的兵马是到了距辽阳城五里远处时，才突然亮出了旗子，马队排山倒海般蜂拥而进，其势难挡。马云、叶旺迅即调动兵马抗击，坚固城门，死守辽阳城的屏障平顶山和老鸦山。可是已经来不及了，曾家奴早命高家奴全力进攻老鸦山寨。高家奴原来就驻守老鸦山寨，对那里再熟悉不过了，便率兵从东山口儿的峡谷攀缘而上，放火烧掉了鹿砦高栏，直冲入老鸦山寨，杀死砍伤明兵无数，尸体遍地，血流成河，很快占据了大部分地方。叶旺得知老鸦山寨失守，大吃一惊，赶紧领兵去救。他手握阳宗双鹤剑，左杀右砍，勇猛地冲进了山寨，四下一看，元兵太多了，如蜂群一般砍杀着明兵，城寨火光连天。他当时肺都要气炸了，立马举刀挥剑，奋力迎敌。正在酣战之时，哪承想却被高家奴所布下之罗网扣住，紧接着又上来一群元兵，就势将他五花大绑。马云一听到这个消息，可急坏了，忙飞马来救。当到得山寨之时，突然冲出上百的元兵，里三层、外三层地将其团团围住，直逼马云。

正在这危急关头，突然不知从什么地方杀出两员素不相识的女将来。她们上身儿穿光板儿小皮坎肩儿，头上戴着很少见到过的野鸡翎子编成的小彩冠，下身儿是光板儿黄色皮子染成的花纹短裤，脚蹬一双黑毡靰鞡。其中一员女杰身魁力壮，模样长得挺吓人，大脸庞、大眼、大嘴、大耳朵，两只手胖得像两个小肉碟子。真不知是从哪里来的探海母夜叉，不用说与之对打，只凭那长相，便能吓趴下一大片！另一位女将同前一个正相反，苗条倩美，小巧玲珑，即便五个这样的女将，也装不满那个五大三粗女杰的肉皮囊。二人是一胖一瘦、一高一矮、一大一小。每人使的家巴什儿也不一样。结实而健壮的母夜叉手执一根金铁大擀杖，碗样粗，丈八长，握在手里像是摆弄一根烧火棍，挥舞自如，不费吹灰之力；娇小女杰双手使的是牛耳小尖刀，尺八长，虽像削萝卜刀，但舞动起来照样刀光闪闪，只见小刀影儿，不见女儿身。

魁伟母夜叉见冲出一队人马堵住了马云，便拔腰纵身一跳，当即踩死了六七个兵卒，随之双手将马云和叶旺从乱军中向上一提，像扔土豆子似的甩进了明军队伍之中，众明兵立即将二人保护起来。此刻，只见她手指元兵，声如震雷般地吼道："快快给我住手！从哪儿来的黑心强盗，干吗以多压少欺侮人，太不仗义了吧？本奶奶看不惯，今天就让我来玩玩儿你们这帮贼小子！"曾家奴见此，在马上大喝道："你是何路歹徒？休要干系此事！快快退下去，本将的刀枪可没长眼睛，否则后悔莫及。弟兄们，给我上！"那女杰根本没听这套，把金铁大擀杖往外呜呜地一抢，刹那间，元兵连人带马一下子倒了一地！曾家奴全仗机灵，双手一勒坐骑，马蹄竖起，金铁大擀杖便从马蹄边儿扫过去了，差点儿没碰到马腿，把他吓出了一身冷汗，急忙往后退。女杰边抢擀杖，边冲曾家奴喊道："小子儿，你才后悔呢！奶奶我生来只懂得用铁杖抢人，抢一下倒一片，还专爱看这个玩意儿。看惯了，有意思，比天天吃大肥膘肉都香百倍。来吧，倒吧，快给我趴下吧！"她在元兵中间不停地抢，抢了一圈儿又一圈儿，像北方拿大钐刀割草一样，在发出呜呜响声的擀杖下，不一会儿，竟躺倒了三四百人！

元兵从未见过有这种兵器和如此打法呀，一个个直往后退，躲那铁棒子，谁敢往前上啊？再说女杰打的也没个招数呀！被她呜呜地一抢，元兵本来是上万人挤在一起，骑着马的，马则互相碰撞、踢咬；步行的，因人多拥挤，无处可躲，则人压人、人摞人，躺倒了一大片，摞了好几层。于是，马踢人、人打马地可就彻底乱了营了。曾家奴原本设想好的阵法根本施展不了啦！没想到碰着这么个愣头儿青，喊也喊不住，叫也叫不住，全被打蒙圈了。

再说那边还有一位小个子女杰呐，她更有趣儿。人家骑马她不骑，在地上是忽而腾上，忽而跃下，忽前忽后、忽左忽右、忽高忽低地专用一双小牛耳尖刀捅马屁股，刺马肚子，割马卵子，扎马眼珠子，还划骑马人的脚腕子。这招儿也挺厉害吧？那刀扎到哪儿，哪儿不疼啊？只见一匹匹马眼睛扎瞎了，肚子划开了，屁股捅成一道道的口子，卵子割掉了。不少马疼得咳儿咳儿地怪叫，炮蹶子跑，人随之摔下来了，许多兵卒被马踏而死。一胖一瘦的两位女杰是越战越勇，像欢兔子一样蹿来跳去的，任谁甭想打着她们，自然一点儿伤不着。这还不算，此时细作又慌慌张张地前来告知曾家奴："徐达大军分三路奇袭喀喇沁、敖汉旗，堵住了咱们的退路，欲夺漠北大营！"曾家奴一听，不仅前头打乱了，后院儿也起火了，还了得！忙令身边人鸣金退兵。命令一下，人马越发乱了，踩死的、踢死的、踹死的不计其数，号称四万人马的大军，只剩下万八千往回溃逃。

曾家奴的败兵逃走后，两位女杰可能是累了，满脸、满身都是汗，索性扑通一声坐在地上，脱下靴鞋，光着脚，晾着湿漉漉的脚丫子，随后，又脱掉了上衣，整个半身裸露出来，一点儿不在乎地用毛巾擦着前胸的奶子和后脊梁上的汗，边擦还边冲元兵逃去的方向哈哈大笑着，笑得前仰后合的。远处看热闹的纳哈出之将领乌迪什，见明兵在两位女杰的帮助下，已将曾家奴打得溃不成军、损失惨重，忙鸣锣收兵，兴高采烈地回去禀告纳哈出了。纳哈出听后，很是幸灾乐祸，心想："曾家奴此次兵败，必垂头丧气，我纳哈出却毫发无损。多亏听了妙善师父之言，保存了自己的实力，没有上当吃亏，真乃万幸也！"

再说明军由于两位不知名的女杰前来相助，赶跑了出其不意偷袭老鸦山寨和平顶山的元兵，两位统帅得以救下，这才使辽阳城转危为安。曾家奴的兵马溃逃半个时辰后，马云、叶旺便命清理沙场，整顿人马，修理被破坏的营房。众将士在刚才的一场混战之后定下神来，含着眼泪收拾弟兄们的尸体，就地掩埋。与此同时，也将死在这里的曾家奴的兵卒和马匹抬到一块儿，摞了一堆又一堆，架起干柴点燃。烟雾弥漫在上空，尸体的烧焦味儿刺鼻难闻，连烧了三天不说。在打扫完战场时，他们看到那两位神勇的女杰正坐在地上晾着脚丫子，擦着身上的汗水，毫不在意地袒露着乳房，倒把兵将们羞得不敢正眼瞅了。马云、叶旺令大队人马回营，然后赶忙走到近前，躬身施礼，并说外面有风，小心着凉，快快穿上衣裳。那位魁伟母夜叉边穿边站了起来，死盯着马云说："喂，不要忘了，你是我给救下的。问一句，你们是不是朱元璋的兵马？"马云点头称是。"那认不认识明月长老？我俩是专门来找大师父的。"二人听说是来找明月长老的，知道她们肯定是自己人。叶旺忙说："认识，认识，太认识啦！老人家已经到北平府了。不过没关系，请二位跟我们进城，先到府上安歇。待明日我让人带你们去北平，就能见到明月长老了！"两位女杰没多说什么，随着二位将军在卫士的护拥下进了辽阳城。

马云、叶旺一行人刚刚回到府衙，便有探子来报，说曾家奴、高家奴两路溃逃的兵马双双遭遇了徐达大将军设下的埋伏。西路残兵被李文忠、兰玉杀得只剩曾家奴带千余人逃回了喀喇沁；北路残兵被冯胜、傅友德砍得更惨，高家奴险些丧命，仅带百余兵马逃回了敖汉旗。马云、叶旺听后，非常高兴，知道本朝能获此大胜，与天降恩人相助有关，当晚设盛宴款待女杰。宴间，马云、叶旺询问其来历。开始二人不说，后在一再请求下，方告知她们是姊妹俩，来自东海窝稽萨勒奴妈妈部落。这次千里步行来此，是为寻找明月长老拜师学艺的。叶旺忽然想起来了，她们不正是在乌蛇岭、蚰蜒洞遇到的那个萨勒奴妈妈部落的人嘛，可真是巧了。姊妹俩关于其他细情一字未露，显然不愿多讲。马云、叶旺也就不好再问了。

经过几日休整，辽阳一带恢复了往日的平静。叶旺忙着到平顶山、老鸦山充实兵力，修筑壁垒工事，一连几天住在山上。马云也挺忙，天天领着兵将修缮毁坏的辽阳城池。二人为此次遭偷袭损失甚大，心情十分沉重，都想向徐达大将军表示：自己不堪此任，没能尽到守城之责，有负圣命。恳求制裁，请辞同知之职。叶旺火上得不小，满嘴燎泡；马云由于愁闷、劳累还生了病。而两位仗义女侠住在辽阳城这几日歇息得倒蛮好，加之马云、叶旺对救命恩人的热心关照和派人侍奉，一日三餐换着样儿地给送上来，很快养足了精神，情趣勃发。

这日，马云的病刚好些便披衣坐起，还没等下炕呢，忽听外面有人对护卫大喊："我要进去找当家的！"马云在屋内一听声音，知道是那位魁伟的恩公大姐来了，忙下地出来恭迎。叶旺也听到了喊声，马上推开门走了出来。二人边走边纳闷儿："可真是怪了，怎么能叫出个'当家的'呢？"马云猛然琢磨出来了："噢，对了，可能指我和叶将军是辽阳的都指挥使司同知，还算得上是'当家的'。"随即把这个想法告诉了叶旺。叶旺笑着说："是呀，咱俩想到一块儿去了，除此叫不出什么'当家的'来。"二人见来的是姊妹俩，赶紧恭请二位进了客厅，侍卫献上了茶。叶旺冲胖恩公问道："大姐，你想找谁办事儿？"她还是那句话："找我当家的。"叶旺又问："是生活上有什么不安适、不如意吗？"胖大姐对叶旺的问话理都不理，两眼一个劲儿地直勾勾看着马云，把个马云给瞅愣了，觉得怪不好意思的，一时不知该说什么好了。叶旺说："大姐，有什么话尽管讲来。你是我们的恩公，如若有事儿，一定遵办就是。"胖大姐开门见山地说："明军能保住辽阳城，你俩没被抓走，没忘靠的是谁吧？"叶旺忙道："怎么会呢？我们万分感谢恩公大姐，将永世不忘。还要申奏朝廷，为大姐请功赐赏呢！"胖大姐说："我才不稀罕啥请功受赏呢，又不是为那个才帮的。说实在的，当时没工夫弄清两边谁是谁，更不知道你们是明月长老一边的人。我平生最恨无故欺负弱者的恶人，好打抱不平，不打手痒痒。妹子也是这样，看谁吃亏了，我们就帮谁。"马云说："恩公大姐，你们真是好心人，武术高强，今后干脆为国家效力吧。"胖大姐见马云搭腔儿了，很是高兴，走过来一下把马云的手给抓住了。她那手又大又有劲，随之狠劲儿一攥，把个马云疼得哎哟哎哟直叫，根本抽不出来。胖大姐说："当家的，告诉你吧，我相中你了，这辈子跟定你啦！"马云听后是丈二和尚摸不着头脑，心想，胖大姐精神不正常吧？刚要发问，可一想人家是救命恩人哪，哪句话说错了有所得罪反倒不好，话到嘴边又咽回去了。叶旺也觉得不是个味儿，还不便多说什么，只是含糊了两句："哎呀，别开玩笑嘛，有话咱们慢慢唠。"胖大姐很干脆地说："谁开玩笑了？我是说正经的呢！俗话讲得好，有仇报仇，有恩报恩，二位将军怎么报答我们的恩吧？要不咱到外边比试几下子咋样，来吧，你俩谁敢上？"叶旺没吱声儿。然后，她转过脸冲马云说："哪怕把你打趴下了，那也没关系，仍然是我当家的，咋的都跑不了喽！"马云一看，嗑儿不能往下唠了，越唠越离谱儿了，忙敷衍道："这些好办，大姐，还让我帮你干啥？"胖大姐说："当家的，你得领我去北平府找大师父明月长老。我不认识道儿，从乌蛇岭到你们的破辽阳城，差不多走了两个来月，到处打听却问不明白，跑了不少瞎道儿。不过算是没白走，没承想刚巧碰上了你们与土匪遭遇，正好赶着帮上了忙。回过头该帮帮我们了吧？总得还人情嘛，把我和妹子送到北平府去就行了！"说完，才撒开手。

马云、叶旺听胖大姐把想法一说，悄悄儿合计了一下，觉得亲自送她们去北平府还真行。这尊佛可留不得，说不准再弄出别的什么来，快点儿送走也好。再说自从奉命到了辽东，一直没机会去趟北平，有不少事儿需要向徐达大将军禀报。特别是辽阳突然遭曾家奴的偷袭，损失惨重，正写奏折申奏朝廷下旨，严罚同知失职之责，应该当面儿陈述有辱圣命、不堪重用之罪。好在眼下辽东诸事已就绪，完全可以交给众将领分别管理，借此机会抽身走一趟。他俩商定后，痛快地答应了胖大姐的要求，通告给护城、武卫和平顶山、老鸦山众将领，明确分工，各尽其职，不可敷衍塞责，如有马虎，严惩不贷。交代完毕，回头告知两位女杰，二人将一同送姊妹俩去北平府寻找明月长老。胖大姐听后乐了，一再说："这么做就对啦，是个男人，像我当家的！"说完，啪地拍了一下马云的肩膀。可能是用力过猛，又来了个冷不防，马云差点儿没蹲在地上。

马云、叶旺恨不得越早把姊妹俩送走越好，次晨天刚明，去马厩选了四匹坐骑，每人各骑一匹，又多带两匹，以便路上备乘，背着干粮、水葫芦上路了。四人打马疾行，快到山海关时，胖大姐突然骗腿儿下马，说是要撒尿去，边说边快速地钻进道旁沟下一小树林中。一会儿，胖大姐的小妹妹也下马钻进了林子。马云、叶旺见此，只好停下静等。工夫不大，只见小妹妹从林子里走出来，大声儿唤马云，叫到林中去一趟，说姐姐有事儿找他。马云犹豫着不想去，叶旺说："叫去就去呗，都老大不小的了，怕啥？或许有什么话要跟你单独说。去吧，没事儿，我在这儿看着。"马云想："去就去，有啥呀？反正不去，她不出来，谁都走不了，索性看个究竟。"一边想着，一边把马缰绳交给了叶旺，然后从道边下沟了。

马云走后，叶旺不经意间扫了一眼那个小妹妹，方注意到她的长相和姐姐大不一样，很是文静、秀气、好看。说实在的，这么长时间里，叶旺还真没来得及细细地、面对面地打量她。二人性格也不同，妹妹不像姐姐那样有啥说啥，火爆、泼辣，而是寡言少语、彬彬有礼。叶旺不由得想起那天在与曾家奴拼杀的征战中，她双手挥舞着小牛耳尖刀，速度极快，似乎全身都是刀，根本看不清人影儿，把曾家奴的兵马杀得落花流水，又特别机灵，跃跳腾飞如狸猫、猿猴，在马肚子底下蹿来蹿去，专刺马肚子，割马卵子。所用的招儿真够新鲜的，挺毒，是蝎子厄厄独一份儿，还从没看见有这么个打法的，不禁暗暗佩服姑娘的神奇武功。小妹妹此刻与那天完全不同，静静地站在马的旁边，远望着群山，一声儿不吭，也不看叶旺一眼。

叶旺正琢磨着，突然听到林子里胖大姐大喊大叫起来："当家的，你好大胆子！话可撂到明面儿了，不同意讲啥全不好使，只要我说了，必须照办。要是不答应，看我怎么拍死你！"又听马云一个劲儿地求饶："别这样，别这样，好说，有话好说还不行嘛！"叶旺一看不好，莫不是要打起来吧？也顾不上马了，赶忙跳下沟，三步并成两步地向林子跑了过去，进里边一看不要紧，当即吓傻了！只见马云仰颏儿躺在地上，胖大姐骑在他身上，一只大手摁住马云，另一只大手正举起来，看样子非狠拍马云一巴掌不可。叶旺着急了，心想："凭马大哥刚刚病愈的瘦弱的身子骨儿，哪能经得住像熊瞎子掌一样有力的巨手拍呢？不得给活活送到西天去呀！"忙扯开嗓子冲胖大姐连喊带叫的："哎呀，我的大姐，你是活菩萨还不行吗？有话慢慢讲，千万手下留情啊，马大哥可受不了那巴掌呀！"叶旺一面说着，一面上前护着。

叶旺这么大呼小叫地一嚷嚷，恰好惊动了路上的两个人。也真是巧，你道那行人是谁吗？正是娟娟和李佑。他们是奉徐达大将军之命，来辽阳看望马云和叶旺的，紧驰慢跑地刚到了长城外。正催马赶路呢，便听到前边的树林中，恍惚有喊叫声。二人不免一惊，以为有匪徒抢劫，急忙前来搭救。到了林子边儿又一细听，是叶旺大哥的声音，觉得甚是奇怪，挥鞭飞马冲入林中。娟娟一看，见一个膀大腰圆的女子正骑在马大哥的身上，拳头都举起来了，以为必是强盗或元军的暗探呢，遂高叫一声："好大胆，竟敢谋害我的两位大哥！"随即将手中的袖镖嗖地一甩，不偏不倚，正中了胖大姐的头。胖大姐应声儿倒地。

娟娟和李佑下了马，上前拉起马云。令马云和叶旺万万想不到的是，这二人来了，可真是喜出望外呀！娟娟忙问："马大哥，怎么回事儿？"

马云和叶旺便将几天来发生的事情和偶遇两位陌生女子以及她们如何帮助杀退曾家奴，救了他俩的性命，两位恩人又怎么让送她们去找明月长老之事讲了一遍。叶旺还逗趣儿道："胖大姐也忒厉害了，说啥是啥，我们哪敢不从啊？只能委委屈屈地受些窝囊气。"娟娟一听，立马明白了，说道："叶旺大哥，你可能忘了，咱们在乌蛇岭时，东海女真的女罕萨勒奴妈妈不是说过她那里有两位女子教习武术吗？是汉人，要回内地，还要拜明月长老为师呢！"叶旺问："难道就是她俩？"娟娟回道："看来肯定是了。"边说边走了过去，蹲下身来，见胖大姐由于中了袖镖，已昏睡过去。于是，她让两位大哥和师兄李佑将胖大姐轻轻抬出林子，向大道走来。

此刻，牵着马等在道边儿的小妹妹抬眼一看，姐姐竟被抬了出来，脑袋嗡地一下，知道是出事儿了，急忙迎上前去。刚要发问，娟娟走过来拍着她的肩膀，说："好妹妹，不要怕，咱们是自家人。大姐只是昏睡，一会儿就能醒过来。到时候，我会向她致歉的。"小妹妹倒挺通情达理的，没说什么，更没有嗔怪，赶紧帮着把姐姐抬到了马上。娟娟当时没想给胖大姐使解药，担心她脾气暴躁，一时说不通，再要闹起来，会影响赶路的，遂对四人说："先让她睡一会儿，等咱们赶到山海关，住进客栈，再向大姐解释这场误会也不迟。"大伙儿认为只能如此，便骑马上路了。

一行六人大约走了一个时辰，来到了山海关城下一座无名的小客栈，要了两间清静、整洁的客房，三女、三男分别住下了。胖大姐醒来后，经娟娟一番苦劝，总算平静下来，不去细说。

单说次日晨，娟娟等一行六人继续赶路，晚上便到了北平府。马云、叶旺首先去将军府拜见了徐达大将军，禀报了辽东的军政诸务，并请罪免官。徐达说："此次系曾家奴偷袭，虽遭受损失，但情有可原。何况我们乘势堵截，获得全胜，胜败就算抵消了。尔等数月忙于辽东的镇守，成绩斐然，朝廷皆知，是有功劳的，我也为你们高兴。日后须抓紧操练兵马，严密布防，提高警惕。"二位同知感动不已，谢过大将军的宽恕，又拜见了冯胜、华云龙、傅友德、李文忠、兰玉等将领。大家许久未见，倍觉亲切，当晚聚首一堂，杯酒欢颜，通宵未眠。

再说两位女杰，尤其是胖姐姐在娟娟的真诚感召下，与先前大不同了，像变了个人似的，相互之间不但越来越熟悉了，而且越来越亲近了。

她俩曾听萨勒奴妈妈讲过，明月长老身边的妙善居士，是大明朝军师刘伯温之女，手使阴宗双鹤剑，武艺高强，万马丛中无人能敌。萨勒奴妈妈还叮嘱说："你们到了那里，一定要与妙善居士好好儿相处，那可是明月长老的心肝儿宝贝呀！"此话她们一直记在心里。姊妹俩还挺懂事儿，大姐不敢再高傲、胡闹了，收敛了不少，表示一切愿意听娟娟的。娟娟告诉她俩："我的师太，就是你们要找的明月长老已回南京看望众徒弟去了。再说前一阵子出来多日，庵中有不少事情等着老人家处理，只好暂时回去一段时间。不过请放心，安排妥帖之后，师太还会来北方的。她本是大慈大悲的得道高僧，从来是有求必应，早说过你们要来。我还知道老人家已经答应收你俩为徒了，临走时曾念叨过此事，只是不知何时能相见罢了。师太若得知你们到了，一定会很高兴的。今后咱以师姐妹相称，因为都是明月长老的徒弟嘛，是吧？这里还有一位师兄呢，他是一块儿来北平府的李佑，我给你们引见引见。"说着，娟娟把李佑唤来，让他正式见过了两姊妹。娟娟又道："从今以后，李佑是师兄，下面是我，再下面是你们姊妹俩。"二人听娟娟这么一说，马上施礼，拜娟娟为师姐，拜李佑为师兄。师兄妹四人越唠越高兴，越唠越投缘，经娟娟详问，才知道了两姊妹的真实身份。

原来，体魄魁伟的姐姐叫鲍龙花，瘦弱清秀的妹妹叫鲍龙卉。其父鲍豁是元朝战将，元亡不久，流落福建沿海为盗，后降明，随靖海侯吴祯老将军巡逻于黄海，已因病亡故。鲍龙花、鲍龙卉由于母亲早亡，父亲又流落在外为盗，无人照看，便被福州城中的一人贩子骗卖，后全仗圆觉禅师收留，才算得救，被带到武当山习武。姐妹俩随圆觉禅师云游至辽东时，住进了医巫闾山中的望海山僧院。当时，明廷初兴，圆觉禅师又将她俩送到了东海窝稽部，让在野人部中传授武功，并嘱告说："三年后，必有一位女长老到此采药，她差不多年年来东海一带。尔等可离开东海古寨，拜大师父为师，为国出力，亦可有终生存身之地也。"这不，二人遵圆觉禅师之言，在女真女罕的指引下，来找明月长老了。娟娟多次听师太讲过，说一派门宗中有月禅禅师，还有圆觉禅师，皆是武当同宗佛门掌门师父。看来鲍氏姊妹千里投奔而来，也是有佛缘的呀！为此很是喜欢两个师妹。在同她们的接触中，娟娟看出鲍龙花心事重重，到底是为什么呢？她忽然想起李佑曾说过："我从叶旺那儿得知，鲍龙花初到辽阳和那日在林中闹事，都是为了马云大哥。鲍龙花总是喜欢叫他为'当家的'，不知何意。"刚开始时，娟娟没太在意。现在想想，对呀，我真笨得要死，这不明明是鲍龙花相中马大哥了吗？哎呀，可是一桩大好事儿！马大哥年岁不小了，都快四十的人了，早该成个家了。好，此事就包在我身上了！

娟娟是个细心人，又是热心肠儿。一天晚上，她开诚布公地问鲍龙花："师妹，我问你，你是逗笑儿叫马云大哥为'当家的'呢，还是真相中了他？告诉师姐实话，我会给你做主的，必要时，可请徐达大将军为你主婚。掏心窝子说，同意嫁给他吗？"娟娟一问，反把一向泼辣、啥都不在乎的龙花给问住了，一时不知怎么说好了，脸还红了。娟娟一看有门儿，便斜眼瞅着她，故意带搭不理地说："噢，若不是那么回事儿，就算我没说，以后再不管了，也不提了。"鲍龙花一看师姐真要不理这个茬儿了，着急了，忙上前一把抱住娟娟道："哎呀，师姐，谁说不同意了？我早有嫁给马将军的心思。要不，能在树林子里骑到他身上逼婚嘛！"娟娟扑哧一声笑了，用手使劲儿点了点龙花的脑门儿，又道："师妹，我再问你，妹妹龙卉呢，她有没有心上人许配过谁没有？"龙花说："哪有哇，妹子今后也得靠师姐给赏赐个如意郎君呢！"娟娟听罢，微笑着沉思不语。

深夜，娟娟睡不着，龙花睡得倒蛮实蛮香的，在明亮的油灯下，能看到她于梦里甜甜地笑着。娟娟侧过头来，又瞅了瞅睡在身旁的龙卉，左看右看就是看不够，甚至高兴得流下了眼泪。龙卉比龙花长得清秀、美貌，长长的黑睫毛、瓜子脸、樱桃小口，使人越看越爱看。娟娟从小在浙江青田长大，常随父到海边儿观瞧渔家女织网、捕鱼、晒鱼干儿，印象颇深。觉得小师妹龙卉可是具有典型的福建海滨渔家美女的风韵，天生丽质，应该帮着找一个最能让她幸福的伴侣才对。娟娟越想越激动，索性不睡了，起身披衣下地，轻轻地出了房门。

华云龙将娟娟与鲍氏姊妹安顿在燕王府歇息。徐达大将军、冯胜、傅友德、李文忠、兰玉，还有马云、叶旺、李佑也都住在这儿。尽管如此，偌大的燕王府邸仍有几百间房屋空着。因朱棣尚年幼，未到北平就藩，此处的一切全权交由华云龙左相管理护守着。虽然燕王府的名称对外早叫出去了，但实际上，只是空有虚名而已。娟娟信步来到外面，见长廊的灯依然亮着，几扇窗子透着灯光，看来屋里的人还没睡。她知道每间房里住的都是谁，右侧最末的那间，就是马云和叶旺大哥住的地儿，便走了过去，到了窗前，听见里面在攀谈，声音不大，听不清说什么。她凝望了一会儿，在院子里徘徊了半天，心中酝酿已久的决心最后下定了。

可跟谁说好呢？此刻的娟娟同鲍龙花一样，特别想见明月长老，有满肚子的话要一股脑儿全吐出来，可惜老人家不在跟前。她琢磨了一阵子，突然感到轻松了，对呀，师太不在，徐叔叔在呀！一向拿我当亲生女儿待，跟父亲的关系那么近，完全可以代表我的长辈。徐叔叔还是右丞相，乃当今天子最得力、最信任的爱将佐臣，同父皇像亲兄弟一般。父皇和皇娘十分信赖他，从这一点看，又能代表皇上和皇后，此事应该同徐叔叔讲。她想至此，心里顿觉踏实了，反身回到房中，脱衣上炕，很快进入了梦乡。

次日早膳后，娟娟去拜见徐大将军。徐达开始觉得挺奇怪，问道："娟娟，什么事儿呀，还郑重其事地来见我？"娟娟言道："叔叔，眼下您坐镇北平府，远离天子，远离我父亲。您是天子派来的重臣，可以代表我的父亲，无论什么全能做主的。"徐达说："孩子，话不能这么讲，到啥时候我都是徐天德。皇帝是皇帝，刘伯温是刘伯温，叔叔我没那么大的造化和能耐，谁也代表不了。丫头，究竟是何意呀？有话直说，咱们不用讲官场话，就是侄女同叔叔一起唠家常嗑儿。说吧，啥事儿？"娟娟回道："我想请叔叔做主婚人，给您的部下完成大婚之礼。"徐达笑了，忙说："哎呀，小娟娟，我以为怎么了呢，你是着急了不成？与叶旺成婚叔叔早就同意，可是你们自己给拖至今日呀！这会儿怎么想着办婚事了呢？好啊，好啊，我举双手赞成！"娟娟红着脸解释道："叔叔，别逗笑了，不是您想的那样，我说的是马云大哥。他已四十多岁了，总是孤身在外，没个人照顾，长此下去总不是事儿呀，应尽快成家才对。临从南京出来时，父亲一再嘱咐，让我们帮助马大哥物色个合适的人，好快点儿有了家口，以便安心永戍北疆。前些天恰好碰到个不错的女子，是我的师妹鲍龙花。其父鲍鲆，早年在靖海侯吴祯老将军手下为参政，已过世。龙花曾于圆觉禅师处习武，武功高强，特别喜欢马大哥。徐叔叔，请做主把师妹许给马大哥吧，求您了！"徐达忙不迭地说："是件好事嘛，马云愿意不？"娟娟回道："说的是呢，全在叔叔您了。大将军不发话，马大哥敢在阵前娶妻吗？"徐达一听，心里琢磨开了："娟娟这孩子想事儿蛮周到呢，真是提出了一个很重要的问题。是呀，马云多年来一直一个人东跑西颠的，早该有个家了。娟娟非一般庶人，那是秉仁公主、钦命的武威安抚使，有生杀予夺之权。今天提出了一件老将娶妻之事，理应认真对待才是。"于是便道："娟娟，你想得好、想得对。为帅者不仅领兵打仗，也应关心将士的生活，叔叔以往做得不够。此事当然可以，这样吧，我明日就同马云说。不过，鲍龙花那边你务要保到底，别是我说动了马云，鲍龙花再不同意。到那时，做主帅的脸可没地方放啊，你得为徐叔叔负责哟！"此时的娟娟高兴得像个孩子似的，根本没顾及什么秉仁公主身份，扑过去搂住了大将军的脖子，跳着脚说："徐叔叔，太好了，真是位好叔叔！放心吧，我还怕您说不通马云大哥呢！"说完，转身乐颠颠地跑走了。

第二天，徐达告诉娟娟，马云同意娶鲍龙花了。娟娟听后，长舒了一口气，那颗提溜了一宿的心总算落了地，刚想再问什么，未等开口呢，大将军称有事儿要办，边说边往外走。这下娟娟着急了，几步跑上前拉住徐达的手，说："叔叔，先别走，我还有更重要的大事儿没说呢。您可千万给侄女做主，帮忙说情，在这儿给您老叩头了！"说着扑腾一声跪下了，咣、咣磕了两个头，然后双手抱住徐达的大腿不放，眼泪也流出来了。徐达一惊，忙道："孩子，可使不得呀！起来，有话慢慢讲，咋的了？"娟娟没动地儿，固执地说："此事您务必得帮我，要是不答应，我就跪在地上不起来。"徐达无可奈何地说："好，好，别折杀我了，叔叔答应还不成吗？小公主哇，你今天是怎么了，倒跟徐天德作起对来了？告诉叔叔，为啥呀，莫不是让我老头子反过来给你跪下不成？"娟娟听徐达这么一说，才站了起来，眼含热泪、悲伤不止地问道："叔叔，您是不是从小看着我长大的？"徐达回道："是呀，没错。"娟娟又问："我的父亲现在青田，而小女正在您的跟前，叔叔像我的父亲一样，是吗？"徐达回道："娟娟，说得对，是我的好丫头，还给咱们大明增光了呢！"娟娟接着问："我的母亲楚绣绣您认识吧？"徐达说："当然，岂止是认识，而是非常熟悉。孩子，今天为啥提这些，是不是犯什么毛病了？"娟娟说："叔叔，那您对侄女的身世肯定清楚了。您晓得我为什么叫娟娟么？是不是在金山还有一个与我同母所生的弟弟叫田田？叔叔，记得小的时候，您常教导我不许撒谎，说假话不是好孩子。您今天也应讲真话，如实地告诉娟娟，好吗？"徐达说："孩子，关于你的身世，叔叔的确知道。因为当年我和胡大海陪同朱元璋去婺州时，见到了你的生母，而且在一起待了好几个月。当时是怎么个情况，几乎天天看在眼里，哪能不知道呢？后来，我同刘老军师及老嫂子安夫人曾多次谈起你出生时的情况，每唠一次，不免要为你的遭遇掉不少眼泪。咳，孩子，别说那些了，什么我都清楚，只是过去没对你讲而已。你很刚强，硬是弄清了身世，找回了自己的名分，叔叔佩服你。可为啥今天非端出身世的事儿来？好孩子，以后别再提了，行吗？"娟娟不语。

此时，徐达这位久经沙场的老将军，一说起娟娟的身世，便想起了老嫂子安夫人，想起了至今仍在青田的刘伯温，想起了楚绣绣的不幸遭遇，很是伤感，眼泪竟然也止不住地扑簌簌往下掉。娟娟更是哇哇地哭了起来。过了一会儿，徐达搀娟娟坐在太师椅上。娟娟仍然哽咽不止，边哭边说："自从知道了自己的身世，无时无刻不在想我的生身母啊！此次去辽东金山，知道母亲已被逼疯，失踪两年了，至今没有音信。唯一的收获，就是遇到了一个与我同母所生的弟弟，实属意外。弟弟可能是我母被李善长霸占后所生的，乃李家之根，眼下在金山纳哈出处任帐前大将军。之所以叫田田，想来或许是母亲为了怀念在青田丢下的我，才起了这个名字。我们姐弟已经下了决心，今生今世一定要找到生母，哪怕只是骸骨。母亲生我俩一回，孩儿不救她谁救？叔叔呵，世上最苦的是女人。男人折磨了女人没事儿，女人却遭了殃，太不公平，娟娟非要以行动讨回公理不可！我早想好了，这辈子不找到生身母亲，誓死不嫁！"徐达一听此话，着急了，忙说："孩子，可不许胡说呀！你与叶旺的婚事是皇帝下旨钦定的，因东征才不得不顺延完婚。你是明白人，不能冒傻话。若真像刚才说的那么去做，不是抗旨吗！不行，绝对不行，千万不能有不嫁的念头，那可使不得呀，我的孩子！"话虽这么说，但心里却想："娟娟将来会有出息的，是我戎马生涯中遇到的第一位如此刚强、烈性、富有情感的女子，不能不刮目相看，既是个好孩子，又是一位具有崇高品格的女中豪杰，令人佩服。"娟娟接着以斩钉截铁的语气告诉徐达："叔叔，此事就定了。在皇上、皇娘面前，即使打死我，都不会改口的。再说了，谁知何年何月才能找到生母，怎忍心耽误叶大哥？他已经到了成婚之年，不能因为我的一己私利，而将人家的婚姻大事没完没了地拖下去吧？那样的话，我可对不起叶大哥了。叔叔，真是老天有眼哪，帮助了娟娟，得以认识了鲍氏姊妹。我发现鲍龙花之妹鲍龙卉品貌端庄，是个绝代佳人，而且武功高强，远在娟娟之上。请叔叔做主，让龙卉与叶旺大哥成婚吧！娟娟明日即削发为尼，暮鼓晨钟，永做佛门弟子，空静一生不还俗，保证无恨无悔。万望叔叔帮我、救我、成全我！"说完，又跪在地上，苦苦哀求，眼泪像断了线的珠子瓣里啪啦往下掉。

娟娟的哭声，搅得徐达心里阵阵酸楚、难受，进也不是，退也不是，不知如何办才好。他只能偷偷擦掉男子汉大丈夫的眼泪，强装笑脸儿，不停地以好言好语劝慰着。他从心里同情娟娟的不幸遭遇，可怜孩子一来到世上，便承担了离母被弃、常人难以忍受的痛苦。娟娟是个人人喜欢的女孩儿，长得又好，哪方面都那么优秀，智慧过人，武功超群，做人坦荡、无私，怎么老天爷偏偏给了她一个不尽人意的身世呢？徐达强忍悲伤之情，极力地劝说着，试图抚平娟娟内心的痛楚，缓缓地说："孩子，按说呢，你与叶旺的婚事已有圣命，我徐达还能怎么样？你聪颖、明事理，其中的利害不用谁多讲，全清楚。但叔叔是同情你的，一定想办法满足你的心愿。哪怕舍掉头上的乌纱、丢了大将的身份，也在所不惜。可是娟娟，凡事不能太急，总得有个过程不是？不要总是哭，哭不顶用，咱们得一起想想办法。咳，这样吧，我明日拟折上奏朝廷，奏明你在金山看到的一切和寻找生母的决心，请皇上、皇后开恩允准。叔叔还想到一点，应找人去打动马皇后的心，那是最通情达理之人。只要皇后明白和理解你的心愿，从她的为人来看，必会出来说话的。娟娟，听叔叔的，等信儿好了。为了安夫人，为了楚绣绣，为了你，我徐达豁出去了！不过得提醒你，此事千万不要对外讲，记住没？"娟娟听后是热泪盈眶啊，边答应："记住了，谢谢徐叔叔！"边又磕了三个响头，方站起身来，此事只好就此暂放。

转天，娟娟在华云龙的引领下，去了宫外不远处的一座尼姑庵，名曰"慧灯庵"。庵堂金代就有，在元朝大都皇宫的旁边，尼姑不多，香火甚旺。说到此，诸位阿哥或许会问，华云龙怎么领娟娟到尼姑庵来了呢？事情原来是这样的：徐达在答应了娟娟的请求之后，马上叫来华云龙，悄悄告诉他："要精心照顾好秉仁公主，绝对不能出一差二错，更不能由于她一时心情不好而窝出病来，千万保护好。"华云龙不解，忙问："出啥事儿了？"徐达说："一切都不要问，你给我看护好、关照好秉仁公主便行了。"华云龙立即收住话口儿，再没多讲一个字儿。正好当天早上华云龙前来看望秉仁公主，娟娟借此提出，要他引领着到附近的庙宇看看。华云龙无法推辞，只能照办。娟娟进了慧灯庵跪地叩拜住持，表明自己是南京明月庵的妙善居士，师父为明月长老。老师太的声望可大呀，再说了，明月庵也是一座挺出名的庙宇。特别巧的是，这位住持还真知道集庆鸡鸣山的明月庵，又听了娟娟要剃度的缘由，深受感动。出于娟娟的心诚，又由于有燕王府的左相华云龙相陪，才破例照顾，当即举行了法事，为妙善居士正式剃了发。当夜，娟娟身披袈裟，在佛堂诵经一宵未眠。诵毕心想："若圣意不允，刘娟娟决不再出庵堂见俗人！"

华云龙离开慧灯庵，诚惶诚恐地径直来到了将军府，将娟娟剃度之事禀报给了徐达。大将军听罢，十分难过，别无办法，只好等待圣意。

第二天早膳时，不见了娟娟，马云、叶旺、李佑哪里知道是咋回事儿呀，便向鲍氏姊妹打听，二人亦不知师姐的去向，遂问大将军。徐达只是绷着脸说："娟娟出外走一走，玩赏几日就回来了。"他们见说得很严肃，也不敢多问，心里愈加不放心，干着急。李佑更是坐卧不宁，认为娟娟肯定是又在想她的生身母亲，犯魔怔病了，不禁暗暗埋怨："师妹，心里不好受怎么不跟我说呀？让师兄陪你出游，免得出事不是。这可倒好，连个招呼都不打，一个人走了，大家得多牵挂呀！"

七日后，明月长老匆匆由南京返回北平，此次是专为娟娟而来的。老人家先拜见了徐达，呈上由马皇后口述、贴身公公代书之懿旨：

"天德钧启：同帝议准，秉仁公主孝诚可悯，允其削发，册封与武威安抚使职沿袭依旧。马云、叶旺婚仪，天德选配，赐银帛如例，洪武六年吉旦。"

徐达看过后，心中的一块石头才算落了地，马上命华云龙带路亲自去慧灯庵请秉仁公主。

徐达、华云龙及随行侍卫到了慧灯庵，拜了住持，见了秉仁公主，告之马皇后传来懿旨。娟娟听后，赶紧收拾一下，跟着回到了燕王府。进得正厅，徐达将懿旨拿了出来，请秉仁公主亲阅。娟娟看毕，激动万分，跪地向南朝宫阙叩头谢恩，站起来，重又跪下，给徐达大将军叩头，感谢为其书写奏折、巧言申诉、感动圣躬、鼎力相助才玉成此举之大恩大德。她随即急忙去看望想念多日的明月长老，一进屋，便忍不住了，紧紧搂着师太哭了起来，像有多少委屈似的。那满脸的热泪，是百感交集所致呀！既为苦难的身世哭，也为未见过面的生母哭，还为甚感对不起的叶旺大哥哭，更为自己能够如愿以偿高兴而哭。总之，复杂的心情难以言表。明月长老搂着娟娟，边给她擦眼泪，边说："孩子，别哭了，师太就是不放心你才来的呀！刘老军师那儿我去拜望过了，身体安康，不用惦念。他还嘱咐你，要学会安乐自摄，要高兴。我知道徒儿是不撞南墙不死心、一条道儿跑到黑的人，这下好了，总算心满意足了，应感谢皇上、皇后对你的怜爱。孩子，以后咱们永远不再分开了，一切都是命定的呀。阿弥陀佛！"

叶旺原不知娟娟到哪儿去了，也不知为什么会六七天不归，还胡乱猜测了一气，后听明月长老和徐达大将军说了，才恍然大悟，明白了事情的缘由。他既为不能同娟娟结为连理而难过，又对娟娟的孝母之诚油然起敬，十分同情和理解。虽有终身之憾，但娟娟已经决定了，更何况接了懿旨，讲什么都没用了。娟娟很是大方得体，一见到叶旺，便含泪拜道："叶大哥，娟娟实在对不起，终生欠你的债。实不相瞒，我心疼大哥已到而立之年，远在北疆，不可常日单栖，身旁该有知疼知热之人陪伴、照顾。看来娟娟今生今世没这个福分，不能承担此任了，万望哥哥能原谅妹妹。事已至此，尽管心如刀绞，却别无他法，咱们以后仍然兄妹相称吧。"说完，早已泪流不止。叶旺强忍着夺眶而出的泪水，望着娟娟，嘴唇嚅动着，难过得一句话也没说出来。

　　此时，李佑含泪站在一旁，听着本应是夫妻的兄妹话别。娟娟与叶旺、李佑三人之间，一向是知人知心、相互鉴之、相互理解，从不隐藏躲闪。娟娟走到李佑跟前，真诚地说："师兄，你的一片赤诚之心，将给娟娟留下终生烙印；你那无微不至的照顾、帮助，娟娟永世不忘。我非常感激师兄，无以回报，只为你积攒下了万两白银。师兄是有妻儿之人，近些年光为我操心了，理当给些补偿。也算是娟娟的一点儿微薄心意吧，请师兄收下，并要送回京师，还是应同嫂嫂团聚的。如果执意不听劝，从此就不认你这个师兄了；若能答应，娟娟心里会记着你、想着你，你永远是我的好师兄。"李佑能说什么呢？同样是百感交集呀！他最理解娟娟的心了，对师妹的为人处事及秉性更是清楚，而且从明月庵追到辽东，又从辽东追到北平府，在一起相处了好多天，还有什么摸不透的？更知道只要娟娟定下的事儿，唯有同意，没有选择犹豫的余地。于是，他便含着眼泪说："娟娟，十分感谢赠之银两。请放心，我一定按师妹说的，将这片心送回南京，尽早与妻儿团聚。是啊，该回去一趟了，老父、老母都在惦记着呢！到家中料理一下后，我还会来看你的，务必得收留师兄。再说了，早已向师妹起过誓，帮助寻找亲生之母。我不糊涂，知道金山的帐前大将军田田，那是我的骨肉弟弟。哪怕走到天涯海角，只要一息尚存，定与你们同行，去找母亲，矢志不渝。"娟娟听完师兄的话，感动得跪地致谢！李佑随之也扑通一声跪在地上，动情地说："娟娟，不必如此。今后倘若有苦有难，我李佑定会与师妹分忧，说话算数！"

　　一天，徐达遵照马皇后的旨意，在燕王府的南大殿，为马云、叶旺完婚。二位将军还有什么说的？这是懿旨，乖乖向南朝宫阙叩头谢恩。婚礼办得很排场，华云龙为总司仪，徐达代表皇上、皇后做主婚人。当马云手握红绸牵着鲍龙花、叶旺牵着鲍龙卉步入喜堂时，顿时鼓乐喧天、鞭炮齐鸣！由于两对儿新人的婚事带有传奇色彩，又在昔日的元朝皇宫举办，而且由燕王府的左相操办、徐达大将军主婚，使得街谈巷议，无人不知，无人不晓，轰动了北平府，吸引了不少的京师名宦、商贾豪富前来祝贺。连四周各府县、运河的督办，还有徐达派出镇守各地的大将，如朱亮等人也分别或骑马或乘轿前来致礼。人越来越多，怎么挡都挡不住，一时间，燕王府是车水马龙、人头攒动、热闹非凡。明月长老、娟娟、李佑，以及冯胜、傅友德、李文忠、兰玉等众将军一个没落地全到场了，他们向马云、叶旺表示衷心的祝贺，祝愿新人永结同心、百年好合。洞房就选在燕王府邸西花楼的两间画阁，墙上悬挂之宋元名画和精致的摆设，更为花烛夜增添了光彩。

大婚第二日，马云、叶旺前来拜见徐达，感谢朝廷对自己的厚爱，并请大将军准允，即日返回任上，处理辽阳军政要务。徐达说："二位刚刚完婚，按理说应多住几日。既然不放心辽阳之事，我不强留，那就后天动身吧。鲍氏姊妹可能还有些事儿要办，再说也得容空儿准备出行的车轿，需由华云龙大哥调派。这些天他忙里忙外的，够辛苦的了，你们别催得太急。"徐达一说，倒提醒了马云、叶旺人二忙辞别了大将军，又到燕王府左相议事厅，叩见华云龙，向其致谢。华云龙爽快地笑道："二位将军，我帮你们张罗婚事是应该的。再说喜事儿大家办嘛，何必这么客气？还有什么事儿尽管讲，不论咋说，北平府是我的管辖之地，一切都好解决。"马云说："华相，其实没啥要紧的事儿，只是我与叶将军想尽快赶回辽阳，不知……"华云龙赶忙打断道："好吧，放心，由我安排就是了。"二人再一次表示了感谢。

不说马云、叶旺与华云龙亲切攀谈，再说明月长老为践行与萨勒奴妈妈的约定，将鲍龙花收为了弟子。现在又多了个鲍龙卉，老人家决定也一并收下。为此，明月长老请华云龙帮助在燕王府后宫大佛寺中，正式摆案拜师。诸项齐备之后，由娟娟带领鲍龙花、鲍龙卉来到佛寺，向佛叩头，再向恩师明月长老叩头。明月长老又命姊妹俩向师兄李佑、师姐妙善叩头。该拜的都拜过之后，明月长老开始讲佛法、佛规、戒律，让务必一一铭记。鲍氏姊妹表示，一定谨记在心，一切按佛规的要求去做。明月长老嘱告说："你俩很快就要赶回辽东了，娟娟将来也得去。在北方，要常与你们师姐联系，多做善事，杜绝不义之举。切记：善有善报，恶有恶报，多行不义必自毙。阿弥陀佛。"

在明月长老率徒儿于佛寺中做佛事的时候，出了一件事，引起了大家的注意。什么事儿呢？这庞大的燕王府中，院落多，房屋更多，有数百间。为了取暖，所有房子的地炕、火墙、暖室每年都要用从运河那边运来的柳荆之类的烧柴，数额甚巨。故而建了多处府内后库，设了负责运输、管理烧柴以及执掌后库的百人长。府中这种专用的房子不少，各个宫、各个楼所用木柴及其他生活用品，全由各个后库向各处分拨。那些库有专放衣服、被褥的，也有专放家具、瓷器、纸张的，还有专放食品的，放烧柴的大库离大佛寺很近。

这天，百人长领着众人从车上卸下一早由运河收来又从通州运回北平府的烧柴。有的搬运着柴木，有的用锯将木头截断，再一块块儿整整齐齐地摞在一起，用绳子捆起来，然后装入府内后院儿的大库。百人长指挥着大家干得正欢时，忽听佛寺中有诵经之声，感到很是奇怪。他听说自元帝逃离大都之后，这座宫殿始终空着。虽说现在变成了燕王府，但燕王还未来此坐殿，只是华相为其掌管着。在此之前，未曾有人到大佛寺里诵经、做佛事，为何今日竟有木鱼之声传出？不仅吸引了百人长，也引起了不少干活儿人的好奇，纷纷停了下来，走过去观瞧。百人长一看，活儿不干了哪行？便喝令几个小头目，赶紧领大家该搬的搬、该锯的锯、该摞的摞，不准溜号儿，不许出声儿，好好干活儿，不要在大佛寺附近驻足。尽管把大家撵走了，自己却禁不住好奇心，于是从后头绕到了前头。那时，宫殿里的房屋都是木头窗棂，窗户是用纸糊的，纸上喷的油，大佛寺亦如此。为什么要喷油呢？一是在阳光下显得亮；二是经得起风雨，结实耐用。他轻轻走到窗前，听见里边的诵经之声像唱歌一样好听，夹杂着一位老尼的说话声。他为了看个仔细，就用小手指舔上唾沫，把窗户纸戳出个小眼儿，再从小眼儿偷偷往里瞅。只见大殿内点着数十根高烛，特别亮堂，把殿里的一切照得真真切切。那从地上一直竖到屋顶儿的高大金佛甚是好看，佛前点着香烛，香烟缭绕。有一位穿着尼姑袍的老者，一手敲着木鱼，一手打着佛号，耐心地向坐在蒲团上的几位年轻人讲说着什么。细一瞅，长者的旁边是一女一男，面向大佛坐着的是两位女子。瞅着瞅着，他忽然觉得身穿彩服艳装、面向大佛的两位女子的背影儿咋那么熟呢，不会是龙花和龙卉吧？待二人站起身来转过脸时，正好面冲着百人长。这一看不要紧，他竟不由自主地抽泣起来，并且越抽搭越厉害，鼻涕一把、泪一把的，后来实在憋不住了，呜呜地哭出了声儿。哭声把佛殿里的人惊动了，明月长老忙问："何人在外啼哭？"边说，边向窗前走去。娟娟和李佑腿儿快呀，几步蹿到门口儿，打开大木门跳将出来，看见一个人手按窗棂正趴在那儿往里瞅着抹眼泪呢，哭声尚未止住。娟娟走了过去，拍了一下那人的肩膀，他才直起腰来。

此时，在大佛寺另间房里的华云龙也闻声儿走了过来。他是管燕王府的呀，一见有人偷看，还哭个没完，很是生气，心想："是谁呀？不知好歹，不是给我丢脸嘛！"一面走，一面厉声儿喝问："是哪个敢在大佛寺胡闹？"百人长一看华相来了，吓坏了，赶忙跪下禀道："大人，小的不敢。小的看里面两个女子好像是走失多年的妹妹，以为不是在做梦吧？想起多年来我家经着的一些事儿，心酸得一时没忍住，搅扰了大人，小的有罪！"说着噼里啪啦地打自己的嘴巴。娟娟连忙制止道："别打了，别打了。这还不容易嘛，叫她俩出来与你相认一下不就行了？亲人相逢是大喜事儿呀，该高兴啊！快起来吧。"华云龙见娟娟如此说，便不再责怪了，百人长才怯生生地站了起来。这时，明月长老和鲍氏姊妹一前一后地从佛殿里走了出来。还没等娟娟开口向师太讲刚才是咋回事儿呢，鲍龙花、鲍龙卉一眼就认出了站在一旁满脸是泪的人，当即激动得啥都不顾了，双双跑了过去，抱着百人长带着哭腔儿嚷道："哥哥呀，哥哥，可想死我们了！天天盼望着能找到你，找得好苦啊，哪承想今个儿碰得这么巧。哥哥，你怎么在燕王府哇？"百人长紧紧地搂着两个妹妹，边哭边说："好妹子啊，哥对不住你俩呀，活拉拉地给丢了。我是到处打听也打听不到哇，差不点儿没急疯了。要是再不见影儿，到九泉之下可怎么向父母老大人交代呀！还是老天有眼哪，阿布卡恩都力的庇佑，这不真的给我送来了朝思暮想的两个妹子嘛！"一时间，三人哭得泪人一般。

兄妹相逢动情的哭声，引来了相府不少人，有的也跟着悲泣起来。在娟娟和明月长老的一再相劝下，三人才渐渐平静了下来，眼泪仍然止不住。百人长告诉娟娟："我叫鲍戎，是鲍龙花和鲍龙卉的兄长，元末时，我们兄妹还在一起。一天，我领两个小妹前去福州闹市观风景，不幸被一个江湖人所骗，致使兄妹走失。之后，我在福州找了多少个来回呀，到了儿也未找到妹妹们。我实在没法儿了，只好徒步来到了北平府。当时是又累又饿，加上天特别冷，感觉快冻僵了，不知怎么就在燕王府外的石狮子脚下晕了过去，不省人事。燕王府的差役出门扫雪，见雪中有人，用手一试鼻息还有气儿，急报华大人。华大人命差役将我抱进府内，好半天才缓醒过来，并令郎中给以调治，又听说我是一个无家可归、无依无靠的人，出于可怜，便收留在府中做差役。问到名字时，我只说叫戎儿，一块儿干活儿的兄弟们以为是姓戎，都喊戎哥。时间长了，看我为人忠厚、诚实，还能吃苦，经华大人提拔升任为百人长，主管燕王府后大库柴木诸事。真是吉人天相，没想到在这儿竟能见到失散多年的两个妹子，太奇了，我是喜极而泣呀！"听了鲍戎的一番话，王府上上下下的人无不为之感叹。

众人散去后，鲍戎听了两个妹妹介绍这些年来的情况。方知她们练就了一身好武艺，不但帮助解了辽阳之围，而且拜得道高僧明月长老为师，并双双与大明朝的两位辽东大将成亲，心里很是欣慰，连连说："太好了，太好了，此乃咱鲍家之幸啊！"鲍龙花和鲍龙卉又领着哥哥拜见了明月长老及师姐娟娟、师兄李佑，还上门儿去认了两位妹夫马云和叶旺。亲人相见，倍感亲切，自不必说。

徐达听华云龙讲了这件喜事后，更是高兴，特准马云、叶旺可多住几日。二人则向大将军表示："谢谢将军的关照。边务事多又急，需要快些回去处理，实在不敢久留。"徐达深解其意，答应了爱将的请求，并叫来娟娟，一起详细商议了辽东诸务，嘱告他们：一定要继续抓好所有站赤的防御，尽量扩大本朝管辖的地盘儿。经娟娟建议，调卜家奴、巫顺到辽阳，委以重任。巫顺任理事官之职，专司破皮板大集会，卜家奴为辽东站赤总经略；同时，重新调配了乌蛇岭、蚰蜒洞两个站赤的驿丞。徐达特别叮嘱马云和叶旺："要严密注视纳哈出的动向，不可马虎，随时与武威安抚使、秉仁公主通报信息。娟娟不能马上去，为寻找华云海等事，还需暂时留住北平府。"

诸事安排完毕后，马云和叶旺要先行返回辽阳，走之前，分别嘱咐自己的夫人，过几日可去辽阳。华云龙说："你俩放心走吧，用不了几天，我们会用车轿安安全全地将她们送回辽东的。"徐达、明月长老与众将军将二人送至府门，娟娟、李佑及鲍氏兄妹三人，骑马一直送出百里之外才相互道别。

马云、叶旺离开北平府三日后，明月长老和李佑辞别了娟娟，回南京去了。临行前，李佑劝师妹也回去小住几日，然后再陪着一块儿返回北平府，娟娟婉言谢绝；再劝，仍执意不肯，只好作罢。娟娟已下定决心，抓紧时间，哪怕单枪匹马，务将月牙楼查个水落石出。她就是这么个人，不但刚强，而且有韧性，不管做什么事儿，不达目的，决不罢休。

娟娟留在北平后，仍住在燕王府。华云龙受徐达之命，为她精心挑选了一个清静的住处，专门设了佛堂，并派了八个侍女陪护左右。她每天除了诵读经文、早晚练功外，便是坚持去查有关建月牙楼之人的线索。好在有华云龙的照顾，鲍氏姊妹尚未离去，加上几个侍女的陪伴，她并不感到寂寞。

鲍龙花、鲍龙卉之所以没跟夫君一起回辽阳，是为了同失散十多年的兄长好好儿团聚一些日子，共叙别后之情。鲍戎当然高兴能有这样的机会，再说了，刚见面哪能放妹妹们走呀，还没亲近够呢！鲍戎现年四十五岁，早已娶妻生子。妻子王氏是通州运河岸边一个穷苦的纤夫之女，岳父叫啥谁都不知道，人称"破烂王"。据说，他早年不做拉纤活计，为了逃难，不得已才带着闺女躲到此地混日子的。到通州后，他同当地的一个老太太相处得挺对劲儿，便一起过了。他们自己动手，在运河岸边搭盖了座小土房，四周用一些破板条子、旧席片子围成个小院儿。由于房子紧靠着一个石头崖，倒还遮风挡雨。"破烂王"平时遇有拉纤的活儿，就跟帮跑一趟，随货船从通州到山东、江苏，最远到过浙江。一般来说，纤工在接活儿之前，要同货主协商，按拉纤途程议价。双方对商定的价格认可了，这趟纤活儿才算说定了。若双方对纤价感到不合适，或有一方不满意，货主则另找纤工，纤工再向其他货主揽新的活计。元末明初时，运河水少，加之匪霸猖獗，货主不敢轻易找纤工运货。纤工也怕半途突遭匪患，性命难保，故而运河的生意与纤活儿很少，不容易揽上得心的活儿。"破烂王"为了养家糊口，经常在运河边儿捡货主扔掉的破衣、破布、碎家具、旧瓶子、废纸、破麻袋及破铜烂铁什么的，经过一番整理，再拿到通州去卖，换点儿饭钱。然而捡的挺多，卖出的却少，天长日久的，石崖下那座房子的四周和院子，堆满了各种各样的破烂杂物。

"破烂王"为人很好，老实忠厚，膝下一女叫勤勤。姑娘在家没啥事儿干，也跟父亲和继母在运河边儿捡破烂，不久认识了一个隔上十天半个月必来此为官府购买、搬运柴木的差役。说起这对儿年轻人的结识，真是天缘凑巧。那时，运河上总有从山东一带运来的柳木、榆木、木墩子等，还有一些杂木，一垛一垛地堆在岸边，专等着卖给附近的官府或富豪之家。为什么呢？因为买柴木很费银两，穷苦人家是烧不起的。勤勤在河边儿总见一些差役在此搬运柴木，时间一长，渐渐全认识了。有时自己闲下来了，便主动上前帮忙，一块儿从船上把木柴卸下来，再装上车。差役们要是渴了，她马上从家里端来开水给他们喝，大伙儿都挺感激她。其中有个年轻的差役，心眼儿特别好，对勤勤格外照顾。见她挺大个姑娘家，脸儿和头发倒洗得干干净净的，长相也挺好，然而全身上下穿的却是补丁摞补丁的衣服，可是够寒碜的了，就时不时地尽自己所能帮点儿银两。一来二去的，俩人慢慢熟了。

一次，那个年轻差役渴了，勤勤领他到自家破烂成山的小房里去喝水。一进屋，年轻差役见姑娘的老父亲正卧病在炕，还发着高烧，遂问勤勤："老人家病得这么重，为什么不请郎中？"姑娘说："请不起，付不了药钱，没招儿哇，只好挺着。"差役心想："老人如果继续高热不退，不容易烧坏了吗？硬挺哪是事儿呀！"于是，便从自己的俸禄里拿出些银两，交给了勤勤，让她赶紧去药房抓药，给父亲看病。由于差役常接济勤勤一家，帮助他们渡过难关，使姑娘的父母深受感动。"破烂王"老两口儿看后生既善良、懂事，又知疼、知热，很是中意。加之一块儿闲唠嗑儿时得知，后生同自家一样，也是个逃难之人，孤单单地一个人在北平府混日子。听来反倒觉得他更难，倘若有个头疼脑热的，身边都没个人照料，便有意将勤勤许给他。这个年轻差役是谁呢？就是鲍氏姊妹的哥哥鲍戎。

前书说过，此时鲍戎正在燕王府里当差。要知道，那个年月，普通百姓能在王府里混上个差事很不容易，为保住饭碗，自然得老老实实地按规矩办事儿。华云龙对本府的差役要求特别严，告诫他们，任何人不准以燕王府的名义在外头唬人、欺人，更不许随便出进。由于正值兵荒马乱之时，好人、歹人全有，故而还要求差役出去不得到处讲自己的身份，惹出事端定要治罪，并逐出燕王府。正因为有这些规矩，所以，鲍戎在与勤勤的接触中，丝毫没露自己谋生的具体地方，人家"破烂王"从来不问，反正是信着他了。而勤勤同样挺喜欢鲍戎的，觉得人好，心地善良，非常勤快，横竖是看上了，愿意嫁给他。就这样，于前年腊月时节，鲍戎与勤勤在老人的同意下，将"破烂王"住的破房子用一个大幔帐隔成了两小间，老两口儿住一间，另一小间做了洞房。当时穷得哪有钱办什么婚礼呀，两个年轻人只是给"破烂王"夫妇磕了头，便算是成婚了。从此，鲍戎做了"破烂王"的上门女婿，成了当时河北一带常有的"养老姑爷"，不仅是勤勤的丈夫，还是勤勤父母的干儿子。姑爷也好，亲上加亲也罢，就是在一起过日子呗！虽然家境贫寒，日子过得十分艰难，但小夫妻俩却恩恩爱爱的，对老人很孝敬，倒也其乐融融。转年的腊八节，勤勤给鲍戎生下了个大胖小子，家中开始有了生气，"破烂王"对老太太说："胖小子进了咱们家门儿，既是小外孙，又是小孙儿，咋叫都行，那可是天神给咱们送来的宝贝呀！"边说边乐得合不拢嘴。

鲍戎很能干，吃得了辛苦。他在燕王府当差，平时住在府里，不准回家，只能是趁派去通州运河岸边搬运烧柴时，才抽空儿回去一趟，看望岳父母大人和妻儿。因为时间紧，通州离北平府又远，有九十来里地，所以，鲍戎常常是跟勤勤温存一气儿，偶尔住一宿，然后急急忙忙小跑着返回燕王府。这一切，府内的人并不知道。时间长了，他见一直没被发现，胆儿也就越来越壮了，索性每天都跑回家一趟，第二天一早再蹽回来。鲍戎为人仗义，做事勤快，厚道本分，人缘儿不错。其人品传到了华云龙的耳中，为了证实真伪，开始暗中观察，发现确如大家所说，是个挺好的人，还是块干活儿的好料，十分满意，便将他提为大库运柴班的百人长。百人长大小算是个官了，手中有点儿权力了。即使是升了，鲍戎对所率领的伙计们仍然那么亲近，从不欺压人。平时像个大哥哥带帮小兄弟一样，谁有为难遭窄之事，总是热心地解囊相助。岳父经常告诉他："戎儿，人生在世，心一定要放正。宁肯自己苦，不能占别人丁点儿便宜，那样心不静。人活着不易，应当是你帮我、我帮你，绝不做沾尖取巧的缺德事儿。"岳父的为人，对鲍戎的影响很大，从心里把"破烂王"看成了自己的父亲。

鲍龙花和鲍龙卉之所以暂留北平府没走，就是要与哥哥多待几天，唠唠家常嗑儿。两姊妹不住地打听哥哥的生活如何，十几年来是怎么过的，有嫂子没，我们有小侄儿没，住在哪儿。鲍戎当然应该告之妹妹一切，可想说却不敢，只能一个劲儿地支吾搪塞，对家里的事儿始终隐瞒着。不单单是对妹妹不肯说，对别人也是这样，燕王府里的人都不清楚鲍戎家居何处，更不知家境如何。当差弟兄只知道他为人热心，总是帮这个、帮那个的，不少人得到过他的关照，一直想到家里去看看，表达一下弟兄的情谊，但鲍戎一概不答应。为什么呢？一有隐情，不好说；二是怕露馅儿，一旦众弟兄看到家里穷得很，会反过来帮助他，觉得于心不忍。这回可倒好，同两个失散十多年的妹妹相逢了，还一再地缠磨，非要到家里不可，把他难为坏了。他心想："我那是个啥家呀？两个妹妹若是去了，见到破烂成堆的土房子，从此哪能放得下心呀？再说了，一间小破房现在已有五口人住了，再加俩人，咋挤呀？"另外，他还有个顾虑，担心妹妹一看哥哥的日子过得贫困潦倒的，心里不好受不说，重要的是倘若把此情况说给燕王府的左相华云龙，岂不更麻烦了？不纯粹是没事儿找事儿嘛！为什么鲍戎会这么想呢？原来，他与勤勤结婚以后，与岳丈相处得挺好。岳丈告诉了一个秘密，说道："我是个隐姓埋名、为避难跑到通州来的难民，千万不可向任何人讲出咱们的住地。真要露了，可就害死我们老两口儿了，也断送了你的前程。"鲍戎当时追问过，是什么原因必须躲着、藏着的？岳父回答说："孩子，不必问，不知道比知道好。"这种情况下，鲍戎怎能向人讲出他的家居地址呢？更不能领人去了，对外只好说自己是老哥儿一个，每次回家，自然得偷偷地跑来跑去了。

再说鲍氏姊妹不管鲍戎怎么说，就是苦缠着哥哥，一定要见见嫂子和家里人。鲍龙花说："哥哥，我和龙卉不知你的生活实情，今后无论走到哪儿，心不落体呀，你说是吧？现在我俩得到娟娟姐姐和徐大人的帮助，找到了正当主儿，嫁的又是当朝的高官，还是正房，不是什么偏房小妾，可以说是一步登天。我们是好了，怎能不挂念哥哥你呢？总得去认认门儿吧？"越是这么说，鲍戎越紧张，心想："岳父讲过是逃难到此的，又没告诉到底犯的什么罪，还叮嘱绝对不能让朝廷知道。我要是把两个妹妹领去，将来妹夫再听说了，不是自投罗网吗？那不就害了岳父一家了，连爱妻勤勤和小儿也难辞其咎，可咋办好呢？"急得他直搓手。两个妹妹不依不饶地坚决要去哥哥家，鲍戎是左挡右拦地讲不清为啥不让去，后来实在没招儿了，便煞有介事地说："妹子呀，哥哥实不相瞒，我是光棍儿一条哇，一天三个饱一个倒，混吃等死啊！这回见到了你俩，又都得了主儿，总算心满意足了。今后，你们姐儿俩过好就行了，不用管我。眼下哥哥在燕王府里蛮不错的，还管点事儿，不是全看到了嘛，还问啥？"两个妹妹哪里相信，仍然没完没了地刨根问底儿。鲍戎故意把脸一变道："我的事儿不用你俩管，一个人不是挺好嘛，问那么多干啥？还是早点儿回辽阳吧！"这一撵，小妹妹特别难过。鲍龙卉心眼儿好，诚恳、善良，想事儿比较简单，立马心疼地说："哥哥，那可不成。你都多大了，还耍单身？我去跟秉仁公主姐姐说说，请她给你找个家口。要不然，咋能放心回辽东？你生活得不好，让我们总是牵挂着，怎么行呢？"一时急得双眼噙满了泪水。

此时的胖大姐鲍龙花是怎么个情况呢？别看她人挺粗鲁，但粗中有细，根本不相信鲍戎说的话，认为是在唬她们姐儿俩。她心想："我和妹妹来了些日子了，经常发现哥哥说不见就不见了，不知去向，还总是夜里走，一早回来，看来外面准有个宿处。他为什么不告诉我们呢？或许是去嫖娼？不能啊，哥哥不是那种人，肯定有其他原因，还是有什么不可告人的秘密？现在社会上啥匪类全有，元贼尚未平息，难道哥哥是一只脚踩两只船？如果这样可糟了，那是掉脑袋的事儿呀！"她越想越害怕，想着想着便觉得没路了，心里憋闷得要命，撒腿跑到一个空房间里呜呜地哭开了。龙卉见此，赶紧跟了过去。鲍龙花这个人有时像个傻大姐，似乎心眼儿不很够使，咱说你哭也行，倒是小声点儿呀！可她不，抽抽搭搭地越哭声儿越大，后来竟放开嗓门儿号啕起来。哭声被在屋内诵经的娟娟听到了，心想："哎？不是鲍龙花在哭嘛，是谁胆儿这么大，敢把她给惹翻了？都知道那是个母夜叉，惹急了还能得好？"边想着，边急忙走了出来，循哭声到那间空屋子里，只见龙花脸朝里蹲在墙角儿，眼泪一对儿一双地往下掉，龙卉正在一旁劝呢！

龙卉一见师姐来了，忙推了姐姐一把，龙花不理，还在哭。娟娟问："咋的了？龙花，谁惹你了，哭得这么伤心？浑身武功、力大无穷的，哪个有多大的胆子敢欺侮马云大哥的夫人呀？谁要是活腻歪了甭客气，用大巴掌狠狠地拍他！拍死没事儿，我给你做主。"龙花听师姐一说，擦了擦眼泪，渐渐地不再哭了，仍蹲在那儿不吱声儿。娟娟看了看龙卉，龙卉也不吭声儿。怪了，姐儿俩今天是怎么了？娟娟接着又问到底为何啼哭？问了半天，龙花才轻描淡写地说："没事儿，就是心里憋得慌，觉得哭出来好受些。秉仁公主，请回屋吧，我和龙卉该回去歇了。"说着，站起身来，伸手拉过妹妹转身便走。娟娟的眼睛多厉害呀，一看就知道其中必有缘故，于是吩咐龙花进了自己的屋子，龙卉随后相跟了来。

三人坐好后，娟娟再问："龙花，说说吧，咋回事儿？"鲍龙花是个直肠子，一向有啥说啥，心里要有事儿，想藏也藏不住，更不会装。何况她刚才好不容易憋了一会儿了，经娟娟开口一问，索性一股脑儿抖搂出来了："秉仁公主，哥哥跟我俩藏心眼儿，不让知道他家的情况。问他时，左推右挡地不说，怎么着都不让去家里，就说目前仍是一个人生活。这么大岁数了，天天夜走早归的，谁能信他没家呀？不仅不说实情，还一个劲儿地撺我和妹子回辽东。你说能让人放心吗？"说着，眼圈儿又红了，忍了几忍没忍住，伤心的泪水扑簌簌地滚落下来。龙卉亦在一边默默地抹着眼泪。

娟娟一听是这么回事儿，长出了一口气，笑着劝道："哎呀，我当咋的了呢，只为个针鼻儿大的小事儿哭哇？你俩疼爱自己的哥哥，心情我能理解，可有什么不放心呢？你哥哥在华大人的手下当百人长，干得不错，得到了华大人的赏识，生活过得去，天天出出进进的不挺好吗？夜走早归是与他的差事有关，何必想那么多呢？不会有啥事儿的。你们盼见嫂子和家人，应该的，人之常情，相信将来会见到的。眼下燕王府正在修缮，活儿很多，大家都挺忙的。不妨这样吧，把你哥哥的事儿交给师姐，由我去打听。你俩既是我师妹，又是我嫂子，马大哥和叶大哥一准在惦念着他们的夫人呢！新婚才几天呀，总不能老在北平待着不回家，你们说对吧？既然兄妹见面了，别后情也叙得差不多了，我看你哥哥说得对，还是早点儿回辽东为好，何况华大人已经备好了车轿。"姊妹俩一听，觉得师姐说得在理。是呀，哥哥在华大人的手下办差，能有啥问题？仔细一想，便放心了，并答应马上回辽东。龙花说："哥哥的事儿，师妹拜托师姐了。劳华大人费心，我们不用车辆，骑马回去就行了。"可娟娟不同意，说道："这哪儿成？骑马走那么远的路，让人跟着提溜着心不是？再说了，你们现在可是命官的家室，一路必须得有人马护送，此乃朝廷的规矩。"龙花、龙卉见娟娟讲得十分坚决，知道保准是华大人他们的意思，只好作罢，于是，告别了娟娟，回到自己的住处，准备上路的行囊。娟娟随后将鲍氏姊妹回辽东之事与华叔叔讲了，华云龙按娟娟之意，很快安排了车轿和三百名护送兵勇。鲍龙花、鲍龙卉带着收拾好的物品，即刻登程。鲍戎一看，不禁乐了，想来一定是秉仁公主帮自己卸下了大包袱，赶紧走到车轿前，高高兴兴地与两个妹妹告别了。

单说鲍戎的蹊跷行为，其实早就引起了娟娟的注意。那天，鲍龙花、鲍龙卉在大佛寺拜师太为师，鲍戎在窗外见到两个失散的妹妹痛哭并相认时，娟娟便已留意。在后来与鲍戎的交谈中，特别是涉及他的身世及生活状况时，鲍戎显得忐忑不安的，说话总是半吞半吐的。师太问他家住何处、有几口人时，他更是支支吾吾地不愿讲，并有意把话茬儿岔开了。李佑也问过他的家事，仍没问出个所以然来，当时曾不解地说："华云龙咋这么糊涂呢，用了一个身份不明的人。"娟娟赶忙做了个手势，试图止住李佑的话，不让他胡嘞嘞。李佑没听，又道："别看鲍戎老实、勤快，若是另有所图，华云龙可悔之晚矣呀，出点儿啥事儿不得吃不了兜着走哇！"他才不管那套呢，后来还当着华云龙的面儿，表明了自己的态度。

一天，娟娟在与华叔叔闲谈时，唠到了鲍戎。华云龙只知道他是个流浪儿，为府人所救并留下当差，很是勤勉肯干，至于家中的情况，每天大事儿都管不过来呢，哪还顾得上细问？娟娟私下曾向同鲍戎在一起的人打听，大家对他的印象挺好，皆说肯于助人、能干、为人实在。至于为什么常常夜走晨归、家里有些什么人、靠啥为生等，一概不知。他们说："鲍戎从不对任何人讲家的住址，也不谈家中之事，更不说同谁生活在一起。他不讲，我们当然不便问，谁那么不知趣儿。"娟娟是个不放过任何疑点的人，决心将一切追查清楚、弄个明白。明月长老和李佑劝她一块儿回趟南京小住些日子，看看家中的老父和兄嫂，然后再回来，她却舍不得工夫。一个是怕耽误了对月牙楼的调查，再一个是想抓紧时间了解鲍戎。徐达担心她寂寞，心里烦闷，想领着去郊外观看数十万雄师的马赛，再到云州一带饱览漠北草原，打几只黄羊回来，痛痛快快地吃一顿野宴。她没同意，全放弃了。这些日子，徐达将军等人去西北巡视；兰玉、冯胜已接圣旨，返回了南京，将去云南围剿反明的残余势力。娟娟每天在斗室中诵经，之后就专门琢磨鲍戎，越琢磨越觉得他甚是奇怪。

娟娟自从住到燕王府，便对鲍戎的不寻常举止产生了兴趣，尤其是又听鲍龙花讲的与兄长之间发生了冲突，惹得她痛哭流涕，遂更加怀疑鲍戎了。她心想："不许外人去他家还有情可原，连自己失散多年的胞妹要去登门看看都不行，未免太有悖于常理了，岂不十分反常？"又想："鲍戎必有说道，应想办法弄清楚他的真面目。哪怕此事与我寻母无关，与一统辽东无关，也要帮华云龙叔叔这个忙，查清他部下的真实情况，耽误点儿时间是值得的。"娟娟的内心想法并未告诉华云龙，觉得华叔叔忙得很，分不开身，怕是借不上更大的力。娟娟以为，要查的是鲍戎，与他刚刚团聚的两个妹妹无关。何况龙花和龙卉是马云和叶旺两位大哥的新婚夫人，我理应关照她们。再者，要查鲍戎的情况，没必要让姊妹俩知道。如果参与其中，鲍戎的身份又不清，她俩再追问得过急，尤其是那鲍龙花一上来拗劲儿必要起来，谁都挡不住，会对其兄的调查不利。若一旦发生什么意外，比如鲍戎有过激行为或产生不好的后果，出个一差二错的，哪能对得起两位大哥哥呀！所以，娟娟早早把龙花、龙卉支开，让华云龙赶紧张罗车马，将她们送回辽阳。姊妹俩一走，娟娟就可放手暗访鲍戎，弄清他究竟是人是鬼，还是背后另有见不得人的名堂！

娟娟是个有主见的姑娘，而且啥事儿想干就干，有种天下任我行的豪气，加之武艺高强，真没啥可让她惧怕的。话说一天晚上，娟娟正准备出去暗访，华云龙来了。华大人常来看娟娟，一是怕她寂寞，二是看有什么事情需要帮着做。娟娟知道华云龙心粗，这种秘密行动要是让他知道了，不小心再露出去，对暗访不利，便想早点儿脱身。其实，华云龙对娟娟并不怎么熟，也没十分在意她，只当是个小姑娘，把娟娟看得过于简单了，只因有徐达的嘱咐，让多关心、照顾秉仁公主，不能不来而已。华云龙进屋后，问了问有什么事儿没有、生活上还缺什么。娟娟表示一切都挺好，啥也不缺，请叔叔放心好了。华云龙听罢，又叮嘱了一番，才转身离去了。

　　华云龙走后，娟娟向身边的侍女交代道："你们各自到房中歇息，不用管我。没有听到吩咐，任何人不得前来搅扰。"侍女们诺诺遵命，赶忙退下了。娟娟已猜测到，鲍戎今晚又要出去，什么时辰走，也已摸准了。在此，说书人还要向各位阿哥多讲几句。娟娟虽然已经剃度，但其装束，在不同的场合却是不一样的。平时诵经、出外散步、到各个庙宇云游及做佛事时，穿的是僧袍。按马皇后的懿旨，尽管削发为尼，仍然是秉仁公主、武威安抚使，皇上给的册封、官印照旧。这样，她在处理政务时，仍可穿凤冠霞帔或官服。是公主，自然就是金枝玉叶，为皇亲，穿凤冠霞帔则显现了一种荣耀。武威安抚使的官职也很高，安抚使的"使"字，表明她是代表皇上督巡各地、行使权力的，多大的将军以及各州府衙门的官员都得接受她的巡查、质询甚至调遣。说起来，她是军政大权在握，对军事、行政等各方面的事儿，有权督察。当然了，马皇后为娟娟争来的官职和名分，倒不是让她直接去管军务、抓各个衙门及官府等政务之事，而是为其寻母到各地进行必要的联络创造条件、提供方便，以期得到各州府衙门、各军旅将军们的支持和帮助。官有官服，穿了官服才有官威。所以，她执行军政要务时，就不能不穿官服。大家知道，娟娟的剑功、轻功十分了得，在夜行暗访时，当然得换上短打扮。

　　闲话表过，咱们再来说娟娟今晚为暗访鲍戎，穿上了紧身夜行服。据她所知，鲍戎还在府中，没有离开。眼下天不太黑，穿夜行服太显眼，故而又外罩了一件柔丝缝成的白底粉色团花儿的花斗篷，这是北平府华贵之家的女人常穿的一种长衫。她打扮好之后，悄悄儿走出府门，隐入了燕王府对面的一片丁香树林之中。假如游人过路看到她，会以为是哪个贵妇人在漫步，不会引起注意。娟娟虽在树林里，但眼睛一直盯着燕王府，过了一会儿，发现右侧的红漆小门儿开了，从里边走出一个人来，细看正是鲍戎。他身后背个小背囊，轻步走下石阶，往东面一直奔去。此时已近深秋，白天渐短，约在酉时正刻便渐渐黑下来。当晚没有月亮，更显天色暗淡。娟娟知道，燕王府一般在戌时正刻关门落锁，所有的宫门紧闭。鲍戎每次都是在落锁前半个时辰离府，次晨开锁后半个时辰归来。这不，他今天出行也是戌时，娟娟果然抓得挺准。

娟娟见状，忙脱下斗篷，装在小背囊里，并拿出一条黑色英雄巾绑在头上。英雄巾配上夜行服这么一打扮，根本看不出是女流之辈，完全是位武士的模样。随后，她将装衣服的小背囊挂在一棵不被人注意的老槐树的丫巴儿上，立马走出林子，追了过去。

鲍戎穿街过巷走得飞快，可能是常年练的，还真有点儿神行太保的味道。如果没有一定功夫的人，一准会被落下，使之走脱。可娟娟那是武艺高强之人，又有明月长老的亲身传授，行走的速度远在鲍戎之上。走了一段路后，鲍戎开始放慢脚步，有时走得快一些，有时走得慢一些。娟娟两眼盯着前方，紧跟在后边，保持一定的距离。鲍戎几年来就这么走来走去的，一直平安无事，做梦都想不到今天会有人在后面跟踪，仍大步流星地走着。

话要简说。天已经完全黑下来了，娟娟跟随鲍戎始终是一前一后地往东走，出了北平府，穿过了密林、旷野、山谷，前方便到了一个集镇。娟娟没来过此地，当然不知是何处，再看鲍戎并未停步，仍继续小跑着往前赶路，心里暗暗佩服："鲍戎还真行！经常来回疾速地行走，那可不易，道儿的确不近，不是每个人都能走得了的。他究竟要到何处去呢？"不一会儿，前面闪出一个村落，村边儿挨着一条大河。鲍戎沿着这条河岸走到一个山崖处，山崖下有一堆黑乎乎的东西，看不清楚是什么，跳下石崖就不见影儿了。娟娟着急了，赶紧快走几步，到了石崖边儿往下一看，见他进入了石崖下面的一个很破旧的小土房，屋里亮着灯。

娟娟为了到房前细细观瞧，须先察看屋舍四周的情况，是否有埋伏或其他什么不安全的因素存在。她看见房子的外面是用破木板条子、破席片子围成的小院儿，院子里堆放着一些乱七八糟的东西，很像一个大垃圾堆。堆儿很大，似乎小房眼看要被埋在垃圾堆里了。她心想："眼前是个什么所在呢？难道能是堂堂有名的燕王府百人长鲍戎之家舍？为何选这么远、这么破旧的地方来住？"脑海中闪出了一连串儿的问号。她抬头往远处看了看，见附近的那条不知名的河因没有月光，河水显得黑乎乎的，偶尔能看到渡船在水上漂流。娟娟见没有发现什么异常，想趁房里尚有灯光，到跟前瞅瞅屋内的情景，便轻轻跳进了小院儿。她特别小心，怕一旦踩着地上的破烂儿或碰响什么，引起屋里人的注意。好在踩的正好多是破麻袋、破纸片儿、破布之类的较软的东西，往左边一瞧，那里堆放些破铜烂铁。于是，她举步绕了过去，悄悄儿摸到了破土房近前。

小土房坐北朝南，只有一扇纸糊的窗户，背靠山崖。由于有高崖的遮挡，使矮矮的土屋显得越发幽暗。加上娟娟动作又轻，一点儿没有声响地来到窗下，屋里的人丝毫觉察不到。因房子很低，娟娟只好蹲在地上，用手轻轻把窗纸捅出一个小洞儿，然后往里仔细观瞧。见屋里是南北炕，北炕上有两位白发苍苍的老人，老头儿披着被子坐着，老太太躺着。老头儿的岁数在七十左右，满脸的白胡子，眼睛挺大，高颧骨，精瘦，使得那张长脸快成刀条儿脸了，一副有气无力的样子，似乎是在病中。南炕上有个胖小子，盖床小花被，睡得挺香。一个女人正在地上忙着，给鲍戎往炕上的一张小桌上摆放着饭菜。鲍戎坐在炕沿边儿，还没等饭菜全端来，赶忙拿过筷子、端起碗，狼吞虎咽地吃了起来。看来他一气儿跑了这么远的道儿，早已又累又饿了。女人穿着花袄，长相挺俊秀，浓浓的眉毛，大眼睛挺有神。只听她温和地对鲍戎说："慢点儿吃，别噎着。爹爹一直没睡，等你呢！"北炕的老头儿说话了："戎儿啊，听说朝廷来了个秉仁公主，还挺机灵，你可得小心点儿。这几天吃的都买来了，有勤勤照顾我，不用惦着。要有啥事儿的话，会让勤勤进城去找你的，别老往家跑了，挺累的。听到没有？"鲍戎没搭话，一边往嘴里添，一边大口大口地嚼着，吃饱后，碗筷一推，衣裳一脱，钻进被窝儿先躺下了。女人把碗筷拾掇完了上了炕，躺在鲍戎身边，"扑"的一声把灯吹灭了。顿时，没有一丝光亮，小屋里黑洞洞的，啥也看不清了。娟娟站起身来，绕过脚下的废物，跳出小院儿，她上了山崖。站在山崖上，再看那黑乎乎的所在，只剩下一片宁静，心想："这里到底是什么地方呢？不过没关系，今天既然知道了，那就好办了。来日方长，再慢慢打听，何况路已记熟。"于是，反身按原路往回走。她走到燕王府对面小树林中，取下了挂在老槐树丫巴儿上的衣囊袋，几步来到了燕王府的墙外，选了一个僻静之处，跃上宫墙，疾行到所住的宫殿的后院儿，跳下墙来，巡逻的兵勇一点儿动静没听到。她又蹑手蹑脚地到了自己的房前，由于事先有准备，没有插上窗钩儿，便用匕首插进窗棂，捅开窗户，跳进屋里，洗洗脸后脱衣上炕了。这时，只听更夫敲响报子时的梆子，娟娟算了一下，来去共用了三个时辰。

第二天早晨，娟娟起得很早，先到院子里练了一会儿功，然后来到燕王府正门内的草坪处等候。大门开锁后的半个时辰左右，鲍戎从外面进来了，一眼便看见了站在那儿仰颏儿上望的娟娟，心中一惊，忙半跪施礼道："秉仁公主，您早啊！"娟娟说："百人长，一大早就起来了，到哪儿去了？"鲍戎回道："小的喜好长跑，练练脚力，跑了一大圈儿。"显然他是撒了谎。娟娟心里明白，也没再问，干脆不理这个茬儿了，鲍戎讪不搭地赶紧走掉了。

吃过早饭后，娟娟见没别的什么事儿，便按照昨夜所走过的路，又一次来到了离鲍戎家不远的那个集镇。这回看到的，与夜晚所见完全不同，原本寂静的山镇变得热闹起来。河边儿人来人往，有的正从船上往下卸货，有的把堆在岸边的粮食、木材、建筑用的各种石料及其他物资装上马车，准备送到各处，大车小辆还真是不少。岸边不远处，是一排挂着五颜六色的小幌、大幌、双幌、三个幌或四个幌的饭馆儿。店主站在门外，大声儿吆喝着，请客人进屋用餐。当风吹过来时，顺风可听到别处传来的叫卖声。走近一看，有卖杂货的、食品的，也有卖衣服、帽子、鞋、靴子、袜子的，还有卖旧物的，总之卖什么的都有，品种还挺齐全呢！娟娟进了闹市，边走边瞧，向一个人打听此处是什么地方。那人说："这块儿你都不知道？是有名的通州啊！"娟娟听后，心想："噢，原来是通州，自己正置身于北平府之东、大河岸边的一个繁华所在。"在同几位坐在路边卖呆儿的老者闲唠时，一白胡子老头儿热心地告诉她："通州可出名啊，是北平府的咽喉之地，你看挺热闹吧？南来北往的人多得很，全从这儿走，不少货物也在这儿交换。挑担儿叫卖的，摆摊儿占卜的，耍把式卖艺的全有。眼前这条河就是京杭大运河，为南北的交通要道，是全国闻名的漕运之河。它始建于春秋末期，说起来算是很早哇。隋朝和元朝时，有两次大的扩展，把一些天然的河道同人工挖掘的河道连通起来。大运河挺长，北起北平府的城边儿，南至杭州，中间经过北京、天津、河北、山东、江苏、浙江等两市四省，总长差不多有四千来里路。全程分七段，北平府到通州是大运河的第一段，叫通惠河，既深又宽，是成千上万的人一锹锹挖出来的，不易呀！"说完，捋了捋胡子，显现出一脸自豪的神情。

娟娟又同几位老者唠了一会儿，便起身告辞，顺着热闹的街市往东走，来到了昨天晚上鲍戎曾进去的山崖下面的小破土房前。见院子里有个女人，正是夜里给鲍戎端饭的那个主妇，不用问，这肯定是鲍戎的妻子。她将一块布绑在身后，布里包着个孩子，小脑袋瓜儿往旁边歪着，睡在妈妈的后背上，娟娟索性在一旁看着。女人很能干，也有劲儿，背着个孩子，手提着大水桶，"噔噔噔"地去远处的运河打水。她回到院子后，把水"哗"地倒进大木盆里，然后将捡来的一堆烂布和麻袋片儿扔进去，卷起袖子坐在小板凳儿上，一块儿一块儿的洗。洗完了，把水倒掉，又到运河那儿拎水。拎回来仍倒进盆里，继续清洗，光提水就得来回折腾两三趟，才能把那些烂布洗干净。之后，把这些晾在小院儿里拴的绳子上和破院墙上，满院子挂的全是烂布条子和破麻袋片子。而且她从不歇一歇、缓缓气儿，紧接着把先前洗过的差不多快晒干了的烂布一块块儿抚平、叠好，然后摞起来，再用皮条儿捆扎，捆得四四方方的，看起来很是规整。

娟娟看了一会儿，走进了院子，同那女人打招呼道："大嫂，你好啊，洗烂布条子干什么用啊？"女人抬头看了看，见是个陌生的年轻女子，也没搭话，心想："她穿得干净利落，绝不是一般人家的姑娘。可能是哪个船主、老板的千金随船来的，下了船没事儿干，来找人唠嗑儿的。附近住的人我都认识，从没见过模样如此俊俏的闺女，肯定不是这块儿的人。再说了，哪有时间理你呀？自己的活儿还没干完呢！"娟娟见她不理不睬的，仍站在那儿不走，等她说话。女人一看，闺女没动地方，便开口道："你有吃有穿的，问这干啥？我们是靠拉纤过日子的，可是哪有那么多活儿呀，只好捡些破烂布什么的去卖，为的是换几个大钱吃饭呗。"娟娟和气地说："噢，原来是这样。大嫂，我看你挺累、挺辛苦的，像这些可卖的东西，一天能捡多少？"女人说："咳，谁都知道躺着望天儿舒坦哪，没办法呀，想活命就得干。别看破东烂西的不起眼儿，卖了也能救救急，天天得到河边儿遛，有时能捡得多些，有时少些，说不准。"女人一边洗着，一边同娟娟唠了起来。

据年轻女人讲，通州像她爹那样的纤夫很多，但活儿却很少。老人由于多年的劳累，加上饥一顿饱一顿的，现在身板儿已经不行了，有肺痨症。道儿走多了，或是累着了，容易犯病。一犯起来，得连续十几天咳嗽、吐血，折腾得够呛。干拉纤的活儿非常辛苦，几百里甚至上千里地光着脚丫子拉着船走，没有力气还真不行。干慢了，老板不答应，多结实的人时间长了，都有一身的病。娟娟听了这些情况后，很受触动，为穷苦人的辛酸和不得不苦熬岁月而难过。她看女人一直不停地洗，挺心疼，就帮她整理、晾晒破布、破麻袋片儿。女人见闺女不怕脏，主动伸手帮助自己干活儿，便渐渐少了些生分，较前亲近多了。她告诉娟娟，老爹原来不是拉纤的，是元末大乱时躲灾躲到通州后，才干起纤夫活计的。听女人这么一说，娟娟很想进屋看看。经一再请求，女人觉得实在是不好拒绝，便勉强答应道："咳，一个破屋子有啥看头儿？好吧，你要愿意，咱进去吧。"随后，娟娟在女人的引领下，来到了昨晚鲍戎进过的那间屋子。

门一推开，有股潮霉味儿扑面而来，娟娟并没在乎，径直进去了，站定后，一眼看到老头儿仍躺在炕上，老太太站在灶前熬着汤药。女人说："爹爹，这个好心的姑娘来咱家看看您老。我寻思屋子太脏、太乱，连个下脚的地方都没有，不让她进。可闺女偏不听，只好带来了。"仰颏儿躺着的老头儿一听来人了，微微抬起头，瞪着那双两个黑窟窿似的眼睛望着娟娟，挺吓人的。他有气无力地说："闺女，你是来找人干活儿的吧？我也想挣儿吊子钱，可是不行了，干不动了，去找别人吧……"话没说完呢，一口痰上来了，赶忙起身趴在炕沿边儿，接连咳了好几声才吐到了地上，喘得很厉害，再不吱声了。娟娟一听，原来老人以为自己是来雇纤工的，马上解释道："老人家，好好儿养病，我只是来看看你，不是雇人的。"娟娟走到灶前看了看老太太熬的药，一股辛辣味儿直冲鼻子，便问道："老人家，熬的什么药哇？"老太太说："噢，是治肺痨症的。"又问："你们家还有什么人哪？"看样子老人不想说，年轻女人接了一句："没啥人了，孩子他爸在外头帮工呢。"娟娟接着问："在哪儿帮工啊？是做什么的？"女人刚要回答，老头儿立即插嘴道："咳，哪有啥正经地方？这年头哇，到处瞎混呗！到底做什么，我们也不清楚。"娟娟继续问："那他在乡下还是在城里呀？"停了半天，老太太才回道："在通州城里。"然后，一个个全不吭声儿了。娟娟从腰囊里取出五十两银子，递给老头儿，说："这些银子给您老买药吃吧，治病要紧。"在当时，五十两银子可不是小数啊，一个整工十天挣不上一两银子。老两口儿从未见过这么多钱，吓坏了，说什么不敢收，并问娟娟是哪地方人。娟娟说："你们收下吧，不要怕。我住在北平燕王府邸，今天是闲着没事儿出来走走，看看二老。告诉你们那给人帮工的女婿，我或许能认识他呢！"老头儿、老太太相互看了一眼，接过银子，含着眼泪千恩万谢不提。

次日，娟娟把徐达和华云龙找到一起，直截了当地讲了昨天所办之事。她说："华叔叔，我已查清鲍戎所住的地方了，就在通州运河边儿，家中有岳父、岳母和妻儿。岳父尚有病，做纤工，是逃难过来的，不过以前不是干拉纤营生的。鲍戎的家很穷，其实原本不奇怪，百姓家家不是如此吗？可他为什么总是遮遮掩掩、不肯露一点儿口风、对谁都守口如瓶呢？我想其中必有不可告人的秘密。只冲这一点，显然华叔叔用人不当，是有过的。"娟娟一向心直口快，又是刀子嘴，说出的话语气很重。

不管怎样，此话是从秉仁公主、武威安抚使的口里讲出来的，华云龙有点儿吃不住劲了，心想："小丫头挺厉害，要是朝廷真的治罪，我还不得吃不了兜着走哇！"忙起身认错儿道："秉仁公主，是华云龙之过，对鲍戎家里的具体情况确实不知。"说完，看了看徐达。

前书咱们讲过，徐达跟华云龙不是一般关系，来往相当密切。徐达一直把娟娟看成是自己的孩子，对了就表扬，错了就批评，因此便开口道："娟娟哪，咋的了，是不是犯急了？华相很关心你，不能那么苛刻地对待叔叔，刚才谈的鲍戎家情况当真？"娟娟回道："没错，我昨天在通州查访时，见到了鲍戎的家人。"华云龙说："既然如此，那这么办吧，我把鲍戎叫来，让他务必讲清是咋回事儿。是呀，也怪了，他干吗非藏着掖着呢？晚上去、早上回来，来回跑九十多里地，为啥呀？肯定有说道，或许比想象的复杂得多。要真有罪，我立刻撤他的百人长，还要严罚，再逐出燕王府，决不袒护。"华云龙说话是算数的，忙命护兵把鲍戎叫来，并请秉仁公主审问。

当护兵到了后大库，高声儿叫着鲍戎的名字时，鲍戎立即知道坏了。因为他昨晚回去后，听家人说了白天来人的模样及给留下银两的事儿，今晨回来时，又见秉仁公主在正门内草坪处站着，显然事情彻底败露了，他很是忐忑不安，心想："既已如此，再哄骗下去肯定是不行了。是啥罪就得交代啥罪，否则，绝不会让我在燕王府里混职了。"再说了，他哪经着过这阵势呀？吓得腿都直打战，乖乖地跟着护兵走了。

鲍戎哆哆嗦嗦地进得厅内，慌忙扑通一声跪在地上，边给徐达、秉仁公主、华云龙叩头边说："小的有罪，欺骗了秉仁公主，欺骗了将军和大人，罪该万死！万望看在两个妹夫和妹妹的面子上，饶了小的吧！如果今后不能继续在燕王府干下去了，我们全家就会饿死呀。请大人开恩！"娟娟问道："鲍戎，你这么做，究竟为何？"鲍戎回道："只因小的岳父是从外地逃难到通州的，靠在运河上干拉纤的活计挣点儿大钱度日，所以不敢声张。至于他什么时候、为啥逃离家乡，我并不知底细。由于近年匪患连连，又是运河枯水期，纤活儿甚少，岳父只好靠捡烂布、碎纸、破麻袋片儿等废品变卖度日，人称'破烂王'。小的可怜那夫妇俩，二老心眼儿好，待我如亲生儿子。内荆勤快、贤惠，知疼知热，我对一家人也是感激万分。小的真不知道他们还有其他什么情况瞒着，只知岳父一向胆小怕事、处处谨慎，一点儿犯戒的事儿不敢做。小的所说全是真的，一句假话没有。"娟娟又问："你岳父过去是干什么的？没做亏心事，不怕鬼叫门，为何如此惧怕？必须老老实实讲来。你都知道些啥？讲吧！"鲍戎说："秉仁公主，小的确实知道不多。只听内荆讲过，她老父亲以前也是大都的人，噢，是北平府的人。对了，还有一件事儿小的得交代。刚结婚时，内荆曾给我拿来一个铁匣子，盖儿上用五个不同的锁头锁着，说是只有搁在我这儿才放心，还千叮咛万嘱咐地让一定收好，可不能丢了，最好藏在一个保险的地方。我手捧铁匣子就寻思，哪里安全呢？琢磨来琢磨去，呼啦一下想起来了，燕王府最保险！于是便留下了。至于铁匣子里装的是啥，我从未打开过，一概不知。"娟娟心头一震，忙问："铁匣子在哪儿？"鲍戎说："回秉仁公主话，在我住的大库后屋地下埋着呢！"徐达听后也一惊，华云龙气得"啪"一拍桌子，喝道："好大胆！鲍戎，私藏铁匣子这么大的事儿竟敢不禀报本相，该当何罪？"鲍戎吓得连连哀求道："小的该死，小的有罪，请大人饶了小的吧！秉仁公主、大将军哪，小的绝无歹心，完全出于对可怜的岳丈天天胆战心惊熬日子的同情。我们相处好长时间了，总觉得他不像是什么祸国殃民的人啊！"边说边磕头如捣蒜。

各位阿哥，你说华云龙能不生气吗？娟娟刚才当面儿指责他的过错，一点儿情面没给留。开始他还以为可能是娟娟好挑毛病，一个小丫头，话说得重点儿，算不了啥。这下好，鲍戎交代在府内大库地下埋有赃证！可不是小事儿呀，真是打了他一记响亮的耳光啊！有歹人将赃物放在丞相府里，作为燕王府的左相却不知道，能逃脱得了罪责吗？要是传到朝廷里，怎么治罪都不为过。坐在娟娟身旁的徐达没啥说的了，实实在在为华云龙捏了把汗，心里话："华云龙啊，华云龙，你咋能这么大意、这么麻痹呢？谁都敢用，歹人竟敢放在身边，该是多大的漏洞啊！"此刻，华云龙是真的挂不住了，脸涨得通红。为什么呢？你想啊，不光秉仁公主在场，徐达大将军也在场，那是朝廷丞相啊！圣上封赐他为燕王府的左相，出了大错儿，岂不是严重失职、有负圣命吗？华云龙真恨鲍戎不给自己争脸，心想："我对你一向很信任，任为百人长。你倒好，不但给我上眼药，而且是当着大将军、秉仁公主的面儿惹出那么大的乱子，不是活活要气死我吗？看怎么收拾你！"于是，高声儿命令护军："把鲍戎给我捆上！"护军们刚要上来捆绑，被娟娟挡住了，说道："我看还是等一等，不忙押入大牢。应先让他去大库的住处，把铁匣子起出来。"华云龙当然得听命，便让护军押着鲍戎在前头走，他与徐达、娟娟在后跟随，一行人前去后库看个究竟。

到了大库鲍戎的住处，在他的指点下，护军们把地上的石板搬开，露出了沙石地。一看，确有一块四方形用红沙土填塞的地方。鲍戎说："就是这儿，往下挖吧。"几个护军手持锹和镐，刨了五尺深，才挖到一个木箱子并拎了出来。华云龙见此，疑惑地问道："是它吗？"鲍戎说："是，铁匣儿在木箱子里头呢。外面的木箱子，是怕沙土腐蚀铁板，用来防护铁匣子的。"接着，护军把木箱子撬开了，露出了厚厚的棉花，扒开包裹着的棉花，又见一层层的黄纸，撕去纸张，映现在眼前的，是一张缝合的光板儿鹿皮。华云龙命人用刀把鹿皮划开，一块儿黄布显露出来。待拿掉黄布，才看到一个不大的、长方形的、十分精致的小铁匣儿。铁匣儿的盖儿正如鲍戎所说，用五个不同形状的小铜锁锁着，整整锁了一圈儿。很清楚，五把小铜锁，必有五把不同的钥匙了。众人看了颇觉奇怪，以为里面装的或许是什么宝物吧，要不为啥左一层、右一层地包了好多层，还冒死放进了森严壁垒的燕王府中保管？这可是最保险不过的地方了。华云龙本来胸中一直憋闷着无名之火，便没管那套，上前一把将铁匣子拿了过来，提起斧头刚要劈，却被徐达和娟娟拦住了。娟娟小声儿对左相说了几句什么。华云龙马上宣道："事儿没查清之前，为防止鲍戎出外走动，先关押在燕王府后宫的铁笼牢监。待弄清铁匣儿的真相后，一并处置。是留在燕王府，或是逐出府外，还是治他的罪，到时再说。"鲍戎含泪无语，只好听命，顺从地被护军押走了。

一行人回到燕王府后，华云龙和徐达想把铁匣子交给秉仁公主保存，娟娟说："两位叔叔，铁匣儿事关重大，留在我处不妥。还是由华相放到燕王府中的珍宝宫殿为好，一定要秘藏，不可走漏消息。命令武士们提高警惕，尤其晚上更须注意，绝不可疏忽职守，以防夜盗。"徐达同意娟娟的意见，于是照此行之，由华云龙派设定哨和巡逻哨严加守护。对铁匣儿的出世，徐达、华云龙、娟娟异常重视。他们认为，铁匣儿内装的绝非一般之物，应尽快弄清。可怎么办好呢？华云龙说："看来，解铃还须系铃人。既然铁匣子是鲍戎岳丈让他拿到燕王府邸秘藏起来的，要想解开其中的谜团，就没必要等了，应马上派人去通州把鲍戎的岳丈找来问个究竟。"可徐达觉得不妥，认为这样兴师动众，容易走漏风声。若真有暗中监视之人，不仅对成就此事不利，对鲍戎岳丈的安全也构成威胁。经一再商议，华云龙和娟娟的一致意见是，当晚把鲍戎全家秘密接进燕王府，只能在府中武士的严密保护下进行，绝不能让外界知晓。好在审问鲍戎和挖掘铁匣儿时，除了徐达、华云龙、娟娟在场外，其他只有几个华相的心腹护军，并且已要求他们严守机密，万万不可张扬出去。

诸事商量完毕，华云龙命两个护军将鲍戎押进议事厅，徐达大将军、秉仁公主和左相早已在那里等候。华云龙让他坐下，又令护军退下。徐达说："鲍戎，给你一个立功赎罪的机会，想办法让你岳丈把铁匣儿之事的原委讲出来，能办到吗？"鲍戎回道："禀大人，你们待小的那么好、那么信任，还任为百人长，两个妹妹又是朝廷命官之妻，已经很是感恩不尽了。小的心向朝廷，绝无歹意，错就错在没把实情及时向华大人禀报。这回一定遵大人之命，让小的咋办，小的就咋办。小的之所以不顾狂风暴雨、风雪交加，每天都得回家，就是因为家里人不放心，哪怕一天见不到我，便会以为出啥事儿了。如果我回去了，则确认为无事，铁匣子也安全。大人哪，如果小的今晚回不去，岳丈肯定不放心，会惶惑、惧怕，很有可能躲出去，不知将隐蔽到何处。若真如此，可难办了。"徐达问："为什么是这样，难道有人威胁他吗？"鲍戎回道："他不想把具体是怎么个事儿告诉我，只恍惚听说有个叫'鬼见愁'的世外高人找过岳丈，要他去破什么阵，岳丈宁死不干。正因如此，他才当了纤夫，到现在还没逃出贼手呢！"娟娟听了以后，马上警觉起来，觉得鲍戎讲的情况非常重要，必须认真对待，遂侧过头来对徐达和华云龙说："二位叔叔，事不宜迟，应立即备马，带着兵丁赶到他岳丈那儿。眼下是个关键时刻，无论如何得保护好他的家人，不能出任何差错。"徐达和华云龙赞同地点点头。然后徐达命令鲍戎道："你配合我们的行动，马上去居所，把全家接出来，躲开那个是非之地。"鲍戎感激涕零、诺诺称是。于是，华云龙速点五百兵马，同娟娟、鲍戎一起直奔通州而来。

再说徐达待华云龙他们走了以后，知道此事必有背景，忙草拟了一封信函，然后唤来李文忠，让他持信函去燕山找朱亮，传大将军的谕令，务要加强防范。李文忠拿好谕令，翻身上马，疾驰而去。

燕山乃由潮白河河谷直到山海关，东西走向，主峰雾灵山，多隘口，绵延数百里，是北平府东北的一道大屏障，又是南北交通的重要孔道。这地方从宋、辽时就设府管理，辖境很广，包括北平府郊区及昌平、通州、大兴、固安等地。大明占据此地后，徐达指派大将朱亮控制之。因山势连绵、沟谷颇多、峻峭难攀，便于隐蔽，故而曾家奴、高家奴也常于周围活动，对北平府构成了不小的威胁。徐达为什么立即想到派大将李文忠去告诉朱亮，要他加强对曾家奴、高家奴的防范呢？因为鲍戎所交代的"鬼见愁"，很可能为"二奴"所派之人，估计是从燕山秘密进入北平郊区附近的。它后边的屏障即燕山，如不严防，北平府恐怕要遭难。"二奴"的目的很明显，就是企图控制北平府，阻断大运河的交通运输，干扰这一带的正常生活，造成一种满目萧条的局面。

朱亮字诚臣，怀远人，精明强干，是大元至正年间太原的守将。元亡以后，降常遇春，又随徐达转战南北，得到器重，被派去镇守燕山，以保护北平府东北的门户及防范元朝残部曾家奴等人侵袭北平。现任燕山护卫千总，忠于职守，熟悉燕山一带的形势。朱亮接到李文忠传来的徐达手谕后，一点儿没敢耽搁，急忙同李文忠一起飞马赶至通州，等待华云龙和娟娟所带之兵马。时间不长，两方便于运河口岸会合，华云龙与朱亮做了分工：由华云龙、娟娟带领鲍戎和一队兵马，直接到山崖下的破土房，保护鲍戎的岳丈、岳母及妻儿；朱亮负责在外头做好护卫工作，防止任何贼党逃出去或钻进来。

双方按分工开始行动，刹那间，到处是岗哨林立、壁垒森严。华云龙很高兴，觉得这回差不多了，哪承想当与娟娟来到山崖下那个垃圾成堆的小土房时，傻眼了。不仅门被踢碎了，屋子里空空荡荡，一些破烂东西扬得到处都是，鲍戎的岳丈、岳母、妻子、儿子也不见了。大家马上知道来晚了，让对手占了先，人被抓走了。眼面前儿可是万分危急呀，鲍戎跑来跑去地到处喊、到处找，就是不见亲人的踪影。因为鲍戎一家已在这儿住一年多了，所以周围的邻居和河边儿的人都认识他们，知道他的岳丈是"破烂王"。鲍戎向那些人打听家人的去向，皆摇头说不知道，没看见去了哪里。

恰在鲍戎急得手足无措之时，运河上停着的一艘拉粮食的货船的老板和船工见一些人似乎在寻找什么，便问道："你们是不是找破房子里的人哪？"鲍戎忙回道："是呀，请问看到他们去哪儿了吗？"老板说："哎呀，下晌歇着的时候，听到破房子里有哭声和喊叫声。等我们起来到船板上往那儿细瞅时，没见什么人，也听不到动静了，一直到现在都没声儿。"鲍戎和娟娟听他这么一说，证明了先前的分析没错，的确是有歹人抢先一步，把老两口儿和鲍戎的妻儿掳走了。正琢磨着可能劫到什么地方时，邻里的一个小孩儿走上前来说："我看到一个单臂瘸僧人，别看腿脚不好，上蹿下跳可厉害了，把他前头的三个人撵得没命地跑。还一面撵一面喊：'快给我站住！哪儿来的歹人，休想跑掉！'对了，那几个人就是从山崖下过去的，向东北方向跑了。"边说边用手指了指。

娟娟一听有个瘸僧人，心中为之一震："难道是他、金山的苦僧？他还活着！不过怎么会在通州呢？"一连串儿的问号在娟娟的脑海里闪现。她为什么一下子想到了是苦僧呢？这些日子以来，娟娟以为他早已经死了，再也看不到了，时常为此难过。可是方才听小孩儿一讲，觉得世上哪有那么多单臂瘸僧啊？十之八九是苦僧朋友。眼下因为救鲍戎的家人要紧，所以娟娟来不及多想，就对华云龙说："华叔叔，咱们快到附近再找。"她怎么想的呢？从小孩儿的话里听出瘸僧武艺高强，真若如此，估计被他追赶的三个歹人不会走远。再说瘸僧轻易不能让歹徒把人抢走，极有可能是撵跑了他们，将鲍戎的岳丈、岳母和妻儿藏到什么地方了。于是，华云龙和娟娟立刻带着人马分头去寻，鲍戎则沿河边儿到处打听。

众人找来找去的，忽然在一个山沟里发现了处破房子，进屋一看，正是鲍戎的岳母、妻子和孩子，三人正在屋里抱头痛哭呢！岳母急巴巴地告诉鲍戎："赶紧去救你爹，他被'鬼见愁'给抢走了！"经娟娟详细询问，才知道原来下晌家里突然闯进来三个人，其中一个便是"鬼见愁"，用刀棒逼着一家四口儿马上离开。病中的老头儿走不动啊，可不走不行，声称不走把孩子摔死。老头儿没法儿了，只好挣扎着起来了。孩子又哭又叫的，老太太走路还慢，歹人怕走漏了风声，在后面连推带搡地一再催促着。恰在此时，不知从什么地方忽地蹿出一个单臂瘸腿的僧人，行动非常迅速，走路快如风，武功更是了不得，到跟前就同三个歹人交上手了。歹人一看不好，仨不顶一个，打不过人家，便顾不上那好几口人了，只把老头儿抢走了，放下了娘儿仨。僧人怕娘儿仨再受害，将他们安置到这个破房子里，让先待着别动，也不知把老头儿给弄到什么地方去了。老太太带着哭腔儿哀求道："求求你们了，求求各位大人，快救救我那可怜的老头子吧，本来就有病，再晚了还不得被折腾死呀！"华云龙命人赶来马车，拉祖孙三人暂到一所驿馆安歇，并派兵卒守护，然后与娟娟领着鲍戎和众将士沿着陡峭的山崖往前找。他们四处寻摸着，仔细搜查着，找啊找，突然发现在崖下的一棵老榆树上，倒吊着个人。跑到跟前一看，鲍戎不禁号啕大哭，认出正是自己的岳丈！大家七手八脚地有抱腰的，有抱腿的，有的用刀割断了绳子，将已经昏死过去的老头儿救了下来。华云龙和鲍戎轮流背着老人疾步前行，很快到了运河口，找来附近一位郎中。鲍戎苦苦央告老先生一定要救活岳丈大人。郎中一看是燕王府的人，哪敢怠慢哪，赶紧给予救治。经过口对口地做人工呼吸，又用银针扎了几个穴位，好在昏死的时间不长，老人"哎哟、哎哟"哼了两声，长出了一口气，才缓了过来，然而特别虚弱，神志不清醒，不能说话。

一阵忙乱之后，为便于医治，大家先将老人送到郎中的药店，由娟娟在身边守护。两天两夜过去了，老人仍不见好转，娟娟有点儿坐不住了。一方面担忧老人的身体能否恢复过来，好多事儿尚未弄明白，另一方面又怕"鬼见愁"那些人再返回来寻机杀害老头儿。她知道此事相当重要，老者的背景肯定不一般，怎么办更好呢？正在她冥思苦想之时，老者突然醒了过来，睁开眼睛要水喝，并问老夫人在哪儿，还要见女儿勤勤和小外孙。娟娟高兴极了，忙叫鲍戎快去驿馆，把岳母和妻儿接到药店。待娘儿仨进了屋，老者看到了家人，才放心了，精神似乎也好了一些。经娟娟询问，老人像冷丁想起什么似的，有气无力地说："噢，对了，你们快去抓'鬼见愁'！这个人太坏了，已经跟踪我四五年了，我天天在惊怕中生活。今天他非逼迫着让我把一样东西交给他，你们不知道，那可是我的命根子呀，是家中的传世珍宝哇，怎么能给他呢？我坚决不从，他一看达不到目的了，便把我吊了起来。多亏不知从哪儿来的一位好心的瘸腿和尚，虽身残，但武艺高强，与他们对打起来。三个歹人累得呼哧带喘的，硬是没干过他，还让瘸和尚给打跑了。荒郊野外的，哪有人呀？再说我倒吊着，也喊不出声儿啊，渐渐地不知何时人事不省了。可能是他去追歹人时，你们就来了。这条老命是那个瘸腿和尚和各位给救下的。没他，没有你们，老朽必死无疑了。"说完，疲倦地闭上眼睛，又昏睡过去了。

这时，老郎中进来了，告诉娟娟不要让老者多说话，他不能太激动，接着嘱咐周围的人，说话尽量小声点儿，不要吵扰病人。因老者被折磨得过重，倒吊时间过长，心肺有淤血，精气神儿受到了极大的损伤，加之肺痨沉疴，又经一吓一怒，诸病合一，已到了不好回转的地步。老郎中还悄悄儿告诉娟娟："此病难以治愈，有啥事儿快点儿问，老者不会有生路了。"娟娟听了此话，异常难过，忙命鲍戎去外面找来正在部署兵勇继续搜寻歹人的华云龙。

华云龙进得屋来，娟娟向他重复了刚才老郎中说的话。华云龙听后，万分焦急，一再跟郎中讲："老先生，你把最好的药用上，不管花多少银子，本相全包了。"郎中说："左相大人，您有所不知，眼下不是用什么药的事儿了。药只能治病，却不一定救得了命啊！我已做了最大的努力，可惜他的身心伤得太重了，怕是治不好了。"华云龙没想到病势竟到了如此危笃的程度，心疼地坐在床前，仔细地瞧着。见老人骨瘦如柴，满脸皱纹，一头蓬乱的白发扎煞着，高高的颧骨，鼻下有一绺儿白胡须，塌陷的双眼紧闭着。他看了半天，觉得以前没见过、不认识这个人。身边的鲍戎小声儿告诉娟娟："岳丈脱相了，我都认不出了。"

不一会儿，老郎中来到病床前，给老头儿灌进了七粒祖传的"起死还阳丹"。这药是金红色的小粒儿，香气扑鼻，说是用人参、鹿茸、紫河车、灵芝、蛤蚧等精制而成的。郎中告诉娟娟："虽说此药可通阳，但只能暂时缓解一下，仍挽救不了性命。有事速办吧，拖延不得。"正像郎中所说，"起死还阳丹"真挺灵，没多大工夫，老人苏醒过来了，紧闭的双眼也睁开了，那眼神儿分明是在找自己的家人。鲍戎马上把岳母、妻子勤勤叫到床前。老人一个一个地看了一遍，还让把小外孙抱过来，又亲上一口，之后，叫鲍戎坐过来，看样子似乎有话要说。鲍戎赶忙坐在炕沿边儿，低下头，耳朵冲向岳丈的嘴边。岳丈吃力地问道："铁……铁匣儿在否？"声音极其微弱。鲍戎回道："铁匣儿安在，放心吧。"岳丈紧闭双唇，轻轻点了点头。鲍戎又手指娟娟介绍道："爹，来救咱家、救您老的这位，是当今天子驾下的秉仁公主。您老昨天见过的，就是给咱们五十两银子的那姑娘。"老人家可能是听清了，只见他头略微抬了抬，手哆嗦着，下颏儿的胡须都在抖动，想要说什么，嘴张了几张，终于没能说出来。

接着，鲍戎指着华云龙，说："爹，这位大人是我的上司、大明朝燕王府的左相、北平行省参知政事华云龙，我就在华大人手下听差。"此话一出，老人一愣，似乎怕耳朵不太好使，别是听错了，忙颤巍巍地问道："谁？你……再说一遍，叫……啥名儿？"华云龙赶紧凑过来，欠着身子坐在炕边儿，轻声儿道："老人家，少说话，别累着，再伤了身子。我呀，是华云龙！"老人不听则已，一听是华云龙，不知怎么了，立刻来了精神了，半闭的眼睛完全睁开了，定睛看了看，问道："华云龙？天下有几个华云龙啊，叫这个名字的多吗？"老人的声音也比先前大了一些。华云龙说："还真没听说有人跟我重名呢！"老人加重语气又问："那……华云海你认识不？还有个人，她叫来弟，你……可知道？"听老人家一问，华云龙不由自主地站了起来，双手紧紧抓住老人的手，惊喜地说："你怎么认识他们？华云海是我大哥，来弟是我妹子呀！"老人听罢，瞪大无神的双目，死盯着华云龙，拼出力气说："你……你是三宝？浑小子，连老哥……都不认识了？我就是云海呀！"说完，眼里淌出了老泪，激动得又昏了过去。华云龙扑通一声跪在地上，手把着炕沿儿哭叫着："老哥，老哥，三宝在你身边。快醒醒，醒醒啊，弟弟想你想得好苦哇！"此时的华云龙、血战经年的大英雄已是泪流满面、痛哭失声！周围的人全跟着掉泪。娟娟立即喊来郎中，给华云海掐了掐人中，老郎中请华云龙及众位最好不要哭出声儿来。

安静了好一会儿，华云海开始一声接一声地咳嗽，憋了半天的一口痰总算咳了出来，长长地出了一口气，又缓醒过来。他示意老伴儿和女儿帮着慢慢地侧过了身子，面对着华云龙，满脸淌着泪水，枕头全湿了。欲说还说不出来，光张嘴却没声儿，舌头平伸着，半天才倒出一口气儿。他缓了缓，说道："三宝兄弟，自从咱爹走了，我便躲到了通州一带。从大元至正末年跟兄弟分手，再也不知你的去向了，到处打听都打听不到。洪武初年，我被曾家奴、高家奴给绑去干苦力，后来趁看管的人不注意才逃了出来。近年他们又找我，扬言要杀人灭口。没法儿呀，只好各处躲藏，一年三搬家，居无定所。多盼着能见到弟弟呀，可你怎么不找我们呢？"华云龙回道："老哥，哪能不找啊，自从到了大都，就是今天的北平府，还真来过通州一带。问谁谁摇头，根本没人知道哪户是姓华的人家呀！"这时，一直在身后搂着华云海的老太太接过话茬儿，流着泪对华云龙说："不知你是三宝兄弟，老哥可想死你了，天天念叨哇。因为曾家奴他们到处找你哥，熊他、逼他，还常说要杀他，所以早就不敢露真名实姓了。周围的邻居只知道你哥叫'破烂王'，就以为他姓王，不少人还叫他'穷王''王哥''王大爷儿'，通州一带的人不知道他姓华。三宝兄弟，我跟你哥在一起过好几年了，近两年才告诉我他姓华呀！"说完，抬起胳膊，用衣袖儿擦了擦涌出的泪水。

此时的华云海似乎有点儿力气了，接着说道："三宝，你大嫂小产，早已经走了。这是你新嫂子，我们在一起搭伙快七个年头了。唉，也没办什么酒席，就是你帮我、我帮你、穷帮穷呗，生活上全仗你嫂子了。没有她，说不准大哥早死了，今天哪还能看到你呀！"华云龙忙站起身给嫂子施礼，之后问华云海："大哥，为什么不进北平府找我呢？"华云海说："我那个姑爷鲍戎虽然像亲儿子一般，对我们老两口儿挺孝顺，但从没告诉过他我的真名实姓。这孩子心眼儿好，不嫌家穷，叫他怎么做，就怎么做，处处听老人的，从无二话。天天大老远地跑回来看我们，还图啥呀？知足了。是我没想去北平府，没打听过他的上司是谁。只知道是当今皇帝的辅臣，看守着大都皇宫、现在的燕王府。我信得过鲍戎，便把咱家祖传的、爹爹筑建大都的图纸放在铁匣子里，让他藏在燕王府。即使曾家奴、高家奴抓到我也没用，实在不行一死了之，他们如何都别想捞到。"华云龙又问："大哥，月牙楼是你帮助建的吗？"华云海说："可不是嘛！不是告诉过你，我曾被抓到塞北吗？那就是给他们建月牙楼去了。图全是我绘的，还有九道机关、十七条暗道。尽管没有见到你，可我心中有数。当时，朱天子已坐殿集庆府，大哥知道你在那边，哪能帮大元的忙呢？建完以后，我一刻没敢耽搁，马上带着图纸逃了。他们开不了楼，当然到处找我，此次正是为这个来的。可万没想到的是，三宝兄弟的人却赶到了。"华云龙接着问："大哥，来弟呢？"华云海停了一会儿，伤心地说："咳，三宝啊，咱妹子没了。她跟我一起干跑船拉纤的活儿，前年运河、淮河段水特别大，一天在过崖口时，可怜的来弟被洪水卷走了。可惜个好年龄呀，刚刚二十五岁，只为了帮助哥哥，未等出嫁人就没了。全是哥哥的罪过呀，对不起她啊，更对不起九泉之下的二老，没照顾好咱的妹子哟！"老人说着，深陷的眼睛涌出了热泪。华云龙听后，怕兄长过于激动，赶紧拍拍肩膀劝慰道："好了，好了，不说了，那些伤心事儿都过去了。"然后拿出手帕，给哥哥擦了擦滚落下来的泪水，自己的眼泪也止不住了。

其实，华云海方才在说那些话的时候，是拼足了最后的一点儿力气，艰难地向弟弟交代这么多年所发生的一切。讲一会儿，歇一会儿，昏过去一会儿，醒来再接着讲，看来已经到了病入膏肓之时。他瞅了瞅老伴儿，又看了一眼哭泣的勤勤和鲍戎，再看看华云龙，断断续续地说："三宝啊，我……我不行了。大哥把你嫂子和侄女托付给你了，祖传的那点儿家当……总还是保存了下来，也交给你了。等到了阎罗殿去见咱爹时，算是交了差了。月牙楼等图……在铁匣儿里，铁匣子……钥匙在我……我……"老人家终于说不出话了，只有出气儿，没有进气儿，不一会儿，便闭眼没气儿了。

华氏兄弟就这样突然相逢，又突然转瞬间诀别了！华云龙号啕不已，伏在兄长身上哭喊着："哥哥啊，哥哥，你别急着走哇！咱们兄弟刚刚见面，好多话还没来得及说呢，三宝没跟你唠够哇，咋能忍心丢下弟弟一个人走了！老哥呀，我的好哥哥！"在场的人没一个不跟着落泪的。华云龙哭了一阵儿，便让人端来水，亲自给老哥擦洗身子，换上新衣。在换衣服时，他发现哥哥的右肩用几层白布缠裹着，缠得挺紧，像缝在身上一样。从外表看，仿佛是由于有骨伤而缠着绷带。他轻轻将白布一层层解开，解到最后，竟露出一个紧贴在肩上的小红布口袋。拿开布口袋一看，肩上并没有伤处，完好无损！华云龙感到很奇怪，拿着布口袋左看右看的，终没看出什么名堂来，于是回过头问老太太："嫂子，这是怎么回事儿，哥哥为何把口袋缠在肩上？"老太太说："你哥从来没讲过，我也没问过，还一直以为他肩上有痼疾呢！"华云龙疑惑地把红布口袋打开了，见里面装着一个小布包儿，又把小布包儿解开，才露出了庐山真面目——原来竟是五把钥匙！他立刻想起了鲍戎所讲的铁匣子有五把小铜锁的话，不用问，这正是开那锁的钥匙。

华云龙把大哥华云海安葬之后，又将其家人接进了北平府。该住在哪里好呢？不少人的意思是让他们住进脱脱府，华云龙执意不肯。他从自己的俸禄中拿出些银两，于燕王府附近买了座新房舍，给嫂嫂一家居住。当然，从此鲍戎回家再不用跑那么远的路了。

华云龙料理完兄长的后事，又妥善地安顿了嫂子全家，一切完毕后，便将陈放在燕王府珍宝宫中的铁匣儿取了回来。仍是徐达、娟娟二人在场，华云龙用从兄长右肩上取下来的五把钥匙，将铁匣盖儿上的那五把铜锁顺利地开启了。掬开铁匣盖儿一看，里面装的全是绘制的图纸，多为大都元宫的图样，地宫、水道等走向标得十分清楚，对于华云龙正在修缮、扩建北平府及燕王府是大有帮助的。在翻检这些图纸时，意外地发现了月牙楼工绘秘图十二份，注年为至正二十七年。由此说明，月牙楼为大元至正二十八年始建，洪武三年竣工。娟娟两年来为此事到处奔波，吃了不少苦，真是老天不负有心人，今天终于如愿以偿。她异常兴奋，激动得小脸儿红红的，拉住华云龙的手说："华叔叔，有了月牙楼的图纸，破楼可以易如反掌。我要抓紧时间，尽快把月牙楼的图纸全部抄绘下来。"华云龙说："娟娟，不必这样。看图纸有很多学问，你又不晓得建筑工艺，还是让我仔细看看吧。等叔叔弄通以后，再一一讲给你，自然就懂了。只要掌握并暗记心中，即使不拿图纸，进入月牙楼同样如入无人之境，任何暗道机关皆不用防范了。"娟娟听后，高兴地点点头。

华云龙这些日子一直住在燕王府，没日没夜、废寝忘食地仔细研究着铁匣子里的建筑图纸，并按娟娟之意，首先破解月牙楼之绘图。娟娟一步舍不得离开，像个小支使似的，帮着华叔叔忙这忙那的。比如，华叔叔口渴时，给他倒个茶润润嗓子呀；困倦时，端上洗脸水，让他洗把脸精神精神呀；需要记下什么时，递上笔墨纸张呀；等等。华云龙怕娟娟累着，知道年轻人熬不了夜，几次撵她走，她都不走，就在那儿守着。徐达有时过来瞧瞧，看破解得怎么样了，并嘱告华云龙："云龙啊，眼下咱们拿到了兄长保存的图纸，等于得到了大都元朝宫殿，特别是月牙楼的全部秘密。如此看来，月牙楼已完全掌握在本朝手中了。我想，曾家奴他们对此绝不会善罢甘休的，必然要垂死拼争。弄不好，会来个鱼死网破，毁掉月牙楼。所以，一定要十分小心，务必提高警惕才是。为此，我已派马云、叶旺注意金山的动静，命朱亮接应燕山的行动，守护好燕山的关口，全力与你配合；同时，又令李文忠和刚从南京赶回来的兰玉攻打兴和，用兵于古北口和喀喇沁周围所有曾家奴的据点，以钳制元军的兵力。在这多事之时，你不仅须日夜守护燕王府，尽快破解图纸，还要在部署兵力上多用些心思。"华云龙边听边表示赞同，点头答应着。站在一旁的娟娟插嘴道："徐叔叔，我已转告给在金山的弟弟田田，让他严加监视纳哈出，暗中组织力量。必要时，就把兵力拉出来，由咱们统一调遣。待华叔叔破解了筑建月牙楼的图纸，我立马返回金山，尽快为开启月牙楼做准备。请徐叔叔不必挂念，辽东不但有弟弟田田、岳索图大将，而且有我的两位兄长马云和叶旺将军，力量是比较强的，取得全胜应该没有问题。"徐达笑着说："好哇，看来大家都有事儿干了，本帅也不该闲着。我率兵马秘密西征，控制扩廓帖木儿，抓住机会，设法包剿，将他们一网打尽！你们放心，这回可不会有去年那样的事儿发生了。绝不能让他把我们再骗进大漠，第二次蒙受重大的损失，惨痛教训我是记住了，轻敌不得呀！这样的话，我得将主要精力放到西域扩廓帖木儿那儿去，辽东金山的事儿，燕北曾家奴的事儿，一并交由你同华叔叔带领众位将军一起去办了。记住，务必要办好！"娟娟开心地笑了，朗声儿答应着。

时光很快进入了洪武七年的小雪时节，北平府降下了头一场洁白的瑞雪，满城清幽、恬静，甚是美丽。这些天来，华云龙因有朱亮重兵于北平府西北一带布防，把守各个关隘要道，便放心了，专心致志地破译着月牙楼的图纸。通过仔细地验看，发现此楼的构建确实精密，设计别具一格，很是佩服已经逝去的云海大哥之高超技艺。华云龙心中暗想："我们华家的工艺可以说是前无古人、后无来者、首屈一指，堪称当代一绝，犹如鲁班再世啊！"他越看越兴奋，越看越思念大哥，索性放下图纸，端起茶杯，坐在椅子上边喝茶，边寻思："大哥多可怜哪，活在世上一天没得好，就那么走了。如果现在仍活着，凭我的官位和俸禄，完全可以让他快快乐乐地度过晚年。可作为弟弟却未能做到哇，没照顾好兄长，老了老了，还让他受了那么多的苦，遭了那么大的罪，真对不起大哥呀！唯一能做的，就是打开月牙楼，使华家的高超技艺光耀于世，为大明朝廷出力。"想着想着，不禁潸然泪下。正是受兄弟手足之情的驱使和触动，华云龙把什么都忘了，每天只是一门心思地想着一定要把月牙楼的秘密破解开。

　　说起月牙楼的建筑，真是别具特色，既有筑造古塔的结构，又有楼台馆舍的主体设计。月牙楼的最上层，可陈放佛经、佛像、舍利子等佛塔中的宝物。保存这些东西的地方，具有密封功能，除非佛塔毁坏了，否则任何一件宝物拿不出来。就构造而言，不是用和好的泥漫上，加上一堆土石封好而成，而是施以高超的工艺，一个咬一个、一个卡一个地将许多块儿砖石互相咬合在一起、相依在一起，像整块大石头一样，可经得起百年、千年风雨的侵蚀及大地的震动。若没有秘传的技法，想建筑如此坚固的塔楼是绝对做不到的。楼的中层和下层可以居住，诵经、食宿都很是方便，并有极好的观赏价值。人在楼里住着不得用水吗，水怎么上去呢？原来塔楼的各层皆设有水源供应。食物的保存则更为技高一筹，在塔里放上几年都不会腐烂，不招虫子，不发霉，还不受鼠类的侵袭。再说废物的处理，人需吃、需喝，当然得拉撒。排泄的废物以及生活垃圾往哪里存放呢？又怎么才能排出去，以使塔楼保持干净，不脏乱，空气还要好？必须设有合理的排出废物的流通系统，才能及时排放到楼外，在楼里哪怕一年半载不出去，也完全能正常地生活。这且不算，更为绝妙的是，月牙楼的设置远比一般的塔楼高超，普通塔楼不必设有自卫机关。什么是自卫机关呢？就是当歹人要攻打你的时候，你得怎么办？毫无疑问，肯定是全力防守，想办法保护住塔楼，不能让他们进来。这就得有自保的防卫系统和机关暗道，随时随地保护自己，防止歹人的侵袭。月牙楼层层皆设有机关暗道，层层有险，层层设卡，层层难攻，层层自保。自卫机关十分繁杂，包括有暗弩、暗井、暗铡、暗火、暗毒、暗牢。外来者不识机关，将遭此六险，即使逃脱其一，也必死、必伤、必缚无异。

　　华云龙没白费心思，经过对图纸的认真推敲和仔细思忖，终于在一天夜里，将月牙楼全部破解了。他发现由于追求工期速成，唯一的缺陷就是千古难破的月牙楼本应为砖石结构，实际有些地方却以土为基、以木为骨，使它易遭雷击、火焚之险，不宜久安。华云龙为使娟娟便于掌握如何安全进得月牙楼，还归纳出二十八字的《月牙楼诀》：

> 一平二错三点步，
> 四左五右六收腹。
> 七伏八仰毒焰箭，
> 九九佛宝任君拂。

华云龙将秘诀讲给娟娟听，并告诉她，若按此二十八个字儿行之，便可避开层层暗道机关而顺利进楼了。若有丁点儿马虎和违谬，必有生命之危，更谈不上破此楼。一楼无事；进入二楼须左右错步而行，以防陷阱；到三楼得脚尖儿着地而进，因地上机关甚多，有暗箭、喷枪，突然射出可穿透身心；四楼、五楼要躲过飞刀、飞箭穿过；六楼需俯身而行；七楼、八楼只能从楼顶儿蝎行而入，不能踏实，因地皆旋刀，可立削双足，并且全是带毒有火焰的毒刀、毒箭，中者无法治愈，最多撑七八个时辰即得毙倒。当进入九楼之顶端，楼中诸宝才尽可入手，抚摸摘取，则万事如意。那么，前书我们讲月牙楼只有三层，怎么出来九层了呢？按总体设计来说，的确是三层。不过每一层里又分三个格儿，有三层楼板、三层砖隙、三层销销，这便是暗道机关的系统，同三层楼的建筑是两码事。娟娟听了以后，直咂舌头，好家伙，凶险得比老虎还厉害，看来，如不知晓此楼的秘密，是根本无法进入的。华云龙嘱咐娟娟，务要深解破月牙楼的二十八字诀中每个字儿的真意，熟背秘诀，一字不能差，不可有半点儿马虎。

此时，正是午夜刚过，华云龙还在面对娟娟讲解着月牙楼的特殊建筑结构，一再叮嘱要切记秘诀，不可错了顺序，这是生死攸关之事。娟娟手抚腮帮、仰着脸，目不转睛地盯着华叔叔，聚精会神、认真仔细地听他一遍遍地讲解该注意之事项，十分入神。突然，窗户处"咔嚓"一声响，嗖嗖投进两支飞镖，细木做的窗棂立马折断了。当时，多亏背对着窗户坐着的华云龙机灵，猛然往前一低头，一支飞镖紧贴着头顶儿飞过去了。否则，飞镖将不偏不倚正中他的后脑，投得就这么准。躲过飞镖之后，华云龙只觉得头顶儿发热。而坐在他对面的娟娟则是脸冲着打进飞镖的窗户，那眼睛多尖哪，在听到窗棂"咔嚓"一声响的刹那间，见有两个东西飞进来，知道一定是暗器，不禁脱口大喊一声："不好！"随即将身体往右侧一躲，一支飞镖便从她原来正身坐着的位置打过去了，只听"吧嗒、吧嗒"两声，两只飞镖都打在了娟娟身后的墙板上，然后掉在地下。娟娟动作快、躲得急，要不然，其中一支将正好扎在她的额头上。娟娟腾地拔身而起，华云龙随之也跳将起来，两人几乎是同时推开窗户，跃出了窗外。华云龙并没觉得自己伤着，赶忙关切地问娟娟："孩子，碰到哪儿没有？"娟娟回道："伤不着我，叔叔放心吧！"于是，二人蹿上宫殿的房梁，夜色中，看到两个黑影儿在前面迅跑。娟娟弹开腰下剑囊的按钮，刷地抽出阴宗双鹤剑，拔腿追了上去。华云龙虽然年纪大些，但并不示弱，在后面紧紧跟随，跑了一阵儿，就觉浑身乏力，只好停下脚步，跳下宫墙。这时，燕王府中的兵将们被惊动了，全都跑了出来。大家见左相正在院子中，知道有夜盗闯入，马上鸣铎吹号，杀出燕王府，却没有看到贼人的踪影。

娟娟从燕王府追出数里，见两个黑影儿隐入了东北方向的密林，朝西山逃窜了，因势单力薄，怕有埋伏，回头没见身后的华叔叔追上来，所以只好返回燕王府。刚进入府内，便见华叔叔正在院中等她。华云龙看娟娟平安无事地回来了，这才放心了，说道："娟娟，不必非追不可。曾家奴的营地分散在北平府的北部和东北部，绵延数百里，很难找到他们的巢穴。咱们还是从长计议，再想办法。走，回屋吧！"边说，边上前拉着娟娟的手往回走。

娟娟顺从地随华叔叔进了屋，坐在灯下，抬眼瞅了瞅，突见叔叔头顶儿有血，吓坏了，惊叫起来："哎呀，华叔叔，你受伤了，头上出血了！"经娟娟这么一喊，华云龙才觉得头皮有刺痛感，用手一摸，果然有血。娟娟忙去后墙地上找到方才打进来的飞镖，捡起来一看，是两支三棱扁形带有红穗儿的飞镖，拿到灯下仔细再看，飞镖做得很是精致，一支镖面儿上刻有"曾"字，另一支镖面儿上刻有"百日乐"字样，然后递给了华叔叔。华云龙接过来瞧了瞧，想起了在攻打云州时，曾得过此种飞镖，是曾家奴和他的徒弟们专用的暗器。曾家奴手下有一帮"死卒"，全是他的徒弟。那些人为报效曾家奴，在与明军交手时，死打、死拼、下死手，不胜则自裁，是一伙儿亡命徒。眼前的两支飞镖是带毒的，中镖者二十日内不会有不良反应，三十日后才开始发作，并且一天天加重，若弄不到解毒镖的药，到百日必死无疑，故而称"百日乐"，即给百天的活期。如此看来，投进的飞镖很厉害，在当时挺有名。因此，当华云龙一看镖面儿，便知道是中了曾家镖了。

娟娟急忙将华叔叔中毒镖之事告诉了徐叔叔。大将军得知后，非常重视。他当然晓得曾家镖的致命毒性，若要保住华云龙的性命，必须千方百计地找到专解此毒镖的药，才能尽早救治，否则华云龙将有生命危险。他心想："怎么才能弄到解药呢？无疑是件大难事儿。"想来想去，只能用最后一招儿了，即通过心腹拿到此药。徐达在漠北征战时，长期养着一些暗线，用来做联络工作。因为只有畅达的信息，才能知己知彼，百战不殆。大将军为啥打仗那么厉害，每每胜券在握呢？他说敌我双方对阵时，须先了解对方的情况。那么怎样才能知道人家的一切呢？于是养了不少的内线、外线，靠他们打入敌方，将所有的兵力部署摸得清清楚楚，从不打盲目、无把握之仗。不像一些鲁夫，单凭本事或用兵勇去挡，一点儿不爱惜兵将的性命，认为反正人多势大，死了一批再换上一批，没啥了不起，有的是人，那是最可恶、最无能的将军。一个好的主帅，不仅爱自己，也爱将士，绝不拿将士的躯体去堆个人的官位，更不能用兵勇的鲜血染红自己的头盔。若真是如此做了，是极其卑鄙的。徐达平生最恨这样的将军！所以，他把属下的将士看作自己的亲人，平时同大家的关系处得十分融洽，大家都愿意在其麾下为将、为卒，元朝的不少降将纷纷主动投奔于他。对于徐大将军的做法，刘伯温就很赞成，朱元璋亦甚为佩服。

闲话少说，徐达为救治华云龙，决定启动暗线。他在元兵中有一些这样的人，前书说过的豁鼻马大将军，便是其中之一。他后来不就是因为自身在纳哈出内部，又利用自身的官职，才顺利地干出了一番轰轰烈烈的大事来吗？那么徐达又找的暗线是谁呢？此人叫王点，是曾家奴身边的心腹。说他是曾家奴的心腹，倒不如说是徐达打入其内部的亲随更准确。曾家奴只知他叫王点，其实是化名，他真名叫张玉，字世美，祥符人，为明史中比较出名的干才，将来本书还要讲到。张玉生于大元至元二年，如今四十来岁，正当壮年。他聪明、机灵，为人坦诚，跟谁都如兄弟一般相处，体谅、关心他人，几乎找不出做得不周到的地方，因此，皆愿与其共事。元朝末年，他在枢密知院任差；元亡后便没事儿干了，曾到过江北，又于北平等地混日子。一天徐达在街市中发现了他，随便一唠，感到此人举止非凡、言谈风雅、很有韬略，遂收为心腹。后来，在同曾家奴对阵时，将他派出，混入曾家奴队伍谋事。张玉善于联络，巧于应酬，渐渐得到了曾家奴的信任，现为其身边的参军，得到重用。凡曾家奴内部的事儿，别人不知道的，张玉清楚。曾家奴部的枢密情况，张玉全掌握，并悄悄儿传给了徐达。别看曾家奴勇猛、厉害，可算盘却握在徐大将军的手里，工于心计方面远逊于徐达。平时，曾家奴今天到哪儿去了，明天又出去做什么事儿了，徐达了如指掌。这里不妨向阿哥们插说几句。

马云和叶旺曾为一件事觉得有愧于徐达，犯下了不可饶恕的罪过。什么事儿呢？就是二人曾向大将军推荐了高家奴，还让他去了北平，结果却受了高家奴的蒙骗。高家奴说是去北平府，实际上投奔到曾家奴那儿去了，给朝廷和徐大将军带来不少的麻烦。为此，直到现在，马云和叶旺的心里一直深感愧疚和不安。尤其叶旺更后悔，肠子都悔青了，觉得对不住恩师，恨自己不辨真假人，介绍了一个败类。其实，高家奴跟曾家奴接触上并勾搭连环后，徐达就知道他叛变了。谁告诉的呢？王点。因为是机密之事，所以徐达只字没跟马云、叶旺透露过，装作不知道。当然从另一个角度讲，也是为保持单线联系，不暴露王点的内线身份。如果不小心露出去了，王点不遭殃了吗？由此可见，曾家奴那根风筝线，一直是拽在徐达大将军手中的。眼下由于事情紧急，有关华云龙兄弟的生命，大将军只好把这张心爱的王牌用上了。

单说王点得到了密信，一看是徐达的指令，能不办嘛，自然要使出浑身解数，千方百计地从曾家奴处盗得解药。他很有本事，经一番谋划，果然解药顺利到手了，心想："看来，我不能再在曾家奴处待下去了。药一盗出，曾家奴那么鬼，哪能不察觉呢？对，趁早离开他。"想至此，马上带着解药，连夜逃到了北平大将军府。徐达见张玉亲自带药归来，知他已不能再回曾家奴那儿了，便拍拍张玉的肩膀安慰道："这样也好，还有许多重要的事儿等着你去做呢！"接过解药后，立即交给了华云龙。华云龙吃下后，果然灵验，病情很快得以好转。

张玉到北平府后，徐达将他留在自己的麾下，做了护军将领。一天，张玉偷偷告诉徐大将军，燕王府里有曾家奴的暗探。徐达听后很是震惊，让他详细讲来。张玉说："大将军，华云龙中毒镖的那天晚上，不是有两个人夜闯燕王府吗？那便是曾家奴之子和其死卒'鬼见愁'。正是因为曾家奴得到了燕王府暗探的密告，说月牙楼的机密已全部被你们得到，华云龙正在全力破解，所以想置左相于死地，以使明廷无法打开月牙楼。曾家奴的儿子和'鬼见愁'之所以能闯进燕王府，并能详知华云龙与娟娟所在的房间，皆是隐入燕王府的暗探引导而为。大将军，你想啊，元朝的皇宫、现在的燕王府房屋数百间之多，华云龙和秉仁公主又是极其秘密地在其中的一个房间里破解图纸，若没有暗探指引，外人怎会知道？"徐达忙问："可知隐入的暗探是谁吗？"张玉回道："此人是燕王府后库房的总管娄永。"徐达迅即将华云龙叫来，告知了详情，并问："你知否娄永的来历？"华云龙回道："大将军可能忘了，三年前，此人是由你从京师带来交给我们的。"经华云龙一提醒，徐达一下想起来了："对呀，当时是胡惟庸求我给安置娄永，于是便将他引荐给华云龙了。看来，这里有问题呀！"当即下令，派护军擒拿了娄永，抄没其家。经查抄，娄永在燕王府后库中，藏匿各种皮张三千多。由于徐达的严审，娄永不得不如实交代，原来那些皮张都是为皮板大集会准备的，全系胡惟庸的私产。拟以"江夏商埠"的名义，在曾家奴筹办的北方皮板大集会上兜售，牟取暴利。还说他已被曾家奴收买，现为其参军，挣着俸禄。就是说，娄永一个人挣着元、明双方的俸禄。他为什么答应帮着杀死华云龙呢？因为在一次查大库时，发现了鼠患，华云龙不仅狠狠地罚了娄永的俸银，还鞭责了他。娄永从此怀恨在心，死心塌地地为曾家奴在燕王府内做暗探。

接着，娄永一股脑儿地向徐达大将军说出了事情的内幕。原来，娄永和曾家奴的儿子及其死卒、掌门师傅"鬼见愁"经常来往，秘密接头，互通信息。当发现鲍戒引起了娟娟的注意并跟踪到运河边儿探查时，娄永立刻把此情况告诉了曾家奴。曾家奴认为，纳哈出一时不会知道"破烂王"掌握着月牙楼的图纸，就是明朝的机灵鬼徐达也不可能探知底细，故而决定先将秘密掐在自己手里，只需派出心腹、死卒、掌门师傅"鬼见愁"他们到运河边儿暗里监视"破烂王"一家就行了。如果没什么变化，暂时不必惊动他。曾家奴为啥这么想呢？一是怕自己真要动了"破烂王"，波及的面儿肯定不小。那样的话，很容易暴露图纸去处的真相。二是觉得现在必须集中精力，抓紧办好皮板大集会之事。通过皮板大集聚拢人马，把明朝能利用的力量都拉过来，将元朝被打散的人马全搂过来，以壮大自己的实力。到那时，再抓走华氏掌门人"破烂王"，把华氏家族掌握的所有图纸弄到手蛮赶趟儿，完全有力量对付一切。待抓了"破烂王"之后，即赴金山破月牙楼，擒拿纳哈出，辽东便可顺顺当当地归入自己的囊中。

哪承想就在曾家奴的如意算盘打得正响之时，突然接到娄永的密报，说徐达、华云龙、秉仁公主他们已先动手，抓了鲍戒。曾家奴立马着急了，赶紧派"鬼见愁"带着人速去运河边儿取宝。所谓取宝，是他们的暗语，即擒拿"破烂王"，将他全家抓到喀喇沁，以防落入徐达之手。"鬼见愁"便按曾家奴的指令，连夜前往通州，抓了"破烂王"，不料中途却杀出个瘸僧人来，把事儿给搅了，只好空手回来禀告曾家奴。曾家奴气得暴跳如雷，大骂其无能，纯粹是个废物，并要亲手杀死"鬼见愁"。正值"鬼见愁"生死攸关之时，突然娄永传来密告，说华云龙已从本家大哥华云海手中得到了铁匣子，正与秉仁公主破解月牙楼的秘密呢！"鬼见愁"一看有立功的机会，赶忙抓住这根救命稻草，跪地一再哀求道："请曾将军再给小的一次机会，让小的去除掉华云龙，拿回铁匣子！"曾家奴也觉得既然月牙楼的图纸掌握在华云龙手里，只有杀了他，才能把此楼的秘密掌握在自己手中，不仅使华家的传人变成粪土，控制了华家的筑建工艺，还能牵着纳哈出和扩廓帖木儿跟着我走，使他们束手听命。因为唯有我曾家奴能破月牙楼，月牙楼破了，此盘棋就走活了。否则，可白费劲儿了，几年来的惨淡经营和所有努力将化为乌有。于是，他对"鬼见愁"说："好吧，给你一次机会，不过话可撂到这儿，只能成功。若失败了，不要活着来见我！"鬼见愁"见曾家奴答应了，有了一线生的希望，才松了口气，下决心定要置华云龙于死地。

"鬼见愁"深知，要想把杀华云龙之事顺利办成，必须得掌握燕王府内的一些具体情况及房间是如何分布的。"鬼见愁"赶忙与娄永联系，让他详查华云龙与秉仁公主在府中的哪个房间议事、破解图纸以及什么时间在，一定得弄准，倘若错了，将凌迟处死。娄永一听，怕极了，心想："都说曾家奴狠，看来'鬼见愁'更狠，死前也得抓个垫背的。如果办不好，还不要了我的小命啊！"这么一想，你说他能不害怕吗？立马做了详细的调查，并绘制了华云龙所在的房间位置图，然后，把掌握的有关情况告诉了"鬼见愁"，送上了绘图。"鬼见愁"为把握起见，与娄永约定，让他在华云龙与秉仁公主破解图纸所在的房间窗户外面，贴上一张圆形的白纸作为暗号儿。各位阿哥请想，那么多的房子，偶尔有个房间的窗子上贴一小块儿白纸，哪能注意得到哇，这招儿厉害吧？如此一来，"鬼见愁"能在众多的房子中，很容易找到华云龙和娟娟所在的那间屋。而且根据约定，贴的白纸还要正对着华云龙，"鬼见愁"将从圆形纸处将飞镖打进，准确无误地杀死燕王府左相，可见他们计划得何等周密呀！已经做到了这一步，"鬼见愁"仍不放心，为了能十拿九稳，又与娄永商定，自己要先行进入燕王府。娄永是后库总管，燕王府的吃喝拉撒都归他管，就是后厨从外面买进的粮食、蔬菜、果品、牛羊肉等，也得经过他。"鬼见愁"和曾家奴之子马上以送牛羊肉的小工名义，推车送货进了燕王府，进去便没出来。娄永将二人藏在库房里，定好夜里办完事儿以后，再走出燕王府。他俩是会武功之人，掌握夜行术，能蹿房越脊，别看高墙大院儿，根本挡不住。于是，在娄永的帮助下，才发生了"鬼见愁"与曾家奴之子夜里向华云龙和娟娟偷袭之举。真是老天保佑，华云龙命大没死，秉仁公主毫发未伤，紧跟着追了出去。"鬼见愁"和曾家奴之子见大事不妙，不得不慌里慌张地蹿上房顶儿逃跑了。

娄永把事情的前前后后一交代，可把华云龙气坏了，那是怒不可遏呀！圆瞪双目，指着娄永的鼻子痛骂道："可恶的无耻之徒，怎么能相信你？原来竟是个人面兽心的奸细，活在世上还有何用！"边骂，边抡起大如铁锤的拳头向娄永的头上砸去。徐达想要伸手制止，但已经晚了，那大拳早落了下来。谁的脑袋能经得起这样的狠砸？娄永顿时脑浆迸裂，扑通一声倒地而亡。

徐达一看，知道坏了，肯定惹下了祸端。为什么这么说呢？你想啊，娄永原本是胡惟庸安插在燕王府的人。现在出事儿了，娄永的家人能不告诉他嘛，知道后哪能不插手呢？胡惟庸是什么人哪，那是个小肚鸡肠、偏袒、护短的家伙，手下死了，不管才怪呢！何况娄永又是一个详知他的底细、关系到今后命运的人，他更会用尽一切招法进行干预，这样一来，当然麻烦了。胡惟庸乃本朝左丞相，愣是把皇上给迷惑住了，深得信任，在朝中，可以说是皇帝一人之下、万人之上的说一不二之人，连汪广洋都无法相提并论。朝中上下人等多是其亲信、党羽，只要说什么，几乎是一呼百诺，你说他还怕啥？是不是胡惟庸可以一手遮天了呢？也不是。当年刘伯温老军师在朝时，他就很在乎，眼下怕的是徐达、华云龙他们，担心把娄永的罪过禀奏给皇上，皇上迁怒于他。为防这一手，胡惟庸必将极力颠倒黑白，替娄永说好话儿，不能让他有罪，甚而会对徐达、华云龙等人造谣中伤，说不准会编出些什么话来呢！那么，此事该怎么办好呢？徐达想，不管咋的，得速把娄永所犯罪过及与胡惟庸的牵连直接秘密奏报皇上，让皇上知道左丞相利用娄永在外做了不少危害朝廷的勾当，应引起注意；与此同时，也需告知早已退居浙江青田草堂的刘伯温。为什么要让他知道呢？不仅因为此事关乎义女娟娟，还因为老先生一向是个讲正义的人，敢说话。不管你是天王老子还是谁，只要犯了罪，决不客气，必直陈其言，无所畏惧。再说，他为开创大明功不可没，朱元璋亦十分尊敬和欣赏，总像对待自己的师父一样。只要昔日的军师出面说话，一般是管用的。徐达左思右想，为了大明朝的稳固，为了保护华云龙和秉仁公主，只能这么办了。

娟娟从徐达的口中，已知娄永的供词，清楚这件事处理起来会很麻烦。华云龙在吃了张玉拿来的解毒药后，虽然身子骨儿渐渐好了起来，但脾气越来越暴烈。受此毒药之人，最忌讳心血来潮，脾气一上来，血液流通将加快，尽管吃了解药，对解毒也不利。本来大家都希望华云龙静心安养百日，别生气，不要多说话，少到处走动。可华云龙哪里静得下来、待得住呀！你想啊，燕王府出了鲍戎私藏铁匣儿之事，接着是华云海离世，他能心静吗？万万没料到的是，紧接着出了娄永在府中协助同伙儿用暗器伤害他和秉仁公主的举动，这对华云龙的刺激太大了，哪能受得了哇？何况娄永是他重用之人。他暗恨自己不辨真假人，为此上了一股急火儿，使原本可以恢复的身体在中毒的七十日后，突然感到不适，走路不用。什么叫"不用"？就是腿迈不动步，心里想要走，但腿脚不听话，怎么着都不好使。另外，他还听到从朝中传来的风闻，胡惟庸已申奏皇上，说华云龙在北平府居高傲上，妄住元丞相脱脱之府，擅自开启了元宫里的珍宝宫。事实是个什么情况呢？开过珍宝宫不假，可那是受徐达之命，为确保铁匣子的安全，才把元宫存放珍宝的宫锁打开了，将铁匣子搁了进去。因为此宫日夜有重兵把守，只有放在里面，才比较保险。胡惟庸造谣说华云龙动了珍宝宫里元朝皇上用的珠宝，岂不是天大的冤枉？朱元璋听了禀奏，不但不调查，而且特别有气，大发雷霆。果不然，不久朝中来了快马，圣上降下旨意，召华云龙进京复命。皇上圣旨到时，徐达正好有事儿出去了，没在府中。娟娟急坏了，然而圣命难违，有什么办法？华云龙只好带病南下。由于腿不好使，抬不起来，上不了轿，遂由燕王府的兵卒将他抬到车里，快马奔向南京，娟娟等人含泪送行。

次日，徐达返回，闻知此事大怒，急命李文忠、兰玉、傅友德速接华云龙回北平府。徐达为什么要派人追赶呢？他想："华云龙绝不能回京，胡惟庸是不会放过他的，他必死无疑。看来须马上亲自去京师，有天大的事儿，应由我徐天德一人担着。"还好，半道儿上，李文忠等人把左相给接了回来。华云龙本来就有病在身，再这么一折腾，病情愈加严重，后来便昏迷不醒了。

徐达简单整理了一下出行的衣着，又对众将嘱咐了一番，就率李文忠直奔南京，在路上，他们先去青田找刘伯温。徐达见到了刘老军师，自然很高兴，寒暄过后，便急不可待地将北平府最近发生的事儿讲了，并请刘大哥一起叩见皇上。刘伯温说："老朽实在是不想前往。我意你们干脆拿着由娄永亲自画押的罪状面君，圣上是明白人，诸事会公正裁定的。暂时不要涉及胡惟庸之过，讲了反而不利。"徐达听后，便按老先生的话，迅速回到南京，叩见皇上，将娄永画押的一大撂口供文书呈交御览。朱元璋看后，方知内情，自言自语道："圣旨已发，如何是好？"徐达回道："华云龙现已病入膏肓，不久于人世。臣建议，请陛下收回成命，别让他来京了。"皇上点头允诺，遂问道："燕王府今后将由谁管理？"徐达回道："据臣下所见，圣上的义子道舍阁下可堪此任，不如先代任燕王府的左相。"朱元璋准了，并降旨，大意是日下华云龙有疾，道舍刚刚赴任，燕王府诸事则由大将军徐达统理。徐达谢了隆恩，一场风波暂时平息了。

徐大将军回到北平府后，召来道舍，密告其事。说起道舍，我们不妨介绍一下。他的原名乃何文辉，字德明，滁州人。朱元璋下滁州时，收十四岁的何文辉为义子，赐姓朱氏。初起之时，朱元璋收了不少像何文辉这样的义子，待义子们稍稍长大了，便命他们同众将分守诸路。如周舍守镇江，道舍守北国，马儿守婺州，柴舍、真童守处州，金刚奴守衢州等。其中的周舍，即后来的大将沐英，柴舍即朱文刚，马儿即徐司马。而道舍者，即何文辉也。此人作战神勇、为人和善，颇得军士爱戴。他曾跟随徐达取淮东、下平江，战功赫赫，并与徐达结下了深厚的友情。他同华云龙亦甚友好，在救助其兄华云海时，那是积极出力的。因此，华云龙被胡惟庸党羽陷害，徐达才力主由何文辉继任北平燕王府左相之职。尽管皇上降旨燕王府诸事由徐达统管，实际上徐达将一切事务均交给了何文辉管理。何文辉与周围人的关系处得很好，与秉仁公主娟娟也是兄妹相称，十分融洽。徐达将他找来，两人共同商量了守卫燕王府的一些事情，且不去细说。

三月间，华云龙重病不起，徐达、李文忠、何文辉、娟娟、兰玉、傅友德、朱亮，以及鲍戎夫妇、华云龙之嫂皆在场日夜守候。一天，华云龙命人将铁匣子取来，亲手交给了徐达，说道："我命不久矣，不能再为朝廷效力了。这些祖传之大都等地筑建工艺图纸都交给朝廷，可为燕王府修缮参鉴之用，云龙死可瞑目也。"说此话时，声音十分微弱。徐达接过铁匣儿，含泪谢了左相。华云龙艰难地转着头，看了看围在周围的每一个人后，便闭目而逝了，可叹终年仅四十有三。由于胡惟庸从中作梗，华云龙死时未得任何封赏，葬于北平府西郊。徐达、娟娟以及亲朋好友，在万分悲痛中祭奠了华云龙左相的英灵。

华云龙大将军战功赫赫，在任燕王府左相期间，为府邸的修缮和管理日夜操劳，是徐达最亲密的挚友、得力的助手。与此同时，他还结交了不少燕北好友，如朱亮、张玉、何文辉、朱亮之子朱能等，后来皆成为燕王朱棣的得力辅臣和心腹。其中，张玉、朱能更是燕王起事的重要将领，立下了不可替代的功劳，为永乐朝的巩固和发展奠定了坚实的基础，这是后话。

华云龙所保存的图纸，由徐达全部收藏。他深知暂时不能将铁匣儿奉于朝廷，若递了上去，必落在胡惟庸之手，那就很有可能又会辗转到曾家奴处，所以，将铁匣儿始终放在珍宝宫里秘密保存。洪武十八年，徐达病危时，才将铁匣儿交给了女婿，即后来的永乐大帝朱棣，这也是后话。

单说哭声未止，又传悲声。华云龙死后不过一个来月，即洪武八年四月初夏，娟娟等人正在为破月牙楼紧张忙碌之时，京师急传檄徐达、娟娟速回。娟娟一惊，心想必是有大事发生，便与徐叔叔当夜上路了。到南京后得知，德高望重、赫赫有名的军师，娟娟之义父刘伯温老先生溘然长逝，停灵青田！二人听罢，如头上惊雷炸响，悲痛欲绝！朱元璋亦是万分难过，茶食不进，在宫内设了灵堂，辍朝五日，戴孝祭奠。皇帝不能离宫呀，由马皇后代表皇上率宋濂等群臣到青田亲祭，徐达和娟娟随同皇后前往。马云和叶旺打马疾驰，从辽阳赶回南京，再赴青田。明月长老率了慧、了静也去了，青田知县和各州府官员皆前来叩祭。在人群中，还有一位最惹眼的，那就是左丞相胡惟庸。他头缠白纱，全身缟服，显得异常悲伤。老军师的府上，已经搭好了灵棚，刘伯温停灵于内。青田的父老乡亲纷纷前来，络绎不绝，悲声恸天！当马皇后一行将要到达青田时，刘琏夫妇、刘璟夫妇远离家门一里跪接，娟娟全身重孝，号啕大哭着来到父亲灵堂前叩拜。

祭礼隆重自不必说，大家在安葬刘伯温的同时，不由得想起了老军师一生的所作所为。他刚直不阿、光明磊落、睿智过人、远见卓识，几十年如一日地为朱元璋谋划军事，使之屡屡得胜，被视为神机妙算的诸葛武侯再世。他从不阿谀奉迎、欺上瞒下，而是清清白白做人。他看不惯李善长、汪广洋、胡惟庸等人相互之间的钩心斗角、尔虞我诈、为名利你争我夺那面红耳赤的丑态，曾暗暗讥讽道："投其所好，实其所欲。早知早好，晚悟晚报。"可这些利欲熏心之人，哪里会理解其意呢？刘伯温还曾写过箴言："可叹飞蛾贪光耀，翩翩飞舞乐逍遥。不忌天风张罗网，到头依做火中肴。"把那些贪欲之人为求名利，不择手段，到头来必然引火自焚的情态描绘得入木三分，此名句后来成为历朝的醒世格言。老先生因同势利小人格格不入，所以在朱元璋坐殿集庆之后，主动后撤，不往前争，不要名位。其实他早就想退隐，只因朱元璋不放，才迟迟未能成行。当他终于对李善长等人苦苦钻营、讨官要官、沽名钓誉的行径实在无法忍受时，则坚决自告离朝，回青田做农夫。他隐居田园之后，以一介平民的身份，同百姓相处得十分融洽，过着日出而作、日落而息的生活。一生中，由于太正直，对什么事儿向来是就是是、非就是非，从不含糊，因而引起了一些贪利之人对他的无比仇恨，成了他们的眼中钉、肉中刺。朱元璋从一接触刘伯温，便对他是既尊敬又怕，很多时候还是愿意接受汪广洋、李善长、胡惟庸等人的奉承，不愿意听刘伯温逆耳劝告。特别是当了皇上、成为一代君王之后，朱元璋明显地变了，打江山时曾有过的长处渐渐没了，拒绝良药苦口，甚而听不得与自己心意相悖的话了。刘伯温看出了他的变化，感到不能再在君王身边了，伴君如伴虎，但是，为了江山社稷的安危、黎民百姓的利益，不管朱元璋是否愿意听，也不管能否听得进，仍然在极其关键的时刻讲了一些很重要的意见，出了不少决策性的计谋，后来验证了全是对的。比如，朱元璋特别喜欢、信任胡惟庸，刘伯温就常跟他讲此人不行，绝不能重用，然而朱元璋没听，结果胡惟庸真的做了叛徒。朱元璋这时才感到先生的预测的确很准，看人很毒，不能不佩服老军师的料事如神，可已经晚了，使朝廷遭受了无法弥补的损失。

正因为刘伯温具有高尚的人格，所以他在朝廷里得罪了不少势利小人，对其恨之入骨，甚至千方百计地想谋害他。刘伯温究竟是怎么死的，到现在谁也说不清，乃一大谜团，成为千古奇案。刘琏当时痛哭流涕地告诉妹妹娟娟："咱们的父亲死得蹊跷啊，很可能是被人害死的。有一天，胡惟庸突然来到家中，说是给送药的。我一看，真是拿来了一包药，父亲丝毫没戒备，就服下了。胡惟庸走后，待到夜半之时，父亲突然肚子剧痛，上吐下泻，大叫几声便没气儿了。我十分疑惑，马上将此事报给了当地的官衙。由于父亲是军师，前来看望的人是左丞相，青田的州府衙门谁敢出声儿呀？皆闷闷不语。我又找了不少郎中，他们看完之后，同样不敢说什么，只是摇摇头，最后一个个蹑手蹑脚地走了。父亲死得不明不白呀，冤出大天啦，肯定有问题！"娟娟听哥哥这么一讲，觉得很是诧异。因为有秉仁公主的身份，能跟马皇后说上话，马皇后又特别喜欢她。所以，她马上把此猜测哭诉给了皇娘。马皇后听了甚觉奇怪，想了想，说道："是啊，前些天，吾问刘老先生一些事儿的时候，他还谈笑风生、精神头儿十足呢！听说又乐居田园，常到大地里走动，锄禾耕种，日日不闲，身板儿挺好。眼下才六十五岁，按他那个硬朗劲儿，再有十年都不够活，缘何突然死了呢？是有点儿让人琢磨不透。"很显然，马皇后也对胡惟庸送来的药起了疑心。

前书咱们讲过马皇后，她与刘伯温和安夫人两口子的关系很好。尽管安夫人故去的年头儿不少了，皇后还是经常念叨她。马皇后每每见到刘伯温，总要提起一些往事，而今老军师突然离去了，她能不伤心吗？尤其是对死去的原因又产生了疑虑，当然对胡惟庸的行为很重视，便告诉了悲痛中的皇上。朱元璋听后很是在意，说实在的，一提起刘伯温，他就觉得有些愧疚。为什么呢？因为自从刘老军师告老还乡以后，自己总是借故朝中事情多，分不开身，一直没有前去看望。过去，常因军师的耿正而不悦，常因直言不讳而不快，所以没想去探看。如今想想，虽然军师同自己有些个不愉快，但什么事儿又都离不开他。回到青田后，还时常想念老先生，朝中有要事时，总要一次次地将其请回相商。然而，直至今天却没去看望过，真是慢待了军师呀！掏心窝子讲，朱元璋对刘伯温是有感情的，他们以前经常坐在屋子里一唠就是一宿。朱元璋向来没有那么大的兴趣听别人说什么，唯愿听刘老军师讲，并主动向他请教。现在，当得知军师的死是有人谋害所致时，他先是大吃一惊，心想："不会吧，有多大的仇恨非要如此呢？"可又仔细思量了一下，觉得不是没有可能。前些日子徐达来报，说胡惟庸与曾家奴要共办皮板大集会，目的是从中渔利。最近还听天德讲，胡惟庸的心腹娄永交代的罪行中，谈到了胡惟庸涉嫌报复、中伤华云龙诸事；马云、叶旺、秉仁公主也曾密报过，说胡惟庸和元兵站赤有着见不得人的往来，如果继续下去，将后患无穷。朱元璋想到这儿，决定详查此案。

正在朱元璋要查询刘伯温之死与胡惟庸是否有关时，秉仁公主又奏报了胡惟庸的一桩罪行。事情是这样的：汪广洋之亲随刘铎，因为戏弄汪广洋的女婢，被汪广洋当众扒光衣裳鞭责，刘铎对此恨之入骨。刘铎与刘琏有一面之交，一日前去青田见刘琏，将一机密泄露，说道："胡惟庸与汪广洋原为左、右丞相时，有一次，胡惟庸到汪府赴酒宴，狂饮之中吐露了真情。他说：'早就恨刘伯温谗言于圣上，久必除之。'当时，刚好我在场，便听到了。可直到现在，汪广洋一直知情不举。"刘琏将刘铎的一番话告诉了妹妹，娟娟马上前往皇宫，奏报了皇上。朱元璋十分重视，当即降旨都察院，令其尽快查清此事。经审，刘铎证明确有其事。秉仁公主得知后请皇上主持公道，对为虎作伥、知情不举、可恶至极的汪广洋应从严惩治。朱元璋奈不过马皇后、徐达、马云、叶旺的奏请，只好答应了，还安抚众臣说："朕必严办汪广洋，尔等速返北疆，抚北为重。"后来，在马皇后的一再催促、监督之下，朱元璋于洪武十二年冬赐汪广洋死，此为后话。

娟娟匆匆到青田奔丧完毕，便与两位哥哥、嫂嫂挥泪作别，随马皇后车驾同回京师。到了南京之后，马皇后特将徐达、马云、叶旺、娟娟、明月长老请入宫中，摆宴款待，皇帝朱元璋亦亲自驾临。宴前，大家先聚在马皇后的宫里，天南海北地唠了起来。娟娟此次从辽东回到北平府，因忙于破解图纸和祭奠父亲亡灵，一直沉湎于悲痛之中，还没有来得及向皇上禀报北疆之事。今日到宫内，皇帝、皇后见娟娟长高了，脸上多了几分勤于思索的气韵，风姿秀逸，显得越发美貌，更加成熟了。把个马皇后喜欢得不得了，一直微笑着不错眼珠儿地瞅哇，那是打心往外表露出来的一种母爱，接着又把娟娟搂在怀里，亲也亲不够，心里直说："这可是天下少有的美人啊，真像，太像我的绣绣妹妹啦！"朱元璋往日的冷漠情态不见了，乐呵呵地将秉仁公主从马皇后那儿叫到自己身边，仔细地端详着。见娟娟的个头儿、长相、风度及言谈举止，简直跟年轻时的楚绣绣一模一样，二样儿不差。他越看越心驰神往，越看越激动不已，于是详细地询问了此去北疆的收获及寻母的进展情况，娟娟一一做了回禀。当得知楚绣绣已经疯了、没了踪影、不知去向时，朱元璋深表同情，并为娟娟的诚孝之心所感动。娟娟讲了在辽东找到一个同胞弟弟，叫田田，是心向本朝的。在座的人听说后，皆暗恨李善长、胡惟庸欠下的风流债，朱元璋更是愤恨至极。娟娟还有意从侧面谈及了华云龙，说道："金山月牙楼内，有元帝玉玺和各种宝物。现已找到建筑月牙楼和燕王府的图纸，皆为华云龙家传之遗存，原在华云龙之兄华云海处收藏。华云海过世前，将那些图纸交给了华云龙。华云龙全部献了出来。华云龙到了北平，忠心于皇上和燕王，淡泊人生。有人谣传他妄住脱脱府，实为破脱脱旧居闹鬼的传言才有意搬进去的。他住进后，清除了满院杂草，做了简单的修缮，使之不至于逐年破损，以保持脱脱府的原貌。小女认为华云龙是位有功之将，对他处理不公，人已死，魂难安，望皇上、皇后明鉴。"娟娟同她的军师父亲一样，是个耿正之人，就这么毫无顾忌、直抒胸臆。马皇后听罢，立刻截住话茬儿道："好姑娘，讲得好，皇上会听的。以后再说，还是唠点儿别的吧。"那么，马皇后为什么不让娟娟说下去呢？她是怕朱元璋不高兴。本来今日兴致蛮高，若突然被娟娟的直言打下去了，会使皇上很不开心的。何况此时还没入宴呢，只好遮掩过去。说实在的，朱元璋内心很喜欢秉仁公主，她许多地方像他深爱着的楚绣绣，但又不喜欢她的那张嘴，说起话来跟刘伯温似的，实在是够犟、够倔的。

这时，公公来奏，酒席已摆好，请君臣入宴。因军师新丧，所以马皇后设的是斋宴，还特让太子朱标、四皇子朱棣参加。朱棣是大元至正二十年，即庚子年生，现今十六岁了，少年英俊。朱元璋恨自己从小没上过学，是后来才学的，因此对诸子的教育十分重视，在宫中特设了大本堂，贮藏古今图籍，征聘四方名儒教育太子和诸王，轮班授课，还时常赐宴赋诗，谈古说今，讨论文字。朱元璋在对儒臣们指出皇子的教育方针时说："有一块精金，得找高手匠人打造；有一块美玉，须有好玉匠才能成器。人家有好子弟，不求明师，岂不是爱子弟反不如爱金玉？好师傅要做出好榜样，因材施教，培养出人才来。朕的孩子们将来是要治国管事儿的，诸功臣子弟也要做官办事。教的方法，要紧的是正心。心一正，万事都办得了；心不正，诸欲交攻，大大的要不得。你们要用实学教导，用不着学一般文士，光是记诵辞章，一无好处。"朱元璋还注意到，诸子的学问要紧，德性尤其要紧。因此，他除请儒生经师之外，又选了一批有传统德行的端人正士，差事是把"帝王之道，礼乐之教和往古成败之迹，民间稼穑之事，朝夕讲说"。朱棣就是在这种严格的教育下成长起来的，是诸子中学得最好的一个，各个方面很是符合朱元璋的要求。他从小不但习文，而且习兵练武，并得到岳父徐达的亲授。徐达大将军每次回到京师，必到朱棣处审看习武情形。他此时的个头儿差不多与已为东宫太子的大哥朱标一样高了。朱标的个头儿虽高，但因从小身子骨儿瘦弱，长得单细，行动多了便要出汗乃至咳血，感到浑身没力气，自然武功也不行，宫内的人没有不替他担心的。而朱棣则长得膀大腰圆、身强力壮、魁伟彪悍，乍看起来，倒像是朱标的大哥了。徐达特意挑十几个壮汉与朱棣较量体力，摔跤、举石鼎、抡石臼，从二百斤、三百斤直至千斤，把身体练得棒棒的。

朱棣是马皇后的心肝儿和骄傲，今晚之所以让四皇子来参加夜宴，一个是让他见见众位将领，再一个是可当众练练武功。朱棣与田田的岁数相差无几，比娟娟小两岁。由于徐达的教授，加上肯于吃苦，他的刀剑全能。他原本在明月庵见过娟娟的剑法，因此，今天很想同秉仁公主比试比试。宴间，朱棣果然提出了此请求。开始时，娟娟不肯，一再推辞。后来马皇后再三表示想一睹娟娟的武技风采，明月长老也嘱告不要驳了四皇子的面子，应陪着练一练，又经徐达的力劝，娟娟才走入圈儿内与朱棣比剑。朱棣一出手，娟娟便看出其剑法基本上是阳宗双鹤剑的剑路，来自徐达，与叶旺大哥同宗。朱棣也从娟娟的剑法中，见识了阴宗双鹤剑的厉害。双方的比试，各有千秋。娟娟出剑特别谨慎，收放十分小心，生怕伤了弟弟。朱棣则十分卖力，剑舞得甚有造诣，得到了围观者的连声儿叫好儿。只打了几个回合，娟娟便收起剑，跳出圈儿外，笑着说："好弟弟，剑法果然了不得。盼着四皇子快快长大，早日就藩北平府，以一展雄才！"朱棣只笑不语。

临散宴时，朱棣将自己的珍珠金丝玉带送给秉仁公主，请她收下，真诚地说："姐姐，弟知你已入佛门，钦敬之至。皇父、皇娘也日夜诵念佛经，我亦敬佛，喜素斋。万望姐姐不弃，收下弟弟的心，一如朱棣永在姐姐身边。待过三四年成人了，我即去北平府就藩，那时定同姐姐一起寻母。之后，姐姐就住在燕王府吧，永远不要离开我。"此番表述确实是四皇子的心里话，而且是当着皇娘马皇后及明月长老的面儿讲的，很是直截了当。娟娟从中体味出了朱棣对她的情感，不仅仅是姐弟之情，还含有另一层意思，脸腾地红了，心想："我一个出家之人，怎么能收四皇子的珍珠金丝玉带呢？这很不合适。"刚要谢绝，明月长老忙轻推了她一下，说道："娟娟，弟弟送的礼物理当收下。几年很快会过去的，到那时，四皇子将就藩北平府，说不定还能帮你寻母呢。收下，收下吧！"马皇后也在一边催促着："珍珠金丝玉带是四儿给姐姐的，他送别人礼品还是头一遭呢。唯有你呀，我的好娟娟！"娟娟一看，不能再说什么了，只好收下。

娟娟为在北疆寻母，顺利征服辽东，请求皇上赐一道金牌令箭。一旁的徐达不停地帮着说情，加上马皇后一个劲地吹风，朱元璋便答应了，特赐秉仁公主、武威安抚使金字"各路兵马依旨行事"的如意形令牌一块。娟娟拿到这块令牌，等于手里有了尚方宝剑，权限立马大了，不但能调动三军，而且可随时喝令州府县衙大小官员按意旨行事。那么，在这件事上，徐达为啥帮助说话呢？因他清楚娟娟的文才、能力和品德，有女帅之风，又是自己的得力助手，再说由于连年征战，他甚感体力不支，真需要有人帮一把。徐达对其他人都没看上眼，只看娟娟是块料，曾将心里话暗地里向朱元璋、马皇后讲过，二人听后感到挺欣慰。大明朝当时还没有女帅之职，况且娟娟已削发为尼，又有秉仁公主的身份，怎能任命为帅职呢？现在有了令牌就不一样了，完全可以行使御北之大权，再过几年，定能为朱棣就藩北平铺平道路。

朱元璋的儿子不少，在这些皇子中，他与马皇后尤其看重的是四皇子之才。朱棣也深知父王和母后对自己的期望，至于其他的哥哥、弟弟们，他多少还是有点儿数的，说实在的，没太放在心上。朱棣天资聪慧、机敏过人，常在父王、母后身边接触国政，从小就受到熏陶，加上又有众臣的厚爱和关照，因此成熟较快，早有抚威天下之志。他同秉仁公主一见面便相中了，特别喜欢与姐姐在一起，口口声声称"皇姐"，叫得挺甜。娟娟同样喜欢朱棣，认为既是一表人才，又有文韬武略，将来必成大器。于是，朱棣请求父皇和母后说："华云龙已故，何文辉兄长又刚去北平，尚不了解府中的情况。不妨请皇姐住在燕王府，以便帮助皇儿管理，如何？"朱元璋、马皇后征得徐达的同意后，一一准允，并赐秉仁公主为燕王府的"辅相"。待朱棣入藩，再自行销任。可谁又能想到此后所发生的事儿呢？这一赏赐，后来竟使北平府与辽东连在一起了。朱棣入藩北平后，与辽东关系尤为密切。又由于田田也入驻燕王府，帮助朱棣团结了不少天下英雄，安固了北方女真诸族，使他们一心向着朝廷、向着燕王，为朱棣起兵推翻恭闵帝、创建永乐王朝打下了稳固的基础。实际上，所有一切都是徐达精心策划的，虽然历史上没讲，但事实的确如此。朱棣得天下，最有功之人，应是其岳丈——徐达大将军。

娟娟在宫中的事情办完之后，随明月长老回到了明月庵。自打参与东征、随师太北上之后，她已是多时未回庵了。此次归来，见明月庵早已修葺一新，很是壮观，可以说在南京城中，是上数的佛地了，非常高兴。了慧、了静和众师兄弟、师姐妹皆来见过。庵内又增加了不少新徒，纷纷拜见妙善。明月长老深情地对娟娟说："我老了，不能陪你北上了，除非要事之外，其他没精力再管什么了。北方你已熟悉，好自为之吧，待找到生母后，还要回庵中修炼。"娟娟边听边点头答应着，随后与大家兴致勃勃地唠了起来，一直聊到很晚，这夜便宿于庵中。

徐达临返回北平府之前，又被密召进宫。朱元璋嘱咐他："回去之后，勿谈胡惟庸、汪广洋之事，朕自有主张。军师刘伯温在世时曾言：'静观以待，老账可算。'朕仍任其为相，卿等继续查通谋之证，可也。"徐达听皇上如此这般地一说，那颗一直悬着的心才算落了地。

徐达出宫后，率秉仁公主、马云、叶旺同赴北平府，一路上，边走边互通情况。马云、叶旺详细介绍了辽阳的形势及纳哈出的动向。叶旺说："纳哈出、曾家奴各揣心腹事，既联合又各自独立，相互钩心斗角。目前看来，经多年的联络，特别是近一年，由于娟娟、明月长老和田田等人的努力，纳哈出的态度有些变化，对明廷反倒比对曾家奴和扩廓帖木儿更近些。所以，眼下应齐心协力地先对付曾家奴和扩廓帖木儿。若西域与塞北平抚了，纳哈出窃据的辽东金山就挺不了多长时间了，很快便到终期了。况且华云龙留下了宝贵的筑建图纸，让我们牢牢地掐住了元残部的咽喉。这样，他们想夺玉玺的美梦会随之破灭，在和林的元帝爱猷识理达腊也该寿终正寝了，大元将彻底败亡。"徐达想："是啊，此次北上北平府，就是要集中力量，发兵力歼扩廓帖木儿和曾家奴。西征取得胜利，辽东必然收入本朝囊中，可使天下太平矣！"

徐达待娟娟如同自己的亲生女儿一般，从心底里喜欢她、爱护她、关怀她，既是由于娟娟年轻有为，其人品、聪慧和才能超群，又因为与刘伯温夫妇的生死之交，加之娟娟坎坷辛酸之经历，令徐达对她百倍地同情、格外地关照。特别是娟娟的秉性和一往无前的精神，尤使他感动、钦佩，认为她将来一定会成为本朝的一代女杰，并会帮助自己的爱婿朱棣治理好北疆。故而他处处有意栽培、锻炼娟娟，遇事要先听她说个见解，事事让她多出头。而娟娟则把徐叔叔看作最敬重的大英雄、最亲近的长辈，内心最佩服的有两个人，一个是父亲刘伯温，另一个便是徐达大将军，认为徐叔叔是本朝的第一伟人。娟娟不图富贵，不自恃高傲，向来礼让待人。这种高洁的情怀和品格，不仅使徐达喜爱，也令马云、叶旺敬慕不已。徐达多年来不但能做到一切心中有数，从不显能炫耀，鞠躬尽瘁，一心一意报效朝廷，而且从不夸赞自己，不随便品评他人，谦虚恭谨。刘伯温在世时就说过："天德为人，天下唯一，君子难为也。"刘伯温还曾嘱咐朱元璋："两耳可闭塞，唯要坚信徐天德，本朝可代代永替。"至于徐达的所有功过，无须我们赘言，自有后人评说。

徐达带着娟娟等人回到北平府后，便把众将请到一起，商量一下军情要务，主要是议一议如何守卫辽东、确保西征胜利之事，并指名让秉仁公主辅相谈谈下一步的战术。面对大将军的突如其来点将，娟娟是怎么做的呢？一个是因为徐叔叔发话让她讲，再一个是燕王府新任的代理左相何文辉及其他将领知悉秉仁公主的身份，都很尊重她，皆表示愿意听听辅相的看法。在这种情况下，娟娟实在无法推辞，才朗声说道："好吧，我先讲讲。徐叔叔，您带众将士西征，那么燕北一线所剩人马就是我的何文辉大哥、朱亮叔叔、张玉叔叔，此外还有燕王府的将勇了。马云、叶旺大哥他们也算一份儿，当然重点是放在掌管辽东之要务上。而我们燕北的差事，则是必须想办法擒拿曾家奴和高家奴，他们恶贯满盈，该到算总账的时候了。这样，我以为需把所余之力量拧成一股绳儿、攥成一个拳头才会有力，方可奏效。"应该说，娟娟的想法十分切合实际，讲得言简意赅。

徐达听罢娟娟所谈，陷入了沉思，仔细想来，眼下真是这么个情况。曾家奴所占的喀喇沁位在燕山之中，北连大漠和一望无边的蒙古大草原，是元朝末年与大明抗衡的主要力量。其兵力分散，活动范围广，处处皆有。只要明军一去，元兵立马跑了；等明军回来扎营驻寨，元兵则又向南入侵，总是跟你打拉锯战。因此，北边的黎民百姓天天处于兵乱之中，受了不少苦，遭了不少罪，生活之悲惨，令人不寒而栗。徐达受命坐镇北平府，首先面对的就是攻伐不利的难题，对剿北很是头疼。明朝打击元残余势力，如同拿个大拍子拍跳蚤一样，也不知那伙儿人今天在哪儿，明天又在哪儿，想拍都拍不到。为什么呢？去大的兵力吧，用不了那么多人；去小的兵力吧，又抓不到人，十分不好办。眼下他认为，自己到西域去攻打扩廓帖木儿之前，北平还真需要好好儿安排一下。正像娟娟说的，各方力量务必统一调动，集中兵力，才能形成一只有力的铁拳。由谁来调动呢？当然是秉仁公主。不过她身边得有几个得力的人，使之能用上，自己去西征才能放心。出于此种考虑，徐达首先对刚从曾家奴那儿回来的部下张玉说："你熟悉北边的情况，掌握曾家奴的内情，可谓优势所在。留下来全力辅佐秉仁公主，做好她的参军，不能怠慢。"张玉表示："请大将军放心，一切照办，定会尽全力帮助秉仁公主擒拿曾家奴。"紧接着，徐达把另一位爱将介绍给了秉仁公主。谁呢？朱亮。朱亮在东边战线占的位置十分重要，所率之兵久据燕山，保卫着北平府，对北平的安全，对秉仁公主计划的实施，对将来擒拿曾家奴和高家奴以及破月牙楼，将是一支主力。徐达嘱咐道："朱亮，你清楚北平府一带的山形地貌，对元兵布阵情况了如指掌。在我西征时，要听从秉仁公主的将令，不得有误。"朱亮诺诺称是。徐达看了看刚刚就任的燕王府代理左相何文辉，知其原来镇守过应昌，深知大漠作战的特点，本身带有五千兵马，遂令他以燕王府的兵力和财力，全力支援秉仁公主。他再命马云和叶旺将军，不仅要镇守好辽东，还要作好准备，随时听从秉仁公主的调遣。这样一部署，便将几支力量集中起来了，统由秉仁公主指挥，准备与曾家奴、高家奴、纳哈出一决雌雄，进而生擒之，拿下月牙楼。

娟娟姑娘很聪明，脑袋瓜儿好使，听大将军喊咻咔嚓一点将，心里立刻明白了："好哇，徐叔叔，岂不是把北平的事儿全交给我了，你带着兵马到西边去了，那怎么行呢？本身是大将军，掌握着兵权，北平怎么能离开兵呢？"于是，笑着冲徐达说："徐叔叔，方才部署得倒是挺周全的，可我无论如何不能离开徐叔叔呀！反正您得做好准备，我是死贴住您不放。您走到哪儿，我就跟到哪儿，肯定当那'贴树皮'。想要撂下我们躲清闲去，那可不行！"徐达哈哈大笑道："叔叔这样安排不好吗？你还不满意呀，我的小娟娟？"娟娟说："兵法云：'兵者盾也，亡兵力危。凡是离了兵，诸事难成。'即是说，有了兵力，才等于有了后盾；没有兵力，便没有后盾，马上会来危险了。叔叔，您兵权在握，就是我们的后盾。没有您，神人照样制服不了曾家奴。"徐达诙谐地说："嚯，好厉害呀！这下可好，连我大将军也给锁在秉仁公主的帐下啦！"大伙儿听了都笑了起来。娟娟的话说得在理，后来的结果亦是如此，真正制服曾家奴的，还是徐达率领的能征善战之兵马。

兵力部署完以后，大家按分工作准备，以便尽快擒拿顽抗到底的元朝残部曾家奴和高家奴，使塞北久未归附之地，早些纳入大明的版图之中。徐达为使众将能更多地了解和掌握情况，在行动之前，请张玉详细向将领们介绍一下塞北的情况。张玉开口道："曾家奴在塞北的兵力说是四十万，只是个保守数，实际还要多些。因为有不少牧民和猎民被笼络在他手中，随时可能从草原调来参战，力量也不小。对这一点，绝不能小觑，更马虎不得。曾家奴兵力的分布特点是比较分散，占有的地域相当广阔，东西绵延七八百里之遥。西起兴和、花皮岭、云州、土城，东至长山屿、下板、喀喇沁、敖汉旗等地，像撒芝麻盐一样，哪块儿都有，哪块儿又不怎么多。而且他的兵力游移不定，有时集中在这儿，有时集中到那儿。这样，使得你找不到他们的主要兵力究竟在何处，也正是咱们剿灭元兵的难度。另外，有的地域虽然本朝的兵力已经占进去了，但其中的沟沟坎坎，特别是一些偏僻之地，还有曾家奴的兵力。往往是你中有我、我中有你，互相咬合在一起。他的骑兵多，说来就来、说走就走，捕捉起来非常不易。据查，近一个时期，曾家奴的主力聚集在长城以北的雾灵山。雾灵山是燕山山脉的一座高山，山峰险峻，树木密集，沟谷颇多，他便借此地势藏了不少兵。雾灵山离北平府不远，曾家奴随时可以以雾灵山为据点，骚扰北平府，又可南下至蓟州等地。目前，他在雾灵山的据点是雾灵山以东的娘娘洞，周围全是高山大谷，易守难攻。此地北有密奇河，我朝兵马进攻时，他们若守不住，即可顺密奇河山谷北上，进入草原大漠之中；如果得势，又可从密奇河南下，进入应手营子山区。那里皆为石头山，山势陡峭，是个很重要的地方。它西连北平附近的宝坻，东连玉田，可直通海道与运河以南的诸省联络。曾家奴就是凭借这样优越的地理条件和机动的兵马与我朝长期抗衡的，像大跳蚤似的，今天蹦到这儿，明天蹦到那儿。要是咱们去的人马多了，大拍子反倒拍不着他们，劳民伤财。待兵马撤走了，人家不知又会忽然从哪个地方钻出来骚扰你，总是没法儿消灭。过去，我朝兵马为此吃了不少亏。曾家奴还利用此渠道，联络所有能动员的力量，壮大自己的实力。另外一点，曾家奴想通过皮板大集会，想方设法把各地的大亨、货商联系到一起。为什么呢？草原和山区的渔猎特别多，各样的皮张应有尽有。他可把握有利条件，在皮板大集会上聚资敛财，用来抵制我们去破月牙楼，干扰北平府的安宁。"接下来，张玉又介绍了有关皮板大集会的一些情况。

这里，说书人要插几句。曾家奴办皮板大集会是极为诡秘的，一切都是私下联络、悄悄儿进行的，并不像咱们在书里所说，好像是明摆着的。徐达他们之所以能知道这些，那是由于巫顺将此情况密报了朝廷。皮板大集会选在什么地方呢？准备于北平府东边不远的雾灵山一带举办。曾家奴这招儿也是很费了一番心思的。为什么呢？要知道，他们在北平府附近举行这么大的活动，大明朝廷不能不担心北平府的安宁吧？谁都得说那可是个相当重要的地方，元大都嘛！朱元璋曾一再告诫徐达："一定要控制好北平府，严密保护，千万不能出一点儿差错"。曾家奴完全明白这个道理，徐达你不是得到建月牙楼的图纸了吗？我偏让你办不成。于是，把大部分兵力集中在北平府周围，先举办皮板大集会，以此牵制你、搅和你，使你没有精力去顾别的，总不能放下北平府不管而去破月牙楼吧？

　　曾家奴这次办皮板大集会有两个目的，一个是可以聚敛资金。当时在市面儿上流通的钱，不仅有明朝刚刚发行的洪武通宝，还有没有作废的元朝货币，即由原脱脱府老太师脱脱丞相主持发行的铜钱、纸币。曾家奴想在大集上卖皮张赚钱，用以养兵、养马及买各种物资。再一个目的是通过皮板大集会，以商会友，以商联武，组织反明力量。表面上看，皮板大集会或是卖皮张和各种货品，或是以物易物；实际上是曾家奴在联络人马，结交各地牧民，收拢元兵的残兵败将。曾家奴、高家奴鬼得很，并不公开出面，而是由他们的亲信出头。那些人扮成客商、老板或皮货通，以收购皮货的身份，暗地里为主子招兵买马。认为这样做，不显山、不露水，不易引起明廷的警觉。比如，前边说到的巫顺，不就是乌蛇岭站赤的达鲁不花、一个有兵权的人吗？可却对识别皮张有神技，被人们称为"神眼"，纳哈出、曾家奴、高家奴都佩服得五体投地。所以，便让他扮成了辽东皮货的总代理，招揽兵马，为其效劳。

　　万万不可轻视曾家奴举办的这个皮板大集会，还真是很得人心。为什么呢？元朝的统治民族是蒙古族，向以游牧生活为主，牧民马匹多，皮张也多，堆起来像座小山似的。可他们又极度缺乏生活必需品，如何解决？只能把积攒的皮张卖出去，再买回粮食、盐、糖、酒及布帛、家具等。怎么才能卖出去呢？就是凭借集市，自由买卖，互通有无，大家皆乐此不疲。因此，元朝历年都举办皮板大集会，以活跃畜牧业的发展，繁荣经济，成为一种广受牧民欢迎的传统措施。当时的交易地点，辽东有辽阳，长城以内则以京师大都为主，是重要的"集散地"。一到举办之时，百里、千里以外的牧民纷纷赶着车或马驮子纷至沓来，到此以物易物，交易互换，很是热闹。到了元末，朱元璋的势力起来了，元顺帝只顾逃命，哪还顾得上举办什么皮板大集会呀？后几年便停了下来，皮板大集会黄了。北方的民众十分向往，也需要皮板大集会，曾家奴抓住了大家的心理，非恢复不可。牧民们听说后，能不高兴、不踊跃参加吗？认为这下皮张又可以卖出去了，能买到我所需要的许多东西了。皮板大集会上的货品在元朝时，能南下中原甚至运到欧亚各国，应该说是很有名望的。牧民只知道皮板大集会是一次难得的交易机会，哪里会想到曾家奴是期盼着利用此传统交易的形式，招兵买马，秘密联络反明势力，将被打散的元朝零散力量重新聚拢起来，组成新的反明大军呢？

　　书归正传。众将听了张玉的介绍，知道了曾家奴、高家奴的兵力部署情况，也明白了他们为什么要办皮板大集会及其深层意义何在。正在议论之时，巫顺来了。他现在可不只是个一般的站赤头领，而是大明朝在辽阳的振东将军，是马云、叶旺之下的重要将领，其弟巫利为乌蛇岭站赤的头领、驿丞。巫顺眼下仍然是一身挎俩衔儿，既吃明朝的俸禄，也吃曾家奴、纳哈出的俸银，一只脚踩两只船。当然，这只是表面现象。大家全明白，他一只脚是实实在在地踩到了明朝一边，另一只脚在曾家奴那边不过是虚踏而已。曾家奴、纳哈出并不知他已降明，更不知他还是明朝辽东的振东将军，一直以为是自己人呢！巫顺虽属马云、叶旺在辽阳的官员，但由于表面上是曾家奴的人，为掩人耳目，不被他的手下人察觉，故而不在辽阳坐镇，还在乌蛇岭，名义上仍是那里的头目。他此次到北平府是秘密而来，目的只有一个，就是传报近些日子曾家奴紧锣密鼓筹办皮板大集会的情况。

巫顺的到来，犹如一场及时雨，使在座的人异常兴奋。他首先见过了上司马云、叶旺，又见过了秉仁公主，再由秉仁公主引见给众位将领。当巫顺突然看到王点时，先是一愣，心想："他怎么会在这儿呢？在曾家奴处我常见到呀，那可是人家身边的大红人哪！"后经娟娟说明，方知王点本名叫张玉，乃徐达大将军的部将，到曾家奴处是做眼线的。巫顺笑着向张玉致意、问候，张玉也对巫顺表示了敬意，二人互述衷肠，感慨不已。娟娟说："巫顺大哥，刚刚众位将军还在议论曾家奴筹办皮板大集会的事儿呢，你就进屋了，来得正是时候。在座的没外人，全是自家人，有些什么情况敞开讲吧，让大家都听一听，心里也好有个数。"巫顺端起茶杯，喝了一口茶，向众位将军讲了起来。

诸位阿哥还记得吧，巫顺在曾家奴率兵去攻打辽阳时，曾来北平府一趟。可是刚到燕王府，娟娟便让他赶紧回辽阳，劝纳哈出不要搅和到曾家奴攻辽阳的行动中来，纳哈出也真照此话办了。巫顺说，之后不久，他就收到了曾家奴的密信，让马上去喀喇沁。经与马云、叶旺商议，认为曾家奴由于攻打辽阳大败，正在火冒三丈之时，此去可借机探听虚实，于是同意巫顺仍以原乌蛇岭站赤首领、皮货总经办的特殊身份前往。一路他马不停蹄地驰奔，一到喀喇沁，马上拜见了曾家奴和高家奴。"二奴"对巫顺的到来极为重视，毫无保留地向他讲明了此次办皮板大集会的时间、地点和规模，嘱咐要将皮张的优劣分辨好，卖出好价钱，尤其是需想方设法把全国的所有皮货商都招集来，参加的人要多，规模要比以前历年大。他们还不无得意地炫耀什么已经请了武林高手前来帮助护卫皮板大集会，不怕徐达他们破坏，等等。巫顺觉得这些情况很重要，所以离开喀喇沁往回返时，并没回辽东，也没告诉纳哈出，而是径直来到了北平府。因秉仁公主和徐达大将军曾叮嘱过他，凡是有关皮板大集会的新情况，必须随时禀报，以便及时掌握曾家奴的动向，采取相应的对策。应该说，巫顺人不错，只要答应了，绝不食言。这不，他在喀喇沁得知了有关皮板大集会的举办情况后，立刻赶来了。大家听了巫顺的介绍，觉得不少信息很重要，提出能否介绍得更详细些。

据巫顺讲，曾家奴正在争分夺秒地全力筹备皮板大集会，下了不少的功夫。各个方面考虑得十分细致，做得很是到家，声称要办得非常有气魄。为加强防范，他将自己的兵马调出一部分，秘密隐藏、埋伏在大集周围的百里方圆。一旦有突发情况，陈兵即出，以确保皮板大集会的安全，顺利开张交易，达到预期的目的。曾家奴有三千多名死打硬拼的武士，凶猛、强悍、不怕死，豁出命为主子效劳，是其死党，又叫"死卒"。这些亡命徒由掌门师傅"鬼见愁"率领，被派到皮板大集会四周的各个角落、各个地方，而且全是化了装的。有的扮成买卖人，有的扮成车夫，有的是饭店跑堂的，有的则是柜台掌柜的，由他们去了解情况。倘若有事儿，可随时报警，及时应对。曾家奴还命令一些打手秘密潜入北平府、通州、云州、宝坻、玉田、辽阳、沈阳、登州、徐州等地，招揽皮货商、百货商，网罗八方人士，并特意派人去草原深处，动员牧民到时候都来参加皮板大集会，估计前来的人不会少。

皮板大集会的举办地点选得好，定在雾灵山附近。具体一点儿说，距雾灵山八九里的地方，有一个山沟儿曰杖子沟，杖子沟里有座佛寺叫宝华寺。该寺是怎样建起来的呢？杖子沟后面有座团团圆圆的山，不怎么高，群松环绕，十分幽静。据说，因此山很有灵气，所以当地的土民叫它宝华山。元朝中期，有几位游僧到各处募集善银，得到了许多善男信女的捐款。他们就用这笔银子，在宝华山的山巅之上，建起了宝华寺。绿树掩映之下，像一顶金黄色的皇冠一样，戴在宝华山上。寺庙虽不大，但修整得规矩、雅致，皮板大集会便选在风景秀丽的宝华山上的宝华寺了。现在宝华寺的百里方圆之内，皆有曾家奴的兵马驻守，还有不少打手及死卒保护着。只要认为你是不明身份之人或明朝的人，不用说在杖子沟的宝华山那儿，即使离它还有几十里之外照样被卡住，根本进不去。只有清楚你是真正来参加皮板大集会的商人及卖皮张的各地牧民，才能允许进去。

皮板大集会举办的时间，定在翌年五月端阳过后的六月二十六。为啥不马上办呢？因为曾家奴还要招揽生意，扩大范围，广布宣明。要使各地的商人、各处的牧民都知晓此事，全来参加，得需要一定的时间。另外，他的兵力部署及举办地诸方面的筹备，总得用一些工夫才能四脚落地呀，所以只能拖至明年。又为什么非定在六月二十六开市呢？因为这个日子是宝华寺文殊菩萨的法日。到了那一天，将寺门大开，广迎天下香客。不少的善男信女要前来拜佛、进香，宝华寺的众僧人要在文殊菩萨殿内讲法，是个祥瑞吉日。宝华山很有意思，就在宝华寺的庙门外，有一块大约十里方圆的草坪绿地，人们称其为'十里坪'。目前已把此地保护起来，并修缮一新，将在那块儿架起大小不等的临时房舍，作为皮板大集会的集市。为了显得更庄重，又在文殊殿前，搭起了三丈多高的两个木头架子，上挂两幅大对联儿。从宝华山山下二里外向上遥望，可看到高高的木头架子上以红布为底、金字书写的对联儿。上联儿是"文殊大士，妙应无方，座前狮子兽中王"；下联儿是"妙意吉祥，花雨天香，神刹宝智透心光"。每个字均为抱宽丈长，在阳光下金灿灿的，闪得耀眼。文也写得妙，妙就妙在把整个文殊大法的广布、弘扬佛法的气派、意志及深邃的思想写到家了。看来，曾家奴为举办皮板大集会真是绞尽了脑汁。

由于曾家奴的属下天天声嘶力竭地鼓吹届时一定会游人如织、交易者如潮，所以，不少小商小贩及经营各种皮货、百货的商人都想进皮板大集会。你想啊，好长时间不办这种集市了，突然有人操办得如此热闹，谁不想去看一看哪？正好以物易物哇！他们现在就开始找地方、盖房子，有些人还准备开办小饭馆儿及买卖门市等。可以预见，皮板大集会的开张之日，从宝华山山下到山上十几里的路上，肯定是人来人往、络绎不绝、喧闹非凡，临时门市的货品必会琳琅满目。

不仅如此，曾家奴为了确保皮板大集山的万事顺遂，能压住阵脚，特请了一些武林人士为其护驾。他们的名字起得挺特别，分别叫西里杜、西里库、伯尔舒、伯尔度，亲封四大高手为"四大天王"。在"四大天王"之下，设有作为天王保镖护从的"四老大人"，即董老大人、庞老大人、丘老大人、蔡老大人。在"四老大人"之下，设了作为护兵和打手的小保镖，称"坐山虎"。每位老大人之下有九只"坐山虎"，算来就是四九三十六只，共同护卫"四大天王"。无论是"四大天王"也好，还是他下面的帮手也罢，皆未露出自己的真名实姓，均为化名。已知"四大天王"是曾家奴从大漠深处的名刹古寺中请来的僧人，差事是帮助管理和镇住皮板大集会。一旦出事儿打起来，可请他们出面，因为都是武艺高强之人。"四大天王"之下的那四位老大人，其实是走江湖的绺子、土匪头子，或是占山为王、落草为寇的首领。他们在元朝亡了以后，趁朝廷无人管、社会治安混乱之时，扯起大旗，招兵买马，占山聚首，抢男霸女，欺压良民，经常活动在燕山一带，号称董大旗、庞大旗、丘大旗、蔡大旗。他们不仅仅反元，主要是抢黎民百姓的财物，抢商店、饭店，抢老板的金银珠宝等，总之一句话，是一帮打家劫舍之辈。如今，那些人却被曾家奴收罗来了，成为他的大帮手、大打手。绝不能小瞧土匪绺子，不但有全身的武艺，而且不怕死，个个是滚刀肉。曾家奴任他们为宝华寺皮板大集会各路的先锋官、总管，什么总监军、总银官、总库官、总簿记等。这几大官，全由四老大人去干。

所说的总监军，那可厉害呀，权限很大，专司皮板大集会开市期间所有的守卫、防御和押解。凡有闹事者，有行窃、打架斗殴、行为不轨者，有敢违抗、扰乱、破坏皮板大集会贸易事态者，皆由总监军督管，同时还负责监视明朝的细作、兵卒闯入皮板大集会。如发现有这样的人，务将其控制起来，或尽早密报给曾家奴，及时杀戮，以防消遁。

再一个是总银官，即管钱粮的，销售皮货挣的银子需入账，大集的账簿都由他管。他们向各地来的皮货商和销售皮张的各部落牧民搜罗税银，抽取红利。你卖的东西多，占我宝华山皮板大集会之地，就得给我分利，即抽红。总之，总银官的差事是管销售银账、征税银账、抽红银账、总理银库等。

总库官则专司各路皮张的库出、库入事宜。皮张运到皮板大集会的集市里，不能放在外头，如果下雨，不浇坏了吗？因此，要有些房舍装皮张。那些房舍是由皮板大集会的操办者搭建的，可以租给你用，每天要交一定数额的银两。装皮张的大库需要有人精心管理，丢了皮张不行，库出、库入的一笔笔账也得记清，故而才设了管库的总库官。

还有一个官就是总簿记，专司各路参与皮板大集会的商贾、商号及南北各省贩售皮革人员的登记造册，记下你的商号名儿、老板名儿、商埠的原来买卖叫什么名儿以及此次来了多少人等，安排士农工商八方来客的吃喝拉撒睡之事。因为这些人来了以后，必须有住的地方、吃的地方，需由总簿记派人出去采购，然后按册分配给他们每天吃的、用的东西，给人一种宾至如归的感觉，到了皮板大集会如同到家了，以此招揽生意。

　　曾家奴对皮板大集会的方方面面考虑得非常细，除以上各官之外，又特设了一个赈济官。这个官也很厉害，挺能拿人，受人欢迎，让人佩服，是他独创的。大元朝时，历年办的皮板大集会中，从没设过此官。设置赈济官是干什么用的呢？主要是赈济那些无依无靠的丐帮和穷苦人。本着"老吾老以及人之老，幼吾幼以及人之幼"的古语，凡是天下的穷人，只要你到了皮板大集会，自然是看中了这里，捧了大集的人场，不卖货也行，只要来，便给你吃的、住的、穿的，还给银两。就是说，皮板大集会愿意收容普天下的穷苦人。这一招儿打出去以后，不少的穷人和乞丐十分高兴，企盼着皮板大集会快些开市。到那时，就有了可吃、可住的地方了，不用天天蹲庙台、沿街乞讨了。曾家奴特别要求赈济官，哪怕他是土匪、兵痞流氓，或者以前干过杀人越货之事及绑过票的恶人，只要到皮板大集会来，没说的，不记旧恶、旧仇、旧迹，一律收容，皆可入伙儿。将来若愿意，还可做元朝的兵卒，把号坎儿一穿，摇身一变，即成了我曾家奴的将勇了。这个官名义上很好听，冠冕堂皇，看似办慈善之事，实际上，是曾家奴别有用心耍的伎俩，以此招募兵卒而已。他对赈济官的差事格外重视，给单拨了不少银两，强调赈济是几个督办中至关重要的，要求务必做好。

　　在皮板大集会的各职官中，曾家奴最看重和亲自抓的有两个职官：一个是为他捞取银两、增加积累的总银官，再一个是赈济官。他尤其关心来了多少新人及其叫什么名字与愿否投军等方面的情况，两个重要的职官当然须由最亲信的心腹来任职。曾家奴和高家奴说是亲自坐镇、过问和掌管皮板大集会，可平时行踪很是诡秘，谁也不清楚他俩重点坐镇在哪里、身在何处，更不知会在何时、何地出现。即使真正到了皮板大集开张的那一天，恐怕都不会知晓到哪儿才能找到他们，要办的一些事情，基本上是御用之人出面，他二人则躲在后面。究其原因，主要是怕有意外，怕有明朝的兵马出现和暗探查追。那么，谁能知道曾家奴和高家奴的行踪和所在的地方呢？就是"四大天王"，那是他们的外围。因此，要想破皮板大集会，首先须擒拿"四大天王"，这一点至关重要。巫顺在讲的时候还特别强调，别看皮板大集会开张的时间是明年，似乎很遥远。可光阴如梭呀，日子不抗混，很快便会来到的。本朝应给以百倍的重视，认真对待，各方面要充分做好应对的准备。唯如此，才能达到破皮板大集会的目的。

巫顺谈得很是详细，众将听了以后，对皮板大集的内幕有了全盘的了解。谁都没想到的是，曾家奴竟把皮板大集会涉及的诸事考虑得非常细致，安排得井井有条。看来是拼了老命来搏一搏的，真不能小瞧，确实得认真对待才行。之后，秉仁公主又请张玉把所掌握的关于曾家奴的内幕及密探到的情况向各位将军通报一下。前书已经谈到了，张玉可不简单哪，是徐达打进曾家奴部的内线，化名王点。他在曾家奴的大本营里，表面上为主子出点子，暗地里却帮助徐达到处打探，对曾家奴的内部情况一清二楚、了如指掌。张玉说："巫顺讲得挺好，基本上都介绍了，我再补充一些，供各位将军参考。皮板大集会开市之前，还有个举措，就是于杖子沟口儿设了擂台。在雾灵山下，凡是能通到宝华山的地方，均设有卡子。那些被视为不轨者、无请帖者、私闯集市者从卡子是过不去的，将由哨卡的兵勇把不请自到的人领到大擂台处。为什么去那儿呢？因为早有规定，有帖子的，才能通过卡子；没帖子的，必须上擂台比武。什么帖子？曾家奴搞的一切举动，请谁来，就给谁发帖子。说白了，那帖子是请你来的凭证，像皮板大集会这样的活动也不例外，当然要发帖子。此帖子制作得很特殊，用的是绢丝，周围刻上或绣上花儿，中间用墨字写上邀请某某、哪年、哪月、什么时辰莅临皮板大集会，并盖有大印。有绢丝帖子的，便可以上山；没绢丝帖子的，则认为值得考查，很可能是明朝的细作来破坏皮板大集会的。所以，凡是没有凭证的，或被认为将对皮板大集会产生不利因素或制造麻烦者，都会在哨卡被截住，让你到擂台处打擂，打死勿论。跟谁打呢？跟方才巫顺说过的曾家奴从外边请来的'四大天王'打，能打过的，证明你厉害，他们得服，承认管不了，遂带你上山；打不过的，则休想进去。当然，'四大天王'不是那么容易打的，皆练就了一身好武艺，身手不凡。实在不想打擂的，得拿银子来，用银子数来顶。什么叫银子数？你不是非要上山参加皮板大集会吗？那是有一定银价的。不拿出多少多少千贯铜钱，或多少多少白银，休想迈上山一步。由此看来，看管得极严，不是任何人可以随意上山参加曾家奴办的皮板大集会。若'四大天王'不在擂台时，将由'四老大人'代替，总之，都不是一般的守擂者。你若是不打擂还吵闹，就由那些'坐山虎'来收拾。目前已摸到信儿了，擂台近期要开擂，并不等到明年，早已开始控制杖子沟了。"说到这儿，张玉停了下来。

张玉的介绍，提醒了在座的每一个人，大家七嘴八舌地说开了，一致认为必须尽快想出良策，去对付那精心设置的擂台。张玉见议论得差不多了，接着又道："我再向众位兄弟讲讲那'四大天王'。'四大天王'本是师兄弟，皆为离这儿数百里之遥的大漠深处和林那边金刚寺的僧人。寺里有个大喇嘛，法号'妙天广法活佛'，'四大天王'皆为他的弟子。妙天广法活佛很出名，是一位德高望重的上师，为人不错，无论是蒙古的牧民还是汉人，没有不尊敬他的。活佛的那些弟子不能说就是坏的，不要以为凡是曾家奴请来的全是坏人，其实不完全是。西里杜、西里库、伯尔舒、伯尔度就挺好，之所以能来此，估计多半是被曾家奴用花言巧语蒙骗来的。只要咱们向几位师父揭开曾家奴的内幕，相信他们是有头脑、有分析能力的，肯定不会帮他。据传，四位弟子是偷着下山的，妙天广法活佛并不知晓。可能因为他们是蒙古人，有所谓的正义感，想要帮助元朝已经失败的元帝的儿子、现于和林坐殿的爱猷识理达腊，为自己的皇族打抱不平；或者是要跟明朝比试个高低、帮助皇族出口气这么个目的，才背着师父下山的。我想妙天广法活佛要是知道此事，绝不会同意，因为他慈悲为怀，最忌杀戮和欺压。要想破皮板大集会，依我之愚见，还是应想办法说服曾家奴请来的'四大天王'，使其明白事理，不要助纣为虐。他们知情后，会重返金刚寺的，曾家奴便成了光杆儿司令了，没人帮他，也就自消自灭了。当前，至关重要的是先攻心，攻下'四大天王'。我在曾家奴处，曾亲眼见过其中的两位师父，即西里杜和西里库。他们跟我说，下山没别的目的，只是为了宣扬佛法。我知道二位的威望很高，是得道高僧，一向主持正义，精修佛法，从不行胡作非为之事。拿二师兄西里库来说吧，性情耿直，善解人意，通事理。他的法号叫'悟空'，根本不叫西里库，那不过是现在用的化名。西里杜也是化名，他的法号叫'识空'。他们用化名的目的，是不愿让大家知道其真面目。在'四大天王'中，闹得凶点儿的，又调皮捣蛋的，是两位小师弟伯尔舒和伯尔度。伯尔舒的法号叫'净空'，伯尔度的法号叫'虚空'。四位师兄弟的法号都犯'空'字，不是旁门左道之人。或许是因为其中的那两个师弟的原因，老大和老二才不得不下山，为了规劝师弟而来也未可知。我之所以向大家介绍这些，即是对他们应以礼相见，好好儿做工作。眼下最关键的是，要尽快找到中间搭桥的人，不知谁熟悉四位师父，能够说上话儿。我虽认识，但没有深交，故不易说服之。本人还知道一个底儿，是听悟空师父讲的。说他的恩师妙天广法活佛与武当山的菩提大师是挚友、同道关系，很密切，常在一起谈法，甚至每每谈至深夜仍不愿离开。假如我们能请到菩提大师，可通过他老人家，去告诉金刚山的妙天广法活佛。上师若知此事，毫无疑问，肯定会下山来。到那时，他的四个弟子有师父之言，哪还敢轻举妄动？会乖乖回到山上，不就把曾家奴给晒起来了嘛！'四大天王'走了，谁能帮他呀？擂台当然打不成了。为什么呢？没有真正能主擂的强手，擂台怎么可能摆得了哇？所以，我的意思是，尽管曾家奴准备得井井有条，控制得相当严密，实际上是空架子。只要我们认真做好师父们的工作，使他们明白真相，曾家奴立马会现出原形，所有的云雾都将散开，其骗人的伎俩便不攻自破了。"

张玉的话说得详尽透彻，众将军听得痛快淋漓，异常振奋。娟娟很是感谢张叔叔出的请菩提大师这个招儿，与此同时，一个人突然跃入脑际。她开口道："众位将军、各位叔叔、兄长们，张叔叔的话使我猛然想到了一个好朋友，就是金山大寨的苦僧。他在生命垂危之时，是被武当山菩提僧人救活的，不但施以治疗，而且将其引入佛门，教给佛法和武术。如果能找到这位朋友，再通过他帮忙，估计能见到菩提僧人。可惜，我始终没有看到苦僧，不知怎么样了，总是不放心，十分想念、牵挂他。前不久，为了救华云龙将军之兄华云海，苦僧在通州出现了。本以为他还在辽东，没想到竟已进了关，并且仍在关心开启月牙楼之事。据当地一些孩子讲，曾在运河边儿看到一位瘸僧人，武功特别厉害，想来必是苦僧。正是他，为救华云海，打败了曾家奴的死党'鬼见愁'，使之不得不逃之夭夭。苦僧为了追'鬼见愁'，便不知去向了，到现在一点儿音信没有。华云海故去前，也说见过一位瘸僧人，灵活机敏，身手不凡，帮了全家的大忙了。要是能找到他，对我们将是很有用的。不过，我的师太、明月长老的师姐月禅禅师和圆觉禅师都在武当山待过，皆为菩提大师的弟子，只要求到他们，说明由头，相信二位禅师一定会鼎力相助的。马将军和叶将军的夫人、我的两位师妹鲍龙花与鲍龙卉以前受教于圆觉禅师，是否可以让她俩速速去请禅师来？要我看呀，她们去倒比师太更方便些。圆觉禅师大慈大悲，乐拯世间，不会袖手旁观的。"说到这儿，侧过头来，冲马云和叶旺问道："二位大哥意下如何？要是同意的话，今天可要搬请两位嫂子、我的师妹出山了，让她俩帮忙，你们能舍得放吧？"叶旺回道："娟娟，你是不知道哇，龙花、龙卉在辽阳自从听巫顺讲了曾家奴要举办皮板大集会，立马坐不住了，声言非要帮师姐干些事儿不可，而且知道金刚寺所在的地方，并称有师兄在那儿。再者，俩人的确说过她们的师父正是师太所讲的圆觉禅师，完全可以求助于他，肯定会帮助龙花、龙卉去平定皮板大集会的。两个姊妹可是天不怕、地不怕、独往独来惯了，龙花定下来要做的事儿，龙卉必然跟着走。这不，我和马云大哥同她俩刚说此事先要跟娟娟通个气儿，之后再去办，还没等把话说完呢，龙花当即就炸了！说我凡事不知急缓，等同师姐商量完，黄瓜菜都凉了，皮板大集会早开张了。然后拉上龙卉拔腿便走了，已于十几天前去了湖北封县。听说当地的参岭峰上有个龙严宝刹，她们大概是去了那儿。娟娟，我看这事儿咱们先别急，等信儿吧。"娟娟一听，乐了，忙说："哎呀，真得好好儿谢谢两位嫂嫂，太让人高兴了，我放心啦！好，请各位叔叔和兄长接着刚才的话题往下唠。"说完，看了看马云。

马将军可是小徐达呀，平时话语虽不多，但点子多，在场的朱亮、何文辉等人没有不佩服的。说起来，朱亮的年岁不小了，已是近六十的老将了。何文辉只有三十多岁，而马云则四十来岁，正当年。要说娟娟佩服的人，马大哥算一个，印象亦最深。此时，整个大厅静得很，各位都在思索，都在琢磨着如何才能顺利地破了皮板大集会。马云当然也不例外，正想着，忽听娟娟冲他说："马云大哥，请你说说看。"娟娟一点将，马云当然得讲了，先轻轻咳嗽了一声，清清嗓子，之后胸有成竹地言道："今天在座的各位都在想破皮板大集会的点子，依我看，点子已经出来了。巫顺和张玉均是从曾家奴那儿来的，没白待呀，对情况十分熟悉。兵书上讲：'知己知彼，百战不殆。'刚才二位针对实际谈得很具体，而且切中要害，听了以后，让人心明眼亮。我看就以他们讲的为主，依计而行即可。到明年的六月二十六，掐指算来，时间确实挺紧，还真得快点儿行动。曾家奴是摆出了背水一战的架势，不可轻视，我琢磨着是不是这么办：其一，目前咱们掌握了月牙楼的全部底细，曾家奴对此无可奈何，肯定是又怕又急呀！自然想利用皮板大集会打乱我方阵脚，以便浑水摸鱼，趁机纠集八方力量进行对抗。在此种情况下，我们不妨把开启月牙楼的事儿放一放，先集中力量破曾家奴的皮板大集会。只有破了大集，全歼他的人马，再开启月牙楼便容易多了，完全可以信手拈来。大家的确不能小看皮板大集会，应认真对待、全力投入。有如攀山，不登上山顶儿，就无法拜访山顶儿上的月牙楼。其二，我认为那曾家奴太嚣张了，满心以为雾灵山一带还控制在自己手里。在杖子沟办皮板大集会，是要引诱我们深入，进而听他的摆布。阴谋休想得逞，想得美，算盘打错了！眼下早已不再是大元朝那个时候了，而是大明的天下，还要搞什么聚众议事，哪能由得了他们呢？绝不能让他掐住雾灵山以及周围的地方，得想办法把那儿占了，一切由咱们说了算。朱亮大哥，是不是合议一下，我辽阳出些人马，你出些人马，强行攻进雾灵山，控制娘娘洞。进去以后，尽量接触宝华寺的方丈，把他安抚过来，将那一带控制在大明兵马的手中。这样，此事就好办多了。然后，再秘密地在宝华山四周安插些人，控制皮板大集会。表面看，都是他们的人，实际上主动权却在咱手里捏着，方能使得皮板大集会开合自由，说开就开，说收就收，何愁鱼鳖虾蟹不入瓮中？其三，曾家奴是有实力的，至少握有四十多万兵马，可称得上是他强有力的后盾。何况又占据了塞北的很大一片地盘儿，应给以足够的重视。还是得请徐达大将军速调部分兵马，参与围剿曾家奴，以武力压住其势，死死地钳住他们，此为一条主力线。另一条线则由娟娟、鲍龙花、鲍龙卉以及从湖北邀请来的众位大师，设法说服武林豪杰西里杜等人，使之明了真相，不为曾家奴所利用。如此做，等于瓦解了曾家奴的另一路人马。”大家听了马云的一番话，纷纷点头表示赞同。朱亮说：“我认为马云大哥的意见很好，也同意巫顺和张玉所言，应该先破曾家奴的皮板大集，其他的事儿暂时放一放。擒贼先擒王，要想擒住曾家奴，必先削其左右臂，这点很重要。只有此事做好了，下边一切该做的才会迎刃而解。”叶旺插话道：“我意请徐大将军最后定夺。刚才谈到的先将西征的部分兵力用在制服曾家奴上，毫无疑问，这是上策。”

大家议论得正热烈的时候，刚巧兰玉将军从兴和风尘仆仆地归来，坐在旁边一直没开口的徐达笑着说：“兰玉将军，我们恰好议到了有关西征用兵之事，请你先讲讲获得的情况吧！”兰玉说：“我受徐大将军之命，率兵到兴和探查扩廓帖木儿的动向，得知他尚未从漠北南下，仍龟缩在土喇河及和林元嗣帝爱猷识理达腊那里。还有一个确切的消息，扩廓帖木儿近一个时期大口大口地吐血，由于病魔的困扰，使他难以动身。爱猷识理达腊很是心疼这员爱将，令其在和林好好儿养病，还在北衙庭特意建了房舍，并派去侍女、奴仆侍奉。”说完，接过娟娟递过来的一大碗茶，咕嘟咕嘟一口气儿喝了下去。

大将军和众将听了这个消息，高兴得鼓起掌来。徐达说：“好哇，此乃上天给我们创造了一个极好的机会呀！我决定，仍由兰玉将军率领一万兵马部署于兴和一带，加修据点，建立防线，随时注意观察扩廓帖木儿的动向。既然他现在暂时不能率兵打仗，又远在和林，并未骚扰我西部的城镇。那么，其余大队人马就按方才议论的那样，先投入平塞北之战，拿下曾家奴。咱们擒拿了曾家奴，等于彻底搬掉了压在北平府头上的大石头，再去开启月牙楼，夺了元朝的玉玺，剩下的纳哈出、扩廓帖木儿便好对付了。命李文忠、傅友德任征虏大将军。李文忠为西路大将军，扫清云州一带的残敌；傅友德为东路大将军，以喀喇沁、敖汉旗为主攻方向。朱亮配合傅友德兵马，既导引又参战，娟娟等人则从内部将曾家奴所请之高僧说服瓦解。然后，李文忠、傅友德两路兵马齐攻宝华山，擒拿曾家奴。"兰玉、李文忠、傅友德等将得令后，立即分头进行准备。

恰在徐达将一切部署就绪、各路兵马积极备战、单等鲍氏姊妹湖北搬兵归来便可行动之时，细作来报："元朝西域著名大将扩廓帖木儿在和林北衙庭病死，其妻毛氏自尽身亡！"扩廓帖木儿本为汉人，姓王名保。因自幼过继给舅舅察罕帖木儿，是个蒙古人，王保才改名叫扩廓帖木儿。扩廓帖木儿之死，使明朝在西部少了一个重要对头，虽然他的儿子和下边的部将还有一定实力，但无大碍，西域从此基本上可以平静下来了。徐达迅速拟折将此事奏报朝廷，内心也踏实多了，感到能轻松地抽出身来，集中精力准备平抚塞北曾家奴了。

花开两朵，各表一枝。再说李佑自打同明月长老惆怅地告别了执意不离北平府的娟娟之后，不日回到了南京，先到父母家里，叩见了娘亲。吕氏见儿子回来了，那是又惊又喜呀！双手抚摸着李佑，含泪道："儿呀，怎么一去音信皆无哇？令你父和我日夜牵挂。你父早就病了，不能说话，快进屋看看吧。"其实，李存义瘫痪在炕已有好长时间了，四肢不用，口歪眼斜，语言失音，与其兄李善长是一路病。不过，李善长救治得比他及时，除了行走不便些，其他方面还行，神智仍清醒，现于府中颐养天年。李佑听说父亲病了，很是难过，赶忙随母亲进屋看望。李存义瞅了瞅，总算不错，认出了儿子，只是呜咽着流泪，嘴巴一开一合的，不知说些什么。吕氏怕李存义过于激动，本来火上得不小，再因此而加重了病情，顺手拉儿子往外走。李佑听话地含着眼泪随母出屋后，问道："母亲，我妻胡氏女和儿子呢？"吕氏说："咳，她带着孩子回娘家了，已有数月未归。说来，你父那时没得病呢，身子骨儿挺好的。儿是知道的，他的脾气有些怪，看儿不在，又好长时间不回来，是既想你又生气，便对你妻发牢骚道：'夫妻伉俪相亲，尔竟连自己的夫君都恋不住，何颜苟延人世，你们胡家就如此训育儿女吗？'你妻看不惯公公的脸色，加上你父突然病重，府内上下一片忙乱，她索性带着儿子走了，从此一直未登门。

我曾派老管家周福到胡家去了几趟，想打听看望一下，却被胡惟庸的小夫人拒之门外。最近闻听你妻已经离家出走了，尚不知是真是假。儿呀，快去看看吧，你老大不小了，不能这样混日子了。不喜欢胡氏女，可休了她，娘托媒人替你选个更好的。要是愿意继续与她过，就不能扔下他们母子不管，那成何体统？儿呀，千万别让你父操心了，虽然说不出来，但心里明白呀！你们哥儿几个，他最心疼的就是你了，这一点儿比谁都清楚。他现在不仅不能再受刺激了，也不能生气，那样会要了老命的。我的儿呀，你出门在外，哪里知道娘天天是怎么熬过来的哟！"说着，两眼滚下了热泪。

李佑听了母亲的话，心情很不好，也为妻子的出走而着急，第二天一早赶忙去了胡丞相府。刚到府门，老管家常爷儿一见是丞相的姑爷来了，忙请进府，领到上房去见秦夫人。各位阿哥，知道秦夫人是谁吗？乃胡惟庸的大夫人、正房。胡惟庸现有四房妻妾，管理胡府家务事儿的，当然是这位大夫人。她心眼儿挺好，为人平和，从不争风吃醋；无论胡丞相在外做什么事儿，向来不闻不问，只是平静地生活着；除一日三餐，就是念佛诵经，不管其他闲事儿；生养一女一男。一女便是李佑之妻，一男于常州任府尹。由于秦夫人不生事端，又是胡家长子的生母，故而胡惟庸挺看重她。

秦夫人听管家常爷儿禀报，说姑爷来了，忙放下佛珠，从内室走了出来。见到了李佑，哪怕是再平和的人，多少天来积压心头的怒气也得发发不是？因此，还未等姑爷施礼呢，她便没好气儿地说："李佑，你还知道回来呀？我早想命人去李家要闺女了，只是碍着你父与丞相有交情，不好撕破脸皮才没去。今天正好来了，快把我闺女交出来吧！"李佑听罢，感到既吃惊又奇怪，忙问："岳母大人，我妻现在何处？"秦氏说："我怎么知道，她不是早去找你了吗？"李佑十分诧异："没有哇，我真的不知，到底是怎么回事儿呀？"秦夫人说："你问我，我问谁去？还不都怪你长期离家不归、撂下他们母子不管嘛！在婆家受了不少的冤枉气，憋屈得难受，天天偷着掉眼泪。后来，你父的脸色实在让她受不了啦，才跑回了娘家，住起来又没完没了，你说这算怎么档子事儿呀？说是被休了吧，没有休书；说是没休吧，又带着个孩子守活寡。你岳丈看不惯，更怕丢面子，好说不好听啊！一怒之下，要将你妻另嫁。偏巧这时，你岳丈的门生、吏部员外郎刘崇道新近丧偶，遂有意将你妻许于他做续弦。人家来府上看后，还真相中了，可你妻硬是不从，搬出什么'生为李佑妻，死为李佑鬼，好女不嫁二夫郎'。咳，说来挺可怜见儿的，她对你是一片真情啊！你岳丈一逼她嫁，她就嚷道：'即使到天涯海角，也要去找我的夫君。'说不准是啥时候，人家扔下孩子不告而走。这不，我得专门找了嬷嬷看你的儿子，你的妻，我的儿却不知去向。你岳丈知道后，火冒三丈，大发雷霆，怪我当娘的管教不严。他一闹不要紧，我受不了哇，大病了一场，昨天才刚刚好些。"说完，唉声叹气地抹起了眼泪。

李佑见此，安慰了岳母两句，表示一定去寻找妻子。告辞后，他由管家常爷儿陪着，到另一间屋子去看五岁的小儿子。刚进屋时，见孩子正睡在帐子中，可能是睡得还不实，李佑的脚步声将他吵醒了。孩子睁眼看了看，对李佑并不亲近，两只小手紧紧地搂着老嬷嬷不放。李佑看儿子连父亲都不认识，难过得转身走了出来，实在不想在这个家多待了。为什么呢？他过去对胡惟庸的印象挺好，一向挺敬重的。可自打去辽东，知道了岳父的许多为非作歹之事，看法就变了，由原来的尊敬变成了蔑视。那么，现在该上哪儿去呢？回自家吗？思来想去不愿回。因为自从知道娟娟的身世后，对自己的大爷、老丞相李善长及父亲李存义，均抱有深深的憎恶之感。此刻，他对两个家皆感到是那样的陌生，毫无留恋之情，既不想看到只知傻哭、不会说话的父亲，也不想多与岳母周旋。于是，他离开了胡府，信步来到大街上，无目的地徘徊了许久，一种从未有过的心灰意冷袭上心头。他边走边想，觉得眼下唯一最亲近的家，只有鸡鸣山的明月庵了，拔腿便往那儿去了。

明月长老回到庵里，众弟子自然喜出望外。了慧、了静围在老人家身边，一件一件地讲述着师太离开这段日子庵中的情况，包括弟子们的课业、庵中的佛事、施主们的来来往往以及庵内的膳伙支出等。了慧还讲了件奇怪的事儿，她说："在师父回来头几天的一个深夜，突然庵门外来了个佛门同道，是位拄着大铁杖的身残僧人。他戴顶草帽，后背背着个大包囊，说是从远地方到此来见长老的，有要事拜求。我们说师太北上未归，不过请别急，很快就会回来。他听了挺高兴，当夜没走，留住在庵中。他住下后，没讲自己的事儿，我们也不便打听，觉得反正是师父的客人，别怠慢就是了。谁知，师父回来的前一天，这位僧人不知从哪儿带到庵中一个可怜的女子。据说该女子要投水自尽，被他救下了，同时还带来两个捡到的苦儿。他让我们无论如何找个宿处安置一下，给些饭食，救他们一命。安顿好了女人和两个孩子后，他却告辞了，言称要去湖北太和山会他的师父，过些日子再回来。听说话那口气，是很想见到师太您，又十分熟悉妙善，并正在找她，这才找到咱们庵来了。"了慧讲时，了静于一旁随声附和着。

明月长老听了这番话，心中一阵高兴，马上想到了此僧人必是金山大寨馒头山的苦僧了。阿弥陀佛，娟娟朝夕为之牵挂的人，总算有了踪影，那颗一直为在乌蛇岭扔下苦僧、结果遭到恭格拉暗算而悔恨的心，也可以得到些许慰藉了。明月长老又想到，苦僧为什么事儿万里迢迢来到南京找我们呢？咳，无论如何，只要他活着就好。这可是个大喜事儿，该快些告诉娟娟，说不定多高兴呢！可惜徒儿眼下仍在北平府，只好等苦僧来了，让他到燕王府去找了。师太听说苦僧还救了一个女子和两个男孩儿，正住在庵中，便让了慧、了静头前带路，去看望他们。

明月长老来到了三人的住室，见两个男孩儿玩得正欢，女子却坐在炕上啼哭。一位小尼说："师太，这个女子一听说这里是明月庵，不知为啥特别害怕。咱们这儿又不是啥吃人的地方，而是专行善事，怎么能把她吓成那样呢？还拼命挣脱，已经跑了两次了。我们受了慧、了静师姐之命，费了挺大的劲儿才把她找回来，好生侍候着。可她天天仍是茶饭不进、泪流满面，好像有不少冤屈在心头。"明月长老听后点点头，缓步走到女子身边坐下，问她叫什么名字。女子不但不回答，而且把那张脸转了过去，背对着老人家。明月长老是有经验之人，看到这种情况，遂让了静、了慧带两个孩子先出去，以便与女子单独谈谈心，了解一下她的身世，帮着解除心中的疙瘩和忧愁。再说了，在庵里长待哪是事儿呀，总得把她送回自己的家里才好。可不管问什么，女子啥也不说，只是一个劲儿地哭。问急了，她便硬邦邦地甩出一句话："真恨那个瘸和尚硬把我拉到这儿来，他就不该救，只求一死了之！"说此话时，脸还是没转过来。

明月长老问了半天，始终没问出个头绪来，见女人固执得很，口口声声说要死，便不敢深问深劝，只好等稍稍平静下来，再另做打算。明月长老出来后，向了慧、了静交代说，要多多给以关照，帮着排解内心的痛苦，尽量使她开心，还叮嘱道："女子情绪不稳定，务要多方注意，严加保护。一旦跑出去寻了短见，我们可对不起那位瘸僧人了。僧人费劲巴力地把她救下来，并带到庵里，足见对明月庵是信任、敬重的。咱们宁肯累点儿，也要救人，让世间俗人脱离苦海，否则就是罪过了。"二人一边听，一边点头答应着。

明月长老向了慧、了静嘱咐完后，回到了禅堂，为那个可怜的女子诵经祈福。恰在这时，李佑走了进来，见师太正在闭目诵经，不便打扰，于是轻轻地跪在后面等候着。他此时的心境烦闷得很，既自责、自恨，又想念北平府。总之，像一团麻似的剪不断、理还乱，想着想着，竟忍不住呜呜地哭出声儿来。

正在诵经的明月长老突然被呜咽声惊动，回头一看，原来是弟子李佑在哭，遂站起身来，走到李佑跟前，说："没个出息，堂堂的男子汉，抹什么眼泪呢？说吧，究竟为了啥事儿？"边说边将佛珠放在神案上，回身坐了下来。李佑擦了擦眼泪，站起来立在一旁，向师父禀告了自从回到南京后，精神上所受到的打击，妻子失踪了，儿子没娘了，自己成了无家可归之人了，并哀告师太能答应他从此住在庵里，要学娟娟师妹落发脱俗，图个清闲、利索，过干净、一心无挂的日子。明月长老对自己的两个弟子的秉性了如指掌，心想："如此看来，不必再费唇舌相劝了。过去就曾告诫过他，长此下去，早晚得走到这一步。当时却鬼迷心窍，听不进去，如今恐怕说已无济于事了。他是不撞南墙不回头啊，将来走着看吧。"再说了，明月长老很同情李佑，想说什么也不能现在说，那样会加重他痛苦的心情，觉得还是应多关心他、帮助他，尽早找到妻子为好，想至此，便同意了让李佑住在庵中。

明月长老与李佑正在漫不经心地谈着，了慧来报，说庵外来了几位客人，求见师父。师太忙问是谁来了，认识否？话音未落，门开了，鲍龙花、鲍龙卉、铁杖瘸僧，还有大和尚圆觉禅师、一空和尚等鱼贯而入。圆觉禅师身魁体壮，大高个子，长了一副罗汉面孔，大圆脸、大眼、大耳、长长的白眉毛，声如洪钟，刚进门儿就大声大气地说："阿弥陀佛，善哉，善哉。小师妹在哪儿呀？师兄来也！"明月长老一看自家人来了，高兴极了，忙迎上前去，请诸位坐下，又吩咐了慧、了静上茶。圆觉禅师上坐，其余的哪肯就座，皆肃立一旁。

明月长老先揖手给师兄下拜施礼，然后说道："圆觉师兄，多次听月禅师姐讲到您，可惜无缘，总未能如愿相见。今日大师兄能降临敝寺，乃佛光普照，也是我明月庵的荣耀啊！此庵便是师姐所创，现不知她在哪座山，老尼可是想苦了。还要动问一声，师兄由何处而来？"圆觉禅师回道："师妹，我们从武当山来。老衲能见到你，打心眼儿里高兴啊！你师姐不爱尘世，仍在太和山上辟谷修行，她知我要到你处来，让老衲代为致意了。"明月长老得知师姐的消息，真是喜出望外呀，并请师兄代向师姐问安，接着又问："师兄来此可有事否？"圆觉禅师说："老衲此次来，是为了悟空那几个闹事的小弟子才下山的。龙花她们到了武当山后，愣是缠磨不放，非让帮忙不可。我推不过，只好拜见了师祖菩提大师，一一禀明了情况。菩提大师将此事通禀金刚寺的妙天广法活佛。活佛当即写了法谕，交给了菩提大师。菩提大师得到法谕后，转给了我，让带到北平府，亲自传谕悟空、识空、净空、虚空，命他们速回山上。"说完，请明月长老坐在一侧的椅子上，然后让自己的弟子拜见明月长老。一空揖手叩拜道："一空给师太见礼了！"圆觉禅师又指着铁杖瘸僧，说："这位师妹可能知道，是菩提大师在金山收入佛门的弟子。苦僧，来，快给师太叩头！"苦僧忙放下手拄的大铁杖，一步一瘸地走了过来，揖手俯身，说："明月长老，小徒在金山恭候有日，没能与师太相见，只结识了妙善。之后又遭不幸，终未如愿。今日能到明月庵来，见到了日夜思念的师太，可谓千里有缘来相会呀，苦僧在此给明月大师稽首啦！"尽管他是单腿、单臂，跪拜不便，还是下拜了。

　　苦僧这么一拜，明月长老坐不住了，忙站起身走上前，双手拉住苦僧道："何必如此？快坐下，坐下。"了慧拿过一把椅子，明月长老慢慢搀着让他坐了下来，然后说："苦僧啊，我和妙善很是担心你呀，就怕有个三长两短。妙善至今还在忧伤，后悔当时不该离开，使你遭到厄运。今日见你平安无事，真是令人高兴啊！阿弥陀佛，佛祖庇佑。"明月长老由于激动，虽然嘴里说高兴，眼里却含着泪花儿。这时，鲍龙花、鲍龙卉上前来叩拜明月长老。龙花说道："我和妹子听说曾家奴要办皮板大集会，生怕秉仁公主吃亏，急忙上山求师助阵。承蒙师父和师祖的庇爱，答应亲自前来，便陪师父急急赶了回来。本应速去北平府，但苦僧师兄说必须到明月庵来，有至关重要的事儿要办，加上师父圆觉禅师很想来南京看看您老。于是，我们走旱路到宜昌，又改乘船顺流而下，这才到了南京。"李佑也过来拜见圆觉禅师，又见过一直未碰面的苦僧、一空和尚和相别不久的鲍氏姊妹。大家此次相见，异常兴奋，感到无限的快慰。

　　互相拜过之后，圆觉禅师对明月长老说："师妹，我们此行，一是看望你，二是有件要案将在这里办，绝非来闲逛的。请师妹在庵中交代一下，千万保密，不要对外人讲庵里来了好几个人。"明月长老表示："请师兄放心，我叮嘱一下就是了。"李佑问道："师太，既然大家都来了，是不是快马传书，让娟娟回来一趟？"圆觉禅师说："往返徒劳，我看不必了，叫妙善在北平府等信儿就行了。不过，不妨以书柬告知秉仁公主他们，说吾侪为追捕歹人，已到了南京，不日将去北平府。望先不要妄动，务等我们的消息。"明月长老马上命李佑按圆觉禅师的意思，写一书束递枢密院，由那里专送快束的探马交于北平府。李佑受命写好后，亲自送到了枢密院，并嘱之，此乃专呈徐达大将军和秉仁公主的快束，须速办！枢密院急忙派探马送信不提。

　　一应事情安排完毕，明月长老让了慧、了静二人准备斋宴，请圆觉禅师等人用膳。宴间，苦僧向明月长老和众人讲起了在金山大寨馒头山的经历。他说："我受菩提大师之命，监视月牙楼的动静，等待明月长老的到来。后来有幸见到了妙善居士，就是娟娟、秉仁公主，我俩便一起观测月牙楼，并探讨将如何破之。那一天，妙善来告诉我，说有急事必须到乌蛇岭去，让我在原地静候，不要走开。还说回来时，可能把明月长老带来，以便共同切磋有关开启月牙楼所涉及的一些具体事宜。我听了以后很高兴，一心盼着妙善早去早回。妙善走后，我依然每天到馒头山山顶儿，边继续观察，边等妙善归来。可左等右等，一连等了好多天，不见她的影儿。一日，天刚亮，我正在山上盘坐练功，突然从山下上来一个人，自称萨家奴，说是妙善命他来的。当时丝毫没有提防，轻易地相信了，并告知了我在山中住的秘密洞窟，还领着到那儿去了一趟。哪知当天夜里，萨家奴竟领来了一队兵马，为首的是恭格拉。我认识呀，本是死对头，是他把我害成这个样子的。一见大势不好，我只好拼命往洞外冲，左臂让乱石划出了口子，血顺着胳膊淌了下来。这时，恭格拉命人焚烧山洞，顿时燃起了大火。当时火势很猛，洞里浓烟滚滚，呛得萨家奴、恭格拉他们根本睁不开眼睛。我乘机赶紧拿出包经书的黄绫布，用手指蘸血写了十二个字儿，塞入洞口儿左侧的一棵古榆树的洞中。倘若有人来找我，特别是妙善，那棵树她是晓得的。因为我俩常在古榆树下切磋一些事儿，每次送她离开时，总是于此处告别。而且古榆树有个不太大的洞，她是知道的。放好后，由于我长期在馒头山居住，对这座石山的山势、走向很是熟悉，就乘乱顺利地从西南角儿的山沟儿中钻出去了，躲过了恭格拉的追杀。逃出后，又回头往住的山洞方向瞅了瞅，那里仍然是浓烟四起，他们已彻底焚毁了我的住地，知道从此不能再在馒头山待下去了。可又怕妙善因来找我而受到伤害，没敢走远，尽量在馒头山的周围转。连躲了两天，未见妙善来，倒是天天看到恭格拉派来的兵马轮番搜寻。后来实在没招儿了，只好离开馒头山，到金山附近的罗锅哨站赤求见岳索图大人。因为妙善曾告诉过我，她走以后，如有什么事儿，去找岳大人，那是咱们的人，尽可以和他讲。到了罗锅哨，果然见到了岳大人。他告诉我，妙善为查找月牙楼建筑图纸去了北平府，你要愿意的话，就去那儿找。当时我想，罗锅哨不是长久逗留之地，不如像岳大人说的，去北平府找妙善，也好帮助她破月牙楼。于是网易云背起破布囊，拄着铁拐杖，往西向关内来了。"讲到这儿，停了下来，夹了一筷头子菜，放进嘴里嚼着。

在场的人全大睁着眼睛盼听下文呢，谁也没插嘴。苦僧端起茶杯，喝了一口茶，继续讲道："真是冤家路窄，哪知刚离开金山不远，就碰上了两个行踪诡秘之人。我不仅对那条道熟，对本地人的行为举止、衣服装束也熟。从神态、穿戴和说话的口音，能分辨出二人不是金山当地的人。再看他们东瞅瞅、西望望、鬼头鬼脑的样子，听那吞吞吐吐说话的口气，估计是干着什么不可告人的勾当。心想：'他俩究竟是干什么的？既然从外地到金山而来，当然不是纳哈出的人，行动又十分诡秘，会是什么人呢？起码是纳哈出的对头，说不定是曾家奴派来的。如果真是的话，他们到此没别的目的，十有八九为了月牙楼。'越是这么想，越不敢放松，始终注意着这两个人。经过几天的跟踪，我断定了他们确实是曾家奴派来的探查金山大寨月牙楼的武林贼子。这个时候，很可能是已经探查过了，正在往回赶，索性一直在暗中盯着。当过了关，到了敖汉前八里的老羊圈地方。一看前边不远是敖汉了，心里便琢磨：'必须得在进入敖汉之前逮住他们，街里人多乱哄哄的，收拾起来不方便。'想好后，随即从密林中钻出，趁俩小子边走边唠、唠得挺热乎、对外界根本没有防备之时，突然抡起大铁杖横扫过去，将他俩打得像死猪一样趴在了地上，然后一手拽一个地拖进了壕沟。二人的腿虽被打坏了，但头脑还清醒，经一再追问，才不得不说了。原来是为办皮板大集会，来金山大寨偷画地形图的。我先把他们画的图纸掏出来烧了，之后逼问谁让来的？开始不想说，我把铁杖一举，喝道：'说不说？快说，不说要你们的狗命！'二人吓坏了，忙哀求道：'饶命啊，招，招！我们是崽子，被掌门师傅管着，就是受他之命而来，专门绘制月牙楼地形图的。'就这样，从他们嘴里，知道还有个叫'鬼见愁'的掌门。我想，一定要找到'鬼见愁'，那才真正能帮妙善办好大事儿呢！听俩小子交代，'鬼见愁'受曾家奴之命，正于通州一带监视一家老小。说那家可能是绘制图纸、造月牙楼的人，掌握着此楼的机密。二人还说，曾家奴不让现在把底牌揭开，只命'鬼见愁'先秘密监视着，必要时再动手。听他们一说，我愈加感兴趣了，立刻处理了俩小子，转道直奔通州，去寻找'鬼见愁'。到了通州，天天夜里闲不着，东瞧西看地到处寻找。真是功夫不负有心人，终于在通州运河岸边，发现每晚总有几个奇怪的黑影儿，有时是一个，有时是两三个在河边儿小山崖下的一座破房子处晃动，我只好躲在暗处盯着那几个黑影儿。不知怎么弄的，却被'鬼见愁'发现了，觉得有人瞟着他们，立马逃走了。我哪里能放？在后面紧追不舍，追出几百里。从玉田追到宝坻，从宝坻追到通州，又从通州追到燕郊一带，寻思着无论如何不能从我手里跑了。后来一想，根本用不着追来追去的，因为他们终究是要对崖下那户人家动手。于是，我又返了回来，在运河边儿那座小破房附近，找了处较隐蔽的山崖。早上，吃点儿饭，休息一下；到了晚上，往暗处一蹲，替那家人守夜。虽看了不少日子，但从未进去过，'鬼见愁'也无法进去。有一天，'鬼见愁'不顾有人监视，化了装，突然闯进破房，要抓走那家人。我急忙上前，推门进了屋，与'鬼见愁'打了起来。几个回合后，他见打不过，遂放下老少三人，只带上老头儿跑了。我焉能就此放过？匆忙安顿了老少三人，一直在后面追赶。'鬼见愁'并没向喀喇沁及燕郊北边跑，而是往南跑。当时也不管他往哪儿跑，反正就是个追，一直追到了南京。到了南京以后，你们猜他到哪儿去了？"一时无人接茬儿。

　　各位阿哥可能会问，为什么谁都不吱声儿呢？因为苦僧讲述的时候，大家听得聚精会神的。他突然这么一问，来不及思考，没有思想准备呀！所以，当时在座的人你看看我、我看看你，皆摇摇头表示猜不到。苦僧说："是呀，不仅你们想不到，连我也没想到，'鬼见愁'竟然进了一所漂亮的府邸。我寻思了一会儿，猜测这府门可能是官宦人家，到远处的小饭馆儿一打听，方知是当今朝廷右丞相胡惟庸的丞相府！开始还以为或许只是个骗局，进去一会儿肯定得出来，可他始终没露面儿。为了探个究竟，我选了一处隐蔽的角落，蹲在那里窥视着。几天后，从丞相府里出来一个身穿蓝皂衣的人，看打扮，像是个管家，再仔细一看，觉得与'鬼见愁'的模样差不多。当时很是奇怪，琢磨着难道'鬼见愁'的巢穴在京师，而且在相府？明朝的丞相与元朝的残兵败将会有什么往来？或者府里有与曾家奴相勾结的人？一连串儿的问号引起我更加注意，认为肯定是个大发现，非弄个水落石出不可，解开相府之谜。我又在那儿盯了三四天，却再未见'鬼见愁'出现。后来感到总这样下去不行，一个人看不过来呀，总得吃饭、睡觉吧？要是刚一离开，他溜走了怎么办？便想到了妙善居士对我讲过的，明月长老在鸡鸣山上的明月庵，不如去庵里求师太相助，于是来到了庵中。一打听，正赶上师太不在，只好等。可不能老是等呀，估计'鬼见愁'那小子马上不敢动弹，就急忙上武当山去搬兵了。真是凑巧，到了武当山，恰好龙花、龙卉在，师父遂命我同师兄等人一块儿来明月庵。这不，今天又返回来了，就是为要抓'鬼见愁'的。"

大家听了铁杖僧人的讲述，都从心眼儿里佩服，齐声儿称赞他的机智、勇猛、果敢。圆觉禅师高兴地说："苦僧啊，苦僧，干得好啊！你是本宗的好弟子，师父交代的事儿，全做到家了。不怕苦累，不顾身残，尽管行动不便，做起事来却兢兢业业。好，好样儿的！不单单是帮了秉仁公主，也是为大明朝立了一大功啊！"众人边吃饭边唠，越唠越热乎。这时，苦僧冷丁想起一件事儿来，把筷子往桌上一放，冲明月长老问道："师太，那日救的女人现在怎么样了，精神好些没有？对呀，我得去看看。"刚一起身，倒提醒了明月长老，忙说："可不是嘛，哎呀，光顾同大伙儿唠了，忘了领你去看望那位客人了。她倒是有人照顾，不过好几天了，什么都不吃，就是一个劲儿地哭，可愁坏老尼了。这回好了，走吧，跟我一块儿去看看。"边说边站了起来。鲍氏姊妹听说女子一直在啼哭，觉得奇怪，也站起身来，要随师太去。于是，由了静、了慧陪着明月长老、苦僧、鲍龙花、鲍龙卉一同往外走。李佑看师太和苦僧等人全去了，心想，我何不去瞧瞧那可怜的女人？一边想着，一边拔腿赶紧跟了去。

一行人来到后殿右侧的一处房舍，明月长老在前，李佑在最后，鱼贯而入。到了屋里，见那女人正脸朝里躺在炕上掉眼泪呢，桌子上放着的饭菜，看样子一点儿没吃。正在地上玩耍的两个男孩儿已换上了明月长老让人送给的新衣裳，一看进来好几个陌生人，立刻不玩儿了，怯生生地站在墙角儿瞅着。明月长老走到孩子跟前，亲了亲小脸蛋儿，又拍了拍小脑袋瓜儿，让他们到屋外玩儿去，然后走过来坐在炕边儿，对那女人说："还没吃饭吧？总不进食哪成啊！我把救你的师父领来了，要不跟他走吧，你看咋样？"女人没言语。苦僧凑过来，说："这位大姐，我临走时不是告诉你了嘛，明月长老是大慈大悲的高僧大师。只要到了这块儿，该吃就吃，该喝就喝，有什么苦跟长老诉，不要老在心里憋着，会憋出病来的。实在不行，我送你回家，你看怎么好，咱就怎么做。"女人还是不吭声儿。龙花、龙卉着急了，劝道："姐姐，你不是犯傻吗？不能跟自己过不去呀！吃了饭，有了劲儿，再生气也行啊，饭总得吃吧？"女人只顾抹眼泪，仍然不理不睬。

李佑开始只是低头听着，觉得眼前的女人太不懂事儿了。人家救了你，不仅不感谢，反倒饭也不吃，劝也不理，有些不通情理了。于是，他便从人堆儿往里挤，边挤边说："你也太拗了，即使碰到天大的事儿，总得吃饭哪！不用怕，有啥委屈竹筒儿倒豆子一股脑儿说出来，我们帮你打抱不平，人得听劝不是？"此话一出口，女人闻声儿当即不哭了，先是一愣，随即扭过脸来，两只泪眼死盯着李佑，然后扑棱一声坐了起来，麻利地穿上鞋下了地，推开鲍氏姊妹，上前一把将李佑抓住了，又是拍又是打地哭喊着："好个李佑啊，上天入地就是为了找你呀！咋那么没良心呢，心肺让狼给掏了？我早想到阎王爷那儿告状去了，知不知道？你扔下妻儿不管，一个人走了，到底上哪儿去了？可苦死我们娘儿俩喽！"女人这一号啕大哭，倒把苦僧、明月长老和鲍氏姊妹给弄愣了，不知是咋回事儿。李佑光顾护着脑袋了，根本没往对方脸上瞅，待抬头一看，原来竟是分别多日的妻子，急忙抱住了她，索性让她哭个够。待妻子哭了一会儿，李佑扑通一声跪在地上，带着哭腔儿说："夫人，情况我都知道了。为你的事儿很是难过，天天愁得无法解脱，刚才师太还令我一定要想方设法找到你呢！我有罪，对不起你们娘儿俩呀！"明月长老见此，手一招，苦僧、鲍氏姊妹及了慧、了静等人立马出去了，屋子里只剩下李佑夫妇。

李佑夫妻俩互诉别后的衷肠，原来对妻子不理不管的丈夫，现在却送上了满脸的愧疚和真情；那哀哀怨怨的妻子见到丈夫，又听到了发自内心的忏悔，心立刻软了下来。她早就想好了，若是能找到丈夫，纵然千刀万剐了他都不解恨，可一见面，不知怎么全变了，不禁泪如泉涌，湿透了李佑的前襟儿。这是他们数年来从未有过的恩爱，当日二人温柔、甜蜜地度过了一个美好的夜晚。

第二天，圆觉禅师、明月长老、苦僧、一空、鲍龙花、鲍龙卉、李佑在明月庵的后堂密室中议事，商量如何尽快擒拿"鬼见愁"。苦僧将他自去年以来跟踪飞侠"鬼见愁"所了解到的大概情况和特点做了详细的介绍。他说："'鬼见愁'武功高强，从不骑马，最喜夜行，而且行走如飞，即使骑马也不一定能跟上他。那快马每到一地儿还得歇一歇、喂草料、饮水呢，'鬼见愁'则是身上带着吃的和水，边走边吃边喝，不停歇，持之以恒，速度不减。哪怕遇到风雨雷电，仍照行不误，日行五百，有时可达六百。此人从不露真名儿，只在武林中报号'鬼见愁'。行事时，像他的名字一样，不露真容，擅扮老年、壮年、乞丐、平民，甚至一日数换，一般情况下，不易被人认出来。所带兵刃是一把软钢片儿刀，兼用暗器与迷药，神出鬼没，难以对付，要不怎称'鬼见愁'呢！他的行动相当灵活，有一次，见被我追得紧，转瞬间蹿上一条篷船，躲在篷杆儿上。其实，我早已看见，便上了一条开往杭州的同行的船。哪知船刚一靠岸，'鬼见愁'又以极快的速度，上了旁边一条开往南京的船，我只好再一次跟着跳上了另一条同行的船，一直陪着到了南京。正是在京城，才发现他进了胡府。现在尚不知到底是与胡府人有关呢，还是府中之人？事不宜迟，咱们应该迅速设法查找'鬼见愁'，以便早日抓到。他肯定知道曾家奴和高家奴的底细。只有把'鬼见愁'掐在咱们手里，方可弄清事情的真相。"明月长老说："此事好办。李佑，胡府可是你岳丈家，能不能找个府中熟悉的人，让他帮助寻到那个贼人？"李佑回道："还用别人吗？我不是把夫人找到了嘛，把她领回家，由你们谁跟我进去，看看有没有'鬼见愁'不就行了？"苦僧说："李佑，要不我先见见你夫人，把'鬼见愁'的长相和体貌特征告诉她，让她想想府中是否有这样一个人，你看怎么样？"圆觉禅师和明月长老异口同声地表示赞同。于是，李佑立即回房去找妻子胡氏女。

不一会儿，胡氏女跟着李佑来了。今天的胡氏女可不是昨日大家看到的哭哭啼啼、见人不说话、一脸悲戚的样子了，而是穿戴得干干净净、利利索索，还带着满脸的笑意，进到议事厅后，看了看大家，规规矩矩地向明月长老和众人见了礼。明月长老笑着说："好了，好了，这回再不脸一扭、谁也不理、只知道哭、跟谁都不说话了吧？那时始终没弄懂为啥不愿见我们，若说出是找李佑的，不早告诉你了嘛，何必流那么多眼泪、愁那么些日子呢！"胡氏女笑眯眯地讲了真心话："明月长老恩师，其实我知道您。因过去常听李佑讲在长老处如何习武等事，我怎能不晓得明月庵和老人家您呢？咳，那天深更半夜的，是大师父救了我。当时真是痛苦万分，就觉得没活路了，只想一死，一点儿没活下去的心思了。后来，大师父把我背进庵里。开始不知道是啥地方，当听说是明月庵，可吓坏了，几次跑全没成。长老一回来，更害怕了，怕你们认出我，那得丢多大的脸哪！再说了，我这个样子，李佑的面子也不好看呀。为了他的脸面，能跟姐妹们说什么呢？只想尽早离开明月庵。"说到此，胡氏女脸上现出了羞愧的神情。明月长老说："好了，你们夫妻能团聚，大家同样跟着高兴啊！以后再遇到什么事儿，要往宽处想，总会有路可走的。之所以让李佑把你请来，是救你的大师父有件重要的事儿请求帮助。"胡氏女忙道："长老说哪里话，师父大慈大悲救了我一命，还未来得及感谢呢！既然有事儿要办，何谈什么帮不帮的？理当尽力才是。说吧，师父，啥事儿？"苦僧说："我想打听一下，你父府上是否有一位大高个儿、瘦身材、右眉上有个小刀疤、左手六指的人？噢，对了，他的功夫挺厉害的。"胡氏女回道："按师父说的样子，倒是有这么个人。他是父亲府上的大管家，人称常爷儿，外号儿'常六指'。此人右眉上的确有个刀疤，不过没听说他会武功，平时看起来老实巴交的。"说完，抬起手来，理了理头发。

龙卉可是个机灵鬼，一听胡氏女说府里有那么个人，心中马上闪出道眼来，但没立即说出来，只是问了常管家在府中的一些情况，比如平时的威望怎样、影响如何以及秦氏对他的印象好坏，等等。胡氏女一一做了回答，并说："常管家是个大好人，府中没有不知道的。他与大家的关系处得挺好，特别是对我的父亲、母亲更是照顾得无微不至、面面俱到，二老很是喜欢，要不能让当管家吗？我对他的印象也不错，想不出一个又听话又老实的人，能办什么坏事儿。"龙卉笑了，冲苦僧言道："苦僧哥哥，如果你讲得准，同嫂子说的是一个人，我倒有招儿将那人骗出来，让你偷着好好儿看一看，仔细辨认一下究竟是不是他。"苦僧忙问："什么招儿？快快讲来。"龙卉调皮地眉毛一扬，逗趣儿道："还问啥呀？师兄乖乖听师妹安排就是了。"一句话，逗得大家全乐了。圆觉禅师、明月长老同意龙卉说的，觉得是应先把人辨认清楚，得准成点儿，千万不能弄错了。否则，抓错了人，不仅打草惊蛇，还会让真的"鬼见愁"逃之夭夭。苦僧说："好吧，就按龙卉妹妹说的办。"鲍龙花、鲍龙卉姐妹俩又要大显身手了，于是，决定让龙卉演这场戏。

次日一早，吃完饭，李佑同妻子胡氏女由鲍氏姊妹陪同，手拉手地双双返回胡府。鲍龙花、鲍龙卉先一步到达，对门房说："你家姑爷已经找到姑娘，两人和好如初，现前来看望秦夫人，并接孩子出去租房单过。他们担心二位老人家记挂，让我俩先来报个信儿，小两口儿随后就到。"门房听罢，赶紧进屋通禀去了。

诸位阿哥，这是怎么回事儿呢？此乃照计实施。鲍龙卉早就预想到，李佑的妻子胡氏女在家本是个娇小姐，秦夫人只生了这么一个女儿，哪能不疼爱呢？何况前不久是不辞而别，离家多日，不知去向，做母亲的自不必说，那是忧心忡忡、心急如焚哪！现在忽听门房来报，说小姐同姑爷将双双回府探望，马上要到了，你说秦夫人能不喜出望外吗？理所当然地得出门迎接。女主人出来了，大管家常爷儿哪能不相陪呢？再说了，常爷儿既然对府中人都好，对胡氏女会更加亲热、关照，此刻得显现出格外的热心，必会走出府门前后照应，而且能做得周周到到。常爷儿一出来，苦僧便可在暗处观察个仔仔细细，是真是假会辨认得清清楚楚。鲍龙卉想的办法挺高明吧？你还别说，果如鲍龙卉所料，门房一通报到后堂，秦夫人立即高高兴兴地走出门外相迎。待李佑携同胡氏女到达门前时，府门大开，常爷儿满面春风地从门里出来，说是奉老夫人之命，前来迎接小姐和姑爷的。此时，隐蔽在暗处的苦僧看清了，大管家常爷儿，不折不扣正是"鬼见愁"！眼下同过去所见不同之处，只是他的打扮不是原来那样儿了，而是穿了一身儿大管家的衣裳。当鲍龙卉、鲍龙花听到了苦僧的暗号儿，证明此人就是"鬼见愁"后，遂同李佑夫妇一同去了后堂。

在后堂门外等候的秦夫人一看女儿真的回来了，母女相见不免一阵相偎相依，随之又抹了一顿眼泪。之后，秦夫人才看到还有一胖一瘦的两个女子，便问道："二位是……"胡氏女忙向母亲介绍道："她俩是亲姊妹，前来帮忙的。女儿从家出去，四海茫茫，难过至极，走投无路。正要投河时，姊妹俩将我救了下来，并领到家里，给以无微不至的关照。我们相处甚好，女儿一直在她们家住着。在李佑到处找我时，真是老天保佑哇，他从姊妹俩的邻居处得知了我的下落，立刻找上门儿去，夫妻才得相聚。因女儿不愿离开这对儿姊妹，李佑为了我，就在她们家附近找好了房屋。女儿回来，一是看望父母大人，二是接孩子准备搬家的。"秦夫人听女儿一说，忙起身向鲍氏姊妹对女儿的救命之恩大礼致谢。龙卉急忙扶住秦夫人，说："夫人，万万使不得。我和姐姐同夫人的女儿相处得如同亲姐妹，何必相谢？小姐和姑爷搬过去，由我们照顾，老夫人尽可放心好了。"秦夫人见小夫妻俩已团聚，又结交了救自己女儿的两姊妹，别提多高兴了，于是，关心地询问起鲍氏姊妹姓甚名谁，家居何处。鲍龙花回道："夫人，小女姓龙，家住城西龙家村。"这不纯粹是胡诌的嘛！可秦夫人一天大门不出、二门不进的，哪里知道得那么详细呀？自然是信以为真了。龙卉又向老夫人说道："夫人，那边房子已经收拾好了，我和姐姐今天是来帮助拿东西的。"秦氏一看，知道肯定留不住。再说李佑浪子回头，夫妻团聚是件喜事儿，让小两口儿亲热亲热也好。秦氏就没有强意挽留，答应放他们走了，并命常爷儿带女婢们帮小姐拾掇东西。

大伙儿一归拢，物件还真不少，为什么会有那么多东西呢？因为自李佑走后，胡氏女将小夫妻所用之物全搬到了娘家，能不多吗？常爷儿急忙张罗车辆，装上了一应之物。秦夫人唤来两个婢女，吩咐去侍候小姐。李佑无论如何不答应，硬是婉言谢绝了，让龙花把孩子抱上了轿车。随后，胡氏女辞别了母亲，上了车。秦氏手把轿门儿流着泪对女儿说："儿呀，你们可要好好儿过日子，再别让娘惦念了。等你父从朝中回来，我会告诉他的。"管家常爷儿见秦氏依依不舍的样子，走过来讨好儿地说："请老夫人放心，回屋吧，由我去送小姐。"没想到常爷儿竟考虑得如此细致，主动提出亲自去送，这下可乐坏了鲍氏姊妹，正是心之所愿啊！

两辆车子由胡府的两个车夫赶着，一前一后地出了府门。前面是轿车，坐着胡氏女和她的小儿子，还有鲍氏姊妹；后面是拉物品的车，日常所用和穿的、铺的、盖的装得满满的。常爷儿和李佑在后跟随着车辆也出了胡府，穿过几条街道，往城西偏僻之地而去。越往西走，行人越少，只听车轮发出"咣当、咣当"的响声。常爷儿问道："李老爷，咱们这是往哪儿去呀？家居何处哇？"李佑说："一会儿就到地方了，往前走吧，快了。"轿车往哪儿走，表面看起来是听鲍氏姊妹的指挥，其实是苦僧在暗中指引着路线，她们哪里熟悉集庆古城的街道呀？龙卉想，反正哪块儿人少往哪儿走，越偏静越好。车老板儿当然得听鲍氏姊妹的话了，自己的差事是赶车，坐在车里的人让怎么走，咱就怎么走呗！此刻，龙花和龙卉早已移至车门口儿，只让胡氏女和儿子在里面坐着，李佑则紧跟在常爷儿身后。

再说常管家在胡府中假装不懂武术，实际上却是多年闯荡江湖、武艺高强且诡计多端之人。你想啊，一个自称"鬼见愁"的人，即是说连鬼见了都发愁，可见是精明到了极点。走了一会儿，常爷儿四处瞅了瞅，越来越觉得不对劲儿，心中甚是奇怪："李佑也是大家子弟，怎么会跑这么远找住的地方呢？不可能啊！况且城西全是贫困的渔家，房屋破旧，他无论如何不能领着我家姑娘住如此破烂的房舍，与那些穷人为伍呀。不对，其中肯定有事儿。"边想，边警觉地一手按住了缠在腰间的软钢刀，准备倘若遇有不测，立即逃之夭夭。他正在琢磨着，忽然前面闪出一个头戴草帽、拄着大铁杖的人，威风凛凛地堵住了去路。常爷儿一看人形，马上想起来了，他不就是这阵子常常跟踪自己的那个人吗？心里一急，扭身就想跑。此时，早已站在他身后的李佑将去路挡住了。常爷儿一看走不出去，随即来了个旱地拔葱，纵身一跃，弹起一丈多高，试图从李佑的头上逃过去，并顺势把腰缠的那把大刀刷地抽了出来，寻思道："没想到老子今天上当了，看来几个歹人是要捉拿我呀，哼，没那么容易！"可毕竟对方好几个人，只觉浑身冒出了冷汗。

就在常爷儿向上一纵之时，鲍氏姊妹早已做好了准备，防着这一手呢，鲍龙卉几乎是同时腾身一跃。由于她身轻如燕，又是从车上弹起，自然比常爷儿跳得高。龙卉的飞旋术，在辽阳与曾家奴的搏斗中曾显露出来，杀退了千军万马。今天对付常爷儿，哪里还在话下？她这一跳，恰好跳到了常爷儿的头上方。常爷儿没有防备，本想先弹起来，抽出软钢刀结果了李佑的性命后再逃，当时只顾往下瞅了，并没防范身后头上还有一个武功十分了得的女子，正要用小牛耳尖刀刺他的后背呢！在常爷儿的钢刀没有刺到李佑的一刹那，觉得身后"嗖"的一股凉风，似乎有人袭来，马上灵机一动，就地十八滚，想从地上滚出收他的罗网。没料到，早有跳下车的鲍龙花持棍站在身后，他便急转身欲从另一个方向逃走。可刚一转过来，只见那个戴大草帽的人扔掉了帽子，现出原形，持杖站在前面。常爷儿见前后皆有人堵截，知道只能硬拼了，随即抢起钢刀想要杀出一条血路。这时，扔掉草帽的人喝道："'鬼见愁'，休想再逃，该到束手就擒的时候了！"边说，边迎上前与之对打起来。鲍龙花见此，大喊道："苦僧哥哥，何必理他？交给我吧！"话音未落，已手使大棍杀向前来。那棍子一抢起来，呜呜作响，任何人也躲不开。常管家闻声儿，并没收住手中的刀，仍向苦僧砍来。苦僧往旁边一闪，躲过了钢刀，常爷儿扑了个空。待再回转身对付鲍龙花时，大粗棍子尖儿已抢到了他的左身，打了个正着，只听"嘎巴"一声，左肋骨折了好几根儿。常爷儿"哎呀"一声躺在了地上，当即瘫了。两个胡府的车夫一看打起来了，吓坏了，哪见过此等阵势呀，撂下车马刚撒腿要跑，早被李佑三拳两脚地撂倒在地了。就这样，大家顺利地活捉了风云一时的"鬼见愁"，并将他捆绑起来，扔到装货的车上。李佑随手扯过一件大衫儿，苦在他的身上，谁也看不明白究竟是咋回事儿。车夫此时哪里还敢轻举妄动？只好继续赶车，按着李佑的喝令，奔向了明月庵。

两辆大车到达明月庵后，圆觉禅师对明月长老说："我们在南京的事情已经办完，不能再耽搁了，须迅速北上，以防夜长梦多。"明月长老担心娟娟等得着急，赞同道："行，这样也好。"就在圆觉禅师、鲍龙花、鲍龙卉、一空、苦僧准备北上时，李佑执意随同诸位一起去北平府。明月长老劝道："李佑啊，你们小两口儿分别很久了，好不容易才得团聚，怎么能马上分开呢？你是知道的，胡氏女为找日夜思念的丈夫历尽了千辛万苦，遭了不少罪，甚至绝望到要投河自尽呀！一定要看在往日夫妻的情分上，珍惜妻子的一片真情。若是现在离她而去，不仅对不起妻子，对不起救她的苦僧，还枉费了在北平府为你牵挂的师妹、娟娟的一片苦心哪！听我的劝，你们一家就住在庵堂的客室之中，好好儿团聚些日子。待日后师太去北平府看娟娟时，再带上你，总可以了吧？"圆觉禅师、苦僧、鲍氏姊妹、一空等人全都跟着耐心相劝。苦僧一再说："李佑，不要亏待妻子，她是个挺好的人。那么忠心于你，诚心诚意地等你，应以心相报才对，留下吧。"胡氏女自然舍不得夫君走，痛哭流涕地苦苦挽留，李佑没办法了，只好留了下来。在圆觉禅师一行将离开时，明月长老给"鬼见愁"带了不少口服的治红伤药，又让鲍氏姊妹拿了些外用药，嘱咐路上要为"鬼见愁"的伤敷药，须勤洗、勤换，主要是怕他半道儿就一命归天而断了线索。为使一路的安全有保障，也为"鬼见愁"的伤口不至于由于车的震动而疼痛，明月长老索性给他用了迷魂药，让其始终处于昏睡状态。圆觉禅师当然明白，觉得师妹想得周到，大家可以省些心思，不用专门照顾他。另外，一行人由于要押送"鬼见愁"，仍需胡府的两个车夫赶车。李佑为让他们安下心来，送了一些银两，等于是雇用。二人哪敢不依？顺从地赶着车，出了明月庵。在庵门外，明月长老、李佑夫妇与北上的一行人依依惜别。

　　话说简短。圆觉禅师他们为尽早赶到北平府，一路上是车不停轮、人不歇脚、日夜兼程啊！当行至离北平府大约还有三百里的地方，即涿州地界时，被用了迷魂药的"鬼见愁"突然苏醒过来，大嚷大叫着说啥不往前走了，声言定要见见什么亲人。圆觉禅师思量过后，决定车马暂时停在涿州，令鲍龙花、鲍龙卉飞马赶到北平燕王府邸，接秉仁公主速速来此。

　　放下圆觉禅师为什么暂停涿州不说，再表此时北平府的情况。自徐达、秉仁公主收到明月长老从明月庵送来的快柬之后，徐达便做了部署，单等鲍氏姊妹接武当山的圆觉禅师归来，已命马云、叶旺回辽阳坐镇，监视纳哈出的动静；令李文忠、兰玉、傅友德等大将，率军秘密埋伏在喀喇沁等地；派朱亮去燕山雾灵布阵；责成何文辉将燕王府兵马分为两部分，一部分守卫燕王府与北平府，另一部分交给秉仁公主调遣。真乃一切就绪，万事齐备，只欠东风。

正在众将急盼西边的消息，摩拳擦掌地等待一举擒拿曾家奴、破皮板大集会的时候，鲍氏姊妹回到了北平燕王府，翻身下马，进得府门。龙花急不可待地向师姐秉仁公主报了信儿："师姐，我和龙卉到武当山把师父圆觉禅师请下了山。他率徒弟一空师父，还有你认识的苦僧先到京师，在明月长老和李佑的协助下，擒拿了害华云海的'鬼见愁'，并押解来北平。刚到涿州，不知为什么，'鬼见愁'忽然大哭大闹起来，非要停留下来不可，圆觉禅师答应了。我俩现受师父之命，来请师姐速去涿州。"娟娟听了之后，虽尚不知为什么停留在涿州，但也非常高兴。一是圆觉禅师亲来北平，有望尽快收服曾家奴请来的"四大天王"；二是想念已久的苦僧不但有信儿了，而且会很快见面，可谓喜事一桩；三是曾家奴的帮凶"鬼见愁"被擒，是个非常好的契机，将使征讨曾家奴有了进一步的把握。她迅速禀报给了徐叔叔，大将军听了更是兴奋不已，叮嘱道："娟娟哪，既然让你到涿州，肯定有必去的原因。那就代表我全权前去处理'鬼见愁'的事儿吧，务要办好，我在北平府恭候圆觉禅师等众位师父的到来。"娟娟得令后，立即带着张玉和新提起来的护卫鲍戎，在鲍氏姊妹的陪同下，打马奔赴涿州。

回头咱们说说圆觉禅师一行为什么要停留在涿州呢？本来"鬼见愁"由于吃了迷魂药，一路上不吵不闹，只是昏睡，很是安静。待走了一千来里地快到涿州时，迷魂药的劲儿逐渐消失，这小子随之从长时间的昏迷、做梦状态中清醒过来，立马感到浑身疼痛，左肋一点儿不敢动，直劲儿地哼哼。他听车夫向圆觉禅师、一空和尚、苦僧说："师父，一连几天人困马乏的，又饥又渴，光吃干硬的面饼泡水太上火，该给我们开开荤了。前边是涿州城，离北平府不远了，赏一顿美酒好菜吧。"圆觉禅师答应道："行，难为二位一直连夜赶路，辛苦了。到涿州找个饭馆儿，让苦僧给你们办去。""鬼见愁"的耳朵可真灵，猛然听车夫讲前面不远是涿州，便不顾身上的疼痛，使尽力气大声儿喊道："快，快，快停下，我要到涿州去，那是我的家呀！我死也要瞅一眼妻儿。各位行行好吧，让我看看他们行不？若是答应了，哪怕到阴曹地府，都会感恩不尽的。要不答应，那好，我就死给你们看！"苦僧过来向车里吼道："'鬼见愁'，喊什么？越喊越不停。若放老实点儿，还兴许能考虑找个地方让你歇歇。""鬼见愁"一听，知道硬来不行，马上把嘴闭上了。

圆觉禅师听"鬼见愁"声嘶力竭地一喊，心头猛然一震，首先想到的是："鬼见愁"是朝廷的要犯，既是曾家奴的亲信、死卒，又同胡惟庸的关系密切，还有许多机密没有从他口中吐出来。绝不能让这小子瞎折腾，一旦伤口迸裂而死，那不糟了吗？必得先安抚住。又想：捉住"鬼见愁"这件事，务必得保密，不能露出一点儿风声。不仅不能让曾家奴知道，还不能让胡惟庸知道，得找个僻静的地方会审他。再说了，明月长老在送离京师时，一再嘱咐要多多注意、事事小心，不可出差错。可是，究竟于哪里审"鬼见愁"更稳妥呢？圆觉禅师可是云游各地的高僧，对关外的辽东，对长江南北、黄河两岸的各个民族、各个部落很是熟悉。觉得北平府原是元朝的大都，聚集了各方面的人士，人多嘴杂，什么消息都容易露出去，不易严守秘密。涿州是北平府的外围，离城不远，较那儿安静许多。他仔仔细细地想过一遍之后，便改变了主意，答应可以满足"鬼见愁"的要求，在涿州停留下来，就地会审。那么，停在涿州何处为好呢？圆觉禅师平时有个习惯，到各地之后，从不住客栈，专找庙宇落脚。哪怕是小破土地庙，只要能存身，也不嫌弃。他对涿州庙宇的分布情况了如指掌，决定就去最不被注意的关帝庙，那里十分隐蔽，特别方便，还不易被人发现。于是，他一面命车夫向城外的关帝庙赶，一面令鲍氏姊妹速去北平府，接秉仁公主前来。

圆觉禅师一路指挥着车辆，很快来到了城外的关帝庙。此庙位于城北，离涿州的住户较远，十分僻静。整个庙宇被古松树围绕着，绿荫蔽日，尤显雅致、肃静。围墙内，是座五楹大厦，有正殿和偏殿。正殿供奉着一丈多高的关云长关老爷，两边是关平、周仓，看起来高大、精神、威武。偏殿三间，乃香客进香和游僧客居之地。由于建筑时间久远，泥墙和正南木板门上的红漆早已脱落，又因战乱频仍，庙宇眼下没人看管。大元朝时，有这样一种风气：各个庙宇都接待天下的游僧，有可供借宿的留客室，并设有水井、灶房、小茅厕等，很是方便。不管庙内是否有人管事儿，只要你自带行李来到此处，皆可居住，走时自觉地打扫干净，将庙门一关，便可离去。关帝庙亦是如此。

两辆车赶进关帝庙后，圆觉禅师让一空师父和苦僧把车上的东西拿下来，将"鬼见愁"抬进偏殿住下，车停放偏殿旁一侧，卸下来的马赶进庙后的松林之中。那里本来就有车马棚子，供五月十三关帝庙庙会时，各地来的香客们存放车马之用。在车马棚子的旁边，盖有一排专供车老板儿居住的简易板棚子。将车老板儿和车马安置好后，一行人全到偏殿住宿。圆觉禅师与一空同住，苦僧与"鬼见愁"同住，一空师傅有时也过来，与苦僧轮流守夜护卫。余下的一间供秉仁公主、龙卉、龙花三人下榻。一空到镇上买来米和蔬菜，在两个车老板儿住的板棚中起灶、做饭，并告诉他们："二位放心，我师父不是讲了嘛，等走时，必领你们到城里设宴致谢的。"其实，两个车老板儿还行，挺忠厚的，加之一路上大家对他们多方关照，车赶得越发认真，相互之间都很满意。

大伙儿在庙宇里吃完饭后，圆觉禅师来到"鬼见愁"与苦僧住的屋子，帮苦僧为"鬼见愁"换药。一打开包伤的药布，只见伤口流着脓水，刺鼻的臭味儿扑面而来。尽管路上鲍氏姐妹多次为他连洗带擦的，伤口还是化脓了。圆觉禅师忙命端来热水，为"鬼见愁"擦洗了伤处，敷上药，重新裹上洗得干干净净的药布。换药时，"鬼见愁"疼得满头大汗，嘴里仍不停地哀告着要见家人一面。大家见此，觉得"鬼见愁"的家说不定真在涿州，倒是可以让他见见。还是圆觉禅师想得周到，认为"鬼见愁"这小子鬼心眼儿太多，或许是耍什么计谋，此地有他的同党也未可知，要是现在答应让他见家人，一旦走漏了风声，再出个一差二错的，可就功亏一篑了。

正在这时，娟娟、张玉、鲍戎、鲍龙花、鲍龙卉飞马赶到了关帝庙。五人下马后，坐骑由马夫牵走，放到松树林里喂草料，娟娟、张玉、鲍戎由鲍氏姊妹引领，去见圆觉禅师。圆觉禅师吩咐鲍氏姊妹守护"鬼见愁"，其他人一起来到了大师住的屋子。娟娟久闻圆觉禅师其名，今天是头一次得见，进屋后便要大礼参拜。圆觉禅师马上手打佛号，制止秉仁公主，自己先给公主施了主子与臣僚之礼，礼毕，才正襟危坐，受妙善弟子一拜。娟娟特别高兴，不仅与多日不见的苦僧相聚，又认识了一空师父，见礼后，像见到了久别的亲人一样，走上前把苦僧的右手握住了，激动地说："苦僧师父，从龙花、龙卉那边论，也是我的师兄，妙善感到太过意不去了，让您受了那么多的苦，心里一直牵挂着。后来在通州运河边儿，从孩子们的口中得知了师父的踪迹，却未能见到，使我更加思念。真没想到，这些日子里，您帮我们大忙了，还擒拿了钦命要犯'鬼见愁'。我代表徐达大将军向师父致谢，日后定报朝廷，给予封赐。"然后转过身来，向在场的人说："在这里，我转达大将军的问候，并欢迎圆觉禅师、一空师父前来协助我们破贼。兵将早已严阵以待，只等众位师父的到来，一举擒拿曾家奴。"说完，娟娟领着张玉向诸位一一做了引见。圆觉禅师方把"鬼见愁"突然提出要在涿州见家人以及为什么停在此地向秉仁公主做了禀报。娟娟听罢，觉得大师想得很周到，说道："关于'鬼见愁'要见家人的事儿，可由张叔叔同他谈。"边说，边回过头来叮嘱张玉："张叔叔，您认识'鬼见愁'，不妨单独跟他唠一唠。就说朝廷盼他改过自新，重新做人，不要再与大明作对了。假如能够帮助本朝，将不记旧恶，别说见见家人，还会给他一个锦绣前程的！"张玉点头称是，于是按秉仁公主的吩咐，去房里面见"鬼见愁"。

"鬼见愁"一看来人，当然认识，知道他是曾家奴身边的心腹王点，开始时十分惊讶，寻思大明的徐达是真有办法，竟将曾家奴平章的得力干将弄到自己身边。王点可比咱有名气呀，他都降明朝了，我还有什么可说的？后来，通过张玉一番真心诚意的劝导，"鬼见愁"很受感动，并从张玉的口中，得知了秉仁公主在此。那是当今皇家的金枝玉叶、大明朝已故军师刘伯温之女，早在胡惟庸府中时，曾听说过有关她的情况，对公主所做的一些事情打心眼儿里佩服。他心想："秉仁公主年龄不大，却很有骨气，非常正直，名分是自己争来的。如今公主就在眼前，已经到这个份儿上了，有啥可隐瞒的，何不全向她说了呢？"于是提出，让张玉把秉仁公主请来，有事儿当面儿禀告。张玉不知他究竟要说什么呀，只好赶紧去请，随来的有鲍龙花、鲍龙卉、鲍戎。娟娟一进屋，"鬼见愁"便强挣扎着起来要给公主见礼。娟娟忙扶住道："不必了，快躺下，要说什么就说吧。""鬼见愁"谢过，遂将自己的身世毫无保留地和盘托出了。

原来，"鬼见愁"这个名字，乃近两三年来在北平府一带传开的飞侠之美称，也是曾家奴他们故意哄传出来的。"鬼见愁"的本名儿孙常祥，因能跑擅走，人们给起了个外号儿叫孙大脚丫子，原是鲁运纤夫，即在山东那段儿运河上拉纤的，常年奔走于微山与聊城之间的运河线上。他开始是跟帮的纤夫，后来自己立帮，带着十几位兄弟揽活儿，在数百里的山谷、河滩上留下了孙大脚丫子的足迹。他很能干，又能吃苦，武功精到，故而有了些名气。由于元末时，常遭匪患欺压，他一怒之下，与众兄弟在微山湖西岸谷亭地方竖起了大旗，自号"鬼见愁"，拉起了帮伙儿，很快强大起来，成了反元的一股力量，后被常遇春收服。李善长见他年轻力壮、身材魁伟、出手不凡，便收为门军。过了些日子，将他转赐给了胡惟庸。

胡惟庸为了招揽生意，有不少货物需经运河北上，到北平通州一带兜售，然后再把北平府北边的一些皮货等经运河南下，运到苏杭一带，于是，秘密地选派孙常祥做自己的帮手，称之为经略，当他的运货人。那个时候，在运河上的所有纤工和货主全是有帮有派的，一般人还真不敢干，必须得有后台、有势力，才能吃得开，不至于受人欺侮。大船一过，只要听说是什么什么帮、什么什么伙儿、哪个号的，土匪都不敢动。当时有很多的帮，什么南帮、北帮、鲁帮、浙帮、通帮等，每帮皆有自己的经略。这经略可不简单，有生杀大权，对所雇用的人说杀就杀，不好就不用，好了就给你银子。做经略的人不但胆儿要大，能办事儿，能挣钱，而且得有经济脑瓜儿。一个帮只要有了好经略，一心一意帮助操持，才可能干大事儿、赚大钱。胡惟庸当时之所以选中了孙常祥，任命为自己航运的经略师傅，掌管货物的销售和运输，是因为非常了解孙常祥。知道他原是鲁运的纤夫，不但对运河上的事儿明白，对运河的帮派、规矩也清楚，并且人又能干，肯于卖力气，精明得很。孙常祥果然不负所望，干得相当出色，得到了胡惟庸的夸奖和称赞。孙经略便越来越出名了。

运河上不是有各帮各派嘛，其中有个叫北派的，实际上是由曾家奴管辖的。这一派很有势力，能挣大钱，早被孙常祥看在眼里。他便绞尽脑汁、想方设法地秘密与北派的经略师傅勾结在一起，成为好友。于是，北派经略把"鬼见愁"介绍给了曾家奴。曾家奴看他挺能干，遂聘为自己的行帮经略，一来二去的，又成了曾家奴的心腹。从此，孙常祥开始脚踩两只船，有权又有势。曾家奴只知他叫"鬼见愁"，胡惟庸只知他叫孙常祥，喊多了，称起了常爷儿。常爷儿天天两头忙，这头帮胡惟庸挣银子，那头帮曾家奴揽活儿。由于他的靠山硬，会武功，谁也不敢欺侮，渐渐便有了一号。在运河上做货船生意就是这样，运货的老客见你势力大、腰板儿硬，肯定用你的船运。为什么呢？保靠哇，不遭土匪呀！再者，因为孙常祥各方面都强，一些小的运货行帮不敢跟他较量，更不敢与之抢活儿，所以他的活儿最多，亦能挣大钱。时间长了，孙常祥给两头挣的钱越来越多，胡惟庸高兴，曾家奴也满意，他在二人跟前全吃香，视为离不开的名手。

近几年来，胡惟庸为了在朝中争权夺势，放松了一些运河的生意，派常爷儿去包揽活儿的事儿少了。这头虽少了，但曾家奴那头不仅没减少，反而增多了。他揽活儿跑生意不说，曾家奴所策划的杀人越货之事也参加了，深得其信任和喜爱，进而成为曾家奴实现野心的帮手。由于孙常祥在胡惟庸府里当差，故对大明朝廷内部的许多事情全清楚，并偷偷将一些情况传递给曾家奴，成为他在明朝内部的重要耳目。这样做，你说曾家奴能不重用吗？孙常祥越来越红了，被封为"死卒"的掌门师傅，视为手下的一个得力打手。在曾家奴处有闲或遇到灾难的时候，他就悄悄儿回到南京的丞相府中，以总管家的面目出现。为什么两头跑却不受胡府的责问呢？因他在胡惟庸府中已经干了很长时间了，给丞相挣了不少银子，又会来事儿，对谁都挺好，胡惟庸及大夫人秦氏特别信任他，大管家的位置当然十分稳固。再说，孙常祥在胡府有一批心腹下人，当需要到北边去时，则把一些事情委派给那些人去办，替他应付着，可以轻松地遮掩过去。何况胡惟庸在朝中事儿多，经常不在府里，夫人秦氏天天诵经，谁能老看着常爷儿干什么呀？便任其所为，忽来忽往，自然有机会两头儿照应了。这次因为曾家奴下了死令，让他务必控制"破烂王"，所以出来的时间长些。他哪知办此事中，竟被苦僧秘密盯梢，举足不得，实在没招儿了，只好先逃回南京，想躲躲风声再说。没想到神勇无敌的苦僧却死缠不放，一直跟到了南京，抄了他的老窝儿，使他成了阶下囚。

孙常祥在向娟娟讲了自己的身世后，苦苦哀求道："秉仁公主啊，不瞒您说，小的妻子和两个儿子在涿州藏着。我知道被朝廷捕拿，肯定是脑袋搬家了，再见不到他们娘儿仨了。哪承想正好从此地路过，公主啊，求您了，让小的见见妻子和儿子吧！听说当今的皇上和皇后特别喜欢您，又是身边的红人，所以才愿意把一切原原本本地告诉公主。想来一个要死的人最后的请求，您无论如何会答应的，这才请到小的屋里来，以便直接跟公主说。要能答应小的请求，小的先谢谢您，死也无憾了。"娟娟问道："你为什么把妻子和儿子放在涿州而不带在身边呢？"孙常祥回道："我常年四处奔波，居无定所，忽而南京、忽而北上的。知道脚踩两只船危险，不知哪一天弄不好船一翻，自己将陷入其中一方的罗网之中，是必死无疑的。之所以不敢把妻儿放在南京，怕将来一旦不得不在曾家奴处落脚，那就是个妻离子散；又不敢放在喀喇沁，徐大将军厉害呀，所率领的明兵凶猛异常，指不定哪天会杀入喀喇沁的，我的全家岂不更遭殃？为此真是费尽了心机。最后决定把妻儿安置在离北平府不远的涿州，倘若有事儿，自己再换个名讳，仍可到涿州与妻儿团聚。"娟娟说："孙常祥啊，孙常祥，你的如意算盘打得太精细了，只是苦了妻儿哟！好吧，本公主今天就答应你们一家四口儿见上一面。"孙常祥一听答应了，真是感激涕零啊！一个劲儿地道谢。娟娟立刻命鲍龙花、鲍龙卉、鲍戎三人，按照孙常祥提供的地址，速去接他的妻子和孩子来关帝庙。

时间不长，鲍氏兄妹就将孙氏和她的两个儿子一起接来了，并送到了偏殿孙常祥所在的屋子。母子三人一看躺在炕上不敢动身、满脸痛苦的孙常祥，不知咋回事儿呀，趴在他身上大哭起来。娟娟见状，领着众人退了出去，在侧室偷听着。只听那个女人边哭边埋怨道："我跟你说过多少遍了，咋劝都不听。现在可好，失散多年的哥哥没找到不说，你又伤成这样，要有个三长两短的，我和孩子可怎么活呀，我的天哪！"孙常祥带着哭腔儿劝道："好了，别哭了。我何尝不知道两头干是在刀刃上翻跟头，早早晚晚得栽了呀？当初不就是想辛苦点儿，如果真有那么一天，好多给你们娘儿仨留点儿银子嘛。如今看，这么做不仅对不起你们娘儿仨，还对不起你那老哥哥呢！"听了孙常祥此番掏心窝子的话，女人更是哭得死去活来，号啕着说："常祥，我想好了，你走到哪儿，我带着孩子跟到哪儿，咱们死也死在一块儿，看来这辈子是见不到大哥了！常祥啊，我的天哪，可咋办好哇！我的云海大哥啊，你究竟在哪儿呀？"躺在炕上的丈夫跟着妻子一起流眼泪，都快哭不出声儿了，断断续续地说："来弟，来弟……求你了，别哭了。我越哭……身上疼得越厉害，快喘不上来气儿了，快……快……"说着说着便没声儿了。女人一见丈夫不行了，急得一声接一声地呼唤着："常祥，常祥，你怎么了？醒醒啊，可别扔下我和孩子不管呀！老天哪，快让我们一块儿去死吧，全家去死还不成吗？就算对我们的惩罚吧！"边哽咽边叫，渐渐地也没动静了。

孙常祥夫妻一字字、一句句的对话，娟娟听得真真切切，鲍戎亦听得一字不漏。当孙常祥提到云海大哥时，鲍戎心里猛一惊！后来一想，世上重名儿者甚多，何必大惊小怪？娟娟听到这个名字时，起先也是一愣，接着又听孙常祥叫他妻子"来弟"，更惊诧了，后来忽然屋里没声儿了，便按捺不住了，赶紧同大家一起进了屋。众人见孙氏的脸正伏在丈夫的脸上，俩人的泪流到了一起；孙常祥满脸，包括耳朵两侧都流淌着泪水；两个孩子在旁边愣愣地瞅着，不知如何是好。鲍龙卉走上前去，倒了一碗水，给孙常祥吃了药。娟娟把孙氏拉了起来，为她擦了擦眼泪，并仔细端详着，看上去，年纪有三十多岁，很年轻，相貌不错。那模样似乎像谁，面孔好像挺熟，像谁呢？想了想，娟娟冲那女人说道："你叫来弟，家住通州。大哥叫华云海，还有个二哥叫华云龙，很早投入了反元义军。你嫁给个姓孙的纤工，就是孙常祥，对不？"女人一听，大吃一惊啊！瞪大了眼睛，半天才说："对，对呀，我是来弟。因家里触犯了朝廷，惹出了祸事，二哥三宝南下，一气投军。我跟大哥逃到运河边儿，隐姓埋名，靠做撑工谋生，跟哥哥一起拉纤。有一次发大水，我落入洪水中，冲出好远，幸好被孙大脚丫子给救了。后来我们结了婚，还生了两个小崽子。可丈夫他不听话呀，为了给我挣点儿银子，当什么'鬼见愁'。咳，早知道准有这么一天哪，我是来给他收尸的呀！"说着，又呜呜咽咽地哭了起来。孙氏哭了一阵儿，扑通一声跪在地上，给秉仁公主叩头道："请问你们是哪个绺子的，是不是曾家奴的死对头？求求各位好人了，千万刀下留人哪，饶了他，就等于饶了我们一家四口儿的性命啊！他若死了，我和孩子咋能活得下去呀，把银子全拿出来还不成吗？"说完，趴在地上痛哭不已。

　　娟娟、鲍龙花、鲍花卉、鲍戎走上前，把来弟硬是搀了起来。鲍戎感慨地说："这么说，咱们是一家人了，华云海是我的岳丈，你就是我们的姑姑。岳丈现已过世，老人家始终惦记着你，临终时还叨念呢，以为早淹死了。做梦都想不到哇，咱们一家今天竟能在涿州见面呀！"说完，手指鲍龙花、鲍龙卉道："这是我的两个妹子。"然后又向她引见娟娟："这位是当朝的秉仁公主，又是朝廷钦命的东征武威安抚使。"听了鲍戎的介绍，来弟和已经醒过来的孙常祥全愣了，紧接着便为云海大哥的去世哭泣不止，也为在关帝庙能见到几位亲人喜极而泣。哭过一阵儿后，来弟对鲍戎说："你既然是我的侄女女婿，姑姑求你了，可要救救你的姑父啊！"娟娟听了此话，气愤地说："来弟呀，你知道孙常祥做了些什么吗？他为曾家奴所驱使，干了许多坏事儿咱们不讲，单说你大哥华云海的死吧，同样是这个人一手造成的。孙常祥，我问你，在抓捕'破烂王'的时候，知不知道那是你们的大哥？"孙常祥回道："秉仁公主，当真人不说假话，确实不知道'破烂王'是我妻要找的大哥呀！只知大哥叫华云海，不晓得原来的身份，我们从未见过面。"娟娟说："就算不知道'破烂王'是你大哥，难道可以为了点儿银子认敌为友、帮助曾家奴伤害一个体弱多病的老人吗？你去抓'破烂王'的时候，他正在病中，全仗苦僧师父的帮助，才没被你抢走。可是由于惊吓，又把他倒吊在树上，致使老人很快离世了。孙常祥你说，华云海的死，不是由你亲手造成的吗？多么的狠心呀，一个老人都不放过，良心何在？"孙常祥听到这儿，心如刀割，拍胸顿足地愧悔莫及，伤口随之迸裂，疼得"哎呀"一声昏了过去。来弟此时对丈夫是又恨又可怜，见他不省人事了，忙喊道："常祥，常祥，你醒醒，醒醒啊！"不一会儿，孙常祥醒了过来，眼中流着泪，直勾勾地瞅着妻子，嘴里叨念着："我真不是人哪，害死了哥哥，没脸活了。来弟，对不起你，让我死了吧，十条命也不够赔呀！"说着脑袋咣、咣地直往炕上磕，来弟上前把他抱住了。

聪明的娟娟见孙常祥有了悔悟的表示，立马想到这个人得留着，不但了解曾家奴、高家奴的底细，而且对徐叔叔完成皇上交给的秘密使命，即调查、了解、掌握胡惟庸的劣迹也是重要的佐证。不能让他死了，起码现在是个宝贝呀！于是开始软硬兼施，换了种口气说："常祥啊，常祥，你懊悔何用？错已酿成，人已故去，涕泪何用？唯有一条光明之路，便是应为来弟的哥哥报仇，为朝廷效力，以功赎罪。朝廷会以今后的功过来评判你的生死，或可不念旧恶，为朝廷所用，全看自己的路怎么走了。你那颗心要是肉长的，就得让来弟受苦受难的大哥华云海在九泉之下能闭上眼睛！"此话说得很有分量，让人听了特别揪心，来弟哭得几乎快背过气了。孙常祥躺在那儿，闭着眼睛，咧着嘴呜咽不止。娟娟看火候儿差不多了，便命人通报当地知州，要他秘密将这些人从关帝庙移至馆驿居住。为什么呢？她考虑到圆觉禅师年事已高，不能总住在空冷的破板房子里，得改善一下居住条件。再说，孙常祥的伤势严重，需要有个干净的环境养伤，使之尽早痊愈。涿州知州按照秉仁公主的吩咐，不但很快安排了舒适的住处，而且找来最好的郎中，给孙常祥疗治。由于边疗伤边给服用了大补元气之药，加上来弟在身边精心照料，伤势好得很快，六天之后，就能够自由活动了。在这期间，孙常祥向秉仁公主交代了不少曾家奴、胡惟庸干下的宗宗件件坏事儿，大家为孙常祥的转变感到高兴。娟娟见目的已达到，与圆觉禅师商量后，决定速返北平府。

娟娟一行在回北平府时，由鲍戎帮忙，带来弟和两个孩子一同前往。到北平后，鲍戎将娘儿仨领到了自己家中，来弟激动得哭着见了嫂子和侄女，此次是多年来头一回与亲人团聚呀！孙常祥也希望能住到鲍戎家里，但不好直说，因自己愧对华家。娟娟看出了他的心思，便同徐叔叔商量，徐达表示同意。这样，孙常祥才被送到鲍戎家，与妻子来弟住在一起，两口子为朝廷的宽容感激不尽。还有令他们想都不敢想的是，当晚徐达设宴为圆觉禅师、苦僧、一空等人接风洗尘，并请孙常祥夫妇一块儿参加。孙常祥自知坏事做尽，是朝廷的罪人，不敢出席。娟娟鼓励道："浪子回头金不换嘛！从今以后，只要报效朝廷，对得起你的云海、云龙大哥就行了。"孙常祥和来弟那是热泪盈眶呀，扑通一声跪下了！暗下决心，往后一定拼上命为朝廷效力，再不能给云海、云龙大哥丢脸了。

又过了七天，孙常祥的伤口全部愈合，徐达大将军派人带他来到帅帐，任为军中谋士，在元帅身边听用。孙常祥感动得一时不知说什么好了，眼泪像断了线的珠子噼里啪啦往下掉哇，受宠若惊啊！他心想："自从降了大明，不仅没有掉脑袋，还成了大明朝的右丞相、卫国公、赫赫有名的徐大将军身边的谋士，这真是莫大的殊荣呀！我也长一颗人心，要是不好好儿干，能对得起谁呀？你们今后就看我孙常祥的吧！"

前书咱们表过，征讨曾家奴的战役，各路将士早已做好准备，单等圆觉禅师等人一到，就将开战。在圆觉禅师到达北平一旬后，徐达大将军下达了命令，一场塞北之战打响了！圆觉禅师同秉仁公主率弟子一空、鲍龙花、鲍龙卉等人，由张玉引导，化装前往雾灵山杖子沟下的娘娘洞。这里的确热闹得很，曾家奴选出的五百多名壮士，正在"四大天王""四老大人"的教授下，日夜习练武技，将一直练到明年六月二十六。名曰以武交友、以武会友、以武习友，结交天下好汉，切磋武林技艺。皮板大集会的"雾灵天王擂"搭建完毕，并已开擂。进门处，有个用木头和石块儿堆成的高架子，上面张贴着醒目的《雾灵天王擂示告天下》的征召文告。圆觉禅师等人详细看了一下告示的内容，写得蛮有气派。从告文中得知，"雾灵天王擂"共分三个擂：一为童擂，即少年拳、童子功；二为拜师擂，是专门为求师而来之人准备的，每日定时有武师讲授武术、擂规、擂技；三为天王擂，凡天下各路英雄好汉皆可报号打擂。规定不许用暗器、迷药，要以艺胜人、以艺超人，伤死勿论；擂败为输，赢者占擂，往替为王。擂台分上晌、下晌，一日两次开擂。凡参擂者，簿记名讳，不收半文，晌午可赏饭水一次。当日为擂主者，赏银千贯；三日为擂主者，赏银千两；五日为擂主者，赏银一千五百两；七日为擂主者，赏银两千两。依次增赏，拥戴天王。看起来，告示听讲的"雾灵天王擂"的酬银价码还真不低，这或许是吸引不少各路英雄好汉前来打擂的缘由吧。

圆觉禅师看过告示，来了兴致，便与女扮男装、一身少年武士打扮的秉仁公主以及鲍龙花、鲍龙卉、一空等人高高兴兴地来到了擂台前。擂台很高，是用一块块的大木头搭成的，很是壮观。四周有围栏，上方有木棚，可遮阳光或挡雨水。地面用木条儿拼成，上铺羊毛毡，从高处腾空纵下不会发出一点儿声音。观擂的人不少，附近的、远道儿的、骑马的、赶车的纷纷前来，有男有女，有老有少，络绎不绝。

说来，武术在河北燕山一带素有传统，人人爱练、爱参与、爱看，是山村享有盛誉的一种活动。年年有摆擂的，获得擂主者，会受到人们的敬重，甚至把打擂、占擂、赢擂之人拜为英雄，为他十字披红，鼓乐相迎，荣耀得很。英雄们到饭店里，店主没有不赏饭、赏银子的。可自从元亡后，大明又初建，燕山一带的摆擂之举停了十来年了。这次有人重新摆起擂台，倒成了件新鲜事儿，当然会吸引很多人前来凑热闹。多少年盼着看打擂，今天总算开擂了，谁能不来呀？说实在的，都争先恐后地往杖子沟赶。今年参擂有新规定，不仅不收任何费用，赢家还能得到不少赏银，即使被打败了，得不到赏银，只要上擂，中午则由擂台盟主管饭水。于是，人们蜂拥而至，一些沿街乞讨之流丐中有武功者，也想来比试比试。谁管他输赢，只要在擂台上能伸伸胳膊、撂撂腿，就算过了瘾啦！曾家奴正是摸透了大家的好奇心理，才用此招儿引来了不少天下豪杰。

圆觉禅师在人群中一打听，知道已经开擂十来天了。登擂者甚踊，已有几位高手接连两天占擂，盟主真的赏了白花花的银子。被打下擂台的，盟主绝不食言，给了饭水。如果本人愿意，还可收留到他的帐下跟班习武，这是以前从没有过的事情。前几天是几个老大人占擂，今天圆觉禅师他们来得挺是时候，占擂的擂主恰是曾家奴从金刚山请来的高僧西里杜等人。人们纷纷传告说，今天占擂的可不一般，是从金刚山来的妙天广法活佛的弟子，武艺肯定高强，比擂一定会相当热闹，是多少年看不到的千载难逢之擂，快去看吧！这么一宣传，人越发多了，擂台下挤得水泄不通。

圆觉禅师正听人们边看边议论之时，便见西里杜，即识空师父登上了擂台。他今天头戴白布蓝箍英雄帽，脚蹬白面儿蓝底儿快靴，身穿白色英雄紧身装，腰系英雄缎带，一身儿以白为主的短身小打扮，很是精神、气派。西里杜站在台中央，抱拳大声儿说道："今日，本擂主望求结交天下豪杰，有愿比试者请登台，当虚心求教。若有闪失，则请海涵，你我皆按登擂规条行事，绝不改悔。今天不同往日，没有此前的习练比试，不是先让几招儿再接着比试，也不是赢了一把就可得银百两。前几日为什么总是先让三招儿，然后比试，只要赢我一招儿便可得银两呢？那是因为大家在一起不过是习作玩儿一玩儿、交交朋友而已。今天之所以如此，是因为本擂从即日起将正式比擂，胜者为王，败者下台。各路英雄豪杰，何人上来？在下施礼了！"说着，抱拳见礼。

你说圆觉禅师他们来得寸不寸吧？一到杖子沟就赶上了正式开擂。西里杜刚讲完，圆觉禅师正往台上看呢，还真有应声儿的，就听下边一声喊："在下不才，愿与师父讨教！"随着喊声，便见从几位壮士中走出一个人来，到了擂台跟前，一抬脚，利落地纵了上去。西里杜忙抱拳道："好汉，请报名。"来者二十多岁，个子不高，又胖又壮实，穿一身蓝衣裳，系英雄缎带，也是短身小打扮，听到问话，马上抱拳道："本为五台山上的野游者，路过此地，讨教一番。"说着亮出了招式，腾飞起脚，猛如雄狮。西里杜只是躲闪，并未还手。那人却挺来劲儿，变换着各种招式向对方进招儿，西里杜仍站在原地不动手，只是身子左右挪动着。紧接着，小伙儿猛力蹿跳，扑了过来。西里杜借机从背后处突然一掌击出，没看使多大劲儿，小伙子却像被巨木撞了似的，双手扬开，两脚噔、噔、噔地向后退着，退到擂台的栏杆处也没挡住，一个跟头摔到台下去了，好在没碰着头，双手摁地，半天才站起来。擂台盟主见他鼻口全是血，忙令人搀到后屋上药去了。

正这时，擂台突然蹿上一个人来，抱拳道："好厉害，我偏要会会你，在下乃人称大漠金雕手是也！"没容分说，一个大鹏展翅，直扑西里杜。西里杜这回可没敢怠慢，只见他腿一弯，缩身一闪，躲过了对方的雕手勾，随即反身用右掌顺势狠狠地拍向对方的后背，速度相当快，几乎是那人的雕手勾刚划过，西里杜的反手掌便跟了过去，而且来势极猛。台下观看的人吓得不禁"哎呀"一声，以为此人对西里杜的猛掌肯定躲不及了。哪知金雕手早有防备，马上左翻身来了个大鹏登空，随之侧身一倒，致使西里杜的反手掌扑了空。在西里杜急忙收掌时，那人腾空的双脚直踢向西里杜的大下巴。要是被踢上，西里杜脑袋下半截儿的下巴、鼻子、嘴立马全没了。速度之快，用劲儿之大，令台下又是一惊，以为西里杜得彻底玩儿完了，有的竟吓得忙捂住了双眼。哪知西里杜就势来了一个猛虎腾跃，拔身而起，飞起两丈高，不仅躲过了对方施展之大鹏登空的狠踢，还令那人一时摸不准自己的去向了。金雕手一犹豫，心里想着怎么人突然没了呢？还是他擂台经验不足哇，比擂最忌讳的就是犹豫，哪怕喘口气儿工夫的发愣，都可能给对方以还手之机。正是瞬间的停顿，西里杜在其头顶儿之上，来了个双腿旋飞。当那人发现时，已经躲不及了，只听"叭叭"两声，大漠金雕手的前胸和后背各挨了一脚，当即瘫倒了，大口大口地吐着鲜血，不一会儿便死在台上了。盟主命人上台收拾了尸体，又让将染上血的羊毛毡撤下去冲刷，再抬上一张崭新的白羊皮毡铺好。之后，西里杜在台上抱拳，说："这位同道，抱歉了！望上台者要量力而行，不可莽撞。要是没能耐，千万别充好汉，擂台无情啊！西里杜向同道致哀了，也是他从此脱离了人世苦海，得大自在也！"接着又一抱拳道："各位师傅，在下因连续两场，有些累了，现由我的师弟上来陪众位玩玩儿。需要提醒的是，请务必小心，师弟的技艺远高于在下。"说完，退入了后台。

西里杜下台后，紧接着上来一位师父，抱拳自我介绍道："在下伯尔舒，是西里杜的三师弟。方才大师兄连胜两人，现在由我代师兄会会天下武林高手，不知哪位敢上来与在下展示几招儿？"话音刚落，只听一声亮嗓儿"我来也"，众人循声儿一看，是个年轻后生。后生对刚才西里杜的态度十分不满，为被打下台的武士气不公，更为擂主的傲慢憋了一肚子火。说什么"陪众位玩玩儿"，简直是目中无人、欺人太甚！难道我们燕山没人了，那么好欺侮的吗？他在下面无论如何坐不住了，刚要跳上台去与伯尔舒决一高下，圆觉禅师一看孩子太嫩，上去不但得吃亏，而且有可能被伯尔舒伤了，忙高声儿制止道："这位小哥先停下，待老僧上去替你出气，然后再玩玩儿也不迟。"圆觉禅师有个倔脾气，就看不上有人以强欺弱，本来听西里杜刚一登台说大话时，已站起身来，想上去把妙天广法活佛之法谕交给他，以便让他快点儿偃旗息鼓回金刚山，不要在擂台上为曾家奴张目了，可是台上一交手，却来了兴趣，便坐下来看了一会儿。他见西里杜真是狠呀，竟下死手，心想："佛门中人，本应慈悲为怀，爱惜生命，连扑杀飞蛾都不忍心，何况人乎？既然是打擂，以武会友，怎么能手出真招儿呢？"他在心里默默地念着："阿弥陀佛，罪过呀，罪过！若是你们的师父妙天广法活佛看到徒儿这样做，肯定会怒不可遏呀！"后来实在忍不住了，决定上去教训几下，让他们知道天外有天、人外有人。于是，圆觉禅师叫住了年轻后生，没让上台，怕他吃眼前亏。

圆觉禅师把禅杖交给徒弟一空师父，仍身披袈裟，从人群中疾步来到台下，随即一个旱地拔葱，挺身直立着腾空而起，轻轻地落到了擂台上。台下的人一看，此功夫可太厉害了，皆啧啧称赞，报以热烈的掌声。圆觉禅师冲伯尔舒说道："阿弥陀佛，善哉，善哉。尔等何故如此狠毒？点到为止也是赢，为什么非要将人打死？老僧看不惯，特上来会一会。"伯尔舒看老和尚长得很是魁伟，往那儿一站，快把擂台占去一半儿了。论块头儿，大得能将自己装下；论高矮，得仰着脸看人家，便阴阳怪气地讥讽道："你个老和尚，说话没有道理，明明讲好了死伤勿论，没能耐别上来呀！老和尚，若觉得不是对手或怕死，赶紧下去，别在这儿占时辰，本人还想多打死儿个呢！告诉你，我的拳脚可没长眼，念你岁数大了，长这么胖不易，快下台养膘去吧！"边说边哈哈大笑着。这下可气坏圆觉禅师啦！伯尔舒见老和尚仍不下台，又道："既然不下去，就报个名儿吧，我手下没有无名之鬼。"只见圆觉禅师两道又长又白的眉毛抖动着，下巴颏儿的胡子也在左右摆动着，高声儿说道："休得胡言，还不知谁死呢！来吧，老僧不动手，让你先下招儿。若能几拳几脚打死我，或是打飞了我，皆认输。准你先进九掌九腿，之后我再还招儿，来呀！"声如洪钟，双目直视伯尔舒。

伯尔舒一向傲气，听了圆觉禅师的话，心想："哎呀？走遍天下还没听到有如此说大话的人。让我九招儿，简直太瞧不起人了，不用九招儿，三拳两脚就把你老东西送上西天去！"这么想着，便不说话了，握紧拳头，以猛虎掏心之势，单拳直冲圆觉禅师心窝儿而来。圆觉禅师并不躲，伯尔舒的拳像捶在一个大棉花筒儿上一样，只听"扑"的一声，软咕囊囊的，根本打不出劲儿来，接着又用脚踢，不但没踢出声儿来，而且又弹了回去。圆觉禅师太胖了，满身都是肉哇！伯尔舒一看，老和尚膘过于肥了，也打不疼啊，于是使狠的了，来了个地勾腿。什么叫地勾腿呢？就是右脚尖儿往里一勾，同时上拳直冲对方的脸打。其实，上拳为虚招儿，是引起对方注意的。你一防上面，他乘机在下面将腿往上一弹，脚尖儿往里一勾，正踢你的阴部，那是必置死地而无疑。他用的这第七招儿，早被圆觉禅师看明白了，马上就地后仰，让过上拳，紧接着来个罗汉扑蝶，一反身，把大屁股扭给了伯尔舒，还狠劲儿往后一撅。当伯尔舒的地勾腿从圆觉禅师的下裆处弹过来时，圆觉禅师用那双大手牢牢地掐住了伯尔舒弹过来的右腿，再用力向上一提，这下伯尔舒可就站不住了，身子往后一仰，"吧唧"一声摔在了地上。全仗铺有厚厚的羊毛毡，否则，后脑着地必脑浆迸裂。在伯尔舒倒地时，圆觉禅师将他的右腿用力一撅，只听"嘎巴"一声，右腿骨折了。伯尔舒疼得"爹呀、妈呀"地叫着，满地打滚儿，盟主忙让人将他抬下去了。台下的人一看，老和尚把伯尔舒打倒了，为上擂台比武的人出了一口气，都高兴得鼓起掌来，交口称道武功的神勇。

这时，曾家奴请来的"四大天王"之二师兄西里库从后门儿上台来了，冲圆觉禅师喊道："老和尚，你找死呀？那好吧，我是西里库，为师弟报仇来了，拿命来！"说罢，冲上去就是叭、叭、叭一连串的旋天腿，想以此压住阵脚，就势将胖和尚打下擂台。说起旋天腿，可谓相当厉害的一招儿，是用周身的旋转之力，狠打对方，力量既急又猛，几乎无法抵挡，想躲都躲不及。武艺不精深者，几个旋天腿便将你打蒙了，不是被踢死，就是被打成残废，异常凶狠，何况是连续的旋天腿呢！但它有个短处，即身子腾空，腿飞旋的环形必须在一定的高度上，身体自然暴露给对方。破此招数得极力躲开旋天腿的飞环区，再乘机利用对手在空中旋转之时，对于身体的暴露部位急速予以打击。因其正处在惯性的旋转中，想以旋力制服对方，根本无法防范自身暴露部位受到致命的打击。圆觉禅师恰恰抓住了旋天腿的弱点，别看他那么胖大的身躯，还挺灵活，突然来个鲤鱼入水，向下一滑，坐在地上了，然后上身往后一仰，顺势倒下。而西里库此刻正头朝下双腿飞旋不断地转打着，却打不着圆觉禅师，想停又不能马上停下。就在这时，只见地面上的圆觉禅师举起双臂，用双掌击向了西里库的头部，看得出用劲儿较小，并未发力。若是狠打，毫无疑问，肯定会把脑袋击碎的。因圆觉禅师与菩提僧人以及金刚寺妙天广法活佛的关系都很好，他不能那样做。尽管只轻轻一拍，西里库仍觉头发晕，天旋地转，两眼直冒金花儿，眼看着身体失控，从空中摔了下来。

说时迟，那时快，躺在地上的圆觉禅师见状，即刻张开双臂，将西里库抱住，并说："悟空，别闹了，自家人。"西里库一听老和尚叫的是自己的法号，又感到了对方没下死手，否则必是死命，知道不是一般人。忙站起身来，刚想开口道歉，哪知站在台旁的西里杜、伯尔度不让了，异常气恼地冲了出来，手下的董老大人、庞老大人、丘老大人、蔡老大人也一跃而上，要齐斗圆觉禅师。一空、鲍龙花、鲍龙卉、娟娟哪能答应啊，随之全跳上了擂台，看样子，相互非要决出个高低不可。圆觉禅师见状，立即大喝一声："一空、鲍龙花，尔等退下，谁让你们上来的？"一空一听圆觉禅师有话，当然不敢造次，娟娟向鲍氏姊妹使了个眼色，四人乖乖地退了下去。而那边的西里杜等人还想围攻圆觉禅师。西里库忙大声儿制止道："师兄，不可无礼。高僧并未伤我，是师弟甘拜下风，快快下去！"这一喊，西里杜的心里比谁都明白。因为方才他在一旁看得很清楚，西里库与大和尚的打斗，是由于师弟有破绽才被击中的，而老和尚确实是手下留情，没有伤到师弟，不是人家的过儿。于是，西里杜马上命人赶紧退下。"四老大人"听命转身退了，唯有伯尔度仍在破口大骂，并挥动拳脚，狠击圆觉禅师。圆觉禅师只是东躲一下，西闪一下，并不动手。

伯尔度一看赢不了眼前的胖和尚，便拿出了损招儿，想以毒箭暗害之。刚要出手，就听台下有人怒喝道："住手！混账的虚空，还要毒杀你的师兄圆觉禅师吗？"这一嗓子可把众师兄弟镇住了，定睛一看，原来是尊敬的上师妙天广法活佛来了！西里杜、西里库、伯尔度搀着受伤的伯尔舒慌忙跪地叩拜师父，圆觉禅师、一空、鲍氏姊妹、娟娟跪地迎接活佛，"四老大人"也跪下了。圆觉禅师致歉道："给活佛叩头，弟子有罪，戏伤了师弟。"妙天广法活佛说："原本给菩提僧人一函，让他派你传我法谕，召回弟子。又担心这些弟子争强好胜的，不一定听圆觉你的话，再伤了和气，才特意赶来。识空、悟空，你们是师兄，竟带领师弟们如此胡闹，真是该罚！当前大明天下已定，如江河东流，不可阻挡。尔等却逆天妄为，搅扰朝廷平定大业，实乃罪过。要迷途知返，不可贪求无度，速与我回金刚山去。"识空、悟空、净空、虚空诺诺称是，拜别了圆觉禅师，当即收拾行囊。他们将曾家奴赏的所有金银财宝一并留下，因师父要求概不许收纳，然后跟随活佛迅速离去。圆觉禅师已完成了菩提师祖交办之事，不想再继续逗留下去，就此告别，带一空和尚返回武当山，因为急着要赶上妙天广法活佛，以便同行一段，所以走得很是匆忙。

擂台上，由于"四大天王"和圆觉禅师的倏然离去而平静下来，台下的人绝大多数不知所以然，还在抻脖儿张望。秉仁公主、鲍龙花、鲍龙卉、张玉等人乘机登上台去，向众人宣讲大义，揭露曾家奴在杖子沟设擂的阴谋，申明大明朝廷的德政。正在这时，朱亮带人赶到，将董老大人、庞老大人、丘老大人、蔡老大人及其同伙儿皆收降。当场宣示，凡曾家奴手下的人想还家的，由朝廷拨银，协助其安置田产；凡喜务农者，给予耕牛、种子及立业之资；愿意投军者，收入燕山护卫营，按其所能，量才任用。就这样，没费一刀一枪，雾灵山下杖子沟霎时间尽归朱亮管辖。

曾家奴失去了"四大天王"，没了靠山，顿时士气大衰，那真是树倒猢狲散哪！尤其是一向视为心腹的、对自己了如指掌的重要人物"鬼见愁"已归附了大明。对于曾家奴而言，损失可太大了，不仅把他惨淡经营多年的老底儿给兜了出来，还将精心组建起来的誓死卖力的"死卒"队伍全部遣散。一些顽固不降者，被孙常祥手刃示警，余众皆降服了大明，收纳至朱亮副千总的燕山护卫师。这样一来，曾家奴真是惶惶不可终日，手下人马亦无心再为复元而战。乘此良机，大病痊愈的孙常祥秘带李文忠、兰玉、傅友德等人，在喀喇沁包剿了曾家奴两大牧场，痛歼了十余万兵马，又于敖汉旗俘虏了五万多人。曾家奴见无法立足喀喇沁，只好带领剩下的五六万人马逃入大漠，往和林而去。洪武九年初，李文忠、兰玉大将率兵在喀喇沁以北的骆驼岭子一带，消灭了曾家奴的部分残敌。至此，雾灵山紊乱的社会秩序得以平定，往日的骆驼和马帮活跃起来，开始一队队地行走在长城内外，北国变样儿了。

当年春夏之交时，大明朝廷考虑原由曾家奴发起的皮板大集会早已宣传出去了，全国客商尽知、百姓皆晓，如不按期举行，不仅有失民意，对本朝也不利，于是接过手来，六月二十六，在雾灵山下杖子沟宝华山上的宝华寺前十里坪地方隆重开集。全国客商人来人往，皮张货物交易旺盛，成为明初北国的一大盛事。皮板大集会的总经略，为本朝右丞相、魏国公徐达，副经略为燕山护卫千总朱亮，总舵主为振东将军巫顺。由于准备得充分，场面之大、货物交易之多，超过了历次。如此盛况，令不少元朝后裔啧啧称赞，声言办得好，胜过大元时期。由此，大明声威大震，此习一直沿袭到明孝宗弘治中期，后因朝廷内的党争、擅权等原因，才不得不停下来，这里不去详述。

回头咱们再说李文忠、兰玉、傅友德、朱亮等将追剿曾家奴、高家奴的情况。曾家奴在明军的紧紧追赶之下，又使出了惯用伎俩，将人马分散开，遍地开花，掩藏于大漠之中，也有几十人一伙儿、百八十人一群的，边逃边躲，使林莽、沟壑、峡谷、河滩、牧场等凡能隐蔽之地，都藏有他的兵马。有些则换下元兵号坎儿，装扮成牧民、猎人，让你无法辨认。尽管明军在无水、无粮的极其困难条件下，下决心深入数百里进行追剿，然而收效甚微，有时还要腹背受敌。李文忠为此心急如焚，只得将此情书函，并速派亲兵传报给徐大将军。徐达得信儿后，生怕西征之弊重现，众将有什么闪失，急忙传令停止追剿，速返北平府。这样一来，曾家奴虽损失惨重，但总算保住了性命。因他在西部仍有不少兵马，便赶紧重整旗鼓，准备伺机而动。

徐达大将军得李文忠的传报之后，先命停止追剿，又来到燕王府，与何文辉、秉仁公主，以及陆续返回来的李文忠、兰玉、傅友德、朱亮等大将共同谋划如何对付曾家奴。在商议中，大家对这棘手之事伤透了脑筋，渐渐地失去了耐性，有的显得烦躁不安，有的甚至跺脚发脾气。本来开始进剿时挺顺利，连续推进，歼敌数万，没想到元兵退入大漠之后，给明军的追击设置了重重障碍，不少人怒骂曾家奴太狡猾。徐达也坐不住了，原想迅速平定塞北，然后围攻纳哈出，直取月牙楼，使辽东尽快归入本朝。可眼下偏偏不那么随人意，连连失利，让人既焦急又无奈。娟娟前些天的心情还挺好，认为征伐曾家奴进展得得心应手，如此下去，很快便能解决西部之元兵了。这样，徐叔叔会分给我兵马东进，神秘的月牙楼重见天日的一天就要到了，为此楼丧命的华云龙、华云海可瞑目九泉，受到极大伤害的苦僧也会感到欣慰。哪承想，现在形势却有了变化，元兵悄然消遁，一时亦不知该如何是好。

就在徐达、秉仁公主、苦僧等人无计可施之时，有探马来报，说纳哈出有变，正在紧逼辽阳。具体是怎么个情况呢？纳哈出见徐达大军直逼燕山，曾家奴节节败退，便成了惊弓之鸟，于是不像过去那样对曾家奴心存戒心了，更不想再以秉仁公主为后盾，与曾家奴抗衡了，而是变得兔死狐悲、同情起曾家奴来。他对大明朝廷反倒越发疑虑重重，甚至忌恨、警惕，所以才极力用兵辽阳，给马云、叶旺施加压力。特别是，他对娟娟等人的态度也改变了，还想像以前那样直接去金山大寨探察月牙楼，已经是绝对不可能的了。听报后，大家感到攻打了曾家奴，却难破月牙楼了，是原来没有预料到的事儿。在此形势下，众人不但关心什么时候擒拿曾家奴、高家奴，而且更关心如何才能顺利地开启月牙楼。这座楼在纳哈出丞相府的院内，正在他们鼻子底下，怎么做能避开纳哈出呢？大伙儿都在想计谋、出主意，的确是大伤脑筋哪！

放下诸将为西部、北部战事焦虑不安不讲，单说孙常祥夫妇自从到北平府以来，得到了徐达大将军、秉仁公主以及方方面面的关照。尤其是对孙常祥，丝毫没有因为获罪采取任何轻视和敌对之举，而是不计前嫌、倍加爱护，看成了朝廷的重要将领。由于华云龙为朝廷做出了贡献，献出了祖传建筑工技图绘，是位大功臣。孙常祥夫妇又是华云龙、华云海的胞妹、妹夫，且浪子回头，故而受到了格外的尊敬，视为前北平府都督金事、燕王府左相华云龙的至亲。孙常祥常对夫人说："来弟，荣耀属于你的哥哥。而我却做出了对不起朝廷、对不起两位兄长之事，何颜享此殊荣？一想起那些，就感到无地自容啊！"来弟安慰道："常祥啊，反正已经做了，再提也没用，关键是今后的路得走好。"这些天来，来弟发现孙常祥总是一个人愣神儿，不知在那儿冥思苦想些什么，问他，也不答话，让人不得其解。

一天，孙常祥跟妻子商量："来弟，我非常愧悔自己是杀害咱们哥哥的刽子手，心实难安哪！这几天琢磨个事儿，想和你说说，不知同意否?"来弟感慨地说:"常祥啊,我同你一样,也是日夜无颜苟活于世呀。赶快讲,到底是啥事儿?也可能你想的正遂我心呢!"孙常祥说:"你知道,我是最熟悉曾家奴、高家奴的人,过去始终为他们探求月牙楼之谜,曾到处巡察和奔波过。正因如此,曾家奴和纳哈出都重用我,纳哈出更是百倍地信任。为什么呢?他十分清楚,只有我能把曾家奴的所有底牌全摊开。目前,曾家奴给朝廷制造了障碍,将兵力分散,到处躲藏。不过在徐大将军、秉仁公主和苦僧等人的眼里,那必定是条断了腿的死狗,只要朝廷一用劲儿,就会将他敲掉。估计大将军他们眼下最惦念的,应是如何对付纳哈出、开启月牙楼。我想不妨以密告曾家奴把月牙楼图纸放于奈曼为由,诱使纳哈出出兵,前去奈曼取图纸。纳哈出一走,金山大寨必为空城,秉仁公主等人即可乘虚而入,巧取月牙楼。为此,我必须得去金山大寨一趟,你看这么做行不行?"边说着,边真诚地注视着妻子。

来弟闻听此言,马上警觉起来,以为丈夫又犯老毛病了,想借机逃走,便生气地说:"想得倒美呀,去纳哈出那儿,诱他出兵,谁相信哪?你的外号儿'鬼见愁''孙大脚丫子',又精又坏,为了钱到处跑,谁不知道哇?全得认为你在耍花招儿,欺骗朝廷,是想逃出去。反正肯定不会往好了想,连我都这么看,何况人家?常祥啊,常祥,你究竟怎么想的?秉仁公主对咱咋样,徐达大将军对咱又咋样,不是不明白吧?那良心让狗叼去了,咋不知悔改呢?你个黑心肠,兴许能蒙他们,可骗得了你媳妇吗?"边说边直劲儿地哭。孙常祥忙解释道:"来弟,你误会了,刚才说的不是那个意思。我是想……"没等孙常祥把话说完,来弟立马打断了他,带着哭腔儿道:"孙常祥,别人不知道,我还不知道吗?告诉你,从今以后,我走我的阳关道,你走你的独木桥,咱们井水不犯河水。我是绝不会跟你胡来的,朝天每日提心吊胆的,那日子早就过够了!从今以后,我带着孩子跟嫂子过了。你滚吧,滚得远远的,滚!"说着,一屁股坐到了炕沿边儿,身子背向了丈夫。

孙常祥一看来弟气得浑身直哆嗦,的确是错怪自己了,着急了,诚心诚意地恳求道:"来弟呀,别哭了,耐心听我把心里话唠唠好不?这次是真心想帮助秉仁公主,只身打进金山大寨,想办法破月牙楼。过去是我不好,可是经历了一桩桩、一件件的事儿,即使再混,不能总做忘恩负义、吃一百个豆儿不知豆腥味儿的人吧,怎么连自己的丈夫都不相信了?可愁死人了。我也是个七尺男儿,身上流淌的是鲜红的血,与其这样，不如让你验证一下丈夫的心。"说着，顺手拿起匕首，没等来弟上前拦呢，只听"咔嚓"一声，手起刀落，将自己的小手指剁掉了。当即鲜血淋漓，痛得满头大汗，把个来弟心疼得忙起身走过去，掏出手帕赶紧把手给包上了。来弟一看夫君决心很大，急得哭着说："你咋这么虎啊，我只是随便说说，就动起真格儿的了？"孙常祥泪流不止，难过地说："来弟，要是妻子信不过，我还有啥活头儿哇！"来弟边说："我信，我信。"边把丈夫紧紧搂在怀里，二人相抱而泣。

哭了一会儿，来弟轻轻抚摸着丈夫断指的那只手，有些为难地说："常祥，我相信你是真心实意想帮秉仁公主。可是，怎么能将此事说得清楚，让他们信着咱呢？难哪！哪怕我去帮着说，也未见能行，凭你'鬼见愁'的臭名声，谁能真正放心让你飞出巢呀？"孙常祥认真想了想，眼前突然一亮，说："对，有了，咱们全家四口人保荐，总行了吧？"来弟没明白，忙问："什么叫全家保荐？"孙常祥解释道："为了证明咱们是一片诚心，我把你和两个孩子绑上，全家一块儿去见秉仁公主和徐大将军。以你们娘儿仨的人头作保，向他们力荐由我去诱骗纳哈出，以开启月牙楼。就是说，倘若其中有假，我情愿将妻子、两个儿子交给朝廷，任其发落。他们还能不相信？如果这样都不行，我可再没辙了。"来弟听后，觉得是个好主意，马上赞同道："行，我和儿子今天豁出去了。只要朝廷能信着你，让我们娘儿仨干啥全成，情愿以性命担保，孙常祥不是要逃跑，而是要帮助大明朝廷。"来弟是个有啥说啥之人，办啥事儿向来侃快。

两口子商量完后，来弟又把丈夫的伤手重新包扎好，孙常祥将妻子和一个刚九岁、另一个还不到六岁的儿子用绳子捆绑起来。两个孩子不知咋回事儿，吓得哇哇直哭，随着父母一同来到燕王府，夫妻二人声称要叩见徐大将军和秉仁公主。门前的护卫忙进内厅禀告："孙常祥捆绑妻儿在外求见！"徐达和娟娟听后，愣了一下，你瞅瞅我，我看看你，感到很是奇怪，忙起身出得门来，将孙常祥一家四口儿迎进屋内，让座倒茶，孙常祥夫妇及两个儿子却扑通、扑通地全跪下了。娟娟走过来，关切地问道："来弟，你们这是干什么？快起来，起来，别把孩子吓着。"徐达当然也是丈二和尚摸不着头脑，不知出了啥事儿，走到孙常祥跟前，伸手搀他，可孙常祥无论如何不起来。徐达便弯下腰，先给跪在地上的来弟松了绑，又给哭着的两个孩子解开了绳子，并将六岁的那个抱了起来。来弟哭着说："大将军、秉仁公主，我和常祥真是有愧呀，没帮朝廷办一件好事儿。可朝廷仍然看重我们、照顾我们，真是无以回报。他跟我商量，想出去办件大事儿，绝不是要私逃，而是为了朝廷，恳求将军能同意。相信他吧，全家人愿以性命担保，也是我俩共同合计定下的，请答应了吧！"孙常祥涕泪交加地接着说："我前半生干了不少缺德事儿，知道自己的名声不好，这么个人谁能相信呀？来弟开始都不信，后来实在没招儿了，我才砍掉了小手指以示决心。大将军、秉仁公主，五六年来，我一直在替曾家奴、纳哈出寻找绘制月牙楼图纸的人，关内、关外地到处奔波，为此伤了不少无辜的人。曾家奴已经惨败，溃散四逃，我或许能找到他隐藏的地方，还有把握凭着这张嘴，把纳哈出从金山大寨的老窝儿诓骗出来，创造破月牙楼的机会。并已摸准，纳哈出是最多疑又贪图小利之人，给他点儿好处就能上钩。我琢磨着，曾家奴的人马已四分五裂，敖汉、奈曼一带有不少是从雾灵、喀喇沁逃过去的。不如让纳哈出随我前去收降他们，可以谎称已查到的掌握月牙楼图纸的人，眼下正在那一带，他会相信这些话的。纳哈出为了充实力量，梦寐以求地想把月牙楼图纸掐在自己手里，一听机会真的来了，肯定能带兵离开金山，跟我去奈曼。这样，你们可在'九九'重阳之前，赶到金山大寨纳哈出丞相府，秘密地开启月牙楼。等纳哈出得了些兵马、占了点儿便宜、心满意足地从奈曼回来之后，月牙楼已空空如也。到那时，即使是跳着脚骂，又有何用？一切将一去不复返。大将军，以上所讲就是孙常祥之愚见，若能准允，我将照此去办。"听得出来，他的决心很大。

说实在的，正在大家绞尽脑汁想办法、犯愁难破月牙楼的时候，能听到一条锦囊妙计，怎能不高兴呢？徐达说："常祥啊，说句掏心窝子话，我们从没把你当外人。本是个纤工，需养家糊口，为了生计办些错事儿情有可原，谁都没放在心上。再说，前一阵子追剿曾家奴时，那也是立了大功的，怎么能不信任你呢？而且始终看成云龙弟弟的妹夫、自家人。你确实是动了脑筋，想出的计谋挺好，等我同众位将军商议后再告诉你，好吗？""好，好。"孙常祥点头答应着。娟娟又安慰了夫妇俩一番，然后命人送一家四口儿回去了。

在进剿曾家奴最紧要之时，孙常祥献出了绝妙的一计，徐达同将军们商议时，皆认为此计可行。苦僧说："要我看，由于朝廷对孙常祥一家的关爱，加上徐大将军和秉仁公主无微不至地照顾，使他们深受感动。孙常祥提出的计策，不是虚情假意讨好儿，更不会有诈。根据啥说呢？就朝廷对孙常祥的态度而言，他本可以安卧家里，照拿俸禄，完全不必主动去担这个风险、吃这个苦头。但他却不顾个人的生死，非要只身入虎穴不可，还不是为了朝廷、为了赎罪吗？我们应该信任他。"众人异口同声地表示此话有理，同意苦僧的判断。于是，徐达大将军下了命令，当即分派了差事，大家马上开始准备。

按照孙常祥所说，徐达确定这次行动主要办两件事：一是要寻找曾家奴的老窝儿，捉拿曾家奴、高家奴；二是秘密潜入金山，配合孙常祥，开启月牙楼。为实施上述计划，所有人马先由孙常祥引导，路经新杖子、魏杖子、宋杖子、叶柏寿、喀喇沁，进入南部的大青山。那里森林密布，山势险峻，处处悬崖峭壁，再往前是闻名的断魂谷。孙常祥对众将说："据往昔的了解，大青山一带可能就是曾家奴、高家奴的藏身之地。曾家奴太狡猾，设有许多藏身点，甚至一天三变。凡是做过他的贴身护卫全知道，为曾家奴保驾太累了，很难跟得上。今天头晌儿住这儿，下晌儿住那儿，晚上刚躺下身来，立刻叫你起来，又换地方了。所以，他的具体藏身地点，我说不太清楚，但大的范围不会错，大约北边不出西拉木伦河、哈尔庙、白音塔拉，西边不出棒槌山，东至大青山。在方圆二百到三百里之内，仔细搜查群山阔野，肯定可以抓住'二奴'。"久经战阵的徐达大将军根据孙常祥的介绍，决定在那一带埋伏重兵，还进一步推断，包围圈儿完全可以缩小，不一定二三百里。大青山的断魂谷险象环生、易守难攻，曾家奴选此地藏身的可能性最大。他随即命李文忠、朱亮、兰玉率三十万兵马埋伏和搜查西拉木伦河及棒槌山一带，余下三十万兵马将大青山的断魂谷包围起来，层层设防，像一口大缸，专等贼头曾家奴、高家奴出来往里钻，瓮中捉鳖，一网打尽。总之，曾家奴即便再狡猾，哪怕狡兔三窟，恐怕也难摆脱从西拉木伦河至棒槌山、喀喇沁至大青山的围追堵截。

与此同时，徐达大将军还命傅友德领十万兵马为"赶杖子的"。"赶杖子"是什么活儿呀？此为狩猎者的术语，即猎人上山打猎或捕野兽、野禽，像沙半斤、野鸡了，就有"赶杖子的"。这"赶杖子的"有骑马的，有步行的，人挨人、马挨马地平行推着往前走，边走边喊边敲着棒子、梆子、锣鼓什么的，故意将野兽和飞禽惊动起来。由于人特别多，野兽没地方躲，只能往前跑。猎人们便在后面追赶，等撵到前头时，专有抓捕之人，一般情况下，很难逃得出去。由此可见，"赶杖子"就是赶着那些野兽和飞禽往口袋里钻。打仗也是一样，专派一支人马把敌人从窝儿里赶出来，待赶进埋伏圈儿后，再一举歼之。

兵贵神速，一切准备就绪，徐达传命，各路兵马务要静等号令。为什么呢？刚才说了，抓捕曾家奴、高家奴，要同破月牙楼相配合去完成。为此，孙常祥同娟娟、苦僧一起，在何文辉率兵护卫下，离开了大青山，继续东进，前往金山大寨。临走时约定，待金山之事有了头绪，这边便可迅速行动，并于"九九"重阳节前，赶到金山大寨会合。

孙常祥带着秉仁公主和苦僧穿山越涧、飞马驰奔，来到了离金山大寨二百来里的地方。娟娟让何文辉所带的兵马停下，不能再往前走了，以免人多，被纳哈出发现，令孙常祥单独去金山大寨，自己和苦僧换上了僧人打扮，向罗锅哨站赤而去。此前五日，娟娟早已让鲍龙花、鲍龙卉告别鲍戎一家，返回了辽阳。

娟娟和苦僧骑马来到罗锅哨，面见岳索图。岳将军见二人回来了，忙请进正厅上座，并派人传告帐前大将军。田田得信儿后，当即由金山大寨飞马来到了罗锅哨。田田一见到娟娟便合不拢嘴了，高兴地说："姐姐，真想你呀，要是再不回来，非到北平府找去不可！"娟娟笑着说："弟弟，不用着急，咱们在一起的日子很快就要到了。你先稳下心来，把纳哈出的动向讲一讲。"田田说："他现在可变了，自从知道曾家奴在燕山筹办皮板大集会，就跃跃欲试，想夺头功，又听说曾家奴的兵马于喀喇沁、敖汉旗等地，被徐大将军打得落花流水、丢盔解甲。这个消息对于他来说本该高兴才是，没承想反倒着起急来，替曾家奴担心。他曾跟我说过，自打扩廓帖木儿死了以后，他感到最亲近的还是曾家奴。也难怪，他们毕竟是一伙儿的呀，生怕遭到与曾家奴同样的命运。眼下他对金山大寨防范得很严，极力扩充力量，以免自己遭殃。姐姐，绝不能回金山哪，纳哈出要是知道了，肯定会杀了你！"娟娟平静地说："情况我已经知道了，用不着担心，会有办法制服他的。"接着，又向田田和岳索图说明了此次的来意。二人听后，异常振奋，总算有出头之日了，能不高兴嘛！但在谈到具体的行动步骤时，又看出田田、岳索图面有难色。娟娟明白他们的心思，自然是对能否接近纳哈出比较担忧，知道那老东西比以前更狠了，便说："岳将军、田田弟弟，不用发愁，有个秘密暂时还不能说。无论怎样，也不用管哪天怎么办，目前把咱自己的差事完成好是最重要的。'九九'重阳节那天，破月牙楼肯定能成，别的事儿有人去做。记住，对今天所说的一切必须保密，听清了吗？"岳索图和田田听后点了点头，这才有些托底了，心想："所谓的秘密，准是徐达另有安排。只要有大将军坐镇指挥，还有什么可愁的？"

四人商量的结果，一致认为接触月牙楼最方便、最近、最适宜的地点，就是金山大寨以西的馒头山，偏僻、荒凉，便于隐藏。岳索图告诉苦僧："自从那次恭格拉领兵焚烧了馒头山山洞，驱走了你，再没人去过。"苦僧说："我这回还到那儿去，住原来的山洞。别看恭格拉放火烧过，毁了不少的经文。可不管怎么烧，有些东西是烧不了的，他未必能找得到。再说，馒头山又不是一个山洞，多得是，许多东西并没放在住处，而是藏于其他山洞中了。比如，敲的磬仍在山上，可以肯定，他们永远找不到。我呢，回到老窝儿去住，秉仁公主不一定去了。咱们以罗锅哨为基地，将馒头山作为前哨，我天天给你们瞭望，'九九'重阳之前赶过来就行了。大家在那儿相会，你们看好不好？"田田、娟娟当然知道苦僧的耐力，何况又长期在馒头山生活过，对一草一木非常熟悉，便同意了。娟娟则由岳索图负责安全，住在了罗锅哨。田田为让苦僧住得舒服些，特带着府上的几个亲兵，前去帮着打扫了洞中的灰尘，搭了床铺，送去了被褥。一切安顿停当，娟娟嘱咐田田："要密切注意观察纳哈出的动向，只要他离开金山大寨一步，务必立即告知，绝不能耽搁。"田田说："请姐姐放心，此事包给弟弟了。"

说书人在这里需交代一下，秉仁公主一行来金山时，皮板大集会尚未举办。纳哈出像热锅上的蚂蚁一样，坐卧不宁、心烦意乱，天天盼着能得到曾家奴的消息。他想，皮板大集会若顺利举行，证明曾家奴没啥事儿；如果办不成了，说明曾家奴肯定出事儿了。心情很是复杂，既怕曾家奴的力量一天比一天壮大，兵强马壮，对自己不利；又怕曾家奴被徐达打败，势力受挫，对自己还是个不利。天天反复思来想去的，一个劲儿地掂量，你想他能不焦躁吗？当然吃不好也睡不香。亲信大将乌迪什早就看出了大丞相的心思，安慰道："请丞相宽心，曾家奴离我们甚远，他的成败与咱何干？走自己的路，不用管那套。"可纳哈出不这样看，说道："恰恰相反，如果曾家奴的力量强大，至少可以牵制住徐达的大部分兵马；他若有闪失，徐达必会全力出关，支援马云和叶旺围攻金山。我怎能不想呢？曾家奴同咱们应当说是密切相关呀！"纳哈出还有个想法，即一旦曾家奴受挫，被徐达打败了，其兵马必四处溃逃，得想办法将那些被打散的兵马迅速收入自己的手中，以壮大现有的力量，万万不可被明军收降，那样损失可太大了。有朝一日，要是徐达率领大军压境，我就不好办了。然而一直到现在，曾家奴那边的情况究竟如何，纳哈出并不清楚。他天天盼星星、盼月亮地盼着曾家奴的心腹能来，也好知道个底儿。

　　纳哈出最希望来的有两个人，一是高家奴。认为不管怎么说，高家奴过去是我的人，如果曾家奴真的被打败了，高家奴有可能往我这儿跑。可转念又一想，此人来的可能性或许不大。为什么呢？前书我们讲了，高家奴在去曾家奴处时，纳哈出曾将他的儿子作为人质扣在金山。没承想一年前，竟因一时疏忽让他们跑掉了，肠子都悔青了，却使高家奴抓住了把柄，并与他断绝了联系。纳哈出再一个盼的就是"鬼见愁"，觉得这个人肯定会向着自己的，因为曾以重金雇佣他，好几年加一块儿，吃的银子不算少了，应该已经被收买了。尽管尚在曾家奴那边，也是人在曹营心在汉，他暗地里为曾家奴控制着有关月牙楼的消息和线索，实际上等于是我纳哈出秘密地插了一手。再说几年来他悄悄儿给我办了不少事儿，行动十分隐蔽，曾家奴一直蒙在鼓里，根本不知道"鬼见愁"吃里爬外的勾当。此时，纳哈出急盼着能早些见到"鬼见愁"，尽快知晓曾家奴的一些情况。

　　正在纳哈出朝思暮想、翘首企盼之时，"鬼见愁"突然来到了金山。你说能不叫他喜出望外、高兴至极吗？那是热情款待、奉如贵宾呀！再加上孙常祥的嘴巴又会说，把自己是如何来的，像编故事似的讲得同真的一般，就是任何人听了，都不会引起丝毫的怀疑，让你不能不信。自从恭格拉被除掉后，纳哈出为充实自己的力量，把吊眼狼乃颜扎布等将领重新召回丞相府作为心腹。这样，他身边除了乌迪什、乃颜扎布外，还有五毒蛇乌马儿、蝎子虎仇海牙，以及佟世泰、危仁、旦巴、拜柱等人。手下的重要将领虽然很忠诚，但对外面的情况却不如"鬼见愁"了解得多，也没那么有计谋。所以，他对"鬼见愁"的到来格外重视，当晚破例设酒宴，手下众将皆到场相陪。大家见"鬼见愁"来了，知道他是最了解曾家奴底细的人，便不停地打听这个、打听那个的。孙常祥心想："越是在关键的时候越要稳当些，不能多说，言多语失。"于是，只是简单地回答众将关心的问题，并不详细、具体地讲。即使是这样，众将也很感激他，认为下的可是及时雨呀，正盼着想知道塞北情况，就把消息带来了，对金山是不小的帮助啊！为此纷纷向"鬼见愁"敬酒。

　　话要简说。酒宴结束后，纳哈出把"鬼见愁"引入丞相府的密室，关上了门。纳哈出盼了这么多天，总算把心上人盼来了，能不细唠吗？他首先要听听塞北的曾家奴与大明朝的徐达鏖战的情况，还想知道曾家奴现在究竟咋样了。孙常祥是个多机灵的人哪，又长期与纳哈出勾搭连环，对他的脾气、秉性早已摸得透透的，知道爱听什么，不爱听什么，爱吃哪一口，最忌讳的又是哪一口。而且清楚目前纳哈出的方寸已乱，坐也不是，站也不是，只想着用啥办法才能保存金山的实力，别受损失，别吃亏，别让大明朝的徐达哪一天给包剿了。孙常祥正是抓住他的这种焦躁不安、不明了塞北实情而急于想知道的心理，用了个连吓带唬加蒙的招数。虽然知道纳哈出一向争强好胜，就怕别人超过自己，但不能把对方说得太弱，或者说成是只死老虎。那他会觉得没什么争头儿了，更不怕了，便不太容易将其牵出丞相府。必须得说曾家奴只是伤了点儿元气，仍然挺厉害，是只地地道道的活老虎。只有这样，纳哈出才能感兴趣，才会想办法从曾家奴身上刮些油水来充实自己，使力量不断壮大，起码不能矮于曾家奴。

其实，孙常祥随纳哈出进入密室时，早已想好了该如何同他讲。因此，当他听到问话时，马上显露一副神神秘秘的样子，先向四周看了看，然后附在纳哈出的耳边小声儿嘀咕。事实上，屋里只有他们两个人，不用担心谁听见，完全不必如此。孙常祥的做法，就是故意要造成一种紧张的气氛，目的是在精神上给纳哈出施加压力。他说："大丞相啊，你可别受大明朝散布出来的那些流言蜚语所迷惑，说什么曾家奴平章已经被打败了。根本不是这样呀，千万不要上当啊！告诉你实话吧，曾家奴平章表面上装出一副虚弱得不堪一击的样子，那是用来麻痹徐达他们的；暗地里留了后手，早把兵力分散屯驻各地，保存了实力。他有个大兵库，云州、兴和、雾灵、喀喇沁、敖汉、奈曼等地全有屯兵，到处嚷嚷有四十万，实际上百万也不止呀！"纳哈出听"鬼见愁"云里雾里地一说，冷丁一激灵，心想："哎呀，曾家奴还有那么多兵马呀，原来可没想到哇！"

孙常祥是边说边观察着纳哈出的神色，见他现出了一脸的惊愕，遂继续说道："丞相你想，曾家奴所属大漠的牧民，不都今天是民、明天拿起刀矛便是兵吗？牧民是他的兵源，深藏于大漠之中，是没办法算出具体数字的。大丞相啊，不要犯傻呀，当今之世，有兵为王，无兵为寇哇！你的兵力不多，可别像扩廓帖木儿似的，到头来惨死衙庭，可怜他的夫人也自尽而亡。咳，说句心里话，大丞相听了别生气，没办法，心腹就得为主子着想。眼下看来，大元兵马力量最强的，还得当属曾家奴。大丞相比不了，差一大截儿呢，那才是真正的首屈一指呀！"经这么一激，纳哈出的表情有些发呆，看出心里正琢磨着什么。孙常祥见此，又添油加醋地说："曾家奴以雾灵山为诱饵，借办皮板大集会之名，同徐达开了一仗，打得的确不怎么顺利。可大丞相想过没，曾家奴能把徐达大兵引到大漠，赢则名利双收，败则仅伤一指而已，没什么了不起。而徐达劳师远征，即使是一地多卒，何伤曾家奴平章之大体？反而造成一种舆论，大元天下真正堂堂之阵、敢同大明朝抗衡的，唯有曾家奴！无形中不仅扬了他曾家奴的声威，还会让远在和林的新皇帝爱猷识理达腊满意。大丞相为什么不照此做呢？哪能只居于辽东一隅，与外面不通消息，那怎么成就大业呀？一定得跟曾家奴争个高低才行。必须要想办法，不动脑筋哪成，我替你着急呀，大丞相！"各位阿哥，你们听到了吧，孙常祥的嘴有多巧、多会说呀！

孙常祥的一番话，使纳哈出站不稳、坐不住，满屋子转来转去的，口中自言自语道："没想到哇，原来是这样。还以为自己早已声威大震，今天看来，曾家奴依然如故，比我强多了，真的不能大意呀！"转了一会儿重新坐下来，问道："'鬼见愁'，听说曾家奴并未抓到月牙楼的建筑绘图人，果真如此吗？"孙常祥说："哎呀，大丞相，又上当了不是？此话乃曾家奴有意放出来的，是专为你而造的迷魂药啊！很明显，本意在于让大丞相麻痹，不去跟他争破月牙楼之功。他要是告知已经得到了月牙楼绘图之人，你能让吗？所以便往外散风儿，说是未见其人。实际上，那个绘图的高人已掐在他手中，正藏于奈曼之地，而且是我亲手擒拿的。今天来就是要告诉大丞相，此人是华氏家族的后裔，我早早晚晚要将他交给你，请放心吧。"听到这个话，纳哈出大为感激，上前紧紧攥住"鬼见愁"的手，动情地说："好兄弟，谢谢你！"孙常祥进一步展开攻势，鼓动道："大丞相，你可不能坐视曾家奴日渐嚣张塞北，一定要想办法削弱其势。据我所知，他现在只用一部分兵力与徐达对峙于雾灵，其余的皆藏于敖汉、奈曼等地。兵将们并不是想象的那样，以为都和他一条心，不少人有自己的打算。比如奈曼部的阔可道尔曼老首领，这个人你也认识，德高望重。因为曾家奴飞扬跋扈，所以特别看不惯，早有反心，大丞相差啥不争取他呢？奈曼离金山不远，只要多去拜访，给点儿好处，完全可以拉过来，况且不止他一个。这样，你的力量不就壮大了嘛，何愁无兵？"说得像真的似的。

纳哈出一听"鬼见愁"提到了阔可道尔曼，就没信心了，唉声叹气地说："咳，你是不知道哇，说起老首领，我们之间原本有过很好的交情，是不错的朋友。可恨我那儿子都布多尔济哟，事儿都出在他身上，给老父惹出了乱子。咋回事儿呢？阔可道尔曼有个女儿，嫁给郎格泰为妻，后来让都布多尔济给夺过去了，结果被人给杀了，弄得我再无颜与老朋友相见了。当真人不说假话，都布多尔济太不争气了，也是为父的管教不严，是他坏了我的大事儿呀！"孙常祥乘机劝道："大丞相，不要紧，这事儿好办。我与阔可道尔曼的关系不一般，可以从中周旋，让他与大丞相重归于好。"纳哈出高兴地说："只要你能帮我，本丞相说话算数，今后这里必有你一半儿，咱们有难同当、有福同享、共掌金山！"听了此话，孙常祥当然不会往心里去，知道是妄说，便没接茬儿，又道："大丞相，有一个好买卖敢干不？相信你准行。咳，怕你胆儿小，算了，不说了，还是唠点儿别的吧。"孙常祥欲言又止，显然是故意卖关子，吊纳哈出的胃口。

纳哈出想知道个究竟呀，哪肯罢休？忙道："哎呀，讲有何妨，为什么吞吞吐吐的？再说了，有啥可怕的？你又不是不知道，我纳哈出怕过谁呀？端出来吧，我听听是什么好买卖，这年头儿，能赚点儿蝇头儿小利也干哪！"孙常祥说："大丞相，曾家奴、高家奴正在与徐达周旋，不少散藏各处的兵将都在注视着鏖战的输赢，然后决定自己的进退。那些人可不是傻子，不完全听曾家奴的摆布，心中各揣小九九，哪边风硬往哪边倒。何况有不少原来是从扩廓帖木儿处笼络过来的，还有一些是逃散的兵马，经封官许愿才成了曾家奴的属下，拢在一起，估计总有十余万之众。他们本来早同曾家奴不和，那些已被调去与徐达对阵的兵将，一看人家带来的像李文忠、兰玉、傅友德、冯胜、朱亮等全是赫赫有名的大将，有万夫不当之勇，肯定心有余悸。为啥呢？因很多人同这些战将打过仗，亲尝了他们的厉害。大丞相，你不是也认识并交过手吗？如此一来，曾家奴手下的将领便会暗自保存实力，不肯往前冲，尽量往后撤。这正是大好时机，大丞相可速去敖汉、奈曼，密召那些兵马归金山所有。你想，现在最为安全、平静的地方，就是辽东金山，简直如同世外桃源一般，而且肥如油，离大明朝廷远，不在徐达大军的围歼之内。真是山高皇帝远，自在又逍遥，谁不愿来呀？不如趁机去挖曾家奴的墙角儿，将与他不和之将士劝归到金山，何乐而不为呢？务要把握住老天赐给的难得机会，机不可失，时不再来，千万不能错过呀！"孙常祥真是使出了浑身解数摇唇鼓舌。

纳哈出听"鬼见愁"这么一说，兴奋得眼睛都直了，脑袋瓜儿里不停地转转，心像揣个小兔子似的蹦蹦跳，忙不迭地称赞道："'鬼见愁'，你讲得太好了，的确是一招儿好棋呀！可又觉乘人之危而谋之，不仁也。"孙常祥见火候儿差不多了，进一步煽惑道："大丞相，此言差矣。曾家奴平章所为，何尝不是乘人之危而求之？那些苦你不是也受过嘛。他已占了不少便宜，谁都知道，以前并没少挖你丞相的墙角儿哇！不用说别的，高家奴平章等人原来皆为大丞相的股肱，后来还不是让曾家奴笼络过去了，你恨不恨？兴和之将大多数是扩廓帖木儿的心腹，眼下却为曾家奴重金厚养，封官许愿，不是同样又挖了扩廓帖木儿的墙角儿吗？当时，他怎么没为扩廓帖木儿想想，而把人家的兵马完全归为己有呢？大丞相，识时务者为俊杰，天下兴亡，贵在权谋，无毒不丈夫。若一味谦让，学佛心、好心、善心，最后必受其害呀！"边说边做了个向下砍的手势。

孙常祥不愧是铁嘴，磨炼得十分油滑。那话是句句有劲儿，字字在刀刃儿上，把个纳哈出说得坐不住了。纳哈出越听越感到对极了，越想越觉得有道理，甚至认为"鬼见愁"的的确确是在替我纳哈出着想啊！他忽地站了起来，犹豫了几秒钟，然后问道："依你之见，该如何办好？"各位阿哥，咱们已经讲了孙常祥来金山之前，对于见到纳哈出后，第一步该怎么做、下一步该干啥，早与徐达及众将密议好了。就是无论如何，也要想方设法把纳哈出引出金山，离开那个自认为是固若金汤的老窝儿。为此，孙常祥与徐达商定，这段时间，敖汉、奈曼不要有明兵出现，让纳哈出在那一带招募曾家奴的兵马，给他点儿便宜占。徐达特意对担任"赶杖子的"傅友德大将交代道："一定要记住，你的兵马以敖汉为线，敖汉以东不能去，只管往西赶杖子。"傅友德完全清楚主帅的意思，当然不折不扣地按令行事。于是，孙常祥就照事先的约定，对纳哈出说："大丞相，我可是专为你的将来而来的。从长远看，现在该速率强大的兵马，由我为大丞相引路，从布尔嘎郎、海斯改往西进入敖汉、奈曼、喀喇沁一带，去收拢曾家奴的藏兵。另外，还能与奈曼的阔可道尔曼老首领见面，我会力求让你们和好的，联手合军，互为依托，共同对付大明。你在那儿能收多少兵马就收多少，尽量抢夺曾家奴的兵源。所藏之牧民若全能归入大丞相之手，便会在一日之间，变成拥兵最多的王者。到那时，马云也好，叶旺也罢，即使是徐达来了，又能怎样？至于曾家奴想与你抗衡，总得掂掂分量啊！这样一来，大丞相坐镇辽东，岂不较今日更充实、安稳，心中亦愈加有数了吗？"孙常祥的三寸不烂之舌真是了不得，话说得滴水不漏。

纳哈出被孙常祥的一番鼓动振奋起来了，庆幸天降福祉、天赐良机竟轮到了自己头上！他本是个兵家能手，左思右忖，认为按"鬼见愁"的话去做，有利而无害。要说有什么短处，那便是对不起曾家奴，分明是在做釜底抽薪之事。可退一步想，觉得"鬼见愁"讲得也对，曾家奴何尝不是能抢则抢、能刮则刮、能搜则搜呢？一直在拆别人的台嘛。再说了，我与他从来不是以朋友、君子相交，而是利益的结合。世上哪有只许你拆我的台，我就不行拆拆你的台？这个买卖，不花本钱，却能坐收渔人之利，何乐而不为呢？遂问道："'鬼见愁'，你看得去多少人合适？"孙常祥说："多多益善呀，早去早回嘛。"纳哈出认为讲得没错，趁热打铁，人多好办事儿，速去速回，理应如此。

纳哈出终归是老奸巨猾、考虑问题比较细致的人，感到这么大的举动，自己不要贸然定下，别有什么闪失，于是次晨，把心腹乌迪什、乃颜扎布、田田等人找来商量，听听他们的想法。乌迪什认为是件好事儿，但又觉得对曾家奴的打击太大了，既不仗义又不够朋友，会遭到世人唾骂的。也知道曾家奴不是什么好东西，挺着人恨的，为人最不讲究，专挖同道的墙角儿。不过想办就办了，算不了什么，是他应得的报应。乃颜扎布是位老将军，不管在谁的麾下，一向对主子忠诚，有一不说二，遇事想得多。他直言道："大丞相，不行，不能这样干，千万不要去占他的便宜。你想啊，削弱了曾家奴的力量，不就等于在削弱自己吗？显然不妥。目前，大元的兵马只能相互支持，唯如此方可共存。若图一时之利，必然遭害，将会后悔莫及的！"纳哈出听后，心中很是不快。为什么呢？他可是一宿没睡呀，翻来覆去地琢磨到天亮，最后认定此举可行。而乃颜扎布却唱反调儿，左一个不行、右一个不妥的，好像啥都能似的，你说纳哈出那么自信的人听了能高兴吗？田田心里明白呀，当然同意父王动手，表示该办，没说的。其他众将如拜柱、佟世泰、乌马儿等见丞相去意已决，亦一致赞同帐前大将军田田多尔济的意见，并说曾家奴总自以为大、目空一切，不必怜悯，收纳他的人马，既是为金山谋福，也是为大元着想，大丞相的力量越强，元朝未来的希望越大。他们不仅同意，还讲了不少歌功颂德的话，异口同声地给以支持。尽管乃颜扎布反对，却无济于事，纳哈出仍决定派兵前往奈曼一带，收拢曾家奴的兵马。孙常祥乘机提出了建议，说是曾家奴要在"九九"重阳节那天设酒宴，招待从各地赶来的将士，以鼓舞士气。如此看来，"九九"之前，是动身前往的最好时机。因为他们正忙于酒宴的准备，无暇顾及其他，我们的行动不易被注意和察觉。飞马而去，用不了多长时间，一天一宿足够了。一到那儿，马上下手抢人，速战速决，然后尽快返回金山大寨。

纳哈出按照"鬼见愁"的建议，决定在"九九"重阳之前发兵远征。这个时候，他主要是考虑两件事：一是带谁前往，二是留谁看守金山大寨丞相府。诸位阿哥，纳哈出并非无能小辈，那是名副其实的身经百战的统帅。无论做什么事儿，不是头脑一发热，就啥都不顾了，或者什么也不想了。恰恰相反，往往想得很细致，究竟是应进几步，还是需退几步，皆有全盘的考虑。你想，这么大的行动，哪能不瞻前顾后、不对重要的基地金山大寨之防范做周到、严密的部署呢？他怕呀，怕前脚儿走，后脚儿让人端了老窝儿啊！他琢磨来琢磨去，权衡利弊，决定由帐前主帅田田大将军坐镇金山大寨，小儿子扎浑多尔济负责前方与后方的沟通。具体就是从金山直至前线，临时建立一些驿站，用三千兵卒飞马传递消息。传什么消息呢？即随时向在前方的纳哈出通报大寨的情况，使出门在外的他能及时掌握家中的动向。扎浑多尔济善于管联络之事，因此才让他每五十里建一站，往返于金山大寨和西征兵马百里之间，每天不间断地通报信息，这是纳哈出下的第一道命令。

第二道命令：乃颜扎布留下，亲率两千人马，在罗锅哨以南、距金山的二百里处设防，以抵御辽阳马云、叶旺的突然偷袭，此为第一道防线；一百里之内，由岳索图率兵两千，保护金山大寨的安全，此为第二道防线。

第三道命令：乃颜扎布另选手下精兵一千，由身边亲信参将率领，与田田、扎浑多尔济合兵守卫丞相府。你看纳哈出多么狡诈，显然对帐前主帅不放心，不那么信任。田田听完前两道命令时，还挺高兴的。一看家里人空了，一切皆由自己来管，什么事儿都好办了，后来听到第三道命令，心里咯噔一下，父王如此做，不是用乃颜扎布的一千人马看着我吗？这样的话，娟娟姐姐可怎么刺探月牙楼啊？

纳哈出自认为已把后方部署得没有一点儿漏洞了，这才下令：本人任统帅；"鬼见愁"为军师，做向导和参谋军事；乌迪什任副帅；拜柱和乌马儿各带两千人马分两路西进。九月初七，纳哈出集合了出征的队伍，出发前，向士卒们训话道："这次前往奈曼，主要是掠人抢财。将以掳来兵马的额数多寡赏诸位，额数越多，犒赏越重。本帅鼓励将士们奋勇争先，不当孬种，多多收拢曾家奴的兵马。对不同意归附者，就地砍杀，绝不姑息！"然后命大队人马夜离金山，飞骑出寨，从小道儿西进，驰奔大青山。

各位阿哥，世人后来传讲，纳哈出发兵去抢曾家奴的人马，纯粹由于鬼迷心窍、利令智昏所致，是在"鬼见愁"的鼓噪和诱惑之下，彻底蒙圈了，乃完全丧失理智的一种表现。没有仔细想一想，"鬼见愁"为什么会来帮你抢财宝、抢人？抢得对不对？能去自食骨肉，或许就是天意，表明大元气数已尽，连他自己也没几年蹦跶头儿了。纳哈出可能从未思谋过，离开了丞相府，把大权交给田田大将军，实际上等于拱手让给了大明朝。事实正是如此，纳哈出率军刚离开丞相府，田田便排兵布阵、严加防守，然后，与岳索图很快赶到罗锅哨，将纳哈出离金山的消息报给了娟娟。娟娟又同他俩一起匆忙去了苦僧所在的馒头山，四人共同商议了下一步的行动。娟娟知晓了纳哈出派定看守丞相府的人，不仅有田田、岳索图，还有乃颜扎布。乃颜扎布本人虽然带两千兵马镇守在二百里以外的南线，不在丞相府，但其亲信却率领一千兵马留驻府内。根据这个情况，娟娟说："金山大寨丞相府有乃颜扎布的兵，则等于钉上了眼中钉，给我们夜探月牙楼造成了极大的不便。可知那驻守府内的亲信是何人，能否做做他的工作？"岳索图回道："我已问清楚了，率领乃颜扎布一千人马守卫丞相府的参将，是其大女婿董塞帖木儿。此人狡猾得很，正面做工作肯定不行，必须得想办法将他支开。"田田说："很好办，父王临走时讲了，让我镇守丞相府。况且又是大帐的总参军，说话算数，有权调动兵力。一个小小的参将，当然应该听上司的，还能说出什么来？只让他负责丞相府四周的安全，把一千兵马都部署在丞相府之外，任何人不得进来。这样，咱们便可以放心地在相府中动手了。等父王回来后，爱咋说就咋说，我已经做了，他能怎么着？不碍事儿。"娟娟和岳索图一听，觉得可行，于是便定了。为了尽快行动，免得夜长梦多，四人做了分工。娟娟考虑苦僧身体不好，请他坐镇馒头山，在外瞭望，观察动静。倘若有事，从山上击磬为号，即随着风声儿，击打磬所发出的声音可传到金山大寨，借以报信儿。为避耳目，娟娟化装成田田身旁的护卫，同弟弟一起去大丞相府，准备进月牙楼探宝。岳索图随后以禀事为由进入府内，负责防卫。分工完毕，四人立即行动，娟娟和田田直奔丞相府。

姐弟二人到达丞相府时，乃颜扎布的大姑爷董塞帖木儿带来的一千人，已守候在府外。董塞帖木儿见田田大将军来了，立刻叩拜："末将奉命至此！"田田命令："由你负责相府周边的安全，所有兵马不得擅自离开一步，不准外人出入丞相府，违者斩！"话说得极为严厉。董塞帖木儿听后，跪拜道："得令！"当即传令把整个丞相府包围起来。田田则带着自己的人马、亲随，当然娟娟也在其中，进入了丞相府。不一会儿，岳索图带着护卫来了，董塞帖木儿上前参拜。岳索图还礼道："董参将，忙你的。我受田田总参军之命，来府议事。"说完，大摇大摆地进了院儿。岳索图前来很正常，罗锅哨的达鲁不花嘛，谁也挑不出毛病、找不出过错。因此，董塞帖木儿见到岳索图，当然没什么想法，更不会有啥防备。

单讲丞相府大院儿内布下的所有岗哨，皆为田田府中之人。有些不太可靠的，或者容易寻衅闹事的，早已被田田下边的人替换了。通往月牙楼交通要道上的岗哨，那是精心挑选过的，其他人根本靠不了边儿。田田把一切安置就绪后，见岳索图已经来了，相互点了点头，便同姐姐一块儿向月牙楼而去。此时的娟娟，早不是以前的那个活泼、好动，对一切都感到新奇的小姑娘了，而是位显得更加成熟、沉静、有智慧的女杰了。她仰望着月牙楼，心中百感交集。几个月来，为它所思，为它所想，为它费尽了心机。今日，终于要开启了，既感到亲切、激动，又是那样的渴盼和急切。前一阵子，在华云龙的指导下，她熟悉了月牙楼建筑的楼基及一砖一瓦、一木一石，包括各个木钉儿，甚至每扇窗户、每层的构建、图纸的每条线全在心中，脑子里刻有一张异常清晰的图像，犹如自己亲自构建的一般。她永远不会忘记，为开启月牙楼，华叔叔用了多少心思呀，还把如何应对此楼每层所设的暗道机关编成了"月牙楼诀"。华叔叔一再叮嘱"月牙楼诀"非常重要，一定要记住、背熟，只有按歌诀一字不错地去做，才能安全地进入月牙楼，进而探明之。否则，即便是记错一个字儿，不要说进不了楼，恐怕连命也没了。她遵照华叔叔的遗训，早将歌诀默记于心，并暗暗向华云龙表示："叔叔，您的歌诀娟娟没忘，今天终于要探月牙楼了，请在天之灵庇佑我们吧！"朱伯西不妨再给各位阿哥把"月牙楼诀"重背一遍：

> 一平二错三点步，
> 四左五右六收腹，
> 七伏八仰毒焰箭，
> 九九佛宝任君拂。

娟娟站在月牙楼下，第一次近距离地审视它，想着华叔叔讲的每句话，默念着为此编成的"月牙楼诀"。今天要与娟娟一块儿开启月牙楼的，只有她的弟弟。为了让田田能同自己顺利入楼寻母，娟娟早已做了准备，教他背熟了"月牙楼诀"。各位阿哥，这里要向大家说一下，娟娟为什么只选弟弟一人陪同呢？她想，进入此楼，虽有华叔叔编好的"月牙楼诀"，但仍然很危险。不用说秘诀是否有什么漏洞，哪怕到里边走错一步，便会毙命啊！必须得提着脑袋去干的差事怎能让别人去？不能对不起人家，只有自家人承担才是。再说母亲或许在楼里，如果还活着，姐弟二人正好可一同拜见生母。所以，娟娟没带其他人。他们姐儿俩在楼前反复地做了一番演练，复述了"月牙楼诀"，设想了一些可能出现的难题，并且还要抓紧时间进楼，不能拖拉，事儿要办得利落。因他们知道，董塞帖木儿就在外面，一旦被发现了，进楼不成是小事儿，将惹出更大的乱子。于是，二人相跟着迅速进入了楼内，打响了月牙楼寻宝之役。

这一天，正是洪武九年九月初九，娟娟和田田亲探月牙楼。岳索图带护兵在楼外守卫，离楼稍远一些的地方，则由田田的心腹之人放哨巡逻。现在，咱们单讲姐弟二人进入楼中的情况。他们先是按照"月牙楼诀"所讲，进入了月牙楼的第一层。一楼其实没有铁锁，只有木插棍儿，很容易打开。只是因为传讲有暗道机关，所以任何人不敢轻易往里闯。再说了，如不掌握图纸，谁愿冒那个险呀？纳哈出以前曾命兵勇试探过几次，结果遭到不幸，以后便不敢再让人去了。娟娟与田田仗剑在一层中巡察，到处阴森森的，潮气扑脸，令人颤抖。因多少年没人进过了，故而蜘蛛网遍布，灰尘很厚。四周有小窗，里边不算暗，确有地牢，上有板盖儿。把盖儿搁开一看，见下面是条深深的地道。二人顺着梯子刚下到里面，立刻感到浑身发冷，寒气袭人。沿地道往前走没多远，见有一小门儿，没上锁。推开门再看，地面铺有木板，木板上平放着三具尸骸，一具个子高些，另两具个头儿矮些。由于年深日久，尸体早已腐烂，只剩骨头架子了，所穿的衣服成了灰，浮在尸骸上，一经有人走动，立即飘散了，露出了白骨。很显然，三具尸骨都是被纳哈出强行捆绑关押在里面的人的遗骸。

姐弟俩寻母心切，见了白骨，首先想到，这里会有母亲吗？即使真的被关在楼中，也是必死无疑了。此刻，二人的心怦怦直跳，眼泪夺眶而出。再一看，每具尸骨的前头都有一个小木牌儿，牌儿上写有名讳，其中两具分别写着乌曼、塔拉格。娟娟和田田知道，这两个人均是纳哈出从草原娶来的夫人。前书咱们讲过，是都布多尔济替他父亲迎娶的，中间还发生了些故事。后来，乌曼和塔拉格在纳哈出身边失宠，才被关押到了月牙楼中，眼下已化为骨骸躺在地上。另一具个子大的，仔细看时，不禁使娟娟和田田大吃一惊，原来木牌儿上写着华云海的名字，而且旁边还标着此为筑楼人。二人很是奇怪，怎么可能呢？本来是我们救了他，病逝后，许多人还参加了安葬仪式。可楼里又出了个华云海，不纯粹是胡扯嘛！娟娟想明白了，准是曾家奴怕有人去找筑楼人，了解进入月牙楼的秘密，特意制造的假象。目的是给人一种错觉，即造楼者已经死在楼内，不必在外面继续寻了。因为他清楚，别人无法打开月牙楼，想进来的人逐渐也就打消了破楼的念头。这样，他便可以以假乱真、混淆视听，将来独霸此楼。木牌儿上标的自然是个借用的名字，不知殉死在楼中之人是哪位可怜的兵卒，做了华云海的替身，遭此厄运。娟娟和田田又搜寻了地牢内所有的旮旯儿、犄角儿，再没找着第四具尸骨，确信楼里地牢内正如纳哈出所言，没有别的人了。可以断定，生母不在月牙楼中，说明所讲的楚绣绣疯后走失、不知去向之言是准确的。娟娟和田田心中稍安了一些，既然母亲没有被害在月牙楼中，那就有一线希望，可能还活着！

娟娟和田田查遍第一层后，又谨慎地按照"月牙楼诀"顺利地将二层、三层，直到第九层的机关暗道都打开了。二层以上的门上仍没有锁，全是以机关控制着。有的是用箭头儿一按，木销"吱扭"一响，铁门才开；有的则用宝剑点两下门之后，只听像闸门似的"哗啦"一声，当即就开了。他们如此这般地连续将各层的门打开，然后仔细地搜寻，一直登上了第九层。进了门，发现有一金匣儿摆在书案之上，旁边放着不少漆盒子什么的。将金匣子打开，见内装一个雕刻着盘龙的大印，不用问，此乃大元皇帝的玉玺。旁边的一些漆盒子中，有的装着珍珠玛瑙，有的装着皇帝的御书和封赐用的册文，有的则装有元朝皇帝家族祖先的影像。时间紧，不容细看，娟娟让田田将所有的东西全部装入囊袋背出去。装好后，二人匆匆下楼，边走边将各层的门恢复了原样儿。当来到第一层时，就听楼外好像有吵架声，原来是岳索图在大声喊叫，可能是故意让田田和娟娟听到："董塞，你好大的胆儿，到院子里来闲逛啥？还不快回到府外，领你的兵卒按密令镇守。要是出了事儿，必严惩不贷，我看你长几个脑袋！"董塞帖木儿回了几句，不一会儿，便没声儿了。姐弟俩向门外看了看，左右无人，于是悄悄地快速出了楼。岳索图见他俩安全地出来了，十分高兴，笑着说："方才不知轻重的董塞帖木儿进来了，让我给轰走了。"田田将背囊交给岳索图，嘱咐道："务将这个拿好，马上离开丞相府。"随后让两个护卫牵过马来，装出一副巡查岗哨的样子，向府门走去。田田到了门外，叫过董塞帖木儿，命令道："董塞帖木儿，快带上人，跟我去南山巡逻。"董塞帖木儿听命，忙令身边几个随从翻身上马，一同往南山去了。

再说岳索图早把那大囊袋背在背上，利用此机会，护送着娟娟出了相府，丝毫没有引起兵丁的注意。二人先赶到馒头山，找到了正在树上瞭望的苦僧。娟娟激动地告知，月牙楼寻宝已顺利完成，赶紧收拾一下，马上离开。苦僧高兴得热泪盈眶，心想："对嘛，是不能就这么走，咱不能在馒头山留下痕迹呀！"随即动手把住的洞穴恢复成原来破破烂烂的样子，没忘了把田田送来的铺盖也一并卷了起来，又将山洞里藏的佛经和用的神器，包括木鱼等，装进一个背包里背好。说实在的，他对馒头山是很有感情的，知道从此将永远离开这里，因此临走时，一步一回头地向馒头山又是合揖又是祝祷的，之后随娟娟、岳索图一起去了罗锅哨。

天明了，娟娟与苦僧正在焦急等待之时，田田才匆忙赶到了罗锅哨。为啥比原来约定的时间晚了呢？原来他又对丞相府的上下人等做了一番交代，让董塞帖木儿在府外忙乎着，以便将来向他的岳父乃颜扎布好好儿说一下田田大将军是怎样认真督导守卫之事的，使其不产生怀疑。就为这个，才耽搁了一会儿。田田到后一看，见娟娟姐姐已做好了离开的准备，很快要起行了，着急了，忙道："姐姐，我说什么也不在这儿待了，定要与你同行。你到哪儿，我跟到哪儿；你受什么苦，我愿跟着受什么苦，必须带我走。"田田的话让娟娟特别感动，心里挺难受的，含泪安慰道："好弟弟，不要着急，日后还有更重要的差事需要你完成。金山的事儿，全交给你与岳将军去办了，眼下怎么能离得开呢？听姐姐的话，不许耍孩子脾气，到时候我会捎信儿给你的。"一听姐姐这么讲，田田还能说什么？只好答应下来。娟娟带上从月牙楼取出的大元御宝，由苦僧陪同，与田田、岳索图依依不舍地话别后，翻身上马，重返北平府。

娟娟和苦僧一路如箭出，疾速回到北平府，拜见了徐大将军。徐达见娟娟平安归来，非常高兴，一直悬着的心总算落了地。又过了几天，孙常祥也顺利回返，徐达与众将为三人摆宴接风，祝贺他们马到成功。宴后，由徐达亲自率一行武士将大元朝的玉玺及所有月牙楼中的各种宝器一并送往京师。朱元璋看后，龙心大悦，称赞秉仁公主等人的莫大功劳!

在派人完成了月牙楼取宝、引纳哈出上钩儿的差事后，徐达速命李文忠、兰玉、傅友德等部同时行动，围歼曾家奴，继而擒拿之。娟娟、苦僧、孙常祥知道大仗开始了，执意要出征，徐达无奈，只好准允。三人受命，急奔大青山而去。

娟娟、苦僧、孙常祥与朱亮所带的兵将一路催马疾驶，很快进入了大青山，直抵重峦叠嶂、古树参天的曾家奴隐蔽之地——断魂谷。这里真是别有洞天哪，数丈高的古松遮天蔽日，一望无边的密林雾霭缭绕，给人一种神秘莫测之感。因林深幽暗，不熟悉路径的只要走进去，就不容易辨出方向而迷失在里面，很少有人能出得来，大多会饿死、困死。因此，人称此处为断魂谷。眼下已有十几万人马涌入林海中，像块铁板一样，一个挨一个，逐渐收缩包围圈，怎能不围得水泄不通？那是插翅难飞呀！

咱先放下朱亮所带大军在断魂谷静待"二奴"不讲，再说自"四大天王"被妙天广法活佛带离杖子沟后，曾家奴和高家奴便失去了左膀右臂，深感孤立无援。不用说皮板大集会办不成了，甚至在杖子沟一带连个站脚的地方都没有了，正是福无双至、祸不单行。接着，他们又得知誓死效力的死卒队伍被"鬼见愁"解散了，还有几路兵马让徐达、李文忠、兰玉收降了。在这种情况下，"二奴"感到已无路可走，只能选择逃跑，正准备下令时，忽有探马来报："平章大人，大事不好！秘密潜伏在奈曼一带的十几万牧民和兵卒，受到从东面杀来的纳哈出率领的几万大军抢掠，有些已被连人带马拉到金山大寨去了！"二人一听，吓坏了，这前有明兵，后有纳哈出，可是雪上加霜呀！心想："纳哈出啊，纳哈出，你不是落井下石嘛，怎么糊涂到里外不分，竟帮起明将徐达来了？"气得跺脚大骂不止。

曾家奴与高家奴一合计，觉得形势实在是不妙哇！如果逃向大漠，西拉木伦河必遭徐达大军堵截，因为在他们看来，蒙古骑兵肯定进入大草原。对了，此次不妨来个反其道而行之，咱们秘密逃入大青山，专往山林里钻。定下后，遂命大队人马往北进大漠。曾家奴、高家奴二人则避其锋芒，轻车简从，只带少数护卫向东南奔大青山的断魂谷而逃。他们耍了个花招儿，没与大军一起走，目的是躲过明兵的追击。以为如果被徐达发现了，自然得去撵往北边行进的人马，绝不会想到他俩已去了大青山。再说了，即使知道在断魂谷，由于所带人少，断魂谷山高林密，在哪儿都能藏得住。而徐达的十几万人马不便进入林中，来了也不易找到。曾家奴一路上很高兴，对高家奴说："咱们的招儿对呀，躲进断魂谷后，好好儿歇息一下，再找机会杀出重围。日后运气好了，重整旗鼓，首先要给纳哈出那个贼子点儿厉害，以报背后捅刀之恨！"他是轻松而又洋洋自得地往密林里走着，觉得断魂谷太安全了，除了百鸟的叫声，就是风吹绿叶的沙沙声，根本不可能有战马的嘶鸣声。他心想："总算躲过了明军的追赶，进入了安全地带，这才是留得青山在，不怕没柴烧哪！将来一有机会，便可随时聚拢人马，卷土重来。"他听那百鸟的鸣唱，不但悦耳好听，而且像是为自己庆幸、祝福呢！

就在这时，断魂谷中突然号炮连天、伏兵四起，李文忠、兰玉、傅友德、朱亮率兵从几个山口儿杀出。曾家奴与高家奴一看，完了，没想到竟主动钻到人家早已预备好的口袋里啦！只听密林四处都在高喊："曾家奴、高家奴，明军到了，快快下马受降！否则，死路一条！"他俩才不听那套呢，立即打马不顾一切地往断魂谷深处奔逃，边跑边想："就往林子里进，他们肯定追不上，再说深处不可能有明兵。"二人来到一个悬崖峭壁之下，此处一片宁静，只见古树参天，看不到林外的一切，也听不到明兵的喊叫声，以为侥幸躲过劫难了。恰在悬着的心刚刚落地的一刹那，只听悬崖上一声断喝："秉仁公主在此！曾家奴、高家奴，你们恶贯满盈，快快下马投降，断魂谷就是自掘的坟墓！"二人全吓傻了，秉仁公主可厉害呀，又是死对头，知道这下算玩儿完了，死到临头了。正在二人惶然不知所措之时，娟娟手仗阴宗双鹤剑，苦僧举着大铁杖，冲着二骑从高崖上跳将下来。娟娟不偏不倚，落到了曾家奴的马上，手起剑落，鲜血四溅，曾家奴的头颅像球儿一样掉了下来，滚进了山沟儿，身子扑腾一声倒下了。苦僧更不用说，稳稳当当地落在了高家奴的坐骑上，突然有人砸在了身上，马一疼惊跳起来，高家奴吓得当即摔于马下。苦僧将大铁杖一抡，砸在他的头上，只听"扑哧"一声，随即脑浆横飞，小命彻底交代了。

可怜曾家奴威风一时，在大元朝末年战功显赫，与扩廓帖木儿、纳哈出并称"三雄"。扩廓帖木儿一年前死于病中。而今天，争功急切、不可一世的曾家奴竟也走投无路，于断魂谷悬崖下，带着无限的遗恨魂归西天了。高家奴这个可耻的叛明之徒，终于受到了应有的惩罚，死于非命。徐达的十几万大军在森林中奏响了胜利的凯歌，曾家奴的残部人马全被收降,塞北之地从此归入了大明版图。

再说纳哈出掠到曾家奴的部分牧民和兵卒后,美滋滋地凯旋了。回到金山不久,就听探马急报,说曾家奴、高家奴被徐达大军斩于断魂谷,塞北之地已让大明所占。这一报,令纳哈出吃惊不小,恍然悟到自己所为岂不是帮了徐达的大忙? 等于从背后亲手杀死了曾家奴和高家奴,从此将真的是孤掌难鸣、孤军作战了,"二奴"的遭遇很可能要轮到自己了! 他这才知道上了该死的"鬼见愁"的当,气得捶胸顿足地大骂其背信弃义,但转念一想,不管怎么说,此次出征是对的,捞到了不少兵马。倘若不去,曾家奴、高家奴的那些人不得为徐达所获吗? 现在落到我手,总还是元朝的力量,对今后反明抗明有利嘛! 他又想到,如今月牙楼可再没有第二个人争了。扩廓帖木儿没了,曾家奴也死了,远在和林的那个小皇帝不会来,楼里的大元皇帝玉玺终于是我的了。看来真是老天有眼哪,相中本帅了,承继元祚之人唯我纳哈出也! 他一时越想越美、越想越急,哪里会想到月牙楼已是一座空楼啦! 他命人迅速备办乌牛、白马、白羊百只,择吉日祭天,答谢上苍和祖灵,庇佑大丞相开拓元朝江山的实业。

不说纳哈出正做着黄粱美梦,单说娟娟自从返回燕王府,便暂住在府内。苦僧本也住在这里,前些日子去了趟武当山,看望了师祖,回来后,执意要回辽东,并告诉娟娟:"我是辽东人,应落叶归根,回到故乡去。又特别喜欢东海的风光,那可是一方净土啊! 早想就地选址建庙,做个东海僧人。在云游辽东时,还可帮助你寻找生母,一旦有什么信息,会想法儿告诉你的。如有什么事儿需要我做,也请告之,咱们不要断了联系。"娟娟依依不舍地说:"苦僧哥哥,有朝一日,我会去东海的。自从结识了萨勒奴妈妈以后,很是想念他们,一直心恋东海呀!"二人含泪而别。

苦僧走了以后,娟娟颇感寂寞,饭也吃不下,觉也睡不好,忧心忡忡的,终日在燕王府里为祈念生母诵经。徐达大将军看她这个样子,很是心疼,为能多少给以一些宽慰,便带她去看望鲍戎一家。鲍戎同岳母、妻子住在燕王府院外,环境挺舒适,可不是原来在通州时那样破破烂烂的小土房了。鲍戎的姑姑来弟同丈夫孙常祥带着两个孩子,由于朝廷赐银所盖的馆舍尚未建完,也一同暂住在鲍戎家。鲍戎在燕王府为官,天天闲不着,忙忙碌碌的。孙常祥此次在消灭曾家奴之战中立了大功,经徐达申报，得赏银千两，并被任命为参将之职，全家八口儿过得十分开心。来弟见徐大将军、秉仁公主来访，脸上堆满了笑容，上前拉着娟娟的手，说："我们全家能有今天，太感激朝廷了，更该谢谢大将军和秉仁公主啊！说实在的，自打常祥归附了朝廷，人可真变了，大伙儿早已忘记他是原先的'鬼见愁'了。你们来了，我真是高兴啊，说什么也不能走，咱们摆桌酒席，一起快快乐乐地好好儿聚一聚。"二人推辞不过，只好答应。于是，孙常祥、鲍戎又将燕王府左相何文辉、张玉将军、朱亮千总等人逐一请来赴宴。因此时李文忠、兰玉、傅友德调赴云南讨逆，所以未能前来，鲍戎一家甚觉遗憾。然而，能有机会与徐达、秉仁公主、何文辉、张玉、朱亮等大明的赫赫有名之人一块儿畅饮，仍感格外高兴。

真是浪子回头金不换哪！由于孙常祥聪明、机智、肯干，又通晓蒙语及民情习俗，徐达对他特别重用，常派去只身深入大漠，刺探土喇河一带蒙古的情况，屡建奇功，后来官升至平虏佥事之职。洪武十四年，孙常祥不幸被元嗣帝爱猷识理达腊杀害于和林，留尸大漠。徐达闻知，悲痛不已，这是后话。

话说京师传来怪闻，令徐达吃惊不小，忙将此事告知秉仁公主："据传，胡惟庸从东海裸裸国捕来了一些野人，个个全身是毛，咿呀怪哼，不知所言之意。一次，胡惟庸请皇后去看，野人怒扯之。皇后故而惊悸成疾，宫内人慌乱不已。听说胡惟庸已命护兵将野人囚于铁笼，于骄阳下暴晒，供宫中人戏赏。"娟娟边听，边自言自语道："宫内竟有这等事？"徐达又言："马皇后被吓出病来已有月余，服了不少药，总算治疗得差不多了。近日闻听秉仁公主为寻母十分忧伤，很是挂念，特下懿旨召你进宫。"娟娟忙先叩拜接了懿旨，然后对徐达说："叔叔，什么野人呀，那是东海女真人！您知道的，他们坦诚、正直、好义，帮了咱们不少忙。我们曾见过的萨勒奴妈妈，就是位令人尊敬的东海女真人的女罕。将他们弄进京师、囚禁笼中让人观赏，不纯粹是欺侮人、耍戏人嘛！大元时代，从不把东海女真人当人看，难道大明朝也要重蹈覆辙吗？叔叔，必须奏报圣上，应以礼敬人，勿污蔑所谓的野人。人各有各的生路，人家好生生地在东海生活着，为何非要擒拿到京师，当野牲、野禽供人玩耍呢？我即使没接皇后懿旨，为了此事，也要进京面君，找皇娘去救女真兄弟！"说着，气得眼泪都流出来了。

娟娟在与田田弟弟一起探月牙楼时，心中充满了希望。期盼能在月牙楼中见到生母，那会是平生最快慰的事，不仅不负自己多少个日日夜夜地苦思、苦寻，还可陪生母回原籍，照顾在侧，尽女儿的孝道。结果却一无所获，仍不知母亲流落何方，那颗悬着的心始终平静不下来。自探楼归来的这些日子里，娟娟天天是在凄苦中度过的，感到无限的孤独和忧伤。在情绪低落的情况下，尤其觉得十分无助，更加思念亲人。娟娟心中视为亲人的，一个是北平府的徐达叔叔，还有至今仍留在金山大寨的、到辽东后碰巧遇到的同胞弟弟田田，再有就是远在浙江青田的刘琏、刘璟哥哥了。除此，对马皇后亦是由衷的亲近，不但是养母安夫人的故友，而且认识生身母亲楚绣绣，她们相处得如同亲姐妹一般。娟娟认为，自己能有今天，那是马皇后帮着争来的名分，不由得心存感激，时时想念皇娘。此刻接到皇后的懿旨，召之进宫，当然倍感亲切，非常高兴，郁闷的心情顿时有所缓解。特别是听说马皇后让胡惟庸弄来的野人吓病了，甚为挂念，恨不能立即回到皇娘身边，加意守护照料。于是，她拜辞了徐叔叔，乘车轿急返南京。

娟娟到了京师，便进后宫探视马皇后，叩头问安，知皇娘已病愈，才觉坦然。马皇后见秉仁公主回来了，眼睛笑成了一道缝儿，上上下下打量着。见娟娟的个头儿越长越高，举止、神态完全是位成人了，而且美貌端庄，不过比上一次回来稍显瘦了些，脸色有点儿憔悴。知道是由于日夜思虑生母，加上探访月牙楼、征战曾家奴、军务担子沉重所致。她心想："别看是个小丫头，可是一员万马丛中的上将、徐达大将军最得意的左膀右臂呀！"马皇后一边双眼盯着看，一边命人赶紧禀报皇上，说秉仁公主回来了，请皇上到后宫来。

不一会儿，朱元璋驾临马皇后的寝宫，娟娟按君臣之礼叩拜皇上，朱元璋忙让快快起来。马皇后上前一把将娟娟搂在怀里，动情地说："我的宝贝姑娘，皇娘和陛下都很想你呀！此去为朝廷出了大力了，听说以后，那就是高兴啊！你称得上是文韬武略盖世，没有辜负刘伯温老军师的苦心栽培，干得好，是一个儿！一开始，封你为东征武威安抚使时，皇娘还担心怕把公主压趴下呢。如今看来，实在是多余，好样儿的，名副其实！"说完，开心地笑了起来。朱元璋也乐了，接茬儿道："皇娘说得对呀，娟娟，你们是如何在雾灵山说服'四大天王'离开曾家奴、高家奴，使其成了光杆儿司令，不得已逃进断魂谷的？又是怎样争取了'鬼见愁'反元降明，从金山大寨诓出老奸巨猾的纳哈出，顺顺当当登上了月牙楼，将元嗣帝爱猷识理达腊和元将们都在争夺的传国玉玺以及元帝的御影、宝物平安送回京师的？这一宗宗、一件件朕全想听，快给朕一一道来。"

娟娟听命，将前前后后的事儿怎么办的做了简略的禀报。朱元璋是边听边啧啧称赞，之后说道："娟娟哪，朕感谢你、钦佩你。将来有机会再多讲讲，朕爱听，也让皇子和诸王来听一听，长长见识。你的年龄虽不大，但声名和功劳却不在本朝众位大将军之下。好哇，有出息！"朱元璋越来越感到秉仁公主的名号赐得对、赐得好，真是给他增光啦！

秉仁公主来京，给宫中带来了一片欢乐。太子朱标与妃子吕氏前来看望，还把已能满地跑的二儿子允炆带来了，屋子里顿时充满了生气。允炆长得又白又胖，很是招人喜欢，可却长了对儿八字眉、八字眼。娟娟自幼在刘伯温身旁，又久随明月长老，便有了些判相之能。见了允炆后，她心中不禁一震，此儿"众"字脸，元阳外溢，气不藏神，必有大悲。只是略一思索，小允炆早张着两只小手跑过来了，一头扑到娟娟怀里，让她抱。孩子仰着小脸儿瞅着秉仁公主，那么亲昵，好像早就认识、特别熟似的。娟娟低下身，把孩子抱了起来，亲了亲。允炆捧着秉仁公主的脸笑着、嚷着，搂着脖子不松手，谁让放开都不听。最终还是吕氏过来，才把孩子连哄带劝地抱过去了，边抱边高兴地说："允炆哪，别缠姑姑了。快快长，长大了，好让这位有能耐的大姑姑帮你！"小允炆似懂非懂地点点头。

说来，马皇后召秉仁公主晋京，有几层意思。一是思念她，想好好儿团聚一阵儿；二是怕娟娟思虑生母过度，忧郁成疾，回来总可以散散心；三是秉仁公主协助徐达立功颇多，表示慰问、鼓励和酬答之意。除此，就是想让与娟娟年龄相仿的儿子们见见她，希望他们学学公主的文才武略。朱家子弟将来若都能像秉仁公主刘娟娟那样泼辣、敢闯、能文能武、天不怕地不怕，又有智谋和主见，什么事儿全能拿得起来撂得下，那朱氏天下便可万年吉祥了！徐达也曾多次在皇帝面前夸赞过秉仁公主，能受到大将军钦佩的人不多呀，尤其是还讲过："可惜呀，娟娟是个女孩儿家。要是个男儿，徐天德情愿把大将军之职交给她，我放心！"此话的分量挺重啊，不是轻易能说出口的。所以，马皇后很想让秉仁公主这样的能人带带皇子们。

马皇后先后生养了五个儿子，即朱标、朱樉、朱棡、朱棣、朱橚。朱标是长子，大元至正十五年生于太平农夫陈迪家中，为人友善，是个心慈文静之人。可惜朱元璋与马氏当年在反元征战中，经年在外四处血拼，斩将夺寨，无暇照看儿子，只好将他藏匿在陈家。由于陈家贫寒，吃住条件太差，致使朱标多病，年幼时即小疾不断，落得个虚弱的体质，令朱元璋、马氏慨叹不已。朱标品行正派，谦和仁厚，深得朱元璋、马皇后的喜爱。朱元璋自立为吴王时，封朱标为王世子，从师宋濂。大元至正二十八年，朱元璋在集庆称帝，即帝位，册封马氏为皇后，立长子朱标为太子。朱标的大弟朱樉、二弟朱㭎虽甚勇猛，体魄魁伟，然好耍玩，勿精于学，屡遭朱元璋斥责。四子朱棣则不同于二哥、三哥，自幼勤勉好学，聪慧过人，朱元璋、马皇后视其为掌上明珠。还在幼时，朱元璋便给他聘了大将军徐达之女为妻，朱棣从此有了位威名赫赫的岳丈。徐达不负朱元璋之托，将全身武功着意教给了朱棣，要求极严，每当自己忙不过来时，从不因此而停授，立命爱徒叶旺前去辅导。故而，在马皇后生的五个儿子中，朱棣是武功最强的一个。他身材也很魁伟，仪表非凡，在朝中为众臣所夸耀。这不，娟娟一回来，朱棣马上带着新婚的妻子徐氏一块儿看望一向敬重、喜欢、与自己年龄相仿的秉仁公主。其实，他们曾见过几次面。第一次是娟娟与叶旺在华盖宫的御花园表演三丰剑法时，朱棣来看过，并对娟娟的剑法赞不绝口。第二次是娟娟从北疆回来为父亲刘伯温送葬返京时，也与朱棣碰过面。娟娟对朱棣的印象一直很好，再说早就知道朱棣之妻为徐达叔叔之女，因此三人相见，更感格外亲切。

诸位阿哥，说起这位四皇子，别看年轻，却蛮有志向，再过几年，将整备旗鼓，到北平就藩了。从他的言谈中得知，不愿意像哥哥朱樉、朱㭎那样，到了藩地之后，靠父皇赏赐的藩地封号作威作福、享乐度日，而是想干出一番轰轰烈烈的大事，辅佐父皇，当好燕王；要选一得力的辅弼之臣，干出个样儿来，让父皇、母后及兄长们看看；表示决不负父皇、母后之望，不辱长兄太子标之念，做栋梁之臣、虎贲之将，捍我干城，将燕北治理成为北地锁匙。他还曾多次缠磨母后，希望请秉仁公主回宫来，想聆听姐姐讲讲北疆所见，以便更多地知晓当地的民俗俚语。今天秉仁公主终于回来了，他能不高兴嘛，能放过大好的机会嘛，立即把夫人领来了，让她也听听北方诸事，待入藩北平府时，能够做到知情达理，不辱使命。朱棣与娟娟一见面，亲热地拉着姐姐的手问这问那的，唠个没完没了，还恳求道："秉仁公主姐姐，你若再去北地，就把燕王府当作自己的家吧，我是一万个欢迎啊！住在那儿慢慢会习惯的，别走了，让弟弟来帮你寻找母亲。我也很爱北方，爱辽东，听姐姐讲的塞北女真人那么好，一直想去看看呢！"态度特别真诚。

朱棣的话音未落，外面传来几声凄厉的叫声，像哭又像喊，大家不禁为之一惊。朱棣边侧耳细，听边说："听，野人又叫了！"此话一出，屋子里的人立刻紧张起来了。娟娟趁机将话题故意引到了野人身上，随即问道："皇娘，听说您被吓着了，宫里难道有野人？"这么一问，马皇后、吕氏、徐氏和所有在场的人显得很害怕，直往后退，好像野人已到跟前一样。马皇后说："姑娘，可别在皇娘面前提他们了，怪吓人的。那真是野人哪，什么都不懂，是胡丞相给弄来的，说是让见识一下人中的怪物。这不，现在还在铁笼子里圈着呢！"朱棣插话道："母后，我已经看过了，根本不是什么怪物，而是东海女真野人。不能太狠心了，为什么把人家锁在笼子里？"马皇后说："皇儿，别再说了，你们不懂。小时候就听说过野人不吃熟食，茹毛饮血，还吃人呢！这回可真看到了。"娟娟说："皇娘啊，我们在辽东的东海窝稽部乌蛇岭地方，见到了东海女真部落的女罕。此人耿直、热情，带领着部落的人住在大森林里，过着四处游荡的生活，其族人正义勇敢、团结友爱。大元时，把他们抓去充当奴隶，随便役使，纳哈出亦步后尘。其实，东海女真野人的称谓只是当地的叫法，同咱们一样，也是堂堂正正的人，只是生活方式不同而已，为啥说人家是野人呢？不仅如此，还抓来当奴隶，像看妖怪一样，耍戏人家。如果今天的大明还像大元时那么对待所谓的野人，天下必然大乱，大明将不是个万民拥戴的天下。"马皇后忙制止道："好姑娘，不要胡说，一会儿让他们领你看看便明白了。"娟娟说："皇娘，我方才不是讲了嘛，曾见过东海女真人，还打过交道呢，是些挺好的人。对呀，通晓东海女真语的人有啊，为何不找来问问？"马皇后、太子标同时问道："找谁呀？谁能懂啊？"娟娟告知："找我师父明月庵的明月长老啊！皇娘可能忘了，她常到东海女真部落去，懂得一些女真语，在那儿的威望蛮高呢，皆称她是月亮奶奶！"马皇后一听高兴了，忙道："是嘛，若能听懂野人说的啥，那可太好啦，皇上正为此犯愁呢！娟娟哪，你快去趟明月庵，把明月长老请来。"娟娟叩道："儿臣遵命。皇娘，放心在宫中等着吧，儿臣马上去接。"马皇后遂命太子标预备车轿，又令朱棣陪同秉仁公主前往明月庵，快去快回。

车轿很快到了明月庵。明月长老见朝思暮想的宝贝徒儿来了，高兴得不禁淌下了热泪，关切地问道："娟娟，你怎么回来的？"娟娟就将自己被马皇后召进宫的缘由说了，还把胡惟庸抓来东海女真野人献给皇后，闹得宫中不安以及皇后要召师太进宫的事儿告知。明月长老听了，脸上现出怒色，自言自语道："罪过呀，罪过。东海女真野人那是咱们的好朋友啊，怎能如此对待？阿弥陀佛。"边说边简单收拾了一下，准备随娟娟进宫去。这时，住在后院儿的李佑闻听师妹来了，赶紧领着夫人胡氏女前来问候。寒暄过后，由于娟娟忙于带师太去宫中看望被圈起来的东海女真野人，便没再去李佑屋内逗留。李佑听说了宫中的事情，当然落不下，也跟着去了。

明月长老、李佑进宫后，叩拜过马皇后，便由太子标、燕王朱棣陪同，前去囚押东海女真野人的地方。他们一起来到后宫，见在马皇后住的宫院旁边的一棵老槐树下，有一个大铁笼子，里面圈着一老一小两个女真人。笼子外边围了许多看热闹的人，有嫔妃、太监，还有皇室家族的男男女女、老老少少，另有侍卫看守着。笼子里用绳索捆绑着的老人十分瘦弱，满下巴是脏兮兮的胡子，披着乱蓬蓬的长发，光着身子，赤着脚，全身黑红色，只在脐前围一块儿破皮子。小孩儿光着屁股，正坐在那儿吃着什么，围观的人大呼小叫地戏弄着一老一少。过了一会儿，侍卫打开铁笼，把二人从笼中提出，解开绳索，推进了深水池中，让大家看他们游泳。围观的人为取乐，纷纷往池子里扔洪武大钱、洪武铜宝之类的钱币，边扔边让他们下到水底去取，不取就往里扔东西砸他们。老少二人只好一会儿取钱币上来，一会儿又下到水里，来回扑腾着。看的人嘻嘻哈哈的，一会儿吆五喝六，一会儿哄堂大笑。有个阔少爷，可能是宫中宗室的纨绔子弟，像天女散花一样往池中抛了一把洪武铜宝，逼着那老人下到水底去捡。你别说，老人水性真好，在水下潜游了半个多时辰才上来，双手捧出一把铜宝来。这还不算，有人竟往水里扔一些吃的东西。听侍卫讲，已经一天多没给野人吃的了，故意饿着他们。正因为饿急了，只见一老一少抢着抓水里的饼、馒头、包子什么的，抓到了立马往嘴里塞，两个腮帮子全鼓起来了，看出真是饿坏了。时间一长，又不停地上来下去的，便把二人折腾得筋疲力尽，抻脖儿看的人却站在一旁边观赏边捧腹大笑。有些宫女对此是既害怕又有兴趣，半羞涩、半遮掩地偷眼瞅着。

明月长老、娟娟看不下去了，赶忙让太子标出面制止，不要耍戏东海女真野人。太子标一发话，围观的人停了下来，往后退了退。两个侍卫走上前去，把一老一少从水中提出，重用绳子捆上，囚禁铁笼内。女真野人可能是被折磨得实在难以忍受了，站在铁笼中，双手抓住铁栏杆，使劲儿地前后摇着，圆瞪双目愤怒地吼叫着，继而暴跳如雷！这时，明月长老向铁笼子走了过去，旁边马上过来两个侍卫，阻拦道："老人家，不能过去，他们挠人哪！手指甲可长了，能抠进肉里，已经有俩人被抓伤了。"明月长老手一摆，没管他们，一直走到铁笼前，用东海女真语同老人说了几句话。老人一听，立即平静下来，脸上露出了惊讶的神色，不再那么生气了。明月长老把手伸进笼子里，老人扑通一声跪下叩头，然后站起来轻轻将长老的手抓住。明月长老又问了问，老人做了回答后，主动把手放开了。明月长老抽回手，转身对众人说："你们看，他们也是人，不是野兽，不是猫和狗。老人说是在东海海边儿打猎时，被咱们的人抓来的。他的耳朵上戴有大海螺，脖子、手腕上戴有野猪牙、海象牙，标志着这是位德高望重的长者。他并没有罪，为啥抓来？又凭什么把人家囚在笼子里呢？"大伙儿纷纷围在明月长老身边，十分好奇地听她讲。

笼子里的老人似乎听懂了明月长老的话，像见到太阳带来了光明一样，高兴得满脸淌泪。那个小孩儿也走过来了，向明月长老嗷嗷直叫，哭得泪人一般。明月长老对太子标说："还等什么？应该给老人和小孩儿松绑，把他们从笼子里放出来。"明月长老这么一说，太子标马上回过头来，命侍卫放人。侍卫不敢听令，站在那儿没动，一再声称他们是会吃人的。明月长老生气地说："吃什么人？放出来！要吃绝不会吃你们，人家还嫌那肉脏呢！"太子标看了看秉仁公主，显然是想征求一下她的意见。娟娟忙道："听师太的话，快放人。"太子标对在场的人说："你们不是怕吗？那正好，赶快离开这里！"众人呼啦一下全散了。然后，太子标再一次命侍卫打开铁笼子，侍卫哆哆嗦嗦地上前开了锁，把一老一少放了出来。此时已是九月，南京的天气虽不算冷，但由于二人长时间在水里浸泡，浑身起了鸡皮疙瘩，不禁直劲儿地颤抖，上牙不停地磕着下牙。明月长老和娟娟、李佑走上前，把他俩搀进了宫房旁边太监住的屋子。太子标令侍卫拿几件衣服，让他们穿上。看两人饿得不行，又命人端来了热饭、热菜。明月长老知道东海女真野人生活在鲸海边，爱吃鱼和兽肉，特意让人添了些牛羊肉和鸡鸭肉。可能由于几天都没能吃上一顿饱饭了，此刻看到满桌子香喷喷的饭食，一老一少狼吞虎咽地大嚼起来，吃得特别香。

吃过了饭，按照女真人的习惯，在房外笼起了火，明月长老、娟娟、李佑让一老一少一边继续烤肉吃，一边攀谈起来。据老人讲，部落有十几个人一起被抓来了，只将他们爷儿俩送到这里，其余的关在别处，并自我介绍道，他叫乌勒甘，是赫思痕妈妈部落的人。明月长老说："真是太巧了，我们去过乌蛇岭，见过萨勒奴妈妈。"乌勒甘一听，睁大了双眼，目不转睛地看着眼前这仨人。他打量了好一会儿，才点点头，说："噢，对了，认出你们了，那次我是同萨勒奴妈妈一块儿去的！"当唠到部落目前的处境时，老人止不住眼泪了，痛哭流涕呀，对大明朝的人把他们抓来异常愤怒！背井离乡不说，还不当人看，当猴儿耍戏。接着，老人又哭喊着哀求道："一同被抓来的十几个人，眼下都押在一个大哈番那块儿。请比牙妈妈行行好，设法把兄弟们快点儿救出来吧！"明月长老将此事向太子标和朱棣说了。二人听后，非常生气，当即想到了东海女真野人肯定是押在丞相的府中，认为胡惟庸太坏、太狠毒，太有失大明朝的体统啦！

太子标一点儿没耽搁，赶忙将这件事奏报于父皇和母后，娟娟、明月长老也一再请求皇上下旨救人。由于这时胡惟庸已获罪受审，朱元璋便命都察院的监察御史，速派人到胡惟庸的相府，查一查有没有被囚禁的东海女真野人。

经过调查，果然有十余人被囚在胡府的地牢里，受着非人的待遇。监察御史将此情奏报皇上。朱元璋很是生气，立刻降旨，马上放人，并请秉仁公主和明月长老前去安置。娟娟等人奉旨，带着那一老一少赶去胡府，接出了圈在府内的十余名东海女真野人。族人见面倍感亲切，相拥着号啕大哭啊！哭了一阵儿，乌勒甘将明月长老、娟娟和李佑一一介绍给同部落的人。经三位的一再安慰，他们才好了些，并揭露了胡惟庸与辽东纳哈出以及东海窝稽裸裸国的人如何秘密勾结、迫害女真人的罪行。乌勒甘说，胡惟庸从东海抓了不少女真野人，捆绑着运回来后，高价卖给县州府的一些官宦人家。有的被当作玩物，有的作为奴隶役使，残害致死者不计其数。娟娟十分同情他们的遭遇，经奏报皇上、皇后，准允将这十几个东海女真野人带到朝廷的驿馆中安歇，以远方朝圣的客人身份对待，派专人照顾饮食，并由礼部官员领着他们游赏南京城。

朱元璋近一阵子由于操劳过度，特别是胡惟庸的案子使他很恼火，因而患了眼疾。他以前是那么相信胡惟庸，很多要事全听这位丞相的，一直委以重任。可胡惟庸不给长脸呀，罪恶越查越多，不可收拾。朱元璋吃惊不小，后悔莫及，恨自己当初没有听已故军师的话。各位阿哥都知道，刘伯温早就嘱咐过皇上，不要重用胡惟庸，若重用的话，由他驾驭的车必碎无疑。你说今天已经到了这一步，朱元璋的心情哪能好？眼睛都急红了，经宫中不少御医调治，终未见强，经常流泪，难受得吃不下、睡不香。

十几个东海女真野人自被救出后，住在馆驿之中，不仅吃得好、住得好、睡得好，还有人领着去游玩，天天乐得嘴都闭不上了，长这么大，从未享受过此等礼遇呀！当听说拯救和厚待他们的皇上得了眼病后，心里很是焦虑不安，为了表示感激之情，想要献上珍藏的土药、土方，以救治皇上。有个女真野人毫不吝惜地将脖子上戴的虬角珠儿摘了下来，磨成粉末儿，再制成药，献给了皇上。虬角即海象牙，十分珍贵，既可以雕刻成各种价值连城的工艺品，又可研制入药，治各种炎症，却大热、解毒、消炎火，属于去寒之物。开始时，太监们不敢用，怕治不好不说，再出个一差二错就糟了。可朱元璋出身贫寒，知道民间的土方、土药很有效，告知不用怕，可以拿来用一下。皇上身边的田公公找到献药的那个女真野人，详细询问了使用的方法，回来后，按照女真野人所说，将虬角末儿放在刚刚打上来的井水中浸泡，再用泡药的凉水给皇上洗双目。也真神了，只使用了一天便见效了，眼睛不疼了，不发涩了，看东西也不那么花了。

正发着高烧的马皇后听说女真野人用虬角粉将陛下的眼睛治好了，高兴极了，心想："好几天了，不知为啥总是高烧不退，郎中说是骨蒸痨热。可连羚羊角都用过了，还是不顶事儿，不妨也用女真人的土方、土药试试。"她把这个意思让侍卫同女真野人讲了之后，有个人很快提出了治疗方案：一是用女真野人戴在身上的玳瑁加鸟羽做帽箍，套在头上；二是把玳瑁磨成粉，配以虬角末儿及几种草药冲服。马皇后用后，果然热退了，病好了，直夸虬角是宝啊，了不得，过去一点儿不知道哇！朱元璋和马皇后自打用东海女真野人的土方、土药治好了病，不但心存感激，而且有了新的认识。二人说，怎么能把人家说成野人呢？他们很有智谋，咱们有些地方还比不上呢！由于看法变了，便想和东海女真人交流了，这不，今天还特下旨设御宴招待。通过相互之间的交谈，朱元璋和马皇后特别兴奋，了解了不少关于东海人的生活习俗及族中的历史。

十几个东海女真野人在南京住了一段时间后，就要回到辽东东海窝稽部的故乡了。逗留期间，其中有几位与娟娟相处得很有感情，马皇后不仅不惧怕了，反倒喜欢他们了。尤其是燕王朱棣考虑得更细，想到不久将到北平就藩，那些人对自己会有帮助的，遂向娟娟说："我准备留几个女真野人在身边，待将来到北平府时，可通过他们，更多地了解北方的情况。这样，与东海女真人联络，便有了向导和桥梁，利于沟通。"娟娟认为此想法很好，于是朱棣特请父皇准允，将乌勒甘老玛发等四人先留在南京，待日后再随燕王一同去北平府。四位女真野人很高兴与秉仁公主他们在一起，表示愿意留下来，为朝廷效劳。其余的一些人由礼部选定日子送至登州，从登州渡海到旅顺，再由旅顺到辽阳，转交给马云和叶旺。二位将军将他们送到乌蛇岭，转交给巫顺，最后由巫顺送回东海女真部落。离京前，皇上降旨，赏给玉帛、衣装及银两若干。东海女真野人接到赏赐后，激动得哇哇直哭啊，由衷地感谢朝廷对他们的体恤和关爱。

娟娟已经回来不少日子了，一是有些事儿尚未办完，二是被马皇后一再挽留，三是燕王朱棣缠磨不放，所以一时半会儿还离不开京师。这些日子，她除了向马皇后、诸王子讲些北疆故事外，就是受燕王朱棣之请，教授阴宗双鹤剑。各位阿哥，前书介绍过，双鹤剑本有阴阳两宗。阳宗双鹤剑由徐达大将军掌握，先是传给了弟子叶旺，后教给了自己的女婿朱棣。阴宗双鹤剑原由明月长老掌握，后传给了娟娟，即现在的秉仁公主。本已掌握了阳宗双鹤剑的朱棣，眼下又向秉仁公主求教，想学得阴宗双鹤剑的技法。这样，他便可以成为大明朝两宗剑法集于一身的武林高手。事实上，对他后来起事，登上九五之尊，的确起了不小的作用。

放下娟娟教授朱棣剑法多么细致、耐心不讲，再说她回到京师还有一件机密大事尚未办完。什么事儿呢？就是徐达大将军受皇帝朱元璋之密旨，详查胡惟庸与北国的联系。通过多方调查，又得到曾在胡府任管家的孙常祥举报，现已掌握了胡惟庸大量的罪证，徐达将这一切交由娟娟带回京师禀奏皇上。在娟娟未来京师之前，胡惟庸的事情已露端倪，然深入查下去很难。一是他善于伪装；二是朱元璋让他给迷惑住了，过于信任，抹不开情面。但有两件事，使皇上对胡惟庸有了怀疑，两人的关系随之渐渐开始疏远。

头一件是刘伯温之死。马皇后等人曾向朱元璋密告过，很多迹象表明，是胡惟庸害死了刘老军师。开始朱元璋不信，认为不可能，没有根据，空口无凭。后来娟娟拿出了不少铁证，才使他有所醒悟。第二件事，是促使朱元璋对胡惟庸感情发生变化的主要原因。自胡惟庸成了一人之下、万人之上的大丞相后，便以手中的权力和地位，想尽各种办法把其他人给贬了，连李善长和汪广洋也下去了。从此，他在朝中可以说是独来独往、极为嚣张，无论是谁全不放在眼里，包括朱元璋都不在话下。朱元璋听到了不少议论，在君臣面议之时，直截了当地提出了大丞相的好多做法不妥。胡惟庸听后，极为不满，气哼哼地说："我身居高位，乃当朝丞相，必有人忌妒。皇上难道是昏君，竟听此恶语谗言？即或说我傲慢，做了些僭越之事，作为丞相并不为过。"朱元璋从起兵直到当了皇上，那是天老大、他老二呀，从没听过有人敢粗暴地顶撞他。何况此人是他最信任的胡惟庸，怎能不感到窝火？特别是还狂妄地骂他是昏君，简直是无君无臣，比皇上还厉害，岂不令人发指！这件事对朱元璋的打击太大了，心想："胡惟庸竟不知天高地厚了，已到了要凌驾于皇帝之上、不许朕说话的地步了，还了得！"心中非常不快，开始对胡惟庸有了戒心。

此间，朱元璋还从身边的侍卫口中，知道了许多关于胡惟庸贪赃受贿之事。有人说，凡是想进胡府的人，不拿出百两银子是进不去的。还有人说，胡府有银库、帛库、玉库、绫绢库等不下十处，养兵马、卫士、武士两万余人，大都秘藏于京师及各个州府之地。尤其不可轻视的是，胡惟庸有亲信外官百余人，分别通晓蒙语、倭语、女真语、回语等，皆听他的调遣。平时，与胡府私下联络，听胡惟庸之命而行之。甚至密令外官，凡陛下有犯胡惟庸之举，要衔车驾缚之。由此可见，已经到了国中有国、军中有军、京师之外另设京师的地步，是何等的危险啊！朱元璋得知后，方大梦初醒，惊出了一身冷汗，心想："有个时刻与你分庭抗礼的人在身旁，焉能高枕无忧当皇帝？历朝多有弑君之事，胡惟庸的羽翼若再丰满些，说不定会让朕人头落地呢！"想到这些，那是不寒而栗呀！于是下了决心，一定要清君侧。马皇后也一再催促皇帝，让他主持正义，为蒙冤者撑腰。娟娟把大将军及自己所掌握的情况按照徐叔叔的嘱托，向皇上做了禀报，请求圣上速速铲除胡害，此乃百姓之幸、社稷之幸。不除胡害，忠良离心，朝廷的群臣众将安能同心勠力？陛下将遭众叛亲离之虞！朱元璋至此，终于在洪武十三年春降旨，以擅权枉法之罪名，赐胡惟庸死。

田公公在御林军的护卫下，带着皇上的圣旨和毒药到了胡府，向胡惟庸宣读了圣旨。胡惟庸一看，御林军已围住了府邸，跑是跑不掉了，只好含恨服毒而亡。所有与胡惟庸有关的人等，尽皆伏诛，连德高望重、已于洪武十二年故去的靖海侯吴祯老将军也被牵连了进去。吴祯一生是有功于明朝海运的，不仅尽收了辽海未归附之地，还曾率舟师追倭寇至琉球大洋。他自受命总理海上军务以来，勤勤恳恳办差，经过一番艰苦的努力，终于使海上得以安宁。为奖其功，病逝后，追封为海国公。在调查胡惟庸一案中，督察御史查出老将军生前曾给胡惟庸运输过多起私货，故而获罪，被削了海国公之爵。徐达、明月长老、娟娟、马云、叶旺等人都为此感到惋惜。

各位阿哥，胡惟庸一案，不仅仅是牵连一些人这么简单，而是涉及面很广、震动相当大呀！先说朱元璋。从胡惟庸的案件中，他的内心发生了很大的变化，觉得连一向信任的大丞相都不同自己一条心，还有什么人可信赖、可依靠？受猜疑心理的支配，从此对任何人不相信，皆要设法防备，也是他后来杀戮许多功臣、建立特务机构——锦衣卫的重要原因。事实证明，锦衣卫和诏狱的设立，为明朝留下了一大祸乱。

朱元璋还吸取了胡惟庸专权的教训，趁此机会，取消了以丞相统领的综掌全国大权的中书省，由皇帝直接管理国家政事，并立下法度，以后不许再设丞相这一官职。其令曰：

"自古三公论道，六卿分职。自秦始置丞相，不旋踵而亡。汉、唐、宋因之，虽有贤相，然其间所用者多有小人，专权乱政。我朝罢相，设五府、六部、都察院、通政司、大理寺等衙门，分理天下庶务，彼此颉颃，不敢相压，事皆朝廷总之，所以稳当。以后嗣君并不许立丞相，臣下敢有奏请设立者，文武群臣即时劾奏，处以重刑。"

这里所说的朝廷，就是皇上自己，说是分权管理，实际是皇帝总揽一切政事，成为真正的独裁者。

还有一点，即胡惟庸虽被赐死，其罪状却随着统治集团内部斗争的发展而逐渐扩大。最先增加的罪状是胡惟庸私通日本，接着扩大私通蒙古。日本和蒙古是当时大明朝廷的两大敌人，通敌当然是谋反了，后来又发展为串通李善长谋叛，有更多的人被牵连了进去。死于胡案的主要人物包括：御史大夫陈宁、中丞涂节、太师韩国公李善长、延安侯唐胜宗、吉安侯陆仲亨、平凉侯费聚、南雄侯赵庸、荥阳侯郑遇春、宜春侯黄彬、河南侯陆聚、宣德侯金朝兴、靖宁侯叶升、申国公邓镇、济宁侯顾敬、临江侯陈镛、营阳侯杨通、淮安侯华中，大将毛骧、李伯升、丁玉和宋濂的孙子宋慎等人。后宋濂也被牵连，贬死四川茂州。被斩的皆以家族论，杀一人即杀全家。就说处死李善长吧，假托有星变，须诛大臣应灾，遂把李善长和妻女弟侄七十余口儿一块儿斩了。总计来看，胡案中处死的人数不下两万，当然此为后事，这里不去详说了。

单说胡惟庸被赐死后，娟娟亲赴青田故舍，身披重孝，随兄长刘琏、刘璟到父亲刘伯温坟前祭献。三人摆好供桌，点燃高香，连连叩拜，娟娟哭得泣不成声，刘琏兄弟俩也是涕泪涟涟。然后由刘琏宣读亲书的祭文，告慰亡父，胡逆已除，杀父之仇已报，伏祈先考在天之灵安息矣，伏维尚飨。

三月吉日，朱元璋下旨，时年二十岁的燕王朱棣，携徐妃、子高炽就藩北平府。圣旨一下，朱棣及众人马上起程，随行者有燕王辅相刘娟娟。太子标率爱妃吕氏及众臣送至江滨，旌旗伞盖，蜿蜒数十里，好不威风、气派！

此番燕王入藩北平，选用了张玉、朱亮及其子朱能等贤臣，操练兵马，雄踞北方，喜结东海女真野人和黑水女真诸部，开疆固土，屡派使者遍访塞北地理人情，兵势日强，成为大明天下朝野瞩目之域。朱棣助娟娟东海寻母，留下许多悲愤故事，方引出秉仁公主千里寻虬角、马皇后恳挚劝元璋、纳哈出猝死辽东、大明宫阙多事秋、娟娟血荐生身母……请听我朱伯西继续讲唱末章乌勒本。

第四章　东海的甜歌和苦歌

　　各位阿哥，本章乌勒本从东海女真先人留下的一首《星星谣》开讲。别看是一首小民谣，却饱含深情，歌颂了大明朝的第三代国君。现在由我说书人把它复述一遍。

> 卡丹花儿在海滨闭眠的时候，
> 咕咕雀儿在崖顶入巢的时候，
> 东海浪儿在风中喧跳的时候，
> 裸裸噶珊在月下狂欢的时候。
>
> 用槽盆里新酿的甜酒敬天吧！
> 用独木舟新网的鲑鱼敬天吧！
> 用岩片新宰的海豹敬天吧！
> 用千人手新编的福穗敬天吧！
>
> 地上的篝火天上的星，
> 天上升起一颗吉祥的星。
> 那是达鲁不花走了，
> 朱禄瞒爷降临啦。

　　这首民谣来自东海女真野人赫思痕部，是古老历史的见证，已流传几十代了。前文所讲胡惟庸献给马皇后以供观赏的裸裸国人，即赫思痕部落的人。在元朝，他们一直遭受着非人的凌辱和欺压，至明朝建国才逐渐得以解脱。燕王朱棣就藩北平以后，重用秉仁公主、田田等一些知晓辽东夷民习俗的谋士和武将，对女真人平等相待，敬之如宾，减少了一些盘剥和劳役，使他们各安其乐。东海及黑水、粟末水、呼尔哈河、乌苏里江等地的女真各部出现了新的繁荣，响起了歌声和笑声，也就产生了此民谣。民谣中，将朱棣比作天上的一颗吉祥的星。作为女真东夷民族来说，能对汉人给予如此高的赞誉，应该说是很少有的。

女真人在萨满信仰中，自古以来，将"朱禄瞒爷"看作宇宙双体大神。因为"朱禄瞒爷"总是一双一对儿地出现，象征着友谊、互助与和睦。女真语的"禄"与"棣"本谐音，歌谣里便以"朱禄"代表朱棣来歌唱。

在民间传说中，燕王是个活跃的人物，年少居于深宫，长得可爱、好动、好学，而且彬彬有礼。凡入京觐见朱元璋的武将、文臣都喜欢皇上的四子，时常带出去玩耍。由此，朱棣有幸结识了不少父皇欣赏的英雄豪杰。他被封王时，刚刚十岁，因分封于燕，故称燕王。按制，年龄小时不到藩地，待二十岁成年时，由皇帝下旨，才赴藩地就藩王之任。史书所言秦、晋二王，是指朱棣的两位兄长，即二哥朱樉藩陕西，三哥朱棡藩山西。正因他俩年岁比朱棣大，所以早于朱棣就藩。小朱棣特别聪明，凡事好刨根问底儿，尤其对自己的藩地北平府之人情物阜、地理名胜感兴趣，想尽早知道得更多些。凡有北征回京的人，他总是好言相求，缠磨不放、问这、问那，恭耳细听。由于其岳父徐达、表兄曹国公李文忠以及中山侯大将军汤和等，曾攻打、坐镇过北平，对北平府了如指掌，故而常与他们交谈，获益匪浅，并敬为挚友。

据传，当朱棣从岳父徐达口中得知燕王府左相、大将军华云龙功劳卓著、深谙建筑才艺时，便有结交之心，后忽闻其遭毒箭，卧病在舍，不能来京拜见，就想亲自北上探视。他多次恳求母后，望能在父皇面前替皇儿说情，以得到准允。马皇后被缠不过，只好与朱元璋商量。二人十分疼爱四子，对他的一心治国之志，尤为喜欢和夸赞。当时，年方十五岁的朱棣已是弓马娴熟、出了名的小将了。朱元璋自小是闯荡出来的，自然愿意让儿子出外闯一闯，因此对朱棣的请求有答应之意。偏巧正在这时，率兵马于北平府操练的大将军徐达捎来信儿说，希望朱元璋大哥不要阻拦朱棣北上，应支持他，虎将都是从小锻炼出来的。朱元璋见徐达与自己的想法不谋而合，于是爽快地同意了朱棣随同率兵北征兴和的都督兰玉同行。兰玉可不是一般人哪，开平王夫人的弟弟、常遇春的小舅子，与朱元璋是同村的儿时伙伴，后来成为皇上身边勇猛善战之大将。让他去北平府时，顺道儿带上朱棣，肯定会很安全。可马皇后仍不放心，徐达没辙了，遂命自己的两个贴身侍从到南京去接朱棣，马皇后又令五个带刀宦官陪赴，朱棣这才离开了京师。兰玉一路上对微服而行的朱棣格外小心照护，将他顺利地带到了北平府，见到了华云龙。那时，左相正卧病在榻，见燕王来了，忙挣扎着起来叩拜，被朱棣制止了。两人一见如故，日夜攀谈。华云龙讲了许多朱棣以前从未听到过的故事及北平府的一些建筑，使小朱棣长了不少见识。

兰玉将朱棣送到北平府后，便率兵攻打兴和去了，即后来的张北地方，在那儿围住了元朝国公帖里密赤率领的守城军。小朱棣听到此情况后，很是兴奋，无论如何坐不住了，非让华叔叔领着到前线看看兰玉如何打仗的不可。华云龙犯难了，即使再给他几个胆儿也不敢哪，怕出事儿呀！可是架不住朱棣这顿磨呀，那张小嘴儿又会说，好话说了千千万。华云龙最后被磨得实在没办法了，只好由着他。他们到了兴和大营，见到了兰玉，正赶上大将在发愁呢！怎么了呢？原来兰玉已将兴和包围不少天了，却久攻不下，帖里密赤拒不投降。听他一说，朱棣暗里一合计，马上有了主意。别看他年纪小，人倒蛮聪明，小脑袋瓜儿机灵着呢。朱棣一转一个道眼，便对两位叔叔说："不是讲兵不厌诈嘛，老是大军压境围着，帖里密赤必拼力严防，反不易攻。不如我给你们出一招儿，准保行！"兰玉忙道："好啊，端出来吧。"朱棣说："我意可扬言因接朝旨，移师江南。此风儿一散出去，敌方肯定放松警惕。将军乘机派一师先行掩幡息鼓而退，秘密设伏，转路从后尾包剿。再乘其侥幸欢喜、麻痹不备之时，天兵速至，帖里密赤安可逃遁乎？"兰玉和华云龙听后，吃惊不小，皆拍手称奇。想不到一个十五岁的孩子，竟通晓兵法，提出了如此绝妙的上乘之策。于是二人即刻按燕王之谋，与众将秘密议定实施步骤。待一切部署就绪，遂以迅雷不及掩耳之势，一举攻克了兴和，元将帖里密赤被俘，残兵五十余众悉数降。

兴和大捷后，朱棣、华云龙随兰玉得胜大军一同回到了北平，华云龙向燕王介绍了将来燕王府的建筑工程。朱棣听了非常满意，一再感谢左相的良苦用心。华云龙跪伏在地，叩拜道："臣身体不支，将不久于人世，不能陪奉燕王左右，心甚惭憾也！"说着涕泪满襟。朱棣不免一番安慰，嘱咐要多多保重。不日，朱棣便与左相挥别，随兰玉返回了京师。当华云龙病逝的噩耗传到京师时，朱棣闻之，十分悲痛。后来，他常向人讲起有幸与华云龙的最后晤面，认为是一次难得的邂逅。

再说兰玉返回京师交旨，向皇上禀陈了拔和林的经过。朱元璋得知是燕王出计擒得了元国公帖里密赤，便更加喜爱四皇子，由衷地称赞其智勇超于朕。从此，朱棣的声望大震，高过太子标之下的诸王。

前书讲到，洪武十三年，朱棣二十岁，奉旨就藩北平。为给四皇子送行，朱元璋、马皇后在后宫摆下送别宴，长兄太子标带妻吕氏和四岁的小儿子朱允炆前来参宴。允炆精明，长得又白又胖，特别招人喜欢，朱棣与徐妃平日里十分疼爱他。今天看允炆也来了，徐妃便将珍珠项链解下来，然后系在小侄儿的脖子上。允炆嘴巧，很会讲话，忙说："谢王妃婶娘！"众人听后全乐了，朱棣高兴得把小允炆抱起来亲了又亲。同样的送别宴，在朱樉、朱㭎就藩时曾举行过，只是圣驾借故朝中事忙并未莅临。而此次朱元璋、马皇后两位圣躬亲自到席，这可不同以往，是莫大的殊荣啊！宴上，朱棣为父王、母后舞剑作歌。唱曰：

> 圣驾耀日兮，明煌煌。
> 四海升平兮，喜融融。
> 龙蛟沧海兮，腾云霓。
> 河山永固兮，国运昌。

歌罢、舞罢，为人忠厚、平和的太子标首先带头叫好儿，众人鼓掌响应，也得到了朱元璋、马皇后的夸赞。夫妻二人喜欢四子的文韬武略，听他唱，看他舞，觉得顺心。朱元璋随着年龄日增，特别爱听颂扬之词，朱棣唱的这几句歌词，很合他的意。一听到当今圣明天下、大明煌煌、四海升平、诸王分藩国中、如蛟龙入海、兴云霓而安天下、万民其乐融融、江山永固、国运其昌等词语，那是越听越爱听，心里乐开了花儿，嘴都合不拢了。

其实，朱元璋、太子标并没有细品朱棣即兴咏唱的真谛，尽管几句歌词的文采一般，却反映和表达了朱棣对父王朱元璋的敬重、感佩，倾吐了自己的雄心和抱负。"龙蛟沧海兮，腾云霓"一句，是表明他要开创一个新天地的鸿鹄之志。朱元璋对儿子们是相信的，希望都能像朱棣那样，不安于享乐，承继父业，不负寄托。

燕王朱棣起程北行，车驾潮水般向着北平府流淌。前头是六面龙旗以及由执幡、执幢、执伞、执扇、执立杖、执立瓜、执仪刀、执骨朵、执斧、执响鞭的校尉所组成的仪仗，其后是带有燕王护卫标识的马兵，接着是燕王、燕王妃及随驾重臣的车辇，最后面压阵的是一队护兵，声势很大，相当有气魄。其中，紧随着王妃大轿车的是谁呢？便是朱棣钦敬不已的姐姐，朱元璋和马皇后非常喜欢的智多星、谋士、卫士，目前兼北平府辅相的秉仁公主。

　　诸王就藩前，总要选几位得力的辅臣，以助自己的王业。燕王来北平府，首先挑中的便是聪明美貌、武艺高强的秉仁公主。之所以选她，一是娟娟确有才能，又熟悉北地；二是个说不出口的原因，即打心眼儿里爱着娟娟姐姐，要与她天天在一起，只是惧其威严，没有胆量明说，不敢造次而已。对朱棣的这份儿心思，娟娟早已明白。在参加马皇后赐的御宴上，连明月长老都看出来了，曾暗中嘱咐娟娟："孩子，务要心中有数，你们不是一路人。就是看在你徐叔叔的面子上，也不能那么做。"为什么明月长老提到徐达呢？因为朱棣之妃徐氏女，是徐达大将军的爱女。

　　提起这段姻缘，真堪称"天作之合"，是皇上一手促成的婚配。当年，朱元璋听说徐达有个贞静好学的女儿，便把大将军找来商量："你我乃布衣之交，自古以来，君臣相契即可结为姻亲。朕考虑好长时间了，你的长女与朕的四子配婚，可否？"徐达毫无异议，点头应允，徐氏女和燕王的红线就牵成了。定亲之日，选在了洪武九年正月的一天，由宣制官在宫中正式宣布"册封徐氏为燕王妃"。之后，皇上遣使臣持节到魏国公徐府，行纳采、问名之礼，并确定迎亲的日子。结亲那天，燕王乘坐玉辂，率王府随从官属及仪卫为前导来到徐府门前。徐府鼓乐喧天，花团锦簇，傧相站于府门一侧等候。当接亲队伍到后，按古老的仪礼，由一名"引进"跪拜到新郎倌儿的驾前，问道："敢请事？"新郎倌儿说："我奉旨迎亲。"他的话由"引进"传给傧相，傧相再禀给新郎倌儿的岳父，徐达方迎出大门，互相致礼。朱棣便在"引进"的导引下跨入府门，身后跟着一名执雁的随从。进至府内，将雁交给徐达。接了雁，则说明岳丈无异言，已经接受了女婿。待新郎倌儿拜过岳母大人，新娘子由宫人"傅姆"款款搀出，蒙着"罩头红"站在父母面前。徐达按照千篇一律的嘱词嘱告女儿说："戒之戒之，夙夜恪勤，勿或违命。"母亲抹着喜泪，哽哽咽咽地接着嘱咐道："勉之勉之，尔父有训，往承惟钦。"新娘子这才被放行了，乘上凤轿，随同新郎倌儿的玉辂，在一片鼓乐声中赴皇宫行合卺之礼。当年，朱棣十七岁，徐妃十五岁。成婚后，徐氏女谨遵父母之教诲，苦读圣贤书，仿历世之贤妇淑女，养妇德，以助夫成大器，也深懂"男儿成器，妻荆之功"的道理，一心相夫教子。

　　娟娟对徐妃的庄懿之德是十分敬重的，对他们"天作之合"的婚姻亦很感佩，怎么可能有许身于燕王之心呢？可是朱棣却在心里默默地喜欢她，不愿意离开她，总是存有非分之想。在要去北平之前，他还暗暗恳请母后准允，让秉仁公主与之结为伉俪，同赴北平。马皇后则严厉制止道："儿呀，结为伉俪之事万万不可！我深知娟娟非一般之女，那是天马行空、可望而不可即呀，皇儿休存此胡念。要是不听，惹恼了这个天马，小心会踢死你！"朱棣当然不甘心，便退了一步，希望母后能劝说秉仁公主做燕王府的辅臣，帮助他成就大业。马皇后自然考虑到皇儿的未来，又知晓娟娟的能力，答应试试看。经多次相劝，娟娟觉得实在不好推辞，只好答应兼做燕王府的辅臣。

娟娟本打算在南京再逗留些时日，因为有几处还没住够，想同明月长老多说说话儿，也想同庵中的姐妹们多亲热亲热，所以，宫中的事儿一完，马上去了明月庵。妙善一来，姐妹相聚，极为高兴，有唠不完的嗑儿，晚间便与明月长老同宿一房。娟娟向师太倾诉了衷肠，探月牙楼寻母未见，心情不快，近些日子甚是烦恼。没想到明月长老听了有关月牙楼的情况，却高兴地说："孩子，这是喜事儿呀，为啥愁眉苦脸呢？说明你母亲没有死，还活着！应一鼓作气，接着寻母，定要查个水落石出！究竟是生是死，此次前去或许能弄清楚了。孩子，师太反倒不想留你继续待在南京了。应尽快随燕王北去，依靠他寻找母亲，相信作为一位王爷、未来的君主会帮忙的。你现在帮他，也可能就是帮了自己。"娟娟听后，若有所思。

她之所以留在南京没走，还有一个原因。由于马云有病，被召回京师，龙花陪同前来，侍候夫君，娟娟想借机与他们多待几日。可是，朱棣要北上，无论如何一定让姐姐陪伴。马皇后见四儿执意如此，便劝娟娟道："燕王对北地陌生，你多年在那边，人情物阜均熟悉，他哪能离得开你这个姐姐呢？好孩子，就帮帮燕王吧，皇娘知道，四儿不会亏待你的。"在燕王的一再恳求、缠磨和马皇后的劝说下，娟娟又是个懂事理的姑娘，有啥招儿？只好答应。于是她简单收拾一下，立即起程，含泪与前来送行的明月长老、马云大哥和已是两个孩子母亲的龙花嫂挥泪而别。

燕王北上，马皇后还特意让身边的一个心腹宦臣田陆随行。说起这个人，朱伯西得向各位阿哥多讲几句。田陆可不是一般人，本是元宫中的宦臣，专门侍候元帝，总理宫阙诸事，宫中全部礼仪、程序、法度皆由他一手操持，为后宫的总师仪。由于管理得十分严格，宫中上下从未出过什么不德、亵慢、邪祟之事，元帝甚是满意，几次下诏赐赏。徐达在率兵打进元朝宫廷时，俘获了田陆，当得知他是后宫总管时，便问了一些关于大都的元宫之事，回答得毫无隐晦之处，由此认为田陆正派，又懂宫中礼仪，对朱元璋大哥做新皇帝、建立内宫很有用，是个宝贝，遂介绍给了朱元璋，又引其见了马皇后。马皇后同他交谈了一会儿，觉得挺中意。你想，朱元璋也好，马皇后也罢，皆出身贫寒，哪里懂得皇宫中的那么多礼仪呀？更不知对三宫六院、七十二嫔妃该有什么样的节制、程序、法度。于是，二人将这一切都交给田陆大师仪去做。他经过精心的调停、摆布，果然没用多长时间，就把纷繁的宫闱诸事操持得井井有条。甚至连皇帝今天御幸哪个妃子、如何侍寝等全由他安排、调教，朱元璋同样很满意。

田陆在元宫中虽是总管，但主要侧重于宫中的礼仪，不细管各嫔妃之事，同皇后呀、妃子呀、贵妃呀基本不接触。现在不同了，他不仅经常出入于皇后之宫，还能直接接近其他的妃子。他觉得作为宦臣总这么出来进去的不好，为表示自己的洁雅忠诚，便禀告朱元璋说："皇上，宫中的宦臣不能跟皇后、嫔妃随便走来走去的，有失体统。"朱元璋问道："依你看，该怎么办？"田陆回道："陛下，奴才以为，凡宫中的宦臣皆应'洁身'。"所谓"洁身"，即指宫刑，是古代的一种阉割生殖器的残酷肉刑，做太监的必行阉术。朱元璋听后一激灵，心想："哎呀，竟有这一说？"此后的阉术即是从田陆处学来的。马皇后闻之吓坏了，心想："那得多痛苦啊，宦臣可要遭老罪了。"可田陆一再禀奏皇上、皇后，非如此不可，否则有可能祸乱宫闱。当时，他尽管年岁已不小了，仍坚持首先从自身做起，行了刀割火烙之术。疼得他惨叫不止，似受酷刑，撒尿时疼痛难忍，两个月后方愈，接着，又给宦官一个个全做了。朱元璋、马皇后对此能不感动吗？从内心佩服田总管，觉得宫中真是缺他不可。久而久之，竟忘了田陆是元宫之人，并且待如知己，处处事事皆由总管处理。田陆在后宫中名声很好，各宫有事儿皆找他。不仅朱元璋、马皇后信任他，连众嫔妃也都尊敬他，什么事儿不隐瞒他。田陆平时不论跟谁说话，总是那么恭恭敬敬、笑脸儿相迎的，礼貌有加。无论大事小情，只要吩咐他去办的，尽管放心好了，准令你一百个满意。有些事儿即使你忘了，他绝对不会忘，肯定替你想着呢！慢慢地，嫔妃们送给总管一个绰号，叫"甜若蜜"，后来又称"甜蜜蜜公公""甜公公"。田陆的本名儿倒是早已没人叫了。

燕王朱棣就藩北平，对于马皇后来说，像从自己身上割下块儿肉一样心疼，什么都不放心，生怕心肝儿宝贝在外遭罪，一应车帐、侍从等皆由田公公去安排。田公公当然理解马皇后的疼爱皇儿之心，也更领会燕王的意愿，因此，特别为朱棣在北行队伍中备了车轿两辆。这可不是一般的车轿，而是插着旌旗，四周镶嵌着飞虎、百鸟等图案，还有黄色的王旗上写"燕"字的九骏飞虎轿车。当然不能镶龙凤，那只是皇帝、皇后才使用的。为什么预备了两辆同样的大轿车呢？一辆是燕王和正身怀次子高煦、行走不便的徐妃乘坐，另一辆乃朱棣叮嘱田公公专门给尊贵的秉仁公主乘坐的。还有三辆规格略低一些、图饰简单一点儿的轿车，是给朱棣与徐妃之子、三岁的朱炽以及众奶娘、婢女们坐的，另有两辆则分别给田陆公公和专程来南京接燕王的张玉大将预备的。张玉将军主要是率领兵将骑马护从，若在长途行进中倦累了，亦可在轿中小歇。除此之外，又备了三辆木板大车，上面搭着席棚子。其中两辆装着燕王和徐妃的日常用品及衣物等，第三辆里坐着前书讲到的四位愿意随燕王和秉仁公主去燕王府做听差的东海女真野人。一路上，大队人马旌旗伞盖，威武气派。田公公可是个大忙人，虽有轿车可坐，但多数时间还是骑马而行，觉得非常方便，可以自由地跑前跑后，随时听从燕王的吩咐。朱棣从小就熟悉"甜若蜜"公公，已经有十多年的交往了，一切都非常习惯。田陆对四皇子也很疼爱，关怀备至，是一天天看着他在马皇后身边长到二十岁的。正因如此，马皇后才特别指名要这位心腹照顾侍奉，陪送皇儿去北平府，只有他去才放心。

　　队伍向北走了一阵子，朱棣把一直陪在车轿旁边的田公公唤住，公公问燕王有何事吩咐，朱棣说："我到你的轿中，有事儿求公公。"田公公自然从命，让辕手停车，将朱棣接到了自己的轿里。田公公问："啥事儿呀，还得到小的轿里说？"朱棣寻思了半天，觉得张不开口。其实，田公公早已摸透了他的心思，笑着又问："是不是为了秉仁公主啊？"朱棣轻轻推了田公公一把，悄声儿道："知道了还问？公公快帮我。"田公公说："中，中！不过小王爷可要多想想唠些啥，前头的路长着呢，正经得走几日。等思摸好了以后，再到秉仁公主的轿里去不迟，要多议论国政，那些话她准爱听。秉仁公主可是个心高志远的人，凡事得顺势趋之，万万不能着急，更不要轻举妄动，好事儿得慢慢来。"朱棣也怕弄不好姐姐会生气，知道母后和田公公都这么劝他，一定是有道理的，便更加注意了。他对娟娟越是敬重，就愈加思恋，亦越发爱慕。正因为朱棣心中有个娟娟，所以在十数年中，除徐妃之外，没有另娶妃子。他一心忙于幽燕的治理，一心追求娟娟，对他后来得天下，冥冥之中起了重要的作用。

再说娟娟随燕王北归，马皇后给予了特殊的礼仪，一路上坐在田公公为其置备的九骏飞虎轿车之中，美丽、端庄、神情严肃。她对大明宫中朱氏家族的看法与父亲刘伯温一样，只佩服马皇后，还有四弟朱棣。马皇后是她的皇娘，给予了很大的帮助，自不必说。再就是认为朱棣少年得志，有出息，令人钦敬。刘伯温在世时，曾在酒后与夫人安氏讲过："我跟随朱元璋这么多年，只是君臣之义。要是说心里话，从人品上，所佩服的唯有姓马的和她的四儿子。对老朱家的其他人，还真没看出哪个该让老朽欣赏。"安夫人听了此话，吓了一大跳哇！忙用手把老伴儿的嘴给捂上了。娟娟同她父亲一样，是个倔脾气，朱棣有时也惧她三分。

此刻，朱棣几次想征得姐姐的同意，到她的车上聊天，娟娟是左推右托地不允。后来，在燕王的一再请求下，感到不好深伤弟弟的情面，这才答应。朱棣上了娟娟坐的车轿，田公公忙从后车端来一尊白瓷彩釉的小壶与两个杯子，请燕王与秉仁公主边饮边聊。田公公离开后，娟娟马上指着壶问："里面装的什么？"朱棣回道："此乃'逍遥饮'，我特意让田公公拿来的，喝它可以消乏解累。"早年，长途外出之人，坐在颠簸的车轿中很是乏累，更不能安静入睡，故而多喝"逍遥饮"，可以很快进入梦乡，这点娟娟是知道的。朱棣端起壶，给娟娟倒了一杯，然后说："既然公公已经带来了，喝点儿无妨。我很少喝什么酒，'逍遥饮'不是酒，而是茶，挺好喝的。"娟娟并未动怒，平静地拒绝道："姐姐不愿意喝，王爷日后少用此种歹物，会伤神、伤智的。"朱棣红着脸诺诺称是，只好说："不喝就不喝，放在一旁吧，其实我并不喜欢喝。"接着又告诉娟娟，"等到了北平府后，弟弟给你做一种酒，也叫'逍遥饮'，是用海龟血和中药熬炼而成的。那可是增智、增力的壮骨酒哇，都说北方酷寒，喝了它大有好处呢！母后每到冬春两季，皆配制此酒。'逍遥饮'制好后，存储年头儿越久，性能越佳。"娟娟边听，边"噢噢"地顺口答应着。

朱棣和娟娟唠了一会儿，忽然停住了，往下不知道该说什么好了。娟娟侧过头来，把脸转向车轿右边的窗户，向外眺望着旷野，依然那么沉静。朱棣坐在她旁边，身体紧挨着，能感觉到姐姐轻微的呼吸。在宫中，朱棣总愿意与娟娟碰面，曾多次见过，一唠起来没个完。随着两人年龄的增长，朱棣被封为燕王，并已娶妻生子，娟娟开始注意了，不但不再近乎了，而且话也不多了，在朱棣面前很少有笑脸儿或半点儿的随意举动。朱棣倒不在意，仍像原来一样，愿意亲近娟娟。此刻坐在轿车里，他又以往日小弟弟撒娇的样子，乘机将姐姐的手抓了过来。娟娟忙回过头道："王爷，别这样，老实坐着聊天好不？否则，我可要叫你下车了。"朱棣笑着说："今天咱们可真是到一起了，我早就盼着这一天哪！好姐姐，请放心，到北平后，弟弟一定帮你寻母，那也算是我的母亲呀！"娟娟的心怦怦直跳，脸腾地红了，故意淡淡地说："此话已经听过多少遍了，姐姐求之不得，只盼王爷别口是心非就行了。"说完，脸又扭向了窗外。

那么，娟娟喜不喜欢朱棣呢？毫无疑问，喜欢！师父明月长老早就看出来了，也最懂得徒弟的心了，知道她是个刚强、好胜的姑娘，心目中理想的男子是那种有生龙活虎的闯劲儿，人到哪儿能把生气带到哪儿的人。朱棣一向争强好胜，什么都不在话下，什么都不服气，都敢碰一碰，天下没有他惧怕的事儿！正因如此，儿时，他便在宋濂等大儒家的栽培之下，将四书五经背诵如流，还写得一手锦绣文章。其楷书曾被马皇后作为礼物送给宫中众臣，皆知道四皇子的字写得好。朱元璋曾高兴地说："朱家世代贫寒，四儿可称得上本家的大儒啦！"朱棣天生不怕苦累，不怕流汗，从小就习练武术。而上头的几个哥哥却与他不同，觉得学武技太苦，每天起五更爬半夜的不说，踢打蹲压，直练得骨柔筋折，真是吃不消。朱棣不在乎这些，既有耐力又能忍受，终于不仅学成了阳宗双鹤剑，其剑法不次于叶旺，还学得了阴宗双鹤剑，成为双剑集于一身的第一人。朱棣长得红光满面，浓眉大眼，厚鼻阔口，身材魁伟，英俊潇洒。上边的几位兄长，包括太子标远没有他那样壮美、匀称，匀称得让人看上去多一块儿肉是胖，少一块儿肉是瘦，恰到好处，称得上京师第一美男子。其超凡脱俗的仪表、落落大方的举止，令不少美女暗动芳心。

娟娟对身边经常打交道、年龄相仿的男子有自己的评价。比如，认为原来准备要嫁的叶旺大哥忠厚沉勇、武功高强，有其师徐达之威，但稳健有余，稍欠虎劲儿，不如疾恶如仇的苦僧有男子之风。马云大哥敢闯敢拼，办事认真，有头脑，但有时考虑问题过于细致，不像有些人干啥都风风火火、雷厉风行的。她时常对二位大哥遇事四平八稳的劲儿看不惯，甚至急得暗替他们攥紧拳头，可到头来总是干使劲儿帮不上忙。师兄李佑是阔家子弟，胸无大志，仅为自己喜欢的女人活着而已。所看中的人，还真就是朱棣，有魄力，有阳刚之气，虽比她小一岁，她却处处合心。可惜那是皇帝之子，又是燕王，更有她所崇敬的徐达叔叔的爱女为妃，觉得从自己的身份、处境、遭遇和追求来看，不该有什么非分之想。因此，娟娟尽管喜欢朱棣，却一直克制着感情。朱棣纵然多次对她赤裸裸地袒露心迹，从送给礼物以及言谈话语和眼神儿的期盼中，皆表明要与姐姐成就百年之好。可娟娟根本不可能做朱棣之妾或偏妃，何况已正式遁入空门。明月长老在娟娟来北平府前还一再叮咛，就怕一时心软，把握不住，到头来只能害了自己。

然而，遗憾的是，人终归是有感情的。今天，在朱棣的强大攻势下，作为年轻女子的娟娟，还是瘫软了下来，虽然嘴上拒绝，但行动上却愿意让朱棣紧紧攥着那双发烫的手，身体紧紧靠着自己，没有丝毫的嗔怒。为了平静狂涛般的心潮，过了一会儿，她才语意温情地说："好弟弟，咱俩还是坐后车吧，去看看那几个东海女真野人去，他们才是需要你兴德政拯救的人啊！要记住孟子之言：'天将降大任于斯人也，必先苦其心志，劳其筋骨。'这字字要义，若能实之，才能沛然德教，溢乎四海，望弟勿在儿女情长中苟延。娟娟我宿志未践，安可贪欲？弟今膺陛下之托，幽燕域北，沃壤阡陌，岂任纳哈出之流跃马横威，心能安乎？王爷务以收北为志，以慰陛下。姐姐将竭诚不怠。"说着，双目信任地注视着朱棣。

娟娟是位才女，一席教诲愈加激起了朱棣对她的敬佩，那颗滚烫的心全部放在了难以扼制的情爱上。他越看，越觉得娟娟从外表到内心皆是世上最美的女人，激动得一把将娟娟搂在怀里，深情地说："姐姐所言，字字珠玑，朱棣必终日记之、终生求之，并请助我行之。棣唯缺姐姐这样的人疼之，日思夜想，今天算逃不了啦！"娟娟急忙挣脱道："好弟弟，快快放开我！田公公就在车旁跟着，兵勇随行甚多，如不松手，姐姐何颜再出车外呀？"朱棣说："姐姐，不用担心，外面只有公公。公公知我心，也知姐姐心，其他兵勇早让公公催调到车轿前后去了。好姐姐，今天弟弟说什么都不想走开了，只跟心上人在一起啦！"边说着，边将娟娟抱得更紧，继续柔声儿道："不管姐姐怎么骂、怎么生气，反正我喜欢你。也不管姐姐愿不愿意，我就抱着你，这是朱棣的一片心，已有年矣。我不怕任何人，即使父王为此不让当燕王了，那便成全朱棣了，立即同姐姐一起去辽东寻母，咱们生生死死永在一起！"此时的娟娟被朱棣的柔情彻底征服了，毕竟是个女人呀，正处在青春勃发时期，有感情上的需要，况且眼前在一起的正是一直深爱着的弟弟呢！她再也不能自持了，长久抑制的感情如岩浆迸发，不顾一切地反过来把朱棣紧紧搂在怀里。朱棣乘势将娟娟外罩的衣衫带子偷偷解开，娟娟没制止，任其所为。此刻，轿车正被九匹骏马拉着飞跑，跟随在车外的张玉和田公公边闲谈着，边催促着护兵迅速赶路。田公公好哼小调儿，骑在马上悠然地唱起了当地的吴歌：

> 日丽风和艳阳天，
> 群鹅展翅戏湖间。
> 一只白鹅潜入水，
> 激起长湖浪儿掀。
> 鹅呵鹅呵忒凶狠，
> 闹得四邻不得安。

燕王车驾十日后抵达北平，徐达率众将、群臣出城迎接，当地的黎民百姓纷纷扶老携幼地特意出来观看燕王和燕王妃。朱棣和娟娟在即将到达北平府之前，便出轿骑马而行，在城外四十里处与徐达大将军的欢迎队伍相会时，相互于马上揖礼。然后，徐达、燕王、秉仁公主三人并辔奔向燕王府，后有张玉、傅友德、朱亮等大将及田公公跟随。燕王府今天像过节一样热闹，张灯结彩，府门大开，所有的侍卫、役工、奴婢在鲍戎的率领下，跪地相迎。接着，早有燕王总管过来吩咐，将车轿赶进内宅后院儿，即元朝时的后宫。燕王妃徐氏下轿，在众女婢护拥下，进入以前元后所住之颐安宫，奴婢们将所带物品谨慎、小心地搬入宫内安置。

一切安排就绪，徐达等人来到后宫，徐妃以女儿的身份叩见父亲。父女叙谈少许，鲍戎便来禀告，欢迎燕王入藩喜宴马上就要开始了，请王妃、徐大将军过去。酒席摆在原西宫宴楼，十分排场，来的人很多，除北平府的所有大小官员外，还有山东、山西、河南、河北诸地的官员前来叩拜致贺，连辽阳的叶旺、龙卉夫妇也来了。宴楼内，一片美酒酣歌，气氛异常热烈；街巷中，到处灯花闪烁，高跷、秧歌扭得更欢，呈现出十几年来没有过的万民同庆的太平景象。

徐达大将军虽年未到五十，但由于多年转战各地，日夜操劳，身子骨儿一年不如一年，时常咳血不止，有时一次能吐半瓷盆儿，令人很是惊恐和担忧。燕王担心岳父住在帅府侍从照顾不周，再三恳请移至燕王府，专拨"青晖阁"为大将军居住，徐达只好答应。徐达住进后，除有郎中调治外，徐氏亦常来身边照顾，这是父女十数年来难得的团聚。一段时日后，徐达终因病体难支，异常虚弱，请求朝廷允准静养。朱元璋考虑北平府的重要性，下旨徐大将军仍驻镇北平，由郎中调治，年终可回京师小憩，来岁再去北平府。可怜魏国公尽管重病缠身，却还需执掌北国的军政要务，直到五年后已临病危，才从女婿、女儿处，即燕王府被抬回南京，不久便诀别人世。徐达在知自己寿命不永时，竭力将燕北之事托于爱婿燕王。为了壮大朱棣的力量，徐达除力荐一向看重的秉仁公主为辅相外，又推举张玉将军为辅臣，认为他不但深谙元裔情况，熟悉北方，而且智勇双全，能征善战，堪当此任；接着荐贤朱亮将军为副总兵官，说他了解燕山形势，为人耿正，对主子忠诚，有助于燕王的大业。这之前，徐达曾将自己信任的两位心腹爱将，一位是华云龙，另一位是何文辉推荐给朱棣，先后受皇封为燕王府左相，可惜皆在燕王入藩前相继去世。华云龙之死，前书已经说过。何文辉病于洪武九年春，被召回南京后，卒于那里。从此，燕王府诸事则由徐达亲自兼理，秉仁公主辅相协助经略。燕王就藩，徐达见他能把娟娟带来，又知道是真正喜欢，心甚安慰，遂嘱咐二人道："北平非独有燕王府，还要统辖黄河以北诸省，勿顾此失彼。北疆安固，则大明安适；北疆小乱，则天下难顺也。"徐达的话，说明了北平府的重要军事地位，正符合朱棣之所想。他早就暗下雄心，南有父王皇帝，北有儿子燕王，天下可稳固矣。

一日，徐达躺于卧榻，徐妃为父亲喂饮羹汤，朱棣在一侧相陪，娟娟前来探视徐大将军，坐在另一侧。徐达忽然考问朱棣和娟娟："儿等洞观形势，燕北近期可有兵事乎？"朱棣道："本王初到燕北，不可拈测，请秉仁公主说解。"娟娟道："以我观之，兵事必来，不可不防。"朱棣闻听此言一惊！刚想细问，徐达抢先问道："缘何？"娟娟回道："徐叔叔请想，而今燕王初到北平，元兵残部仍在燕北跃马，必乘势奇袭，以示元人在此，岂让尔大明朝的燕王高枕安眠哉？以娟娟之见，应先发制人，奇袭燕北元兵，以削其势，将必偃旗北遁。"朱棣拍手称赞，情不自禁地把娟娟搂住，笑着说："好姐姐，行啊，你也似我岳丈魏国公啦！"娟娟脸一红，轻轻推开了弟弟，没说什么。徐达冲朱棣说："孩子，别闹了，娟娟之计正合我意。好哇，一拍即合呀！我已命傅友德做好准备，待抓住时机，率兵扫北，剿永平、灰山之元敌。"果不出娟娟所料，冬日，还未等傅友德率兵出征呢，元兵残部突然南侵。由于徐达、娟娟早有防范，傅友德、沐英等大将奋力迎击，使敌手不仅没占着便宜，反而于洪武十四年春，被傅友德部占了大宁东北的灰山。沐英在此战中，也取得了很大的胜利，元兵只好偃旗息鼓，向北遁去。

　　燕地安宁后，徐达让朱棣乘机扩大自己的地盘儿，主张将辽东纳入燕王管辖之下。为什么呢？朱元璋在洪武三年和十一年两次分封诸子为藩王时，将全国重要地域都交由皇子们去驻守，认为可以稳固国基，唯独辽东未有藩王控制。直到洪武二十五年时，朱元璋才将韩妃所生之子、已分封到卫，即河北大名府一带的十五子朱植的封地移至辽东，此乃后话。正因为当时辽东仍无归属，所以，徐达便让爱婿插手辽东，占了辽东，燕北就有了巩固的后方，其人口、地利皆甲于西北诸地。可见徐达是很有眼光的，不愧为右丞相，为燕王想得十分周到。

　　朱棣颇有君临天下的王者之风，尽管年轻，又是刚刚来到北平就藩，目光却远远超出了幽燕之地。按照岳丈徐达的嘱咐，在秉仁公主的帮助下，他首先对辽东之地展开了攻势。他知道，控制了辽东，既有鱼盐之利，又有不尽的兵源，盈实武库，幽燕必成强中手。当他把内心的想法同娟娟讲了之后，娟娟毫无二话，表示一定诚心诚意地相助。她现在同燕王已非一般关系，此时就住在燕王府，日夜与朱棣厮守在一起，情意绵绵。娟娟的内心很矛盾，觉得对不起徐叔叔和徐妃，可感情这个东西有时是自己左右不了的。燕王酒后常与娟娟忘情私语："姐姐，本王心在东海。得东海，得兵财之源，天下在手矣，姐姐必当为后。"娟娟总是制止说："好弟弟，勿胡言。力行寡言，天人一心，可也。"此话讲得挺深奥啊！

　　各位阿哥，朱棣后来真的君临了天下，可以说非一时之功，也非一人之功，有不少人帮他。就拿此次对辽东的攻势而言，前书我们讲过，燕王从京师带回了乌勒甘老玛发等四个女真人做燕王府的听差，现在派上了用场。朱棣让他们带着拨给女真人的钱和粮，回到东海，娟娟、叶旺、卜家奴亦随同前往。到了故乡后，经乌勒甘老玛发等四人的说服和娟娟他们做了大量的工作，终于在洪武十五年春，于雅兰地方建立了雅兰卫。它是大明在东海的第一个地方政权，标志着南部的广袤地域已控制在朝廷手中。过去，西海岸北部约色河一带无人管理，究竟有多少部落、多少人口全不清楚，可以说是朦胧之地。通过走访，将散居在山中、经年以渔猎为生的五十余个大大小小部落的千余口人全部划入了大明户籍，并对这些地方做了较详细的记录。

　　娟娟受燕王之召返回北平府后，叶旺、卜家奴不顾艰辛，又率人从东海岸苏昌河河口顺海岸线北上，经雅兰河、希鲁河、呼野革河、赛金河、塔那河上溯到伊曼河源，行程七八百里，沿途访问了女真野人诸部。他们原来生活得十分闭塞，有的根本不知世上是何朝何代，从未见过官府之人。山野部落的子子孙孙，朝发夕归，渔猎为食，老死少生，循环往复而已。而今，叶旺、卜家奴在这些地方建起了东海驿站，从绥芬河、瑚布图河，越过锡霍特山西麓到东麓，有三百余里之遥。山路崎岖，马、狗、舟船皆不好行，只能步行，每隔三十至四十里设立一个步站，互相击铁相连，传报信函，以人背篓儿徒步往来。从苏昌河西行，沿海边儿进入晒鱼湾，再进入珲春恤品路，于那里设立了珲春恤品卫。自洪武十三年至洪武十五年夏，由于派去的四位女真人和叶旺等人的努力，使东海女真人与内地辽阳、北平府的关系越来越密切，还因建卫、设立驿站、步站，所以朝廷对当地物产、习俗以及各部落的历史、生计、户籍都有了较翔实的记录。元朝时只是概算，没有做过认真的调查，并且很多地方始终无人管理。目前不同以往，大有改观，真正使东海南域进入了大明的版图。

叶旺考察之后，带着那四位女真人专程去北平府拜见燕王和秉仁公主辅相，将几个留于燕王府当差的女真人交还之，并把所得到的情况一一禀奏。二人听后大喜，设宴款待。因朱棣生性好动，故而自离宫以来，犹如出笼之鸟，早想尽情飞翔，到各处周游，开阔视野，广览天下名胜。今听叶旺谈到东海风光，他不由得生发出心驰神往之望，在席间突然提出："好哇，本王愿同秉仁公主、叶旺将军同赴北域东海。以前去过浙江之东海，然未到过辽东之东海，到那儿巡游一定其乐无穷也！"叶旺害怕呀，护王远行一旦有个闪失可怎么得了？一时不敢应承，便瞅了瞅娟娟。娟娟多聪明啊，明白叶大哥的意思，是在征询自己的意见。她心中始终惦记着寻母之事，由于回北平府后，一直被朱棣缠着，故未与田田弟弟联系，当然不能成行，只有暗自着急。此刻她一听燕王提出要巡游东海，心想："若能随同北去，正好对母亲的踪迹可详查个究竟，是个好机会。"于是欣然同意道："叶旺大哥，放心吧，燕王北上有兵马护卫，不碍事的。路上最好着民装，要严加守密，使知晓者越少越好。皇帝之子亲临东海巡游，前所未有。本朝有此一举，可谓朝廷对北疆的眷顾，乃国家隆兴之表现，东海之福祉也！"娟娟的一席话，说得朱棣心花怒放，忙道："就这么定了，按秉仁公主之言，一切听姐姐的安排。"叶旺听后，琢磨着燕王要带兵马、侍从，又扮装前往，有辅相陪同，估计不会有大事，便放心了。

洪武十五年春四月，朱棣挽留田公公迟回京师两个月，令他照应好后宫诸事，特别是王妃的食用等项马虎不得，还嘱咐妻子要多多保重，带好孩儿，精心侍奉父亲徐达，又交代张玉主管战事，鲍戎统管库用，朱亮仍镇守燕山，然后便在众兵马的护拥下，由辅相秉仁公主和叶旺将军陪同，带着两个当差的东海女真野人其黑纳和西郎哈，悄然离府，向山海关而行。

燕王这次北上，化名为祝公子，娟娟和叶旺皆武士装扮，外人看去，只道是富家子弟外出远游，一切就绪，下令起程。刚至城门，突接京师急报，马皇后痼疾又起，急求北域虮角治热症。朱棣心想，去东海正好可采收虮角，回到京师献给母后。一队人马不停地疾行，很快到了辽阳，打算小歇几日。娟娟趁此机会，去叶旺家中看望龙卉。娟娟见她虽然有了五岁的女儿，比龙花的孩子小，由奶娘照看，但本人还是那么苗条、秀美，一点儿没变。娟娟自是高兴，忽然想到龙卉原来就住在东海，对女真人颇熟，何不请她同行？忙将想法一说，龙卉特别高兴，早想故地重游，叶旺当然同意妻子伴随娟娟了。

此间，娟娟陪同燕王巡视了辽阳府衙。如今的辽阳卫比当初有所扩大，为加强治理，朝廷早降旨卜家奴、巫顺升任辽阳副都指挥使司同知。他们一见燕王来府，马上大礼参拜。而后卜家奴禀道："前些日子，田田和岳索图二位将军不顾纳哈出的反对，齐心合力把站赤的管理权拿到了自己手上。这样一来，辽东的所有站赤，已完全归属大明，纳哈出只能龟缩在金山一隅了。"朱棣很是满意，笑着说："好，干得不错!"娟娟乘机有意向燕王讲了田田弟弟的另外一些故事。朱棣兴致勃勃地听着，越听越喜欢田田的品德、为人和武技，或许是爱屋及乌吧，那是从心里亲近，于是对娟娟说："田田将军是熟悉北方诸部的传奇人才，天上难找，地上难寻。真想请他来北平府，本王将聘为谋士和辅臣，只盼能早早见到才好。"娟娟听罢，爽快地答应下来，说道："好弟弟，放心吧，田田将来一定会成为你的重臣。不过眼下还不能如愿，因为已令他在金山驻守一段时间，待皇上降旨最后解决金山问题时，需和岳索图大哥与我们里应外合办好军务大事。你不用着急，等从东海巡视归来，姐姐让田田、岳索图一并来叩见燕王就是了。"朱棣边听边点头答应着。这时，站在一旁的巫顺向燕王叩请能否将自己的胞弟巫利也收下，娟娟赶忙介绍道："巫利是元朝站赤的首领，生于北方，熟悉女真语，实为不可多得之能人也。"朱棣信任娟娟，啥话没说，慨然应允了。从此，巫利便从乌蛇岭驿站的一个小头领，一下子升进了燕王府当差，可谓一步登天哪！巫顺激动得跪地代弟弟叩谢王恩，然后立即命人传巫利。现在的巫利确实不同以往，受兄长巫顺的影响，不少劣迹早已消除，俨然变了个人，成了稳健、成熟、干练的大将了。巫利来了以后，为表示被王爷重用的感激之情，用八担弓在苑中射了一头鹿，供燕王一行人享用。朱棣看了甚喜，封他为燕王府武备，即备御职，管理军旅。其家口暂不动，待燕王归返北平府时，再带着一同前往。此次燕王北行，巫利随之，以备御身份护驾。

看罢辽阳，燕王一行向东海进发，其黑纳和西郎哈走在前面做向导。其黑纳回过头来问燕王："王爷，东海很大，想去巡游什么地方啊？"朱棣说："本王跟着你们走，这样吧，先到你俩原来所在的部落看看吧。"于是，二人便带他们去了东海锡霍特山下赫思痕部所属的一个小分支——艮兑部落。

艮兑部落的部落长叫艮兑妈妈，是位年轻的女首领，部落的名儿就是根据她的名字而起的。该部落仅有四十多人，皆在山旁的高阜之上挖地而居。地屋很有特点，房盖儿上面有门，以木梯通行内外；屋子的里面依山势筑有地仓，弯弯曲曲的，不怎么宽，约两人深；四周用石头垒起，再墁以泥草，很是坚固。多口之家的，住三室相连的地仓，小家子的则一室一仓。室内有炕，于地中间的坑中笼火，烟从顶部开之洞口儿而出。冬日全住这样的屋子，尽管外面雪厚数尺，地下却暖烘烘的，光裸着身子都不冷。春末之后，天渐渐转暖，人们便从地屋迁到于高树上搭建的树屋居住。所谓树屋，即在树上盖起的小房，有单体式和连体式的。从远处看，像鸟巢一样，不过比鸟巢要规整得多，也大得多。林海深处，树木密集，将树头削掉，就可一个连一个地接连搭建起十几间相通的连体树屋。特别是在密度大、跨过山岭的丛林中，更方便搭建高低有序、大小有致的连体树屋，看上去十分壮观。树屋搭建得高低，主要取决于树基，即树干有多高。树高则室高，树矮则室矮，参差错落，起伏于山林之间。树屋是用各种树皮、皮革、草编而成的，色彩斑斓，颇为美观。人在树屋中居住，既防地下的虎狼，又防潮湿，夏天凉爽、干燥，不生病。树屋之外，悬挂着乌头等草药，可防蟒蛇袭扰。每个树屋都有悬梯，供人们上下时用。悬梯有两种：一种为软梯，如吊杆儿、吊绳儿等；另一种为硬梯，搭在固定的地方，如楼梯一般。每当夜深时，把软梯收到树上，免得野兽或歹人爬上去，早晨用时再放下来。

东海女真野人多居住于依山傍水的地方，树林里的野兽多，水里的鱼也多，多到一瓢可以舀上十几条，大鱼的骨头还可以盖小屋用。生活环境决定着他们以游猎为生，狩猎捕鱼，兼采人参。养狗亦很有名，因除了狩猎用狗之外，冬天山道里须用狗橇作为交通工具。所穿之服装多用兽皮、鱼皮缝制，鞋有用兽皮做的，有用鱼皮做的。不论男女，皆喜穿长袍儿、短裤，外有套裤，脚蹬鱼皮温得。妇女围头巾和胸巾，戴一对儿大耳环或双耳环，男的戴银环和鼻环。在锡霍特山里居住的女真野人爱好文身，身上文有各种式样的花饰，并将用针刺过的皮肤表面染上颜色，终生不掉，以表示自己的信仰和观念。

当燕王一行走近艮兑部落居住地时，其黑纳、西郎哈分别拿起木棒和石块儿，边走边噼噼啪啪地敲击着树干。往林子里走得越深，敲得越响，而且不断变换着各种声音。与此同时，二人还双手捂着嘴，发出一种尖厉的叫声。燕王询问其意，其黑纳解释道："禀王爷，这是暗号儿，本部落的人听到后，就知道是我回来了。不然的话，族人很可能从哪棵树上，或者哪个洞口儿、哪片草丛中冲出来，张网或射箭，把咱们当成坏人抓了，甚至毫不客气地杀掉。"说完，敲击得越来越紧，声音越来越大，并一声接一声地呼叫着。

忽然间，只见从林海四面吵嚷着冲出数十名女真野人，有的手拿木棍，木棍的一头儿用皮条儿绑着木槌儿、石斧、石矛，有的拿着用铁磨得锃亮的大刀、短刀，也有手握石匕首、骨匕首的，个个耀武扬威。当他们看到了其黑纳和西郎哈时，纷纷争抢着上前搂抱着，大声儿吵叫着，听不出说的是一种什么语言。相互间还抱着啃咬耳朵、脸蛋儿、下巴颏儿，不停地蹦着、跳着，不知怎么乐好了。那个亲劲儿呀，让谁看了都得目瞪口呆，而且会不自觉地跟着咧嘴笑。巫利告诉燕王："他们是在问候呢，打听二人是怎么回来的，以为早让虎狼给吃了呢！还说今日能见面，真是大喜呀！其黑纳正在向族众介绍来的是何人以及那些天的不幸遭遇，怎样受苦、怎样遇到好心人的帮助，等等。并说眼前的这些人心肠好，是朋友，全仗他们把我们十几个人救了出来。"由于有其黑纳、西郎哈的引荐，女真野人对朱棣等人的态度甚为友好，主动走到跟前表示欢迎。他们也不知道什么王爷呀、公主哇，只是叫着来人的名字，对外来的朋友同样连抱带喊的。巫利见此，赶忙用女真语阻拦道："轻点儿，轻点儿！我们的公主体格软弱，可经不起使劲儿抱呀！"人家根本不听，不管是男是女，就是个抱啊、跳啊、叫啊的。娟娟早在乌蛇岭蚰蜒洞见过女真野人，也体尝过这种热情，因此并不觉得有啥不妥，由着他们。女真野人就这样碰来撞去、搂来亲去的，越跟他近，越觉得你的心都交给他了，没藏心眼儿，便越发高兴。

大家相互簇拥着，很快来到了一个地方。此处林深且茂密，绿荫蔽日，树上排列着整齐的树屋，地下是个平场，有几个火塘，支架上正吊烤着狍子、鹿、野猪、野兔呢！草坪旁有个用石头堆成的小水池，将从山上流下来的潺潺泉水储存在池子中，作为餐饮、洗漱之用。草坪的另一侧圈了三个围棚，围棚里分别养着马、牛、羊、鸡、鸭，很是齐全。山泉旁边开出的小片儿荒地上，种着各种蔬菜，有白菜、野芹菜等。在一山坡儿处，可见用树枝围成的茅厕。看来，这便是该部落的居住地了。燕王、秉仁公主和随从全是头一次来到艮兑，对处处都觉得新奇、可爱，兴致蛮高的。他们看到各家的生活井然有序，根本不像传说的那样散乱不堪，只是居住地不同，生活上的规矩、习俗不同而已，还看到，靠西面有个地方矗立着高大的树桩，上面刻着各种各样的动物和人的头像。朱棣很好奇，遂让叶旺问一问高高的柱子是做什么的。叶旺马上走过去向那些人打听。其中一个人告诉他："那是艮兑部落桩子，也就是祖先桩，部族的象征。上面刻的人像是部族各代的女罕王，族人年年祭祀，杀生时，须往桩子上抹兽血。"面对代表世族标志的桩子，仔细一想，的确觉得很神圣。桩子的下方堆着不少动物的骨头，有牛的、羊的及各种兽骨，显然是祭祀时上供用的。供上的是整只动物，时间一长，肉烂没了，剩下的自然是白骨。

朱棣、娟娟等人走进了一座小泥屋，见里边放着女真野人自己造的石磨，用来碾米磨面，屋外的树上拴着皮绳儿和草编绳儿，绳儿上晒着一排排的肉干儿，在太阳底下呈暗红色，有亮光。他们正到处观瞧时，传来话儿了，说部落女罕请客人到树屋问话。

其黑纳、西郎哈领着燕王一行从硬梯攀缘而上，见各树屋之间，有天桥相通。所谓天桥，即指这座树屋同另座树屋之间，用圆木铺成的甬道，为行走安全，甬道两侧钉有扶手。因为树很高，从直上云天的树上往下看，又是山岭又是山涧的，眼晕哪！妇女和小孩儿便把着那些扶手前行，就不至于害怕了。到了夜间，也可防止由于天黑，不小心一脚踩空或风大掉下去的危险。可见，女真野人对所生活的环境可能发生什么意外情况考虑得很是周到，对不安全因素能防患于未然，看着这种由此而产生的极为实用的设计，怎不令人敬佩！燕王在上面走着，真像到了另一个世界，觉得新鲜，更感惊奇。难怪呀，像朱棣等皇室里的人，从生下来整天住在深宫里，哪里能想得到会别有洞天、一个与自己的安乐窝完全不同的生活处所呢？娟娟、叶旺也是头一次登上树屋，看着这一切，同样大开了眼界。进了树屋里面，见四周多以兽皮、鸟羽装饰，在充足的阳光照射下，显得五光十色、格外美丽。铺的、坐的十分松软、舒服，你道为什么？原材料皆为皮子，那能不暄腾吗？门多以草编或皮张缝合，门钉儿一色是木头磨制的，门帘儿则用皮条儿拼就而成，挺严实，可以防风。

女首领艮兑妈妈热情地将大家请到自己住的房子里。从她颈下所戴的野猪牙看，年纪不算大，三十岁上下，头上戴着鸟羽翎翅的彩冠，冠顶儿镶有一颗大珠子，中间乃鲸鱼的眼珠儿，外圈儿用红宝石镶嵌，为女罕所特有，是权力的象征；身上穿着猞猁皮的大披衫，脖子上、手腕儿上戴着珠串儿，耳朵戴着金环，并且是两个环儿套在一起的双金环，金灿灿的闪闪放光。旁边侍奉她的侍男，耳、鼻均戴耳环和鼻环，光着的身上有彩绘的文身，腰间围着用皮子做的花饰围腰，从远处望去，好像全身缠着彩绸一样，非常好看。侍男们年龄不大，十七八至二十岁之间，有不小的权力，在部落地位很高，从不出外打猎、捕鱼，只有一个差事，就是侍奉女罕。巫利小声儿告诉燕王和秉仁公主："这些人全是女罕亲自挑选的爱男，夜晚与她同眠，白日护侍于左右。他们所生的子女，均由指定的人带到另一树屋或地室抚养，长大便是部落的人。可以说，部落中的男女多是女罕所生。女罕到了一定岁数，身子骨儿不支了，要将她请下台。不愿下的，就毫不客气地往下轰，再选部落中聪明美丽的年轻女子为罕。女罕的选定多经角斗和征杀，每个女罕都有一伙儿人，待战胜对方后，立为罕。因此，次次动荡，部落皆有生死之争，两三年后才能渐渐平息下来。这位艮兑女罕已在位十二个年头儿了，共生十个孩子，七儿三女。她吃得好、穿得好、睡得好，只管生育。北方虽冷，但婴儿由于适应了北地的寒气，冻不死，成活率很高，唯一怕的是瘟灾。不过山中人少，一般不与外地联系，瘟灾并不多见。"巫利讲得津津有味，朱棣和娟娟像听故事似的抻着耳朵听着，生怕漏掉一个字儿。

燕王、娟娟等人对女真部落的礼俗十分尊重，当来到艮兑妈妈面前时，亦俯身致意。旁边的其黑纳向首领一一介绍客人。女罕高兴地站了起来，然后坐了下来，再招呼客人坐下，随之捧出装有榛子、山里红、灯笼果的托盘，请各位品尝，又献上了各种肉干儿，如狍子干儿、鹿干儿、兔干儿、鹌鹑干儿、鱼干儿、蟒蛇干儿等，让大伙儿边说话边嚼。肉干儿是怎么做成的呢？先用盐水、花草水、桦木水、椴木水、槐木水、番草水等浸泡，之后于阴凉处晾晒，待干得差不多了，接着用野番椿、野芹菜、麝香等进行第二次浸泡，放到地窖中存放一年，取出即可食。肉干儿不但能饱腹，而且清香可口又不硬，吃而不腻，嚼而不厌，口中香气久久不散。

东海女真野人部落的特殊吃法，令燕王等人大增了胃口，从心底里喜欢锡霍特山里的人和这块儿质朴淳厚的风水宝地。朱棣看女罕手上戴的金戒指挺特别，忙问从何得来？女罕答过之后，再由其黑纳翻译给燕王听。原来东海各个部落所需的日用百货和金银首饰是从三条渠道进来的：一是将本地产的貂皮、狐皮和土特产向元朝大都或金山纳哈出进贡，他们则赏赐一些日用品或金制品。二是族人带着本地之皮货、土产，到辽阳集市以物易物得来的。女罕手戴的金戒指，就是三代女罕温温妈妈从开原金店用二百张猞猁皮换的，临死前送给了她。三是有些尼堪贩郎挑担子或赶着马车进山叫卖，能买到诸如针线、发卡、木梳、刀、剪、布帛等物。女罕旁边的男侍说："对以物易物的做法，因为我们不会算，所以很亏账。大明朝的都城南京离我们部落太远，一个来回要用几个月，走不起。大都，即北平府倒近些，月余便能往返一次。可是现在市面儿挺乱的，盗匪又多，不敢离家到处走。何况金山纳哈出大帅还设了不少巡逻兵，若是碰巧遇上他们，就得被囚禁、关押或收为他的兵勇，再也回不到部落里了。"女罕补充道："我们这儿特别缺铁器用具，像什么铁盆儿、铁锅、铁勺儿、铁叉、铁锹、铁镐等，只是山外的尼堪或多或少有一些。可东海人很难弄到那样的宝物，要想得一件，得用上几十张貂皮加几张虎皮、豹皮换才行呢！"朱棣边听，边若有所思地点点头。

唠了一会儿，女罕领着燕王、秉仁公主等人下了树屋，走到泉水边，那里有几个大白石盆。是怎么制作的呢？很简单，就是把大石头的中间凿出凹形，这便成了，称之为石盆，可以用来盛水，很重，几个人合力都抬不动。有的是把小块儿石头四周凿一下，成为半圆形后，接着凿里面，打造出盆形，也名曰石盆，需两个人才能搬得动。用来做饭的家什更有趣儿，是将一块石头经过两年多的日日磨凿，凿成大锅样儿，称之为石锅，上面没有盖儿。把它放在用石头和泥土垒的灶上后，从此再不搬动，下面生火。用石锅做饭或煮肉、烧水，得烧好几个时辰才能热，煮出的肉半生半熟的。通常情况下，女真野人吃生食，食生米、生肉、生鱼的习惯，与他们的生活条件有很大关系。再说，凿石锅那是个慢功活儿，要有耐性，一点儿不能马虎。若操之过急，石头易于断裂，就得重新凿，需再选石料，很麻烦。在部落里，凿石锅算是个手艺活儿了，一般人还真干不了。选石、磨石、凿石、看石纹均有讲究，古代人有古代人的特技，不是所有的人都能干得来。燕王见到这一切，不只是长了见识，还对女真人的艰苦生活深表同情，感慨地向女罕说："本王知道了你们的苦处，待回去以后，会想办法弄来一些锅碗瓢盆及日用百货的。一定能帮助大家，使族人的日子尽量过得好一些。"娟娟转过头来同朱棣商量："等把纳哈出制服后，咱们可否在各地驿站设商货点，按时供货。最好于春秋两季办'谙达卖'大集，以便互通有无、以物易物。"朱棣当即点头表示赞同。艮兑妈妈笑着说："要是那样敢情好了，族人还不得盼星星、盼月亮似的盼着大集开张啊！"朱棣说："本王记在心上了，放心吧，这一天会到来的。"

接着，女罕又向燕王等人讲了一件令人痛心的事儿，当知道龙卉也会女真语时，便请她来给翻译。女罕说："这件事儿男人讲不清楚，只有女人才能说得明白，是本部落三代女罕温温妈妈的故事。温温是因为难产而死的，死时只戴二十七颗野猪牙。"女罕此话是什么意思呢？东海女真的女人是从一岁时戴第一颗野猪牙，每增一岁加一颗，说明温温妈妈只活了二十七个年头儿就死了。她接着讲道："温温妈妈不但貌美，而且特别能干，把部落治理得井井有条，威望很高。她有身孕后，初期还挺高兴，可到夏天该生孩子的时候，却是难产。由于天气炎热，族人将她赤身裸体地抬到树荫下，折腾了好长时间，憋得嗷嗷直叫，怎么也生不出来。在锡霍特的山林中，上哪儿弄催生药哇？再说现采不赶趟啊！女真部落有个规矩，罕王有难事儿，人人必到场。部落的男女老少全来了，纷纷跪在地上，祷告众神保佑。由萨满跳神击鼓，族众围着女罕含泪高唱，祈求神祇给以力量，护佑孩子能够顺利降生。可是不管族人如何不停地唱啊、跳呀、喊哪、叫哇，还是不成，一点儿没帮上忙。女罕躺在草编的软席子上，腹部鼓得高高的，不少男侍跪在地上，用手给揉着肚子。有的还摁着她的两条胳膊和大腿，帮助使劲儿，怕疼得忽然坐起来到处乱跑。大家声嘶力竭地为女罕加油儿，安慰她，鼓励她。女罕使出了全身的力气，仍然不见婴儿的头。族中的老人看她那痛苦的样子，真是心疼啊，便去劈石片儿。大伙儿从最薄、最尖厉的黑石片儿中，终于找到了石刀，并用石刀划开了女罕的肚皮。随之只听'嗷'的一声，疼得她昏了过去，鲜血四溅。孩子是取出来了，可怜的温温妈妈却离开部落走了，永远地走了。"讲至此，女罕已是满脸泪水了。朱棣也眼含热泪，关切地问："那个孩子在吗？"艮兑妈妈说："在，在，就是我身边的'小都都'！"大家一看，眼前站着的是个长睫毛、红脸蛋儿、大眼睛，头上扎个钻天锥儿，脖子上戴着五颗野猪牙的小女孩儿，看来三代女罕温温妈妈已经去世五个年头儿了。当听大人们说到她时，赶忙躲到了女罕的身后，胆怯地探出个小脑袋瓜儿，吃惊地瞅着这些陌生人。娟娟很是喜欢，走到女罕跟前，蹲下身来，把小姑娘抱进怀里。艮兑妈妈叹口气说："咳，当时要是有铁或有刀，温温妈妈就不会走。那是我们部落的英雄啊，直到现在，大家始终忘不了她呀！"

  艮兑妈妈领着燕王、秉仁公主等人来到了部落氏族的墓地，看到在一根高三丈，刻有虎头、百鸟的大原木的图喇柱下，有数百个坟包儿，每个坟包儿上插着佛朵。坟包儿后是用石头砌成的长方形墓穴，墓穴里面有的是僵尸，有的是白骨。据女罕介绍，墓穴里，有些是死在部落中，点火焚烧后，将尸骨放在里面；有些是死在野外，把尸骨捡回来再放到墓穴里。一代女罕因到处征战，尸体早已无处寻觅，所以为她建了一座只有个鹰头的空穴，里面所放之白骨不是人骨，而是族中人为上供祭献的百禽及猪、鹿等百兽，年久肉烂没了，只剩下白骨。二代、三代两位女罕死后，行了天葬。即竖起高木架，将尸体陈放在架子上，以接受太阳光的恩赐，尸体全部腐烂之后，说明神灵已经收留了她的魂灵，再将其白骨如数收入石墓之中。艮兑妈妈指着部落的图喇柱，说："此为鹰头桩，柱子上的两只鹰眼睛，是取两位已故女罕每人一块儿腕骨做成的。它象征着女罕仍在指引族众披荆斩棘，共同战胜天灾人祸，努力开拓生存之路。"这时，朱棣看到在墓地一侧有个白骨屋，便好奇地走过去观瞧。女罕告诉他，那是将上千块儿骨头用草与柳条编串成的尸骨房子，又称骨骸楼，是用本氏族部落同外氏族部落历次争斗中被杀死的人骨搭建起来的。其中，两次争斗都是为争水源、争山头儿而起，部落的人死伤甚惨。为了纪念死去的族人，大家分头把尸体抬回来，将其颅骨放在房脊上，其余的骨骸填充到房子里，建起了骨骸楼，也是氏族的大坟地。骨骸楼还在不断扩大，因为当时有些人并未找到，后来才陆续找回来了。女罕手指着另一处方圆很大的尸骨坑，说："那个坑埋的全是仇人部落的骨骸，有的是在争斗中被我们杀掉的，有的是被掳来囚困、死后扔到尸骨坑里的。日积月累，坑越挖越大，逐渐变成了今天这个样子，是秃鹰、野狼常常光顾之地。"众人见尸骨坑的骨骸横七竖八地摞了一层又一层，已快把大坑填满了。

经了解，艮兑妈妈的部落只是个小部落。在锡霍特山中，像这样的部落能有几十个，相互间有的有联系，有的根本没联系。每年春秋两季，有联系的部落都在山里举办部落间的交易，规模不大，互换食品、衣物，互通有无。还有的部落间常有"谙达"聚会，即朋友之间的聚会，男女老少皆可参加，有摔跤、射箭等竞赛，更重要的是，男男女女有机会在聚会上相识、沟通，进而结合。当时，有些女真部落的规矩是，本部落的男女不能结婚，只能受外部落的礼聘，故此，形成了不少舅舅部落、姑姑部落。

在"谙达"聚会时，不同部落的男女相互中意者，可以在大地野合。野合时，在住处外面悬挂野花儿束或柳树圈儿，别人见了，便不会打扰，氏族也不得阻拦。并说这样的结合，生下的儿女聪明、健壮，能使部落丁口兴旺。燕王问女罕："我看你们部落的人丁不多呀，怎么能有这么多的骨骸墓？还有外部落人的许多骨骸呢？"艮兑妈妈说："锡霍特山是我们祖先部落之地，前边八里远有个大山洞，叫赫思痕洞窟。本部落的人在那里已经有百余年的历史了，部落的名称是'赫思痕'。这个洞窟附近有些有毒的大黑蜘蛛，因部落的人已与毒蜘蛛相处十几代了，所以也就不怕了。山中风光好，猎物多，战事少，可以安居乐业。那还是三十多年前，来了一支元朝的马队，约有上千匹骏马、万余兵丁，说是为抄剿逃进锡霍特山的女真人。这样一来，原来住在此地的东海女真人可遭殃了。元兵大肆烧杀抢掠，掳去了部落两千多人，如果不是迅速逃进深处，更多的人很难躲过那场灾难。大家见元朝马队走了，又纷纷回来了，收拾了本部落族人的尸体，并找到附近一些分支部落被杀死的人，堆积起来，才有了今天的白骨堆。赫思痕妈妈是我们部落的主支，眼下在伊曼河一带。于北方离这儿四百多里的地方，还有分支部落，女罕叫萨勒奴妈妈，住在海滨，我这个部落只不过是其中的一个小分支。东海女真人可被元朝害苦了，被驱赶得四处逃散、背井离乡，苦不堪言哪！"娟娟、叶旺、鲍龙卉、巫利听完女罕的讲述，方知艮兑妈妈的部落，原来是萨勒奴妈妈的晚辈部落。

前书说过，娟娟、明月长老、叶旺、李佑等曾在乌蛇岭见过萨勒奴妈妈。娟娟便问："艮兑妈妈，去看望萨勒奴妈妈该怎么走？"女罕说："要是从山里走小路，十多天差不多能到。听说萨勒奴妈妈已经过了大岭，到伊曼河河源去了，如果真是那样，得用一个来月的时间才可能寻着。我们已跟他们断了联系，再说相互间隔得太远，各占一些山头儿、一片海边，自谋生路。又由于金山纳哈出常来袭扰，只好各顾各、自保自了。"艮兑女罕是个热心肠儿，尽管并不清楚来的客人都是什么身份，只知道是自己的孩子其黑纳和西郎哈作为朋友引来的，就认为肯定可靠，也才一五一十地把所知道的情况全部做了介绍。岂知女罕只是出于率直，说者无心，听者却是有意。燕王从她口中得知了东海女真人的生活状况后，马上产生了应该实施救助的想法，等回到北平府后，准备一一落实，以示对艮兑妈妈盛情款待的感谢。

艮兑妈妈待客尤为热情，特命族人捕来三只鹿，又从乌苏里江上游网了二百多斤重的大勾辛，用烤香汁鹿脯、生鱼丝，以及自己酿造的果酒、鹿奶酒款待来客。燕王在宫中早已吃腻了百样菜，也是平生第一次到北疆东海女真部落享用当地的佳肴，过去从未看到过，亦未听说过，更未品尝过又肥又嫩的大勾辛生鱼丝，对此道菜的做法尤感新奇。只见女罕命七八个人抬来一个用大块石头凿刻成的石凹，将切好的生鱼丝倒进去，再放进十几种山野菜，还有什么野香料、野花蕊、野蜂蜜、野酸浆等，又加进些东海人自己熬制的海盐一起搅拌，这便成了。入宴时，大家围着石凹席地而坐，旁边篝火熊熊，边烤着鹿肉边喝着酒，随意而餐。姑娘们在大家吃喝之时，围着篝火跳渔舞、猎舞，唱起粗犷的献酒歌；男人们则拍手击节，时不时地高声儿狂呼，气氛异常热烈。朱棣面对此情此景，高兴极了，实在按捺不住激动的心情，不禁跟着高声儿唱了起来。后来，他逢人便讲："那次在东海，艮兑妈妈的款待，是我二十多年来吃过的最香、最美的一顿佳肴。"朱棣称帝后，曾把东海女真野人请到宫中，专门为他做女真野宴。

燕王朱棣和娟娟一直挂念着病中的皇后，知其需要虬角治大热。虬角，即海象牙，海象产在北冰洋及堪察加的北海中，只在冬季捕猎时才能得到。艮兑女罕听说以后，很是热心，一定要与他们同去海滨，帮助弄此物。她说："你们是外来人，去了未必能行，我可以在那里的部落中搜集到。"为去海滨，女罕命人牵来马鹿。经过了解得知，这些马鹿都是从小捕来自己驯养的，跟人相当熟了，一吹口哨便会跑来，可以乘坐。马鹿生性喜啃地上的碱，爱吃盐，只要给它一点儿盐，就跟你亲近，唯怕生疏的人，见生人立刻跑走，越喊越逃得快。马鹿善穿林越涧，能上山，行动迅速，比马灵巧，体魄健壮于梅花鹿，其驮载能力亦远远超之。

由于特别适于山区骑用，故而东海女真野人的一些部落户户驯养马鹿。下人牵来了十几头马鹿后，女罕对客人们说："大家随意吧，愿意骑马鹿的，那就坐上；不想骑的，仍可骑马。"朱棣年轻、好动又勇敢，机会岂能错过？表示一定要骑当地的马鹿。娟娟、叶旺、巫利、龙卉也跃跃欲试，照此行之，自己的坐骑则由随从和护卫牵引着跟在马鹿的旁边。女罕身边带着十数个男侍从，自然少不了其黑纳、西郎哈，显得蛮威风呢！他们于前面引导，燕王在众人的护拥下于后面跟随，一行人马向东而去。

因为人人都骑马鹿，所以没走平时常走的猎道，而是从森林中山谷的鹿道穿行。尽管本没有路，只是一片丛林，有的地方甚至是满目蒿草，然而却挡不住马鹿，极其灵巧地穿过去了。再往前去，有时是走山谷中溪涧边儿的荒路，有时是在半山腰儿上穿越林海。燕王等人已完全不辨方向，分不出东南西北了，只是跟在女真野人的后面往前走。锡霍特有不少高高的山巅，也有十分陡峭的峡谷，骑马鹿走在上面，根本不敢侧身往下瞅，那可是万丈深渊哪！过了深涧，时而可见群鹿、黑熊在林间奔跑，从上俯瞰，像是一些小蚂蚁似的，令人头晕目眩。女罕告诉燕王："东海窝稽部是个神秘的地方，凡是逃到此地的人，只要隐入林莽之中，纵有千军万马，也难以寻觅。山高林密，洞穴甚多，沟谷纵横，巨石嶙峋，地产的植物千万种，能食用的就有几百种，山中泉流交织，水量充足，野兽、野禽多得是，不愁吃，不愁穿，不愁喝，更不愁藏身。所以，从宋元以来，凡来东海窝稽之地藏身者，皆逃过了官兵的欺凌、搜捕。东海窝稽部是天神的怀抱，只要投入其中，任何人休想擒拿住。"朱棣边听女罕介绍，边仰望着无边的密林和高耸入云的群山大谷，深感这里真乃天神赐予的宝地、福地！

女罕带领众人经过近十天的行程，终于来到了海滨部落。燕王同样是第一次见到海天一色、一望无际、波涛汹涌、异常壮观的鲸海。叶旺前不久倒是来过，还建立了雅兰卫所，却不知此地有艮兑妈妈的小妹妹率领的海滨部落，为艮兑妈妈下属的小部落。姐妹俩的分工是：艮兑妈妈部落以猎业为主；小妹妹的部落以熬海盐、捕鱼为主，冬日还需沿海滨北上鞑靼海峡，进入白令海峡，打海豹、海狮等。艮兑妈妈的妹妹也像姐姐一样，热情地招待了燕王一行，并送给精选的上等虬角五根。朱棣对东海人的慷慨和盛情感激不尽！

在海滨部落住了两日后，因急于将虬角送回南京，燕王决定与东海女真部落告别返还，女罕族众载歌载舞地送客人五十余里。不过有件事一直使朱棣感到困惑不解，便在回程中问艮兑妈妈："我们一行数十人多有打扰，蒙女罕盛情款待，如遇故交。可是为何始终不问我们是哪里人呢？若纳哈出之辈也来骚扰，女罕亦如此乎？"龙卉马上将此话做了翻译。女罕笑答道："纳哈出的兵将若来，族人早隐入深山，何有相见诚待可言？我们的一切以声音相系，同声相吸，同气相求，部落有自定的暗语。当你们初进山时，其黑纳已经发出了暗号儿，知为自家人，何必防范？至于各位究竟是何处人，更不必狐疑了，能将我的孩子们从南京救回，必是大恩人，而且看得出你可能是当朝高官，身边有如此众多的侍从保护，我们怎能心中无数呢？只求贵官知道东海女真人生活之苦就行了，乞望改观耳。"朱棣听后很是感动，让娟娟从背囊中取出白银千两，接过来亲手交给女罕，说："艮兑妈妈，仅以此略表心意，望收下，待吾等日后再重报。其黑纳、西郎哈已经给以很大的帮助，家室又在这儿，不必跟回去了。"说着，手指娟娟、叶旺道："日后我若不来，他们会来看望你们的。"女罕由衷地感谢燕王的赠赐和对部族人的救助，相互依依不舍地分手了。

其黑纳和西郎哈也带着妻子、儿女前来为之送行，对燕王让他俩留在家乡十分感谢。朱棣和娟娟、叶旺再一次对他们的一路操劳深表谢意。燕王说："全仗二位带路，将我们领到一个新奇的世界，还交了诸多朋友，看到了从未见过的美景，谢谢你们！"然后令娟娟另赏每人白银百两，二人更是千恩万谢。其黑纳诚恳地表示："今后如有用我们之处，尽管吩咐，将随时效劳！"娟娟说："你俩若是愿意为朝廷效力的话，可以去金山找一位叫田田的大将军。在他手下当差，不但不会受气，而且会被重用的。如果能如此，今后有事儿再找你们，可就方便多了。"二人听后，激动得眼含泪花儿，说："我们愿意，愿意！"于是，娟娟从身上掏出一块绣有天鹅的白手帕交给其黑纳，叮嘱道："这是我从金山田田将军处拿来为互通情况用的，他见了此物件，一切自会明白。"其黑纳小心收好，并告知了回去如何辨别林中暗做的路标，然后与西郎哈一块儿向众人深情叩别，打马回本寨去了。

燕王、秉仁公主一行按原路穿林越涧往回走，没有了向导其黑纳和西郎哈，便由巫利、叶旺、龙卉带路，他们走了一会儿，果然看见林中人怕迷路而暗做的路标，有的刻在山崖上，有的刻在古树干上，有的则在树上挂着一个兽头骨或一个草圈儿，全都是指路的记号儿。直到这时，他们才弄明白，东海窝稽部虽然住在密林深处，没有正式的路与外界相通，但是由于千百年来族人在山里穿行，马踏、人踩的，已基本形成了路，既有林中正道儿，也有一些支道儿。只要在林子里待长了，就能够找到大致上为一个立着的"H"字形路。东边是一条海滨大道，南通南海，北往鞑靼海峡，中间有一条横跨锡霍特山的大岭连接东西的山道，过了大岭，便是西边的一条沿乌苏里江行走的南北道。此刻娟娟看出来了，从此处往北走，就是去萨勒奴妈妈部落的那条道儿，顿时很是伤感，心想："咳，我什么时候还能往北走？"朱棣看出了娟娟的心思，安慰道："请姐姐放心，弟弟一定想办法陪你去北方的部落，寻找咱们的母亲。"娟娟听罢，感激地点点头。

　　一行人来到了乌苏里江上游一带，这里也有东海窝稽部的部落，方方面面皆比东山里的艮兑部落好得多。因受内地影响，生活环境、家庭摆设以及房屋的搭建，较之山里进步不小。人们住的尽管还有些地窨子、马架子，然而，更多的则是泥土搭建的苫着草的起脊大土房。一栋栋房子连接起来，形成了一个个大的村落。村子里炊烟袅袅，鸡、鸭、鹅、狗家家都有，人声、犬吠声及各种禽类的鸣叫声交织在一起，显现出一派勃勃生机。村外是一片片庄田，族人们正赶着牛、拉着犁，时不时地甩着鞭子吆喝着，忙于耕种。此情此景同关内的农家相差无几，大家边观赏风光，边加紧赶路。燕王过去一直在宫中住着，不知外面的天地什么样，对所看到的一切都感到新鲜，觉得此行心情十分舒畅，庆幸自己能来东海，不但了解了女真野人的生活状况，结交了不少真挚的朋友，知晓了很多过去闻所未闻之事，而且更觉肩上责任的重大。

　　话要简说，燕王一行马不停蹄地来到了辽阳地界。朱棣对叶旺、龙卉说："你们已经到家了，不用往前走了，就此分手吧。"二人执意不肯，龙卉恳求道："王爷，此路歹人很多，不可小觑，须多加小心才是，还是再陪送一程吧。"燕王只好准允，遂问叶旺："眼下元兵之势如何？哪些地方最险要？我堂堂大明已立国十数年，难道元人尚敢跳梁吗？"叶旺回道："王爷，元人败北早定。然其小股势力犹存，多游移于大漠山野之中，像蚊虻忽来忽隐，难以捉摸。元朝残余之势，除金山纳哈出外，燕北仍有数十万之众，袭扰不宁，令人棘手。"朱棣一听，蛮有豪气地说："我朝而今如日中天，何惧哉？如尔所言，小王偏要从漠北绕道儿而行，从敖汉、喀喇沁返回北平府，倒要领教一下元人的那点儿能耐！"娟娟忙劝道："弟弟，此举来日方长，还是快些赶路为好。母后正在病中，送虬角为第一要务哇！"朱棣觉得姐姐说得在理，这才放弃了自己的想法，继续前行。

他们边说边走着，忽见前面的林子中，有不少人在那里吵闹不休。看样子像是村里人不知为何事相互争斗起来，其中一方把另一方的一个人五花大绑地捆了起来，往高树上吊起，有的挥舞着棍棒打被吊之人。那被吊的人正大吵大骂："朗朗乾坤，竟这么不讲道理！谁说大明朝与日月齐辉？纯粹是妖言惑众，天下如此黑暗，百姓怎么活呀？"朱棣本是个火性子，何况初出茅庐，哪看得了有人被欺侮？气愤地说："那是一伙儿何等歹徒，竟敢大白天抓人吊打？明摆着是仗势欺人嘛，还有没有王法？被吊之人为什么出此恶语中伤本朝？真气煞我也，两伙儿人皆该处死！"说着，也不与众人商量，打马冲了过去。娟娟等人一看不好，要出点儿啥事儿还了得？忙飞马跟去。叶旺在朱棣后面紧紧追赶，边追边喊："王爷，请站住，何必亲自去？待我上前问个明白不就行了嘛！"不论叶旺怎么喊，朱棣根本不听，一边往前冲，一边大声儿制止道："快住手！光天化日之下聚众殴斗，成何体统？"林中的人一看燕王奔过来了，立刻停止了打斗，那个被吊起来的人不知怎么突然从半高的树上纵了下来，高叫着："兄弟们，报仇之时已到！快，快，杀死朱元璋的儿子，不能给他留全尸！"话音刚落，两伙儿立刻变成了一伙儿，一窝蜂地冲向了朱棣。

再说此刻的朱棣正打马往前疾行呢，再一看，不对呀，怎么那些人全冲我来了？一时难以收缰，眼看要被对方围住了，心想："这下完了，不等于自投罗网吗？"他虽然武功高强，但来时毫无准备，又身在马上，想下来都难。况且马已停不住蹄子了，根本使不上劲儿，更不用说动手还击了。就在万分紧急之时，叶旺英姿勃勃地飞马驰来。各位阿哥要问，叶将军咋会来得这么快呢？一是在燕王一马当先冲出去的时候，叶旺反应极快，紧随其后跟了上来；二是叶旺久经沙场，有丰富的经验，加之常在辽东，对当地的情况了如指掌。他陪燕王一路走着时，其实早已提高了警惕，眼睛并没闲着，不停地盯向四处，心里默念着："小王爷可千万不能出事儿呀！"可以说，最累、最辛苦的便是叶旺，还有他的夫人龙卉。此处是叶旺分管的一亩三分地，小王爷来了，等于皇驾到了一样。不让来还不行，王爷一定要走走，谁敢挡啊？来了，叶旺的担子自然重了。当他突然看到一些人聚众殴斗时，脑子里马上画开魂儿了："林子远离屯寨，哪里来的好几十人呢？很可能是劫匪。"这么想着，心中便有了提防。正在他仔细观察、认真判断，还没有结果的工夫，冷不防燕王冲了出去。他知道大事不好，随之边喊边飞马紧跟。在对方围向朱棣之时，叶旺双腿用力踩镫，来了个雄鹰登空，从坐骑一下子弹了起来。马很懂主人的招数，当即四腿紧紧蹬地，用腰间之力，猛地将叶旺推起。人借马力，马助人威，叶旺在半空中往下降落之时，接连一个空中大滚翻，双腿向左右两个方向猛蹬。那是真准呀，只见他一只脚踢在了冲在最前面、想用大刀狠砍朱棣的那个贼人的脸上，另一只脚则踢在另一个跳过来相助的歹人的头上。力量太大啦，一个半边脸被踢飞，另一个脑浆迸裂，俩贼人顿时像死猪一样毙于马前。

就在叶旺腾空而起之时，鲍龙卉也精神抖擞地跟着丈夫飞马而至，到了跟前，忽地滚鞍下马，就地来了个十八滚，滚到敌阵之中去了。那些贼人全在马上，只想拼力抓住朱棣，做梦想不到地上会有人袭击他们呀！鲍龙卉使出了地滚刀、神腿飞刀的功夫，在地上窜来窜去的，专割贼人的腿，兼刺马肚子和马卵子。马一疼，嘶叫着狂尥蹶子，把贼人全摔到地上了。当马的四蹄落地时，不偏不倚，正踩在躺倒于地面的贼人的头上和身上，约有十来个当即被马踏而死。这时，娟娟赶了过来，从腰间刷地抽出阴宗双鹤剑，纵入敌阵左右搏杀。那伙儿歹徒有四十来个，虽死了多人，但余下的仍拼全力一齐冲向娟娟，相互交手了。哪承想，他们根本不是对手，一看占不了便宜，便又转向了燕王。由于朱棣有娟娟、叶旺、龙卉护着，贼人根本无法接近，只好放弃。其中一人吹了声口哨儿，霎时四散奔逃，跑得特别快，像兔子似的，想追都追不上，迅速隐没在密林草莽之中了。

贼人跑了，大家急忙过来看燕王。只见他被突如其来的袭击完全弄懵了，连话都说不出来了，半天才吐出了一句："可吓死小王了！"是啊，朱棣自幼久居深宫，尽管学了不少武功，可那都是自己学、自己练，没有对手。即或有时唤护从与之对打，也全是看着小王爷过招儿，一招一式格外小心，生怕伤着他，实际上就是陪他玩玩儿，而此次经历的可是真刀真枪的生死较量，必须得拿出真功夫、真本事与之对抗。活了二十多年，他是头一遭遇到拿兵刃指向自己的人，又是第一次目睹了什么是歹徒、什么是敌手，杀也好，砍也罢，那全是下死手。朱棣从未见过啥叫打仗，啥叫真功夫，一直觉得自己的武功还挺强，这回才明白啥样才算有能耐了。他心想："自己临阵不沉着、不冷静，有劲儿使不上，差得远呢，全仗叶旺两口子和娟娟啊！当时叶旺若回了辽阳，不在身边，后果不知是咋样呢！"娟娟走了过来，拉住惊魂未定的朱棣的手，说："弟弟，贼人已被打败逃跑了，别怕，把你吓着了吧？"叶旺、龙卉等人纷纷围了上来，安慰着燕王。朱棣很快镇定下来，一看有十几具尸体抛于荒野，血流满地，暗自庆幸还算不错，自己所带之人没一个白给的，更无受伤的。

叶旺、巫利与众护卫把那些被杀死的人抬着扔进沟里，用土埋上，只可惜没有抓到活的。他们发现每具尸体的外衣里面都穿有元兵的号坎儿，方恍然大悟，原来这是元人专为刺杀燕王乔装而来的。可见朱棣出巡北疆之举，元人已打探到消息，并采取了行动。全仗有叶旺等人护卫，燕王才安然无恙。

燕王一行歇息片刻后，继续上路了。叶旺与龙卉一直护送着过了山海关，进入燕王防地，见到朱亮前来迎接，才与之告别。朱棣在与叶旺夫妇分别时，紧紧攥住叶旺的手，那是从心里佩服啊！认为不愧是岳丈徐达大将军的高徒。另外，朱棣经亲眼所见，也真正认识了鲍龙卉，觉得很了不得，武功太厉害了，为他后来起兵三请鲍龙卉留下了伏笔。朱棣神态凝重地看着叶旺，说道："叶将军，请多多保重。马云将军已因病回到京师，皇上将来全靠你在北疆坐镇了。小王此行收获不小，深感北地之重要，深知守疆将士之苦。回返后，必禀奏父皇，并让徐大将军知晓。对北疆将士的俸禄与给养，须按时拨下，不得迟误。今后有何难事，告诉小王，定当鼎力相助。"说完，与叶旺握别。叶旺与鲍龙卉眼见众人南行后，方打马返回辽阳驻地。

朱棣平平安安地回到了燕王府，见过岳丈徐大将军和徐妃，并向他们讲述了去东海所见之风光和所遇之险事。徐达、徐妃听后，又惊讶又欣喜，知道全仗叶旺等人相随才转危为安，没有半点儿闪失。说实在的，自朱棣北上后，徐达和徐妃是日夜牵挂、心急如焚哪！徐达本不想让朱棣去，可又一想，燕王是北疆未来的统帅，为将者不知所兵临之地，不知己知彼，安可为帅？觉得朱棣久居宫闱，多出外闯荡闯荡也好，不经一事不长一智嘛，并用此言安慰女儿徐妃。徐妃尽管不放心，不过听父亲讲得很有道理，便不好再说别的了，只好同意丈夫北去边关，到东海巡游。朱棣此行，是一生中经历的极为重要的历程，也是仅有的一次。上溯历朝诸代，皇帝与皇子真正去东海女真人驻地，又到东海海滨亲自巡查的，历史上唯有大明朝这位未来的永乐皇帝。可以说，他堪称亘古一人！

诸位阿哥会问，为何在明史中未记载朱棣北去边关呢？各位有所不知，燕王是聪明的君主，有抱负，有志向。然而一些事儿又不得不做得隐秘一些，因深知当时上有父皇朱元璋，又有太子长兄朱标，作为仅被封为燕王的他，只能治理北平府一带，不可把手伸得太长。人家若是知道你去了辽东，必会询问跑到东海所为何事，虽然那里尚没有封藩，但父皇也未有旨意让你去管呀！所有那些举动，都是朱棣自作主张而为，当然不能外露，怎能记入史书中呢？至于朱棣回到北平府后，为控制辽东，苦练兵马、加修城堡、暗中充实兵力之举，则更是只能默默地做，而不能让史官记录或张扬出去了。

娟娟此次随燕王北上，到北疆东海女真野人部落巡游，既对燕王有很大的帮助，又使自己开阔了眼界。以前，她虽然同明月长老去过乌蛇岭，但只是到东海北疆的边缘，并没有深入东海腹地。她这次到北疆，也是平生第一次，差不多走过了东海大半拉儿土地，尽管未发现母亲的踪迹，却掌握了东海窝稽部的分布情况和东海女真野人的居住地域。若寻找母亲，还得找机会去北疆萨勒奴妈妈那里，请萨满、奇特的能预卜百事的安巴达妈妈为她指点迷津。

燕王此次在徐达、娟娟等人的支持下，巡游东海北疆，大长了见识，清楚了北国的形势，知道了元残余势力仍很嚣张，正觊觎幽燕。要想牢固地占据幽燕，并以此为基地扩展地盘儿，则必须有自己的兵力。为什么呢？因为有兵则威、无兵则虚。若扬幽燕之威，务如岳丈徐达所言，抓住辽东，镇住元残余势力，使辽东成为坚实的后盾。唯如此，才可叱咤一世。朱棣归来后，想了许多，并亲笔写下了古人名言的条幅，挂在书房醒目的地方。她每次进门便可看到，以激励今后不断地奋志韬进。

第一幅是北宋苏轼的名句：

> 古之立大志者，
> 不唯有超世之才，
> 亦必有坚韧不拔之志。

第二幅是战国屈原的名句：

闭心自慎，

经不失过兮；

秉德无私，

参天地今。

朱棣还与娟娟商议，特拨给东海女真艮兑部落生铁千斤，自炼其必用器皿；麻布二百丈，补鱼皮服之不足；粮粟四十担，可同鱼肉并食；男女旧服二百袭，可赏族众遮体；另赐白银五百两，由巫利率三百兵运输护送。另外，在娟娟的请求下，朱棣从燕王府银库中拨出白银千两。其中，五百两赏赐给叶旺，以助其调养身体；另五百两给叶将军率领的众将士，以慰御边之苦，一并带去。

东海女真艮兑部落收到燕王的赏赐后，又经其黑纳、西郎哈介绍，方知来此地造访之人，并非一般的公子，而是当今皇上朱元璋的四皇子、燕王朱棣。女真野人有幸见到了燕王，还收到了赏赐，激动得在艮兑妈妈的率领下，分别向西，即北平府方向，向南，即南京城方向叩头谢恩，厚感大明王朝体恤女真野民，给以关怀、救助，齐声儿讴歌燕王的大恩大德，叶旺等辽阳的文武官员，亦深谢燕王之情，更加矢志坚守辽东，诚听燕王调遣。朱棣的举动，将辽东紧紧纳入了自己的执掌之中，其威望大增。

娟娟自闻听马皇后病重，心里着实不安，恨不能尽早弄到虬角，以解除病痛。她与燕王回到北平府后，本想马上去南京，由于燕王府有些事情需要安排，一时还不能脱身。朱棣这些天一直忙于训练护卫，实为暗中增兵，徐达对此大力支持，并调拨给了不少将勇与兵器。燕王府邸房舍千间，其中有数百间是用于放兵刃的，而且唯有张玉、鲍戎知晓，因是由他们率人夜间搬运、置放的。朱棣心里明白，暗藏兵器是犯忌的大事儿，不过并未对娟娟隐瞒。娟娟知道后，嘱咐燕王要小心行事，不要传于父皇耳中。朱棣故意言道："姐姐，本王身边之人，皆由咱俩选定，我一向信得过。只要姐姐不讲，父皇是不会知道的。"娟娟假装嗔怒地推了朱棣一把，说："胡诌什么，你还不相信我吗？"朱棣听了一笑，偷着亲了娟娟一口。娟娟同朱棣商量道："弟弟，不知皇娘的病怎么样了，带回来的虬角应马上送回京师。别人去我不放心，你既然不能去，就由姐姐送给皇娘吧。"朱棣舍不得娟娟离开，可一想别人去不合适，只好如此，便答应了。

各位阿哥，你道朱棣为什么不能回京师吗？因为他是受封的皇子，没有皇命是不能轻易入京的。前书咱们讲了，朱元璋的二十六个儿子中，除了太子标和早夭的第九子和第二十六子外，其他二十三个儿子全部封王建国。他们互相之间都很注意，如果谁单独回京师到宫中见了父皇或母后，马上会传出闲言碎语，甚而胡乱猜测。说什么某某王回京师为了什么呀？为啥他能回去，我们却不能回去？又为啥待遇不平等呢？这里或许有什么事儿也未可知。故此，朱元璋有令，凡入藩各地的皇子，非有旨，不得随意离开藩地。这样，诸王谁也不敢回京师。只要回去，大家一块儿去；需要离开，大家一块儿走，省得令人生疑。就是这么个十分简单的原因，使朱棣不能与娟娟同行，尽管他那么愿意去。为了隐瞒东海北疆之行，只好说虬角是燕王派人从东海女真野人部落买回来的，现由秉仁公主辅相代表燕王送给皇娘。回京的头天夜里，娟娟与朱棣谈了一宿，次日一早便起程南去。

娟娟到了京城，直接入宫叩见皇娘，问病、请安。躺在卧榻上的马皇后见秉仁公主来了，如同看到了亲生女儿，高兴得含泪拉过她的手，说："孩子，皇娘想你呀！噢，对了，还有事儿找你呢。"说着，忙命侍女从柜子里拿出一个镶金花儿的犀角皮小方匣儿。马皇后拿着方匣儿，挣扎着要坐起来，娟娟忙上前搀扶皇娘坐好。马皇后说："犀角皮小匣子可不易得，是养父郭子兴送给我的嫁妆。过去随同你父皇经年打仗，别的东西全没了，唯独这个小物件一直保存到现在。"说着，开启了方匣儿，从里面取出一个白丝绢包着的东西，打开丝绢，见是一条绿玛瑙镶金的大项链，中间嵌着一颗亮晶晶的宝石。马皇后又道："此项链是当年养父从张士诚处缴获来的，原本是一对儿，都给了我。后来我将其中的一条送给了你的母亲，剩下的这条你拿去吧，日后或许有用。我感到身体不支，一天不如一天，怕等不到见绣绣之日了。你倘若有一天见到母亲，可把项链拿给她看，与她那条对上，就等于是我们姐妹相逢了！"说着，眼含热泪，哽咽不止。娟娟忙叩头谢恩，收下后，又安慰了皇娘一番。

近些日子，因为马皇后病势沉重，太子标和太子妃吕氏天天带着儿子允炆过来侍候母后。娟娟回宫后，自然便同他们日日相见，而且十分处得来。太子标为人正派、性情稳重，宫中的人没有不敬重他的。他对秉仁公主很是钦佩，并同情其遭遇，常在一起聊天。吕氏也愿意与娟娟相处，两人一块儿侍奉马皇后，如姐妹一般亲密。吕氏接近娟娟，心中还有一个打算，那就是自己的儿子允炆已渐渐长大，授业武师，非娟娟莫属。小允炆此时六岁，什么都懂了，特别喜欢同娟娟姑姑一起玩儿。这样，娟娟白天在坤宁宫侍奉皇娘，夜间则被吕氏拉着到东宫同住，故而，娟娟在京师的日子里，便住在太子的东宫府中。吕氏年长于娟娟，当然应以嫂相称。然吕氏却让娟娟喊她为姐姐，认为姊妹相称显得更亲近。

马皇后身边由于有娟娟如女儿般的尽心护持，加之服下了娟娟和朱棣从东海带回来的虬角磨成的粉，觉得好些了，大热转轻，宫中的人闻知皆很高兴，朱元璋那颗悬着的心也放下了。可是，因为马皇后的疾患积年已久，并不是一种药物便能留住寿命的，所以过了些天，又转沉重，身子热得发烫，娟娟和吕氏急得直掉眼泪。马皇后告诉干女儿："好姑娘，别再为我忙活了，皇娘不行了。我知道，眼下就是天上的龙肝凤胆，恐怕都扳不倒这病了！"娟娟听后流泪不止，一再安慰道："皇娘说哪里话？别着急，慢慢养着，病会好的，会好的。"娟娟嘴上这么说，心里却焦虑得了不得。

再说，朱元璋见马皇后病重，命在旦夕，更是方寸大乱，心绪如麻，辍朝不理政事，终日茶饭不进。马皇后多次劝慰朱元璋："皇上，千万保重龙体呀，要照常临朝听政，处理诸事，勿伤百官之心哪！"还言道，"臣妾病无碍，人之生死乃天定，妾不惧也。唯愿陛下龙体永健，此大明之福也！"马皇后原来是红军元帅郭子兴的老友马公托付的养女，自打二十一岁时，同二十五岁的朱元璋结为夫妻之后，帮助丈夫从镇抚、总管、总兵官、元帅、丞相、吴国公、吴王直至做了皇帝，她以夫贵，从夫人成为皇后。在朱元璋吃不饱饭的日子里，她宁愿自己挨饿，也要想法子让丈夫吃饱；在朱元璋军事上失利、孤立无援时，她鼓励将士，抚慰眷属，稳定后方；当朱元璋的大军后勤供应不上时，她带着妇女们替将士缝战衣、做鞋子。马皇后本不识字，为了帮助丈夫，就求人教自己认字，做了皇后，还让女官教她读书。她识字后，帮丈夫归纳一日所做的事，省了朱元璋不少的精力。可以说，夫妇二人伉俪之情数十载，相互帮助，恩爱情笃。

马皇后聪慧、贤淑，在众宫妃中德高望重。她能爱人、能知人、能恕人，故而在百官中甚被崇仰。几十年来，马皇后是丈夫贴心的谋臣、智多星。朱元璋常讲："朕得天赐，外有刘伯温，内有皇后马氏女。"马皇后堪称一位贤内助。朱元璋有时对军师刘伯温所言之语，感到话中多讥刺时，往往是先拂袖、后认过儿。可马皇后由于摸透了丈夫的脾气，对他有自己的高招儿，即软硬兼施。结果是不管什么样的话，只要是从夫人的嘴里讲出来的，朱元璋准爱听，亦能照着做。所以，夫妻俩尽管有时也发生争执，最终还是马皇后为赢家。而且更奇怪的是，朱元璋虽然爱妃那么多，却总离不开马皇后，无论什么事儿，包括临幸哪个妃子及宫中诸事都问皇后，大家说"马皇后是朱元璋的头"。朱元璋确实事事按马皇后的话办，特别是刘伯温去世后，朝廷许多大政的处理，皆与马皇后有关。为稳固朱氏江山，她力主皇子分封，力劝皇上罢黜图谋私利的李善长，主张诛杀胡惟庸，赐死不主持公道的汪广洋，为朱家天下可谓费尽了心思。

这一天，朱元璋又来到后宫探视马皇后。他见众妃及皇子、公主围坐了一圈儿，皇后躺在那儿喘着粗气，极其虚弱，于是命他们退下，然后单独与病榻上的夫人相依而坐，告慰皇后要静心安养。马皇后含泪轻声儿道："陛下，妾已知阳寿将尽，你我夫妻之缘走到头儿了。"说着，忍不住哭了起来。朱元璋泪流满面地安慰道："皇后，别讲这个，朕舍不得夫人走，你也不能走啊！你走了，剩下朕怎么掌管偌大的家业呀？"马皇后说："陛下的龙体是大明王朝的基业，万望珍惜、保重，可妾心里有话不能不说呀！皇上知道的，在众皇子中，妾最疼爱者，朱棣也。此儿有龙种之风，妾生他时，就有奇感。三龄聪颖异常，五岁学诗，六岁习武，均超过众兄长，可性情暴烈，从不服输，帝要好情待之。妾忧者太子标也，他是羸弱忠厚之人，恐其寿不永，妾虑也，帝要善情抚之。还有一点，妾望帝寻高僧诱教诸皇子。妾走之后，只希陛下多宽以待人，少生猜嫌，忌杀戮。嫉为大害，国家不安，伤及后世。望帝切记、切记。"马皇后在与皇帝朱元璋执手相谈中，慢慢地闭上了眼睛。待急唤宫中御医来到时，皇后已经寿终正寝，时为洪武十五年八月丙戌，享年五十有一。朱元璋抚后恸哭不止，众臣跪劝。

马皇后大葬时，分在藩外的众皇子皆入京拜灵，朱棣、娟娟更是涕泪泣拜。一个月后发丧，九月庚午葬于孝陵，谥曰孝慈高皇后。马皇后宽人、爱人、识大体，永为朝野铭念。宫人思念马皇后，为其作歌曰：

　　　　"我后圣慈，
　　　　化行家邦。
　　　　抚我育我，

怀德难忘。

怀德难忘，
于万斯年。
惄彼下泉，
悠悠苍天。"

朱元璋出于感念，从此不再立后，以示对马皇后的敬爱终生之情。

马皇后过世后，朱元璋遵其生前嘱咐，开始为分藩各地的众皇子遴选高僧做师父。这可不是一般的挑个僧人就成，而是一件非常庄重的大事，一定得是德高望重的才行。那么谁能了解各地高僧的情况呢？当然是朝中专管庙宇和僧人的僧录司了。于是，朱元璋下旨，命僧录司左善世宗泐全权办理。左善世，即专门负责传播佛法，广结佛缘，掌管朝中与皇帝日常庙堂的宗祀礼仪与祝祷等规训的法师。宗泐奉旨将当时在各名山宝刹的具有大德重望的高僧一一列出，写明每位方方面面的情况，然后奏报皇上。由皇上选择、准允，再下旨配给各个藩王。

单说配给燕王朱棣的高僧是谁呢？乃道衍和尚。马皇后在世时，特别喜欢四皇子，最先想到的则是为朱棣找一师父。她认为四儿暴躁刚烈，应有高僧帮助指引，规度其秉性，戒杀生，广爱庶民，以为万民敬仰。她曾跟秉仁公主说："娟娟哪，燕王很快要就藩北平了，帮皇娘选位师父吧，以便经常给朱棣以规劝。"娟娟对此十分热心，几次找师太，恳请协助在名寺中遴选。明月长老对燕王不但很是喜爱，而且情有独钟，觉得他年轻有为，聪明能干，未来的发展无可限量，故而马上答应下来，并说："放心，我一定帮忙为他选一得道高僧。"说实在的，当时她就想到了道衍和尚。圆觉禅师在帮助徐达、娟娟破皮板大集会时，也曾向二人举荐道："我有个大弟子，名叫道衍。他有心计，佛法造诣深，善卜测，智勇如诸葛亮。为人好，对政事、国家之事尤为关心，有些治理朝政的办法。如果能得名主，必成其股肱。"徐达闻之很高兴，暗记心中，后来在与明月长老见面时，还特意了解了有关道衍的情况，表示能否请长老帮忙，跟圆觉禅师说一说，将其大徒弟道衍介绍给燕王朱棣。明月长老慨然应允。

道衍何许人也？俗姓姚，名天禧，后改广孝，祖籍汴梁，出生的时候，其家已在长州①。其祖上贫无寸土，靠行医谋生，使他不可能读书、做官。家里原想让广孝继承祖业，钻研医术。殊不知本人却讨厌学医，不甘为"杏林"，倒是想去"丛林"里找一份儿和尚的衣钵。之所以有此想法，是因为某一天，他在长州街上闲逛，行人忽然骚动，纷纷躲闪，待在人丛里举目四看时，见街上前呼后拥地过来一行人马，以为来人定是高官，想不到却是秃头的和尚。他心想，僧人亦能如此威风，我何不也去做和尚，走一条出人头地的捷径？于是，他便于十四岁时去了武当山，皈依圆觉禅师门下，剃度为僧。

姚广孝天资聪颖，兴趣广泛，胸怀大志，城府高深，在寺宇里虽有向禅之心，但更有博学之志。平日里，他不仅念佛诵经，也钻研经史，又工诗又通儒，犹嫌不足，还学黄老之术，兼读儒书，精通"易经"，熟悉阴阳数术，并研习兵法。道衍昔日的好友，个个不甘寂寞，皆通过种种门路入朝为官了。而他却不为所动，暂栖佛门，等待机缘。有一天出游嵩山，他在寺庙中结识了一位叫袁珙的相士。袁珙朝他上上下下瞅了一遍，突然惊异地大叫："噫嘻，这是何处的怪僧？三角眼，形如病虎，生性必定嗜杀，准是刘秉忠之流的人物哇！"道衍的模样的确令人不敢恭维，三角眼不说，只那死黄黄的面皮也叫人讨厌。但是称他为"病虎"，这说法挺新鲜，似贬而实褒，听了叫人熨帖。至于生性"嗜杀"，却与佛家的"善哉"背道而驰。道衍听此言不但没恼怒，反而高兴地说："倒要看你的眼力如何，看我是不是刘秉忠！"

刘秉忠是什么人呢？道衍知道，乃元朝开国功臣，少年便出家为僧，元世祖忽必烈为亲王时，将他召入王府。他继而辅佐忽必烈即位，设官定都，建立了大元王朝。这之后，道衍以袁珙的话为动力，发誓要做个掀天翻地的大人物，遂与其结为好友，并题诗明志：

> 岸帻风流闪电眸，
> 相形何以相心忧。
> 凌烟阁上丹青里，
> 未必人人尽虎头。

从诗中可以看出，道衍睥睨天下，对"凌烟阁"里的那班大臣是瞧

---

① 今属苏州。

不上眼的，然而却命运多舛。明朝朱元璋当过和尚，一心向佛，曾有过一次征召天下高僧入京，道衍因病错过了机会。在眼下的这次征召中，道衍无论如何想被征，圆觉禅师看透了弟子的心思，又知道他一直喜欢从政，才乘机介绍给了明月长老。因明月长老与宗泐甚熟，经常一起谈经说法，颇为投缘，感情处得挺深，很自然地将道衍推荐给了承办此事的左善世法师。

其实，宗泐早在八年前，通过赋诗唱和，对道衍已有所了解。那是他们一道从京师返回吴中，经镇江北固山时，两人为了排遣路途之无聊，相互赋诗。当时，道衍发思古之幽情，叹怀才不遇之感，曾吟道：

> 谁掳年来战血干，
> 烟花犹白半凋残。
> 五洲山近朝云乱，
> 万岁楼空夜月寒。
> 江水无潮通铁瓮，
> 野田有路到金坛。
> 萧梁事业今何在，
> 北固青青客倦看。

宗泐听罢，咂嘴笑曰："这哪里是出家人的诗呀？"道衍不答，宗泐也不再问，只是频频点头。而今，当明月长老向他推荐道衍时，忆及往事，不忘旧情，不但将道衍的才学奏报于皇上，而且按明月长老之意，特请皇上准允道衍为燕王之师。朱元璋本来就喜欢朱棣，又有马皇后的临终嘱托，听完宗泐的介绍后，痛快地旨批准奏了。

朱棣初见道衍，只觉其人相貌怪异，目光犀利，其他方面的印象并不太深，然而通过交谈，却产生了好感，继而由衷地敬佩。道衍说："燕王在燕地，'燕'为燕子，燕子乃飞升之鸟，迅捷机敏，超出百禽。燕王之名与燕地相合，此天时地利人和之象，王之前程不可估量。"朱棣最爱听此话，当然很高兴，心里美滋滋的。道衍见四周无人，又道："若能允我赴燕地，当奉一顶白帽子给大王戴。"朱棣一时没弄清说的是什么意思，再问其语，道衍则笑道："天机不可泄露。"燕王琢磨了一会儿，顿然明白了话中的真谛："王"字上头戴一顶白帽子，不是个"皇"字吗？这明明是道衍要帮我朱棣当皇上啊！就凭此话，燕王决心将其收入门下。

朱棣得了道衍之后，心里十分满意，又想到师父是心爱的娟娟和尊敬的明月长老帮助推荐的，为表达感激之情，便去兄长太子标处看望住在那儿的娟娟。朱棣进了东宫，先拜见嫂子吕氏，而后见了娟娟。娟娟祝贺燕王寻得一高僧名师，并说对未来的发展会非常有用，等于有了左膀右臂。姐弟二人好长时间没见着了，有许多话要说，正谈得高兴之时，小允炆来看叔叔了。他跑过来给燕王见礼，然后扑到朱棣的怀里撒娇，搂着脖子不松手。小允炆已经懂事了，特别讨人喜欢，故去的奶奶马皇后和皇帝爷爷朱元璋平时就愿意抱这个孙子。孩子记性好，大人说话，他听到了准能记个差不离儿，还好刨根问底儿，既聪明又顽皮，时常逗爷爷、奶奶开心。几个叔叔也疼他，都知道小允炆是皇帝、皇后的心头肉，朱棣见了更是亲个没够。不知为什么，小允炆格外亲近朱棣，只要知道四叔来了，总是缠住不放。

朱棣正逗允炆呢，吕氏走了过来。朱棣说："嫂子，允炆长得真快，再大大可抱不动喽！"说完，便用胡子使劲儿扎允炆的小脸蛋儿。允炆疯笑着，身子扭动着，声言不怕四叔的胡子扎。吕氏喊儿子快下怀，说叔叔累了，别没完没了地缠磨了。可小允炆说啥不下来，并问朱棣："叔叔，啥时候能带我去北平府，到你家看看？"朱棣笑着说："等你长大了，当了国家的大将军再到北平府去，四叔会以将军之礼迎接的！"允炆小脸一绷，认真地说："不行！叔叔，我不当将军，要当王爷，当皇帝！"吕氏吓得忙捂住了小允炆的嘴，照他的屁股啪、啪狠打了两下，生气地说："不许胡说，可吓死人了。要是被爷爷听见，不砍你的头才怪呢！"小允炆哭着说："有叔叔在，允炆不怕，我不怕死！"朱棣听此言，心头一震："孩子这么小，竟出此狂言！"可是嘴里却一再劝嫂嫂："允炆还小，不懂事儿，嫂嫂何必在意？"朱棣又问允炆："小侄子，告诉四叔，最想去什么地方？叔叔领你去。"允炆回答道："我就爱海，爱大海。叔叔看过大海吗？一到了大海，谁都找不到我啦！"娟娟听了允炆的话，笑了，说道："嫂子，别看孩子小，净说大人话，真招人喜欢！允炆，姑姑可知道大海在哪儿哟，将来领你去找大海、看大海好不好？"小允炆乐得边拍手边嚷开了："太好了，太好了，姑姑说话得算数，一定带我去！"吕氏赶忙说："他四叔和娟娟妹妹，你们别捧他了，不能由着孩子的性子来。听宫里的那两个女真野人说他们的家住在大海边儿，允炆不知怎么记住了，天天嚷嚷着看大海，非要去找不可。孩子心里装话儿，天生记性好，大人说啥得小心点儿。倘若被他听到了，那就缠磨个没完。这不，刚才还让我领着看海去呢!"几个人又坐下来聊了一会儿,朱棣才起身告辞。

各地藩王要返回封地了,燕王当然不例外,必须回北平府,不能再逗留京师了。朱棣离不开娟娟,劝她随自己回去。娟娟也舍不得弟弟很快就走,希望能再多待两天,然后二人一块儿返北平。那么,为啥娟娟不能马上走,还有什么事儿吗?原来,被皇帝降旨召回南京的马云大哥近几天病情加重,瘫痪在床,腿脚、手臂不听使唤,口齿亦不那么伶俐了,说话笨得很。夫人鲍龙花看夫君病成这个样子,心急如焚,日夜啼哭。她既要侍候夫君,又要照顾一男一女两个孩子,每天劳累极了。原本又胖又壮的体格,现在瘦了一圈儿,颜面十分憔悴。为马云的病,明月长老天天到驿馆为其熬药、针灸、按摩,但效果不怎么明显。娟娟一直敬重马大哥,同龙花的关系如亲姐妹一般,在此种情况下,怎么能离去呢?于是她决定留下来,帮助料理、照看马云,开导痛苦中的龙花,与她做伴儿。

朱棣得知此事后,不仅同情马云,也敬重马云的妻子。虽说原来并不认识,但经过东海之行,知道鲍龙花是鲍龙卉的姐姐,便从心里感到亲近。娟娟要留下帮助夫妻俩,共同渡过难关,他认为是应该的。其实还有一个原因,即娟娟除了不放心马大哥的病之外,还惦记着皇上。自从皇娘马皇后去世后,朱元璋改变了过去的偏见,很是心疼娟娟,待她比其他的儿女亲,尤其是在宫中不愿同别人唠,唯喜欢娟娟在自己跟前,一聊起来就没完没了,而且挺投机。或许是老年人思念故旧的一种情怀吧,娟娟对此完全理解。皇上这些日子心情不好,病得挺重,茶饭难进。身旁的侍卫和太监尽管精心照料、百般侍奉,却总是不能使皇上得到慰藉。太子标和吕妃见父皇忧闷不快的样子,十分担心,不知如何办好。太子标老实忠厚,为人诚恳,平时话很少,即使在皇帝面前,同样没有更多说的。他有两位册封的妃子,一个是元妃常氏,即开平王常遇春之女;另一个是继妃吕氏,为最心爱的妃子。他们三人同娟娟的关系都不错,尤其是吕氏很会处事,善于亲和人,与娟娟挺近,常唠些知心话。她动员娟娟道:"姐姐劝你别走了,在宫中多住几日,陪我们好好儿侍奉侍奉皇上。大家全看出来了,妹妹在身边,皇上的心情好多了,还能吃点儿饭、饮点儿茶了,精神亦好一些。娟娟,在皇上跟前你比我们有面子,帮帮忙吧。"太子标说:"秉仁公主,听你嫂子的吧,帮助病中的父皇度过这段艰难的时日。我知道,会让你受累的,也会很操心,辛苦你了。"娟娟心想:"大明初创,世事艰难,皇上可不能出一差二错呀!

我是该多留几日，帮助太子照顾皇上，多个人多个帮手嘛！"想至此，才点头答应了。

各位阿哥，说书人在这里要向诸位透露一个秘密。刚才咱们讲了，娟娟多留几日，一个是想陪陪皇上，一个是帮龙花照顾马云大哥。可是，吕妃留她就不那么简单了。那时候，一位母亲生儿、生女大不一样，男尊女卑嘛。太子标的两位妃子中，元妃常氏生的是女儿，继妃吕氏生的是儿子。这样一来，母以子贵，吕妃特别吃香，在太子面前，在皇上、皇后面前，说话更有分量，甚至许多大事小情太子朱标愿意听她的。吕氏很有心眼儿，比常氏会交人。她一再挽留娟娟，表面上对朱棣说："他四叔啊，你宽宽手，让秉仁公主陪嫂子住些天吧。她能说会道的，皇上挺喜欢，比我们面子大。又有韬略，能出一些治理国家大政的主意，让她晚回去些日子好不？求你了。"实际上，吕妃有自己的小算盘。她是怎么想的呢？她心里琢磨着："朱棣呀，老四，你真行啊，啥好事儿全往自己身上划拉，并把娟娟拉过去帮衬你。教授了阴宗双鹤剑不算，还能为你出招儿，时不时地做这做那的。你既然已有厉害的老岳父徐达大将军相助了，靠山多硬呀，腰杆儿比哪个王爷都粗，咋就不想想当太子的大哥呢？他身子骨儿不好，异常虚弱，你作为弟弟不心疼吗？小允炆眼看着长大了，该学文习武了，啥能耐都得从小练起。当叔叔的理应替侄子做打算，让他学学武术，难道不应该请娟娟教教允炆吗？再说了，往日里，大哥啥事儿不是替弟弟着想？反过来，在关键的时候，怎么一点儿不为你大哥想呢？"可以看出，吕妃强留娟娟，实际上是为了让她帮助太子，做朱标的辅相。咋样，想法不一般吧？吕妃还寻思："一旦有一天，太祖皇爷洪武帝晏驾，太子身边哪有什么可靠的武臣呀？没有哇，一个都没有，那怎么行？"可这些话不好说呀！因此，她只能讲之所以留娟娟，是为了侍奉皇上。

朱棣倒没想得太多，反而觉得嫂子说得极是，认为大哥虽为太子，但在父皇面前只是唯诺称臣，说不到一块儿，故而父皇很少找他谈国政。同时，他也看出来了，目前在朝中，娟娟是父皇最青睐的人，不但貌美讨人喜欢，而且智勇绝伦，在北方有卓尔不群的表现，是一位难得的女中奇才。难怪徐达曾说过："只因娟娟是个女子，若是男儿，我早把大将军之任交给她了！"几个皇子的确没有一个可与之比肩的。眼下唯有娟娟陪伴父皇，俩人才有话说，天南海北地一唠，父皇会觉得心宽不少。自己尽管很爱娟娟，一时一刻离不开，离开了便觉站不稳、坐不住的，然而为了父皇，只好忍痛割爱，让娟娟暂留宫中。于是，朱棣爽快地答应了嫂子的请求。

朱棣在与姐姐告别时，娟娟十分挂念弟弟，嘱咐道："回北平后，务要做好三件事。第一，王爷既然去过东海，当知此地民情，更知北疆尚未完全收复。毫无疑问，现在是重任在肩。须厉兵秣马，苦练精骑，不可松怠。其他事儿皆可放，必要时可暂停，唯加强武备一刻不能松懈。第二，要真心依靠谋臣。俗话说得好：'江河不嫌滴水，大海不拒细川。'要广揽贤才，勿嫌其丑，勿笑其贫，勿耻其业，各有其长，各怀其能，贵在善用；用人贵在信，贵在诚，用人不疑，疑人不用。要依靠沐英、朱亮及其子朱能，还有巫利、鲍戎等各位将领，日后必为燕王干城之将。另外，明月长老、宗渤诸师引荐之道衍其人，足智多谋，应以军师待之，必有大用。再者，目前看来，对纳哈出所占据的金山到了该解决的时候了。陛下会速下决心收网，割此毒痈，时间不会太长了。我已捎书金山，让田田弟弟速速反正，率兵由海路来京师。田田深谙北方各部族，应以重用，可助燕王一统北地。恰好咱们都在京师，你暂不要走，可等他几日。第三，北平府后依燕山，尤需注重晋地与大宁的形势。尽管有晋王在，弟弟也应力踞其威，做到心中有数。大宁安，北平则安；大宁撼，北平难稳，望弟深思之。凡此三则，若能如愿，何愁北域幽燕不鹤立鸡群？未来之势，确难可料定也。"朱棣听后，觉得这位姐姐实在是太聪明了，佩服得五体投地，更加深爱娟娟，敬佩娟娟、心悦诚服地说："好姐姐，弟弟会慎依姐姐之言行事的。"之后，为避人耳目，娟娟将朱棣领到明月庵附近李佑新购置的房舍静住，自己仍居于宫中太子府。

在燕王住进李佑新居的三日后，田田、岳索图从辽东来到京师，是由叶旺、龙卉带着小女儿一家三口儿陪同而至的。叶旺是为送田田、岳索图，并向皇上禀奏而来的；龙卉是来探望姐夫马云病情的，也为能与分别很长时间的龙花姐姐见个面。娟娟听说田田、叶大哥他们到了，高兴得先跑到李佑的新居告知了朱棣，而后又马不停蹄地去了田田、岳索图下榻的驿馆。娟娟先将他俩带到明月庵，拜望了明月长老，见过了李佑，又领着去了燕王暂居处。叩拜毕，朱棣请二位落座、饮茶。田田、岳索图这是第一次见到燕王，不免一番寒暄，然后讲了他们此次从金山纳哈出处领兵杀出来的经过。

原来田田收到娟娟姐姐的密函后，马上跑到罗锅哨送给岳索图看。见函中说眼下金山已瓜熟蒂落，让他们迅速率兵反正，开赴辽阳。二人高兴得不得了，这可是盼望已久的事儿，终于熬到头儿了，经过仔细的研究，当夜将在金山所控制的五千兵马及家眷、辎重悄悄儿地开向了辽阳，与叶旺的兵马会合。等纳哈出、乌迪什知道消息派兵追赶时，他们已离金山三百多里了，无论如何追不上了，气得只能是捶胸顿足、大发雷霆而已。纳哈出的损失可太大了，不但失去了五千兵马，而且自己最信任的两员大将也离他而去。特别是义子田田，那是帐前掌印大将军，对金山的机密及兵力部署情况了如指掌，你说他能不害怕吗？田田、岳索图的率兵反正，可以说是釜底抽薪，给了纳哈出以沉重的打击，动摇了部将的军心。

　　燕王等人听罢，一想到此刻纳哈出急得不知怎么抓耳挠腮呢，开心地笑了起来。田田还告诉娟娟："姐姐，东海窝稽部的其黑纳、西郎哈已成了我的参将，也随军到了辽阳。我们来京时，接朝廷徐达大将军之命，反正大军开赴北平府，估计现已到了那里。"娟娟边笑边说："好，好哇！这两个女真人是东海通啊，如今看来可是宝贝喽！"大家又唠了一阵儿，娟娟向燕王和众人说："你们等着，待我进宫奏报皇上，然后回来再通禀各位。"说完，一阵风儿地跑走了。

　　娟娟进得宫中，直奔大政殿，叩见父皇朱元璋，禀奏道："陛下，金山的胞弟田田已到京师！"朱元璋本在愁闷之中，听娟娟这么一讲，顿时来了精神。因他曾听已故的马皇后和娟娟多次讲过，楚绣绣被李善长、李存义兄弟俩霸占之后，生下一子，密藏在秦淮河的一户农家。送楚绣绣前往辽东时，她千方百计地把儿子带到了金山，逼纳哈出收为义子，成为金山大寨帐前大将军。他还听说田田乃文武奇才，早与娟娟在金山相认，并秘密协助本朝，将辽东的大小站赤暗中换了旗号，归入大明。从对楚绣绣的情感和田田对本朝的重大贡献考虑，朱元璋当然想看看，遂立即传旨："赶紧召辽东的田田等人进宫，朕要见见他们。"娟娟又禀道："眼下徐达大将军身体欠佳，燕王为了田田的顺利归来，出了不少力气，北疆的事情全靠他来做了。因此，儿臣暗中已将燕王留下，准备一块儿款待北疆来的众位英雄。父皇不会怪罪吧？"朱元璋现在可是全听娟娟的，娟娟怎么说，他就怎么做。这不，他马上便说了："朕恕你无罪，别走了，同朕一起召见田田等人吧。"田公公听命向殿外传旨，请北疆来的一行人等大政殿见驾。

　　燕王朱棣首先进得大殿，叩见了父皇，赐座一旁，接着应召入殿的有：原金山大寨帐前大将军田田、原金山大寨达鲁不花岳索图将军，还有叶旺、鲍龙花、鲍龙卉等，马云因病没能上殿面君。众人向皇上行三跪九叩之礼，朱元璋微微抬抬手，说："平身。"赐座后，秉仁公主向皇上详细介绍了众将的业绩，还特别讲了二位女将鲍龙花、鲍龙卉的功劳。朱元璋听罢，欣喜地点头称赞道："朕今日能得见众位很高兴，你们为北疆的安宁，为讨元残敌屡建奇功，朕甚感欣慰。今后北疆之事，可由燕王节制，一应礼制由秉仁公主协助燕王一体行之。田田哪，过来，让朕好好儿看看你。"边说边目不转睛地瞅着田田。

田田正忐忑不安地坐在那儿，听皇上叫到自己的名字，便有些紧张，娟娟赶忙上前拉着弟弟走到皇上面前。朱元璋言道："听说将军是江南人氏，又是秉仁公主的亲弟弟，能得以相认，不易呀！你与岳索图将军在残元内部为本朝做了不少好事儿，现又带来五千人马，立了大功，朕必命兵部赏赐。"说完，继续仔细地端详着，想从那张脸上找到昔日所爱之人的影子。他看了一会儿，问道："田田，你的名儿谁给起的？听起来是婴儿之名嘛！"田田叩拜道："禀陛下，此名儿乃母亲在我襁褓时起的，后来再没起大名儿。"朱元璋说："如今已是个领兵的大将军了，又归附了本朝，回到了生养你的江南故土。为了纪念这个日子，朕觉得还是起个大号为好啊！"朱棣接过了话茬儿："父皇讲得极是，田田大将军是应该有个成人名儿了。"然后又转向田田道，"田田，想起个什么名儿啊？说出来，我可以帮你在父皇面前选定一个。"娟娟紧接着插话道："弟弟，皇上和燕王这么关心你，不妨说说看。"田田略一思忖，回道："以前曾琢磨过起个大号，可一想到我的名字是母亲给起的，一直以来十分想念她，便没改。今天秉承皇上和燕王的旨意，让起个大号，那就把过去想到的几个名字说出来，请皇上和燕王听听。我虽出生于江南，但大多数时间生活在漠北，因此非常熟悉那里。依北方的特点，想在几个名字中选一个，有亦失哈、亦其纳、都尔汉，还有巴凌嘎、依姆根等，全是女真人常用的美名。"朱棣问："这些名字中，'亦失哈'最好听，是什么意思呢？"田田回道："'亦失哈'是女真语，即松鸦。北方的松鸦异常雄健，不管雪有多深，寒风多大，它依然在雪中振飞，并且是抱群的。夜间，总有一只松鸦不睡觉，为的是给同类站岗。它飞得相当远，能往返北海，是寒冷北域的主人。我喜欢松鸦的品格和精神，所以曾想用这个名儿，以鼓励自己勇往直前。"朱棣表态道："好，好啊！我看叫'亦失哈'挺好。"说着忙问皇上，"父皇，您看怎么样？"朱元璋说："噢，倒还不错。不过要看田田是否同意，叫什么名儿，最好让他自己定。"娟娟忙冲田田催促道："既然父皇和燕王喜欢，弟弟呀，你干脆定了吧。"在座的几个人也都认为此名儿不错，于是田田才决定下来。就这样，于朱元璋议政的大政殿上，在燕王建议、皇上赞同、本人同意的情况下，田田从此在官场上正式改叫亦失哈了。史书上记载的亦失哈，即秉仁公主的胞弟田田，在永乐年间，为开拓北疆立下了丰功伟绩。

闲话少说。晚上，朱元璋在宫中赐宴，款待从辽东抗元前阵归来的田田、岳索图、叶旺、鲍龙花、鲍龙卉及众将士。皇上因身体不适，所以没去参宴，由太子标、燕王朱棣与秉仁公主代为莅宴。次日，娟娟向燕王建议，请他带田田、岳索图先返回北平府。因为皇上还不让娟娟离开，需要在父皇身边陪伴一段时间，所以不能同行。叶旺与龙卉需帮鲍龙花照顾马云，也得在京师住些日子。朱棣无奈，只好同意，遂与娟娟依依惜别，带田田、岳索图起程了。叶旺军务在身，不能多待，没过几日便返回了辽阳。

燕王返回北平府后，首先拜见了岳丈。徐达大将军因病，未能去赴马皇后的葬礼，心里急得不行。朱棣在向他介绍京师情况时，特别讲了娟娟提的三条建议。徐达听后，拍案叫道："娟娟哪，非寻常之人，此话真像刘伯温军师在世呀！不必我赘言，尔用十年工夫践行娟娟之意，幽燕必换容颜也，届时何人敢撼吾婿耶！"朱棣与岳丈别过，前去看望得道高僧道衍师父。自从明月长老、宗渤、徐达、娟娟将道衍推荐给燕王之后，朱棣将他安置在庆寿寺为住持，准许可随时来王府相见。于是，二人之间，不是你去寺院，就是他来王府，经天纬地，讲古论今，一日不见如三秋兮，果真成了知己。朱棣虽有亲王之尊，但结交僧道，可看作时尚，并不奇怪，是子效父之表现。他父皇朱元璋不但有好多僧道朋友，而且常有与和尚、道士谈禅论道之作问世。因此，燕王与道衍也往来甚密，无所不谈，道衍常给出谋划策。朱棣按照道衍的谋略，极力扩充实力和武备，心胸和目光较前更开阔、深邃了。与此同时，道衍还向燕王举荐了在北平府中以卖卜为生的术士金忠。此人善易卜，街巷人等向其求卜，每每说得准，众皆称奇，呼为神仙。道衍将此人领进王府，给燕王观相。金忠卜算后，叩拜道："燕王贵不可言。"朱棣心中高兴，又请其卜未来。金忠让燕王随便写一个字。朱棣顺手写了个"问"字。金忠看了半天，说道："这个字儿左看像君，右看像君，燕王未来有九五之尊。"朱棣听了，既忐忑又高兴，便将金忠收入燕府，成为身边的又一重要谋士。就这样，朱棣身边文有道衍、金忠，武有张玉、亦失哈、岳索图、朱能等将。不久，朱亮病逝，朱能继父职，掌燕山兵务，燕王军威日震。

自洪武十五年秋至洪武十八年，是朱元璋称帝以来最不顺利的一段日子，许多重大灾难性的打击，向大明天子接踵袭来，令他痛不欲生。朱元璋刚稍稍平息了与其戎马征杀天下的恩爱妻子马皇后撒手人寰之悲，不想当年的冬日，得力心腹爱将、姐姐的儿子、义子、一块儿起兵反元并屡建奇功的曹国公李文忠大将突然一病不起，日渐沉重。急得他多次去府上探视，又降旨淮安侯华中选名医、抓良药加紧抢治。可李文忠的病情却急转直下，于洪武十六年三月初病逝，享年四十有六。朱元璋闻此噩耗，难以自制，悲恸得几次昏倒，稍平静下来后，觉得这么健壮的年轻武将死得奇怪，怀疑是华中做了手脚，用药毒死了义子。故而他贬去华中淮安侯的爵位，放逐外地，并将凡给李文忠治病之郎中及其家属全部斩首。李文忠死后，朱元璋亲自书文致祭，追封为岐阳王，谥号武靖。

洪武十七年夏，朱元璋突接北平府燕王朱棣禀奏，太傅、魏国公徐达大将军背生痈疽，现已病危的凶信儿。朱元璋心急如焚，立即遣徐达长子徐辉祖前去探视，叮嘱必接回京师调治。徐达被徐辉祖接回南京，治疗无效，于次年二月病笃遂卒，享年五十有四。徐达死后，追封为中山王，谥号武宁，赐葬钟山之阴，配享太庙，以纪其功。徐大将军的去世，大明如泰山坍塌，万民悲泣。他追随朱元璋数十年，跃马驰骋，转战南北，功高盖世。刘伯温在世时多次讲过："大明有天德可固……昭明乎日月，大将军一人而已。"明朝的不少将领是由徐达带起来的，许多将军都佩服他，认为此人治军有方，身先士卒，从来没有大将军的架子，皆愿意在其麾下做战将。还说他爱兵如子，能笼络住人，威望极高，在众将中有一呼百应之威。徐达的去世，使朝廷顿时失去了统理兵权之人，如同断了一条臂膀，朱元璋怎能不悲痛欲绝呢？

大明朝此间太不幸了，接二连三的变故真像天塌地陷一般，令人难以承受。朱元璋一天都离不开的贤内助马皇后撒手人寰了，心腹大将、义子李文忠走了，朝廷的金梁玉柱徐达大将军溘然长逝了。这还不算，就在徐达的国丧刚刚办完不久，一直重病在身的抗元大英雄马云将军虽经众位郎中的全力救治，但无有回天之力，于寓所闭目而终了，享年四十有九，根据其妻鲍龙花的意愿，葬灵于鸡鸣山，与葱翠的古松为伴。六个月后，皇上身边册封未几的摄掌六宫之事的淑妃李氏也于洪武十八年九月薨逝了。朱元璋的后妃中，除马皇后外，曾于元末，纳元军元帅马世熊义女孙氏为妾，时年十八岁，即位时册封为贵妃，薨逝时，年三十有二。现在，朱元璋的身边只有一位妃子，即宁妃郭氏，再没有其他的嫔妃了。因此，这位大明天子倍感孤独。

一日，朱元璋与娟娟闲聊，他十分真诚地说："娟娟哪，朕已品了好长时间了，看得出你是个十分懂事的好孩子。一直以来很体贴朕，并放弃了去北平府辅助燕王、寻找生母的机会，留在朕的身边，陪着一起忧伤。这一切都是为了朕哪，朕明白，你是个好儿呀！朕自碍情面，许多话不知从何开口，不过还是得说。朕对不起你的母亲，有朝一日，如果真找到了她，一定代朕谢罪呀！"说着，眼圈儿红了。娟娟曾憎恶过朱元璋，认为他不够男子汉大丈夫，知过不敢正视，现在总算听到了表示歉疚的话，内心也很激动，暗自叫道："母亲啊，告诉女儿，到底在哪里呀？皇上向你赔罪了，听到没有？"朱元璋又道："娟娟哪，徐达曾向朕多次举荐，封你个大将军。当他感到年寿不永时，最愁的是有兵无帅，有帅而又无有韩信样儿人耳。娟娟，你去东海寻母，朕不想阻拦。不过暂时还需留在朕身边，谁也要不去，得帮朕几年。这期间，可随时打听母亲的下落，寻母、治政两不误，朕求你了。"娟娟听此言，特别感动，心想："朱元璋一向是刚强之人，是大明朝顶天立地的大英雄，从未在人前说过软话。今天能在女儿面前吐出个'求'字，算是够份儿了，是皇上对自己的器重，应给他这个面子。国事和家事相比，应以国事为重，岂能撒手不管？若那样做，便不是刘伯温的女儿，不仅对不起喜欢我一回的皇娘马皇后，也会让徐达叔叔失望的。"于是便道："父皇，娟娟自幼读圣贤之书，国事、家事孰重孰轻能分得清。请放心，娟娟谨遵圣命就是，可留在陛下身边能做些什么呢？"朱元璋高兴了，笑着说："帮朕谋划一下朝廷的要务呀，如今朝野上下朕信任者寡。娟娟，你说说，当今之境况，朕应急办何事？"娟娟不假思索，脱口而出："依儿臣之见，应速行徐达之志。徐叔叔人虽去，虎威犹存，一鼓作气耳。"朱元璋兴奋地催促道："娟娟，快快讲来，不妨细言之。"娟娟说："当今应思虑的，乃燕北及辽东之蒙元残势也。趁众将率兵四野，咄咄逼人，挥戈剿痛之时到矣。对纳哈出，帝心甚慈，已静观十数年。不可再任其割据一方，应以众兵灭其势，亦该收网罟鱼矣。"朱元璋又问："何人堪此罟网之任？"娟娟回道："父皇，娟娟久在徐叔叔身边，知其用兵之奇。徐叔叔常讲：'文忠忠厚，不怕死；冯胜勇谋兼备，狡奸而莫测。'陛下可记否，徐达西征扩廓帖木儿时，他与文忠皆失利，独冯胜获胜券。帝虽宽恕了大将军，但他为此事病了多日，愈后常常回忆那场战事，自称诡诈奇兵，天德不如胜也。冯胜智勇仅在徐达之下，罟网纳哈出，冯胜可为之。"朱元璋笑着说："好姑娘，你真像伯温老先生与天德弟在与朕谈兵啊！多日没有听此侃侃阔论，幸哉，幸哉。娟娟在朕前，天佑大明也！朕再问你，冯胜为主将可也，为防不虞，何人为副将耶？"娟娟侃快地说："傅友德、兰玉。"朱元璋接着问："那么两位大将谁为上将军？"娟娟回道："傅友德和兰玉皆为徐大将军两只'座前虎'，凶顽难伏，唯徐达驭之若猫，他人难驭也。娟娟在北疆静观之，叹徐叔叔治军有方，知其禀性，因人而用也。他们都具大将之才，剽悍无敌，所向皆捷。二人比之，兰玉尤勇于傅友德。兰玉乃开平王常遇春之妻弟，向为帝所器重。他傲骨铮铮，常人不放在眼里，又喜结朋党，为其两肋插刀者如云。其势不小，左右无敢欺者，故现今骄蔑众将、不可一世。而傅友德出身微贱，无有姻亲，与陛下亲密，故有勇而无名威压人之势。凡用人，陛下多用兰玉，傅友德从之可也。兰玉向有天下英雄之威，傅友德乃喜图小惠、不求虚名之人，两人各有特性。陛下仔细品之，兰玉争强好胜，傅友德随其后，不会因此而计较，必效犬马之劳，绝无怨言。"朱元璋听完娟娟这番话，认为剖析得十分透彻，深记在心，后来对他处置冯胜、兰玉和傅友德确实起了作用。

朱元璋于洪武二十年丁卯春正月下旨，钦封冯胜为征虏大将军，早已晋为颍国公的傅友德、永昌侯兰玉为左右副将军，率师二十万北上辽东。随军北征者，还有南雄侯赵庸、郑国公常茂、曹国公李景隆、申国公邓镇等人。同时下旨，燕王朱棣派军助攻，辽阳都指挥使司同知叶旺亦助阵北攻，并遣被俘降明的纳哈出原部将乃喇五带着亲笔圣旨前去招降纳哈出。

冯胜随已故徐达大将军西征时，长驻北平府，熟悉金山形势，接旨后，留兵马五万驻守大宁，建立大营，然后派军直冲金山。纳哈出在冯胜大军未到前，便见到了乃喇五送去的朱元璋亲笔招降圣旨，内心已经开始动摇，又因田田率五千余众日前已降燕王，自己无力再与冯胜大军对抗，加上乃喇五向他详细介绍了朱元璋为慈善皇帝，器重将军之才气，降明之后必封爵，利禄全收，并力劝不可错过时机。所以，当冯胜大军逼近金山时，纳哈出一看大势已去，根本无法支撑，只好开门受降。冯胜俘虏元兵二十余万，缴获牛、羊、马驮、辎重颇多，率军押解着纳哈出及其元兵将士很快返回京师。朱元璋闻之大悦，派使者远迎冯胜征师凯旋。至此，纳哈出割据之势彻底结束了，金山及月牙楼被大火焚毁，不复存在。

第二天，朱元璋在大政殿召见纳哈出。纳哈出被押上殿后，扑通一声跪倒在地，说道："罪臣二次被押至宫阙，蒙圣明君主惠顾，此番由衷诚服，唯求一死，以赎罪孽。"这时，只见站立一旁的秉仁公主向皇上耳语了几句。朱元璋抬起头来，说道："朕以慈悲为怀，恕尔死罪，封赐海西侯，以报效本朝。"纳哈出一听此言，简直不敢相信自己的耳朵了，做梦都没想到朱元璋仍能如此宽宏大量，那真是感激涕零啊！泪流满面地赶忙叩头谢恩。自此，于北方割据十数年的枭雄归附了大明，唯诺称臣。皇上又降旨："纳哈出可率家眷暂住驿馆，择期拨银，修筑府宅。"

明月长老在娟娟的引领下，前去见纳哈出。说来，纳哈出在京师已看到了明月长老和娟娟，感到羞愧万分，忙跪地叩头。明月长老连说："起来，起来，咱们是老朋友重逢，用不着客套。你既然已降明，那就是一家人了，不必这样。"纳哈出说："无论如何，罪臣、败将也应给两位师父叩头。"娟娟上前把他拉了起来，别的没讲，开口便追问母亲楚绣绣的生死。纳哈出一听，原来两位师父是为此而来的，心中不免一震。因楚绣绣的走失，全是他一人所为，只是一直隐瞒到现在而已。今天重又提起了不愿谈及的话题，为感谢朝廷宽大不杀和被封侯之恩，他才如实地交代了楚绣绣走失的真正经过。

原来，纳哈出自从有了新欢，便开始虐待楚绣绣母子。楚绣绣是个刚烈女子，哪受得了这个？终日愁容满面、忧惧不安，慢慢地被逼疯癫，病势日渐沉重，天天忽唱忽骂、忽哭忽笑、忽进忽出，整日不宁，数十个女婢也看不住。纳哈出对此虽恨得牙关紧咬，但尚有那么一丝旧情，不忍将楚绣绣押入月牙楼死囚，又怕她疯闹日重，有碍声誉，经冥思苦索，终于想出了一个办法。于是，他暗中派乌迪什于一个深夜秘密将楚绣绣捆绑后，装入囚车，拉出金山二百多里之外，解开绳索，任其四处游荡。此事唯纳哈出、乌迪什知晓，二人约定，绝不外传，只说疯后走失了。纳哈出讲完后，娟娟强压怒火，问道："究竟把人扔到哪里去了？"纳哈出说："至于楚绣绣当时押走到哪里以及怎么放的具体情况，你们可问乌迪什。他已被田田俘获，现关在北平燕王府的囚牢之中。"娟娟得知此情后，立即书函田田，告知纳哈出所言，并叮嘱弟弟：务必找到乌迪什，详审生母的下落，待姐姐在朝廷的事儿办完后，再与弟弟同去寻找母亲，哪怕是天涯海角，切切！之后，娟娟将密信派人送给了田田。

再说，纳哈出在南京终日闲待，夜里常有刺客袭扰，吓得他赶忙报给了朝廷。朱元璋听后，甚感奇怪，遂让已从北平府归来的田公公"甜若蜜"将娟娟召来商量一下。当天晚上，娟娟为查明真相，带领鲍龙花等人严密巡防纳哈出住地，很快擒得一夜贼，此乃李存义府上的阍者段四儿，经与御使审问，段四儿交代为李存义指使，内与李善长有关。因惧怕纳哈出密告他们之间相互勾结之事，李存义给了段四儿白银百两，让他到纳哈出处的门上插上匕首，加以恫吓。意思是，责令纳哈出缄口不言，倘若不听，则绝其命。娟娟将所得情况连同已掌握的李善长与纳哈出勾结的罪证一并禀奏了皇上。朱元璋甚怒，命御使与锦衣卫联合秘密详审以奏。娟娟向皇上提出，最好能暗中将纳哈出转移，以保其性命。朱元璋略一思忖，准允此议，命纳哈出随傅友德征战漠北。哪承想，纳哈出因惊吓和心情郁闷，在路经原金山的馒头山附近时，竟猝死于马上。一位做梦都想叱咤风云的曾独霸金山的元太尉、大丞相，就这样一命呜呼了。

燕王见金山顺利收复，认为时机已经成熟，便与道衍秘密商议，决意拥兵自振，威赫燕北。朱棣知道，要发展壮大自己的力量，控制北疆，冯胜、兰玉、傅友德这些徐达手下的大将是绊脚石。他们能征善战、勇武强悍，实难与之匹敌，若不及早剪除，后必受制。怎么办呢？道衍眼珠儿一转，出了个主意，说道："可查冯胜北征的过失，禀奏皇上。"于是，燕王依计派人，甚至暗中动用锦衣卫，搜集冯胜北征中的一举一动、一言一行，从中寻找证据。经查，果然发现了问题，燕王悄悄儿来到南京城，告之了秉仁公主。娟娟当即将冯胜之过转奏给皇上，禀道："冯胜此次北征，奢华骄纵，私匿纳哈出良马为己有，并使阍者行酒于纳哈出之妻，求大珠异宝，王子死二日强娶其女，失降附心。"皇上春秋已高，本多猜忌，闻听此言，雷霆大怒！下诏切责冯胜，收其大将军印，就第凤阳，无圣旨不许动。从此，冯胜败落下来。

冯胜被治罪后，由兰玉行总兵官事，移屯蓟州。时元顺帝之孙脱古思帖木儿继承大位，不时用兵，扰乱塞上。洪武二十一年春三月，朱元璋下旨，命兰玉大将军率师十五万征剿。兰玉之精骑出大宁，至庆州时探马报知，北元主正在捕鱼儿海一带，马上又日夜兼程进至百眼井，结果不见元兵，便欲班师返还。定远侯王弼提醒兰玉："吾辈率十余万之众深入漠北，无所得，速班师。何以复命？"兰玉觉得王弼的话值得考虑，当即命军士穴地而爨，毋见烟火，乘夜移师至海南。不日，探子报，敌营在东北八十余里处。兰玉见机会已到，遂命王弼为前锋，疾驰击其营。元兵以为明军缺乏粮草，不能深入，且又大风扬沙，一片灰暗，故未防备。因此，明军已至，元兵尚未发觉。于是，明军没费吹灰之力，俘获了脱古思帖木儿的次子、妃子、公主以下百余人，元官属三千余人；一举杀了元太尉蛮子等人，降其众，追获牧民、役工男女七万七千余人；缴获宝玺、符敕、金牌、金银、印信等诸物，马、驼、牛、羊十五万余，焚其甲杖、蓄积无数，只有北元主与太子天宝奴以数十骑逃遁。奏捷京师，朱元璋闻之大悦，摆宴庆功。从此，元朝在北疆大漠的残余势力，基本上被抚平。

在朝野上下喜庆之时，随冯胜、傅友德、兰玉诸将征战的叶旺将军回到辽阳之后，因受刀伤，失血过多，身体十分虚弱。叶旺虽经郎中的全力救治，以及卜家奴、巫顺、鲍龙卉等人的精心照料，但终因伤情过重，于洪武二十一年春三月去世，终年四十有三。叶旺与马云自祖上被元兵由辽东掠入江南，便就此住了下来，后为家焉。二人奉旨赴辽后，忠心不二，蓑荆棘，立军府，抚慰百姓；垦田万余顷，造福于当地之土民，遂为永利。在辽东尤久，有十七年之多，兢兢业业，为辽人德之，百姓无不敬重他们、怀念他们。叶旺逝去后，辽阳的民众百里哀哭，将其棺椁葬于辽水之滨，永与辽民在一起。朝廷为嘉其功，下旨召其妻鲍龙卉奉灵牌回京师，赏赉重金。从此，鲍龙卉、鲍龙花姐妹聚在一起，安度晚年。二人一心护养子女，还常到明月庵拜望明月长老，娟娟也时不时地去家中探访师妹。

再说娟娟自打从纳哈出处了解了生母走失的真实情况后，对太师李善长和李存义合谋将母亲经胡惟庸送至辽东的无耻行径更加痛恨。此事败露了，二人不仅不敛其行，反倒更为嚣张。娟娟想："李氏哥儿俩坏事做尽，好事俱沾光。几年前，李善长一手栽培起来的同党胡惟庸罪孽昭彰，圣上已经赐死，而李善长和李存义却逍遥法外，仍若无其事地活着。这不行，该让朝廷的老罪魁寿终正寝了！"她的心里很是不平，于是，便将所掌握的李善长的所有罪证，俱陈于皇帝面前，并痛哭流涕地请圣上为其做主。说实在的，李善长是朱元璋眼下最不愿意提到的一个人。每当提及此人所做的龌龊之事，就深感对不起已故的马皇后，对不住楚绣绣，也有愧于娟娟。娟娟在他面前一哭诉，又把对李善长的旧恨勾了出来，心烦添堵。也是李太师恶有恶报，此时他干了一件更加大逆不道的事，竟唆使弟弟李存义指使飞贼"黑刀王"行刺秉仁公主。由于哥儿俩的谈话恰好被李存义之子李佑听到了，遂暗中保护，娟娟才免受其害，但李佑却遭"黑刀王"的暗器毒伤。

这是怎么回事儿呢？一天夜里，娟娟正在自己的宫房里休息，忽听外面有动静。她噌地蹿下地，匆忙跑了出去，听到宫楼上有厮打之声。当她疾步蹿上房顶儿、定睛细看时，见一黑影儿正从房顶儿跳落下去，随即大声呼喊宫中护卫，于后面紧追不舍，终于活擒了"黑刀王"。待娟娟再返回住地查看时，见房顶儿上躺倒一个人，上前仔细辨认，哪承想伤者竟是师兄李佑！她回头忙命侍从将师兄抬入内室，发现身中毒刀，半臂和左肋已变黑。经郎中紧急调治，昏迷中的李佑突然睁开眼睛，微笑着拉住娟娟的手，断断续续地说："师妹，你无恙……我就满足了，师兄总算帮你……办了点事儿……"话没说完，便因毒血入心而亡。娟娟抚尸痛哭，悲愤不已。

两日后，秉仁公主将审问"黑刀王"所得实情禀告父皇。朱元璋听后震怒，高叫道："简直是大逆不道！"又联想到李善长和李存义兄弟俩与胡惟庸相互勾结、私通大漠之罪，便假托有星变，得杀大臣应灾。于洪武二十三年五月下诏，赐韩国公、太师李善长死，杀了包括李存义在内的家人七十余口，并将此事布告天下。

各位阿哥，李善长被赐死，当时在大明朝可是天地震动啊！不单在朝内，就是在村庄野民中都如同响起了一声惊雷，吓得不得不捂住自己的耳朵，以为听错了。那李善长是元勋国戚，身居高位，为当朝太师呀，始终是朱元璋最倚重的权臣。洪武三年大封功臣时，朱元璋授予他开国辅运推诚守政臣、光禄大夫、左柱国、太师、中书左丞相、韩国公，岁禄四千石，子孙世袭，有罪可免二死，子免一死，这是何等的殊荣啊！朱元璋长女临安公主嫁于李善长长子李琪，拜驸马都尉，其家的权势之大，大明时那是第一人。李善长活到七十七岁，仍在朝野中指手画脚，安然自若，如不赐死，可谓除朱元璋之外，功高名实者第一人。李太师的被杀，朝野尽知，人们都说看来皇上开始清君侧了。正如虞部郎中王国用于李善长死后第二年上书朱元璋有言："臣恐天下闻之，谓功如善长且如此，四方因之解体也。"后来，此话果然应验了。

本书开篇讲过，刘伯温好唱一首自大元朝以来一直流传在民间的小调儿，叫《好报令》。是这样唱的：

实其所欲，

投其所好。

早知早好，

晚悟晚报。

老军师之所以常唱此民谣，是因为小调儿把世上的贪欲之人必遭报应写得入木三分。他要唱给时人听，以示警诫，暗喻世人为争利争权失宠的可悲下场。宦海仕途，逐利贪贵者，到头来皆逃不出那十六个字儿的结局。前八个字儿，是指一些能驾驭权谋之人；后八个字儿，是指想得到权谋之人必遭报应的结果。唯有刘伯温把十六个字儿悟透了，不逐名，不争利，事成后则退隐青田，让人总是怀念。李善长、杨宪、汪广洋、胡惟庸等人，一生追逐名利，名声显赫，却不识时务，到头来死于宦途。

朱元璋一生，随着地位的变更，性情也有所变化。到了晚年时，他总怕皇权不稳固，疑心甚大。他不顾马皇后临终前的少杀戮、勿猜忌的劝告，设立了直接受其指挥的锦衣卫，用以察听、侦伺臣僚属下，及时掌握有害帝业的言行。有了锦衣卫，等于皇帝有了自己的侍卫和亲军，他们可自行缉捕反对皇家的人，其权势远在都察御使官员之上。特别是当李文忠、徐达相继去世后，朱元璋对所有的领兵大将皆不放心，尤担心自己百年之后天下不稳，权臣争雄，没有可控制那些大将之人，故对曾与之征战多年的拥兵大将持以百般的疑虑，倍加警惕，并一个接一个地加以处置，以诏狱镇压故旧。显然，灭异己之举，愈来愈变本加厉。这期间，他所能信任的人，只有自己的儿子。为此，他要求分藩各地的诸皇子必须抓紧练兵，加强武备。可在他的儿子中，真正有武将之才者，当属二皇子秦王朱樉，然力量薄弱；唯四皇子燕王朱棣拥兵自振，兵强马壮，最为厉害，成为徐达死后据幽燕形胜重地、控制大明朝域北、钳制北方诸将的主要依靠力量。

洪武二十五年四月，对大明来说，是个凄风伴着苦雨的月份儿，本来就体弱多病的太子朱标突染沉疴。这日夜交二鼓，洪武皇帝正伏在乾清宫御案上审阅各部衙门送来的奏章和札子。其中，有风雨海溢要求赈灾的，有礼部需更定冠服、居室、器用制度的，有天下郡县赋役黄册编毕请皇上御览的，等等，唯有兰玉的一份儿奏章让他颇为踌躇。是什么内容呢？兰玉提出在征伐之地建立卫所，请求籍民为兵。朱元璋想，此奏章究竟合理不合理，是否有不可告人的目的？犹疑中，他传来兵部当值的主事，令其介绍兰玉征伐地的情况。主事有问必答，历数无遗，从而理清了皇帝的思路。朱元璋遂决定不理兰玉的茬儿，既不增卫，也不征兵。

朱元璋刚处理完兰玉的奏章，又抽出了都察院的一份儿折子，恰恰是弹劾兰玉的。告他"自恃功高，专恣暴横，目空一切，不把任何人放在眼里。认为自己在大明朝将领中，是首屈一指的猛将，谁也奈何不得"。还具体开列了五条罪状：一是蓄庄奴假子数千人，横行乡里，乘势渔猎，尝占东昌民田，百姓向御史告状，御史依法到兰府调查，被兰玉捶而逐之；二是北征途中，"私其珍宝驮马无数"；三是夜间带兵经过喜峰口，门吏验符请问，兰玉竟大怒，随之"纵兵毁关而入"；四是兰玉冒天下之大不韪，睡到了元帝故妃的床上；五是总兵在外，擅自黜陟将校，鲸刺军士，甚至进止自专，违诏出师，恣作威福。朱元璋阅罢，心中不免郁闷，将折子搁置起来。此时已近午夜，乏劲儿猛袭上来，起身去郭妃的坤宁宫歇息。

朱元璋到了坤宁宫，刚刚躺下，便有急促的脚步声传来，接着只听奏道："太子殿下病危！"一声禀报，如同炸雷一样在头顶儿轰响，令他震惊。他怔怔地自言自语道："怎么会这样呢？"急忙起身，穿上衣服，坐上肩舆，赶往东宫。就在他踏进东宫门槛儿时，冥冥中听到有个声音说："皇上来得晚些了！"是啊，真的来晚了点儿，见太子已是蜡黄的脸、失神的眼，上气不接下气了。他难过极了，如利箭穿心，差点儿没跌倒在病榻旁。还未等他站稳呢，太子"哇"的一声，吐出最后一口血，只有三十九岁年华的朱标，匆匆撒手人寰了。

洪武皇帝在受到了巨大打击，经过很长一段时间的哀痛之后，开始考虑东宫由谁继任的问题。他有两种选择：一是在诸王中挑选一位，册为新的太子；二是不再册封太子，而是将皇世孙朱允炆册封为皇太孙，待自己百年之后，直接由孙辈继位，两种办法皆通古礼。他想到立皇太子，便把秦王、晋王、燕王、周王、楚王、齐王，以及庆王、宁王、岷王、谷王、韩王、沈王、安王、唐王、伊王等二十三位，按着嫡庶、长幼的顺序，全在脑子里过了一遍。他首先想到的，当然是位居老二的秦王朱樉。他本来对秦王是很器重的，但觉得这小子不识抬举，就藩后多过失，屡行不端，不良于德，若不是朱标为其开脱，可能早被削去王号、废为庶人了，怎么能把国家的神器放在此种人的肩上呢？不行。然后想他老三晋王朱棡。三皇子眼珠儿白多黑少，为人多智数，气量褊狭又极骄横，胸中装不了万里江山，也不行。他接着想燕王。说来奇怪，同是亲哥儿们，四皇子跟其他的兄弟不一样，不但五官与自己酷似，而且禀赋、气质、性格等方面更像朕。尤令欣慰的是，在对北元的征讨中，朱棣出奇制胜，表现出智勇大略、推诚任人、与将士同甘共苦、不争功、不自傲、深受众望的优长，显然高出秦、晋二王一筹。他又琢磨五儿周王朱橚。那个人呀，玩世不恭，放荡怪诞，令人想起来就感到恶心。若不是马皇后特别关照，可能早被自己打死了。朱伯西在这里，需插说几句。相传，马皇后临终前交给朱橚一件衣服，是她一针一线缝制的，又交给皇上一根棍子，说："若此儿有错儿，先让他穿上我给做的这件衣服，然后你用这根棍子教训他。"马皇后的话，倒让朱元璋对五儿没了办法，当然也不可能立为太子。他觉得自周王以下的所有庶出之子，不是年岁小历练不够，就是难于独当一面，更缺少威震八方的气势。他想来想去，唯燕王最突出，若另立太子，非棣莫属。立皇世孙是一条选择，可反复寻思过多次，委实不想这么做。太子标本有两个儿子，大儿子朱雄英早已夭折，只有二儿子朱允炆。皇世孙不但相貌不讨人喜欢，而且禀赋、气质看上去还不如其父，不像是帝王的材料。当然，不是说孩子没有过人之处，还是绝顶聪明的。比方说，他五六岁时能背诵一首首唐诗、宋词，十一二岁时能创作出极佳的律诗和绝句。尤令朱元璋皇爷爷动心的，是允炆的至孝之心。

那是太子朱标的"七七"忌日，按照礼俗，其父要去灵前祭奠。于是，朱元璋便去了东宫。到那儿以后，所看到的一幕和听说的一切，使他对皇孙朱允炆产生了好感。朱允炆作为朱标的儿子，被置于丧事的突出地位。"小敛"的时候，是他亲手给父亲穿上一层又一层的寿衣，再套上裹尸的布囊，覆上夷念[①]。"大敛"时，又是他将父亲的遗体抱入棺内，顿足哀号，好几个人费了挺大的劲儿才将他拉了起来。从父亲闭目时起，一直到"卒哭"之日，他的眼泪几乎没有干过。按礼俗规定，太子朱标的灵樟要摆放在东宫正殿前的西阶上。西阶意味着客位，说明太子已不再是东宫的主人，而成为"宾客"了。"礼记"规定："天子七日而殡，诸侯五日而殡。"殡不是葬，离安葬入土还有五个月的时间。朱允炆令人在院子里临时搭建了简易草棚，此谓之"庐"，然后就在没有泥墁、四面透

---

① 即被子。

风的"庐"内陪伴着亡父。夜睡时，他头枕着土块儿，身盖着草苫，一如古制。他不时还要起来，往长明灯里添油，烧化纸钱。朱元璋来至东宫，看到朱允炆正跪在灵前，其容貌冷不丁吓了他一跳！只见孙儿眼睛红肿，眼角儿溃烂，为去心火，眉心和太阳穴处已揪出紫斑，嘴角儿干裂，露出血丝，确是形销骨立，愀然作色。朱元璋是最重德行的，从朱允炆的孝行中看出其品性敦厚，致使他关于"储君"的决定不免有些犹豫。

洪武皇帝想到东宫虚位将会影响到国家的安全，对这个万众瞩目的大事，必须尽早做出决断。于是，他在东角门召来群臣，议论"储君"人选。他经过几个月的思考，开宗明义地对众臣说："朕已老矣，国家不幸，太子薨亡。古称国有兴君，方足民福，皇长孙弱不更事，朕恐其难承大统。朕的四子贤明仁厚，英武似朕，朕意欲立燕王为太子，卿等以为如何？"殿堂上无人应声儿。皇上接着又问了一遍，只有几个大臣声音很小的回应道："陛下圣明！"可是微弱之声刹那间被一片唏嘘声淹没了。这时，一位老臣扑倒在殿前，高声儿喊道："臣有话要说！"朱元璋说："今天就是请众卿唠唠，可随意讲。"老臣奏曰："皇孙年富，且系嫡出，孙承嫡统，古今通礼，望陛下慎思之！"皇上问道："依卿所言，朕欲立燕王，竟是不妥了？"老臣答曰："若立燕王，将置秦王、晋王于何地？弟不可先于兄。臣意不如立皇孙，皇世孙嫡大统，礼也……"朱元璋听此言，觉得很有道理，便于洪武二十五年九月庚寅，册封十六岁的朱允炆为皇太孙，继其父朱标为太子。

朱元璋的这一决断，顿时在诸皇子中引起了轩然大波，为后世埋下了血战征杀的隐患。表面上看，并没有什么大的反应，可是各种势力在暗中的较量和格斗已经开始了。说起来，当时对此册封最不心服、口服的，就是四皇子朱棣。本以为向来被父皇喜爱，又拥兵燕北，文韬武略皆在众兄弟之上，兄长太子标死后，自己无疑将登太子之位，并已于城郭外置"龙亭"，陈仪仗，迎接立太子诏书的到来。然而，从"龙亭"取出来的诏书，却大出所料，立之太子乃朱允炆。他无论如何不明白为什么会是这么个结果，不甘心哪，连着几夜饮酒，根本不能入睡。徐妃力劝，听不进，还是道衍劝他，才如梦方醒。道衍说："燕王，太子名讳虚名耳。英雄争其实，何慕虚名？潜龙在海，人不知其威；一朝出海，沧海桑田也！王宜敬谨陛下朝臣，自壮而备也。"道衍的话使朱棣顿开茅塞，一语道破眼下不是去争名分的时候，重要的是要想办法充实自己的力量，成为强者。

当时，燕王暗中与之争雄者，除了已被治罪的冯胜，剩下的还有蓝玉、傅友德等。蓝玉现正掌大将军之印，并被封为凉国公，叱咤一时，特别是在讨伐四川建昌卫指挥使伊鲁帖木儿的叛乱中，擒拿了伊鲁帖木儿，更是声威大震。他是已故太子的舅父，向有朱标的支持和厚爱，在朝野上下很有影响和威望，而且善于广交各路英雄，与之交好的名将和权臣甚多，并待为知己。不少人寄希望于太子朱标有朝一日君临天下，蓝玉的地位不可预测，故趋炎附势者如炽。太子标故去了，其子、皇世孙朱允炆若能承继大宝，蓝玉及其众好友仍是朱允炆的得力拥戴者。蓝玉的头脑可不简单，对朱棣尤其注意。一次，他在北征凯旋后，对太子朱标说："臣观燕王在北平，暗有不臣之心。"他建议太子派人查其操练兵马、自行扩大实力之事，提醒应有所防范。太子朱标老实厚道，没有重视，也没亲奏皇上。蓝玉见太子竟如此不在意，又道："殿下待臣恩厚，我是担忧啊！"蓝玉的这些举动及与朱标说的话，早被朱棣暗中掌握的、遍布朝廷内外各个地方包括太子宫中的锦衣卫所了解，密传给朱棣后，当即对蓝玉恨之入骨。此次乘太子标发丧来京时，朱棣立马叩见父皇，历数了蓝玉的罪状，还说："现在诸公侯纵恣无度，不诛，将有尾大不掉之忧。"朱元璋本来就看过都察院的折子，上列的笔笔宗宗，已使他对蓝玉的种种行为甚为不满。现在又有最信赖的儿子来举发，进一步促使他暗暗下了决心，定要处置之。

洪武二十六年初春，农历惊蛰日，凉国公蓝玉像往常一样，穿上了大独科花一品绯袍，赴早朝来至西华门。其时，天尚未明，守门的锦衣卫借着灯光检查他的牙牌，见上刻有个"勋"字。但一锦衣卫却不承认这块牙牌是他的，并用手指着蓝玉的鼻子问："你是凉国公蓝玉吗？"蓝玉刚回答，立刻被五花大绑地押走了，并且没有直接囚往刑部或大理寺的牢房，而是进了锦衣卫的镇抚司。一般来说，押至此处的，不死也得脱层皮。

蓝玉案受惊动最大的人，就是东宫的吕妃。吕妃自丈夫去世，终日以泪洗面，苦叹太子标扔下了孤儿寡母无人管。她想到自己出身微贱，常妃早已薨逝，何况与之关系不甚亲密。蓝玉既是太子的舅父，也是其爱将，眼下却出了事儿，可叫允炆去依靠谁呀？身边没有得力的武将护卫，没有知心的帮手怎么行？她又想到若是蓝玉确实有罪，皇上重罚了他，允炆以后的日子会很不好过。那样的话，燕王必占上风，一准儿得挟控允炆，到头来还不知要出什么乱子呢！吕妃深知陛下虽喜欢她这个儿媳，但皇上历来独断专行，除马皇后外，没有一个人敢去找陛下说情的。于是，她想到了去找宁妃郭氏，可那是个静心寡语之人，不会帮忙的。吕妃寻思来寻思去，寻思到了秉仁公主，觉得求她去为兰玉说情最合适，恳请皇上宽恕。吕妃便去找了秉仁公主，把自己的想法讲了，痛哭流涕地哀求望能帮帮忙。娟娟内心十分矛盾，说实在的，从哪个方面讲，朱棣、兰玉、朱允炆皆是她所亲近和喜欢的人，不希望他们之间有争斗。可如今真的就出现了问题，她都想帮，又都不好帮。碍着吕妃与自己的交情，她还是去找了父皇，以表明心迹，禀奏道："兰玉不同于李善长，乃开平王之妻弟，身经百战，战功卓著。即或有罪，陛下可折其功而惩之。若重罚，恐伤诸将心，望陛下思之。"朱元璋听后，令人唤来锦衣卫，将所查兰玉结党谋反之奏册拿给娟娟看。娟娟阅后，不禁大吃一惊，感到爱莫能助了。

再说，兰玉被押进镇抚司后，大喊大叫着："我要见皇上！"却没人理会，只有一件件刑具摆在面前。先是一般性的拷打，继之是拶夹。就是用三根夹棍儿把他的两条小腿夹紧，再由两个行刑人左右拽绳儿，兰玉立时痛彻骨髓。后又有人取过谓之"木手"的手槌儿，有节奏地敲击他的两肋，兰玉疼得在"嘭嘭嘭"的响声中昏了过去。待他醒来后，还是誓不认罪，大喊："我纵有罪，只是贪馋喜色而已。自恨素无拘谨，才遭此祸，应得也！然本将自为陛下坦荡无私，忠心朝廷，肝胆涂地，神人共鉴！可悲啊，帝何昏庸至此？兰玉死不足惜，太子在天之灵悲伤耶！"一旁的锦衣卫指挥蒋献大骂道："混账！死到临头了，还敢诬陷太子？"兰玉说："请奏陛下，太子孱弱，恶人中伤不辨乎！陛下可愁皇太孙来日之境乎？"说完，不是好声儿地哈哈大笑着。接着，行刑人又连续施以车辐、火炙、烟熏，最后把一双"红绣鞋"给他套在了脚上。

所谓的"红绣鞋"，乃锦衣卫镇抚司的独创，是一种鞋状的铁器。先把这"鞋"给人穿上，然后加热、烧红，直到皮焦肉烂。兰玉熬过各种刑罚之后，心想："无论怎样都是个死，不如来个痛快！"遂大呼道："朱公啊，朱公！"他已不再喊陛下了。"果然是飞鸟尽，良弓藏，狡兔死，走狗烹啊，朱公以为天下太平了吗？何不留一二大将以防不测……"说完一头撞向狱墙，脑浆迸裂，倒地而亡。锦衣卫的人能说好话嘛，朱元璋闻奏大怒，好个兰玉呀，敢骂我"昏庸"！立即下旨，凡与兰玉有关者一律问斩。此次坐堂论死者，除兰玉全家外，主要人物有"一公""十三侯""二伯"，即开国公常升，景川侯曹震、鹤庆侯张翼、舳舻侯朱寿、普定侯陈恒、宣宁侯曹泰、会宁侯张温、怀选侯曹兴、西凉侯濮玙、东平侯韩勋、全宁侯孙恪、沈阳侯察罕，微先伯桑敬、东莞伯何荣，以及吏部尚书詹徽、户部侍郎傅友文、都督黄辂、汤泉等人，皆被"夷三族""磔于市"，总计诛者将近两万人，真是血流成河啊！这是大明朝以来杀戮最多的一次，使原来的那些元勋宿将相继去矣，往日亲近太子朱标的众臣也差不多被清除殆尽。兰玉有逆臣录，把用刑讯得的口供和判案详细记录公布，让全国人都知道他的罪状。

凉国公兰玉的悲愤而死，与其交好者的惨遭杀戮，京师里一时间阴森可怖，人人自危，生怕被锦衣卫破门捕去，死于非命。单说，这下可惊动了烈性汉子傅友德。他来自砀山，元末从刘福通党李喜喜入四川。李喜喜败，从明玉珍；明玉珍不用，走武昌从陈友谅。朱元璋攻江州时，傅友德率部归降。他本是绿林中人，仗义助人，不惧生死，性喜酒，冲杀中大口饮酒，手执一柄大砍刀，全身是伤而不惧，且越战越勇，见之胆寒，无人敢敌。征讨元将乃尔不花时，他被三千元兵困在黄河岸边，身边将士皆陷入埋伏，死百人。傅友德仍奋勇冲杀，乃尔不花喝令生擒之。元兵冲了上来，傅友德身中数箭，还在扑斗，刀柄折断了，便用双手厮杀，抱住元兵，啃其脖子，喝其血，咬死七人。众元兵见他像血葫芦一般，怕被咬死，吓得仓皇逃窜。后徐达的援兵赶到，齐心协力，终夺灰山。

傅友德历冒百死，伤痕满身。箭夺左目，独目搏敌；右臂被砍去红肉，只露白骨；喉因刀伤，声音嘶哑。总之，他为大明朝立下了赫赫战功，功封颍国公。其子傅忠，妻为朱元璋第九女寿康公主，与朱元璋是皇亲。由于忠勇，朱元璋屡敕奖劳，太子标死后他被加封为太子太师之位，够显赫了。傅友德一看兰玉那么有功的大将被诛，十分气不公，便到朱元璋处讨公道，结果遭贬斥。他心直口快，是个烈性人，说这是圣上杀鸡给猴看，卸磨杀驴。此话传到了朱元璋的耳朵里，为此很是恼怒。傅友德早对朱棣怀有异志有所察觉，经百般思忖，觉得燕王不但势力大，会办事儿，而且又是当今皇上最喜欢的皇子，就不想屯兵于北平府，受制于对他管制苛刻的燕王，还不敢返回京师逗留，惧怕锦衣卫的无端暗查。他想来想去，不得不冒死请命，以自己之功劳，请求皇上给他怀远四千亩良田，告老还乡，并表示："今后一旦需要臣，定为陛下舍命献死！"朱元璋一听，心想："他是什么意思呢？告老还乡还要千亩的土地，不纯粹是要挟朕吗？"心中大为不悦。朱元璋又深知傅友德是猛张飞脾气，自己百年之后，倘若有人闹事，他准是第一人。为啥这么想呢？因为朱元璋太了解傅友德了，知道谁也治不了颍国公，留在朝廷，将是最大的隐患。

恰值此时，锦衣卫查出傅友德和定远侯王弼在私谈中，曾说过"皇上春秋已高，旦夕且尽我等，奈何？"的话。意思是说，皇上年岁越来越大了，早晚得算计咱们，怎么办？朱元璋得此禀奏，深恐二人谋反，认为早除为佳，不除后患无穷，遂于洪武二十七年冬十一月，派锦衣卫到二人府邸先后宣诏，赐颍国公傅友德、定远侯王弼死。二人相继被诛后，已被削去兵权的冯胜深感不安，知道自己的末日已近，便每日隐于府中，哪儿也不去，经常含泪哭拜在兄长冯国用灵牌之前。在傅友德、王弼被赐死不到三个月，即洪武二十八年二月的一天，突然锦衣卫来冯胜府上，送皇帝赐的御酒，命饮下。冯胜明知是毒酒，可因是皇上赐的，不能不喝呀，只好跪地谢恩，一饮而尽，当即暴亡。可叹，在大明朝的勋臣中，位居第二的宋国公冯胜大半生跟随朱元璋反元，数十年转战大江南北，胜功无算，功高盖世，就这样活活被毒死，真是可悲至极！冯胜死后，诸子皆无嗣。

自冯胜、兰玉、傅友德、王弼相继伏诛或被赐死之后，军事力量最强大的、最威猛的便是燕王朱棣。兵权已尽落朱棣手中，皇上若有重大讨敌之举，总是命他率师出征。为平息幽燕以北的元残余势力，朱元璋令燕王出兵辽东；后来闻报元残部袭扰大宁，又命他剿大宁，败残敌于彻彻儿山，随即乘胜追杀元兵于兀良哈、秃城。几仗取胜，燕王的势力更加强大，本人亦日益自负，不可一世，大明各藩王难与为匹。

就在朱棣自鸣得意之时，皇上册封第十五子朱植由卫王改为辽王。朱植本是朱元璋的爱妾韩妃所生，韩妃早亡，马皇后将他当成自己的孩子抚养大。此人老实忠厚，朱元璋很是喜欢，于洪武十一年封为卫王；洪武二十五年，又将他改封到自己比较看重的门户之地辽东为辽简王。朱植受职后，于洪武二十六年就藩于辽东广宁，即现在的北镇。当时，北边的辽东大部分是荒寒之地，啥也没有，更无宫殿可言。因此，辽王就藩后，先暂住大凌河北，建了木围墙，以树栅为营，而后抓的第一件事，便是在广宁建宫殿。朱植虽勤习军旅，但兵力极其微弱，基本没有御敌守卫之能，跟与之毗邻的燕王相比，那可是小巫见大巫，根本比不过朱棣在北疆之兵强马壮之势。

即使是这样，朱棣心里仍不高兴。为什么呢？因为他本想拥有辽东，作为自己的财富和兵源之所。现在来了个辽王，不等于给他安上了钉子吗？于是，他表面上装出一副对弟弟友善的样子，派张玉、巫利、朱能前去广宁，代其操练兵马；暗地里却大造舆论，无中生有，恶意中伤。他多次向父皇禀奏，说十五弟来后，只忙于筑建宫室，别的什么也不干，松弛兵防不说，很多事儿都得我去做，不如将辽东归入北平府管辖。朱植心向京师，对四哥的人品早有了解，知道他的心地不好，故而不仅不信任他，还暗有戒心。朱元璋并不糊涂啊，听了朱棣的奏报，便命人秘密调查，方知朱植并无实力，到藩地较晚，辽东实为燕王所控制，遂对朱棣的请求拒之。朱元璋觉察出了他们兄弟之间有矛盾，那为什么还要敕封卫王去辽地呢？因为他早看出诸藩王中，只有燕王鹤立鸡群，而且眼下不比从前，羽翼已丰，狂傲不逊，竟提出要占辽东，想方设法扩充自己的领地，显然有心怀叵测之打算。觉得这个儿子太厉害，太不好斗、太不得了啦，甚至连他自己都害怕。怕什么呢？他怕日久燕王势力太大，长江以北难以调动，更担心百年之后，皇太孙朱允炆尽管做了皇帝，也肯定不那么好当。朱元璋派卫王去辽东的目的，就是想让他占北域，便于牵制燕王。朱元璋为了替皇太孙着想，后来还派了最喜欢的、与马皇后所生的宁国公主的驸马、汝南侯思祖的儿子梅殷辅佐朱允炆。梅殷有谋略，精弓马，在朱元璋十六个女儿的众驸马中，是出类拔萃的一个。朱元璋又于洪武三十年，派武定侯郭英、都督杨文去督办辽东诸卫所，以严边卫，然而皆无济于事。

暂且放下朱元璋忧心不讲，单说一日在宫中忽听御史密报，从月牙楼所得玉玺被田陆盗走，当即惊出一身冷汗。前书说过，田陆系元朝顺帝宫中的总管，降明后，一直在明宫中任总管。他总是给人一副诚恳、忠厚的样子，显得特别谦恭，上上下下打点得十分周到，从不令人生疑，还得到了马皇后和众嫔妃的信任，称之为"甜若蜜"，啥事儿都找他。就是这个田公公，在隐藏了十几年后，露出了真面目，盗走了国宝玉玺。朱元璋认为，玉玺丢失乃不良之兆，心中顿感懊悔，恨自己竟被一个元朝内奸诓骗。书中暗表，此元朝玉玺后来归返了大漠，直到二百多年后，皇太极于天聪九年讨伐蒙古时得之，并因得玉玺而称帝，国号大清。此为后话，本书不赘述。

玉玺已丢，过去的传统观念是，得了玉玺，等于得天下；失去玉玺，等于失去天下。朱元璋为此很是憋闷。这一窝囊不要紧，遂于洪武三十一年五月躺倒了，一病不起。朱棣听说后，未等皇帝宣诏，便自行来京，到宫中叩见父皇。说起来，往昔藩王入京，有旨可入，无旨不许去。其他的藩王都依旨而行，唯独燕王不遵守，有事即来，无诏也来，仗义得很，朝臣皆不敢多言。朱元璋的身体大不如从前，朱棣既已来京，只好表示宽让，未责此事。

朱棣来到坤宁宫，朱元璋披衣坐在龙榻之上，秉仁公主正与宁妃郭氏在身边侍候。朱棣叩拜，请安，关切地询问父皇身体如何？帝曰："只是偶感风寒，头昏目眩、四肢乏力而已，不碍事，免皇儿挂念。"随后赐座。朱棣坐下后，一张嘴便把矛头指向了十五弟朱植，直陈道："陛下，由于辽东简王无能，那里民无安业，纷纷流窜到小王的北平府，致使盗匪四起。儿臣见都督杨文有勇有谋，堪为重用，想命他帮助剿匪。武定侯郭英仍驻兵广宁，协助安抚辽东，使我幽燕之地不受瓜连，社会安定。不知陛下允否？"说此话的目的，不外是想把朱植从辽东起出去。因杨文与朱棣的关系密切，是要好的朋友，故而极力推荐之。朱元璋一边饮着宁妃郭氏奉上来的莲子汤，一边思考着，本对朱棣所提之事不满意，又不想伤害他，于是说道："这事儿可与武定侯郭英、都督杨文商议后，再奏上来。"朱棣忙道："陛下，事不宜迟，小王意已决。都督杨文从我，武定侯郭英从朱植，还有备御开平等人，俱听小王节制，可也？"朱元璋一听，心想："此前并未同朕商量过，你就定下来了，真是武断得很。"可他身子骨儿十分虚弱，精神头儿又不足，一时也没有别的什么不错的主意，只好说："按皇儿的话，朕下旨行之。"随即命人拿来文房四宝，由秉仁公主遵陛下口谕，书就草诏，然后念了一遍，交于燕王，朱棣接旨叩拜。

秉仁公主和宁妃代皇上送燕王于宫门口儿时，朱棣回头笑着告诉娟娟："姐姐，同我来京师的还有你的弟弟亦失哈。他一是随我来，二是为看姐姐，说有要事找你呢！"娟娟方才见燕王在皇上面前趾高气扬的样子，心中很是有气，觉得如今的朱棣可不是以前的那个小朱棣了，有些盛气凌人了，竟敢凌驾于皇帝之上。她是个烈性人，当时是压了几压，才未讲出来。她心想："陛下身体欠佳，人家是父子，我何必插言？说多了只会增加父皇的烦恼，对养病没有什么好处。"话虽未出口，但心里一直觉得朱棣做得不对，开始对四皇子有了新的认识，脸色自然不悦。当她听朱棣告知田田来京师了，这才有了点儿笑模样，知道弟弟是为寻母之事而来，便对朱棣说："你先走一步，我随后赶去。"说完，与宁妃反身回去了。

娟娟回到内宫，嘱咐皇上好好儿养病，按时服药，并说弟弟亦失哈来了，想去看看。朱元璋听罢，把娟娟叫到身边，眼含泪花儿，变得那么慈祥，像个老父亲一样，没有一点儿往昔大将的威严，拉着娟娟的手，说："孩子，朕知道寿命不永了，对未来的事儿没精力多费心思了，听天由命吧。朕要感谢的有两个人，一个是那已故的皇娘马皇后，另一个就是娟娟你呀，的确能体贴朕的心哪，谢谢啦！朕不想把着你不放了，早该走了，去寻找绣绣生母去吧，何况朕也对不起她。要记住，这里的事儿以后不要再为谁操心了，朕亦无能为力了。"说着，落下了老泪。朱元璋的话里分明有话呀，只可惜娟娟当时没在意，更没细想，忙跪下给父皇叩头，又给宁妃郭氏叩头，深情地致谢道："感谢父皇放儿臣寻母，诚望陛下善待龙体，多多保重。"说完泪流不止，起身告辞。朱元璋向她招了招手。

娟娟离开了朱元璋的寝宫，出了坤宁宫，边走边擦着眼泪。这时，她看到燕王并没走，正等着她呢。朱棣见娟娟哭了，忙跑过来拉着她的手，说："好姐姐，怎么了，哭什么呀？说心里话，我真想姐姐，此次是特意从北平府来看你的，准备接姐姐一块儿回去呢！"娟娟抽出手来，说道："燕王，咱们走吧，田田弟弟现在何处？"朱棣回道："他在兵马司会馆，我们都在会馆里歇息，今天姐姐也住那儿吧。"娟娟想了想，说道："看过田田，应去东宫看看嫂嫂，她很想你呀！我就不住会馆了，还是住在东宫为好。"朱棣听后没吱声儿。

娟娟和朱棣来到了兵马司会馆，看望弟弟。田田已有多日未见姐姐了，很是想念，一见面，便感到分外亲切，迫不及待地想把所知道的情况一股脑儿全告诉娟娟，兴奋地说："姐姐，我已从乌迪什处审问清楚了。说那年他将疯癫的母亲用车拉到了粟末水江边，解开了捆绑的绳子，放下母亲立马回去了，其他没说出啥来。不过其黑纳告诉我，他数日前回到艮兑部落，听艮兑妈妈讲，姐姐打听的赫思痕妈妈部落目前在伊曼河上游锡霍特山的东侧，还听说那里有位女罕叫赫思痕安巴达妈妈，戴有一串儿玛瑙项链，可惜不会说话。姐姐呀，咱们能不能亲自去认认，或许她就是日思夜想的母亲呢！"娟娟听了非常高兴，虽然还不能确定赫思痕安巴达妈妈是要寻找的生母，但不管怎么说，没白费劲儿，总算有了点儿线索，一定得想法儿到北疆伊曼河去看看。说过话儿后，娟娟让田田在驿馆中歇息，她要同燕王去东宫拜望吕妃。朱棣本不想去。为什么呢？从心里讲，其实是怕见皇太孙朱允炆。对允炆，他已不像过去那么喜欢了，而是变得十分憎恶这个名字，恨不能有朝一日世上没朱允炆才好呢！可娟娟一定要去看嫂嫂，朱棣又不便说别的，只好随着去了。

朱棣随娟娟到了东宫，拜谒嫂嫂，吕妃忙道："他四叔来了，如今可不一般了，威名远扬，还有闲空儿来看你寡妇嫂子呀？"朱棣说："这是哪里话？嫂嫂是我心中最尊重的人，将永敬嫂嫂。今后有谁敢欺负，棣当不会漠视，一定会为嫂嫂申冤的。"吕氏暗察朱棣言行举止，见对自己一如既往，心想："也可能四弟本来就没什么坏心，是不是咱把人家想错了？"因朱棣不想见皇太孙朱允炆，所以简单聊了几句后，赶忙拉着娟娟告辞了。

二人出了东宫，朱棣让娟娟领他去拜望明月长老，然后去探访龙花、龙卉姐儿俩。娟娟一听立马明白了，说道："噢，怪不得，你现在正用人哪！姐姐知道，你最想看望的不一定是明月长老，而是鲍氏姊妹吧？"朱棣很是吃惊，心想："秉仁公主太机灵了，真是不好惹呢，我的心思她或许觉察到了？"忙道："好姐姐，你说哪儿去了，我找鲍氏姊妹有何用？只是觉得过去挺熟的，该去看看才对呀！"娟娟历来是心直口快，嘴比刀子还厉害，得理不让人，言道："明知道我有父亲刘伯温的卜测之功，难道想在姐姐面前假充菩萨吗？弟弟，你心里想些啥，我全知道，只是不说而已。姐姐只盼你勿伤陛下之心，勿违皇族之义，少让在地宫中的皇娘为她的皇儿流泪。"朱棣听罢，出了一身冷汗，感到秉仁公主的确了不得，厉害着呢，啥也瞒不了她。他心里是又爱又怕又恨又没辙，更不敢露出半点儿异样的神色，便试探道："好姐姐，嘴巴总是不饶人，弟弟服输行了吧？可千万别乱说，给朱棣留下个脑袋，日后好陪姐姐唠嗑儿呀！陛下十分器重你，相信会有一天，凭姐姐的文才武略，很可能是本朝又一位女徐达右丞相兼大将军也未可知呀。到那时，朱棣得靠姐姐多帮忙呢！"娟娟一听，很显然，朱棣是在套自己的心迹，觉得不妨告诉他，让他把心放到肚子里，不必防姐姐。于是她便道："弟弟，你咋这么健忘呢？姐姐一向对朝中之事是不在意的。之所以没离开京师回北平，不只是由于陛下的旨意，还因怀念已故的皇娘，加之可怜病中的父皇身边无亲人才留下的。不过，现在皇上已允准我走了，很快要回到北方，到东海窝稽部去找母亲。决心早定，无论再有什么事儿，都不能改变了。"朱棣心里明镜似的，如果有一天起事，最怕的就是刘娟娟，怕她成为自己的对立面，怕到那个时候，文武奇才的秉仁公主被朝廷膺请。而且对娟娟的为人，朱棣早摸透了，她是扶弱驱强、心慈怜悯之人，因此，一旦朝廷有难，必躲不过朝臣们对她的举荐。他心想："若真如此可糟了。娟娟武功高强，在朝中很有威望，父王亦颇为重视，任何人不敢得罪她。另外，身边偏偏有鲍氏姊妹，同样是惹不起的主儿。毫不夸张地讲，当今皇上唯一的文臣武将，正是眼前的秉仁公主。倘若动起手来，扒拉扒拉挑挑，真没有能抵挡过她的人。况且在武当山还有一伙儿强人，有求必应，那里的师父和师祖可是她的后台呀！"想到这儿，觉得无论如何得放聪明点儿，用尽甜言蜜语，使出浑身解数也要将刘娟娟牢牢地控制在自己手中。

一路上，朱棣磨来缠去的，对娟娟说尽了好话。说说唠唠，二人很快到了明月庵。刚迈入庵门，见龙花、龙卉姐妹俩正巧也在，互相见了礼，然后由二人引领去拜见明月长老。这是一位长寿老人，身体还那么健壮，思维敏捷，耳聪目明。燕王朱棣、秉仁公主娟娟进屋后，她一边让座，一边吩咐鲍氏姊妹帮助了静、了慧两位师父做素席，让燕王和娟娟在此用膳。三人说了一阵儿话，互相打听了一下情况，晚膳便备好了。宴后，朱棣非要拉着娟娟到他歇息的兵马司驿馆去住不可，却让明月长老给挡住了。明月长老撂下脸子说："燕王，你先回去吧，我跟娟娟还有话说。再者她已好些日子没到这儿来了，大家没亲热够呢，今晚就留宿在庵里了。"朱棣见明月长老满脸的不高兴，哪能再说呀？只好一个人回到了驿馆。

朱棣走后，明月长老两眼盯着娟娟，语重心长地说："娟娟哪，在我收下的所有弟子中，最疼爱的就是你了，时时处处打心眼儿里惦着。务必要把佛事放在心上啊，国政之事、朝中之事不必管得太多，更不要因政事丢了自己的功课。人心叵测，你的心眼儿又那么好，千万不能上当啊，有时间就多背背经文。"娟娟一边听，一边点头答应着。明月长老端起水杯喝了一口茶，接着又道："我也看出来了，你挺喜欢朱棣。但要知道，那燕王可不是一般人哪，工于心计，许多道道儿恐怕是你想不出来的。依我看，他不是真正爱你，而是用你。别看嘴巴像抹了蜜似的，净挑好听的说，得注意同他保持距离。我已多次跟你讲过这个事儿，好孩子，心不能太软，若不然最后淌眼泪的恐怕是你自己呀。师太是真不放心哪！"娟娟听罢，心里很不好受，那是酸甜苦辣咸五味俱全，一头扑到明月长老的怀里，保证道："师太，请放心，娟娟记住了，一定不会忘。"

这时，外面下起雨来，越下越大。明月长老和娟娟正唠着，忽然了静、了慧推门进来，说有三位过路人要到庵中避雨，还特意求见师太和秉仁公主。二人听后，甚感惊讶，心想："过路避雨之人找我们做什么？

不过既然人家提出来了，怎好拒绝？"想至此，只好让了静、了慧将他们请进客厅。三人急匆匆地大步进了客厅，只见头上都蒙着雨布，遮得挺严，根本看不清他们的脸面。其中一人走到娟娟面前，把头上的雨布捅了一下，故意露了露脸儿，娟娟认出来了，忙附耳告诉了师太。明月长老知道了来人的身份后，便让了静、了慧退下，嘱咐精神着点儿，看好庵门，严加防范。在二位弟子走后，明月长老将三人又从客厅领到了自己的卧室。

三人进了屋，才把头上罩着的黑色雨布拿了下来，明月长老一看，可是吃惊不小，来的不是别人，而是吕妃和皇太孙朱允炆，另外一个是太子标小时候就在身边的张老公公。吕妃和朱允炆是由张公公领着找到明月庵来的。明月长老要给吕妃和皇太孙跪地叩头，被吕妃挡住了，并十分诚恳地说："师太、娟娟，今夜是特意找你们来的。请帮帮忙，救救我们，我和允炆给二位跪下了！"说着，拉着允炆就要下跪，被明月长老和娟娟急忙扶住。站起来后，明月长老请母子俩坐下，有话慢慢说，又让张公公坐在一旁的太师椅上。为了避免其他人知道，便没唤小尼姑过来送茶。吕氏开口道："娟娟很快要北上了，真舍不得她走哇！以前我跟娟娟说过，早想来拜望师太，帮我们娘儿俩解解心中的疑团。只因多有不便，考虑再三，才拖至今天。"明月长老关切地问："有啥话请尽管讲来，不要客气。那么，是什么疑团呢？"吕妃说："师太，娟娟知道我的心事，也不想瞒您。当今皇上正在病中，日见沉重，朝野上下议论纷纷。我们娘儿俩无有他法，万般无奈之下，只好来求师太相救，给您添麻烦了。您是佛家之人，大慈大悲，相信会帮忙的。燕王正拥兵北平，力量日益壮大，两只眼睛紧盯着皇上那个大龙垫呢！我与允炆孤儿寡母，身边没有一个顶用的大将，兰玉、傅友德、冯胜等一些大将军都走了。朝中陛下的老将只有沐英，现在云南，远水解不了近渴。还有汤和，见皇上疑忌功臣，早已告老还乡，绝口不谈国事。再有就是长兴侯耿炳文，遗憾的是年纪大了，已经六十多岁了。另一位是武定侯郭英，可他是排在那些大将后边的人，很难抵过燕王。我担心允炆这个皇位坐不住，别最后弄得不好，再闹个杀身之祸呀！可允炆是老皇爷封的皇太孙，只得秉皇帝圣旨，硬着头皮也得接下册封。近些天来，不知怎么了，眼皮总是跳个没完。昨日半夜，又梦到允炆满身是血，话没说转身走了。我急得又哭又叫又嚷的，拔腿刚想追，却迈不动步，结果急醒了。看了看天，刚刚丑时，还没亮呢。师太呀，今天来，是想请您给卜测一下允炆未来究竟能怎样。可否？"说完，两眼期盼地注视着老人家。

明月长老听完吕妃的话，感到很是为难，半天不语，心想："这可不是一般的事儿，弄不好会招来杀身之祸的。不露则已，露出去，必祸灭九族啊！朱允炆当上皇帝还好，若当不上，连我的姑子庵都得被掘呀，吓人哪！"想到这儿，头上渗出了冷汗，转念又寻思："娘儿俩已经来了，咋好推出去？即使推出去了，恐怕也是罪责难逃啊！唉，此乃造化，既来之则安之吧，只能应付过去了。"正琢磨呢，吕妃站起身来，拉着允炆走到明月长老面前，扑通一声跪下，恳切地说："师太，求您了，什么样的结果我们娘儿俩全认。为了表示诚心，我和允炆跪在您面前，请给测吧。师太若不测，今天便不走了！"明月长老和娟娟无论怎么劝，吕妃和允炆就那么直挺挺地含泪跪在地中间儿不起来，一脸哀求的神情。

说实在的，明月长老听娟娟讲过许多朝廷之事，对朝中目前的情况知道不少。比如，皇上正在病中，晚年杀了不少有功的大将军，都是太子的人；在朝中举足轻重、不可一世的朱棣眼下拉着架子，磨刀霍霍，将该办的一切已摆布得清清楚楚；太子标去世后，吕妃和允炆处境孤单，的确像吕妃所讲，身边没有一个顶用的大将，难得很，等等。面对这些情况，明月长老想："吕妃呀，你是当事者迷呀，事儿不都明明白白地摆在那儿了嘛，还要别人说什么呢？眼下的形势应该能看得出来呀！大明在朱元璋百年之后，必有一场血争。弱肉强食，胜者王侯败者贼，局势已定，不可逆转，很可能将来的权柄就落在朱棣之手，还用说吗？"明月长老一看，实在是无法推辞，便虔诚地漱口、洗手、洗面，又到室内的佛堂前燃上香柱，让吕妃和朱允炆跪在佛龛前。明月长老诵经祈祝后，请吕妃取出佛龛上金箔匣儿内的竹板签儿。吕妃并没动手，而是让儿子叩头。朱允炆三跪九叩礼毕，站了起来，恭恭敬敬地取出一根竹板签儿，交给了明月长老。明月长老看罢不语，将签词记了下来，然后把签儿谦恭地放回到金箔匣儿中，晃了晃，让朱允炆再次叩头取签儿。朱允炆按第一次的程序，又取出一签儿交给了明月长老。明月长老看罢仍不语，记下签词，将签儿放回金箔匣儿中，晃了晃，让朱允炆第三次跪叩取签儿。允炆取出第三根签儿，交给明月长老。明月长老，记下签词后，再次将签儿放入金箔匣中，这才让朱允炆和吕妃站起来，并请母子俩坐在原来的椅子上。朱允炆挽着母亲走回到椅子处坐下，等候明月长老讲解神签儿的内容。明月长老看了看记的签词后，勉强笑了笑，说道："签儿抽得挺有意思，允炆皇太孙手气不错，三次拿到的是同一个签儿，而且是三请三准，乃天下奇有之人哪！多不易呀，又多奇特呀，说明暗中有神人助佑啊！"其实，只不过是明月长老讲的一些安慰话，关键并不在于你抽的是不是同一签板，而是签儿上写的什么。

那么，签板上的签词到底写了些啥呢？原来是这么几句话：

> 沧海茫茫，
> 无涯无边。
> 要寻海水，
> 仍在海间。

明月长老把签词给吕妃母子俩念了一遍，二人听后，茫然不解地摇了摇头。娟娟也在思索着，觉得此卦不好，到处是水，太险了，人不是被困到水里去了吗？这么想着，便抬起头来，看了看师太。明月长老解签儿道："允炆皇太孙手抓三签儿，皆为同一签儿，神示意坚，唯此一象。求其象唯有水，海天一色，无涯无边。依老尼愚见，来势甚凶，无处可避，说明对己不利，只有想法儿躲避了。其他尚有何意，如'要寻海水，仍在海间'一句，是谁寻海水，为何如此，又是谁在海之间，等等，老尼尚不可解。此卦深奥，如海之莫测，容日后对验吧。请吕妃还是处处小心，早做防备为好，最佳的选择是顺应其势，不与海争，或许可以躲过劫难。"其实，明月长老已经暗示娘儿俩，你们是斗不过朱棣的，还是躲着点儿，别跟他争了。吕妃有点儿坐不住了，说道："这回可倒好，孩子从小就天天吵吵海呀海的，签儿里真出来海了，看来允炆这辈子跟海是搭上亲了。可究竟怎么个躲法、避法，把江山拱手让给燕王？"允炆马上反对道："朱允炆自受命于皇祖，与先父一样宽和无私，老天还为难我吗？有天助人佑，绝不甘心，死而无悔，定要对得起皇祖和先父太子的在天之灵！"别看允炆平时多余的话不讲，啥事儿不往前抢，挺老实的，可在关键问题上却当仁不让，不但不想退，而且要争一争。不过，其结果真的让海给吞了，这是后话。

此刻，坐在旁边的娟娟见朱允炆的态度很坚决，挺像个男子汉，便出主意道："允炆哪，凡事都是好事多磨。切记：忌杀戮，讲亲和，广结友善，方可得道多助。如果一旦有什么闪失，我这儿有燕王秘密腰牌一件，把它给你，务要妥为保管。不是总吵吵要看海嘛，将来有一天，姑姑帮侄儿寻大海。可以往北去，出关找东海，就是你小时候听到的东海女真野人住的地方。那里荒山野岭，山高林密，任世代逍遥。"娟娟这话说的可了不得呀，显然是给朱允炆找了个退路。谁又能想到隔墙有耳呀，后来她遭到的杀身之祸，与此有很大的关系。朱允炆不解地问道："姑姑，倘若要有啥事儿，我最怕的是四叔发兵。他在北方，我再往北边去，那不是自投罗网吗？"娟娟说："傻孩子，俗话讲：'灯下黑。'要往别处跑，他必然会想方设法抓捕你。有了此令牌，化装成平民百姓北上，混入燕兵之中，谁能知道是皇太孙呀？可以到东海找我，姑姑正好去东海，明天起程。不过，也只是随便说说，还不知以后是个什么情形呢，凡事好自为之吧。"吕妃叮嘱道："师太、娟娟，以后无论怎样，千万别说见到我们母子了。就此告别，得回去了，不敢多待呀，宫中要是有人知道怕不好。"明月长老说："吕妃，请相信老尼，放心吧，会永守秘密的，绝不会从我们嘴里吐露出半个字儿。老尼给你们稽首了，祝万事如意。阿弥陀佛。"之后，吕妃、朱允炆、张公公出了庵门，很快隐入茫茫的细雨之中。

次日，刘琏、刘璟和美娘专程从青田来南京看望娟娟妹妹。刘璟和美娘也为了看看嫂子龙花，再同去鸡鸣山为马云大哥扫墓，龙卉便随他们一起去了。归来后，他们一块儿到了明月庵。明月长老让了静、了慧给大家做好吃的，用罢午膳，相互泪别。分手前，刘琏不放心，再三嘱咐娟娟："此次北去，务要保重身体，尽快找到母亲，早日返程。回来时，让母亲到青田安度晚年，咱们还同住水乡的竹茅楼舍。"娟娟点头答应着，难过得直掉眼泪，依依不舍地送走了哥嫂。待一切事儿都办完了，娟娟又与师太、众师姐妹唠了一个多时辰，吃了最后一顿团圆饭。明月长老动情地说："娟娟哪，师太不能陪你去了。一个人出门在外，路上要多加小心，免得让师太挂念呀！"边说，边将象牙佛珠儿摘了下来，戴在娟娟的脖子上，又把一件新尼姑袍拿出来让带上，说是穿上这件袍子，就等于看到师太了。娟娟眼圈儿红了，双手接过袍子，跪地给师太叩头。待站起身来，明月长老搂抱着娟娟祝愿道："徒儿，佛祖一路保佑你，阿弥陀佛。"师徒二人含泪而别，明月长老拄着禅杖一直送出很远还挥着手呢！

娟娟走了一段路后，便见燕王骑马前来迎接，同行的还有亦失哈弟弟，因他们事先已约定好了。此次回返北平府，朱棣征得娟娟的同意，先坐轿船，再改乘朝廷专为皇家诸王备用的龙凤彩船北去。娟娟喜欢静，不愿吵得慌，所以没让朱棣带闲杂人等。朱棣由于信不过，也没让朝中侍卫护送，全是自己从北平府带来的心腹护卫和仆婢。那些人这两天一直住在另一所河滨驿馆,等待燕王起行。

第二天早晨,娟娟刚上了护卫把守的轿船,开船的话音未落,就听岸上有两个人边喊边叫,忙与燕王、田田出舱察看,原来是明月庵的了静、了慧赶来了。她们上了船,上气不接下气地告诉娟娟:"昨夜寅时正刻,明月长老诵经后,梳洗一新,安坐于席榻之上,两手放在双膝上,眠目圆寂了,仙寿九十九岁。师太遗言:'妙善弟子不必来庵参加圆寂之礼,身边有了静、了慧及鲍氏姊妹等众弟子即可。唯愿娟娟北上顺利,老尼与尔同行。'"这真是晴天霹雳呀!娟娟茫然不知所措,后悔为啥不多住一天,竟与师太永别了!她没有哭,眼泪在眼眶里转了好几转,硬是憋了回去。师太是仙逝,回归兜率院与众佛祖同坐,是无上之福。娟娟在船上向明月庵方向跪拜,燕王、田田也随同叩拜,然后与了静、了慧分手,互道珍重,舟船扬帆起航。到了运河口,又转乘龙凤彩船北上。此船真的既大又阔气,两个卧室,另有客厅、茶室厅,还有小戏楼,可供名伶唱戏。娟娟告诉燕王,她心情不好,愿静住一室,夜间可诵经。朱棣与田田住另一客舱,其他人全在随行之舟船,共三只船,皆有安歇之所。

燕王心里很是甜蜜,计谋终于达到了,总算把娟娟接回来了,所有的做法,全是为了期盼已久的那一天。他深知秉仁公主非一般人物,时下在朝中甚有影响,为当今陛下身边的红人。比如像尚书齐泰、太常寺卿黄子澄、户部侍郎卓敬、翰林学士刘三吾、朝中儒士方孝孺等一些朱元璋身边的重要文臣,不但是皇太孙朱允炆的主要支持者和谋臣,而且他们之中没有一个不佩服秉仁公主的,皆说不愧是刘伯温的爱女,武艺高强,才智过人,尽管是朱元璋的晚辈、马皇后的义女,却仍可当皇上的半个家。大家都奉迎她,不敢得罪她,就是太子标在世时,亦很敬重她。太子标过世之后,其儿子朱允炆和吕妃主要是靠秉仁公主帮助出主意及与皇上沟通的。正因如此,朱棣比以前更重视娟娟姐姐了,为了自己的未来,能把秉仁公主接回北平府,就等于搬掉了朱允炆的最后一个靠山,也等于把父皇的心摘过来了一半儿。现在他才舒了一口气,觉得踏实了,将来篡权基本有把握了。每当想到这些,他心中很是高兴,美滋滋的。

洪武三十一年闰五月,秉仁公主娟娟在燕王朱棣、弟弟亦失哈的陪同下,由通州乘车轿回到了北平燕王府。其时,府前彩灯高照,鼓乐喧天。迎接燕王和秉仁公主的有道衍师父、张玉、朱能、巫利以及府中的所有官员，各库的总经略、总管和男女仆奴也在其列。让秉仁公主没想到的是，徐妃领着两个世子朱高炽、朱高煦亦出门迎候。实际上，这些都是朱棣安排的，意在让娟娟高兴。秉仁公主在府门前下了轿，徐妃急忙上前，娟娟刚要叩拜，却被徐妃扶住了，连说："免了，免了，咱们之间不用那么多繁文缛节。姐妹许久没见，真让人想啊！快进屋说话。"说罢，一手拉着秉仁公主，一手拉着小高煦径直向内厅走去，朱棣和朱高炽跟在身后。

进了内厅，女婢奉上茗茶，大家一边喝着茶，一边兴致勃勃地聊了起来。半个时辰后，朱棣有事儿出去了，室内只有徐妃、朱高炽、朱高煦和娟娟。徐妃唤过十二岁的朱高煦让娟娟看，见他已长得挺高了，像个懂事的大孩子了，很招人喜欢。徐妃笑着告诉娟娟："小哥儿俩一点儿不一样，高煦勇敢、好动，从小爱武功，像父亲，朱棣也用心教他。高炽文静、寡言，爱看四书五经，不喜武术。高煦总欺负高炽，只要用他的小手狠劲儿攥一下他哥哥的手，高炽便疼得嗷嗷直叫，我还得给他们哥儿俩拉架，告诉弟弟不准这样对待哥哥。高煦天不怕地不怕，娟娟你看，他长得虎头虎脑的，是个武将的坯子呢！"娟娟伸手拉过朱高煦，拍拍他的小脑袋瓜儿道："看得出来，是块好料，长大准错不了。高煦呀，好好儿学，得超过父亲才行哟！"徐妃说："娟娟，孩子的聪明劲儿可像你了，啥话不用多说，一点就透，鬼精鬼灵的。练功不怕苦，善用脑子，学了就会。"又转过头冲高煦说："煦儿，姑姑回来了，是你的福气呀！她可是位武功高强的师傅，连你那燕王父亲都拜姑姑为师呢，学了好多本事。啥时候打几套拳，耍耍你的剑法，让姑姑给指点指点。"小高煦还真不怕生人，看着眼前的姑姑，虽不熟悉，但觉得格外亲近，走上前抱着姑姑的肩膀，笑着凝望这位武功高手，一会儿，又把自己的衣带解开，露出缠在腰间的一把软钢剑让姑姑看。娟娟看着朱高煦可爱的小样儿，乐坏了，忙将他抱在怀里，紧紧地搂着，激动得双眼满含着泪花儿。

朱棣晚上在燕王府举行盛宴，热情款待秉仁公主，徐妃带朱高炽、朱高煦也到场了。宴后，由朱棣引领，道衍、张玉、朱能、田田等人随从，带娟娟到府内各处参观。朱棣边走边说："姐姐，我领你看一个地方，极为隐秘，外边任何人不知道。"那么，朱棣领娟娟去了一个什么所在呢？就是燕王府的城中作坊，建在城墙下的一个挖地很深的隧道里。城墙的左侧有座门军的住房，只有进入房内，打开墙帘儿，才能看到隧道的门。进去以后，越往里走越宽，墙上有兽油灯照明，很亮。走过三十米远，便是一间连一间的房舍，有数十间之多，皆为打造各种兵刃的场所。燕王告诉娟娟，属下兵将使用之兵刃，其中有不少出自此作坊，都是我们自己制作的。他们看了一会儿，走出隧道，穿过门军的房子，回到院子里。这时，娟娟才发现院子里养了不少大鹅和鸭子，那咯咯的叫声，可使外面的人听不到里面打造兵刃之声。

随后，朱棣又领着娟娟向燕王府外通往通州的路上走去，走了没多远，便见道边儿有一片密林，周围全由燕王的兵马守护着。这个地方，当年娟娟与华云龙追夜盗时曾经来过，很是熟悉。进入密林一看，原本是一个大的围场，即早年大元朝皇帝的鹿苑，现已变成演兵场了，里面是训练十八般武艺的地方。凡招募来的新兵全部先在此苦训，练一段时间后，再分入各个兵马营中。朱棣还饶有兴致地进入场地，与武士比剑、比枪、比刀棍。在他的一再恳请之下，秉仁公主也换上了短身小打扮，表演了剑法和腾飞百棵树头的轻功。演练轻功时，张玉、朱能、田田、道衍及众兵将随娟娟的动作往上望去，见她像只黑乌鸦一样，在高树之巅上飞行，蹿跃得那么轻捷迅疾，连树叶儿都不被踏踩下来，只见影儿不见声儿，实在是太厉害啦！不一会儿，众人正在寻找人飞到哪棵树上之时，秉仁公主已经轻轻地站到他们面前了。至于是何时、从哪个方向、怎么飞来的，大家全然不知，谁也没看清，可真是大开眼界了，纷纷高声儿赞叹，鼓掌叫好儿！燕王兴奋地向大家说："秉仁公主之能，大明朝第一。尔等勿骄勿惰，练功之路何其长，学秉仁公主武功之皮毛，也得十年八年。好了，速去练功吧，练好了，本王选优嘉赏！"将士们叩拜散去。

在练兵营中，娟娟见到了鲍戎之子和孙常祥的两个儿子，方知鲍戎已于去年冬病逝了。据他们讲，燕王手下的这些兵勇，多数是由田田大将军和巫利备御从辽东与东海招募来的。田田功劳不小，给燕王带来了三千人。岳索图将军又秘密去了辽东，准备再次招揽兵马，目前尚未归来。与三人说过话儿，娟娟便在张玉的陪同下，前往华云龙的妹妹住处看望。来弟见秉仁公主来了，顿时喜出望外、涕泪满面呀！互相嘘寒问暖，一表别后的衷肠。唠了一阵子，娟娟和来弟一同去看望了鲍戎之妻，即当年在通州运河边儿，后背背着个孩子刷洗破布的那个叫勤勤的女人。时光过得真快呀，她老了许多，精神头儿也不比从前了，娟娟与之聊了一会儿便离开了。临走时，娟娟分别给来弟和勤勤留下了一千两白银，略表慰问。

诸事办完之后，回到住处，娟娟与朱棣相依而谈。娟娟正式告知朱棣："好弟弟，姐姐明天就要北上了。此次分手，时间不会太短，你千万要保重自己呀，勿要我挂心。"燕王内心十分清楚，秉仁公主既已决定，那是挽留不住的，便说："姐姐，此番北上可不比过去，斗转星移，辽东已经完全变了。纳哈出的金山与他本人一样，早就烟消云散了，只剩下断壁残垣。目前主宰辽东的人，也不是逝去的马云和叶旺将军那样的人了，而是父王分封去的辽简王朱植。这个十五弟呀，蔫不咚，向来跟我当哥的不一心，成了很难办的棘手之人，见到他可要多防着点儿。巫顺在广宁简王府听差，为经略，据讲因心情不好，眼下告病在舍。我有意叫巫利去，把巫顺全家接到燕王府，他们兄弟同在一处，想来巫顺的精神和身体会好些。弟弟这儿请姐姐放心好了，幽燕各地的驿站经亦失哈和岳索图的多年治理，已尽归我手，一切都在有序地进行。"娟娟嘱咐道："你要尽量少树敌，必要时，先取下大宁，幽燕便安稳了。辽东的田田、岳索图、巫利已在你手，何必考虑太多？此次姐姐北上，弟弟不必惦念，我有陛下命兵部尚书齐泰发给的军令牌。除本人身份之外，令牌是陛下与兵部的，简王朱植真知我去，也会另眼相看。他只会用我、敬我，绝不敢欺我，放心吧！不过姐姐想从你手中要三个人，不知肯放否？"朱棣忙道："噢？姐姐从来没向弟弟张过嘴，想要谁？尽管讲来。"娟娟说："田田弟弟、巫利和其黑纳，一行四人足够了。我不愿兴师动众，带那么多兵马，反而招风惹事。"朱棣笑着一一听命，并告诉娟娟："真是巧了。我早就下了决心，将委派亦失哈去黑水出海口地方，对各部族的生活进行考察，并代表朝廷看望那里的土著居民，力争把元朝办的各个站赤正式接管过来，而且此差事已同他讲过了。这样吧，待你们寻到生母后，亦失哈要继续北上，到乌苏里江江口一带，进入混同江，顺流而下，访问乞列迷等部落，再到出海口，去苦兀各地之使鹿、使犬部，将每家每人立丁户簿，然后回报。"娟娟听后，高兴地谢过。

次日，娟娟告别了徐妃，又与朱高煦、朱高炽相抱许久，这才挥泪而辞。朱棣带着道衍、张玉、朱能等人率护兵前行，送出五十多里。朱棣动情地拉着娟娟的手，含泪说："秉仁公主，我代表父皇感谢你，并为姐姐送行。一路多多保重，注意安全，望早日觅得佳音。知母亲所在地址后，速报我们，朱棣必彩轿旌旗喜迎姐姐！"说完便跳下马来，张玉、道衍、朱能等人也随之翻身下马。娟娟刚欠身离开坐骑要下来，朱棣抱着她的双腿无论如何不让下，只好作罢，揖手拜别。朱棣命朱能护送至山海关，到辽简王朱植地界后，再返回燕王府。朱能唯诺称是，谨遵王命。待娟娟等人与朱能向北走去后，一点影儿都见不到了，燕王一行方跨马返回。

书中暗表，没想到娟娟与朱棣含泪揖别，万语千言尽在一揖中，此去竟是魂飞北国！后人曾留下几句短诗，以抒胸臆：

> 今日长相依，
> 明朝两梦知。
> 揖别即诀别，
> 东海无归期。

娟娟带着弟弟亦失哈，在巫利、其黑纳的陪同下，由朱能率兵护送向北走去，心情复杂得很。她想，此去经年，何时能与燕王再相会？说心里话，还真有些难舍难分。其实，明月长老早已看到了下一步棋，故而才多次提醒徒儿。娟娟确实爱朱棣呀，那是发自内心的，又是感情丰富之女子。可是既然已经接受师太的劝诫了，也下了保证了，只能按说出的话去做。在从南京回北平府的船上，尽管朱棣几次非与娟娟同住一个船舱，然而她都穿着尼姑袍，苦念佛经，没让朱棣碰，朱棣自然不敢造次。应该说，娟娟还是没把朱棣看得很清楚，总对四弟抱有很大的期望。故而这次分别，她是在急切想完成寻母这一终生夙愿和舍不得离开燕王的矛盾心情下，在盼离别又难分手的情结下告别北上的。一行人直至山海关，朱能才就此止步，率护兵返回。娟娟从真正意义上开始了寻母的艰难跋涉。

娟娟一路上不愿骚扰沿途州府，更不想有劳辽简王朱植的虎驾，专走偏僻小道儿，悄悄儿地穿过一些州县城镇。她系念巫顺，知其身子骨儿不好，心中很是不安，便对巫利说："巫利呀，你就不用陪我去了，路上有田田为伴儿即可，不会感到寂寞的。你去兄长处，尽快帮他搬到北平府。到了燕王那儿，必会受到重用的，也能更好地施展才华。听我的话，去吧，这里不用挂念。"巫利一再推辞，娟娟坚决不肯让他随行，只好从命，揖别后往广宁而去。

娟娟与亦失哈、其黑纳继续往前赶路，边走边想："时光过得太快了，当年与田田弟弟从金山飞马北去寻找明月长老、叶旺大哥、李佑师兄时，走的就是眼前的荒道，屈指算来已有二十来个年头儿了，如今自己也近不惑之年了。人生如流水,一晃即逝,何其短暂啊!在辞别父亲刘伯温赴辽东时,还只是个风华正茂的小女子。之后,不惧威严,得到了马皇后的喜爱,被册封为秉仁公主,授东征武威安抚使之任。为了寻母,坎坎坷坷二十余年,终因诸事缠绕,未能如愿以偿,算来如今该是四上东海窝稽部了。不少所尊敬的人,像明月长老、马云和叶旺大哥、李佑师兄都一个个离我而去了,真是想念他们呀!"想至此,娟娟百感交集,慨叹不已,向亦失哈说:"田田,你看,这条路咱们非常熟悉了。况且你已查问过乌迪什,现在又有其黑纳陪着,我看不如直接去拜见赫思痕妈妈部落。自那年分手,已过二十多载,不知有何变化,但愿赫思痕妈妈还活着。我们去找她,请求帮忙寻觅你曾说过的戴项链的东海女真野人部女军。从那儿寻查线索,会省时、省力,不必四处乱走。你看怎样?"亦失哈说:"好吧,就依姐姐之言,由其黑纳带路,直接去锡霍特山伊曼河河谷拜访赫思痕部,到时候看情况再做打算。"其黑纳也高兴地赞同道:"行,主意好极了!其黑纳谨遵秉仁公主和亦失哈大将军之命,定将尽全力快点儿把你们领到赫思痕部。我虽从未到过那里,可对山路熟,通女真语,啥也难不住咱,放心吧!"娟娟和田田一看其黑纳那个憨态可掬的样儿,不禁乐了。

三人正兴高采烈地往前走着,突然丛林中螺号齐鸣,在一阵鼙鼓声中,杀出一彪人马,足有二百来人,把前方的路给堵死了。为首的是一位大明朝的游击官衔的将领,在马上喝道:"来者何人,是否有辽王的腰牌?快快拿出来!"娟娟、田田、其黑纳被突然闯出来的兵马给闹愣了,心想,怎么还设有关卡?娟娟忙迎上去,于马上揖礼道:"这位将军,我们准备到前面的一个部落拜访故友,还需有腰牌么?什么腰牌?"马上游击仔细打量着眼前的三个人,见都穿着一般的民装,便轻蔑地说:"少啰唆!什么腰牌?就是辽王爷发给的腰牌。如果没有,不准过,赶紧下马就缚!"娟娟和颜悦色地问:"请问将军,别的腰牌好使不?"马上游击不耐烦地回道:"别的腰牌?即使是皇上的也不行!方圆千顷,全归辽王爷所辖,唯有他老人家的腰牌才顶用!"娟娟刚想再解释,亦失哈却没了耐性,火儿噌地蹿到头顶儿,过来对娟娟说:"姐姐,少跟这种人磨牙,让我来对付他。"然后将马向前一带,大声儿说道:"你咋不讲理呢?我们事情急,忙着赶路,本是一家人,要什么腰牌?拿出来吓死你!快快让开,别挡道!"马上游击一听,没想到来人说话如此不客气,气得火冒三丈,破口大骂:"混账东西,竟敢跟本将顶撞,不要命了?快快给我拿下！"不容分说，兵卒一窝蜂地冲了上来，要擒拿亦失哈等人。没等娟娟抽出阴宗双鹤剑呢，田田早有防备，一蹬马镫，从背上"刷"的一声抽出了宝剑，先于娟娟飞奔过去。那个领兵的游击举着兵刃，仍高声儿吆喝着，命手下不要放跑不明身份的人。亦失哈实在气不过，纵马跃到了他的跟前，手起剑落，只听"扑哧"一声，那人的头颅早已搬家，骨碌出去好远。众兵卒一看，带兵的首领丧了命，谁还敢杀呀？跑吧！撒腿飞一般四下逃散了，扔下了不少刀、棍和铠甲。娟娟见状很是生气，批评亦失哈："弟弟，为啥不讲清楚就动手？要是说出咱们是北平府来的，都是大明朝的人，不至于闹成这样。还杀了一个人，刚来东海便欠下辽王的债了。"田田尽管表面上不以为然，实际上，心里感到自己的确有些鲁莽。

三人继续赶路，田田怕娟娟因刚才的冒失不高兴，便兴致勃勃地给姐姐和其黑纳讲述如何同岳索图设巧计、一天收降七个站赤的故事。他说："我早已与岳索图合计好了，要尽早从纳哈出手里收回辽东站赤，交给马云、叶旺大哥他们。可纳哈出下了密令，要求各站赤务要日夜坚守，严防明兵突袭。别看岳索图是位少只耳朵、身材魁梧、体格肥胖的将军，可脑袋瓜儿倒挺灵。他见那些站赤都围在山根儿底下，分布在盘山道旁，于是想出个绝招儿，选了去七个站赤差不多远的、恰于中间的山冈处，放了三大桶蜂蜜，招来不少蜂子嗡嗡地叫着来采蜜，还叮嘱我，只管带兵抓人，别的事儿不用管。他交代完后，穿上了熊皮服，头上戴顶熊头帽，故意往身上抹了不少蜂蜜，往山冈上一站。从远处看，纯粹像一头大黑熊招来了不少蜜蜂围着他转，在身上采蜜。因为山高哇，四周站赤的铺兵能从不同的方向瞭望到山上有头老黑熊在吃蜂蜜，也馋着想吃点儿。一连几天过去了，馋兵们实在忍不住了，纷纷偷着往山上爬，想赶走黑熊，抢蜂蜜吃。他们费了挺大的劲儿，攀山越涧地爬到了山上，见有三大桶蜂蜜，可乐坏了，争先恐后地要搬走蜂蜜桶。我们趁此机会开始收拾了，上来一个抓一个，上来仨不抓俩。抓住以后，摁到一个土窑子里圈起来，由兵丁看守着。等到第七天，可倒好，七个站赤快空了，百十号兵丁都被我们给抓了。于是，我跟岳索图领兵神不知、鬼不觉地就这么一天一个地把七个站赤全给收了。纳哈出还不知是咋回事儿呢，辽东站赤已入了马云、叶旺大哥之手啦！"讲完，开心得哈哈大笑起来。

正这时，前边突然螺号响起，鼙鼓咚咚，又有一彪人马从林中杀出，堵住了三人的去路。抬眼望去，见马上的首领也是一位游击，冲他们喊道："站住！拿出辽王的腰牌，否则，就地乖乖受缚！"与刚才如出一辙。田田这回稳住架儿了，记住了姐姐对他的斥责，知道没有说明来历就动手不应该，便大声儿解释道："将军，我们是从北平燕王府来的，去东海探望亲人，途经此地，请让开路……"还没等田田说完呢，马上游击的脸色已大变，喝道："说得倒好听，什么探望亲人？反贼的属下竟敢闯入我辽东地界，必心存不轨，快快给我拿下！"不容分说，众将士冲上前来将田田他们三人团团围住。马上游击举刀刚要砍，大刀早被眼疾手快的田田从左手射出的飞箭打掉了。原来那飞箭恰好穿透了他举刀的手腕，疼得他拿不住刀，大刀"当啷"一声掉在地上。田田纵马过去，把游击顺手一扯，当即从马上拽落下来，并用剑直指他戴钢盔的脑袋，眼睛盯着四周的人，高叫道："你们谁敢再动一步，我先杀了他！"一声断喝，吓得众兵卒不敢动了。田田命几个兵卒拿绳子，把他们的头领捆上。兵卒哪敢呀，谁敢捆自己的首领啊？全站在那儿没动。田田一看，见不仅没一个动手的，还直往后缩，遂把剑一挥，只听"嚓"的一声，将一个兵丁的左耳削掉了，顿时疼得不是好声儿地号叫着，半拉儿脸全是血。田田吼道："快，给我捆！要不然，我就把你们每个人的耳朵统统削掉一只！"说着，又举起了宝剑。兵卒们一看，吓坏了，忙过去用绳子把游击给捆上了。接下来，田田又吩咐把首领提溜起来，绑在道边儿的大树上，命令道："你们给我乖乖地守着，看谁还敢乱来？一个个不分长幼，不问上下，连我们的话都不听，还了得！"说罢回过头来，催促姐姐和其黑纳快走。娟娟见田田此次没杀人，觉得跟这些人纠缠起来没个完，还是赶路要紧，于是头也没回，继续上路了。

娟娟他们正快马往前行进呢，可能是刚才那伙儿兵卒的人有跑去报信儿的，不一会儿，忽听后面有一队人马追来。回头一看，为首的是一员身穿白袍儿的小将，边打马边亮开嗓门儿高喊："敢问前边的几位贵客，其中是否有我的秉仁公主姐姐？小王来迟了，失礼了！"边喊边跑，后边跟着二百多兵卒，还有三位穿着大明副总兵官服、头戴钢盔、身穿铠甲的将领，护着那位白袍儿小将。

娟娟一听叫自己的名字，忙勒住马，放眼望去，只见白袍儿小将头扎着金缨冠，两条白丝绸带从肩上飘下，戴着白盔，身穿白铠甲，腰间挎着一柄大长剑，长着一对儿大眼，两道剑眉，英俊潇洒。待走到近前，他双手抱拳道："敢问三位贵客是哪里人？"说着望了望娟娟，敬慕地又抱拳道："敢问您是不是本朝秉仁公主大驾到此？"娟娟一看认出自己了，便回道："本人正是，请问你是谁？"这么一答，白袍儿、白铠甲的小将慌忙滚鞍下马，其他随从的将领也都跟着下了马。小将于马前下拜道："小王辽简王朱植是也。在父王和大皇娘面前，从幼年就知姐姐的威名，仰慕已久，今日得以一见，真是三生有幸！"娟娟、田田忙跳下马，扶起了朱植。

朱植这个人咱们前书讲过，在他生母韩妃死后，是由马皇后带大的，故而将其称为大皇娘。正因为一直在马皇后身边，他当然知道有位姐姐，父皇钦封为秉仁公主。娟娟见他的装束奇怪，便问道："你怎么如此打扮，为何身穿白袍儿？"朱植满脸含悲地回道："难道姐姐不知道吗？父皇已经晏驾归天了！圣命我们在各自国中奠祭，不让到京师拜灵、送丧。"此话一出，娟娟如五雷轰顶，眼泪像断了线的珠子涌出了眼眶儿，心想："自那日朱棣来接我，与陛下分手没多长时间呀，当时看还算精神，没想到竟驾崩了，也太快了！"尽管知道皇上身体不好，病情很重，来日不多，然而一时仍难以接受。娟娟与皇上、马皇后一起相处的年头儿不算少了，感情亦比较深。特别是前一阵子陪伴在皇上身边，朱元璋许多心里话都对她讲，十分信任她，如今突闻噩耗，当然受不了。娟娟摘掉头上的簪花，从腰间掏出白丝带缠在头上，然后问朱植："弟弟，为何动用这么多兵马，准备到何处去？"朱植请求道："请姐姐先不要急着走，咱们坐下来唠一会儿吧。"说完，回过头来示意随军打开行帐。随军立即在林边郊野搭起了帐篷，铺上地毯，摆上桌椅，端上茶水。

说起来，辽简王很有意思，此时尚没有宫殿，与北平府的燕王不一样。他到辽东来，是在大凌河那儿，四面围以木栅为营，而广宁的新宫殿只是刚刚建起来。所以，他走到哪儿，就在哪儿搭棚，那便是宫殿。后头跟着的这些兵，是随时架屋的人。朱植站在帐门旁，请娟娟、田田、其黑纳进入大帐。大家落座后，朱植才问："不知姐姐从何处而来？"娟娟如实地告诉辽王："我是五月初从京师出来的，父皇允准可北上寻母，去接我的是燕王朱棣，到了北平府后，稍许停留，又出来了。由于忙着赶路，故不知时日以及都发生了什么，很想知道京师之事，请弟弟告知。"说罢，指着田田介绍道："这位是我的弟弟，名叫亦失哈。原来于金山纳哈出处为帐前大将军，早已归附咱大明了，我们姐弟是二十年前在金山相遇的。"又指着其黑纳说："这位是女真部落的人，叫其黑纳，陪我北上的。"朱植听后，一一点头。

娟娟边介绍，边观察朱植，看他像一位忠厚的人，老实、诚恳，又很谦恭，并不像燕王介绍的那么奸诈吓人、不好接近。她心想："不知朱棣为何对十五弟印象不好，是不是有偏见哪？"正寻思着，只听朱植说："秉仁公主，我早就想结识姐姐了，却一直无缘。今日老天有眼，让小弟得识姐姐一面，真是又庆幸又高兴啊！姐姐，父皇已驾崩两个多月了。前日传来京师密信，先皇陛下葬至孝陵，皇太孙朱允炆即帝位，明年为建文元年。京师连发圣上旨意，各地藩王务要恪守忠职，勿聚论非议，勿号令兵马，严加守护所藩之地。如发现有可疑之徒，悉力擒拿不怠。小王听命于皇上，终日率兵马日夜巡查辽地，恐生枝节，怕圣上怪罪下来，诚惶诚恐也。"娟娟道："何必如此小心？我知道允炆陛下心地善良，禀性纯厚，与其父已故懿文太子一样。"朱植说："姐姐有所不知，陛下允炆的确很仁慈，可新任用的兵部尚书齐泰却十分凶狠。兵事管得甚严不说，已下令牌十几道了，催我们管好自己的藩地，出事则以抗旨定罪。前不久，我的五哥周王橚，已被李文忠之子、曹国公李景隆奉旨从开封抓到京师，言其有不轨行为，废为庶人。姐姐，实在是太可怕了，小王不敢越雷池一步啊！"说着，不禁瑟瑟战栗。

看来，朱植是个胆小的人，绝不像朱棣那样桀骜不驯。至此，娟娟才知道了京师的全部情况，而且是亲自从辽简王的口中得知的，相信不会错。朱植一再诚恳地挽留秉仁公主，希望能到广宁歇息几日，然后再北上。娟娟则几次辞谢道："谢谢弟弟的诚留之意，既然已经走出很远了，就不能再去广宁了。"朱植见秉仁公主执意不肯，便说："姐姐，我可一向敬佩你。知道姐姐是大皇娘和先皇身边的掌上明珠，又是刘老军师之女，还是徐达大将军经常夸赞之人，他们都喜欢你。再说，大明朝谁不知道秉仁公主呀？我一直盼望能见到姐姐，也知道姐姐与四哥燕王的感情甚密，难道真的不给小弟一点儿面子吗？请姐姐一定到广宁去，那是辽东的有名之地，不去可谓一大遗憾呀！"朱植的确挺会说的，极力宣传他那广宁。

广宁即现在锦州附近的北镇，清以前一直以此名称之。该城素称古幽燕之地，在医巫闾山之东麓，与北平府是表里相依的关系，辽代泰和年间就属北平管辖。此刻，朱植不住嘴地介绍，想方设法套近乎。言外之意是，姐姐你那么亲近北平府，为什么唯独不亲近我们广宁呢？这么好的地方，总该去看一看吧？朱植见秉仁公主有些犹豫，马上见缝插针，接着介绍道："元朝时，那里是辽东的广宁府路。当时有个闻名的蒙古蒙鲁古歹，就是广宁的王。据说广宁王的古墓在临潢年久，遗迹全无了。"

娟娟一听，朱植的历史知识还懂不少，讲得也蛮生动，觉得不好再推辞，更不能驳面子，我只得客随主便，由辽简王朱植陪同去广宁，好在是顺道儿。

广宁有朱植新建的王宫，虽挺辉煌，但规模甚小，刚建了几所宫殿，还有一些只是搭起了架子，尚未建完。这里与燕王的大都王宫相比，绝对是小巫见大巫，无法比拟。说是一个天上、一个地下并不为过，就是比起其他的王爷府，亦相差甚远。朱植像对待京师圣驾来临一样，热情款待秉仁公主，使她很是过意不去。攀谈中，朱植给了娟娟和田田一个特别好的印象，感到他与燕王朱棣俨然不同。一个是王爷派头十足，盛气凌人，目空一切；一个则一点儿王爷架子没有，反倒像个忠厚的书生。在简王的卧室中，看到墙上挂有不少朱植书就的诗赋，多是讴歌塞北风情的，也有借景抒发个人抱负和情怀的，颇有才艺，不像出自一位武将之手。

大家在一起唠的时间长了，朱植便不那么拘谨了，讲了许多他们皇子之间的事儿。朱植说："皇子中，我岁数小，与人交往不多。心中最敬佩的是懿文太子朱标，最轻蔑的是燕王朱棣。四哥从小好斗，好习武，好要尖儿，谁也不能超过他，一切得听他的。二哥朱樉、三哥朱㭎、五哥朱橚都挨过他打，可父皇还向着他，说四儿有闯劲儿，像男子汉。父皇的态度愈加助长了四哥的傲慢脾气，不服输，不服管，我们没有不怕他的，直到现在还欺侮人。"秉仁公主笑了，说道："做哥哥的总得让着弟弟才行，要不咋叫哥哥呢！哥哥欺侮人，那可令人耻笑。他还怎么欺侮你？"朱植回道："姐姐，你问这个，小弟正想说呢。对有些事儿我曾想到父皇那里分辩分辩，可哪能争过四哥呀，前不久父皇又归天了，上哪儿说理去？姐姐来得太好了，要不没个人可以讲。我是辽王，按照大元以来的疆域，辽东地界近在辽水，远在粟末水，再远到黑龙江、精奇里江、牛满江、乌苏里江，北抵北海，东抵东海。境域何其大，而今应是我管的地盘儿。可是，这里的驿站不知为什么，被四哥接过去了，根本不让我碰。自就藩到此，所带的三位爱将徐贵、陈德、孙福，因为驿站的事儿，在一个月之内全被他给杀了。本来应归辽王的驿站，却不许我过问。只要一问，他的兵立马来了，啥也不说，就是个杀！我眼下不敢动，动辄得咎，越雷池一步便有错，必须得听他的，他成了老大了。说实在的，原来包括北平府以北、幽燕以北的大漠之地及长城以东所有的辽东之地，皆应该属于我简王管辖。可四哥把手伸过来了，大片的地域想当然成他的了。他是满地打滚儿，费尽心机占地盘儿，占得越大越高兴。后来，父皇一看四儿太横了，占得太多了，跟我哥哥们的地盘儿相比，谁也比不过他，我加上越来越不听话了，州府衙门纷纷奏报他夺地篡权。于是，为制止燕王地盘儿的不断扩大，父皇于洪武二十四年封十七子朱权为宁王。宁王在喜峰口古会州之地，东连辽左，西接宣府，为北方要地。洪武二十五年时，朱权和我同时就藩。他到大宁，占据燕之北；我到辽东，占据燕之东。即是说，四哥以后不能再往北去了，到燕山让宁王给卡住了；也不能往东去了，到山海关让我给卡住了。我们小哥儿俩像个大枷板，把他狠狠夹上了。这样一来，四哥不答应了，本来满地打滚儿惯了，现在却不能乱蹦乱跳了，有了约束了，那能干吗？又不敢说父皇怎么的，只能拿两个弟弟撒气。靠他兵强马壮，身边的将领多，处处熊我们。还总在父皇面前指责我俩无能，啥都不如他，任吗干不了。姐姐，你既然能辅助四哥燕王，就能帮帮小弟我。姐姐已给四哥介绍了田田大将军、岳索图大将、巫利等人，何时给我介绍几位将领？小弟将不胜感激！"说罢，以期待的目光注视着秉仁公主。

娟娟坐在那儿，静静地听完朱植讲的一番话，才呼啦一下反过腔儿了，原来朱权和朱植小哥儿俩对我这个当姐姐的不满意呀！不禁扪心自问："如此看来，真不可胡乱出主意。过去不知道下头的情况，对藩王之间的一些嫌隙也不清楚，必须得承认，我的确太偏向燕王了，对弟弟们不公平。来前还告诉朱棣，要控制大宁，那不等于让朱棣欺侮他的十七弟朱权吗？作为姐姐这么做可太不对了。父皇在世时，十分注意诸王间的平衡，应该说是很有谋略的。过去我曾同意朱棣的想法，认为不该把大宁拨给另一个王，亦不能往辽东再派藩王。今天一看，陛下的做法是从全局考虑的，乃不得已而为之。朱植、朱权无论怎么争，绝争不过朱棣，他的权势太大了，小哥儿俩只能受气。怪不得从南京刚出来跟父皇拜别时，父皇还特别嘱告说：'你去寻找母亲，要记住，这里的事儿不必为谁去操心，朕也无能为力了。'可惜当时并没理解此话的意思，没往心里去，如今看来，陛下是非常有远见的。说明当时他已经看出我向着朱棣了，知道会给出主意的，因此叮嘱不要帮他。帮忙的结果，反倒引起兄弟间的不和，使国家不得安宁。可惜现在才明白，实在是晚三秋了！"

娟娟颠过来、倒过去地琢磨，回忆自己还有哪些做得不妥的地方。朱植一看，秉仁公主愣在那儿了，紧皱眉头，凝神思索，不知想什么呢，忙又接上了话茬儿："姐姐，尽管我们都知道你跟四哥好，但小弟还是要说。燕王常派兵欺压我，要求必须听他调遣，扬言不听就平了我。你说有这个道理吗？兵部尚书齐泰总怕我与燕王联手反对当朝，四哥又威逼我服从他，作为明朝的王，我哪能做反对朝廷的不忠不孝之事呢？可也不会受制于燕王。朝廷现在盯上四哥了，认为他的所作所为，确有异志。我非常担心，处境很难，如果真要发生什么事儿，朝廷怪罪下来，可是有口说不清，日子会很不好过呀！这且不算，还得防着四哥发兵进入辽界，天天带兵日夜巡查。正是为此，方才有的将领得罪了秉仁公主，万望姐姐见谅。"听了朱植的话，使娟娟想起了田田刚刚杀死了辽王的一员游击，觉得很是过意不去，忙致歉道："弟弟，真是对不起，我们做了一件错事儿。愿拿出白银两千两，给受害的那位将领做抚恤之用，并向其家眷诚表秉仁公主误杀无辜之罪。"朱植说："姐姐说哪里话，全是弟弟嘱告不周所致。责任在我，该由本王拨银抚恤，无须姐姐费心。"唠过之后，辽王朱植要亲陪秉仁公主、田田、其黑纳游览广宁的街镇，观赏峻峭的医巫闾山迷人的景色，再拜拜山神。娟娟哪还有心思呀，只是匆匆拜过了山神便回到了住处，准备在此住一宿，次日与辽王告辞北上。

当夜，朱植在盛宴招待秉仁公主后，送他们一行至驿站，关心地问道："小弟多嘴了，不知姐姐北上去何地？"娟娟遂将寻母之事讲了。朱植说："姐姐生母疯后不知去向，以前听说过。如今要到北疆寻母，那儿正是我的藩地，理当全力相助。何不把具体情况告之，我可以求助各方人士帮忙。目前有没有准确的线索呀？"娟娟和田田便把近些年所掌握的一些线索告诉了朱植，至于该如何寻找，不得而知，并请辽王拿个主意，看怎么办才好。哪知还真问对了，朱植大喜过望，忙道："哎呀，姐姐咋不早说呢？你们所说的伊曼河河源赫思痕部的赫思痕安巴达妈妈，是不是一位疯疯癫癫的长发魔女？她能唱能舞，却不会说话，被当地女真野人称为活神仙。至于到底是从啥地方来的、什么原因疯的，谁也不知道。皆说她是从天上降下来的'神女'，是天神赐给部落的一个大萨满。"娟娟、田田听后，一下子愣住了，继而兴奋得脸都涨红了，大睁着眼睛问道："你怎么知道的这些？"朱植说："我天生好信儿，自打分藩到辽地，从洪武二十六年起谨遵父皇之命，终日带一些兵勇泥足跋涉。几年间，徒步数万里，多次去东海女真野人诸部，结交了不少女真朋友。其中，有南疆萨勒奴部的，还有北疆赫思痕部的，曾见到过长发魔女。姐姐是知道的，小弟自幼读圣贤之书，孔子曰：'子不怪力乱神。'于是向东海各个部落的族众说，所谓天降魔女，纯属愚顽之词，安何信乎？说过此话后，险些没被女真野人用刀砍死！全仗逃得快，好不容易钻进了一个古洞，才躲过了厄运。回到大凌河畔故地后，我查阅了不少古医书，《内经》曰：'重阳者狂''重阴者癫'。狂症者狂言狂语，逾墙上屋，弃衣奔走，哭笑无常，其态着实令人可悲可怜。说心里话，我多时就想帮助弄些奇药，尽力去救治那个疯女罕。只要能治好她的病，女真人自然不会视我为魔怪了，亦不会再痛打了。"说完，无奈地叹了口气。

听了朱植一席真诚的话语及对女真野人的那种由衷关注，使娟娟、田田很受感动，对辽王更加敬佩，刮目相看。二人觉得他心肠真的很好，一个王爷竟能对山中野民之生死如此重视，还苦读医书欲以治疗，与朝廷中以女真野人为观赏玩物的一些皇家子弟大相径庭！从朱植的身上，娟娟看到了仁义、谦和，故而从心里与辽王弟弟亲近了不少。此时，坐在旁边一直没吱声儿的其黑纳插嘴道："听说赫思痕部在伊曼河上游，我们能找到。"朱植说："小伙子，可不像你说得那么简单。伊曼河上源有六七百里路程，几乎全是密林、溪流、山涧、大谷，不通山路的人，走不出二里地，就得迷失在山林里。伊曼河有大蟒，其中身带黄花儿者小，但有剧毒。进山之前，须先吃上伊曼河河边长的米吉尔草的小叶片，天天都要放在嘴里含着。这样，一旦哪天碰上了黄花儿蟒蛇，才不怕它的毒牙咬，否则，只要被毒牙刮上一丁点儿，立马没命了！而且，进伊曼河还经过七十二个小峡谷。为了引路，女真野人在每个小峡谷的石崖上刻有岩画儿，画儿很小，刻在十分隐蔽的地方。为什么呢？主要是怕山外的人辨认出来，而后据此闯入林中袭扰他们。若见不到秘密岩画儿，休想迈进一步，更不可能找到赫思痕部。去年春夏之交，赫思痕部的旁边新兴起一个雷鸟部落。该部落的人看中了赫思痕部的那片密林和在林中搭建的安适坚固、不怕风雪吹袭的树屋，便借口赫思痕部占了他们的水源，与之发生了争斗。一夜之间，双方死伤甚众，等我们知道信儿去平息时，雷鸟部已杀死赫思痕部二百多人，赫思痕妈妈也被杀死了。长发魔女，即赫思痕安巴达妈妈带领部落剩下的百多人，搬迁到伊曼河上游虎皮滩悬崖峭壁上的沙燕洞中落户。眼下只有到那里，才能见到赫思痕部的女罕，即安巴达妈妈。"看来，朱植对赫思痕部的情况知道的真是不少。

娟娟听完了朱植的介绍，得知二十多年前所见到的赫思痕女罕已经故去，对她是个很大的打击对，不多少年来就盼着能再北上去找赫思痕妈妈，由她帮忙带领前去拜见赫思痕部落那位"神女"安巴达妈妈，可惜来晚了。娟娟敬服朱植，钦羡他对女真野人的情况了如指掌，成了东海窝稽部的女真通了，心中暗想："父皇的众皇子若都能像辽王朱植该多好啊！从不想权势，被分封一地，便以藩地为家，一心替庶民着想。不像有的皇子，天天系念如何争权夺势，眼睛紧盯着皇帝的宝座。他是一心向下，根本不像个王爷，倒像是普普通通的女真人，甚或是谙熟地理、民情的女真野人。也是冥冥之中明月长老的庇佑，让我与田田先结识了朱植这样一位热心、诚恳、通晓东海窝稽部的弟弟。虽然师太来不了了，却有朱植弟弟的指点，可谓是不幸中之万幸啊！"朱植接着告诉娟娟："秉仁公主姐姐，弟弟明日送你去北疆，我和当地的女真人已经成为好朋友了。疯女罕从不烦我，别人去了，她还不理呢！我一去，她准高兴，总是冲我笑，并给唱古歌听。再说了，深山峡谷中的岩画儿你们哪认识呀！姐姐，幸亏遇上了我，若是碰上别人，恐怕此次又是个白跑，说不定见不到长发女罕呢，看来姐姐是有福气之人哪！不过问一句，为何非要见那位女罕呢？"娟娟说："只是想认识一下这个奇特的'女神'，想知道是从什么地方、哪个部落来的。我与弟弟有同样的感觉，安巴达妈妈绝不是从天上掉下来的，一定是从什么地方走到北疆伊曼河上游的，真的很想了解她的来历。当年，我与马云、叶旺大哥到过乌蛇岭蚰蜒洞，认识了一位女罕，便是方才你说的已经故去的赫思痕妈妈。据她讲，赫思痕安巴达妈妈神奇得很，能卜测，还能预知未来。我想找到她，请求予以帮忙，或许能弄清母亲的下落。最近听说她脖子上戴有一条项链，我想看一眼，打听一下是怎么得来的。"说着，从背囊里取出一个小包裹，一层层地打开，里面是一个镶金花儿的犀角皮小方匣儿，内装一条亮晶晶的镶嵌着宝石的绿玛瑙大项链。娟娟说："十五弟，这是我皇娘、你的大皇娘马皇后亲手交给姐姐的。她说此项链是一对儿，一模一样。已将另一条赠给了她的妹妹，就是我的生母。姐姐此行也是为了找到那条项链而来呀！"边说边递给了朱植。

朱植很是感动，恭敬地接过项链仔细观瞧着，抚摸着日夜思念、十分敬重的大皇娘留下的遗物。他对马皇后的感情很深，看着项链，不禁流下了滚滚热泪，动情地说："姐姐，小弟的母亲死得早，全仗大皇娘抚养我，从六岁时，就在宫里跑来跑去的。由于大皇娘的钟爱，不少文臣武将把我当成大皇娘的亲儿子呢！大皇娘薨逝时，我正在藩地，不能亲去送丧，心甚悲凄呀！"提起了皇娘，娟娟也一阵心酸，陪朱植掉了不少眼泪。他们来到朱植的卧室，见香案上供着朱元璋和马皇后的灵牌，香烟缭绕。娟娟、田田、朱植三人分别手拿大香，跪在灵牌前敬香，行三跪九叩大礼。礼毕，朱植又提起去东海窝稽部的事儿了，对娟娟说："请放心，此次我定领姐姐去，非帮这个忙不可。如果魔女安巴达妈妈真要是姐姐的亲生母亲，那可太好了，称得上天下奇闻啊！"此话说得娟娟、田田怦然心动，激动不已。

在朱植的一再坚持下，娟娟、田田十分感激他的古道热肠，同意由辽王陪着姐弟深入东海窝稽部北疆伊曼河上游，去拜访住在虎皮滩沙燕洞的赫思痕安巴达妈妈的部落。临走前，娟娟对其黑纳说："既然有辽王陪行，又熟悉路，你就不用去了。可以先回南疆，看望你的部落和家人，然后返回北平府，禀告燕王不用挂念我们。"其黑纳闻听此言，感动得直掉眼泪，一时不知说什么才好，遂叩别了秉仁公主、亦失哈大将军和辽简王朱植，骑马去南疆萨勒痕部落探望了自己的家人和亲朋，然后返回了北平燕王府。

单说娟娟、田田在辽简王朱植的帮助下，带着车驾五百多人向虎尔哈河方向进发。经过淀海，再沿乌苏里江东行，攀缘锡霍特山麓，进入伊曼河谷。一路上，只见密林遮天，多年古树有四五抱粗，高耸云端，荒草茂盛而繁密，人骑在马上行进，连人带马都没入了草丛之中，若不熟悉路径，真是寸步难行啊！穿过几片林子后，朱植命兵将停止前进，围上木栅，搭起棚帐，人在棚帐里小憩，马匹全部收入木栅中。因山里野兽甚多，马匹放于林中，会被惊吓而跑散，难以追寻。待大家吃饱了、喝足了，也歇息得差不多了，朱植便令百余名亲兵带着双人小轿，即由两人抬一人的那种小担担，随自己送秉仁公主和亦失哈将军向虎皮滩沙燕洞继续前行。余下的四百兵卒由三位参将带领留住原地，边打猎边等着他们返回。

朱植率领百余人沿山路而行，越往前走，越是难行。有很长一段路相当陡峭，下面是百丈深渊，河水流淌的哗哗声震人耳鼓。人只能紧贴着峭壁一点儿一点儿地往前挪，飞鹰在脚下盘旋，眼睛只能往上看，根本不敢往下瞅，只要瞄一眼，水流和白云像在地上飞跑似的，惊险异常。走过一段山崖路后，往前一看，是下山的路，也很难行，还是得一步一步侧着身子往下挪，一不小心便会跌入江心。山上的石头不但滑，而且有些已松动，滑石倘若掉下来，必然砸到下面的人。因此，他们走得很慢，每迈一步都要试试石头坚实与否。只有确定可以踩，才能踏上石头往前走，真是捏着一把汗哪，每迈一步皆与生命息息相关。山路很怪，刚下到山底，又得往山上爬，仍是在立陡立崖的石壁上攀登。费了挺大的劲儿攀到山巅之后，再往前一看，下面还是深谷，深不见底，并有流水声。一行人越过几根圆木搭起的天桥，到了对面的山上，见这里依然是上山，笔直得像往天上去，的下山又如跃入深谷，别说走在上面，只是看一眼，就能把人吓晕。

此时，一直低头走路的辽简王朱植停了下来，对身边的秉仁公主说："姐姐，咱们现在走的路，是去虎皮滩必经的虎口岭。从山上下到山底，再由山底爬到山顶儿，深山沟谷，漫漫难行，一下一上差不多有三十里，快走需一天多，慢走得三四天。从对面的远处望虎口岭，特别像老虎向着高空张着的血盆大口，有不少行路人不小心葬身在虎嘴里，必须格外注意，险要得很哪！依我看，秉仁公主姐姐、亦失哈将军，你们别走了，动作太慢，耽误时间。像这么个走法，两天也过不去，何况又很危险，弟弟不放心。来，都上小担担，让我的兵卒把咱们抬过去！"娟娟、田田一听，哪能这么做呢？山路原本难行，还要人来抬，兵卒们多不易呀？忙异口同声地反对道："不行，不行，还是慢慢往前一步步挪吧。"朱植一看二人不同意，又说："你们有所不知，那些担担兵是当地的女真野人，只为此才招募来的。个个是爬山虎，一生一世、世世代代走这条道儿，对路径非常熟悉，一点儿不用怕。担起担子来行走又稳又快，如履平地，我是特意带来送你们的。快，快点儿上担子，别误了时辰。"说完，回头对兵卒们喊："小的们，把秉仁公主、亦失哈大将军给我装担子里！"此刻的辽简王朱植，变得简直像个大将军，下起命令来了。还没等娟娟、田田答应呢，就被走过来的兵勇硬给摁到担子里，然后用宽皮带前后交叉地紧紧绑在担子上，人与担子固定在一起，很是牢固。绑好之后，每副担子四个人，两个人担，另两个人在旁边护卫。只听担担兵们"起哟——起哟——"有节奏地齐呼着，便把娟娟、田田、朱植三人抬了起来，在又听喊"下山喽——下山喽——"娟娟只觉身子往前一倾，不知怎么的，担子像在空中飞一样，异常平稳地直冲下去。斜视两边，只见树木在呼呼的风声中往脑后去，耳边是脚踏石块儿发出的"咔啦、咔啦"声响，心恨不得快提到嗓子眼儿了。一看，已到了山下，又听"起哟——起哟——"和"上山喽——上山喽——"的呼喊声，紧接着身子不由自主地往后一仰，身下的石头子儿又咔啦、咔啦地一阵响，耳边的风飕飕地往后吹，心一下沉到底儿了。再一看，到了山巅。

　　各位阿哥，朱伯西我边讲边形容，会让你感到山路走得挺快。实际上的确很快，不到一个时辰，担担兵抬着三人已跑过了老虎嘴三十里的鞍形路。娟娟、田田有生以来第一次体验令人叹绝的奇妙和惊险，若不是亲身尝试，只是一说，谁都不会相信世上的人竟会有如此高超的担力和脚力！要知道，那可不是一个人空手走，而是担着个人，能安安全全又十分快捷地从山下到大山之上，该是怎样熟悉这里的山和水呀？只有主人才能办得到，山山水水任他们自由地摆布，能不令人伸出大拇指由衷地敬佩嘛！这时，朱植发话了："小的们，放下担子吧，你们受累了。多谢，多谢啦！秉仁公主姐姐、亦失哈将军，可以下来了，咱们该自己走了。"听辽简王下令了，兵卒们放下担子，解开了绑在三人身上的宽皮带，娟娟、田田、朱植都下了担子。娟娟抬头往上一看，虽说是到了山顶儿，可山上还有山，高高的峰巅插入白云之中，真是山上有山、山山重叠、山势险峻哪！朱植走过来，说："姐姐，这段儿山路平坦，咱们就围着山边儿往前走。注意，要贴着山崖石壁而行，千万不能往左去，左边仍是悬崖，山崖下面有的地方约有百丈深呢！"娟娟边听边点头答应着，于是，同田田紧贴着峭壁的右侧往前挪。

　　走着走着，突然，迎面出现一块立陡的黑色大石壁。原来石壁是耸立在山崖上的大巨石的一个面儿，特别光滑，一点儿凸凹的地方都没有，很难见到这么平整、巨大、笔直的大石面儿。娟娟激动不已，惊叹宇宙间造物主的奇功！细一看，恍惚看到大石壁上似乎有刻凿的痕迹，便好奇地走了过去。到了近前，仰着脖儿往上看，竟是两首诗！她心想："这茫茫阔野，渺无人烟，又是女真野人的居住之地，怎么会有人在石壁上刻诗呢？是前代古人到漠北东海窝稽部留下的呢，还是中原的文人到此一游所为呢？"忙喊田田、朱植前来观瞧。二人看后，也感惊讶，尤其朱植更是诧异。他多次来过此地，真没注意到石壁上刻有诗句，实在是太奇了！他心里琢磨开了："怪了，为啥我和不少的巡山人没发现呢？前些天还从这儿过呢，并没见有啊，难道是神人所留？"三人又往石壁跟前凑了凑，见第一首是唐代诗人韦应物的五言绝句：

怀君属秋夜，
散步咏凉天。
空山松子落，
幽人应未眠。

此诗是为怀念友人、抒发思念之情的赠答之作,写得很有感情。他们又读刻在旁边的另一首,不是古人的诗,是凿石人自撰的抒情诗:

思君君会来,
必在秋月天。
休笑乌巢寺,
禅佛不知闲。

很显然,诗中表达了期待友人的到来和自己在山中小寺诵经自乐之心情。

娟娟眯起眼睛再细瞧,心中不禁为之一震!诗句之刻凿分明有新石的印痕,说明刻石时间不长,绝非是古代工匠而为,乃今人之举。她边看边想,忽然想到莫非是一位有情人在大山里等着自己?不禁热泪盈眶,便侧过头来问朱植:"弟弟,听说过或看到过这一带有什么庙或僧人吗?"朱植好文、好诗,颇有文才,读后已知刻诗之人是在怀念一位友人,并盼着与其见面。他一见秉仁公主眼含热泪,马上明白了一大半儿,知道刻诗人必是她熟悉之人,忙不迭地说:"姐姐要不说,我还忘记告诉你们了。近两年有人传讲,在这座山的最上面,出现了一个小庙,不过我倒没上去过。从江边儿往山顶儿上看,小庙似乎隐没在云中,特别像乌鸦巢,当地人叫它'乌巢寺'。实际上,小庙原本没有名字。说是里边住着一位拄拐杖的神僧,武功高强,能手拄拐杖从山上、从树梢儿上飞升下降,很快便可到山下,专饮伊曼河的长流水,返回山巅时,仍靠拐杖腾跃而行。神僧是位独臂、独脚的大师,心肠好,不仅住在这儿,也看守在这儿。凡遇到从虎口岭不慎摔落下来的人,他都背到小寺,弄些草药给以医治,救活了不少。女真野人路过此地,皆跪地叩头焚香,称其为阿林玛发①。如此说来,刻诗的人一准是他了。姐姐,难道你们认识?"田田高兴地嚷道:"娟娟姐姐,这可太巧了,是苦僧师父无疑!他怎么会在虎口岭呢?"娟娟说:"他与我分手时,曾说特别喜爱东海的山山水水,要来女真地界建庙。好哇,真是阿布卡恩都力的护佑啊,让我们又能见到他了!"接着把苦僧如何帮助徐达大将军收拿曾家奴、高家奴,巧破月牙楼以及为父皇得到大元玉玺所立下的功劳讲给了朱植,朱植更加敬佩

---

① 满语:山爷爷。

苦僧，说道："姐姐，既然这样，我们不能越门而过，他一定在山上等你。何不就此攀上山去，拜见师父？"话音刚落，只听从山上传来了洪亮的喊声："何必来看我？娟娟、田田，等你们多时了，别来无恙啊！那位一定是辽王了，苦僧特来叩见！"声音嗡嗡的，震得山间传出一声接一声的回音。

娟娟、田田、朱植及众担担兵和随从循着声音传来的方向抬头往上一看，见在山尖儿的一棵古松的树杈儿上，坐着一位僧人。古松树干粗壮，枝叶繁茂，主干斜着伸向天际，插入白云中，似乎是在天上游动，在下面是百丈深渊，最底下是伊曼河水，哗哗地流淌着。僧人的一条腿耷拉下来，悠荡着，像在打秋千，一只手扶着树干，另外一侧的胳肢窝下，夹着一根拐杖。要是不小心掉下来，必是粉身碎骨，然而看上去，却一点儿没有惧怕之意。娟娟和田田知道，唯独苦僧有此功夫。在馒头山的古松上，他也是拄一根拐杖上上下下行走如飞的，多年不见，依然如故。娟娟不免激动万分，忙请苦僧小心些，慢点儿下来。只见苦僧收回耷拉到树干下的那条腿，站起身来，上身略弯曲，整个身子忽地往下一纵，落到了半空中的另一棵古松树上，紧接着又一纵，落入更低一层的树上，就这样一纵一落地站到了地面，拄着大铁杖向娟娟走来。娟娟忙迎上去，合手揖礼，然后高兴地握住苦僧的手。田田也走上前，紧紧抱住了苦僧。

娟娟与苦僧自皮板大集会分手，数年之后又在东海相遇，故人重逢，倍感亲切呀！相互简单说了一下各自的经历后，娟娟告诉苦僧："此次前去寻母，得到了辽王的热情帮助，一直陪着我们。真是巧得很，没成想在北疆见到了我日夜思念的师父，师徒能够相会是佛祖助佑啊！"苦僧说："我居高山之巅，风大苦寒，所住之处仅容一人，你们不便去，还是抓紧时间寻母为重。我住在虎口岭已三年有余，特意选在靠路边儿的山洞里住，知你们必经此地。所以，就像当年在馒头山上等你定会去窥探月牙楼一样，天天下山坐在大树干上观望。老天不负有心人呀，没让我白等，你终于来了。安慰了苦僧这颗心哪！"说着，那只独眼闪出了泪花儿。

说实在的，娟娟这么多年来，从心里真正敬重的男子，一个是燕王朱棣，另一个就是苦僧。来的一路上，她冥冥中暗暗想过，苦僧一定在东海等我。今天果真如愿，你说能不欣喜若狂吗？可一听苦僧说不必到住处看了，她便有点儿着急了，说道："苦僧哥哥，我们既然见着了，能不去庙上看看吗？馒头山的洞中庙我拜过了，赫思痕山的乌巢寺当然也得拜了。再说了，见面不易，去寻母并不差这点儿时间呀！"又冲田田吩咐道："亦失哈，走，咱们去看看。"边说边走，走了两步，回过头来对朱植说："辽王弟弟，你不用上去了，在山下等我们，一会儿就回来。"朱植说："那好吧，姐姐，你们快去快回！"然后令众随从坐下来歇息。苦僧看着这一切，再没说什么，开心地笑了。

苦僧依然那么精神，拄着大铁杖，在前边引领着姐弟二人噌、噌地往山上走。别看他独臂、单足，攀缘起来却比娟娟、田田的速度快，俩人在后面紧紧跟随。不一会儿，三人到了山顶儿，山风很硬，吹得娟娟、田田直晃悠，好像要给刮到天外似的。苦僧将他俩领到一片古松林中，这才发现山上还有座小山，小山有洞。洞门是用砍来的粗木拼成的，搭成庙门样儿，只留下够一个人能进出的空儿，内用兽皮掩着，便于挡风，难怪当地人说山上有小庙。可以看出，苦僧是习惯于住山洞的人，也善于修理山洞。进入洞中后，见里面安置得井井有条，一侧为佛堂，一侧为卧榻、用餐之地，另一侧是洞中之洞。特别有意思的是，洞中之洞里堆了不少松树枝，娟娟和田田相互看了看，感到很奇怪。苦僧见此，上前把几根树枝掀开，哎呀，原来底下竟是些差不多有拳头大的蜘蛛！二人惊愕不已。苦僧说："你们听说过赫思痕部住的地方出毒蜘蛛吧？'赫思痕'乃女真语，即蜘蛛，这便是那毒蜘蛛。毒蜘蛛可是药材呀，用它熬制的蜘蛛精，吃后不怕风寒。腿如果受了寒症，吃了它，很快就不疼了。近几年，我已与毒蜘蛛交上了朋友，它并不毒我，每天都吃两个，自觉浑身有劲儿。我还将蜘蛛精同从锡霍特山采来的几种特殊的草调和在一起，炮制出东海之神药，能治多种病症。你们知道明月长老为什么喜欢来东海吗？过去我也不清楚，现在才发现了其中的奥秘。那就是她老人家知道东海是宝地，出奇珍异宝和各种神药，包括毒蜘蛛。有了那些药，出家人可帮黎民百姓疗病，为他们做好事、善事。"说到这儿，娟娟难过地告诉苦僧，师太已于几个月前圆寂了。苦僧听后，半晌没说话，然后合掌稽首祝祷道："明月长老有德于世，常活在人间。东海人更忘不了她，我曾多次梦见师太教授精研东海之药的情景。"接着，又领娟娟、田田来到门边儿的一个小洞，同样是洞中洞。此洞外用细木为栅，像个小牢笼似的，仔细看里边，圈养着三只白鹰，皆蹲在横掌儿上。苦僧说："可不能小瞧白鹰，全是我的随从、好朋友，只只勤快得很。每天是靠它们送来山鸡、大雁和锡霍特山的斑鸠鸟，有时能给带来伊曼河里的山鲤鱼，供我饱腹，吃食丰盛得很哪！我时常下套子，能套到鹿、狍子什么的，不仅自己吃，也给白鹰吃。它们特别听我的话，即使放走了，还会飞回来，离不开我，可通人性啦！"说完，自管自地笑了起来。

三人又聊了一会儿，苦僧问田田目前在做什么。田田刚要回答，娟娟抢着说："噢，对了，我差点儿忘了告诉你了。师父，田田眼下于北平燕王府办差。皇上在世时，让他换个名字，起了个新名儿叫亦失哈，是东海的一种雄鸟松鸭的称谓。其实也好，此名儿与在金山大寨纳哈出那时的名儿分开了。师父还不知道吧？纳哈出早已投降并死在馒头山附近了！"苦僧说："娟娟，没想到变化这么大呀！我为寻找你母亲，曾访查过一些东海女真野人的部落。查来查去，觉得唯独赫思痕部的一位老女罕非常可能是你的母亲。她来历不清，行为古怪，面庞不像东海女真人那样长有突起的颧骨。她的长相跟当地的女真野人一点儿不一样，面貌姣好，是上部略圆、下部略尖的瓜子脸，柳叶儿眉，我从脸型看，似有江南美女之风。可惜看得不十分清楚，部落的人不让我仔细端详，怕亵渎了'神女'。你俩要寻母，还是去赫思痕部对。要真是你们的母亲，想给她治好疯病的话，就来找我，有些药可用。娟娟哪，咱们是同宗，都是菩提僧人的佛门弟子。望你治好母病之后，还是归入佛门吧。没看见吗？你脸暗少光，俗心忒重，小心俗可害人呀！"很显然，苦僧是在有意提醒娟娟。

遗憾的是，此刻的娟娟并没完全听明白他的话是什么意思，只知道苦僧是一心向佛之人，自己无法与之相比。再说事情那么多，又得跟朝政各方面的人打交道，的确不像尼姑中人，这点师太在世时曾多次讲过，也就没吱声儿。她考虑到辽王正在山下等着他们，还需赶路，便就此告辞。苦僧执意陪娟娟下山，边走边说："我在山上自悟草药偏方，用以救治东海野民，主要是为了积德行善，今后用我时必到！虽住在山巅之上，但可闻二百里外的声响。只要想找我，不管是从南边还是东边，凡有自鲸海刮来的大风，顺风向北呼喊，准能听到，还可用铁石相击，连续拍击如捣鼓声，也能辨听到求助之声。我对这里各个部落的人都讲过，当过虎口岭时，一旦摔伤或出事儿了，拿起石头狠劲儿敲，我在山上听到后，必循声而至。所住之地，白鹰甚多，多栖息于山顶儿育雏，是我之邻、我之友。"说着，一吹口哨儿，从山巅的林中立即飞来一只白鹰，轻轻地落到了他的单臂上。无论怎么晃，那鹰爪抓得特别紧，根本掉不下来。苦僧爱抚地说："这是我驯的白鹰，知道每天给主人打食。现在，你俩将此鹰带走，让它认认路，很通人性，绝不伤人。只要不伤害它，它不但不会啄你，而且会助你。可喂些狍子肉和鹿肉，与你们住在室内或给搭一小鹰舍。若有事儿找我时，就在白鹰的腿上缝一丝帛，书明求意，它会及时送给我的。要是较长时间没啥事儿，可先放了它，过不多日子，仍会回去找你们。因为曾经喂养了它，便通晓一些人语，有了感情，所以会随时飞回来帮助它的主人。"娟娟好奇地左看右瞧，很是喜欢。

一行三人边说边到了山下，苦僧把落在手臂的白鹰交给了田田。辽王见此，命一随从过来，让亦失哈将白鹰放在随从的手臂上。由于随从是女真野人，会放鹰，也会摆弄鹰，因此白鹰就像懂事儿似的，双爪钩住那人的手臂，一动不动。苦僧说："你们快些赶路吧，别忘了有事儿时一定告诉我，咱们后会有期。"说完，只见他拄着拐杖，返身纵上了高树，身轻如燕，再腾跃而起，一棵树、一棵树地越登越高，直冲山顶儿而去，只一会儿工夫便不见了踪影，所有在场的人全看傻了。

娟娟此次见到苦僧非常高兴，觉得只要有他在，什么难事儿都能迎刃而解，信心更足了，遂与田田随辽王朱植及众随从继续赶路。经过了一段极其难行的山间路，顺利到达了赫思痕部落的新住址。赫思痕部的三百多人，全住在立陡悬崖上的大小十几个石洞窟里。从地面到各洞窟，皆用山崖的古松做阶梯，阶梯和悬梯相连。从山下往山上看，那些石洞窟很像山崖上的沙燕窝巢，沙燕洞之名便源于此。每个洞窟从外面看很小，里面却相当宽绰。当往山崖深处走时，会发现有的洞穴还曲曲弯弯的，且洞中有洞，如同迷魂阵一样，需上下攀缘而行；还有的洞穴则是只要从此洞口儿进去，里面却与彼洞穴相通。洞里都是以兽油灯照明，挺亮堂。山崖下部地面的前头，正好是一处平坦的大草坪，草大多是从石头缝儿里长出来的。说起这石山上的小草真是了不得，很顽强，只要有一点儿土，有一点儿缝隙，便能存活下来。朱植、娟娟一行到沙燕洞后，动手在石板地上凿出一些深坑作为火塘，又在深坑的上面搭了不少支架和吊杆儿，升起火后，把鹿大腿呀、熊肉啊、鸡鸭呀等放在支架上烧烤，支架很快被火熏得发黑了。

辽王与部落的人关系很密切，不少女真人，无论是大人还是小孩儿都认识他，看来已来过多次了。朱植此次并没有着王爷的服饰，所带之亲兵也没穿武将、兵卒的号坎儿，全是女真人打扮，身处其中，浑然一体。女真人头披长发，皆戴头箍儿。为什么呢？因为头发太长，跑起来容易散乱，遮挡视线，只好用头箍儿拢起来。头箍儿有用皮子缝的，有用骨头做的，有钱人家则是用各种丝绢编的，还有的是用金子或银子，多数是银子打成的，上雕各种花饰，十分好看。辽王今天戴上了女真野人常戴的头箍儿，身披白板儿的鹿皮斗篷，上搭大披巾，腰间系一丝带，下身儿是猞猁皮套裤，脚蹬长筒鹿皮靴，的左裤腿儿一侧单有皮囊，内插各种匕首，吃肉也好，自卫也罢，皆可用，身后背着一张大弓，看起来似去渔猎的俊秀后生，根本不像王爷。他一到，部落的女真人立刻围了上来，七嘴八舌地问辽王给他们带什么来了。朱植吩咐随从打开背囊，里面装的多数是糜谷，因山里谷子少，还有三袋荞麦、三匹麻布，再有就是女真人喜爱的盐块儿。她把这些东西作为礼物分给部落的人，大伙儿非常高兴，一一收下。娟娟从女真人接过礼物的笑容中，体察到了辽王的仁爱、慈祥。

朱植领着娟娟、田田来到山下最低的洞窟，找到了一位穿着羽服的"老女人"。说是"老女人"，其实年龄并不大，看样子不到三十。那为什么叫"老女人"呢？只因她的着装和戴的头巾显得老气，如不细看，真像个老太太似的。当她把头巾和披肩拿下后，方看出那是一位俊俏的年轻女人，双耳上戴的银环亮闪闪的，显得格外漂亮。她上身赤裸着，肩上披着茅草编的长蓑衣，下身着用灰鼠皮缝合而成的腰围裙子，赤着脚。当她见到朱植他们进来时，忙站起身来打招呼，相互寒暄，让人感到他们之间很熟。而且"老女人"还会说汉语，亲切地请大家坐下歇歇脚，十分热情。朱植将娟娟和田田介绍给她："这两位是我的好朋友秉仁公主和亦失哈将军，从京师来的。二十年前，他们还见过赫思痕妈妈呢！"一提到赫思痕妈妈，"老女人"好像以前听大人说过，有印象，便打听起比牙妈妈来了。娟娟一听高兴了，这不是在问师太的情况吗？东海女真人一向称明月长老为"比牙妈妈"，于是娟娟简单地说了一下。当"老女人"得悉明月长老已经圆寂时，脸上立刻现出了难过的神情，感到非常惋惜，接连打了几个咳声。辽王告诉她，秉仁公主和亦失哈将军在部落需多住些天，想看望一下熟人及朋友，请多多帮助和关照，她爽快地答应了。当朱植把一切交代完了，才得空儿告诉娟娟："秉仁公主姐姐，这位是赫思痕部女罕的帮手，都叫她玛尼妈妈，是已故赫思痕妈妈的大女儿，主持部落的对外联络和安排内部的一些事物。原来也是女罕，聪明、能干，很有威望。后来，部落在一场灾难中，遇到了赫思痕安巴达妈妈。正是她，拯救了濒临灭绝的部落，大家一致推崇为新女罕，玛尼妈妈则退居当副手，协助赫思痕安巴达妈妈料理诸事。"娟娟点点头，说："噢，原来是这样。"朱植又嘱咐道："玛尼妈妈为人善良、心眼儿好，只要不欺骗她，就不会惹起反感。由于我们常来帮助他们，因此部落的人对朝廷的印象挺好，总是以诚相待。女真人率真、耿直，一就是一，二就是二，说话不喜欢拐弯抹角。今后你俩对他们也要有啥说啥，一些事儿需要求玛尼妈妈做的，她会答应的，亦会敬重你们。待住下以后，慢慢与她熟悉了，可以提出见赫思痕安巴达妈妈的请求，告诉她是为了寻找你们的母亲。在女真部落里，女人受到尊敬，尤其是作为母亲，那是最神圣的。你们找母亲，他们必然会同情，肯定能想尽一切办法给以帮助的。"娟娟说："弟弟，放心吧，姐姐记住了。太感谢你了，谢谢！"朱植不好意思地说："姐姐客气了，谈什么谢呀？眼下事情太多，不知什么时候会找我，因此不敢在此拖延，需立即返回广宁，咱们就此告别吧。不过，只要能脱得开身，我会常来看姐姐和亦失哈将军的。"说着，眼圈儿红了。

娟娟、田田真的非常感谢辽王朱植，不辞辛苦地一直把他们姐弟俩安全护送到了要寻找的部落，如果不遇上他，是很难独自来到沙燕洞的。对一路上朱植的所作所为，娟娟看在眼里，记在心里，又尊敬又感动，庆幸认识了一位真正的好心人，又是同父异母的弟弟。朱植带着亲兵很快就走了，临走时，让随从把白鹰交给玛尼妈妈，告诉她："这是客人的，一定要精心点儿。"玛尼妈妈边答应，边让身边的人接了过去，放到一个空鹰笼中。靠道边儿有一排鹰笼，部落里的人各有各的鹰笼，打猎需要时，可随时将白鹰取走，回来后再放进去。

娟娟、田田送走辽王后，又返回到玛尼妈妈的住处。玛尼妈妈笑着说："天朝的使者到了赫思痕安巴达妈妈部落，就是到家了，何况又是大家最崇敬的比牙妈妈身边的人呢！那年，因我没去乌蛇岭，所以你们只结识了母亲赫思痕妈妈。看来咱们有缘哪，天地这么大，总还是见到了，好哇！顺便问一句，从我们这里走的鲍龙花、鲍龙卉两位可能认识吧，她们如今在哪儿？"娟娟连忙告知："鲍龙花、鲍龙卉是我的师妹，我们曾经在一起。眼下姐儿俩在京师南京呢，生活得挺好，都有孩子了。"玛尼妈妈听了，高兴得一个劲儿地点头，说："好，太好了，是她们的福气呀！"此时的田田见玛尼妈妈的情绪很好，加之寻母心切，忙乘机十分小心地问道："玛尼妈妈，我想问一下，何时才能拜见受大家尊重的赫思痕安巴达妈妈？"玛尼妈妈想了想，说道："噢，对了，今天有'族火'。'族火'便是每个月月亮圆的一天，全族男女老少从洞窟中出来，到崖下的草坪石板地上燃篝火，围着篝火拜月、唱月歌、跳舞。传说这天月神下界，用银色照亮宇宙各个角落。只要被月神的银镜照过的人、照过的部落，将永远兴旺，没有污秽，所有的魔鬼无处藏身。你们赶得太巧了，恰好今天是月亮最圆的一天，夜里要举行全氏族的人盼望着的族火拜月亮。那时，我们的'神女'赫思痕安巴达妈妈就会从她住的那个最高的洞窟里走出来，为我们祈福唱歌呐！"一边说，一边兴奋地打着手势。

娟娟和田田听后，再也抑制不住内心的激动了，眼中不禁闪出了泪花儿。难道这是真的吗？过一会儿，就可以见到多年做梦都想见到的长发魔女、东海女真野人女罕赫思痕安巴达妈妈啦！田田更是不敢相信眼前的一切，自从可怜的母亲从金山走失，便无时无刻不在期待着能找到她。可去过了好多地方，皆杳无音信，心里难过至极。他此刻多么盼望能立即见到"神女"，看看那是不是自己离去多年、朝思暮想的母亲！这时，玛尼妈妈拿来了早已为辽王介绍来的两位大明朝朋友做好了的烤野兔脯、野鸡脯及野茴香汁儿，真诚地请他们品尝。部落的人长年累月以肉代食，很少有粮谷，谷类比白银还要珍贵，喝的是山泉水，一概生饮。娟娟和田田由于心里着急，根本没心思细品究竟是什么滋味儿，很快胡乱吃完，只等明月升天后的氏族族火大会了。

当晚，崖下点燃起九堆篝火，火光熊熊。氏族的男女各一伙儿舞蹈队，同时在鲸丝弦琴和口弦琴的伴奏下，在"咚咚"的鼙鼓和抓鼓的敲击声中，欢快地跳了起来，气氛异常热烈。男女的穿着都是那么裸露，外面罩着柳叶儿衫或茅草衫。女子腰间系着柳叶儿围腰，头上戴着百花儿编织的花环，长发披于身后，脖子上吊有珠穗儿，还戴着耳环、腕环和足环；男子头戴用白板儿皮缝合、绘有兽头的头箍儿，有鹿头、虎头、豹头、狼头、鹰头、蟒头等，身上依每个人所戴的头箍儿不同，穿着与头箍儿相符的兽皮披衫。比如，头戴虎头箍儿的，身穿虎皮披衫；头戴鹿头箍儿的，身穿鹿皮披衫；头戴鹰头箍儿的，身穿用羽毛做的披衫；头戴蟒头箍儿的，身穿用蟒蛇皮缝到一起做成的蟒蛇皮披衫。他们边唱边跳边吼叫，女子的舞姿翩翩，轻盈优雅；男子的歌声粗犷豪放，震天动地，响彻夜空。

在族人的欢笑声中，女罕身边的侍女们将鲜花撒在悬崖最上部中央的一个圆形山洞周围之后，赫思痕安巴达妈妈缓缓地从洞中走了出来。娟娟和田田一看，她的穿戴非同一般，身体的大部分几乎都用皮革、彩珠儿包裹起来了，吧头戴鸡尾翎的高大彩冠，赤裸双臂，袒胸露乳，外披千颗海珠儿穿成的珠衫斗篷，在月下闪着银光，下身儿围着用花鼠尾做穗儿、白熊皮制成的围腰，上面镶满了金铃、银铃、海贝，走起路来，萦萦悦耳如鸟鸣，手里拿着一个大山羊皮抓鼓。悬崖下的族众见到女罕时，先是齐声儿欢呼，跪在地上迎请，男女各队的舞者在女罕熟练的手鼓声中，跳得更加欢快、激越。女罕赤着双脚，敲着手鼓，踏着松树干台阶一步步地向崖下走，临离地一人高时，身子一纵，跳到了地上，很快融入族众之中舞了起来。此刻，明月当空，篝火熊熊。在九堆篝火中，中央有一大的篝火堆，族人们手拉着手，围着篝火堆，口中"嘿、嘿哟"地唱着，脚下不停地跳着。娟娟和田田并没闲着，早被族众拉入了欢舞之中，随大家边跳边唱边往篝火里扔兽肉、撒兽血。传讲，此为女真儿女给月神妈妈献牲，用猎业的丰收回敬众神，感谢赋予之庇佑和恩赐。跳着跳着，只见女罕忽地从大火中穿过，娟娟、田田及族众也随之一跃而过，意为族人接受火的洗礼，可永驱邪恶。玛尼妈妈热心地告诉娟娟和田田："秉仁公主、亦失哈将军，你们完全不用担心是否能听得懂女罕唱的是什么意思。原来我们部落都用女真语唱，自从'神女'来了以后，因她喜欢用汉语唱歌儿，时间长了，族人就学会了，也用汉语唱，所以全能听明白。"一面说，一面脚步不停地舞着。

在篝火旁，娟娟、田田特别注意女罕的模样，因为主要是来认妈妈的呀！最想知道的，就是这位"神女"究竟是不是自己的母亲。可是，女罕头上戴着的羽冠花饰几乎把脸面的大半遮住了，何况又是在月光下，根本看不清。二人特意来到女罕身边，左边一个、右边一个地跟着转来转去的，可还是看不清，把姐弟俩急坏了，满头是汗哪！女罕敲着手鼓边唱边跳，众族人则呼应着伴唱，一块儿呼喊。唱《月光歌》时，女罕每唱一两句，族众便相跟着"嘿啰，嘿啰"地伴唱着。

女罕唱道：

  月呵，月呵，

  银光如水的东海呵，

众人伴唱：

  嘿啰，嘿啰。

女罕唱道：

  跳呵，跳呵，

  纵情欢快的东海人呵，

众人伴唱：

  嘿啰，嘿啰。

女罕唱道：

跳得锡霍特山岭花草在月下欢唱，

众人伴唱：

嘿啰，嘿啰。

女罕唱道：

跳得伊曼河浪里的鱼群在月下嬉闹。

众人伴唱：

嘿啰，嘿啰。

下边由我说书人给各位阿哥唱一段儿女罕唱的歌：

我们是林中女真人，

无忧无虑，

嘿啰，嘿啰。

是因为有百神的庇佑。

嘿啰，嘿啰。

我们是林中女真人，

百难不回，

嘿啰，嘿啰。

是因为有百代的锤炼。

嘿啰，嘿啰。

我们是林中女真人，

人丁兴旺，

嘿啰，嘿啰。

是因为有百草的药师。

嘿啰，嘿啰。

在女罕高声歌唱的同时，人们应和着"嘿啰，嘿啰"，显得异常热烈、粗犷、欢快。玛尼妈妈告诉娟娟："下边的歌儿可好听了，我们都爱唱，代代唱不够。歌名叫《妈妈古歌》，单在明月当空之时，边跳着舞，边由女罕领唱，大家一齐跟着伴唱。这是对妈妈的祈福，对妈妈的颂赞……"玛尼妈妈没说完呢，赫思痕安巴达妈妈已敲响了手鼓，放开喉咙唱了起来。她的嗓音洪亮、清脆、优美，田田仔细听了一会儿，觉得歌声里，仿佛有点儿所熟悉的妈妈的声音，便悄悄儿冲娟娟耳语，把那种感觉告诉了姐姐。娟娟也侧耳细听，听了半天，却全然不知。因她在婴儿时，便被扔出了大墙外，没有接受过母亲的呵护，怎能分辨出哪种声音是妈妈的？田田和娟娟忘情地跟着族众一起唱啊、跳啊，全不顾自己是外来的客人，如同东海的主人、东海的女真人一样，一块儿不停地舞着，一块儿往脸上涂兽血、蜂蜜、花汁儿，边跳边抹。接下来唱的是女真的《妈妈古歌》，仍由女罕领唱，族众伴唱。女罕唱完第一句，族众接唱一句"这是妈妈"；女罕唱完第二句，族众仍唱一句"这是妈妈"，往下以此类推。《妈妈古歌》欢快、高亢、动听，充满了激情，是这样唱的：

> 嘿哟，是阿布卡给她的精血，
> 　　她立刻全身增加了火炭的力量。
> 　　这是妈妈！
>
> 嘿哟，是阿布卡给她的骨骼，
> 　　她立刻全身运行起生命的力量。
> 　　这是妈妈！
>
> 嘿哟，是阿布卡给她的营养，
> 　　她立刻全身丰富起聪慧的力量。
> 　　这是妈妈！
>
> 嘿哟，是阿布卡给她的魂魄，
> 　　她立刻全身充沛起无敌的力量。
> 　　这是妈妈！
>
> 　嘿哟，是阿布卡给她十次满天圆月，
> 　　她立刻全身孕生下新的生命。
> 　　这是妈妈！
>
> 妈妈，妈妈，妈妈，
> 　　她给氏族生下百个千个雄鹰般的儿女，
> 　　她给氏族生下百个千个猛虎般的子嗣。

氏族的青春，

氏族的永固，

氏族的明天，

　都是妈妈的哺育，

　都是妈妈的赐福。

妈妈是氏族的月亮，

　　永远像大明烛。

妈妈是氏族的太阳，

　　永远像热火炉。

遗忘妈妈的人，

　　不如污泥和粪土。

丢弃妈妈的人，

　　不如猪和狗。

　　娟娟和田田头一次听到这么动情的歌儿，句句镂骨铭心，你想到自己的母亲还未找到，好像刀扎在身上一般疼痛，搂着女罕跟着跳啊、唱啊，大声儿呼喊着："这是妈妈，这是妈妈！"深切的思念与感情的震撼，使得姐弟二人激动极了，跳得满头大汗，若狂若痴，可四只眼睛却始终没有离开女罕。女罕的身影闪来晃去的，无论如何无法辨认。娟娟急得眼泪都流出来了，一再追问田田："你在母亲身边那么长时间，难道她的身材和模样一点儿记不清了？"田田无可奈何地说："姐姐呀，我离开母亲十几年了，之后的变化哪能想象出来呀？再说，女罕又是这样的一身装束，脸还被遮住了，难认哪！"娟娟一看没招儿了，索性停了下来，拉着田田去找正跳得起劲儿的玛尼妈妈。

　　二人来到了玛尼妈妈跟前，将她拉到一边。娟娟眼含着热泪如实说道："玛尼妈妈，我和亦失哈将军是姐弟俩，从小便同母亲分开了，由好心人抚养大。赫思痕妈妈曾告诉我们，二十年前，你们部落遇上了瘟灾。正在族人即将灭绝时，突然从'神树'上降下一位'神女'，给大家吃百虫，治好了瘟病，氏族从此在'神女'的护佑下发展壮大起来。赫思痕部落能有今天，就是'神女'赫思痕安巴达妈妈赐给的！说她是从天上来，还说她的脖子上戴有一条绿玛瑙项链，是不是这样？玛尼妈妈，恳请能告诉我们。我与弟弟万里迢迢而来，是为了寻找生母的，估计很可能是这位赫思痕安巴达妈妈。可她总是在跳，不知如何才能辨认得清，心里着急呀！"玛尼妈妈听后，抬眼看了看亦失哈将军，见也是满脸泪痕。二人的真诚感动了她，于是深情地说："你们寻找慈母之心，令我钦佩。女罕是天降的'女神'，不会是哪个人的生母。她是天的女儿、月亮的姊妹，是东海赫思痕部的领路女王啊！"娟娟说："玛尼妈妈，我不否认女罕是天的女儿，只不过是想要亲近一下她。请允准吧，别让我们白来一趟东海，将用千尺布帛、千斤石盐、千担米谷酬谢部落的帮助。"田田则在一旁帮腔儿，不停地劝化。玛尼妈妈终于被说服了，爽快地答应道："那好吧，我告诉你们，待会儿女罕跳累了，要在草坪的豹皮榻上睡一阵儿，醒来后才返回洞窟中安歇。到时候，你们可凑近她身边看看，不过必须穿上女真人的衣裳，她才会认为是自己的儿女。一看你俩现在的装束，便知是外地人，女罕向来不喜欢外人靠近。别看她不说话，可神志清醒。若动起怒来，能把你们撕碎，因此千万小心才是。"娟娟与田田按玛尼妈妈的吩咐，当即换上了东海女真野人的皮服、皮裤裙，戴上了草帽，看起来同女真人一模一样了。

不一会儿，月亮偏西了，族人们仍跳着舞，有的边高声儿唱着边吃着烤肉。女罕感到有些累了，玛尼妈妈赶忙上前搀扶着，走到草坪的豹皮榻处。女罕坐了下来，满身是汗，一声儿不出。玛尼妈妈给她摘掉了戴在头上的羽冠，扎在头顶儿的长发垂落下来，长得快拖地了，又给她脱去了彩珠儿斗篷，这才露出了本来的模样，看得出那俊美的脸庞并不消瘦。娟娟和田田悄悄儿走到女罕的对面，瞪大眼睛反复地端详。初始，田田还是辨不太清，相别的时间太久了，面相肯定有些变化。何况母亲在金山时，天天用宫粉梳妆，哪那么容易认呀？他的心怦怦直跳，觉得快要跳到嗓子眼儿了，又眯起眼睛，仔细地打量着。忽然，母亲年轻时那清秀的面庞和端庄的神态出现在田田眼前了，而且越来越清晰。田园兴奋得忙一把拽过姐姐，使劲儿攥住娟娟的手，说："姐姐，像啊，太像了，像咱们的母亲！"娟娟一听此话，激动得浑身发抖，连声音都变了："弟弟，光说像不成啊，必须得说是还是不是。别急，再好好儿看看！"田田一时不知怎么办好了，左手轻拍着头，在原地直转圈儿。好在山中有密林包围，对面又有立陡的石崖挡着，光线较暗，别人看不清他着急的样子。田田赶忙回转身，到一暗处拿出特意带来的母亲在金山穿的几件绢纱衫，之所以保留这几件衣裳，是为排解思母之情的，见衣如同见了慈母。他多有心计呀，想得如此周到，竟带到了东海女真野人部落。

田田与姐姐商量了一下，决定拿着衣装，一块儿去哀求玛尼妈妈给女罕换上。

玛尼妈妈本是个热心肠儿，又被姐弟俩的寻母之心深深感动，加上从未见过中原王朝最高贵的女人穿什么，以为也像他们一样，都穿皮服呢！当她看到绢纱衫时，听说是天朝的皇家人才能穿，自然认为神圣得很，一点儿没打奔儿就同意了。娟娟说："女罕是圣洁的'神女'，最配穿这样的衣裳了。族人要是喜欢，待回去之后，一定派人给你们送来百套。"田田手中托的女装一经打开，立即散发出淡淡的桂花之清香，女真人好奇得很，纷纷围拢过来。他们见衣服上绣着各种花饰，还有鸟及龙凤的图案，个个称奇，皆言中原王朝是神仙待的地方，穿的衣服太漂亮了，那鸟和凤像真的一样，肯定是"神女"绣的。玛尼妈妈和娟娟，还有几位侍女走到豹皮榻前，先扯起了鼠皮帐将豹皮榻围了起来，然后给榻上的女罕轻轻换上一身儿天朝的宫服，全是楚绣绣当年从南京带走的马皇后送给她的衣裳。丝绸女服上有很多纽襻儿，玛尼妈妈她们第一次见，哪里会穿呀？怎么系纽襻儿，哪件是内衣，哪件是外衣，该如何穿，皆由娟娟亲自指挥，并帮助一件一件地给穿好了。在换衣服的过程中，女罕只是傻呆呆地坐在那儿，一言不发，任人摆布。玛尼妈妈不时地在她耳边小声儿说些抚慰的话，使之安静，不动怒，知道她一旦暴怒起来，能上爬山、下跳涧，百人难敌。

今日，还真是天神庇佑，赫思痕安巴达妈妈顺从地随便娟娟和玛尼妈妈从头到脚给换上了全新的装束，穿上了新衣，蹬上了新鞋，头上插有宫花儿，又把耳朵上戴的大银环摘下了，换上了翡翠水晶耳钳子，娟娟还小心翼翼地往她的脸上扑点儿宫粉，并看到了脖子上戴着一条绿玛瑙珍珠项链，打扮完之后再看女罕，当年那秀美、俊俏的面容活脱脱地显现出来了。田田只瞅了一眼，便认出来了，没错，正是妈妈！顿时涕泪横流，扑通一声跪下了，颤声儿问道："母亲啊，让儿找得好苦哇，你怎么流落到了东海？"娟娟见此，赶忙上前把弟弟拉了起来。田田马上明白了，姐姐是怕玛尼妈妈和族众有什么疑窦，会认为你们这是干啥，莫不是专门抢我们的"神女"来了？容易引起误会。为把握起见，还是得慢慢来。想到这儿，田田立刻压住了哭声，擦了擦眼泪。娟娟强忍着把泪水吞进肚里，向玛尼妈妈说："玛尼妈妈，你看哪，女罕多美呀，是不是一位天上的神女降临东海了？"此刻，玛尼妈妈及所有的女真男女老少全惊呆了，女罕真的变成了一位仙女啦，她是天上的神啊！纷纷扑通、扑通地跪在了地上。其中,有的族人到内地去过,兴奋得大声儿喊道: "今天月圆,是个好日子,月宫的嫦娥来到咱们女真部啦!"因他们在内地看过中原一些古画儿,画儿上的美女、天上的嫦娥就是同女罕一样的装束,以为是神女来了。

东海女真人的绝大多数尽管头一次见到中原王朝女人的服饰,可对美的欣赏,不论哪里的人都会有同感。族众喜欢自己的皮服、羽服,但一见到典雅、漂亮的丝绸女服,也会爱不释手,一致认为女罕比没换服装之前更年轻、更美丽多姿,并为此欢呼不已。娟娟和田田凑到安巴达妈妈身旁,附在耳边悄声儿问话,目的是引起她的注意。可女罕根本不认识,两眼发直,一声儿不吭。玛尼妈妈怕时间长了,女罕动怒就不好了,又同娟娟一件一件地替她把新衣脱掉,重新换上了羽冠、珍珠斗篷及白熊皮围腰,然后一边一个地搀着女罕,踩着松树阶梯,送回到了高崖上的洞窟。

娟娟抬头望望天,已是下半夜了,篝火将熄。族众纷纷离开草坪,各自登上悬梯,进入自己的沙燕洞安歇去了。玛尼妈妈将秉仁公主和亦失哈将军留宿在自己的下层洞窟中,怕他们冷,给铺上了厚厚的皮褥子,嘱咐有什么事儿可随时叫她。娟娟和田田表示现在不困,等一会儿再睡,并请玛尼妈妈早点儿歇着。之后,二人又来到方才举办族火盛会的草坪处,坐在母亲刚刚坐过的豹皮榻上,商量着明天该怎么办。田田说:"姐姐,真是佛祖保佑,咱们的母亲还活着,看样子身体也挺好。只是疯病仍然很重,不能说话,像在金山时一样。可我弄不明白,她老人家是怎么到这个遥远的地方来的,不仅没受到伤害,还成了部落的女罕。真是好人有好报,冥冥之中有神人相助啊!"娟娟抬头望着天上大而亮的圆月,感到从未有过的甜蜜、幸福,满含深情地说:"如今我们找到了妈妈,首先要想方设法治疗疯病,一定使母亲重新清醒过来,让她知道儿子和女儿都在身边。今后,咱们娘儿仨一块儿过团圆日子,一辈子不分开,生生死死在一起,用心侍奉老人家,相依为伴!"然后收回目光,瞅着弟弟,说:"田田,明早将白鹰放飞,让它去请苦僧,前来拯救母亲。师太不在了,今后苦僧就是我依托的师父,相信他必有妙手回春之术!"田田点头表示同意。姐弟俩高兴极了,毫无睡意,一直聊到快天亮了,才回洞窟歇息。

一大早,娟娟和田田来到山下的一排排鹰笼前,把装有苦僧送给他们的那只美丽的小白鹰笼子提了出来。田田剥了一小块儿桦树皮递给姐姐，代替常用的纸张。娟娟知道，鹰所带之物不能太沉，分量重会影响它的飞翔，又要把事情写得简而明。她思忖了一会儿，便在桦树皮上刻了"速来"两个字，认为苦僧见字后，会明白她心意的，然后交给了弟弟。田田接过来，用小刀将桦树皮轻轻划了一个小洞，再用布条儿穿过小洞系在白鹰的腿上，对白鹰说："白鹰啊，白鹰，烦劳你去把主人请来，越快越好！"说完手一松，放飞了。白鹰会意地在天空中盘旋了一圈儿后，呼扇着长翅飞走了。

娟娟同田田吃过了玛尼妈妈给预备的早餐肉羹和鹿奶，便对玛尼妈妈说："今天我将请来一位大师父，给女罕看看嗓子。您知道在锡霍特山有位'阿林玛发'吗？"玛尼妈妈回道："知道，他可是神人，帮助女真人治好了不少病呢！"娟娟说："那好哇，请的就是他！只要让'阿林玛发'看了，肯定会想法儿治的。嗓子治好了，女罕就能给咱们传来更多神的话了，再也不至于张口没声儿了。"娟娟知道，赫思痕部人心特别齐，最崇拜的是部落首领。目前，实际上有两位首领，一位是自己的母亲、那所谓的"神女"，另一位则是"神女"的助手玛尼妈妈，为实际上的管家人。她的权限很大，无论什么事儿，不经过她肯定办不成。玛尼妈妈的洞窟里平时只住她一个人，啥时候需要了，可以随时招呼所喜欢的男人来自己的居处住。她岁数不大，脖子上挂有二十九颗野猪牙，证明只有二十九岁。如此算来，娟娟、明月长老、叶旺、李佑等人当年去乌蛇岭时，她只有几岁。因她常与山外各方人士交流，所以汉语说得不错，十分流利。她曾去过金山大寨，见过纳哈出和站赤的岳索图将军，田田因不常出外，所以没碰面。可以说，玛尼妈妈是部落里见过世面的女首领，又通情达理，故而对娟娟找师父给女罕治病的请求，根本没打奔儿便答应了。

晌午，天上的白鹰盘旋鸣叫，苦僧随之来到了赫思痕部的沙燕洞下，娟娟和田田领着玛尼妈妈出洞迎接。按照东海女真人的古俗，给女罕看病的外部落人，此前必须受到本部落对他的恫吓，验证心诚后，方可给女罕疗治，否则将被逐出沙燕洞。这些习俗，娟娟和田田事先并不知晓。此刻，玛尼妈妈没让苦僧进到洞窟里，而是先捧来一碗刚宰杀的野山羊血，递给他，说："欢迎大师父给我们的'神女'治病，我代表部落老少敬你殷红的美酒。"苦僧接过，一仰脖儿，咕嘟、咕嘟几口便喝下去了。之后，玛尼妈妈领他走到族人用干树枝堆起的一个大柴火堆旁，又重复前面的话："欢迎大师父给我们的'神女'治病，我代表部落老少敬你浴身之火。"说完，把火堆点着了。只见苦僧拄着拐杖，毫不犹豫地从熊熊燃烧的火龙中穿过去了。娟娟吓了一跳，生怕师父因此而被烧伤。其实，柴火燃起后，从外面看是红红的火，火苗儿蹿得挺高。由于那是干柴，遇火容易着，过火之后很快化为灰烬了。人从火中快速穿过，只会觉得四周热气腾腾的，伤不到皮肤。玛尼妈妈见大师父痛痛快快地按照自己的话做了，认为心很诚，非常高兴，握着苦僧的手说："大师父，咱们是一家人哪！"然后才攀上山洞禀告女罕，并劝慰她能顺从些，让大师父给看看嗓子，看完就能说话了。趁此机会，娟娟问苦僧："师父，事先知道玛尼妈妈要考验你吗？"苦僧笑着说："近几年，我在东海女真野人部落访贫问俗，知晓了不少当地的礼节，今天便是入乡随俗吧。"

不一会儿，玛尼妈妈下了山，请大师父随她去女罕住的洞窟，让秉仁公主和亦失哈将军在山下等候，二人只好从命。本想跟苦僧一块儿给母亲瞧病的娟娟，遗憾地眼望他们上了山，一点儿招儿没有。半个时辰后，玛尼妈妈引导苦僧下了山，来到了自己的洞室，娟娟和田田也随之而至。玛尼妈妈刚说了几句话，因部落有些事儿急需处理，把她叫出去了。苦僧这才告诉娟娟姐弟："我刚才细心看了，女罕之病需慢慢调理，不可焦急，非一两个月、几十副药所能治愈的。沉痼入里，只能小心求索了。"二人听说一时半会儿治不好，有点儿吃不住劲了，开始沮丧起来。苦僧说："娟娟、田田，如果是真心爱母亲，使她未来能与你们同欢乐，享受人世间的亲情，过上平安幸福的生活，只能按我说的办。你俩必须静心住在赫思痕部，做部落的族人，照顾在母亲身边。我每天帮她调治，一年、两年、五年、十年都不可知，有此恒心吗？如若不然，这种痼疾，谁也没有药到病除之神功。医德要求首先要有诚实之心，如实将病情传告给病家。所谓药到病除之说，乃慰藉之语，华佗若在世，亦不敢出此狂言。"娟娟表示道："师父，请放心，我的心意已决，既然来了就没想离去，将终生侍候母亲。田田弟弟身兼踏查黑水之责，不日即返任上，这里有我一人即可。"苦僧说："那最好不过了，听了你的话，我放心了。我马上回山上取药，还要放飞驯养的那些白鹰。因为要是主人长时间不在，不能喂给它食吃，在笼子里会饿死的，放飞是让它自己去找食吃。我回来后，与你们同住在赫思痕部，一块儿去山中采药、熬药，共同侍奉你们的母亲。田田待一段时日后，该返北平就放心回去吧，不用惦着，我会与娟娟照顾好老人家的。我相信，以诚求治，金石为开，安巴达妈妈的病一定会有转机的。"娟娟、田田一听苦僧师父将陪他们住在赫思痕部调理母亲的病，高兴极了，一再表示感谢，此事便商定了。苦僧回到高山之巅将白鹰放飞之后，住进了沙燕洞。玛尼妈妈特意为大师父腾出一个洞窟，成了他的百草间。从此，娟娟和田田跟着苦僧踏遍了伊曼河四百里高山峡谷，跨水攀崖，采集各种草药，背回来后，苦僧还要与那百花、百树、百草、百虫日夜相伴，一心搜求开聪通智之方。

　　苦僧为治疗娟娟母亲的病，真是吃尽了辛苦。冬季大雪天捕百兽，以其血肉制药；春夏两季，需采百草、百花，寻百虫之躯熬药。这样，女罕就可以天天饮百牲之鲜血，吃百花之果实，与此同时，配合做些按摩及骨针灸穴等。一段时间后，女罕的病开始有了转机，记忆正在恢复，有清醒的迹象。有一天，她忽然喊出了"金山大寨"四个字，把娟娟和田田乐得抱着母亲直蹦高儿，苦僧则更有信心了。又过了一些日子，在苦僧的精心医治下，在一对儿女的细心照料下，赫思痕安巴达妈妈的病情越来越好转。她的眼睛不那么直了，也不那么发愣了，竟在一天早晨醒来后认出了田田，拉着田田的手，说："儿子，乌曼是个好姑娘，你快想法儿把她放出来吧，可别让老混蛋给折磨死喽！"听着那清楚的话语，苦僧知道服药和针灸有效了，离恢复成以前那个健康的楚绣绣时日不远了。娟娟激动得抱住了母亲，田田扑上去抱着姐姐，真个是好一阵哭哇！这正是喜极而泣，流的是喜泪呀！最后，还是让苦僧给劝住了。他说："好了，哭一会儿就行了，千万别刺激你们的母亲，别让她用脑太多。她尽管眼下能回忆起一些事儿了，但思考仍很稚弱，不能累着，得慢慢来。待完全好了，成了正常人了，到那时再哭不迟呀！"说着，自己的眼睛也湿润了。

　　此后二十来天的一个清晨，女罕突然向玛尼妈妈说："你知道金山的田田吗？那是我儿子。"玛尼妈妈听后，一时愣住了，乐得差点儿没喊出来！欣喜若狂地急忙奔下山，把这句话告诉了娟娟和田田。二人更是兴奋不已。

　　当年是庚辰年，乃大明建文皇帝朱允炆登基的第二年，即建文元年。七月，巫利和其黑纳来沙燕洞拜见秉仁公主，代传燕王思念及问候之情。娟娟从他们口中得知，燕王以"清君侧"之名起兵了，急需兵源。遣巫利和其黑纳来虎皮滩沙燕洞的目的，就是请秉仁公主、亦失哈将军速与赫思痕部首领商议，尽快派兵支援。苦僧见此，劝娟娟不要管朝廷争权夺势的事儿，到头来劳而无功，弄不好反遭那些忘恩负义者之害。可娟娟心眼儿好，仍念朱棣之情，哪能袖手不管呢？便代燕王向玛尼妈妈请求帮助。玛尼妈妈知道大明朝对自己的母亲、原部落首领赫思痕妈妈有救命之恩，而且秉仁公主又与母亲熟识，你说她能拒绝吗？于是，商定部落先出些人力，以解燃眉之急，将来朝廷用粮粟、白银、铁器、布帛等来资助赫思痕部。玛尼妈妈办事一向利落，立即选出百余人，命他们骑上骏马，随同巫利、其黑纳前往北平府。

娟娟看母亲的病一天比一天见好，清醒时知道激动了，时不时地还流眼泪。尤其值得高兴的是，能唠家常了，也辨认出自己是她的女儿了，为此，娟娟天天乐得嘴都合不上了，认为母亲只要继续将养下去。不间断地吃苦僧的药，再过一年半载，肯定会更好。她对田田说："弟弟，你都看到了，咱妈的病大有希望啊！这里有苦僧施以治疗，有姐姐在身边侍候着，你尽可放心了。眼下正是燕王用人之时，我看弟弟应速去黑龙江踏查，然后再回北平府，不要在沙燕洞耽搁了。"田田既惦着母亲的病，又不能不尊重姐姐的意见，想了想便答应了，之后和姐姐上山看望母亲。田田坐在妈妈身边，说了不少安慰的话。楚绣绣好像明白了许多，拉着儿子的手，边听边不住地点头。唠了一会儿，田田跪地向母亲叩别，娟娟将弟弟送出洞外。田田嘱咐道："请姐姐多多保重，注意身体，其他事情少管，心宽为大。你远离京师和北平府，情况不清，不要操那么多心了。弟弟去黑龙江下游出海口一带，在那儿建立卫所，与当地的人交朋友，有很多事情要做，回来一趟不容易。咱们姐弟不知何时才能再相见，母亲只好请姐姐费心照顾了。"说着，流下了热泪，与早已哭成泪人的姐姐相抱而泣。过了一会儿，田田又道："在金山能碰到姐姐，并相识、相认，是我一生中最幸福的事儿了。姐姐说得对，弟弟是在朝之人，公差在身，只能暂时向姐姐拜别了！"说着，扑通一声跪地叩头。娟娟忙把田田搀了起来，说："好弟弟，去吧。母亲病愈以后，我立马带回北平府，让她在那儿安度晚年，届时燕王会接我的。盼着咱们姐弟在北平府见面，与母亲团聚。记住，姐姐一定在北平府等你！对了，这条路不好走，千万要小心。噢，还有啊，我看辽王朱植是个挺不错的人，今后遇有啥事儿，可请他帮忙。"田田说："姐姐放心吧，你的话我都记住了，咱们后会有期！"姐弟俩就这样千叮咛万嘱咐，依依不舍地相抱泪别。娟娟和田田避近于金山，而今又在东海窝稽部分手，没想到此次离开竟是最后的诀别！

说书人要特别告诉各位阿哥，田田与娟娟是同母异父的亲姐弟，其性格完全不同。田田平时少言寡语，不管做什么，从来是默默而为，不像姐姐那样风风火火，在哪儿都有影响，引人注意。如果说娟娟是海面的浪花儿或大浪，田田则是海底之浪。为啥这么比喻呢？因为娟娟的所作所为，如大海掀起的波涛，汹涌澎湃，人们全能看得见，而田田的举止、行为，包括做一些事儿，则很难被人们一眼便注意到。不是说他掀不起大浪，而是那浪花儿在海内，看不出来。就此点而言，田田有李氏家族的血统。

　　咱们前书讲过，楚绣绣是从李府将田田带出来的。田田的头脑同李氏家族的其他人一样，相当不一般。李善长也好，李存义也罢，皆是很有手段和玩弄权术之人。田田做人虽然与他们截然不同，但有心计，处处谨言慎行。他在金山纳哈出处是帐前大将军，从不显山露水，既不像都布多尔济那么张狂，又不像扎浑多尔济那样言听计从。谁都看不出他有多厉害，谁都感到确有一种无形的力量令人震慑，不可小觑。他凡事心中有数，即使内心不同意，表面上一点儿看不出来，有主见，从不随波逐流。自从与娟娟相认以来，他对姐姐十分尊重，而且特别真诚。然而对姐姐在一些事情上的安排，却有自己的取舍。咱不用讲别的，就拿娟娟让田田归到燕王麾下这件事来说吧。他按姐姐说的做了，也从不对朱棣加以评价，从不说是好还是坏。他在燕王府的所作所为，朱棣不仅挑不出什么毛病，还很倚重他，多次让早已娶妻生子的田田把家眷迁来，对他说："你把家搬到北平府吧，这是元朝的大都啊，比荒僻的辽东好多了。况且你在我燕王府受任，家眷仍远在辽东，不能享天伦之乐不说，生活多不方便呀！"娟娟亦不止一次地劝过弟弟。可田田有自己的想法，没那么做，并以家里人长年生活在北疆，已习惯于北地的风雪和山野为由相拒。当岳索图带全家住到北平府后，朱棣再一次劝田田赶紧迁家眷，他仍然不搬。他最后选择了在杀出金山之时，将家眷和儿女搬到黑龙江下游，即混同江出海口一个叫乞列迷、清代叫飞雅喀的部落去住。之后，他没让两个儿子随自己入仕，更没求燕王给个一官半职，而是叫他们同乞列迷部落的人生活在一起，夏用舟、冬用狗橇远去北海捕捉鲸鱼、海豹、海象等。由此可以看出，田田的脑袋不白给，善于思考，使朱棣只能用他，不能控制他。岳索图在永乐十七年时，被永乐帝给杀掉了。当时没有任何办法可以躲过劫难，因他本人和家眷全在北平府，这是后话。

　　说到这儿，有的阿哥可能会问，田田在归附大明朝廷之后，朱元璋认为他该换个名字，田田怎么欣然同意并接受了皇上的建议，改叫亦失哈了呢？因为他明白，纳哈出已被历史唾弃，田田这个名字并不香，改了对自己反而有利。何况亦失哈之名，是他早就起好了的，亦很满意，只是还没改称而已。那么说书人在书中，为什么一会儿称他为田田，一会儿又称他亦失哈呢？因特别熟悉田田的一些朋友和老人，包括娟娟喊他旧名儿已经习惯了，不习惯叫新名儿，说书人便随他们称呼了。明永乐年，也就是田田同娟娟分手到黑龙江后，亦失哈之名才日渐传开。他在开发黑龙江入海口地区及建立卫所中，成效卓然，被载入了史册。

各位阿哥，说书人暂时放下亦失哈北上赴任和娟娟侍奉病母不讲，回头说说娟娟离开北平府后的一年多来，京师发生的惊天地、泣鬼神的一件大事儿。正如娟娟去东海女真野人部落的路上遇到的辽王朱植以及前两天巫利、其黑纳由北平府来东海向她所讲的那样，大明王朝宫楼依旧，老皇去矣，幼主登极；新桃换旧符，削藩之举惹出一场骨肉争斗。让我朱伯西慢慢道来。

大明开国皇帝朱元璋，于洪武三十一年闰五月癸未，病情愈重，晏驾西宫，享年七十一岁。他是继西汉之后，在中原历史上崛起的又一位布衣皇帝，在位三十一年，统一了全国，结束了元末二十年战乱的局面，开创了继大元之后的大明王朝，使百姓过上了和平安定的生活。他神武英风，功劳卓著，成绩斐然，四海景仰。朱元璋梓宫葬于今江苏江宁县朝阳门外的孝陵，与马皇后同葬一个地宫，谥曰高皇帝，庙号太祖。各地藩王遵旨，均在国中，未去京师祭奠。燕王朱棣悲痛万分，与徐妃商量，决定委派世子朱高炽、朱高煦重孝前往京师祭葬。遵先皇帝遗训，皇太孙朱允炆辛卯即皇帝位，明年为建文元年。兵部侍郎齐泰为尚书，黄子澄为太常寺卿，参与国事。这些本来都是先皇的遗训和国家的定制，如按此意行之，不会惹出什么麻烦来。可惜的是，辅臣们却在此时，七嘴八舌地提出许多急办的事儿来。朱允炆又太年轻，突然被推到如此之高位上，头脑一时分辨不清孰重孰轻，只能任朝臣摆布。吕妃已册封为皇太后，若能铭记那天雨夜明月长老对她的一再叮嘱，事事慎行，不是一味迎合，以一国之母稳坐钓鱼台，使众臣围绕着她转，也就好多了。然而她并没那么做，不仅忘记了明月长老的嘱告，还毫无主见，听任朝臣们奏来奏去的，结果把事儿办砸了，惹出了天大的乱子，乃至无法收场，演成了夺权的血战。

朱允炆称帝后，齐泰、黄子澄、卓敬、方孝儒等臣，极力鼓吹允帝削藩，缩小众藩王的权势。其实，朱允炆早已为诸藩势力强大而烦恼。

朱元璋在世的最后一段日子里，他同皇爷爷的一次闲聊中，曾不无忧虑地说："虏患不靖，可以诸王御之。若诸王不靖，谁去御防呢？"还有一回，他与黄子澄谈话时，也问到了诸藩不敬，该如何处置的问题。黄子澄说："臣以为此事不难，诸王府的护卫军士仅以自卫，而朝廷军卫犬牙相制。倘若诸王有变，只需临之以六师，谁能抵挡？汉朝七国并非不强，最后还是灭亡了，这便是以大制小、以强制弱的道理。"朱允炆从汉平七国之乱的故事中受到了启发和鼓舞，也就是从那时起，便有了削藩的念头。如今，恰好众臣提出了削藩之见，他自然是没有异议并允奏了。可究竟该怎么削藩，他心里尚不托底。

恰在这时，户部侍郎卓敬秘密上疏，疏中说："燕王智虑绝伦，雄才大略，酷类先帝。北平形胜地，土马精强，金、元所由兴。今宜徙封南昌，万一有变，亦易控制。夫将萌而未动者，机也；量是时而可为者，势也。势非至刚莫能断，机非至明莫能察。"应该说，卓敬的疏折不失为远见卓识。如按此议行事，既照顾了叔侄间的"亲亲之情"，又可削弱燕王的力量。建文帝见奏后，琢磨了好一阵子，觉得确实该如户部侍郎所言，擒贼先擒王，首先动势力最强的燕王。可他又想到，朱棣威势燕北，如果主动去碰，不纯粹是惹事儿吗？他正希望有人碰呢，那样的话，便可以借口向朝廷发难了。于是他便对卓敬说："燕王为朕骨肉至亲，哪能那么做呢？"当即把奏折搁置了。可是，他抵不住众臣的一再蛊惑和怂恿，削藩总要有所举动啊！也巧了，没承想紧接着朱有爋有密折告发周王"谋逆"。这折子太宝贵、太特殊了，来得太适时了。鉴于亲子告亲父，无须调查，建文帝遂以此为口实，向周王开刀，传旨将周王橚贬为庶人，流放云南蒙化之"烟瘴之地"；接着，逼得湘王朱柏自焚而死，齐王朱榑、代王朱桂、岷王朱楩先后被废为庶人。

其实，齐泰和黄子澄等权臣怂恿建文帝削去那些人的王号，不过是敲山震虎，真正用意是威慑藩王中兵马最强的朱棣。为控制燕王，朝廷对北平布政史司和北平都司的主要官员做了调整，将原来与燕王府关系密切的几位全调走了。新任工部侍郎张晟为布政使，谢贵为都指挥史，张信为都指挥佥事。显而易见，这是在向朱棣撒网，要将燕王变为"孤王"。朱棣鬼得很，看到这一切，马上把道衍召来，一起商议对策。道衍想了想，说道："兵来将挡，水来土掩，要用计谋制服之。朝廷若是派人来，必到府上探望大王，不如趁此机会，给他们演场疯戏看看。"言外之意，是让朱棣装疯卖傻。朱棣觉得反正只此一回，倒也无妨。于是，他披头散发地光着脚满街到处乱跑，别人吃饭，他上去就抢；或者躺在地上，嘴里嘟嘟囔囔的不知说些啥，半天一动不动。大热的天，他特意把火炉子升起来，围着炉子转圈儿，抱着膀儿直喊："哎呀，好冷啊，快冻死我了！"极力造成一种疯癫的假象。你们看燕王够厉害的吧？一下子竟成了个"疯子"。

正如道衍所料，下人来报，布政史张大人、都指挥使谢大人来见。燕王听罢，马上让把二位大人引进屋。张晟、谢贵进得屋来，见燕王两眼发直、神志不清、胡言乱语，全愣在那儿了。朱棣还故意让他俩到炉前烤火，说天太冷了，以后出门儿多穿点儿，可别冻病了。本来就是盛夏，屋里又升起了火炉子，热气闷人，哪能待得住？二位大人只寒暄了两句，赶紧退出来了。他们急忙禀报朝廷，说燕王疯得厉害，不必再多虑了。可是有些人不相信，认为肯定是假象，何以突然疯癫至此？朝廷遂密派燕山百户倪谅来监视燕王。过了一段时间，倪谅密告朝廷："朱棣是装疯，心存不轨，早晚要反。他的兵马很多，足以起事，已经准备好了。"朱允炆听此报，立即下诏北平都指挥使谢贵、都指挥佥事张信和布政使张晟，伺机捕拿燕王！

单说都指挥佥事张信对抓捕燕王心里总有点儿犯嘀咕，觉得朱棣挺厉害，兵强马壮的，朝廷能斗得过吗？一时拿不准主意。晚上回家，他无心用膳，回屋就躺下了。母亲见他忧心忡忡的样子，问道："儿为何事愁眉不展？"张信沉思良久，回道："皇上来了密敕，令我等逮捕燕王。""你说什么？"母亲大惊，边问边下意识地抓住了儿子的手。张信重复道："皇上令儿同张大人、谢大人一同进王府抓捕燕王。"母亲又问："儿欲何为？"张信摇了摇头，说："咳，儿心里七上八下呀！依母亲之见，该如何是好？"这位母亲一直跟随着丈夫走南闯北，是见过世面之人，可谓"一副柔肠，遍身铁骨"，便对张信说："此事万不可为！一是燕王在北平府助困扶危，办了不少好事儿；二是你父在世曾多次说到'王气在燕'，如今已拥威势，说不定可登帝位。儿呀，绝不能轻举妄动。"张信平时一向孝顺，肯听母亲的话，可心里不托底呀！他总想探探燕王是否真的有病，也想弄清燕王到底做何打算，几次前去燕府拜见，结果都被挡了驾。他寻思着，怎么才能见到燕王呢？他琢磨来、琢磨去，琢磨出一个招儿来。

一日的初夜时分，张信坐一乘女式小轿，由两个轿夫抬着，出得都司衙门后院儿，专拣僻静街道迂回曲折地往燕王府走去。不一会儿，到了燕王府的侧门，即体仁门。他吩咐轿夫跟守门儿的兵丁打招呼，说王府某人的家眷有事儿，请准进。那兵丁看看轿里确实坐着一位"妇人"，也未细辨，就放了进去。然而，再往里走还有一道门，这回盘查得甚严。守门儿的是位小校，他掀开轿帘儿细瞧，不看则已，一看大吃一惊！哪里是什么女眷，分明是个长了胡须的大男人。张信一看露馅儿了，只好脱下女服，着三品武官的公服出了轿，说道："我乃北平都指挥佥事张信，有要事须尽快面见王爷。性命攸关，未敢迟延，烦快快通报！"兵校赶紧小跑着去通禀。不大工夫，见一千户匆匆走来，先向张信施礼，然后自报姓名曰朱能，并礼让道："王爷有请。"回转身头前引路，向存心殿走去。

到了存心殿，将张信领进了东阁。张信抬头一看，在木榻之上躺着一位颏儿下长髯、穿团龙黄袍儿的人，心想一定是燕王了，忙行拜礼，请王爷安，朱棣让他落座。张信坐下后，当然要先问王爷的病情。朱棣连连摇头，手指药铫儿，不愿答话，显出一副一言难尽的神情。张信又问："王爷的病可见好转？"朱棣回道："什么好不好的，我心中有数，能活过今年就有望了。"张信再问："臣近日连来数次，终得一睹王容。只想讨得一句话，王爷是否真的有病，乞请殿下实言告臣。"朱棣听后一笑，说："我真的患有重病，如今只坐等一死。"张信叹了口气道："咳，殿下不信臣，臣宁信殿下。臣有事如实禀告：日前朝廷密旨，示臣等捉拿殿下。张晟、谢贵正在调集兵马，准备包围王府。王爷该及早想办法应对才是。"说完，将暗中抄写的一份密诏从怀中掏出，呈给了燕王。朱棣一看有密诏，便情不自禁地直了直腰身。见密诏上写的，一是对燕王削爵，二是令张晟、谢贵、张信逮捕燕王府的一批官属，看来是真的要对自己下手了。张信之忠诚让朱棣很受感动，于是，再没什么伪装了，忽地从卧榻上坐起"咚"的一声站到地上，仰天长叹道："生我一家者，将军也！"随后朝张信倒身而拜。张信慌忙跪下道："臣不敢当，王莫如此……"燕王当即召来道衍，与张信一起商议起兵之事。

依照张信通报的张晟要捉拿燕王的日子，朱棣首先发动了瑞礼门兵变。建文元年七月五日夜里，外面黑沉沉的，风很大。朱棣依据张信的密告，把张玉、朱能所带之兵马藏于城墙的女儿墙后面。兵将们有的张开了弩弓，有的守在炮前，有的搬来了箭矢和檑木、礌石。张玉、朱能则亲率一批刀斧手藏于瑞礼门内。辰时许，谢贵、张晟果然带五百兵来到燕王府的正门瑞礼门外，命令部下喊话，要燕王打开府门接圣旨。正坐在对着瑞礼门之承运殿王位上的朱棣听此言后，立派金总管前去回话："燕王殿下病体未愈，早已卧于榻上，实在不能出门迎旨，请二位大人进府内宣吧。"谢贵、张晟心想，我们率有大兵在后，还怕你反了不成？进就进！不过，二人还是合计了一番，然后张晟对金总管说："那好吧，理应体谅燕王的难处，头前带路，可随你入府宣旨。"话音未落，瑞礼门顿时大开。

谢贵、张晟往里望望，并不见陈兵列阵，便放心大胆地随金总管向瑞礼门内的承运殿走去。二人刚刚进入承运殿的正门，还未等向燕王请安呢，突见忽地从屏风后面及殿外廊下涌进了无数精壮的兵士，个个手持利刃。他们首先捉拿了谢贵、张晟，下了身带的佩剑，同时抓了燕王府内同谢贵、张晟秘密勾结和向倪谅告密的长史葛诚、护卫指挥卢振、府中伴读余逢辰及其家属八十余人。朱棣立起身来，提起拄杖，遥指南面京师的方向，气咻咻地说："哼哼！我何曾有病？不过是迫于奸臣的构陷，不得已而为之。齐泰、黄子澄等奸臣先是加害五弟周王，进而逼杀十二弟湘王，禁锢齐王，又废了代王、岷王，甚至连本王也不放过，两个儿子在京师被扣，险遭毒手。我万般无奈，不得不装疯卖傻，苟活人世，狗豕般游荡于街市，过的那是什么日子啊……"越说越激愤，越怒不可遏，用拄杖不停地敲击着地面，说到最后，气吞声咽，泪花儿飞溅。张玉、朱能等将见此，高声儿齐呼："杀了二贼！"朱棣说："且慢！"随即扔掉拄杖，顺手拿过张玉手中的剑，指向谢贵的心窝儿问："谢贵，可愿降我吗？"谢贵将胸膛一挺，昂首言道："我谢贵唯有一颗忠心，就献给朝廷吧！"朱棣大怒，将利剑向前猛力一刺，只听"嗤"的一声，殷红的鲜血从谢贵心窝儿喷出，溅了朱棣满身、满脸。再看张晟，也是一副不屈的样子，便不再问，将剑交给了张玉。张玉接过剑，往张晟的左胸捅去，又是一股鲜血喷涌而出。之后，那被抓的八十余人亦照此处置，无一幸免。参政郭资、副使墨麟一看不好，觉得还是保命要紧，遂投降了燕王。

张晟、谢贵来时不是还带来五百兵吗？那些人马尚在瑞礼门外候着，等了一个时辰了，仍迟迟不见二位大人出来，便有些急躁，原来布阵在燕王府四周的四千余兵马也在观望等待。正在这时，从王府里驰出三骑，中间的一位是指挥张玉，两边各一名小校。张玉高擎令旗，冲着瑞礼门前的军卒大声儿喊道："燕王殿下有旨，张晟、谢贵矫诏谋叛，已被擒杀。令尔等各回营房，不得滞留！"然后又往西、往北、往东，再往南沿王城跑了一圈儿，一面跑一面喊，反复喊着上面的几句话。王城外面的兵将听说张晟、谢贵二位大人被杀，情知有变，顿时人心慌乱。面临都指挥使谢贵、布政史张晟已死，都指挥佥事张信又叛降了燕王的情势，群龙无首，纷纷撤逃，王城周围丢弃了大量的旗仗、甲胄。此时，王府的兵将早已不再固守王城了，而是在夜色的掩护下冲出府外，与北平府守城的兵将展开了巷战，并乘势夺取了北平各门。当时的北平城共有九门，东为东直门、齐化门，西为西直门、彰义门，南为丽正门、文明门、顺承门，北为德胜门、安定门。这一夜，燕王府的兵马以迅雷不及掩耳之势，几乎是兵不血刃，顺利地占领了北平的各个要点。激战了一夜的北平城快要天亮了，突然寂静下来，市民们在睁开惺忪睡眼时，惊愕地发现城头儿已换了旗号！

瑞礼门兵变之后，燕王于建文元年七月七日，整军誓师，举行"祃祭"，即出兵之前的祭旗礼。从这一天起，朱棣正式举起了"奉天靖难"的旗号。

说起祭旗礼，办得很是庄严、隆重。在瑞礼门前，用木板儿、砖石搭起了祭坛，建牙旗，祭旗纛。祭坛共分三层：一、二层摆满了扁豆、簋篓、酒爵、酒盏和玉帛、牲畜，第三层则供了军牙六军神主及五方旗神，设战船正神、金鼓角铳之神、弓弩飞枪飞石之神等神位。所谓"牙旗"者，即军旗，谓之"将军之精""一军之形骸"。所谓"纛"者，即以牦尾为之旗头的军队或仪仗队的大旗。凡旗纛之祭只能选"刚日"，不能是"柔日"。七月七日，正是"刚日"。祭拜之前，先将"六纛"矗立于祭坛之南面，两面"神牙"分列于"六纛"之东、西两侧，往南是鼓角及军乐，再往南，则是一队队顶盔贯甲的将士。此时，燕王手下的兵卒已超过两万之众，军乐和鼓角奏响了，香烛和燔柴点燃了。这"刚日"的"刚时"，燕王身穿"武弁服"乘辇出瑞礼门，到祭坛下辇，然后在引礼官的导引下，一步一步稳健地登上了祭坛的最顶层，全场齐呼"吾王千岁，千千岁！"声浪滚滚，直冲云霄。朱棣顿觉热血奔涌，一种"天降大任于斯人"的豪气油然而生。赞礼官发出口令，燕王及全体将士向神位拜礼。礼毕，执事官将五只雄鸡的鲜血注入五只酒碗。燕王端起碗，将血酒洒在祭坛上，用以"酹神"。此时坛下的燔柴正燃烧至半，火焰甚旺，执事官拿起祭品，一样儿一样儿地将牛、豕、羊，以及鹿脯、白饼、黑饼、枣儿、栗子、盐等投入火中。全体将士向牙旗行注目礼，在阳光、火光的映照下，"奉天靖难"的大旗飒飒诞生了。燕王向众将士慷慨陈词，同时也是向天地神祇解释为什么整军誓师。他声泪俱下地说："我乃太祖高皇帝、孝慈高皇后嫡子，国家至亲。受封以来，唯知循法守分。今幼主嗣位，信任奸贼，横起大祸，屠戮我家。父皇、母后，创业艰难，封建诸子，藩屏天下，传续无穷。一旦残灭，皇天后土实所共鉴。祖训云：'朝无正臣，内有奸恶，必训兵讨之，以清君侧之恶。'今祸迫于躬，实欲求生，不得已者，义与奸邪不共戴天。必奉天行讨，以安社稷，天地神明，昭鉴予心。今率尔等将士诛恶，罪人既得，则法周公辅成王，尔等其体予心！"众将士听罢，无不感动，振臂高呼："誓随燕王讨逆除奸，保我大明江山社稷！"

当天，燕王还向朝廷发了一封书奏，陈述了起兵的理由。在书奏中，朱棣仍称朱允炆为陛下，称自己为臣，并谦恭地表示"事陛下如事天"，一再指出，迫害五王，乃齐泰、黄子澄等奸臣所为，最后援引了"祖训"，为自己的靖难兴兵寻找借口。说书人要向诸位阿哥说的是，这里所用的"祖训"，却与燕王誓师时所用的"祖训"有所不同了。书奏上的"祖训"是："朝无正臣，内有奸恶。则亲王训兵待命，天子密诏诸王，统领镇兵讨平之。"好在朱能、张玉等人没有看过真正的"祖训"，也不会怀疑燕王在文字上做了手脚，咱就不去细说了。

誓师的第二天，朱棣便亲率大军攻打通州。因通州卫指挥原是朱棣的旧部，故刀枪未动，遂大开城门，迎接燕王。接着，燕军连克了蓟州、遵化、密云等城，真可谓所向披靡、势如破竹！而后夺居庸关，占怀来，连连得胜。在这种形势下，朱棣再一次给朝廷发出书奏，口气十分强硬，颇有叔叔教训不孝侄子一般。直到此时，建文帝才感到形势严重，急忙召集众臣来宫，商讨对策。几经酌议，终于决定：首先下诏削除燕王属籍，然后发兵征讨。在选择由谁挂帅出征的问题上，建文帝颇伤脑筋。为什么呢？因所剩能征善战的元勋宿将已经不多了，几乎都被先帝除掉了。侥幸留下的几个，有的已无心征战，得过且过，只图颐养天年；有的与燕王关系暧昧，藕断丝连，不一定下得了手；当政的齐泰、黄子澄、方孝孺之辈，皆为书生，兵事非其所长。建文帝反复思忖，最终选任长兴侯耿炳文为征虏大将军，驸马都尉李坚、都督宁忠为左右副将军，择日出征。

征虏大军开到涿州时，已临近八月中秋，结果被燕军以二十车醇酒美食诱之，轻易地被夺去了雄县，并斩杀了大将杨松。而后，燕王采用"设伏击援"之策，果然奏效，生擒了征虏大将潘忠。燕军每战必胜，征虏大军却连连失利，一败涂地。

耿炳文征燕失败后，朝廷又选了曹国公李文忠的后继者李景隆为大将军。说起这个人，留给建文帝的印象真是不错。倒不是因为他继李文忠为曹国公，也不是因其好读书，通经典，主要原因则是去年李景隆持朱允炆的密诏，赴开封逮捕了周王。此事办得挺漂亮，一可看出李景隆脑筋灵活，善于谋断；二可证明此人忠诚可靠，完全可以信赖。所以，建文帝同意由他来对付燕王，为给李景隆树立权威，还特别举行了仿效周文王当年为姜太公推车的不同寻常的遣将仪。尽管如此，李景隆在率军征燕中，仍未取得成效。朝廷无奈，便想请鲍龙花、鲍龙卉出征，擒拿燕王。可惜太晚了，鲍氏姊妹早已投入燕王的麾下，而且大显神威，帮了朱棣不小的忙。

壬午年五月，经过三年苦战的燕军就要渡江犯京师了。年轻的皇帝朱允炆觉得武力实在难挡燕王，便亲下罪己诏，并派马皇后之女、燕王的亲姐姐、允炆的亲姑姑宁国公主和燕王的二姐、建文帝的二姑庆成郡主去见燕王，答应可以划江而治。宁国公主、庆成郡主过江见了燕王，朱棣蛮热情地款待，还向二位姐姐倾吐了一肚子的苦水，然而并没答应划江而治。之后，建文帝又派谷王朱穗和曹国公李景隆两次去与燕王议和。哪想到，议和不成，反倒是谷王和曹国公投降了燕王。

六月的一天，燕王身着弁服，率军来到江边儿，先祭了江神，又发了誓词，随即登船渡江。过江后，于六月十三日，在朱穗和李景隆的协助下，燕军从金川门进了京城。当日午时前后，燕军扫清了守卫皇城的残兵，迅速占领了紫禁城。朱能等几位大将军率领士卒，对所有的宫殿、庑房及各个角落进行搜查，即所谓"清宫"，却未见到建文帝朱允炆，也未找到皇后。从此，明朝的一代君主无影无踪了。

燕军占领京师及皇城的当天，朱棣就废掉了建文年号，在应天城张贴"燕王令旨"的"奸臣榜"。未列入"奸臣榜"的建文旧臣，有一些已先后到龙江燕王行辕归降。不日，朱棣率文武官员前去孝陵，拜谒了明太祖高皇帝和孝慈高皇后。拜谒归来，便有许多人来到龙江行辕，递上"劝进表"。在三次劝进之后，燕王于洪武三十五年、建文四年的六月十七日，于奉天殿登基，坐上了皇帝的宝座，册封徐妃为皇后，朱高炽为太子，接受了文武百官的朝贺，诏令以明年为永乐元年。

朱棣苦心经营若干年，自入藩北平府起，无一日苟闲，为争王位而埋头努力。他曾惊奇朱允炆六岁时说过要当皇帝的话，当时认为是狂言，其实本人又何曾不是异志更早？而今终于如愿以偿了，成为大明朝的万乘之君——永乐皇帝。

朱棣即帝位后做的第一件事，便是对先后两批开列的"奸臣榜"百十来号建文旧臣大开杀戒，夷其九族。第一个被处死的，是太常寺卿黄子澄，接着是兵部尚书齐泰、礼部尚书陈迪、文学博士方孝孺，宗人府经历卓敬等。至于被贬谪、关押者，更无算。尽管如此，仍未感到圆满无憾，使他日夜难以平静的是，被推翻的建文皇帝尚未找到。虽然杀入京师时，严令擒拿朱允炆，但因当时宫中火起，一片混乱，搜遍了整个宫城，却活不见人，死不见尸，去向不明。接下来，朱棣又向江南、江北派出兵马，拉网般地搜寻，一天也没消停，终无影迹。俗话说得好："天无二日，国无二主。"朱允炆到底哪儿去了？朱棣不安心、不踏实呀！觉得无论如何不能让他活在世上。如果没死，将是最大的隐患，会对帝位构成严重的威胁。真有一天突然冒出来，那就很可能撼动我永乐天下呀！故此，朱棣下旨，在国中遍寻朱允炆的下落，哪怕上天入地，必须找到！

当时，有种说法传入宫中，说是一和尚模样的人，正于川滇广西巴蜀之地到处云游着，他就是朱允炆。朱棣在琢磨传闻是真是假时，猛然想起了朱允炆曾跟自己以及吕妃、秉仁公主讲过，他爱海，要到大海那边去，并让四叔和秉仁公主姑姑领着去找大海。娟娟当时答应了朱允炆，一定帮助他实现这个愿望。朱棣豁然开朗，朱允炆喜欢海，难道是从海上逃跑了？还是顺长江南去了，或许江浙海域有踪迹？于是，他立马派宦臣到海上寻索，又令锦衣卫严查江浙海滨。后来传讲的三宝太监出海，便与查访朱允炆有关。总之，朱棣自坐殿之日起，从未停止查找，做梦都想从地底下把朱允炆给扒出来。

单说事情就是这么可悲，没有不透风的墙，隔墙有耳呀！三查两查，查到了明月庵。朱棣听有人密告，在太祖皇帝去世前的一天雨夜，吕妃与朱允炆曾秘密去明月庵见过明月长老和秉仁公主。他对此十分重视，觉得是一条重要的线索，遂派兵去明月庵抓来了了静、了慧，逼令她们讲出当年的情况。二人可遭老罪了，在酷刑之下，只好讲道："那天，是师太与妙善单独与来人交谈。至于具体唠些什么，我们不知道，只恍惚听到可往北去，北边有东海之言。"朱棣哪肯罢休？又进一步拷问，了静、了慧皆说除此不知。不过，二位住持的话却提醒了朱棣，使他突然想起了次日接娟娟返回北平府时，船刚要起航，了静、了慧撵到江边儿，说师太圆寂了。当时甚感奇怪，明月长老好好儿的身子骨儿，头天还见过面，为何突然圆寂了？现在看来，很清楚，她是为了向吕妃和朱允炆表示自己的忠心，决不泄露机密，才坐坛圆寂的呀！想罢，他不禁怒火冲顶，立刻下旨焚烧明月庵，将了静、了慧囚入死牢，众尼姑限令如期还俗。自大元以降便有的鸡鸣山明月庵，曾得过开国皇帝朱元璋和马皇后的恩赐，香客不绝。至此，这座韶华秀美的庵堂在燕王的旨令下，不复存在了，只深深地留在人们的记忆中。

放下朱棣对明月庵的焚毁不说，再来讲讲东海赫思痕部。此刻，部落的族众正敲锣打鼓、载歌载舞地欢呼庆祝。为的什么呢？受了大半辈子苦难折磨的楚绣绣由于苦僧的精心治疗，彻底清醒过来了，疯症痊愈，由魔重新变成了人。在部落中，可是天大的喜讯哪！刘娟娟这个从襁褓中便被遗弃的孩子，自懂事起就开始寻找生母，几十年来历尽了千辛万苦，终于如愿以偿。娟娟含着眼泪与母亲楚绣绣头一次拥抱在一起，得到了记事以来从未有过的母爱，那种滋味儿真是比吃了蜜都甜，并把马皇后给她的绿玛瑙珍珠项链拿了出来，与母亲脖子上戴的那条一比，正是马皇后和楚绣绣各自珍藏的一对儿。娟娟乐不可支，向母亲讲述了自己的经历。楚绣绣听后是百感交集呀！抚摸着当年在青田不得已扔掉的孩子，激动得热泪夺眶而出，颤着声音说："丫头哇，妈妈从没忘你呀！给弟弟起名儿叫田田，就是为了永远纪念他那没见过面的可怜的姐姐。妈妈欠你的账啊，对不起我的孩子，以为今生还不了了，没想到竟能活下来。是阿布卡恩都力的恩赐，让我生了个好女儿，万里寻母又救了母，才使咱们母女得以团聚呀！"母女俩有说不完的话、淌不完的泪。楚绣绣还向苦僧和玛尼妈妈表示了深深的谢意，感谢大师父治好了她的病，感谢东海女真部的族众不但收留了她，而且给予了热心的帮助和护养，此恩此情今生难报啊！

当赫思痕部落的人们知道了楚绣绣的家乡在江南、是汉人、乃大明朝的人、深受纳哈出之害而被逼疯时，皆切齿痛恨也曾欺压过他们部族的纳哈出，对楚绣绣坎坷的一生给予了深切的同情。赫思痕部落的族众仍推选赫思痕妈妈之女玛尼妈妈为女罕，统领全部落的族人，在伊曼河和东海一带猎兽、捕鱼，一年四季过着平静祥和的日子。

一日，辽王朱植来部落看望秉仁公主，还带来了布帛、丝绢等物，感谢玛尼妈妈的相助之恩。娟娟把辽王介绍给母亲楚绣绣。朱植走上前来，祝贺她的病体痊愈，并感慨地说："小王能结识秉仁公主，是一生之幸，由衷地为你们母女分别几十年后的重逢高兴啊！"娟娟也发自内心地感谢辽王，觉得十五弟是个好人、一个正直的人。和他在一起，如同与田田在一块儿一样，感到亲切、安全。朱植来沙燕洞，一是探望，二是向秉仁公主辞行的。他悄悄儿密告道："姐姐，弟弟不能在辽东待了。因燕王日前已经起兵，眼下快打到京师了，声称怕辽王遭殃，令我和朱权都返京师。此次回去，以后大概不能再来看望姐姐了。望好自为之，多多保重。值得一提的是，姐姐今后千万要注意，一定要锐眼识真人，谁好谁坏，谁虚情谁假意须辨认清楚，不要只听表面之辞。我走以后，唯有一事放心不下，说出来，务请在意弟弟的话，不要生气。"娟娟说："好弟弟，说吧，啥事儿？"朱植直言道："弟弟请求姐姐，如果有一天，朱棣要给你们赠送什么礼物或赐什么赏，不仅绝对不能用，还要多加防范。"娟娟十分诧异，忙问："为啥？"朱植叹了口气，道："姐姐，原谅弟弟不便多讲，就这么办吧。我担心姐姐的心地太善良，不解虎狼之心哪！唉，听天由命吧，只能让将来的事实说话了，谁不求个好儿呢？咱们尽量往好里想吧。"说完，含着眼泪告别了秉仁公主。

朱植走后不久，燕王果然如愿，得了天下。万般无奈之下，朱植没办法，只得去京师拜见四哥。可当他见到朱棣时，已登基坐殿的永乐皇帝哪里还认识十五弟？当即翻了脸，说辽王心存有二，跟自己不是一条心，并以此为借口削了简王藩号，再没让他得志，始终压着。十几年后，朱植郁闷而死，这是后话。

朱植与娟娟分别后没过一年，东海赫思痕部落正处于一片欢乐吉祥的时候，迎来了一位贵客。赫思痕部落沙燕洞下的草坪上空前壮观，大明朝的旌旗伞盖，亘古以来第一次布满了草坪；鼓乐齐鸣，惊天动地，呜呜的长筒号声传出十几里远；数千马队，铁蹄踏踏，惊醒了万年的荒山野谷；鞭炮助兴，噼啪山响，震飞了栖息在树上的惊鸟。谁来了？朱能来了。哪个朱能？就是秉仁公主来东海寻母时，朱棣特意指派前去护送的那位大将军。他现在可了不得啦，帮助朱棣得了天下，勇猛善战，功绩卓著，乃朱棣身边的重要辅臣，职衔也大了，特晋荣禄大夫、右柱国、左军都督府左都督、成国公。这次是率皇上钦赐之御军，代表永乐帝朱棣，来到北疆东海女真赫思痕部的。

朱能见到秉仁公主后，先叩拜，然后转达了陛下对秉仁公主的挚爱之情。话说得很是诚恳，情真意切，使娟娟深受感动。特别是朱能讲："陛下异常思恋秉仁公主，尤念与卿一起到东海巡查之难忘的不眠之夜，始终记得那些女真人的帮助，直到现在也没忘。"听了此话，娟娟更是激动不已，确信无疑。然后，朱能打开圣旨，宣谕圣命：

> "奉天推正宣德广育秉仁公主，系念忘寝，公主惠兮。立国垂功，公主耀兮。盼迎凤容，同享永乐。赏赉东海赫思痕部丝绢五十丈、帛百丈、御酒十坛，钦此。"

旨是什么意思呢？"奉天推正宣德广育"，乃朱棣赐给秉仁公主的懿号。"系念忘寝，公主惠兮"，即我很想念你，觉都睡不着，公主眼下好吗？身体和精神如何？"立国垂功，公主耀兮"，是说你为朕建永乐天下帮了不少忙，功垂千史，荣耀天下呀！"盼迎凤容，同享永乐"，就是我期盼着快些把你接回来，早见那娇美的面容，今后咱们将生活在一起，欢欢乐乐地共同享受永乐的天下。读起来的确很有感情，词句亦很美，下边那几句则是赐给东海赫思痕部的礼品。朱能读罢圣命便急于返京，并嘱告秉仁公主："与部族人等共饮后，整束用物一应停妥，迎车即到。"是说，我朱能得赶紧回去，朝中的事情太多了，秉仁公主你同东海女真人在一起相处这么多年，相知相熟，就代表朝廷、代表皇上，跟他们一块儿同喜共乐吧！今天特拿来御酒十坛，又是皇上赏赐的，让大家喝个痛快！然后，请你赶紧整理好行囊，迎接公主回京的车驾很快就到。娟娟听罢，由衷感念朱棣对自己的深情，眼泪扑簌簌地往下掉，边表示谢意边热情地送走了朱能及随来的人。

再说赫思痕部上下人等异常兴奋，如节日般快乐！山里的女真野人从未见过如此宏大、热烈的场面，对什么都好奇，看什么都新鲜。他们做梦没想到新皇上永乐帝刚登上大宝，就想到了东海女真人，给送来了好多的赐品，尤其是还有御酒，这是多大的荣耀呀！族众凑到跟前，摸摸封着口儿的坛子，看看上面卡着的金光闪闪的大印，又瞅瞅那些丝绢和布帛，心里就是个高兴啊！勤劳纯朴的女真人无论如何不会想到其中会有什么杀机，或者可能发生其他意想不到的事儿。他们太善良了，把普天下的人想得太好了，而且对圣上是无限的崇拜和敬仰，感动得流着眼泪纷纷向南叩拜。

就在这时，苦僧闻讯赶到，拉起娟娟的手回头便走，边走边说："赶快离开，不要在这儿待着，此处是个是非之地！"娟娟一愣，站住了，不解地说："师父，到底怎么回事儿？今天是大喜吉祥之日，您该留下与女真兄弟同喜同贺、共度良宵才对呀！再说圣上赐来御酒，您尽管不喝，但是看着大家同饮共乐不一样高兴嘛。师父救了我和母亲，我们特别感激，今天借花献佛，用它算敬师父了。等喝完了御酒，与族人告别后，我再跟师父走还不行吗？您放心，肯定不回到朝中去，和母亲一块儿留在沙燕洞。"苦僧不同意，仍拽着娟娟不松手，也不讲别的，只是固执地重复刚才说过的那几句话："娟娟，听话，绝对不能喝，赶紧跟我走，带着母亲离开这儿！"此刻，苦僧是一定要拉着娟娟走，而娟娟着了魔似的坚决不动地儿。僵持了好半天，最后苦僧一看实在没招儿了，长长地叹了一口气，万般无奈地自言自语道："咳，看来命中如此，劝有何用？神人难助也！"说完，大英雄的眼中热泪如泉涌，拄着铁杖叹而泪别。

娟娟哪里知道，朱棣得了天下称帝以来，最不能释疑的就是秉仁公主与东海族众秘密帮助建文帝朱允炆逃匿于海上之举。朝廷的兵马沿海搜寻得非常仔细，几乎无一处不到，被杀、被抢、被关的人不计其数。朱棣早已不爱，甚至痛恨想当初痴心追求的十分钦敬、喜欢、需要的秉仁公主了，不过与道衍密议，还是给了娟娟一个面子，没有派兵马去抓。为什么呢？道衍认为，虎皮滩那块儿是东海赫思痕部落，绝不能发兵，否则，肯定得罪北地剽悍的女真野人，对朝廷不利。故此，朱棣没用武力，而是派朱能鼓乐喧天地送去了圣旨和御酒。真是吃人不吐骨头哇，心狠手辣到无以复加的程度了！娟娟是个善良、坦诚的人，又看重对朱棣的那份儿感情，怎么也想不到这些呀，仍对他一片痴心。

再说盛宴中，玛尼妈妈和族众及其儿女们痛饮着御酒，围着尊崇的"神女"楚绣绣唱着女真的古歌，跳着欢快的舞蹈，娟娟亦身在其中，楚绣绣当然是又唱又跳地舞之、蹈之了。大家尽情地在大草坪上狂欢到了后半夜，沙燕洞竟突然静了下来，鸦雀无声！秉仁公主娟娟、刚刚从疯痴中醒来的楚绣绣，还有赫思痕部女罕玛尼妈妈以及凡是当时在部落的男女老少三百四十七人，全部被朝廷送来的鸩酒毒死。东海南疆萨勒奴妈妈那里，朱能也派人送去了钦赐的御酒。部落除了狩猎在外的，余下的一百九十余人皆喝了鸩酒，命丧黄泉。从此，东海这片女真人的美丽故乡，没有了歌声，没有了笑声，没有了欢乐，一片阴森、清冷、沉寂，荒山老树萧条了四十余年，天天晚上能听到狼嗥鬼哭之声。直到大明朝的弘治中期，一些逃难在外的赫思痕部和萨勒痕部的后裔们才陆续回到东海，选了头人，建起了部落，逐渐繁衍起来。东海的山谷、溪流、海滨开始重新复苏。然而，当年部落人丁濒临灭绝的情景，却永远留在了人们的记忆里，始终不能忘怀。那些后裔子孙出外狩猎时，常能在锡霍特山麓的沟壑、山洞之中，看到一堆堆当年族人中毒后横陈的白骨。

后世关于聪明、美丽、善良的娟娟传说很多，不少人喜欢娟娟、爱娟娟，也乐于讲娟娟、唱娟娟。民间传讲，娟娟生过一子，被永乐帝之贤淑的徐妃收养。徐妃当时正在孕中，由于活动多，胎儿受了震动，没有保住。她的二儿子早死了，便把娟娟所生的孩子当作了自己的二儿子，仍取名朱高煦。之后，这个活泼、憨厚、聪明、勇敢的小朱高煦，被皇上封为汉王。永乐帝对两个儿子的态度截然不同，待他们长大了，让喜爱的长子朱高炽做了皇帝。二子朱高煦则被治了罪，未得善终。还有的传讲，娟娟没被鸩酒毒死，而是让苦僧救走，同修于锡霍特的山巅。经年之后，双双化为天上的智星，是两颗最亮的星，每天晚上从东天升起。当地女真人将那亮星叫"苏勒恩特"，即智慧星，寓意人们受此星的照耀，则心明眼亮，永远不会上当。朱棣原被女真人誉为"朱禄瞒爷"。"朱禄瞒爷"也是颗星星，是位在西南的一颗不太亮的小星星。自从娟娟死后化为亮星，"朱禄瞒爷"星就显得越发黯淡无光，有时甚至没脸在天空中待了，逃匿得无影无踪。

本乌勒本史俗翔鲜，为人们所喜爱。乾隆、嘉庆年间传开，时有明派艺者，以擅说唱《情仇恨》《大明开国录》红于江南、江北各书肆。后人听罢此书，作歌曰：

> 日月照鉴元明史，
> 百代荒唐摧肝肠。
> 美人娟娟今何在，
> 倚剑东海望八荒。

还有人歌曰：

> 锡峦痛哉千古泪，
> 伊曼悲兮百洞骨。
> 柔弦泣语声恻恻，
> 咏唱东海沉冤录。

后　　记

　　这是一部以元末杰出的农民战争领袖、明王朝开国皇帝朱元璋的国事与家事为经线，以刘娟娟的传奇故事为纬线交织而成的满族传统说部。

　　应该说，本书的叙述和描写，基本上同历史事件紧密联结在一起。在明王朝初兴的大背景下，把元末为反抗压迫、剥削揭竿而起的农民战争之时代特点、民族矛盾、阶级基础昭示得淋漓尽致，展现了朱元璋、马皇后、刘伯温、徐达等众多真实人物沉重、艰辛的心路历程，揭示了明月长老、楚绣绣、苦僧等传奇人物困厄、多舛的命运，浓墨重彩地阐释了美丽善良、刚毅勇武的刘娟娟之独特人生。正是由于这位巾帼英雄的沧桑经历贯穿始终，才使全书气势恢宏，跌宕迂回，情景交融，耐人寻味。说书人将刘伯温拾女、朱元璋认女、刘娟娟寻母、姐弟巧相逢等情节，讲唱得不仅富于历史的真实感，还颇具传统说部的审美感，引领读者不知不觉地置身于群雄逐鹿的矛盾纠葛之中，使之不禁为一幕幕情深意笃、悲壮惨烈的活剧激动万分。大明皇帝接受了军师诚挚的劝谏，出于巩固政权的需要，急速医治历经劫难的社会创伤，对北方各族实行怀柔之举措、采取诸种办法促进农村生产力迅速发展、努力改变战后残破状况的做法等，更令人视野开阔，并被五彩缤纷的北方少数民族，特别是满族先民女真人蕴藏着的共同心理感情、风尚、志趣、意识以及体现了骁勇剽悍性格特点的生活习俗所深深吸引。

　　因为《东海沉冤录》是一部涵盖着浩瀚历史画卷的长篇说部，所以，整理者于成书过程中，则必须在注重讲述人谋篇立意的同时，尽量了解和把握史实。为此，便研读了《元史》《明史》，参阅了有关的人物传记和史料，精心地揣摩了从元到明、从朱元璋到朱棣的朝代更迭、皇帝易位之发展脉络，既要照顾到全书故事的连贯性，又要反复推敲，使前后矛盾、重复、段落衔接不上、人物取向随意变化等问题一一得到梳理。由此可见，记录、整理满族口头遗产——传统说部，绝非只是有言必录、纠正语病、能够表情达意即可那么简单，而是要做到仔细斟酌、合理铺排，使之收放自如、文通语顺，可谓一项艰难耗时的劳动。

我在实际操作过程中，根据满族口头遗产——传统说部丛书编委会提出的必须坚持科学性的首要要求，力图遵循以下原则：

第一，忠实记录，保持讲述人讲唱之原貌，使其具有口述史的原汁原味。

第二，慎重整理，注意民间文学的口头性，保留民族的、地域的方言土语和语言的香气与色泽。此为民族基本识别之标记，亦是满族传统说部的本体特征。

第三，尊重讲唱的客观性，记述有所本，取舍有所据，总体上符合历史真实，不失口头文学的固有风格。

五年来，抢救满族传统说部的实践使我体会到，此项工作是一个不断学习和探索的过程。尤其应注意把握分寸，绝不能将整理变成改编或再创作，使其失去原有的古朴韵味，失去非物质文化遗产的重要价值，这正是本人已脱稿的四部说部所始终坚持的准则。尽管从史实到事件、从结构到语言、从字词到标点万万不敢有半点儿疏漏，然而由于水平有限，又是从录音下载，难免有错误或不妥之处，敬希读者不吝赐教。

现将这部乌勒本奉献于世，以飨读者。

于　敏

二〇〇六年六月

后记